KB035944

감자

감자

김동인 단편전집 1

애플북스

바랜 붉은 빛

구 병 모

*

그 무렵 둘째 언니가 표지에 《감자·배따라기》라고 적힌 작고 얄팍한 천이백 원짜리 문고본을 사온 까닭은 중학교 몇 학년인지 국정 국어 교과서에 실린 〈조국〉이라는 단편소설 때문이었을 것이다. 집에 더 이상 읽을 책이 없어 언니 교과서를 뒤적거렸던 나는 소설에 나온 '삵'이라는, 현대의 소설미학 기준으론 앞뒤 행동 동기가 비논리적이고 작위적이지만 강렬하면서도 역동적인 캐릭터에 몰입했으며, 〈붉은 산〉이라는 원제가 어째서 〈조국〉으로 바뀌었는지가 궁금해서—훗날 그저 '붉은' 산이었기 때문이라 짐작만 했을 뿐 진상은 알지 못하나—곧 문고본도 넘겨받아 읽기 시작했는데, 이번에는 첫대바기[1]부터 한 불운한 여인이 매춘 끝에

---

1 맞닥뜨린 맨 처음.

버림받고 낫을 휘두르다 목에서 피가 솟구치며 거꾸러지는 장면에 화들짝 놀라면서도, 정신은 이미 거기 팔려 있었다.

흔히들 '욕하면서도 보게 되는' 막장드라마라고 일컫듯이, 김동인의 소설에는 태생적 광기와 살인 방화를 비롯하여 저열한 생존 조건 하에서의 윤락과 관계의 참극에 이르기까지 온갖 자극적인 화소들로 넘쳐났으니, 평범한 사람이라면 누구나 일생에 한 시기쯤은 행복을 찾은 백설공주의 어진 마음씨보다 달군 무쇠 구두를 신은 왕비의 춤과 그녀가 질렀을 비명에 더 흥미를 느낄 때가 있다고 생각하는데, 내가 마침 그런 시절이었다. 문득 까닭 없이 배가 고파 기웃거려본 부엌 선반에서 발견한 정체불명의 통을 열어 무심코 입에 떠 넣은 한 숟가락 화학조미료에, 은은한 번짐과 흡수보다는 당장 혀에 착 감기는 맛에 사로잡히던 시절. 5대 영양소를 고루 갖춘 싱싱하고 깔끔한 한 끼의 식사보다는, 남몰래 까먹기 때문에 더 맛있는 색소 범벅 불량식품의 날들.

돌이켜보면 누구나 한 번쯤은 그랬을지도. 설마 그 나이 아이들이 이슬 먹고 유기농 상추만 씹으면서 자랐을까. 지루한 수업 시간, 존재를 옥죄는 의자에 붙들린 영혼들, 순전한 재미와 소일거리 목적으로, 몇몇 아이들의 무릎에 한 권씩 펼쳐진 손바닥만 한 할리퀸 로맨스의 날들. 그러나 당시 아이들이 즐겨보던 대부분의 MSG 로맨스가 "그 뒤로 그들은 행복하게 살았습니다"로 안전한 동화적 감수성을 채용했던 데 비해, 김동인이 소설 곳곳에 투척한 MSG는 분노의 에너지를 품고 폭발적인 화학작용 끝에 마침내 파국으로 이어진다는 점에서 자극의 농도가 비할 바 아니었다. 처음 접한 그의 소설이 거룩하고 경건한 애국가 합창으로 대미를 장식했던 기억이 있었던 만큼, 민족주의 계열이 아닌 작품들을 쓰리펀치 연타로 맞는 동안 충격은 배가되었고 배신감의 크기에 비례하여 중독성은 압두적이었다

**

내가 가장 좋아했던 김동인의 작품 분야는, 문학 전문가들이 그의 소설을 시기별로 구분할 때 흔히들 유미주의 또는 퇴폐주의로 칭하는 〈광염 소나타〉와 〈광화사〉 계열이다. 타인을 아랑곳하지 않는 것은 물론이며 자신마저 송두리째 내버리고 파멸에 이르는 예술가들의 광분과 생고집을 보고 있자니 분노나 불쾌 이전에 짠한 마음이 앞서는 게, 그들에게 공감하면 나도 비윤리적이거나 미친 것일지도 모른다는 생각 때문에 독자에게 죄악감을 유발하는 독특한 유형의 예술가 소설들이다.

그러나 예술과 정념의 관계를 도발적이고도 묵직한 어조로 묻는 이러한 소설들보다, 김동인의 진짜 재능은 세속적 인간의 원초적 욕망을 표현하는 데에서 만개한다. 스무 살 약관의 나이로 시작하여 30년에 걸쳐 작품 세계를 일군 김동인의 목록을 톺아볼 때, 가장 먼저 사람의 시선을 잡아채는 부분은 역시 원색적이고 말초적인 묘사와 구성으로 인간 근원과 본성을 탐구한―특히 불륜과 치정 스토리로 표현되는―작품들이다. 처녀작인 〈약한 자의 슬픔〉부터가 이미 신여성의 통속적 정분과 육체적 몰락을 그려내며, 〈배따라기〉〈피고〉〈감자〉〈딸의 업을 이으려〉〈포플러〉〈무능자의 아내〉〈최 선생〉〈어떤 날 밤〉〈김연실전〉 시리즈

등 손에 꼽기 힘들 만큼 많은 그의 중·단편이 옐로 저널리즘에서 쉽게 발견될 법한 사건을 중심 소재로 한다. 각각의 사건을 다루는 작가의 시선은 때로 세속적 흥미 본위에 그치기도 하며 차가운 단평으로 일갈하기도 하나, 많은 경우 인간성에 대한 천착을 중요시하며 운명적 아이러니를 주로 다루는 한편 긍정적이며 건강한 인간상을 제시하려는 노력도 엿보인다. 이를테면 독자는 〈배따라기〉 속 사공의 아내가 정말로 그 동생과 바람났는지 아닌지를 끝까지 의문부호로 남겨두어야 하며, 때에 따라서는 사공이 들려준 애초의 내력이 윤색 없는 사실인지조차 의심을 품어야 한다(나는 김동인의 다른 작품들을 읽어나가는 동안, 배따라기의 사공은 제 손으로 아내와 동생을 난자하고 묻어버린 뒤 떠돌아다니는 중이며 화자에게 각색한 거짓을 들려줬는지도 모른다는 혐의를 거둘 수 없었다). 정황상 간통의 결과물이 분명한데도 아기에게서 공통점을 찾아내려는 〈발가락이 닮았다〉의 남편을 보면서는 왠지 응원해주고 싶어진다. 방탕아에게 어이없이 정조를 잃은 〈가두〉 속의 여주인공은 그럼에도 어떻게든 산목숨의 앞일을 도모하려는 굳은 심지를 보여주어, 독자는 왠지 그녀의 앞날이 그리 비극적이지만은 않으리라 안도하게 된다.

한 작가를 마주할 때 이런 유형의 소설들을 먼저 만나면 어떻게든 '낚이지' 않을 수 없고, 이 같은 소재들이 뇌리를 연타하면 아우성치고 악다구니를 쓰는 인간 군상 속에서 정신이 혼미해진다. 다음에는 더 강한 자극을 찾게 되는 마약과도 같으니, 아뿔싸, 너무 깊이 빠져들거나 맛 들이면 탈 나겠다. 김동인이 어떤 식으로 최후를 맞이했는지를 잊지 말아야 한다. 자신의 소설만큼이나 롤러코스터 같은 인생을 살다 간 비운의 작가, 약물 중독으로 피난을 떠나지 못하고 손바닥만한 방의 이불 속에서 차디차게 식어간 인간을.

소설의 일련의 흐름으로 볼 때, 김동인은 인간 내면에 대해 섬세하게 탐구하기보다는 주로 인간사 가운데 눈에 잘 띄고 흥분되는 사건에 지대한 관심을 가진 것으로 보이지만, 그의 소설이 마냥 본능적 육욕과 광기만 추적하지는 않으며, 때론 소소하면서도 때론 묵직한 다양한 소재와 주제를 전개한다. 세태소설에 속하면서 개인과 사회의 일상적 충돌과 모순 및 좌절을 다룬 〈벗기운 대금업자〉, 최악의 생존 조건 아래 아무렇지도 않게 말살되는 인간성을 묘사하면서도 일말의 죄책감을 간직한 〈태형〉, '송충이의 솔잎 먹기'를 씁쓸한 어조로 묘사하는 〈시골 황 서방〉, 명성이라는 허상과 그것을 바라보는 인간의 허영을 풍자하는 〈명화 리디아〉, 잡히지 않는 무지개를 통해 인간의 꿈을 놀랍도록 서정적인 필치로 다룬 〈대동강은 속삭인다〉, 믿음의 행위가 자신도 모르게 변질되어 순진무구한 의도로 인명을 해하는 과정을 그리며 무엇이 죄이고 죄가 아닌지를 묻는 〈명문〉, 인간의 보편적 감정으로 타인에게 애써 베푼 동정이 과실치사에 이르는 아이러니를 날렵한 터치로 그려낸 〈거지〉 등이 그것들이다.

이쯤 이르면 소설가로서 그의 관심사는 거의 무한대라고 보아도 좋은데, 그중에서는 당시로선 매우 현대적이었을 내용과 기법들도 엿볼 수 있다. 〈피고〉는 한 남자가 자신이 죄를 저질렀는지 아닌지 혼란을 겪으나 증거물에 따라 죗값을 받아들이는, 본격 자아 망실과 정신 분리를 다룬 콩트라고 할 수 있다. 역시 짤

막한 콩트에 해당하는 〈○씨〉는 나와 모르는 타인이 공연히 나를 업신여긴다는 피해망상에 시달리다 끝내 자살하는 스토커 기질의 인간을 주인공으로 했으며, 〈구두〉는 머피의 법칙을 소재로 하고 있다. 그런가 하면 〈송동이〉는 후반부의 주된 정서상 자신의 양심과 도덕, 정의 실현에 충실하다 집안에 비극을 가져온 송 서방의 말로와 그 운명의 애잔함에 집중하기는 하나, 소설 전편을 관통하는 까만 고양이에 대한 집착과 애정과 희롱 노래는 소설 내용에 비추어 아이러니하면서도 소름 끼치게 느껴져서 에드거 앨런 포의 〈검은 고양이〉가 떠오르기도 했다. 〈눈보라〉는 얼핏 보아선 전기 기계에 의존하는 돌팔이 의사가 눈 속에서 맞이하는 최후를 씁쓸하게 그려낸 데 지나지 않으나, 플라시보 효과에는 한계가 있음을 보여주는 한편, 오래 배운 고급한 철학을 아무 데도 써먹지 못하여 민생고 때문에 약장수가 되고 그 사기극으로 입에 풀칠하다 몰락하는 홍 선생의 말로가 현대 사회에서도 흔히 찾아볼 수 있는 사례라는 점에서 시사하는 바가 크다. 읽다가 덮고 싶었던 〈K 박사의 연구〉는 스카톨로지에 집착하는 박사의 이야기를 다룬, 그 시대로서는 충격을 넘어 엽기적이었을 것으로 짐작되는 풍자소설로, 지금으로서도 받아들이기 힘든 그로테스크를 표출한다.

***

그런 소설들 가운데 또 하나 눈에 띄게 다른 계통이 있는데, 그것은 어머니 존재에 대한 이상화로, 그중에서도 작가의 자전적 경험을 반영하여 어머니를 그리워하는 내용이 빈번하다. 허구 서사인 〈곰네〉는 억척같이 삶을 일구어 오다 도박에 빠진 남편 때문에 전 재산을 날린 뒤 절망에 빠지면서두 의지가지없는 아이를 거두어 먹이면서 아이를 키우기 위한 새 희망을 찾는 주인공을 내세우는데, 이 소설은 동일한 내용으로 〈곰네〉 외에 〈어머니〉라는 제목을 동시에 달 정도로, 작가가 어머니 희생의 숭고함이야말로 인류가 지켜야 할 참가치로 인식하고 있었음을 보여준다. 수필에 가까운 자전소설인 〈몽상록〉과 〈가신 어머님〉은 두 편이 거의 동일한 내용과 구조를 취하면서, 전자가 병든 어머니의 임종까지를 묘사하고 있다면 후자는 이미 떠나간 어머니를 간절한 그리움으로 회상한다. 이 소설들을 통해 독자는 어머니라는 존재가 김동인의 소설 인생에 어떤 의미인지를 막연하게나마 짐작할 수 있으며, 그 어머니와의 대척점에 서 있는 각종 여성에 대한 부정적 묘사(음전치 못함, 자유연애를 내세우던 끝에 패가망신 등)의 기저에 깔린 감정을 파악하게 된다. 전근대적 남성의 보수성에서만 비롯했다고 보기엔 과도하게 강조된 듯한 여성들의 비행과 일탈은, 비록 작가가 몇몇 작품을 통해 남성의, 아니 인간의 본래적 일탈까지를 두루 다룸으로써 어느 정도 균형을 유지하거나 무마하는 듯 보이지만 그의 작품 세계에 '어머니 아닌 여성들'에 대한 뿌리 깊은 불신과 경멸이 자리하고 있음을 감추지는 못한다. 야담 형식인 〈여인담〉에서 이 같은 경향이 두드러지며, 또다른 실제 상황 회고 기록으로 보이는 단편인 〈무능자의 아내〉와 〈약혼자에게〉에서는 자신의 배필로 드센 신여성을 바라지 않으며 실패한 결혼 끝에 맞이한 새 아내에게 현모양처가 되어달라는 작가 자신의 목소리를 노골적으로 담아낸다.

이와 같은 소설 경향은 그의 처녀작이었던 중편 〈약한 자의 슬픔〉에서부터 이미 단초가 보인다. 신여성의 비행과 인생 몰락을 담담하게 묘사하다 사산된 핏덩이를 내려다보며 인류애라는 결론에 가 닿는 뜬금포는, 앞으로 펼쳐질 그의 그로테스크한 소설 세계를 예고함과 동시에 김동인의 소설 근원인 '약한 자'가 바로 병약하고 심적으로도 나약한 자신을 반영함을 은연중에 드러낸다. 어머니의 치마폭에 싸인 그는 현실 세계의 환난과 충돌을 껴안는 대신 붓끝으로 자신의 세계를 터뜨리는 데 열중한 것이다. 그렇게 발아한 세계는 상당 부분에서 기괴한 일그러짐을 보이며, 그 일그러짐이야말로 인간 본연의 모습에 가장 가까움을 역설한다.

****

이 전집에 수록된 몇몇 자전소설에서도 드러낸바, 그가 한창 활발한 작품 활동을 하던 때는 자신의 붓에 식구들의 입이 걸려 있음을 인지하고 돈이 되는 대로 연재 대중소설이나 역사소설을 양산하는 시절이었다. 그럼에도 이번 선집에 포함된 《운현궁의 봄》 같은 경우 흥선대원군의 야심에 자신의 심정을 대입이나 하듯, 역경을 뛰어넘어 세상을 쥐는 보편적인 영웅설화 구조를 통해 희망적인 태도와 민족적 자존심을 표현했다. 흥선대원군이라는 인물에 대한 평가는 워낙 극과 극이고, 그가 시대의 풍운아를 넘어 영웅으로 그려지는 모습이 얼마나 바람직한지는 소설을 받아들이는 개인의 가치관에 달려 있겠으나, 이 작품이 생활고를 해결하기 위한 신문 연재소설의 일환임을 감안할 때, 역사소설의 한 혁신적인 표정을 볼 수 있다. 일어난 사건을 충실하게 재현하여 자칫 지루해지기 쉬운 기존 역사소설의 틀에서 벗어나 역사 왜곡의 위험성을 한편으로 품으면서도 작가의 풍부하고 개성적인 상상력이 가미된 역사소설을 써낸 것은 김동인의 문장紋章이자 특장特長으로 보아도 좋을 것이다.

그러나 그의 생애 후반부의 소설, 특히 해방 이후의 소설은 나약한 자의 자기변명에 급급한 모습을 보여주어 씁쓸함을 불러일으킨다. 〈송 첨지〉를 비롯한 일련의 후기 단편에서 드러나는바, "독립이 되면 좋지만 안 된다고 불편하지도 않다"거나 "일본인 가운데 괘씸한 사람이 많지만 조선인이라고 다 달갑지도 않다"는 화자의 상념은 작가 자신의 입장을 대변한다. 민족보다는 인간이라는 보기 좋은 구실로, 정치적 올바름을 추구하고 시시비비를 가리기보다는 인류라는 이름으로 얼버무리고 싶어 하는 송 첨지의 의식은 작가의 친일 행적에 대한 자기 합리화처럼 보이기도 하며, 한 심약한 작가의 자기 분열마저 느끼게 한다. 민족을 생각하고 싶었으나 민족 이전에 개인이 중요하다는 시대가 낳은 불운일까. 〈학병 수첩〉에서 이 같은 합리화는 더욱 극대화되어, 일본에 동조하기 싫었지만 모종의 위협 때문에 어쩔 수 없이 학병이 되었다는 자기 고백에는 일견 측은지심마저 느껴지며, 같은 시대에 살았다면 나라고 크게 달랐을까를 반성해보는 계기를 제공하기도 하는데, 후반부에서 산통을 깨는 것은 "조선의 독립이 누구의 노력도 아닌 하늘의 선물"이라고 결론 내리는 대목과 함께, 앞으론 맘을 굳게 먹고 조선의 아들로 살아가겠다는 선언이다. 소설 속에서 인물의 생각이 갈피를 잃고 일관성이 사라지다 분열적 중얼거림마저 보이는 것은 오랜 병마와 약물 중독의 후유증으로 생각되며, 그가 총독부를 찾아가 자청하기까지 한 친일 행적은 육체적 질병으로 자아 망실 상태에 이른 자의 좌충우돌 가운데 하나로 알려져 있기도 하다.

*****

김동인의 문학적 역량에 비해 그의 삶은 안타까움의 연속이었다. 친일은 어떤 경우에도 옹호나 용인을 받아서는 안 되며, 유복했던 그가 가산을 녹여 먹고 폭발적인 매문賣文[2]의 길로 접어든 것은 기생을 옆에 끼고 한량처럼 놀아났던 그 자신의 탓이다. 이는 단지 그를 '비운의 작가'라고 에둘러 마무를 수 없는 요인이다. 그럼에도 그 과정에서 가산을 털어 이어간 문예지《창조》를 비롯하여 빛나는 몇 가지의 시도와 성취들은 한국 문학사를 통틀어 그의 존재를 외면할 수 없게 만든다.

첫 만남인 〈조국〉―즉 〈붉은 산〉에서 풍긴 민족적 의분은 막상 다른 작품을 접할수록 전혀 엉뚱한 데로 튀었고, 후기 작품을 대하면서는 그간 넘치던 붉은 빛이 바래다 못해 안쓰러울 정도의 횡설수설과 자기변호가 전체 작품 세계에 씻지 못할 얼룩을 남긴 셈이 되어서, 마치 처음 짝사랑하던 상대의 적나라한 실체를 보았을 때 느낄 법한 배신감이 들었지만, 어쩌면 그의 존재는

---

2 돈을 벌기 위하여 실속 없는 글을 써서 팖.

지금 이 자리에서 글을 써서 살아가는 나를 반사하는 거울 같기도 하다. 매문인이 아니기 위해서, 얼마나 큰 본인의 노력과 자존심과 더불어 사회문화적 기반과 운명의 협조까지 필요한가를, 어렴풋하게나마 알게 된 지금은 말이다.

구병모 | 2009년 장편소설 《위저드 베이커리》로 제2회 창비청소년문학상 당선. 소설집 《고의는 아니지만》, 장편소설 《아가미》《파과》《피그말리온 아이들》《방주로 오세요》 등이 있다.

차례

바랜 붉은 빛 _ 구병모 5

약한 자의 슬픔 19

목숨 97

유성기 130

폭군 134

배따라기 156

태형笞刑 177

이 잔을 203

눈을 겨우 뜰 때 217

피고 263

감자 269

○씨 280

명문 284

시골 황 서방 300

명화 리디아 308

딸의 업을 이으려 313

눈보라 332

K 박사의 연구 357

송동이 379

광염 소나타 409

구두 437

포플러 445

순정 455

배회 排徊 470

벗기운 대금업자 513

수정 비둘기 526

소녀의 노래 531

수녀 534

화환 542

죽음 556

무능자의 아내 580

약혼자에게 607

증거 615

죄와 벌 624

여인담 639

거지 662

결혼식 671

김동인 연보 690

일러두기

1. 이 책에 수록된 작품은 김동인이 발표한 작품 중 단편소설을 모은 것으로 작품 배열은 발표 연대순으로 했다.

2. 맞춤법, 띄어쓰기는 현대어 표기로 고쳤으나 작가가 의도적으로 표현한 것은 잘못되었더라도 그대로 두었다. 띄어쓰기와 맞춤법은 국립국어원의 《표준국어대사전》을 기준으로 삼았다.

3. 한글로 표기된 외래어는 외래어맞춤법에 맞게 고쳤으나 시대적 상황을 드러내주는 용어는 원문을 그대로 살렸다.

4. 한자는 한글로 표기하고 의미상 필요한 경우에만 한글 옆에 병기하였다.

5. 생소한 어휘는 독자들의 이해를 돕기 위하여 각주로 설명을 달아두었다.

6. 대화에서의 속어, 방언 등은 최대한 살렸으나 지문은 현대어로 고쳤다.

7. 대화 표시는 " "로 바꾸었고, 대화가 아닌 혼잣말이나 강조의 경우에는 ' '로 바꾸었다. 또한 말줄임표는 모두 '……'로 통일하였다.

약한 자의 슬픔

1

　가정교사 강 엘리자베트는 가르침을 끝낸 다음에 자기 방으로 돌아왔다. 돌아오기는 하였지만 이제껏 쾌활한 아이들과 마주 유쾌히 지낸 그는 찜찜하고 갑갑한 자기 방에 돌아와서는 무한한 적막을 깨달았다.

　'오늘은 왜 이리 갑갑한고? 마음이 왜 이리 두근거리는고? 마치 이 세상에 나 혼자 남아 있는 것 같군. 어찌할꼬. 어디 갈까, 말까. 아, 혜숙이한테나 가보자. 이즈음 며칠 가보지도 못하였는데.'

　그의 머리에 이 생각이 나자, 그는 갑자기 갑갑하던 것이 더 심하여지고 아무래도 혜숙이한테 가보아야 될 것같이 생각된다.

　"아무래도 가보아야겠다."

그는 중얼거리고 외출의를 갈아입었다.

'갈까? 그만둘까?'

그는 생각이 정키 전에 문밖에 나섰다. 여학생 간에 유행하는 보법步法으로 팔과 궁둥이를 전후좌우로 저으면서 엘리자베트는 길로 나섰다.

그는 파라솔을 받은 후에 손수건을 코에 대어서 쏘는 듯한 콜타르 냄새를 막으면서 N 통, K 정 등을 지나서 혜숙의 집에 이르렀다.

그리 부자라 할 수는 없지마는, 그래도 경성 중류민의 열에는 드는 혜숙의 집은 굉대宏大하지는 못하지만 쏠쏠하고[1] 정하기는 하였다.

그 집의 방의 배치를 익히 아는 엘리자베트는 들어서면서 파라솔을 접어서 마루 한편 끝에 놓은 후에,

"너무 갑갑해서 놀러 왔다 얘."

하면서 혜숙의 방으로 뛰어들어갔다. 그는 들어서면서, 혜숙이가 동모同某 S와 무슨 이야기를 열심으로 하다가 자기 온 것을 알고 뚝 그치는 것을 알았다.

'S는 원, 무엇하러 왔노.'

그는 이유 없는 질투가 마음에서 끓어오르는 것을 깨달았다.

'흥, 혜숙이는 S로 인하여 나한테 놀러도 안 오는구만. 너희끼리만 잘들 놀아라.'

혜숙이가 한 번도 자기에게 놀러 와본 때가 없으되 엘리자베트는 이렇게 생각하였다.

---

1 품질이나 수준, 정도 따위가 웬만하여 기대 이상이다.

"아, 엘리자베트 왔니. 우린 이제껏 네 이야기 하댔지. 그새 왜 안 왔니?"

혜숙이와 S는 동시에 일어나면서, 혜숙이는 엘리자베트의 왼손, S는 바른손을 잡고 주좌主座² 에 끌어다 앉히었다.

엘리자베트는, 아직 십구 세의 소녀이지만 재주와 용자容姿로 모든 동창들에게 존경과 일종의 시기를 받고 있었다. 그는 재주로 인하여 아직 통학 중이지만 K 남작의 집에 유留하면서 오후에는 그 집 아이들에게 학과의 복습을 시키고 있었다.

"내 이야기라니 무슨? 내 숭들만 실컷 보고 있었니?"

엘리자베트는, 앉히는 자리에 앉으면서 억지로 성난 것을 감추고 농담 비슷하니 물었다.

혜숙과 S는 의논하였던 것같이 잠깐 서로 낯을 향하였다가 웃음을 억지로 참느라 입을 비죽하니 하고 머리를 돌이켰다.

"내 이야기라니 무슨?"

"네 이야기라니. 저— 그만두자."

혜숙이가 감춰두자 엘리자베트는 더 듣고 싶었다. 그는 차차 노기를 외면에 나타내게 되었다.

"내 이야기라니 무엇이야 애? 안 가르쳐주면 난 가겠다."

"네 이야기라니. 저—."

혜숙이는 아까와 같은 말을 한 후에 S와 또 한 번 마주 향하여 보았다.

"그럼 난 간다."

2 으뜸이 되어 앉음. 또는 그런 자리.

하고 엘리자베트는 일어서려 하였다.

"얘, 가르쳐줄라. 참말은 네 이야기가 아니고 저— 이환利煥 씨 이야기."

말이 끝난 뒤에 혜숙이는 또 한 번 S와 낯을 향하였다.

혜숙의 말을 들은 엘리자베트는 노기와 부끄러움과 모욕을 당했다는 감을 함께 머금고 낯을 붉히고 머리를 숙였다.

엘리자베트가 매일 통학할 때에 N 통 꺾어진 길에서 H 의숙 제모를 쓴 어떤 청년과 만나게 되었다. 만나기 시작한 지 닷새에 좀 정답게 생각되고, 열흘에 그를 만나지 못하면 섭섭하게 생각되고, 이십 일에 연애라 하는 것을 자각하고, 일 삭³ 만에 그 청년의 이름을 탐지하였다. '그도 나를 생각하겠지' 하는 생각과 '웬걸, 내게는 주의도 안 하더라' 하는 생각이 그 후부터는 항상 그의 마음속에서 쟁투하고 있었다. 연애를 하는 사람은 아무도 그렇거니와 엘리자베트도 연애—짝사랑(편연片戀)이던—를 안 후부터는 벗들과 함께 있을 때는 아무렇지도 않지만, 혼자 있을 때는 염세의 생각과 희열의 생각이 함께 마음속에서 발하여 공연히 심장을 뛰놀리며 일어섰다, 앉았다, 밖에 나갔다, 들어왔다, 일도 없는데 이환이와 만나게 되는 길에 가보았다, 이와 같이 날을 보내게 되었다. 그러다가 아무에게도 통사정할 사람이 없는 엘리자베트는 혜숙에게 이 말을 다 고백하였다.

이와 같은, 사람의 비밀을 혜숙이는 S에게 알게 하였다 할 때는 그는 성이 났다.

---

3 개월.

처녀가 학생에게 사랑을 한다 하는 것이 그에게는 부끄러웠다.

둘—혜숙과 S—이서 내 흉을 실컷 보았겠거니 할 때에 그는 모욕을 당했다 생각하였다. 혜숙과 S가 서로 낯을 보고 웃을 때에 이 생각이 더 심하였다.

그리고, 이와 같은 비밀을 혜숙에게 고백하였다 할 때에, 엘리자베트는 자기에 대하여서도 성을 안 낼 수가 없었다.

'이건 자기를 믿고 통사정을 하였더니 이런 말을 광고같이 떠들춘단 말인가. 이 세상에 믿을 만한 사람이 누구인고? 아, 부모가 살아계시면…….'

살아 있을 때는, 자기를 압박하는 것으로 유일의 오락을 삼던 부모를 빨리 죽기를 기다리던 그도, 부모에게 대하여, 지금은 유일의 믿을만한 사람이고 유일의 의뢰할만한 사람이라는 생각이 났다. 그리고 혜숙에게 대하여서는 무한한 증오의 염이 난다.

그러면서도, 그는 한 바람을 품고 있었다. 이것—이환과 자기의 새[4]—이것이 이제 화제가 되는 것을 그는 무서워하고 피하려하면서도 그것이 화제가 되기를 열심으로 바라고 있다. 좀 더 상세히 알고 싶었다.

자기 말을 듣고 엘리자베트가 성을 낸 것을 빨리 알아챈 혜숙이는, 화제를 바꾸려고 학과 이야기를 시작하였다.

"너 기하 숙제 해보았니? 난 암만해두 모르겠두나."

'아차!'

엘리자베트는 속으로 고함을 쳤다. 그의 희망은 끊어졌다.

---

4 사이.

'내가 성을 낸 것을 알고 혜숙이는 이렇게 돌려다 대누나.'
하면서도 성을 억지로 감추고 낯에 화기를 나타내고 대답하였다.

"기하? 해보지는 않았어도 해보면 되겠지."

"그럼 좀 가르쳐주렴."

기하 책을 갖다 놓고 셋은 둘러앉아서 기하를 토론하기 시작하였다. 한 이십분 동안 기하를 푸는 새에 엘리자베트의 머리에는 혜숙과 S의 우교友交에 대한 시기도 없어지고, 혜숙에게 대한 증오도 없어지고, 동창생에 대한 애정과 동성에 대한 친밀한 생각만 나게 되었다.

복습을 필한 후에 셋은 잠깐 무언으로 있었다. 그동안 혜숙은 무슨 말을 할 듯 할 듯하면서도 다만 빙긋 웃기만 하고 말은 못 발하고 있었다.

'무슨 말이든 빨리 하렴.'

엘리자베트는 또 갑자기 희망을 품고 심장을 뛰놀리면서 속으로 명령하였다.

엘리자베트가 듣고 싶어하는 것을 보고 혜숙이는 안심한 듯이 말을 시작한다.

"애— 애—."

이 말만 하고 좀 말하기가 별別한 듯이 잠깐 말을 멈추었다가 또 시작한다.

"이환 씨느으으은 S의 외사촌 오빠란다."

이 말을 들은 엘리자베트는 갑자기 마음이 무거워지는 것을 깨달았다. 그 가운데는 부끄러움도 섞여 있었다. 갑자기 이환이와 직접 대면한 것같이 형용할 수 없는 별한 부끄러움이 엘리자

베트의 마음을 지나갔다. 그러면서도 그는 좀 더 똑똑히 알려고,

"거짓말!"

하고 혜숙이를 쳐다보았다.

"거짓말은 왜 거짓말이야. S한테 물어보렴. 이 애 S야, 그렇지?"

엘리자베트는 머리를 S 편으로 돌려서 S의 대답을 기다렸다. 이환이가 S의 외사촌이라는 것은 팔구 분은 믿으면서도…….

S는 다만 웃고 있었다.

'모욕당했다. 집으로 가고 말아야지.'

엘리자베트는 이렇게 속으로 고함을 치고도 일어나지는 않았다. 그는 S에게서 이환의 소식을 듣고 싶었다. 그리고 '오빠도 너를 사랑한다더라'란 말까지 듣고 싶었다.

"응, 그렇지 얘?"

하는 혜숙의 소리에 S는 그렇단 대답만 하였다. 그리고 의미 있는 듯한 웃음을 머금고 엘리자베트를 들여다보았다.

'S의 웃음. 의미 있는 듯한 웃음. 무슨 웃음일꼬? 거짓말? 이환 씨가 S의 오빠라는 것이 거짓말이 아닐까? 아니! 그것은 참말이다. 그러면 무슨 웃음일꼬? 이환 씨는 나 같은 것은 알아도 안 보나? 아! 무엇? 아니다. 그도 나를 사랑한다. 그리고 S에게 고백하였다. 아, 이환 씨는 날 사랑한다. 결혼! 행복!'

그는 자기에게 이익한 데로만 생각을 끌어가다가 대담하게 되어서 머리를 들면서, 결심한 구조口調[5]로 말을 걸었다.

"얘, S야."

5 어조.

"엉?"

경멸하는 듯이 S는 대답하였다. 이 소리에, 엘리자베트의 용기가 대부분은 꺾어졌다.

"너……."

그는 차마 그 뒤는 말을 발하지 못하여 우물우물하다가 예상도 안 한 딴말을 묻고 말았다.

"기하 다 했니?"

"기하라니? 무슨?"

S는 대답 겸 물어보았다.

"내일 숙제."

"이 애 미쳤나 부다."

엘리자베트는 왜인지 가슴에서 뚝 하는 소리를 들었다. S는 말을 연속하여 한다.

"이제 우리 하지 않았니?"

"응? …… 참…… 다 했지…….''

S는 '다 알았소이다' 하는 듯이 교활한 웃음을 머금고 엘리자베트의 그리스 조각을 연상시키는 뺨과 목의 윤곽을 들여다보았다.

'모욕을 당했다.'

엘리자베트는 또 이렇게 생각지 않을 수 없었다.

'집으로 가고 말아야지.'

이 생각을 할 때에 그는 아까 집에서 혜숙의 집에 가야겠다 생각할 때에, 참지 못하게 가고 싶던 그와 동 정도로 집으로 돌아가고 싶었다.

그는, 어쩔 수 없이 가고 싶은 고로,

"난 간다."

소리만 지르고, 동무들이 "왜 가니?" "더 놀다 가렴" 등 소리는 귓등으로도 듣지 않고 팔과 궁둥이를 저으면서 나섰다.

2

늦은 봄의 저녁 빛은 따듯하였다.

도회의 저녁은 더 번잡하였다.

시멘트 인도는 무수히 통행하는 사람의 발로 인하여 처르럭처르럭 때가닥때가닥 하는 소리를 시끄럽도록 내면서도 평안히 누워 있었다.

어떤 때는 사람의 위를 짧게 비추었다, 사람이 다 통과한 후에는 도로 길게 비추었다 하는, 자기와 함께 나아가는 자기 그림자를 들여다보면서 엘리자베트는 본능적으로 발을 움직였다.

'아! 잘못하였군. 그 애들은 내가 나선 다음에 웃었겠지. 잘못하였어? 그럼 어찌하여야 하노? S를 얼려야지. 얼려? 응. 얼린 후엔 들어야지. 무엇을. 무엇을? 그것을 말이지. 그것이라니? 아—그것이라니? 모르겠다. 사탄아 물러가거라. S가 이환 씨의 누이이고. S가 혜숙의 동무이고. 또 내 동무이고. 이환 씨는 동무의 오빠이고. 사람이 다니고. 전차. 아이고 무엇이 무엇인지 모르게 되었다. 왜 웃는단 말인가? 왜? 우스우니깐 웃지. 무엇이 우스워. 참 무엇이 우스울까?'

그는 또 한 번 웃었다. 그렇지만, 이 웃음은 기뻐서 웃는 것도 아니고 즐거워서 웃는 것도 아니다. 다만 우스워서 웃는 것이다. 그가 왜 우스운지 그 이유를 해석하려고, 혼돈된 머리로 생각하면서, 발은 본능적으로 차차 집으로 가까이 옮겨놓았다.

꾸부러진 길을 돌아설 때에, 그는 아직껏 보고 오던 자기 그림자를 잃어버린 고로 잠깐 멈칫 섰다가, 또 한 번 해석지 못한 웃음을 웃고 다시 걷기 시작하였다.

그가 집에 들어설 때는, 다섯시 반 좀 지난 후 K 남작은 방금 저녁을 먹고 처와 아이들이 저녁을 먹을 때이다. 조선의 선각자로 자임하는 남작은, 내외의 절節과 안방 사랑의 별別은 폐하였지만 남존여비의 생각은 아직껏 확실히 지켜왔다.

엘리자베트는, 먹기 싫은 밥을 두어 술 먹은 후에 자기 방으로 돌아와서 아직 어둡지도 않았는데 전등을 켜고 책궤상 머리에 가 앉았다.

아무 작용도 아니 하는 눈을 공연히 멀거니 뜨고, 책상을 오르간으로 삼고 〈다뉴브〉 곡을 뜯으면서, 그는 머리를 동작시키고 있었다. 웃음. S. 이환. 결혼. 신혼여행. 노후의 안락. 또는 거기는 조금도 상관없는 다른 공상이 속속들이 그의 머리에 왕래하였다.

끝없이 나는 공상을 두 시간 동안이나 한 후에, 이제껏, 희미하니 아물아물 기어가는 것같이 보이던 벽의 흑점이 똑똑히 보이기 시작할 때에, 그는 자리를 펴고 자고 싶은 생각이 났다.

아까 저녁 먹을 때에 남작의,

"오늘 밤에는 회會가 있는 고로 밤 두시쯤 돌아오겠다."

는 말을 들은 엘리자베트는, 별로 안심이 되어 자리를 펴고 전 나체가 되어 드러누웠다.

몇 가지 공상이 또 머리에서 왕래하다가 그는 잠이 들었다.

한참 자다가, 열한시쯤, 자기를 흔드는 사람이 있는 고로 그는 눈을 번쩍 떴다. 전등 아래, 의관을 한 남작이 그를 들여다보고 있었다. 엘리자베트는 갑자기 잠이 수천 리 밖에 퇴산退散하는 것을 깨달았다. 그는 남작의 자기를 들여다보는 눈으로, 남작의 요구를 깨달았다. 하고 겨우 중얼거렸다.

"부인이 아시면?"

'아차!'

그는 속으로 고함을 쳤다.

'부인이 모르면 어찌한단 말인가? …… 모르면? …… 이것이 허락의 의미가 아닐까? 그러면 너는 그것을 싫어하느냐? 물론 싫어하지. 무엇? 싫어해? 내 마음속에, 허락하려는 생각이 조금도 없냐 아…… 허락하면 어쩠냐? 그래도…….'

일순간에 그의 머리에 이와 같은 생각이 전광과 같이 지나갔다.

"조용히! 아까, 두시에야 돌아오겠다고 하였으니깐 모르겠지요"

남작은 말했다.

이제야 엘리자베트는 아까 남작이 광고하듯이 지껄이던 소리를 해석하였다. 그러고, 두 번째 거절을 하여보았다.

"부인이 계시면서두……?"

'아차!'

그는 또 속으로 고함을 안 칠 수가 없었다.

'부인이 없으면 어찌한단 말인가? …… 이것은 허락의 의미가 아닐까……?'

남작은 대답 없이 엘리자베트를 뚫어지게 들여다보고 있었다.

"왜 그리 보세요?"

그는 남작의 시선을 피하면서, 별한 웃음—애걸하는 웃음—거러지의 웃음을 웃으면서 돌아누웠다.

'아차!'

그는 세 번째 고함을 속으로 발하였다.

'이것은 매춘부의 웃음, 매춘부의 행동이 아닐까……?'

몇 번 거절에 실패를 한 엘리자베트는 마지막에는 자기에게 대하여서도 정이 떨어지게 되었다. 그는 뉘게 대하여선지는 모르면서도 모르는 어떤 자에게 골이 나서, 몸을 꼬면서 좀 날카롭게, 그래도 작은 소리로 말했다.

"싫어요 싫어요."

남작은 역시 대답이 없었다.

엘리자베트는, 갑자기 방 안이 어두워지는 것을 알았다. 남작이 불을 끈 것이다. 그 후에는 남작의 의복 벗는 소리만 바삭바삭 났다.

엘리자베트는 정신이 아득하여지고 말았다.

정신이 아득하여진 엘리자베트는, 한참 있다가 거기서 직수면 상태로 들어서 푹 잠이 들었다가, 다섯시쯤, 동편 하늘이 좀 자홍색을 띠어올 때에 무엇에 놀란 것같이 움쭉 하면서 눈을 떴다.

회색 새벽빛을 꿰어서, 먼트고메리 회사제 벽지가 눈에 드는 동시에, 그의 머리에는 남작이 생각났다. 곁에 사람의 기척이 없는 고로 남작이 돌아갔을 줄은 확신하면서도, 만일 있었다면 하는 의심이 나는 고로, 그는 가만가만 머리를 그편으로 돌렸다. 거기는 남작이 베느라고 갖다 놓았던 책이 서너 권 놓여 있었다.

'그럼 저편 쪽에 있지. 저편 쪽 벽에 꼭 붙어 서서, 날 놀래려고 준비하고 있지.'

엘리자베트는 흥미 절반, 진정 절반으로 이런 생각을 하고 갑자기 남작이 숨기 전에 발견하려고 머리를 돌이켰다. 거기는 차차 흰빛으로 변하여오는 새벽빛에 비친 벽지의 모양만 보였다.

'어느 틈에 또 다른 편으로 뛰었군!'
하면서 그는 남작을 잡느라고 이편저편으로 머리를 획획 돌리다가,

'일어나야 순순히 나올 터인가 원.'
하면서 벌떡 일어나 앉아서 의복을 입기 시작하였다. 속곳, 바지로서 버선까지 신는 동안에, 그의 머리에는 남작을 잡으려는 생각은 없어지고 엊저녁 기억이 차차 부활키 시작하였다.

'내 속이 왜 그리 약하단 말인고? 정신이 아득하여질 이유가 어디 있어? 아무래도 그렇게 되겠으면 정신이나……. 아— 지금 남작은 무엇 하고 있노.'

그는 자기가 남작에 대하여서도 애정을 가지게 된 것을 깨달을 때에, 차라리 놀랐다. 마음속에서는 또 적막의 덩어리가 뭉쳐나왔다. 그는 무한 울고 싶었다. 그는 시계를 보았다. 아직 다섯 시 십삼분이다.

'울 시간이 넉넉하지.'

이 생각을 할 때에 그는 참지 못하고 꼬꾸라져서 흘쿡 느끼기 시작하였다.

'남작은 아내가 있는 사람이다. 아내가 있는 사람에게…… 내 전정前程⁶은 어떠할까…….'

울음이 끝나기까지 한참 운 그는, 눈물이 자연히 멎은 후에 머리를 들었다. 아침 햇빛은 눈이 시도록 방 안을 들이쪼이고[7] 있었다.

밝은 햇빛을 본 연고인지 실컷 운 연고인지, 엘리자베트는, 오랫동안 벼르던 원수를 갚은 것같이 별로 속이 시원한 고로, 일어서서 세수를 하러 갔다.

세수를 한 후에 그는, 거기서 잠깐 주저치 않을 수가 없었다. 밥을 먹으러 가나. 안 가나. 밥은 먹어야겠고. 거기는 남작이 있겠고…….

그러다가 그는, 필사적 용기를 내고 밥을 먹으러 갔다. 거기는 남작은 없었지만 그는 부인과 아이들에게도 할 수 있는 대로 낯을 안 보이게 하고 밥을 먹었다. 그런 후 자기 방에 와서 이부자리를 간지피고[8] 책보를 싸가지고 학교로 향하였다.

정문 밖에 나선 그는, 또 한 번 주저치 않을 수가 없었다. 이 길로 가나. 저 길로 가나. 이 길로 가면 이환이를 만나겠고. 저 길로 가면 대단히 멀고.

그의 마음속에는 쟁투가 일어났다. 자기에게 대하여 애정을 나타내지도 않는 이환의 앞을, 복수 겸으로 유유히 지나갈 때의 자기의 상쾌를 그는 상상하여보았다. 이환이는 그 일을 모르겠지만, 이렇게 하는 것이 엘리자베트에게는 한 쾌락—만약 엘리자베트에게 복수할 마음이 있다 하면—에 다름없었다. 그렇지만 그는 이환이를 사랑하였다. 문자 그대로 '자기 몸과 동 정도로 그를 사랑'하

---

6 앞길.
7 빛이 밖에서 안으로 쬐다.
8 가지런히 펴서 정리하다.

였다. 이러한 엘리자베트는 그런 참혹한 일을 행할 수가 없었다.

'이 길로 갈까? 저 길로 갈까?'

그는 생각이 정키 전에 어느덧 먼 길—아 만나게 되는 길—편으로 발을 옮겨놓았다.

학교에서도 엘리자베트는 성가신 일일을 보내고 하교 후 곧 집으로 돌아왔다.

3

단조하고도 복잡한 엘리자베트의 생활은 여전히 연속하여 순환되고 있었다. 아침 깨어서는 학교에 가고. 하학 후에는 아이들과 마주 놀고. 자고—다만 전보다 변한 것은 평균 일 주 이 회의 남작의 방문을 받는 것이라.

대개는, 엘리자베트가 예기한 날 남작이 왔다. 남작이 오리라 생각한 날은, 엘리자베트는 열심으로 남작을 기다렸다. 그렇지만 그 방은 남작 부인의 방과 그리 멀지 않은 고로 남작이 와도 그리 말은 사괴지[9] 못하였다. 엘리자베트는 그것으로 남작이 와 있을 동안은 너무 갑갑하여 빨리 돌아가기를 기다렸다. 하지만 일단 남작이 돌아가고 보면 엘리자베트는, 남작이 좀 더 있지 않는 것을 원망하고 무한한 적막을 깨달았다.

만약 엘리자베트가 예기한 날 남작이 오지를 않으면 그는 어

9 '사귀다'의 옛말.

찌할 줄 모르게 속이 타고 질투를 하였다.

　그렇지만, 이보다 더 큰 고통이 엘리자베트에게 있었다. 때때로 이환의 생각이 나는 것이다. 그런 때는,

　'자기도 나를 생각지 않는데, 내가 그러면 뭘 한가.'

　'내가 자기와 약혼을 했댔나.'

등으로 자기를 위로하여보았지만, 대개는 '변해辨解'[10]를 '미안未安'[11]이 쳐 이겼다. 그럴 때는 문자 그대로 '심장을 잘 들지 않는 칼로 베어내는 것' 같았다. 그렇게 되면 그는 꼬꾸라져서 장시간의 울음으로 겨우 자기를 위로하곤 하였다.

　그는 부인에게 대하여서도 미안을 감感하였다.

　"남편을 가로앗았는데 왜 미안치를 않을까."

　그는 때때로 중얼거렸다.

　그러는 새에도, 학교에는 열심으로 상학上學하였다. 학교에도 무한한 혐오의 정과 수치의 염이 나지마는, 집에 있으면 더 큰 고통을 받는 그는 일종의 위안을 얻느라고 상학하였다.

　그동안 시절은 바뀌었다. 낮잠 잘 오고 맥이 나는 봄 시절은, 비 많이 오는 첫여름으로 변하였다.

　4

　엘리자베트와 남작의 첫 관계가 있은 후, 다섯 번 일요일이 찾

10　말로 풀어 자세히 밝힘.
11　남에게 대하여 마음이 편치 못하고 부끄러움.

아왔다.

오후 소아小兒 주일학교 교사인 엘리자베트는 소아 교수와 예배를 필한 후에 아이든 틈을 꿰면서 예배당을 나섰다.

벌겋고 누런 장마 때 저녁 해는 절벅절벅하는 길을 내리쪼이고 있었다. 북편 하늘에는 비를 준비하는 검은 구름이 걸려 있었다.

엘리자베트가 예배당 정문을 나설 때에,

"너 이즈음 학교에 왜 다른 길로 다니니?"

하는 혜숙의 소리가 그의 뒤에서 났다.

엘리자베트는 돌아보지도 않고 속으로 다만,

'다른 길로 학교엘 다녀? 다른 길로 학교엘 다녀?'

하면서 집으로 향하였다. 남작 집 정문을 들어서려 하다가 그는 우뚝 섰다. 혜숙의 말이 이제야 겨우 해석되었다.

'응 다른 길로 학교엘 다닌다니 내가 다른 길로 학교에를 다닌다는 뜻이로군.'

그는 별한 웃음을 웃고 자기 방으로 향하였다.

자기 방에 들어서서 책보를 내어던지고 앉으려 하다가 그는 또한 번 꼿꼿이 섰다. 사지가 꼿꼿하여지는 것을 깨달았다. 십여 초동안 이와 같이 꼿꼿이 섰던 그는 그 자리에 꼬꾸라졌다. 그의 가슴에서는 무슨 덩어리가 뭉쳐서 나오다가, 목에서 잠깐 회전하다가 그 덩어리가 코와 입으로 폭발하곤 한다. 그럴 때마다 눈에서는 눈물이 푹푹 쏟아지고 가슴은 싹싹 베어내는 것같이 아팠다.

그에게는, 두 달 동안 몸이 안 난 것이 생각이 났다. 잉태! 엘리자베트에게 대하여서는 이것이 '죽으라'는 명령보다도 혹독한 것이다.

그는 잉태가 무섭지는 않았다. 그렇지만, 그의 미래—희미하고 껌껌한 그의 '생' 가운데, 다만 한줄기의 반짝반짝하게 보이는 가는 광선—이러한 미래를 향하고 미끄러져서 나아가던 그는 잉태로 인하여 그 미래를 잃어버렸다. 그 미래는 없어졌다.

엘리자베트의 울음은 이것을 깨달은 때에 나오는 진정의 울음이다. 심장 복판 가운데서 나오는 참 눈물이다.

이렇게 한참 운 그는 눈물주머니가 다 마른 후에 겨우 머리를 들고 전등을 켰다. 눈이 붉어지고 눈두덩이 부은 것을 스스로 깨달을 수가 있었다. 그는 자기 배를 내려다보았다. 그의 눈에는 보통보다 곱 이상이나 크게 보였다.

'첫배는 그리 부르지 않는다는데. 게다가 달 반밖에는 안 되었는데.'

하고 그는 다시 보았다. 조금도 부르지를 않았다.

'그래도 안 부를 수가 있나?'

하고 그는 또다시 보았다. 보통보다 삼 곱이나 크게 보였다.

쾅쾅하는 아이의 발소리가 이럴 때에 엘리자베트의 방으로 가까이 온다. 엘리자베트는 빨리 어두운 편으로 향하였다. 문이 열리며 여덟 살 된 남작의 아들이 나타나서, 엘리자베트에게 저녁을 재촉하였다. 저녁을 먹으러 가기가 싫은 엘리자베트는 안 먹겠다고 대답할 수밖에는 없었다.

아이가 돌아간 뒤에 엘리자베트는 중얼거렸다.

"꼭 좋은 때 울음을 멈추었군. 좀 더 울었더면 망신할 뻔했다."

조금 후에 부인은 친절하게 죽을 쑤어다가 그에게 주었다. 죽을 먹고 죽 그릇을 돌려보낸 후에, 아까 울음으로 얼마 속이 시원하여지고 원기까지 좀 회복한 엘리자베트는 남작과 이환 두 사람을 비교하기 시작하였다. 그는 마음속에 두 사람을 그린 후에 어느 편이 자기에게 더 가깝고 더 사랑스러운고 생각하여보았다. 사랑스럽기는 이환이가 더 사랑스럽지만, 가깝기는 아무래도 남작이 더 가까운 것같이 생각된다.

이와 같은 결단은 그의 구하는 바를 채우지를 못하였다. 그는, 사랑스러운 편이 더 가깝고 가까운 편이 더 사랑스럽기를 원하였다. 그렇지만 사랑과 가까움은 평행으로 나가서 아무 데까지 가도 합하지를 않았다. 그는 평행으로 나가는 사랑스러움과 가까움이 어디까지나 나가는가를 알려고, 마음속에 둘을 그려놓고 그 둘을 차차 연장시키면서, 눈알을 굴려서 그것들을 따라가기 시작하였다.

둘은 종시 합하지 않았다. 끝까지 평행으로 나갔다. 사랑스러움과 가까움은, 끝까지 분립分立하여 있었다.

여기 실패한 엘리자베트는 다시 다른 생각으로 그것을 보충하리라 생각하였다.

사랑스러운 편이 자기에게 더 정다울까 가까운 편이 더 정다울까, 그는 생각하여보았다. 어떻든, 둘 가운데 하나는 정다워야만 된다고, 그는 조건을 붙였다. 그렇지만 엘리자베트는 여기서도 만족한 결론을 얻지 못하였다.

아까 생각과 이번 생각이 혼돈되어 나온 결론은 다른 것이 아니다. '사랑스러운 편이, 물론 자기에게 더 가깝다'는 것이다.

'그렇게 되면, 정다운 편은 어느 편인고?'

그는 생각하여보았지만, 머리가 어지러운 것이 완전한 해결을 얻지 못하게 되었다.

엘리자베트는 속이 답답하여졌다.

자기에게는 '사랑스러움'과 '가까움'이 온전히 분립하여 있는 것을 안 엘리자베트는, 어느 편이 자기에게 더 정다울지를 알지 못하게 되었다. 둘이 동 정도로 정답다 하는 것은, 엘리자베트 자기가 생각하여보아도 있지 못할 일이다. 남작과 이환 새에는 어떤 차이가 있었다.

두 번째 생각도 실패로 돌아갔다.

두 번이나 실패를 한 엘리자베트는, 이번은 직접 당인當人으로 어느 편이 자기에게 더 정답게 생각되는가 자문하여보았다.

이환이가 더 정답다 생각할 때에도 마음에 얼마의 가책이 있고, 그러니 남작이 더 정답다 생각할 때에는 더 큰 아픔이 마음에서 일어난다. 그는 억지로 생각의 끝을 또 다른 데로 옮겼다.

엘리자베트는 맨 처음 생각을 다시 하여보았다. 이번도, 사랑스러움은 이환의 편으로 갔다.

'이환이가 더 사랑스럽고, 사랑스러운 편이 자기에게 더 가까우니까, 이환이가 자기에게 물론 더 가깝다. 따라서, 정다움도 이환의 편으로 간다.'

그는 억지로 이렇게 해결하였다.

이렇게 해결은 하였지만, 또 한 의문이 있었다.

'그러면, 가깝던 남작은 어찌 되는가.'

그는 생각하여보았다. 맨 첫 번과 같이 역시 남작은 자기에게는 더 친밀하게 생각되었다. 그럼 이환이는……?

이환에게 대한 미안이 마음속에 떠올라오기 시작하였다. 그는 속이 타서 팔을 꼬면서 허리를 젖혔다. 그때에 벽에 걸린 캘린더가 그의 시선과 마주쳤다. 캘린더는 다른 사건을 엘리자베트의 머리에 생각나게 하였다. 이 절박한 새 사건은 이환의 생각을 머리에서 내어쫓기에 넉넉하였다. 오늘 밤에는 남작이 오리라 하는 생각이다. 이 생각이 엘리자베트에게 잉태를 생각나게 하였다. 남작이 오면 모든 일─잉태와 거기 대한 처치─을 다 말하리라 엘리자베트는 생각하였다. 그리고, 남작에게 할 말을 생각하기 시작하였다.

말은 짧지마는, 이 말을 남작에게 하는 것은 엘리자베트에게 큰 부끄러움에 다름없었다. 그는 자기에게 부끄럽지 않고 남작이 알아들어야 된다는 조건 아래서 할 말을 복안하여보았다. 한 번 지어서 검열한 후 교정을 가하고 두 번 하고 세 번 네 번 하여보았지만 자기 뜻대로 되지를 않았다.

이렇게 한참 생각할 때에 문이 열리며 남작이 들어왔다. 엘리자베트의 복안은 남작을 보는 동시에 쪽쪽이 헤어지고 말았다. 그는 다만, 남작에게 매어달려 통쾌히 울고, 남작이 아프도록 한번 꼬집어주고 싶었다. 남작의 '아이고' 소리 '이 야단났구면' 소리를 듣고 싶었다. 그는 이 생각을 억제하느라고 손으로 〈해변의 곡〉을 뜯기 시작하였다.

둘은 전과 같이 서로 마주 흘겨만 보고 있었다.

엘리자베트에게는 싸움이 일어났다.

'말할까 말까. 할까. 말까. 어찌할꼬.'

이러다가 갑자기 무의식히,

"선생님."

하고 남작을 찾은 후에 자연히 머리가 수그러지는 것을 깨달았다. 남작은 찾았는데 그 뒷말을 어찌할꼬. 이것이 엘리자베트의 마음에 일어난 제일 큰 문제이다. 〈해변의 곡〉을 뜯던 손도 어느 틈에 멎었다. 엘리자베트는 자기가 어디 있는지도 똑똑히 의식지 못하리만큼 마음이 뒤숭숭하였다. 낯도 훌끈훌끈 단다.

"네?"

남작은 대답하였다.

남작이 대답한 것을 엘리자베트는 속으로 원망하였다. 남작이 엘리자베트 자기가 부른 소리를 못 들었으면 좋겠다 하는 희망을 엘리자베트가 품는 동시에 남작은 엘리자베트의 부름에 대답을 한 것이다.

엘리자베트는 나가지도 못하고 물러서지도 못할 지경에 이르렀다. 자기가 부르고 남작이 대답을 하였으니 설명을 하여야겠고 그러니 그 말을 어찌하노? 그러다가 그는 갑자기 울기 시작하였다.

'이 울음에서 얼마의 효과가 나타나리라.'

엘리자베트는 울면서 생각하였다.

"왜 그러오."

남작은 놀란 소리로 물었다.

"아―아 어찌할까요?"

"무엇을?"

엘리자베트는 대답 대신으로 연속하여 울었다.

한참이나 혼자 울다가 그는 입술을 꽉 물었다. 아까 대답을 못한 자기를 책망하였다.

남작이 '왜 그러는가' 물을 때가 대답하기는 절호의 기회인 것을, 그 기회를 비게 지나 보낸 엘리자베트는 자기를 민하다[12] 생각하지 않을 수가 없었다. 그리고 다시 그런 기회를 기다려보았지만, 남작은 아무 말 없이 가만히 있었다.

　'좀 더 심히 울면 남작이 무슨 말을 하겠지.'

　생각하고, 엘리자베트는 좀 더 빨리 어깨를 젓기 시작하였다.

　"아 왜 그러오."

　남작은 이것을 보고 물었다.

　엘리자베트는 대답을 또 못 하였다.

　'무엇이라고 대답할꼬.'

　생각하는 동안에 기회는 지나갔다. 이제는 대답을 못 하겠고 아까는 대답을 못 하였으니 다시 기회를 기다려보자 엘리자베트는 생각하고, 기회를 다시 기다리기 시작하였다.

　'그러니 이번 물을 때에는 무엇이라 대답할까?'

　엘리자베트는 울면서 생각하여보았다.

　이때에 남작의 세 번째 물음이 이르렀다.

　"아 왜 그런단 말이오?"

　"잉태."

　대답을 한 후에 엘리자베트는 자기의 용기에도 크게 놀랐다. 이 말이 이렇게 쉽게 평탄하게 나올 것이면, 아까는 왜 안 나왔는고 하는 생각이 엘리자베트의 머리에 지나갔다.

　"잉태!?"

　남작은 놀란 목소리로 엘리자베트의 말을 다시 하였다. 제일 어려운 말—잉태란 말을 하여 넘기고, 남작의 놀란 소리까지 들은 엘리자베트는, 갑자기 용기가 몇 배가 많아지는 것을 깨달았

12 미련하다.

다. 그 뒷말은 술술 잘 나왔다.

"병원에 — 가서 — 떨어쳤으면…… 어…….."

남작은 대답이 없었다. 남작이 대답을 안 하는 것을 본 엘리자베트는 마음속에 갑자기 한 무서움이 떠올라왔다. 난 모른다 하고 돌아서지나 않을 터인가? 이것이 엘리자베트에게는 제일 무서움에 다름없었다. 훌쩍훌쩍 소리가 더 빨리 나오기 시작하였다.

이것을 본 남작은 성가신 듯이 물었다.

"원 어찌하란 말이오? 그리 울면."

"어떻게든…… 처치…….."

엘리자베트는 겨우 중얼거렸다. 남작의 성낸 말을 들은 때는 엘리자베트의 용기는 다 도망하고 말았다.

"처치라니, 어떤?"

"글쎄…… 병원…….."

"벼엉원? …… 응! …… 양반이 그런…….."

엘리자베트는 '그러리라' 생각하였다.

'그래도 남작이라고 존경까지 받는 사람이 낙태 일로 병원이라니.'

그는 갑자기 설움이 더 나왔다. 가는 소리를 내어 울기 시작하였다.

이것을 본 남작은 좀 불쌍하게 생각났던지 정답게 말하였다.

"우니 할 수 있소? 자 어떻게 하잔 말이오?"

이 말을 들은 엘리자베트는 일변 기쁘고도 일변은 더 섧고 억지도 쓰고 싶었다. 그는 날카롭게 말했다.

"모르겠어요 몰라요. 전 아무래도 상것이니깐."

"그러지 말구. 어쩌잔 말이오?"

"몰라요 몰라요. 저 같은 것은 사람이 아니니간."

"조용히! 저 방에서 듣겠소."

"들어두 몰라요."

엘리자베트는 소리를 내어 울기 시작하였다.

"에―익!"

하고 남작은 벌떡 일어섰다.

엘리자베트도 우덕덕 정신을 차리고 머리를 들었다. 그는 정신이 없어졌다. 자기 뇌를 누가 빼어간 것같이 마음속이 텅텅 비게 되면서 퉁퉁거리며 걸어나가는 남작의 뒷모양을 눈이 멀거니 보고 있었다.

남작이 나가고 문을 닫는 소리가 엘리자베트의 귀에 들어올 때에, 그의 머리에는, 한 생각이 번갯불과 같이 번쩍 지나갔다.

한참이나 멀거니 그 생각을 하고 있다가 또 엎디며 울기 시작하였다. 아까 실컷 운 그는 이번에는 눈물은 안 나왔지만, 가슴에서, 배에서, 머리에서 나오는 이 참 울음은 눈물을 대신키에 넉넉하였다. 그가 아까 혜숙의 말의 의미와 나온 곳을 이제야 겨우 온전히 깨달았다.

'내가 다른 길로 다니는 것을 혜숙이가 어찌 알까? 어찌 알까? 혜숙이는 이것을 알 수가 없다. 이환! 그가 알고 이것을 S에게 말하였다. S는 이것을 혜숙에게 말하였다. 혜숙은 이것을 내게 물었다. 그렇다! 이렇게밖에는 해석할 수가 없다. 무론 그렇지! 그러면 그도 내게 주의를 한 거지? 이 말을 S에게까지 한 것을 보면 그도― 내게…… 그도― 내게…… 그도…… 남작. 남작은 내 말을 듣고 도망하였지. 아니 도망시켰지. 아니 도망했지. 남작은…… 남작의…… 이환 씨. 전에 본 S의 웃음. 응. 그 전날 그는 S에게 고백하였다. 그것을 고것이, 고것들이. 고, 고, 고것들이…… 어찌 되나. 모두 어찌 되나. 나와 남작, 나와 이환 씨. 이환 씨와 S. S와 남작. S. 혜숙이. 남작과 이환 씨. 모두 어찌 되나?'

그의 차차 혼돈되어가는 머리에도 한 가지 생각은 꼭 들러붙어서 떠나지를 않았다. 그는 이환이를 사랑하였다. 이환이도 그를 사랑하였다. (엘리자베트는 이것을 의심치 않게 되었다.) 그렇지만, 그들에게는 서로 사랑을 고백할만한 용기가 없었다. 그것으로 인하여, 그들은, 각각 자기 사랑은 짝사랑이라 생각하였다. 그것을 짝사랑이라 생각한 엘리자베트는 그렇게 쉽게 몸을 남작에게 허락하였다. 그리하여, 그의 사랑 — 거반 성립되어가던 그의 사랑 —신성한 동애童愛— 귀한 첫사랑은 파괴되었다. 육肉으로 인하여 사랑은 파멸되었다. 사랑치 않던 사람으로 인하여 참 애인을 잃었다. 엘리자베트의 울음에는 당연한 이유가 있었다.

'모, 모, 몸으로 인하여…… 참사랑…… 을…… 아— 이환 씨…… S와 혜숙이. 고것들도 심하지. 우우 왜 당자에겐…… 그 이…… 그— 그 이야기를 안 해…… 남작이. 아— 잉태.'

일단 멎어가던 그의 울음이 이 생각이 머리에 지나갈 때에 또 다시 폭발하였다. 눈물도 조금씩 나기 시작하였다.

이와 같이 한참 운 그는, 두 번째 울음이 멎어갈 때에 맥이 나면서 그 자리에 엎딘 채로 잠이 들었다.

5

하루 종일 벼르기만 하고 올 듯 올 듯히면서도 오지 않던 비가 이튿날 새벽부터는 종시 내리붓기 시작하였다.

서울 특유의, 독으로 내리붓는 것 같은 비는, 이삼 정T 앞이 잘 보이지 않도록 좔좔 소리를 내며 쏟아진다.

서울 장안은 비로 덮였다. 비로 싸였다. 비로 찼다.

그 비 가운데서도 R 학당에서는 모든 과목을 다 한 후에 오후 두시에 하학하였다.

엘리자베트는 책보를 싸가지고 학교를 나섰다.

그가 혜숙의 곁을 지나갈 때에 혜숙이가 찾았다.

"애 엘리자베트야!"

"응?"

대답하고 엘리자베트는 마음이 뜨끔하였다.

'혜숙이는 모든 일을 다 알리라.'

그는 이와 같은 허황한 생각을 하였다.

"너 이즈음 왜 우리 집에 안 오니?"

"분주하여서……."

엘리자베트는 거짓말을 하면서도 안심을 하였다.

'혜숙이는 모른다.'

"무엇이 분주해?"

혜숙이가 물었다.

"그저 이 일두 분주하구 저 일두 분주하구…… 분주 천지루다."

엘리자베트는 이와 같은 거짓 대답을 하면서도 그의 마음속에는 한 바람이 있었다. 그는 달 반이나 못 간 혜숙의 집에 가보고 싶었다. 혜숙이가 억지로 오라면 마지못하여 가는 체하고 끄을려 가고 싶었다.

혜숙이는 엘리자베트의 바람을 이루어주지를 않았다. 아무 말 도 안 하였다.

엘리자베트는 혜숙의 주의를 끌려고 혼잣말 비슷이 중얼거렸다.

"너무 분주해서……."

"분주할 일은 없겠구만……."

혜숙이는 이 말만 하고 자기 갈 길로 향하였다.

엘리자베트는 혜숙의 행동을 원망하면서 마지못하여 집으로 향하였다.

엘리자베트의 자존심은 꺾어졌다. 혜숙이가 엘리자베트 자기 를 꼭 혜숙의 집에 끌고 가야만 바른 일이라 생각한 엘리자베트 의 미릿생각(예상像想)은 헛 데로 돌아갔다. 그렇지만 혜숙을 원 망하는 것은 부끄러운 일이라 엘리자베트는 생각하였다.

'내가 혜숙이를 위해서 났나?'

엘리자베트는 이렇게 자기를 위로하여보았지만, 부끄러운 일 이든 무엇이든 원망은 원망대로 있었다. 이러다가,

'내가 혜숙이로 인하여 이 지경에 이르지 않았는가? 그것을…….' 할 때에 엘리자베트의 원망은 다른 의미로 바뀌었다. 그는 혜숙의 집에 못 간 것이 다행이라 생각하였다. 그러는 가운데도 가고 싶 은 생각이 온전히 없어지지 않았다. 그의 마음속에서는 '가고 싶 은 생각'과 '가서는 안 된다는 생각'이 다투기 시작하였다. 본능적 으로 길을 골라 짚으면서, 비가 오는 편으로 우산을 대고 마음속

의 싸움을 유지하여가지고 집에까지 왔다. 그는 우산을 놓고 비를 떤 다음에 자기 방에 들어왔다.

멀끔히 치워놓은 자기 방은 역시 전과 같이 엘리자베트에게 큰 적막을 주었다. 방이 이렇게 멀끔할 때마다 짐짓 여기저기 널어놓던 엘리자베트도 오늘은 혜숙의 집에 갈까 말까 하는 번민으로 인하여 그렇게 할 생각도 없었다. 그는 책상머리에 가 앉았다.

책상 위에는 어떤 낯선 종이가 한 장 엘리자베트를 기다리고 있었다. 엘리자베트는 빨리 종이를 들었다. 가슴이 뛰놀기 시작한다…….

'원 무엇인고……?'

그는 종이를 들고 한참 주저하다가 눈을 종이 편으로 빨리 떨어쳤다.

'오후 세시 S 병원으로.'

남작의 글씨로다 엘리자베트는 생각하였다. 남작에 대한 애경愛敬의 생각이 마음속에 떠올라오기 시작하였다. 이 글 한 줄은 엘리자베트로서 남작에 대한 원망과 혜숙의 집에 갈까 말까의 번민을 다 지워버리기에 넉넉하였다.

'역시 도망시킨 것이로군.'

그는 어젯밤 일을 생각하고 속으로 중얼거렸다. 어젯밤에 남작에게 병원에 데려다 달라고 청하기는 하였지만 갑자기 남작 편에서 꺾어져서 오라 할 때에는 엘리자베트는 못 가겠다 생각하였다. 이 '부정'은 엘리자베트로서 무의식히 일어서서 병원으로 향하게 하였다. 그는 '못 가겠다 못 가겠다' 속으로 중얼거리면서 문밖에 나서서 내리붓는 비를 겨우 우산으로 막으면서 아랫동[13]이 모두 흙투성이가 되어서 전차 멎는 곳(정류장)까지 갔다. 그는 자기가 어디로 가는지 똑똑히 알지 못하였다. 꿈과 같이 걸었다.

엘리자베트는 멎는 곳에서 잠깐 기다려서, 오는 전차를 곧 잡아탔다. 비가 너무 와서 밖에 나가는 사람이 적었던지 전차 안은 비교적 승객이 없었다. 이 승객들은 엘리자베트가 올라탈 때에 일제히 머리를 새 나그네 편으로 향하였다. 엘리자베트는 빈자리를 찾아 앉아서 차 안을 둘러보았다. 그는 자기편으로 향한 모든 눈에서, 노파에게서는 미움, 젊은 여자에게서는 시기, 남자에게서는 애모를 보았다. 이 모든 눈은 엘리자베트에게 한 쾌감을 주었다. 그는 노파의 미워하는 것이 당연하다 생각하였다. 젊은 여자의 시기의 눈은 엘리자베트에게 이김의 상쾌를 주었다. 남자들의 애모의 눈이 자기를 볼 때에는 엘리자베트는 약한 전류가 염통을 지나가는 것같이 묘한 맛이 나는 것이 어째 하늘로라도 뛰어 올라가고 싶었다. 그는 갑자기 배가 생각난 고로 할 수 있는 대로 배를 작게 보이려고 움츠러뜨렸다.

차장이 와서 엘리자베트에게 돈을 받은 후에 뚱 소리를 내고 도로 갔다.

남자들의 시선은 가끔 엘리자베트에게로 날아온다. 그들은 몰래 보느라고 곁눈질하는 것도 엘리자베트는 다 알고 있었다. 남자들이 자기를 볼 때마다 엘리자베트는 자기도 그편을 보아주고 싶었다. 치만 종시 실행은 못 하였다.

13 '아랫동아리'의 준말.

이럴 동안 전차는 S 병원 앞에 멎었다. 엘리자베트는 섭섭한 생각을 품고 전차를 내렸다. 어떤 시선이 자기를 따라온다 그는 헤아렸다. 비는 보스럭비[14]로 변하였다.

수레에서 내린 그는 마음이 무거워지는 것을 깨달았다. 그는 집으로 돌아가고 싶었다. 병원에는 차마 못 들어갈 것같이 생각되었다. 집 편으로 가는 전차는 없는가 하고 그는 전차 선로를 쭉 보았다. 그의 보이는 범위 안에는 전차가 없었다. 할 수 없이 그는 병원으로 들어가서 기다리는 방(대합실)으로 갔다.

고지기(수부受付)[15]한테 가서 주소 성명 연세 들을 기입시킨 후에 방을 한번 둘러볼 때에 엘리자베트의 눈에는 한편 구석에 박혀 있는 남작이 보였다. 엘리자베트는 다른 곳에서 고향 사람이나 만난 것같이 별로 정다워 보이는 고로 곧 남작의 곁으로 갔다. 그렇지만 둘은 역시 말은 사괴지 아니하였다. 엘리자베트는 눈이 멀거니 벽에 붙어 있는 파리떼를 보고 있었다. 몇 사람의 순번이 지나간 뒤에 사환 아이가 나와서,

"강 엘리자베트 씨요."

할 때에 엘리자베트는 우덕덕 일어섰다. 가슴이 뚝뚝하는 소리를 내었다.

'어찌하노.'

그는 속으로 중얼거리면서 무의식히 사환 아이를 따라서 진찰실로 들어갔다. 남작도 그 뒤를 따랐다.

석탄산과 알코올 냄새에 낯을 찡그리고 엘리자베트는 교자에

---

14 보슬비.
15 일정한 건물이나 물품 따위를 지키고 감시하던 사람.

걸어앉았다.

의사는 무슨 약병을 장난하면서 머리를 숙인 채로 물었다.

"어디가 아프시오?"

엘리자베트는 대답을 못 하였다. 제일 어찌 대답할지를 몰랐고, 설혹 대답할 말을 알았대도 대답할 용기가 없었고, 용기가 있다 하더라도 부끄러움이 '대답'을 허락지 않을 터이다.

"그런 것이 아니라—."

남작이 엘리자베트의 대신으로 대답하려다가 이 말만 하고 뚝 그쳤다.

의사는 대답을 요구치 않는 듯이 약병을 놓고 청진기를 들었다. 엘리자베트는 갑자기 부끄러움도 의식지를 못하리만큼 머리가 어지러워지기 시작하였다. 그의 눈은 보지를 못하였다. 그의 귀는 듣지를 못하였다. 그의 설렁거리는 마음은 다만 '어찌할꼬 어찌할꼬' 하는, 엘리자베트 자기도 똑똑히 의미를 알지 못할 구句만 번갈아 하고 있었다.

의사는 엘리자베트에게로 와서 저고리 자락을 열고 청진기를 거기 대었다. 의사의 손이 와 닿을 때에 엘리자베트는, 무슨 벌레를 모르고 쥐었다가 갑자기 그것을 안 때와 같이 몸을 옴쭉 하였다. 그러면서도 엘리자베트는 의사의 손에서 얼마의 온미溫味를 깨달았다. 이성의 손이 살에 와 닿는 것은, 엘리자베트와 같은 여성에게 대하여서는 한 쾌락에 다름없었다. 엘리자베트가 이 쾌미를 재미있게 누리고 있을 때에 의사는 진찰을 끝내고 의미 있는 듯이 머리를 끄덕거리며 남작에게로 향하였다. 남작은 의사에게 눈짓을 하였다.

어렴풋하게나마 이 두 사람의 짓을 본 엘리자베트는 이제껏 연속하고 있던 '어찌할꼬' 뒤로 무한 큰 부끄러움이 떠올라오는 것을 깨달았다. 그러는 가운데도 그는 희미하니 한 가지 일을 생각하였다.

'내가 대합실에 가서 기다리고 있으면, 뒷일은 남작이 다 맡겠지.'

그는 일어서서 기다리는 방으로 나왔다. 그 방에 있던 모든 사람의 눈은 일제히 엘리자베트의 편으로 향하였다. 모두 내 일을 아누나 엘리자베트는 생각하였다. 아까 전차에서 자기에게로 향한 눈 가운데서 얻은 그 쾌미는, 구하려도 구할 수가 없었다. 이 모든 눈 가운데서 큰 고통과 부끄러움만 받은 그는 한편 구석에 구겨 앉아서 치마 앞자락을 들여다보기 시작하였다. 거기는 불에 타진[16] 조그마한 구멍 하나가 엘리자베트의 눈이 오기를 기다리고 있었다. 그는 이 구멍이 공연히 미워서 손으로 빡빡 비비다가 갑자기 별한 생각이 나는 고로 그것을 뚝 그쳤다.

'이 세상이 모두 나를 학대할 때에는 나는 이 구멍 안에 숨겠다.'

그는 생각하였다. 이럴 때에 그 구멍 안에는 어떤 그림자가 움직이기 시작하였다. 첫 번에는 흐릿하던 것이, 차차 똑똑히까지 보이게 되었다.

때는 사 년 전 '춘삼월 호시절', 곳은 우이동. 피고 우거지고 퍼진 꽃 사이를 벗들과 손목을 마주 잡고 웃으며 즐기며 또는 작은 소리로 곡조를 맞추어서 노래를 부르며 희희낙락 다니던 자기 추억이 그림자로 변하여 그 구멍 속에 나타났다. 자기 일행이 그 구

---

16 꿰맨 데가 터지다.

멍 범위 밖으로 나가려 할 때에는 활동사진과 같이 번쩍 한 후 일행은 도로 중앙에 와 서곤 한다.

엘리자베트의 눈에는 눈물이 핑 돌았다.

그때의 엘리자베트와 지금의 엘리자베트 사이에는 해와 흙의 다름이 있다. 그때에는 순전한 처녀이고 열렬한 분홍빛 탄미자歎美者이던 그가 지금은······? 싫든지 좋든지 죽음의 갈흑색의 '삶' 안에서 생활치 않을 수 없는 그로 변하였다.

'때'도 달라졌다. 십 년 동안 평화로 지낸 지구는, 오스트리아 황자皇子의 죽음으로 말미암아 러시아가 동원을 한다, 도이치가 싸움을 하련다, 잉글리시가 어떻다, 프랑스가 어떻다, 매일 이런 이야기가 신문에 가뜩가뜩 차게 되었다.

엘리자베트의 주위도 달라졌다. 그의 모든 벗은 다 쪽쪽이 헤어졌다. R은 동경서 미술 공부를 한다. 또 다른 R은 하와이로 시집을 갔다. T는 여의가 되었다. 그밖에 아직 공부하는 사람도 몇이 있기는 하지마는 대개는 주부와 교사가 되었다. 주부 된 벗 가운데는 벌써 두 아이의 어머니 된 사람까지 있다. 그들 가운데 한둘밖에는, 지금은 엘리자베트를 만나도 서로 모른 체하고 말도 안 하고 심지어 슬슬 피하게까지 되었다.

그러는 가운데 혜숙이―그는 엘리자베트의 어렸을 때부터의 벗이다. 둘은 같은 소학에서 졸업하고 같이 R 학당에 입학하였다가 엘리자베트가 부상父喪에 연속하여 모상母喪으로 일 년 학교를 쉬는 동안에 혜숙이도 연담緣談으로 일 년을 쉬게 되고, 엘리자베트가 도로 상학케 될 때에 혜숙이도 파혼으로 학교에 다니게 되었다. 혜숙이는 엘리자베트에게는 유일의 벗이다. 불에 타진 구멍 속에 나타난 그림자 가운데서도 엘리자베트는 혜숙이와 제일 가까이 서서 걸었다.

추억의 눈물이 엘리자베트의 치마 앞자락에 한 방울 뚝 떨어졌다.

눈물로써, 슬프고 섧고 원통하고도 사랑스럽고 즐겁고 회포 많은 그 그림자가 가리어진 고로, 엘리자베트는 눈물을 씻고 다시 그 구멍을 들여다보았다. 그 구멍에는, 참 예술적 활인화活人畵, 정조情調로 찬 그림자는 없어지고 그 대신으로 갈포[17] 바지가 어렴풋이 보인다. 엘리자베트는 소름이 쭉 끼쳤다. 자기가 지금 어디를 무엇하러 와 있는지 그는 생각났다.

엘리자베트는 머리를 들고 방을 둘러보았다. 어떤 목에 붕대를 한 남자와 어떤 아이를 업고 몸을 찌긋찌긋하던 여자가 자기를 보다가 자기 시선과 마주친 고로 머리를 빨리 돌리는 것밖에는 엘리자베트의 주의를 받은 자도 없고 엘리자베트에게 주의하는 사람도 없다. 그는 갑갑증이 일어났다. 너무 갑갑한 고로 자기 손금을 보기 시작하였다. 손금은 그리 좋지 못하였다. 자식금도 없고 명금도 짧고 부부금도 나쁘고 복福금 대신으로 궁窮금이 위로 빠져 있었다.

이 나쁜 손금도 엘리자베트의 마음을 괴롭게 하지 못하였다. 그의 심리는 복잡하였다. 텅텅 비었다. 그는 슬퍼하여야 할지 기뻐하여야 할지 알지 못하였다. 그 가운데는, 울고 싶은 생각도 있고 웃고 싶은 생각도 있고 뛰놀고 싶은 생각도 있고 죽고 싶은

---

17 칡 섬유로 짠 베.

생각도 있었다. 이 복잡한 심리는 엘리자베트로서 아무 편으로도 치우치지 않게 마음이 텅텅 빈 것같이 되게 하였다.

이제 자기에게는 절대로 필요한 약이 생긴다 할 때에 그는 기쁘지 않을 수가 없었다.

자기의 경우를 생각할 때에 그는 슬퍼하지 않을 수가 없었다.

혜숙이와 S를 생각할 때에…….

엘리자베트가 손금과 추억 및 미릿생각들을 복잡히 하고 있을 때에 남작이 와서 그에게 약을 주고 빨리 병원을 나가고 말았다.

약을 받은 뒤에 엘리자베트는 마음이 두근거리기 시작하였다. 그는 약을 병째로 씹어 먹고 싶도록 애착의 생각이 나는 또 한편에는 약에게 이 위에 더없는 저주를 하고 태평양 복판 가운데 가라앉히고 싶었다. 그러는 가운데도 그에게는 집으로 돌아가고 싶은 생각이 났다. 그는 일어서서 몰래 가만히 기지개를 한 후에 허둥허둥 병원을 나서서 전차로 집에까지 왔다.

6

저녁 먹은 뒤에 처음으로 약을 마실 때에 엘리자베트에게는 한 바라는 바가 있었다. 그의 조급한 성격과 미래에 대한 희망이 낳은 바람은 다른 것이 아니다. 약의 효험이 즉각으로 나타났으면…… 하는 것이다.

이 바람은 벌써 차차 엘리자베트의 머리에 공상으로서 실현된다. 그는 생각하여보았다.

이제 남작 부인이 죽는다. 그때에는 엘리자베트는 남작의 정실이 된다.

'조선 제일의 미인, 사교계의 꽃이 이 나로구나.'

엘리자베트는 눈을 번뜩거리며 생각한다.

이환이는 어떤 간사한 여성과 혼인한다. 이환의 아내는 이환의 재산을 모두 없이한 후에 마지막에는 자기까지 도망하고 만다. 그리고 이환이는 거러지가 된다. 어떤 날 엘리자베트 자기가 자동차를 타고 어디 갈 때에 어떤 거러지가 자동차에 치인다. 들고 보니 이환이다.

'그렇게 되면 어찌 되나.'

엘리자베트는 스스로 물어보고 깜짝 놀랐다. 자기의 사랑의 전부가 어느덧 남작에게로 옮겨왔다.

그는 자기의 비열을 책망하는 동시에 아까 그런 공상에 대한 부끄러움과 증오 놀람 절망 들의 생각이 마음에 떠올랐다. 그 가운데도 가느나마 그에게는 희망이 있다. 앞에 때가 있다. 약의 효험은 얼마 후에야 나타난다더라 엘리자베트는 생각하고 좔좔 오는 장맛비 소리에 귀를 기울이고 자기 바람의 나타남을 기다리고 있었다. 그렇지만 바람은 종시 그 밤은 나타나지를 않았다.

이튿날, 하기시험 준비 날, 엘리자베트는 시험 준비도 안 하고 하루 종일 누워서 약의 효험을 기다리고 있었다. 약의 효험은 그날도 안 나타났다.

사흘째 되는 날도 효험은 없었다. 시험 하러 가지도 않았다.

이렇게 대엿새 지난 후에 엘리자베트는 자기 건강상의 변화를 발견하였다. 모든 복잡하고 성가신 일로 말미암아 음식도 잘 안

먹히고 잠도 잘 안 오던 그가, 지금은 잠도 잘 오고 입맛도 나게 된 것을 깨달았다. 그때야 그는 그것이 낙태제가 아니고 건강제인 것을 헤아려 깨달았다. 그렇지만 약은 없어지도록 다 먹었다.

마지막 번 약을 먹은 뒤에 전등을 켜고 엘리자베트는 생각하여보았다. 병원 사건 이후로 남작은 한 번도 저를 찾아오지 않았다. 엘리자베트는 '그것이 당연한 일이라' 생각하였다. 그리 근심도 아니 났다. 시기도 아니 하였다. 다만 오지 않아야만 된다, 그는 생각하였다. 왜 오지 않아야만 되는가 자문할 때에 그에게 거기 응할만한 대답은 없었다. 이 '오지 않는다'는 구는 엘리자베트로서 자기가 근 두 달이나 혜숙의 집에 안 갔다는 것을 생각하게 하였다.

'이러다는 이환 씨 생각이 나겠다.'

이와 같은 생각이 나는 고로 그는 곧 생각의 끝을 다른 데로 옮겼다. 이와 같이 이 생각에서 저 생각, 또 다른 생각 왔다 갔다 할 때 문이 열리며 남작 부인이 낮에는 '어찌할꼬' 하는 근심을 띠고 들어왔다.

"어찌 좀 나으세요?"

"네, 좀 나은 것 같아요."

대답하고 엘리자베트는 자기가 무슨 병이나 앓던 것같이 알고 있는 부인이 불쌍하게 생각났다.

부인은 말을 할 듯 할 듯하면서 한참이나 우물거리다가,

"그런데요."

하고 첫말을 내었다.

"네."

엘리자베트는 본능적으로 대답하였다.

부인의 낯에는 '말할까 말까' 하는 표정이 똑똑히 나타나 있었다. 그러다가 입을 또 연다.

"아까 복순이(남작의 아들 이름) 어른이 들어와 말하는데요……."

엘리자베트는 마음이 뜨끔하였다. 부인은 말을 연속한다.

"선생님은 이즈음 학교에도 안 가시고 그 애들과도 놀지 못하신다구요. 게다가 병까지 나셨다구, 얼마 좀 평안히 나가서 쉬시라고, 자꾸 그러래는수."

부인의 낯에는 말한 거 잘못하였다 하는 표정이 나타났다.

말을 다 들은 엘리자베트는 벌떡 일어섰다. 그는 무엇이 어찌 되는지는 모르고 무의식히 자기 행리行李를 꺼내어 거기에 자기 책을 넣기 시작하였다. 그의 손은 본능적으로 움직였다.

엘리자베트의 행동을 물끄러미 보던 부인은 물었다.

"이 밤에 떠나시려구요? 어디로?"

엘리자베트는 우덕덕 정신을 차렸다. 그의 배에서는 뜻 없이 큰소리의 웃음이 폭발하여 나온다. 놀라는 것같이, 우스운 것같이. 부인도 따라 웃는다.

한참이나 웃은 뒤에 둘은 함께 웃음을 뚝 그쳤다. 엘리자베트는 웃음 뒤에 울음이 떠받쳐 올라왔다. 자연히 가는 소리의 울음이 그의 목에서 나온다.

이것을 본 부인은 갑자기 미안하여졌던지 엘리자베트를 위로한다.

"울지 마십쇼. 얼마든 여기 계세요. 제가 말씀 잘 드릴 테니……."

"아니, 전 가겠어요."

"어디, 갈 곳이 있어요?"

"갈 곳이……."

"있어요?"

"예서 한 사십 리 나가서 오촌 모가 한 분 계세요."

"그렇지만…… 이런 데 계시다가…… 촌……."

부인의 눈에도 이슬이 맺힌다.

"제가 말씀…… 잘 드릴 것이니…… 그냥 계시지요."

"아니야요. 저 같은 약한 물건은 촌이 좋아요, 서울 있어야……."

부인의 눈에서는 눈물이 한 방울 뚝 떨어진다.

"서울 몇 해 있을 동안에…… 갖은 고생 다 하고…… 하던 것
을 부인께서 구해주셔서……."

부인의 눈에서는 눈물이 뚝뚝 치마 앞자락에 떨어진다.

"참 은혜는…… 내일 떠나지요."

엘리자베트는 눈물을 씻고 머리를 들었다.

"내일!? 며칠 더 계시……."

"떠나지요."

"이 장마 때……."

"……."

"장마나 걷은 뒤에 떠나시면……."

"그래두 떠나지요."

7

　이튿날 아침 열 시쯤 엘리자베트가 탄 인력거는 서울 성 밖에 나섰다.

　해는 떴지마는 보스럭비는 보슬보슬 내리붓고 엘리자베트의 맞은편에는 일곱 빛이 영롱한 무지개가 반원형으로 벌리고 있다.

　비와 인력거의 셀룰로이드 창을 꿰어서 어렴풋이 이 무지개를 바라보면서, 엘리자베트는 뜨거운 눈물을 뚝뚝 떨어뜨리고 있었다. 어젯밤에, 남작 부인에게 자기 같은 약한 것에게는 촌이 좋다고 밝히 말하기는 하였지만, 그래도 반생 이상을 서울서 지낸 엘리자베트는 자기 둘째 고향을 떠날 때에 마음에 떠나기 설운 생각이 없지 못하였다.

　뿐만 아니라 서울에 자기 사랑 이환이가 있고 자기에게 끝없이 동정하는 남작 부인이 있지 않으냐, 엘리자베트는 부인이 친절히 준 돈을 만져보았다.

　이렇게 서울에게 섭섭한 생각을 가진 엘리자베트는 몸은 차차 서울을 떠나지만 마음은 서울 하늘에서만 떠돈다. 어젯밤에 밤새 도록 잠도 안 자고 내일은 꼭 서울을 떠나야 한다고 생각하여, 양심이 싫다는 것을 억지로 그렇게 해결까지 한 그도, 막상 서울을 떠나는 지금에 이르러서는, 만약 자기가 말할 용기만 있으면 이제라도 인력거를 돌이켜서 서울로 향하였으리라 생각지 않을 수가 없었다. 치만 그에게는 그리할 용기가 없었다. 아니, 제일 말하기가 싫었고 인력거꾼에게 웃기우기가 싫었다. 그러는 것보다도, 그는 말은 하고 싶었지만, 마음속의 어떤 물건이 그것을 막았다. 그는 입술을 악물었다.

인력거는 바람에 풍겨서 한편으로 기울어졌다가 이삼 초 뒤에 도로 바로 서서 다시 앞으로 나아간다. 장마 때 바람은 윙! 소리를 내면서 인력거 뒤로 달아난다.

엘리자베트의 머리에는, 갑자기 '생각날 듯 생각날 듯하면서 채 생각나지 않는 어떤 물건'이 떠올랐다. 그는 생각하여보았다. 한참 동안 이것저것 생각하다가 남작, 그는 가렵고도 가려운 자리를 찾지 못한 때와 같이 안타깝고 속이 타는 고로 살눈썹[18]을 부들부들 떨었다. '남작'이 자기 생각의 원몸에 가까운 것 같고도 채 생각나지 않았다.

'남작이 고운가 미운가. 때릴까 안을까. 오랠까 쫓을까.'

그는 한참이나 남작을 두고 이리저리 생각하다가 탁 눈을 치뜨면서 주먹을 꼭 쥐었다. 이제야 겨우 그 원몸이 잡혔다.

"재판!"

그는 중얼거렸다.

그렇지만 남작을 걸어서 재판하는 것은 엘리자베트에게는 큰 문제에 다름없었다. 남작 부인에게 얻은 위로금이 재판 비용으로는 넉넉하겠지만, 자기를 끝없이 측은히 여기는 부인에게 남편이 잘못한 일을 알게 하는 것은 엘리자베트에게는 차마 못 할 일이다. 이 일을 알면 부인은 제 남편을 어찌 생각할까, 엘리자베트 자기를 어찌 생각할까. 남작 집안의 어지러움—엘리자베트는 한숨을 후하니 내쉬었다. 그것뿐이냐, 서울에는 자기 사랑 이환이가

---

18 '속눈썹'의 방언.

있다. 만약 재판을 하면 그 일이 신문에 나겠고, 신문에 나면 이환이가 볼 것이다. 이환이가 이 일을 알면 자기를 어떻게 생각할까, 또 몇백 명 동창은 어떻게 생각할까, 세상은 어떻게 생각할까.

"재판은 못 하겠다."

그는 중얼거렸다.

그렇지만 남작의 미운 짓을 볼 때에는, 엘리자베트는 가만있지 못할 것같이 생각된다. 자기는 남작으로 인하여 모든 바람과 앞길을 잃어버리지 않았느냐. 자기는 남작으로 인하여 바람과 앞길 밖에 사랑과 벗과 모든 즐거움까지 잃어버리지 않았느냐. 그런 후에 자기는 남작으로 인하여 서울과는 온전히 떠나지 않으면 안 되지 않게 되었느냐. 이와 같은 남작을…… 이와 같은 죄인을…….

"아무래도 재판은 하여야겠다."

그는 다시 중얼거렸다.

그러면서도 그는 자기로도 재판을 하여야 할지 안 하여야 할지 똑똑히 해결치를 못하였다. 하겠다 할 때에는 갑甲이 그것을 막고, 못 하겠다 할 때에는 을乙이 금하였다.

'집에 가서 천천히 생각하자.'

그는 속이 타는 고로 억지로 이렇게 마음을 먹고 생각의 끝을 다른 데로 옮겼다.

이 생각에서 떠난 그의 머리는 걷잡을 새 없이 빨리 동작하였다. 그의 머리는 남작에서 S, 이환, 혜숙, 서울, 오촌 모, 죽은 어버이들로 왔다 갔다 하였다. 한참 이리 생각한 후에 그의 흥분하였던 머리는 좀 내려앉고 몸이 차차 맥이 나면서 그것이 전신에 퍼진 뒤에 머리와 가슴이 무한 상쾌하게 되면서 눈이 자연히 감겼다. 수레의 흔들리는 것이 그에게는 양상[19]스러웠다.

졸지도 않은 채 깨지도 않고 근덕근덕하면서 한참 갈 때에 우르륵 우렛소리가 나므로 그는 눈을 번쩍 떴다. 하늘은 전면이 시커멓게 되고 그 새에서는 비의 실이 헬 수 없이 많이 땅에까지 맞닿았다. 비 곁에 또 비 비 밖에 비 비 위에 구름 구름 위에 또 구름이라 형용할 수밖에 없는 이 짓은, 엘리자베트에게 큰 무서움을 주었다.

'저 무지한 인력거꾼 놈이……'

그는 온몸을 부들부들 떨었다.

사면은 다만 어두움뿐이고 그 큰길에도 사람 다니는 것 하나도 보이지 않았다. 툭툭툭툭 하는 인력거의 비 맞는 소리, 물 괸 곳에 비 오는 소리, 외앵하고 달아나는 장마 때 바람 소리, 인력거꾼의 식식거리는 소리, 자기의 두근거리는 가슴 소리―엘리자베트의 떨림은 더 심하여졌다.

그는 떨면서도 조그만 의식을 가지고 구원의 길이 어디 있지나 않은가 하고 셀룰로이드 창을 꿰어서 앞을 내어다보았다. 창을 꿰고 비를 꿰고 또 비를 꿰어서 저편 한 이십 간 앞에 조그마한 방성 하나가 엘리자베트의 눈에 띄었다.

"아!"

그는 안심의 숨을 내어 쉬었다.

'저것이 만약?'

그는 갑자기 생각난 듯이 눈을 비비고 반만큼 일어서서 뚫어

---

19 '양광'의 북한어. 분수에 넘치는 호강.

지게 내어다보았다. 가슴은 뚝뚝 소리를 낸다…….

어렴풋이 보이는 그 방성에 엘리자베트는 상상을 가하여보기 시작하였다. 앞집만 보일 때에는 상상으로 뒷집을 세우고 그것이 보일 때에는 또 상상의 집을 세워서 한참 볼 때에 그 방성은 자기의 오촌 모가 있는 마을로 엘리자베트의 눈에 비쳤다.

엘리자베트는 털썩 주저앉았다. 온몸이 흥분하여 피곤하여지고 가슴이 뛰노는 고로 서 있을 힘이 없었다. 가슴과 목 뒤에서는 뚝뚝 소리를 더 빨리 더 힘 있게 낸다.

가뜩이나 더디게 걷던 인력거가 방성 어구에 들어서서는 더 느리게 걷는다…….

엘리자베트는 흥분한 눈으로 가슴을 뛰놀리면서 그 방성을 보았다. 길에 사람 하나 없다. 평화의 이 촌은 작년보다 조금도 달라진 것이 없다. 작년에 보던 길 좌우편에만 벌려 있던 이십여 호의 집은 역시 내게 상관있나 하는 낯으로 엘리자베트를 맞는다.

그 방성 맨 끝, 뫼 바로 아래 있는 엘리자베트의 오촌 모의 집에 인력거는 닿았다. 비의 실은 그냥 하늘과 땅을 맞맨 것같이 보이면서 힘 있게 쪽쪽 내리쏜다.

엘리자베트는 인력거에서 내렸다.

세 시간 동안이나 앉아서 온 그의 다리는 엘리자베트의 자유로 되지 않았다. 그는 취한 것같이 비틀비틀하며 마치 구름 위를 걷는 것같이 허둥허둥 낮은 대문을 들어섰다. 비는 용서 없이 엘리자베트의 머리에서 가는 모시 저고리 치마 구두로 내리쏜다.

대문 안에 들어선 엘리자베트는 어찌할지를 몰라서 담장에 몸을 기대고 우두커니 서 있었다.

그때에 마침 때 좋게 오촌 모가 무슨 일로 밖에 나왔다.

"아주머니!"

엘리자베트는 무의식히 고함을 치고 두어 발자국 나섰다.

오촌 모는 늙은 눈을 주름살 많은 손으로 비비고 잠깐 엘리자베트를 보다가,

"엘리자베트냐."

하면서 뛰어와서 마주 붙들었다.

"어떻게 왔냐? 자 비 맞겠다. 아이구 이 비 맞은 것 봐라. 들어가자. 자, 자."

"인력거가 있어요."

하고 엘리자베트는 땅에 발이 닿지 않는 것 같은 걸음으로 허둥허둥 인력거꾼에게 짐을 들여오라 명하고, 오촌 모와 함께 어둡고 낮고 시시한, 냄새나는 방 안에 들어왔다.

"전엔 암만 오래두 잘 안 오더니, 어찌 갑자기 왔냐?"

오촌 모는 눈에 다정한 웃음을 띠고 물었다.

엘리자베트는 진리 있는 거짓말을 한다.

"서울 있어야 이젠 재미두 없구 그래서……."

"으응!"

오촌 모는 말의 끝을 높여서 엘리자베트의 대답을 비인非認[20]한다.

"네 상에 걱정 빛이 뵌다. 무슨 걱정스러운 일이라도 있냐?"

'바로 대답할까.'

엘리자베트가 생각하는 동시에 입은 거짓말을 했다.

---

20 승인이나 승낙을 하지 않음.

"걱정은 무슨 걱정이요. 쯧."

엘리자베트는 혀를 가만히 찼다. 왜 거짓말을 해…….

"그래두 젊었을 땐 남모르는 걱정이 많으니라."

'대답할까.'

엘리자베트는 갑자기 생각했다. 가슴이 뛰놀기 시작한다. 치만 기회는 또 지나갔다. 오촌 모는 딴말을 꺼낸다.

"그런데 너 점심 못 먹었겠구나. 채려다 주지, 네 촌밥 먹어봐라. 어찌 맛있나."

오촌 모는 나갔다.

"짐 들여왔습니다."

하는 인력거꾼의 소리가 나므로 엘리자베트는 나가서 짐을 찾고 들어와 앉아서, 밖을 내어다보았다.

뜰 움푹움푹 들어간 데마다 물이 고였고 물 고인 데마다 비로 인하여 방울이 맺혀서 떠다니다가는 없어지고, 또 새로 생겨서 떠다니다가는 없어지곤 한다. 초가집 지붕에서는 누렇고 붉은 처마물이 그치지 않고 줄줄 흘러내린다.

한참이나 눈이 멀거니 뜰을 바라보고 있을 때에 오촌 모가 밥과 달걀, 반찬, 김치 등 간단한 음식을 엘리자베트를 위하여 차려왔다.

엘리자베트는 점심을 먹은 뒤에 또 뜰을 내어다보기 시작하였다. 뜰 한편 구석에는 박 넌출[21]이 하나 답답한 듯이 웅크러뜨리고 있었다. 잎 위에는 빗물이 고여 있다가 바람이 불 때마다 잎이

---

21 길게 뻗어 나가 늘어진 식물의 줄기.

기울어지며, 고였던 물이 땅에 쭈루룩 쏟아지는 것이 엘리자베트의 눈에 똑똑히 보였다. 그 잎들 아래는 허옇고 푸른 크다 만 박하나가 잎이 바람에 움직일 때마다 걸핏걸핏 보였다.

박 넌출 아래서 머구리[22]가 한 마리 우덕덕 뛰어나왔다. 본래부터 머구리를 무서워하던 엘리자베트는 머리를 빨리 돌렸다. 머구리에게 무서움을 가지는 동시에 엘리자베트의 머리에는 아까 걱정이 떠올랐다.

그는 낯을 찡그리고 한숨을 후 내어쉬었다.

이것을 본 오촌 모는 물었다.

"왜 그러냐? 한숨을 다 짚으면서…… 네게 아무래두 걱정이 있기는 하구나."

엘리자베트는 마음이 뜨끔하였다. 그러면서도, 이 기회 넘겼다가는…….

"아주머니!"

그는 흥분하고 떨리는 소리로 오촌 모를 찾았다.

"왜, 왜 그러냐? 이야기 다 해라."

"서울은 참 나쁜 뎁디다그려…….."

엘리자베트는 울기 시작하였다.

"자, 왜?"

"하―아!"

엘리자베트는 울음이 섞인 한숨을 쉬었다.

"아 왜 그래?"

---

22 '개구리'의 옛말.

"아— 어찌할까요."

"무엇을 어찌해. 자 왜 그러느냐?"

"난 죽고 싶어요."

엘리자베트는 쓰러졌다.

"딴소리한다. 왜 그래? 자 이야기해라."

오촌 모는 어른다.

엘리자베트는 끊었다 끊었다 하면서 무한 간단하게 자기와 남작의 새를 이야기한 뒤에, 재판하겠단 말로 말을 끝내었다.

"너 같은 것이 강가 집에……."

엘리자베트의 말을 들은 오촌 모는 성난 소리로 책망하였다.

괴로운 침묵이 한참 연속하였다. 아주머니의 책망을 들을 때에 엘리자베트는 울음소리까지 그쳤다.

한참 뒤에, 오촌 모는 엘리자베트가 불쌍하였던지 이제 방금 온 것을 책망한 것이 미안하였던지 말을 돌린다.

"그래두 재판은 못 한다. 우리는 상것이고 저편은 양반이 아니냐?"

아직 채 작정치 못하고 있던 엘리자베트의 마음이 이 말 한마디로 온전히 작정되었다. 그는 아주머니의 말을 우쩍 반대하고 싶었다.

"재판에두 양반 상놈이 있나요?"

"그래두 지금은 주먹 천지란다."

엘리자베트는 눈살을 찌푸렸다. 양반 상놈 문제에 얼토당토않은 주먹을 내어놓는 아주머니의 무식이 그에게는 경멸스럽기도 하고 성도 났다. 그렇지만 그 말의 진리는 자기의 지낸 일로 미루어보아도 그르달 수가 없었다. 그래도 재판은 꼭 하고 싶었다.

"그래두 해요!"

"그리 하고 싶으면 하기는 해라마는……."

"그럼 아주머니!"

"왜."

"이 동리에 면소가 있나요?"

"응 있다. 무엇하려구?"

"거기 가서 재판에 대하여 좀 물어보아 주시구려……."

"싫다야…… 그런 일은."

"그래두…… 아주머니까지…… 그러시면……."

엘리자베트의 낮은 울상이 되었다. 이것이 불쌍하게 보였던지 오촌 모는 면서기를 찾아갔다.

이튿날 엘리자베트는 남작을 걸어서, 정조 유린에 대한 배상 및 위자료로서 오천 원, 서생아庶生兒 승인, 신문상 사죄 광고 게재 청구 소송을 경성 지방법원에 일으켰다.

8

늘 그치지 않고 줄줄 내리붓던 비는 종시 조선 전지全地에 장마를 지웠다.

엘리자베트가 있는 마을 뒷뫼에서도 간직하여두었던 모든 샘이 이번 비로 말미암아 터져서 개골가에 있는 집 몇은 집채같이 흘러내려 왏왏 오는 물로 인하여 혹은 떠내려가고 혹은 무너졌다.

매일 흰 물방울을 안개같이 내면서 왉왉 흘러내려 가는 물을 보면서 엘리자베트는 몇 가지 일로 느끼고 있었다. 그 가운데는 반성도 없지 않았다.

이번 이와 같이 큰 재판을 일으킨 것이 엘리자베트의 뜻은 아니다. 법률을 아는 사람이 "그리하여야 좋다"는 고로 엘리자베트는 으쓱하여서 그리할 뿐이다. 그에게는 서생아 승인으로 넉넉하였다.

"에이 썅."

그는 만날 이 일이 생각날 때마다 혀를 차며 중얼거렸다.

서울을 떠난 것도 그의 느낌의 하나이다. 차라리 반성의 하나이다. 오촌 모는 "에이구 내 딸 에이구 내 딸"하며 크다만 엘리자베트의 궁둥이를 두드리며 사랑하였고, 엘리자베트는 여왕과 같이 가만히 앉아서 모든 일을 오촌 모를 부려먹었지만, 그것만으로 그는 만족지를 못하였다. 그는 낮고 더럽고 답답하고 덥고 시시한 냄새나는 촌집보다 높고 정한 서울집이 낫고, 광목 바지 입고 상투 틀고 낯이 시꺼먼 원시적인 촌무지렁이들보다 맥고모자에 궐련 물고 가는 모시 두루마기 입은 서울 사람이 낫다. 굵은 광당포 치마보다 가는 모시 치마가 낫고, 다 처진 짚신보다 맵시 나는 구두가 낫다. 기름머리에 맵시 나게 차린 후에 파라솔을 받고 장안 큰 거리를 팔과 궁둥이를 저으면서 다니던 자기 모양을 흐린 하늘에 그려볼 때에는, 엘리자베트는 자기에게도 부끄럽도록 그 그림자가 예뻐 보였다.

장마는 걷혔다.

장마 뒤의 촌집은 참 분주하였다. 모를 옮긴다 김을 맨다 금년 추수는 이때에 있다고, 각 집이 모두 늙은이 젊은이 할 것 없이 나서서 활동을 한다. 각 곳에서 〈중양가重陽歌〉의 처량한 곡조, 〈농부가〉의 웅장한 곡조가 일어나서 뫼로 반향하고 들로 퍼진다.

자농自農 밭 몇 뙈기와 뒤뜰에 터앝[23]을 가진 엘리자베트의 오촌 모의 집도 꽤 분주하였다. 자농 밭은 삯을 주어서 김을 매고 터앝만 오촌 모 자기가 감자와 파 이종을 하기로 하였다.

뻔뻔 놀고 있기가 무미도 하고 갑갑도 한 고로, 엘리자베트는 아주머니를 도와서 손에 익지 않은 일을 하고 있었다.

첫 번에는 일하기가 죽게 어려웠지마는, 좀 연습된 뒤에는 땀으로 온몸이 젖고 몸이 곤하여진 뒤에 나무 그늘 아래서 상추쌈에 고추장으로 밥을 먹고 얼음과 같은 찬 우물물을 마시는 것은 참 엘리자베트에게는 위에 없는 유쾌한 일이 되었다. 첫 번에는 심심 끄기로 시작하였던 일을 마지막에는 쾌락으로 하게 되었다.

그러는 새에도 틈만 있으면 그는 집 뒤 뫼에 올라가서 서울을 바라보고 한숨을 짓고 있었다.

보얀 여름 안개로 둘러싸여서 아침 햇빛을 간접으로 받고 보얗게 반짝거리는 아침 서울, 너무 강하여 누렇게까지 보이는 여름 햇빛을 정면으로 받고 여기저기서 김을 무럭무럭 내는 낮 서울, 새빨간 저녁놀을 받고 모든 유리창은 그것을 몇십 리 밖까지 반사하여 헬 수 없는 땅 위의 해를 이루는 저녁 서울, 그 가운데 우뚝 일어서 있는 푸른 남산, 잿빛 삼각산, 먼지로 싸인 큰 거리, 울긋불긋한 경복궁, 동물원, 공원, 한강, 하나도 엘리자베트에게 정답게 생각 안 나는 것이 없고, 느낌 안 주는 것이 없었다.

23 집의 울안에 있는 작은 밭.

'아— 내 서울아, 내 사랑아

　나는 너를 바라본다

　　붉은 눈으로 더운 사랑으로……

아침 해와 저녁놀, 잿빛 안개

　흩어진 더움 아래서, 나는 너를

　　아— 나는 너를 바라본다.

천 년을 살겠냐 만 년을 살겠냐.

　내 목숨 다하기까지, 내 삶 끝나기까지,

　　나는 너를 그리리라.'

처량한 곡조로 엘리자베트는 부르곤 하였다.

엘리자베트는 한 자리를 정하고 뫼에 올라갈 때에는 언제든지 거기 앉아 있었다. 뒤에는 큰 소나무를 지고 그 솔 그늘 아래 꼭 한 사람이 앉아 있기 좋으리 만한 바위가 하나 있었다. 그것이 엘리자베트의 정한 자리다.

그 바위 두어 걸음 앞에서 여남은 길 되는 절벽이 있었다.

이 절벽을 내려다볼 때마다 그의 마음속에는 한 기쁨이 움직였다.

종시 재판 날이 왔다.

9

재판 전날, 엘리자베트는 오촌 모와 함께 서울로 들어와서 재판소 곁 어떤 객줏집에 주인을 잡았다.

서울을 들어설 때에 엘리자베트는, 한 달밖에는 떠나 있지 않았으되 그렇게 그리던 서울이므로 기쁨의 흥분으로 몸이 죽게 피곤하여져서 부들부들 떨면서 객줏집에 들었다.

'혜숙이나 만나지 않을까, 이환 씨나 만나지 않을까, S 혹은 부인이나 혹은 남작이나 만나지 않을까.'

그는 반가움과 무서움과 바람으로 머리를 푹 숙이고 곁눈질을 하면서 아주머니와 함께 거리들을 지나갔다. 할 수 있는 대로는 좁은 길로…….

그는 하룻밤 새도록 모기와 빈대와 흥분, 걱정 들로 말미암아 잠도 잘 못 자고, 이튿날 낯이 뚱뚱 부어서 제시간에 재판소에 들어왔다.

아주머니는 방청석으로 보내고 자기 혼자 원고석에 와 앉을 때에는, 엘리자베트는 자기도 어찌 되는지를 모르도록 마음이 뒤숭숭하였다. 염통은 한 분分 동안에 여든일곱 번이나 뛰놀고 숨도 한 분 사이에 스무 번 이상을 쉬게 되었다. 땀은 줄줄 기왓골에 빗물 흐르듯 흘러서 짠물이 자꾸 눈과 입으로 들어온다. 서울 들어오느라고 새로 갈아입은 엘리자베트의 빈사²⁴ 저고리와 바지허리는 땀으로 소낙비 맞은 것보다 더 젖게 되었다.

삼분쯤 뒤에 그는 마음을 좀 진정하여 장내를 둘러보았다.

방청석에는 아주머니 혼자 낯에 근심을 띠고 눈이 둥그레져서 있었고 피고석에는 남작이 머리를 저편으로 돌리고 있었다.

---

24 '빙사氷紗'의 잘못. 비늘 모양의 무늬가 있는 사紗.

남작을 볼 때에 그는 갑자기 죄송스러운 생각이 났다.

'오죽 민망할까. 이런 데 오는 것이 남작에게는 오죽 민망할까? 내가 잘못했지, 재판은 왜 일으켜? 남작은 나를 어찌 생각할까? 또 부인은……?'

그는 이제라도 할 수만 있으면 재판을 그만두고 싶었다. 짐짓 자기가 남작에게 져주고 싶기까지 하였다.

그는 머리를 좀 더 돌이켰다. 거기는 남작의 대리인인 변호사가 엄연히 앉아 있었다. 만장을 무시하는 낯으로 자기 혼자만이 재판을 좌우할 능력이 있다는 낯으로 변호사는 빈 재판석을 둘러보고 있었다.

변호사를 볼 때에 엘리자베트는 남모르게,

"아!"

하는 절망의 소리를 내었다. 자기의 변론이 어찌 변호사에게 미칠까, 그의 머리에는 똑똑히 이 생각이 떠올랐다. 남작에 대한 미움이 마음속에 솟아나왔다. 자기를 끝까지 지우려고 변호사까지 세운 남작이 어찌 아니꼽지를 않을까. 그는 외면한 남작을 흘겨보았다.

판사, 통변, 서기들이 임석하고 재판은 시작되었다. 규정의 순서가 몇이 지나간 뒤에 원고의 변론할 차례가 이르렀다. 규정대로 사는 곳과 이름 들을 물은 뒤에 엘리자베트는 변론하여야 하게 되었다. 엘리자베트는 벌떡 일어서서 묻는 말에는 대답하였지만 변론은 나오지를 않았다. 재판소가 빙빙 도는 것 같고 낯에서는 불덩이가 나올 것 같았다. 그러다가,

'이래서는 안 되겠다. 용기를 내어야지.'

생각할 때에 얼마의 용기는 회복되었다.

그는 끊었다 끊었다 하면서 자기의 청구를 질서없이 설명하였다.

"더 할 말은 없나?"

엘리자베트의 말이 끝난 뒤에 주석 판사가 물었다.

"없어요."

엘리자베트는 말이 하기 싫은 고로 겨우 중얼거리고 앉았다.

'겨우 넘겼다.'

엘리자베트는 앉으면서 괴로운 숨을 내어 쉬면서 생각하였다.

피고의 변론할 차례가 되었다. 변호사는 일어서서 웅장한 큰 소리로, 만장을 누르는 소리로, 장내가 웅웅 울리는 소리로 말하기 시작하였다.

원고의 말은 모두 허황하다. 그 증거가 어디 있는가? 있으면 보고 싶다. 잉태하였다 하니 거짓말인지도 모르거니와, 설혹 잉태하였다 하여도 그것이 남작의 자식인 증거가 어디 있는가? 자기 자식이니까 떨어뜨리려고 병원에 데리고 갔다 원고는 말하지만, 주인이 자기 집의 가정교사가 병원에 좀 데려다 달랄 때 데려다 줄 수가 없을까? 피고가 자기 일이 나타날까 저퍼서[25] 원고를 내어쫓았다 원고는 말하지마는 다른 일로 내어보냈는지 어찌 아는가? 원고는 당시에는 학교에도 안 가고 가정교사의 의무도 다하지 않고 게다가 탈까지 났으니, 누구가 이런 식객을 가만두기를 좋아할까? 어떻든 원고에게는 정신 이상이 있는 것을 잊어서는 안 된다.

엘리자베트는 변호사가 "원고의 말은 허황하다" 할 때에 마음

---

25 '두렵다'의 옛말.

이 뜨끔하였다. "남작의 자식인지 어찌 알까" 할 때에 가슴에서 '툭' 하는 소리를 들었다. 병원 이야기가 나올 때에 머리가 어지러워지는 것을 깨달았다. 그 후에는 어찌 되는지 몰랐다. 청각은 가졌지만 듣지는 못하였다. 다만 둥둥하는 사람의 말소리가 한 백 리 밖에서 나는 것같이 들렸을 뿐이고 아무것도 의식지를 못하였다. 유도柔道에 목 끼운 때와 같이 온몸이 양상스러워지는 것이 구름을 타고 하늘을 떠다니는 것 같았다.

그가 바른 의식 상태로 들기 비롯한 때는 판사가

"더 할 말이 없느냐."

고 물을 때이다.

판사의 묻는 말을 똑똑히 알아듣지 못하고 또 말하기도 싫은 엘리자베트는 다만,

"네."

하고 대답할 수밖에는 없었다. 그런 뒤에는 그의 눈앞에는 검은 물건이 왔다 갔다 움직움직하는 것만 보였다. 무엇인지는 똑똑히 알지 못하였다.

한참 있다가 판결은 났다. 원고의 주장은 하나도 증거가 없다. 그런 고로 원고의 청구는 기각한다.

이 말을 겨우 알아들은 엘리자베트는 가슴에서 두 번째 '툭' 하는 소리를 들었다. 그 뒤에는 정신이 아득하여지고 말았다.

몇 시간 동안을 혼미 상태로 지낸 후에 겨우 정신이 좀 드는 때는 그는 이상한 방 안에 앉아 있었다. 껌껌한 그 방은 사면 침척針尺[26]

---

26 바느질자.

두 자밖에는 안 되었다. 뿐만 아니라 그 방은 들썩들썩 움직인다.

'흥 재미있구나!'

그는 생각하였다.

그렇지만 이와 같은 한가한 생각이 그의 머리에 오랫동안 머물지를 못하였다. 높이 세 치, 길이 다섯 치쯤 되는 조그만 구멍으로 자기 아주머니가 보일 때에 엘리자베트는 펄떡 정신을 차렸다. 그때야 그는 자기 있는 곳은 보교步輪[27] 안이고, 벌써 아주머니의 집에 다 이르렀고, 아까 판결받은 것이 생각났다.

보교는 놓였다.

엘리자베트는 우덕덕 보교에서 뛰어내리다가 꼬꾸라졌다. 발이 저린 것을 잊고 뛰어내리던 그는 엎드러질 수밖에는 없었다.

"에구머니!"

아주머니는 엘리자베트가 또다시 기절을 한 줄 알고 고함을 치며 뛰어왔다.

엘리자베트는 '죽어라' 하고 발이 저린 것을 참고 일어서서 뛰어 방 안에 들어와 꼬꾸라졌다.

그는 울음도 안 나오고 웃음도 안 나왔다. 다만,

'야단났구만, 야단났구만.'

생각만 하였다.

그렇지만 어디가 야단나고 어떻게 야단났는지는 그는 몰랐다. 다만, 어떤 큰 야단난 일이 어느 곳에 있기는 하였다.

오촌 모가 들어와 흔드는 것도 그는 모른 체하고 다만 씩씩거

---

27 사람이 메는 가마의 하나.

리며 엎디어 있었다.

'야단, 야단.'

그의 눈에는 여러 가지 환상이 보인다. 네모난 사람, 개, 우물
거리는 모를 물건, 뫼보다도 크게도 보이고 주먹만하게도 보이는
검은 어떤 물건, 아주머니, 연필―이것이 모두 합하여 그에게는
야단으로 보였다.

오촌 모가 펴준 자리에 누워서도 그는 이런 그림자들만 보면
서 씩씩거리며 있었다.

10

이튿날 아침.

엘리자베트는 눈을 번쩍 뜨고 방 안을 둘러보았다. 아주머니
는 방 안에 없었다. 부엌에서 덜겅거리는 고로 거기 있나 보다 그
는 생각하였다.

전에는 그리 주의하여 보지 않았던 그 방 안의 경치에서 병인
의 날카로운 눈으로 그는 새로운 맛있는 것을 여러 가지 보았다.

제일 눈에 뜨이는 것은, 담벽 사면에 붙인 당지[28]들이다. 일본
포속布屬[29]들에서 꺼내어 붙인 듯한 그 당지들을 엘리자베트는 흥
미의 눈으로 하나씩 하나씩 건너보았다.

그다음에 보인 것은 천장 서까래 틈에 친 거미줄들이다. 엘리

28 예전에 중국에서 만든 종이를 이르던 말.
29 베붙이. 모시실, 베실 따위로 짠 피륙.

자베트는 그 가운데 하나를 자세히 보았다. 그가 보고 있는 동안에 윙하니 날아오던 파리가 한 마리 그 줄에 걸렸다. 거미줄은 잠깐 흔들리다가 멎고 어디 있댔는지 보이지 않던 거미가 한 마리 빨리 나와서 파리를 발로 움킨다. 파리는 깃을 벌리고 도망하려 애를 쓰기 시작하였다. 거미줄은 대단히 떨렸다. 그렇지만 조금 뒤에 파리는 죽었는지 거미줄의 흔들림은 멎고 거미 혼자서 발발 파리를 두고 돌아다닌다. 엘리자베트는 바르륵 떨면서 머리를 돌이켰다.

'저 파리의 경우와…… 내 경우가, 어디가 다를까? 어디가……?'

엘리자베트가 움직 할 때에 파리가 한 마리 윙 나타났다. 그 파리가 날기를 기다리고 있었던지 다른 파리들도 일제히 웅─ 날았다가 도로 각각 제자리에 앉는다…….

엘리자베트는 눈을 감았다. 상쾌한 졸음이 짜르륵 엘리자베트의 온몸에 돌았다. 엘리자베트는 승천昇天하는 것 같은 쾌미를 누리고 있었다.

이때에 오촌 모가 샛문을 벌컥 열며 들어왔다.

엘리자베트는 눈을 번쩍 떴다. 오촌 모는 들어와서 물에 젖은 손을 수건에 씻은 뒤에 엘리자베트의 머리 곁에 와 앉았다.

"좀 나은 것 같으냐?"

"무엇 낫지 않아요."

"어디가 아파? 어젯밤 새도록 헛소릴 하더니……."

"헛소리까지 했어요?"

엘리자베트는 낮에 적적한 웃음을 띠고 묻는 대답을 하였다.

"그런데 어디가 아픈지는 일정하게 아픈 데가 없어요. 손목

발목이 저리저릿하는 것이 온몸이 다 쏘아요. 꼭…… 첫몸 할 때…….”

“왜 그런고…… 원.”

“왜 그런지요…….”

잠깐의 침묵이 생겼다.

“앗!”

좀 후에 엘리자베트는 작은 소리로 날카로운 부르짖음을 내었다. 낯에는 무한 괴로움이 나타났다.

“왜 그러냐!?”

오촌 모는 놀라서 물었다.

“봤다가는 안 되어요.”

엘리자베트는 억지로 웃으면서 말했다.

“그럼 보지 않을 것이니 왜 그러냐?”

“묻지두 말구요!”

“묻지두 않을 것이니 왜 그래?”

“그럼 안 묻는 거인가요?”

“그럼 그만두자…… 그런데 미음 안 먹겠냐?”

“좀 이따 먹지요.”

엘리자베트는 괴로운 낯을 하고 팔과 다리를 꼬면서 앓는 소리를 내고 있다가 참다못하여 억지로 말했다.

“아주머니 요강 좀 집어주세요.”

오촌 모는 근심스러운 낯으로 물끄러미 엘리자베트를 들여다보다가 말없이 요강을 집어주었다.

엘리자베트는 요강을 타고 앉았다. 나올 듯 나올 듯하면서도 나오지 않는 오줌은 그에게 큰 아픔을 주었다. 한 십분 동안이나 낯을 무한 찡그리고 있다가 내어놓을 때는 그 요강은 피오줌으로 가득 찼다.

"피가 났구나!"

오촌 모는 놀란 소리로 물었다.

"…… 네."

"떨어지려는 것이로구나."

"그런가 봐요."

말은 끊어졌다.

엘리자베트의 마음은 무한 설렁거렸다. 그 가운데는 저픔과 반가움이 섞여 있었다.

"깨를 어떻게 먹으면 올라붙기는 한다더라만……."

잠깐 후에 아주머니가 말을 시작했다.

"그건 올라붙어 무엇해요."

엘리자베트는 낯을 찡그리고 대답하였다.

"그래도 낙태로 죽는 사람두 있너니라……."

엘리자베트는 대답을 하려다가 말이 하기 싫은 고로 그만두었다.

말은 또 끊어졌다.

엘리자베트는 '죽어두 좋아요'라고 대답하려 하였다.

'죽으면 뭘 하나.'

그는 병적으로 날카롭게 된 머리로 생각하여보았다.

'내게 이제 무엇이 있을까? 행복이 있을까? 없다. 즐거움은? 그것도 없다. 반가움은? 물론 없지. 그럼 무엇이 있을까? 먹고 깨고 자는 것뿐―그 뒤에는? 죽음! 그밖에 무엇이 있을까? 아무것도 없다. 그것뿐으로도 살 가치가 있을까? 살 가치가 있을까? 아, 아! 어떨까? 없다! 그러면? 나 같은 것은 죽는 편이 나을까? 물론 그럼 자살? 아!'

'자살? (그는 사지를 부들부들 떨었다.) 모르겠다. 살아지는 대로 살아보자. 죽는 것도 무섭지 않고, 사는 것도 싫지도 않고―.'

이때에 오촌 모가 말을 시작했다.

"내가 가서 물어보고 올라."

"그만두세요."

그는 우덕덕 놀라면서 무의식히 날카롭게 말하였다.

"그래두 내 잠깐 다녀오지."

아주머니는 일어서서 밖으로 나갔다.

아주머니가 나간 뒤에 그는 또 생각하여보았다.

내 근 이십 년 생애는 어떠하였는가? 앞일은 그만두고 지난 일로…… 근 이십 년 동안이나 살면서, 남에게, 사회에게 이익한 일을 하나라도 하였는가? 벗들에게 교과를 가르친 일―이것뿐! 이것을 가히 사회에 이익한 일이라 부를 수가 있을까? (그는 입술을 부들부들 떨었다.)

응! 하나 있다! '표본!' (그는 괴로운 웃음을 씩― 웃었다.) 이후 사람을 경계할만한 내 사적! 곧 '표본!' 표본 생활 이십 년…… 아……!

그러니 이것도 내가 표본이 되려서 되었나? 되기 싫어서도 되었지. 헛데로 돌아간 이십 년, 쓸데없는 이십 년, '나'를 모르고 산 이십 년, 남에게 깔리어 산 이십 년. 그동안에 번 것은? 표본!

그동안에 한 일은? 표본!

그는 피곤하여진 고로 눈을 감았다. 더움과 추움이 그를 쏘았다. 그는 추워서 사지를 보들보들 떨면서도 이마와 모든 틈에는 땀을 줄줄 흘리고 있었다. 아래는 수만 근 되는 추를 단 것같이 대단히 무거웠다.

괴로움과 한참 싸우다가 오촌 모의 돌아옴이 너무 더딘 고로 그는 그만 잠이 들었다.

자는 동안에 여러 가지 그림자가 그의 앞에서 움직였다. 네모난 사람이 어떤 모를 물건을 가지고 온다. 그 뒤에는 개가 따라온다. 방성 뒷산에서 뫼보다도 큰 어떤 검은 물건이 수없이 많이 흐늘흐늘 날아오다가, 엘리자베트가 있는 방 앞에 와서는 주먹만 하게 되면서 그의 품속으로 뛰어들어온다. 하나씩 하나씩 다 들어온 다음에는 도로 하나씩 하나씩 흐늘흐늘 날아 나가서 차차 커지며 뫼만하게 되어 도로 산 가운데서 쓰러져 없어진다. 다 나갔다가는 도로 들어오고 다 들어왔다가는 도로 나가고, 자꾸자꾸 순환되었다. 엘리자베트는 앓는 소리를 연발로 내며 이 그림자들을 보고 있었다.

이렇게 무서운 그림자를 한참 보고 있을 때에,

"애 미음 먹어라."

하는 오촌 모의 소리가 나는 고로 눈을 번쩍 떴다.

그는 미음 그릇을 들고 들어오는 아주머니를 관찰하기 시작하였다.

'저런 큰 그릇을 원 어찌 들고 다니노? 키도 댓 자밖에는 못 되는 노파가…….'

오촌 모가 미음 그릇을 놓은 다음에 엘리자베트는 그것을 먹으려고 엎디었다. 아픔이 온몸에 쭉 돌았다…….

"숟갈이 커서 어찌 먹어요?"

그는 놋숟갈을 보고 오촌 모에게 물었다. 그는, '숟갈이 커서 들지를 못하겠다'는 뜻으로 한 말이다.

"어제두 먹던 것이 커?"

엘리자베트는 안심하고 숟갈을 들었다. 그것은 뜻밖에 크지도 않고 무겁지도 않았다. 그는 곁에 놓인 흰 가루를 미음에 치고 먹기 시작하였다.

"아이고 짜다."

그는 한술 먹은 뒤에 소리를 내었다.

"짜기는 왜 짜? 사탕가루를 많이 치구……."

병으로 날카롭게 된 그의 신경은 그의 자유로 되었다. 마치 최면술에 피술자被術者가 시술자施術者의 명령을 절대로 복종하여, 단 것도 시술자가 쓰다 할 때에는 쓰다 생각하는 것과 같이 그의 신경도 절대로 그의 명령을 좇았다. 흰 가루를 소금이라 생각할 때에는 짜게 보였으나 사탕가루라 생각할 때에는 꿀송이보다도 더 달았다. 그렇지만 그의 신경도 한 가지는 복종치를 않았다. 아픔이 좀 나았으면 하는 데는 조금도 순종치를 않았다.

미음을 먹는 동안에 오촌 모가 투덜거렸다.

"스무 집이나 되는 동리 가운데서 그것 아는 것이 하나두 없단 말인가 원……."

"무엇이요?"

엘리자베트는 미음을 삼키고 물었다.

"그 올라붙는 방문 말이루다. 원 깨를 어쨌대든지……."

엘리자베트는 성이 나서 대답을 안 하였다.

미음을 다 마신 다음에 돌아누우려다가 그는,

"읽!"

소리를 내고 그 자리에서 꼬꾸라졌다. 어디가 아픈지 똑똑히 모를 아픔이 온몸을 쿡 쏘았다. 정신까지 어지러웠다.

"어찌? 더하냐?"

"물이 쏟아져요."

엘리자베트는 똑똑한 말로 대답하였다.

"어째?"

"바람이 부는지요?"

"애 정신 채레라."

엘리자베트는 후덕덕 정신을 차리면서,

"내가 원 정신이 없어졌는가?"

하고 간신히 천장을 향하고 누웠다. 천장에는 소가 두 마리 풀을 뜯어 먹고 있었다. 엘리자베트는 무서워서 부들부들 떨기 시작하였다. 두 마리의 소는 싸움을 시작했다.

'떨어지면……?'

생각할 때에 한 마리는 그의 배 위에 떨어졌다. 일순간 뜨끔한 아픔 뒤에는 아무렇지도 않았다.

"읽."

소리를 내고 그는 다시 천장을 보았다. 소는 역시 두 마리지만 이번은 춤을 추고 있다.

"표본 생활 이십 년!"

그는 중얼거리고 담벽을 향하여 돌아누웠다. 거기서는 남작과 이환과 돼지와 파리가 장거리 경주를 하고 있었다.

'흥! 재미있다, 누구가 이길 터인고?'

그는 생각하였다.

조금 있다가 그는 생각난 듯이 수군거렸다.

"표본 생활 이십 년!"

11

그가 눈을 아무 데로 향하든지 어떤 그림자는 거기 벌려 있었다. 그가 자든지 깨든지 어떤 그림자는 거기서 움직였다. 이렇게 엘리자베트는 사흘을 지냈다.

그러는 동안 다함이 없는 철학이 감추어져 있는 것 같고도 아무 뜻이 없는 헛말같이도 생각되는 말구가 흔히 무의식히 그의 머리에 떠올랐다.

'표본 생활 이십 년!'

그는 이 말을 여러 번 거푸 하였다.

이렇게 사흘째 되는 저녁, 복거리[30] 낮보다도 더 훈훈 타는 저녁, 등과 사지 맨 끝에서 시작하여 짜르륵 온몸에 도는 추위의 쾌미를 역증으로 받으면서 잠과 깸의 가운데서 돌던 엘리자베트는 오촌 모의 소리에 놀라 흠칠하면서 깨었다.

---

30 '복달임'의 북한어. 복이 들어 기후가 지나치게 달아서 더운 철.

"왜 그리 앓는 소리를 하냐? (혼잣말로) 탈인지 무엇인지 낫지 두 않구."

"아 — 유 — 죽겠다아 — 하아 —."

엘리자베트는 눈을 감은 채로 아주머니의 소리 나는 편으로 돌아누우면서 신음했다. 그렇지만 그에게는 아프리라 생각하는 데서 나온 아픔밖에는 아픔이 없었다.

"왜 그래? 참 앓는 너보다두 보는 내가 더 속상하다. 후!"

오촌 모도 한숨을 쉰다.

"아이구 덥다!"

오촌 모는 빨리 부채를 집어서 엘리자베트를 부치면서 말했다.

"내 부쳐줄 것이니 일어나서 이 오미잣물을 마세봐라."

오미자라는 소리를 들은 그는 귀가 버썩하였다. 어렸을 때부터 오미자를 좋아하던 그는 이불 속에서 꿈질꿈질 먹을 준비를 시작하였다. 오늘은 그의 머리는 똑똑하여졌다. 그림자가 안 보였고 아픔도 덜어졌다.

오촌 모는 자기도 한 숟갈 떠먹어본 뒤에 권한다.

"아이구 달다. 자 먹어봐라."

엘리자베트는 눈을 뜨고 엎디어서 오미잣물을 마셨다. 새큼하고 단 가운데도 말할 수 없는 아름다운 냄새를 가진 오미잣물은 병인인 엘리자베트에게 위에 없는 힘을 주었다. 그는 단숨에 한 사발이나 되는 물을 다 마셔버렸고 도로 누웠다.

"맛있지?"

"네."

"그런데 어떠냐, 아프기는?"

엘리자베트는 다만 씩 웃었다. 다 큰 것이 드러누워서 다 늙은 아주머니를 속상케 함에 대한 미안과, 크다만 것이 '늙늙' 않은 부끄러움이 합하여 낳은 우유을 그는 다만 감추지 않고 정직하게 웃은 것이다.

"오늘은 정신 좀 들었냐? 며칠 동안 별한 소릴, 어더런 소릴 하던지? …… 응! …… 응! 무얼 '표분 생울 이십 년'이라던지?"

"표본 생활 이십 년!"

엘리자베트는 생각난 듯이 무의식히 소리를 내었다.

"응! 그 소리 그 소리!"

오촌 모도 생각난 듯이 지껄였다.

"아이 덥다!"

엘리자베트는 이불을 차 던지고 고함을 쳤다.

"응, 부쳐주지."

어느덧 부채질을 멈추었던 오촌 모는 다시 부치기 시작했다.

속에서 나오는 태우는 듯한 더움과 밖에서 찌르는 무르녹이는 듯한 더위와 사늘쩍한 부채 바람이 합하여, 엘리자베트의 몸에 쪼르륵 소름이 돋게 하였다. 소름 돋을 때와 부채의 시원한 바람의 쾌미는 그에게 졸음이 오게 하였다. 그는 구름 타고 하늘에 올라가는 맛으로 잠과 깸의 가운데서 떠돌고 있었다.

몇 시간 지났는지 몰랐다. 무르녹이기만 하던 날은 소낙비로 부어내린다. 그리 덥던 날도 비가 오면서는 서늘하여졌다. 방 안은 습기로 찼다. 구팡[31]에 내려져서 튀어나는 물방울들은 안개비

---

31 '댓돌'의 방언. 처마 끝으로 물이 떨어지는 곳에 놓아둔 돌.

와 같이 되면서 방 안으로 몰려 들어온다.

그는 눈을 번쩍 떴다. 어느덧 역한 냄새나는 모기장이 그를 덮었고 그의 곁에는 오촌 모가 번뜻 누워서 답답한 코를 구르고 있었다. 위에는 불티를 잔뜩 앉히고 그 아래서 숨찬 듯이 할락할락하는 석유램프는 모기장 밖에서 반딧불같이 반짝거리며 할딱거리고 있었다.

'가는 목숨으로라도 살아지는껏 살아라.'

그 램프는 소곤거리는 것 같다.

엘리자베트는 일어나서 요강을 모기장 밖에서 들여왔다.

한참 타고 앉았다가

"악."

소리를 내고 그는 엎드러졌다. 가슴은 뛰놀고 숨도 씩씩하여졌다. 마음은 무한 설렁거렸다. 맥도 푹 났다.

한참 엎디어 있다가 그는 생각난 듯이 벌떡 일어나서 요강을 내어놓고 번갯불과 같이 빨리 그 속에 손을 넣어서 주먹만한 핏덩이를 하나 꺼내었다.

'내 것.'

그의 머리에 번갯불과 같이 이 생각이 지나갔다.

그의 머리에는 모순된 두 가지 생각이 일어났다.

'내 것.'

참 자식에 대한 사랑이 그 핏덩어리에게 일어났다.

'이것 때문에……'

그는 그 핏덩이에 대하여 무한한 미움이 일어났다.

'이것도 저 아니꼬운 남작의 것, 나는 이것 때문에……'

이 두 가지 생각의 반사 작용으로 그는 핏덩이를 힘껏 단단히 쥐었다. 거기는 미움이 있고 사랑이 있었다.

그는 그 핏덩이를 씹어 먹고 싶었다. 거기도 미움이 있고 사랑이 있었다.

그는 그것을 쥔 채로 드러누웠다. 맥이 나서 앉아 있을 힘이 없었다.

드러누운 그에게는 얼토당토않은 딴생각이 두어 가지 머리에 났다. 이것도 잠깐으로 끝나고 잠이 들었다.

이삼 푼의 잠이 그를 스치고 지나간 뒤에 그는 눈을 번쩍 뜨면서 무의식히 중얼거렸다.

"표본 생활 이십 년!"

그다음 순간 그에게는 별한 생각이 머리에 떠올랐다.

'약한 자의 슬픔!'

'천하에 둘도 없는 명언이루다.'

그는 생각하였다.

그는 이 문제를 두고 논문 비슷이, 소설 비슷이 하나 지어보고 싶은 생각이 났다. 그는 생각하여보았다.

자기의 설움은 약한 자의 슬픔에 다름없었다. 약한 자기는 누리[32]에게 지고 사회에게 지고 '삶'에게 져서, 열패자劣敗者의 지위에 이르지 않았느냐?! 약한 자기는 이환에게 사랑을 고백지 못하고 S와 혜숙에게서 참말을 듣지 못하고 남작에게 저항치를 못하고 재판석에서 좀 더 굳세게 변론치를 못하여 지금 이 지경에 이

---

32 '세상'을 예스럽게 이르는 말.

르지 않았느냐?!

'그렇지만 이것은 밖이 약한 것이다. 좀 더 깊이, 안으로!'

그는 생각하였다.

자기의 아직까지 한 일 가운데서 하나라도 자기에게서 나온 것이 어디 있느냐? 반동反動 안 입고 한 일이 어디 있느냐? 남작 집에서 나온 것도 필경은 부인이 좀 더 있으라는 반동에서 나온 것이 아니냐? 병원 안에 들어간 것도 필경은 집으로 돌아올 전차가 안 보임에 있지 않으냐? 병원으로 향한 것도 그렇다. 재판을 시작한 것은? 오촌 모가 말리는 반동을 받았다! 모든 일이 다 그렇다!

"이십 세기 사람이 다 그렇다!"

그는 힘 있게 중얼거렸다.

"어떻든…… 응! 그렇다! 문제는 '이십 세기 사람'이라고 치고, 첫 줄을 '약한 자의 슬픔'으로 시작하여 마지막 줄을 '현대 사람의 다의 약함'으로 끝내자."

그는 자기 짓던 글을 생각하고 중얼거렸다.

'표본 생활 이십 년이란 구는 꼭 넣어야겠다.'

그는 생각하였다. 그리고 글을 속으로 생각하기 시작하였다.

이리 짓고 저리 지어서, 이만하면 완전하다 생각할 때 그는 마지막 구를 소리를 내어서 읽었다.

"현대 사람 다의 약함!"

그런 다음에는 그의 머리에 한 공허가 생겼다. 그 공허가 가슴으로 퍼질 때에 그는 맥이 나고 발끝과 손끝에서 그 공허가 일어날 때에 그는 눈을 감았다. 눈이 무한 무거워졌다. 그 공허가 온몸에 퍼질 때에 그는 '후─' 숨을 내어 쉬면서 잠이 들었다.

12

"저런! 원 저런!"

이튿날 아침 엘리자베트에게 어젯밤 변동을 듣고 눈이 둥그레져서 그 핏덩이를 들여다보며 오촌 모는 지껄였다.

엘리자베트는 탁 그 핏덩이를 빼앗아서 이불 아래 감춘 뒤에 낯을 붉히며 이유 없이 씩 웃었다.

"어떻든 네 속은 시원하겠다. 밤낮 떨어지면 떨어지면 하더니─."

오촌 모는 비웃는 듯이 입살을 주었다.

아깟번에 웃은 엘리자베트는 이번에도 웃지 않으면 안 되게 되었다. 그는 억지로 입과 눈으로만 일순간의 웃음을 웃은 뒤에 곧 낯을 도로 쪽 폈다. 그리고 미안스러운 듯이 오촌 모의 낯을 들여다보았다. 오촌 모의 낯에는 가련하다는 표정이 똑똑히 보였다.

'역시 가련한 것이루구나!'

그는 속으로 고함을 쳤다.

'그것도 내 것이 아니냐!?'

어머니가 자식에게 가지는 육친의 정다움이 엘리자베트의 마음에 일어났다. 그는 몰래 손을 더듬어서 겹적겹적하고 흐늘거리는 그 핏덩이를 만져보았다.

'어디가 엉덩이구 어디가 머리 편인고?'

하고 그는 손가락으로 핏덩이를 두드리고 쓸어주고 있었다. 차디찬 핏덩이에서도 엘리자베트는 다스한 맛이 올라오는 것을 깨달았다.

'사람이란 이런 것이루다.'

그는 생각하였다.

물끄러미 한참 그를 들여다보던 오촌 모는 도로 전과 같은 사랑의 낯이 되며 생각난 듯이 말했다.

"잊었댔다. 오늘은 장날이 되어서 서울 잠깐 들어갔다 와야겠다. 무엇 먹고 싶은 것은 없냐? 있으면 말해라. 사다 줄 거니……."

"없어요."

엘리자베트는 팔딱 정신을 차리며 무의식히 중얼거렸다. '서울' 소리를 듣고 그는 갑자기 가슴이 뛰놀기 시작하였다.

'저런 노파가 다 서울을 다니는데 내가 어찌…….'

그는 오촌 모를 쳐다보면서 생각하였다. 그러다가 갑자기 오촌 모를 찾았다.

"아주머니!"

"왜?"

"서울 들어가세요?"

그의 목소리는 흥분으로 떨렸다.

"응."

엘리자베트는 비쭉하여졌다. 오촌 모의 "응"이란 대답뿐은 그를 만족시키지 못하였다. '응, 들어가겠다'든지 '응, 다녀올란다'든지 좀 더 친절히 똑똑히 대답 안 한 오촌 모가 그에게는 밉게까지 보였다.

그렇지만 그의 정조情調는 그의 비쭉한 것을 뚫고 위에 올라오기에 넉넉하였다. 그는 좀 더 힘 있게 떨리는 소리로 오촌 모를 찾았다.

"아주머니!"

"왜?"

오촌 모는 또 그렇게 대답하였다.

"나두 함께 가요!"

"어딜?"

"서울!"

"딴소리한다. 넌 편안히 누워 있어야다."

오촌 모의 낯에는 무한한 동정이 나타났다.

"그래두…… 가구 싶어요!"

그의 눈에는 눈물이 고였다.

"내 다 구경해다 줄 거니 잘 누워 있거라. 너 다 나은 다음에 한번 들어가 실컷 돌아다니자. 그래두 지금은 못 간다."

"길 다 말랐어요?"

그는 뚱딴짓소리를 물었다.

"응, 소낙비니깐 땅 위로만 흘렀지 속은 안 뱄더라."

"뒤뜰 호박두 익었지요 인제. 메칠 동안 나가보지두 못해서……."

그의 목소리는 자못 떨렸다.

"아까 가보니깐 아직 잘 안 익었더라."

잠깐 말은 끊어졌다. 조금 뒤에 엘리자베트는 떨리는 소리로 말했다.

"아— 서울 가보구……."

"걱정 마라. 이제 곧 가게 되지."

"아주머니!"

"왜 그러냐?"

"그 애들이 아직 날 기억할까요?!"

"그 애덜이라니?"

"함께 공부하던 애들이요."

"하하! (한숨을 쉬고) 걱정 마라. 거저 걱정 마라. 내가 있지 않냐? 인젠 그깟 것들이 무엇에 쓸데가 있어? 나하구 이렇게 편안히 촌에서 사는 것이 오죽 좋으냐! 아무 걱정 없이…… 지난 일은 다 꿈이다, 꿈이야! 잊구 말아라."

'강한 자!'

엘리자베트는 속으로 고함을 쳤다.

'아주머니는 강한 자이고 나는 약한 자이고…… 그 사이에 무슨 차별이 있을꼬?!'

"내 다녀올 것이니 편안히 누워 있거라."

오촌 모는 말하면서 봇짐을 들고 나간다.

"무얼 사다 줄꼬 원. 복숭아나 났으면 사다 줄까. 우리 딸을……."

엘리자베트는 자기 생각만 연속하여 하였다. 스스로 알지는 못하였으나 어떤 회전기廻轉期 위기 앞에 선 그는 산후産後의 날카로운 머리를 써서 꽤 똑똑한 해결을 얻을 수가 있었다.

그렇다! 나도 시방은 강한 자이다. 자기의 약한 것을 자각할 그때에는 나도 한 강한 자이다. 강한 자가 아니고야 어찌 자기의 약점을 볼 수가 있으리요?! 어찌 알 수가 있으리요?! (그의 입에는 이김의 웃음이 떠올랐다.) 강한 자라야만 자기의 약한 곳을 찾을 수가 있다.

약한 자의 슬픔! (그는 생각난 듯이 중얼거렸다.) 전의 나의 설움은 내가 약한 자인 고로 생긴 것밖에는 더 없었다. 나뿐 아니라, 이 누리의 설움, 아니 설움뿐 아니라 모든 불만족, 불평들이 모두 어디서 나왔는가? 약한 데서! 세상이 나쁜 것도 아니다! 인류가 나쁜 것도 아니다! 우리가 다만 약한 연고인밖에 또 무엇이 있으리요. 지금 세상을 죄악 세상이라 하는 것은 이 세상이, 아니! 우리 사람이 약한 연고이다! 거기는 죄악도 없고 속임도 없다. 다만 약한 것!

약함이 이 세상에 있을 동안 인류에게는 싸움이 안 그치고 죄악이 안 없어진다. 모든 죄악을 없이하려면은 먼저 약함을 없이하여야 하고, 지상 낙원을 세우려면은 먼저 약함을 없이하여야 한다.

만일 약한 자는, 마지막에는 어찌 되노? ……이 나! 여기 표본이 있다. 표본 생활 이십 년 (그는 생각난 듯이 웃으면서 중얼거렸다) 나는 참 약했다. 일 하나라도 내가 하고 싶어서 한 것이 어디 있는가! 세상 사람이 이렇다 하니 나도 이렇다, 이 일을 하면 남들은 나를 어찌 볼까 이런 걱정으로 두룩거리면서[33] 지냈으니 어찌 이 지경에 이르지 않았으리요! 하고 싶은 일은 자유로 해라. 힘써서 끝까지! 거기서 우리는 사랑을 발견하고 진리를 발견하리라!

'그렇지만 강한 자가 되려면은……!'

---

33 크고 둥그런 눈알을 조금 천천히 자꾸 굴리다.

그는 생각하여보았다.

'내가 너희에게 새 계명을 주노니 사랑하라!' (그는 기쁨으로 눈에 빛을 내었다.) 그렇다! 강함을 배는 태胎는 사랑! 강함을 낳는 자는 사랑! 사랑은 강함을 낳고, 강함은 모든 아름다움을 낳는다. 여기, 강하여지고 싶은 자는, 아름다움을 보고 싶은 자는, 삶의 진리를 알고 싶은 자는, 인생을 맛보고 싶은 자는 다 참사랑을 알아야 한다.

만약 참 강한 자가 되려면은? 사랑 안에서 살아야 한다. 우주에 널려 있는 사랑, 자연에 퍼져 있는 사랑, 천진난만한 어린아이의 사랑!

'그렇다! 내 앞길의 기초는 이 사랑!'

그는 이불을 차고 벌떡 일어나 앉았다. 그의 앞에는 끝없는 넓은 세계가 벌여 있었다. 누리에 눌리어 살던 그는 지금은 그 위에 올라섰다. 그의 입에는 온 우주를 쳐 누른 기쁨의 웃음이 떠올랐다.

―〈창조〉, 1919. 2. 3.

목숨

나는 그가 죽은 줄로만 알았다. 그가 이상한 병에 걸리기는 다섯 달 전쯤이다. 처음에는 입맛이 없어져서 음식은 못 먹으면서도 배는 차차 불러지고, 배만 불러질 뿐 아니라, 온몸이 부으며 그의 얼굴은 바늘 끝으로 꼭 찌르면 물이라도 서너 그릇 쏟아질 것같이 누렇게 되었다. 그의 말을 들으면 배도 그 이상으로 되었다 한다. 그렇다고 몸 어디가 아프냐 하면 그렇지도 않고, 다만 어지럽고 때때로 구역이 날 뿐이다.

그는 S 의원에 다니면서 약을 먹었다. 그러나 병은 조금도 낫지 않고 점점 더해갈 뿐이다. 마침내 그는 S 의원에 입원하였다.

나는 매일 그를 찾아가보았다. 그는 언제든지 안락의자에 걸터앉아 있다가 내가 가면 기뻐서 맞고 곧 담배를 청한다. 예수교 병원이라 입원 환자의 담배 먹는 것을 금하므로 그는 내가 가야

담배를 먹는다. 간호부는 그와 서로 아는 처지이므로 다만 씩 웃고 볼 따름이다. 그의 뛰노는 성질은 병원 안에 가만히 갇혀 있는 생활이 무한 견디기 힘든 것 같았다.

그러는 동안, 나는, 무슨 일로 여행을 좀 하게 되어 그 준비로 이삼일 동안 병원에 못 갔다가, 이삼일 뒤에 작별을 하러 가니까 그의 병이 격변하여 면회 사절이라 한다. 원장은 마지막 그에게 죽음을 선고하였단 말을 들었다. 나는 그만 집으로 돌아왔다.

'그가 죽는다. 그 활기가 목 안에 차고 남아서 그 주위의 대기에까지 활기를 휘날리던 그가 죽는다. 믿을 수 없다, 사람의 목숨이란……'

나와 그와의 교제는, 때는 없었다. 그러나 깊었다. 나는 곤충학에 대하여 연구를 하고 있을 때에, 그는 시에 대한 천재로서, 그의 시는 때때로 신문이나 잡지상에서 볼 수가 있었다. 그렇지만 그와 나 사이에는 공통점이 있었다. 자연을 끝까지 개척하여 우리 인생을 정력뿐으로 된 세계를 만들어보겠다는 과학자인 나와, 참 자기의 모양을 표현하고야 말겠다는 예술가인 그와는, 참 자기를 표현한다 하는 데 공통점이 있었다. 나와 그의 교제의 때는 없었으되, 깊은 것은 이와 같이 서로 주지상主旨上의 공통점을 토정吐情[1]한 데 말미암았으리라. 그가 죽음을 선고받았다는 말을 들을 때에 나의 놀란 것은 '사회를 위하여, 아까운 재자才子를 하나 잃는 것이 슬프므로'라고 하고는 싶지만, 그 실로는 이만큼 서로 통정한 벗(나에게는 그 M만큼 서로 이해하는 벗이 또다시 없다)

---

1 사정이나 심정을 솔직하게 말함.

을 잃어버리는 것이나 자신을 위하여 싫었다.

　이튿날, 나는 마침내 되게 않는 벗을 버려두고 오래 벼르던 여행을 강원도 넓은 평원으로 떠났다. 나의 여행의 목적은 곤충채집에 있다.

　포충망과 독호毒壺를 가지고 벌판을 이리저리 두 달 동안을 돌아다닐 동안 은오절류隱伍節類, 호접류胡蝶類, 모시류毛翅類 등에 속할 진귀한 벌레를 많이 얻었다. 이로 말미암아 죽어가는 대로 M을 얼마 동안 버려두고 잊고 있었다.

　여행을 끝내고 돌아온 때에 내 책상에는 여러 장 편지가 있는 가운데 M의 편지도 있었다.

　　나는 죽는다. 원장까지 할 수 없다 한다. 나는 살아 있는 모든 사람을 미워한다. 그들에게 하루바삐 나와 같은 경우가 이르기를 바란다. 군에게도……. 그러나, 나는, 죽기 전에 군에게 이 대필 편지로써라도 작별은 안 할 수가 없다. 군을, 나는, '살아 있는 사람'으로서 미워는 하지만 동시에 사랑하는 벗으로서는 죽기까지 잊을 수가 없다. 나의, 이렇게 편벽된 마음을 군은 용서할 줄 믿는다.

　이와 같은 뜻의 글이 M의 글씨가 아닌 글로써 병원 용전2에 씌어 있다.

　개를 끝없이 사랑하던 애가, 개가 박살 당한 뒤에 깨닫는 것 같은 외로움을 맛보면서, 나는, 이 편지를 쓰던 당시의 일을 머릿

2　편지 따위의 글을 쓰는, 일정한 규격의 종이.

속에 그려보았다.

　M은 뚱뚱 부은 몸집을 억지로 한 팔로 의지하고, 반만큼 일어나서, 대필인에게 구술을 한다. 대필인은 '살아 있는 모든 사람을 미워한다'는 조목에 와서는, 그런 구句는 그만두자고 한다. M은 낯을 찡그리고 목쉰 소리로 고함친다. 너는 이렇게 죽는 사람의 마지막을 무시하느냐고. 대필인은 놀라서 할 수 없이 쓴다. M은 맥난 몸을 덥석 병상 위에 도로 놓은 뒤에 눈을 감는다. 이제 곧 이를 죽음은 생각 안 나고, 그에게는 삶에 대한 끝없는 집착만 깨닫는다.

　'나는 왜 죽느냐! 모든 사람은, 사람뿐 아니라 모든 동물은, 식물은, 심지어, 뫼, 시내, 또는 바위까지라도 살아 있는데, 나는 왜 죽느냐. 전차가 다닌다. 에잇! 골난다. 모두 다 이 세상에 죽어버려라. 없어져라, 나와 함께 없어져 버려라!'

　끝까지 흥분된 그는, 벌떡 일어나 앉는다. 누렇게 부은 얼굴에는, 그대로 남아 있던 피가 모여서 새빨갛게 충혈이 된다.

　'아, M은 죽었다.'

　벗을 생각하는 정인지, 사람을 불쌍히 여기는 마음인지, 나의 눈에는 뜨거운 눈물이 떠올랐다.

　남보다 곱이나 삶에 집착성이 있던 M은, 남보다 곱 죽음을 싫어하였을 것은 정한 일이다. 그런 M이, 자기에게 죽음이 이르렀을 때에 온 천하여 없어져 버리라고 고함친 것이 무슨 이상한 일일까?

　나는 곧 전화로써 S 의원에 M의 무덤을 물어보았다. 벗의 혼을 위로하려는 정보다도, 나의 양심에 M에 대한 반정反情을 시인

시키기 위해서 그의 무덤 위에 한 잔의 술이라도 붓지 않을 수 없었다. 병원 측의 회답은 요령을 얻을 수가 없다. M이라 하는 사람이 입원하였지만 완쾌하여 퇴원하였다 한다. 이름 같은 딴 사람인가 하여 다시 물어보았지만 자기는 아직 견습 간호원이니까 잘 모른다 하므로, 원장을 찾으니, 원장은 여행 중이요, 대진代診[3]은 병중病中이요, S라 하는 M의 간호부는 이제 그만두었다 한다.

나는 교자에 돌아와 앉아서, 하하하하 웃기 시작하였다.

"M이 살았어! M이 죽고도 살았어! 죽음은 즉 삶의 밑이란 말인가? 하하하하."

그렁저렁 한 달이 지나서, 나흘 전 일이다.

한 달 동안을, 생각하여도 평안북도 이상으로는 생각 안 나는 M의 고향을 또 생각하며 있을 때에, 사환 애가 들어와서, 꼭 M 같은 사람이 찾아왔다 한다.

'M은 안 죽었다! 그러나, 이런 일이 능히 있을까? 원장이 내던진 환자를 누가 살렸을까? 그가 살아 있다! 견습 간호원의 전화, M이 죽으면 신문에도 났을 터인데, 나는 못 봤다. 그는 살았다.'

한 초 동안에, 이만큼 정돈된 생각이 머리에 지나가며, 흩어진 머리를 본능적으로 거스르며, 나는 문으로 뛰어갔다. 문에 이르렀을 때에, M의 모양은 안 보였지만, M에게서 난 듯한 활기가, 그 근처 대기 중에서 맛볼 수가 있었다. 나는 문을 박차고 뛰어나가서, 마주치는 사람을 붙들었다.

"왔구만. 왔구만. 죽지 않구, 튼튼해서……."

---

3 담당 의사를 대신하여 진찰함. 또는 그런 사람.

"그만, 안 죽었네."

M의 목소리다. 나는, 눈을 들어 M을 보았다. '언제 병을 앓았나?' 하는 듯한 혈기가 가득 찬 그의 얼굴은 정다운 웃음을 띠고 나를 들여다본다.

"자, 들어가세."

나는 그를, 안다시피 하여 응접실로 들어와서 함께 앉았다. 나는 물었다.

"그런데, 웬일이야?"

그는 물끄러미 보고 있다. 나는 그 '웬일'을 설명하지 않을 수 없었다.

"죽은 사람이, 다시 살아 다니니……."

"사람의 목숨 한 개에 금 일 전 오 리의 정가표가 붙어야겠데."

이번은, 내가 물끄러미 그를 보지 않을 수가 없었다. 그는 설명하였다.

"이 감상 일기를 보면 알겠지. 어떻든 난 다시 살았네. 한 달 전에 퇴원해서, 한 달 동안을 유쾌한 여행을 하구. 지금은 전에 곱 되는 왕성한 원기를 회복해가지구, 자네 앞에 나타나지 않았나? 암만 왕성한대두 정가 금 일 전 오 리지만……."

그는, 그의 특색인 악필로써 원고용지에 되는 대로 쓴 원고를 한 줌 내놓는다.

나는, 그 '일 전 오 리'의 이유를 빨리 알고 싶어서 원고를 빼앗는 듯이 하여 읽기 시작하였다.

나와 목숨
―M의 감상 일기

조각글 1

생각다 못하여, 친척들의 친고를 들어서, 나는, 그리 아프지는
않되, 불유쾌하게 배가 저릿저릿하고 구역이 연하여 나오는 병의
몸을, 억지로 인력거에 싣고, 우리의 눈에는 현세 지옥으로 비치
는 병원으로 입원차로 향하였다.

인력거의 검은 바퀴가 돌을 치고 들썩들썩 울릴 때마다, 그 불
유쾌한, 오히려 극도로 아픈 편이 시원할 만한 배의 경련이 일어
나며, 구역이 목에까지 나와서 걸려서 돌아간다.

하늘은, 망원경으로 내다보는 것같이 조그맣고 그 빛은 송화
빛 이상으로 노랗고, 잿빛 이상으로 어둡다. 끝없이 노란 것 같기
도 하고, 또는 곧 머리 위에서 누르는 것 같기도 하다. 그리고, 거
기는, 샛노란, 괴상한 구름이 속력을 역加하여서 인력거와 경주하
자는 듯이 남편으로 달아난다. 샛노란 해는, 꼭 아마 맞은편에 정
면으로 보아도 눈이 시지 않도록 어둡게 걸려 있다. 구름은 약간
있지만, 흐린 봄날대고는 맑은 셈이다. 그러나, 내 눈에는 겨울날
보다도 더 어두웠다.

해도 어둡거니와, 그보다 더 어두운 것은 나의 머리이다. 별로
어둡고 무겁고, 내 살이라고 똑똑히 알지 못하리만큼, 온전히, 나
의 몸과는 몰교섭인 살덩이가 염치없이 몸집 위에 올라앉아 있고,

몸집과 머리를 연한 그 이상한 무엇인지 모를 흐늘흐늘하는 앞으로 늘어진 것에게서는, 그치지 않고 구역이 자꾸 난다. 구역이 나면서도 그것이 토하여지면 오히려 낫겠지만, 이 구역은…… 그것은, 영문 모를 것으로서, 몸속에서만 나고, 침은 뱉으면 몇 초가 못 되어 입으로 다시 차고, 또 뱉으면 또다시 차고 하며, 가슴에서 일어난 구역을, 꿀꺽덕 참으면, 그 구역은 배로 내려가서 한참 배에서 돌아가다가, 돌아서서 머리로 가서는, 모든 감각을 없이 하며, 도로 돌아서서 손가락으로 가서는 거게 경련을 일으킨다.

'죽어라.'

나는 저주한 뒤에 눈을 감았다. 눈을 감아서밖에 감각이 적어지니, 죽게 불유쾌하던 그 경련과 구역이 아픔으로 변하고 만다. 경련보담은 아픔이 어찌 나은지 모르겠다. 숨을 편히 쉴 수가 있다.

'이것이다! 사람이란, 눈을 감은 뒤에야 처음으로 낙을 얻는다.'

나로서도 뜻을 모를 생각을 한 뒤에, 기껏, 먼지 많은 공기를 들이마셨다.

인력거는, 경종을 연하여 울리며, 험한 길의 돌을 차고 올라 뛰면서 멀리 서천축까지라도 가는지, 한없이 한없이 달아난다. 열한시 반에 인력거에 올라서 아직 오포 소리를 못 들었지만, 내게는, 하루를 지나서 그 이튿날 저녁이라도 된 것 같다. 시간을 좀 알고 싶었지만, 내 손에서 내 포켓까지는 몇 세기의 상거相距[4]와 몇백 리의 거리가 있으므로 못 하였다.

참다못하여 눈을 떴다.

---

4 서로 떨어짐.

경종에 놀라서 후덕덕후덕덕 가로 뛰는 사람들은, 마치, 우리가 흔히 상상하는바 지옥의 요괴들이 염라대왕 앞에서 춤을 출 때의 뛰는 모양, 그것이다.

"재미있다."

중얼거렸다.

무엇인지, 하늘의 요괴들이 모두 내려와서 나를 간지럼 시키는 것 같다. 온몸에 참지 못할 경련이 일어나고, 땀구멍마다 구역이 난다. 나는 칼이라도 하나 있으면 인력거에서 뛰어내려서 여남은 사람 찔러 죽이지 않고는 못 견디리만큼 긴장되었다.

내가 이 병(의사도 모르는)에 들리기는 두 달 전이다. 첫 번에는 음식이 먹기 싫었다. 배는, 언제든지 불러 있었다. 자양분이 많다는 빵을 먹어보았지만, 그것도, 곧 도로 입으로 나왔다. 배는, 애 밴 계집애같이, 차차 불러오다가 며칠 지나서는, 그것이, 마치, 잘 익은 앵두와 같이 새빨갛고 말쑥하게 되어서, 바늘로 꼭 찌르면, 눈에 눈물 맺히듯 앵즙이라도 맺힐 듯이 되고, 그와 함께 그 반대로 얼굴에는, 눈에 충혈된밖에는 핏기운 없이 노랗다 못하여 파랗게까지 되었다. 머리는 차차 무거워져서, 마지막에는 온 체중이 머리로 모였다가, 지금은, 머리와 몸집은 온전한 두 개체가 되었다. 나는 때때로 머리를 어디다가 처치할꼬 생각하였다.

정신은 하나도 없어졌다. 이전 공상에 나타났던 일과 실재와 일을 막 섞어서, 나는, 참 행복아의 즐거움도 누려보고 어떤 때는 그와 반대로 끝없는 비애로 속을 썩여본 일도 있다. 역사상의 유명한 사람 몇이와 우교友交까지 맺어본 일이 있었다. 때때로 현실의 병중인 내가 생각될 때는, 머리에서부터 냉수를 끼얹은 것 같은 소름과, 어떻다 형용할 수 없는 악마적 무서움이 마음을 깨뜨린다.

진단한 의사는, 누구든, 아무 표정 없이 돌아서고, 약이라고 주는 것은, 쓸데없는 물과 가루이다.

입원. 마침내, 나는 면할 수 없이 여기 마주치게 되었다.

망원경으로 보는 것같이 조그맣고 샛노란 하늘은 흔들리고, 죽음의 이상하게 범벅된 거리는, 그 하늘 아래서 아니 하늘 위에서…… 어딘지 모를 데서 목마른 소리로 지껄이고 있다.

구역을 참다못하여 눈을 또 감았다. 인력거는 그냥 한없이 달아난다. 눈가죽을 꿰고, 햇빛은 주홍빛이 되어 피곤한 시신경을 지나서, 목을 늘이고 있는 뇌에 가서, 싫다는 뇌를 잡아가지고 희롱을 한다.

오포의 쾅하는 소리를 들으며 눈을 뜨니, 인력거는 채를 놓으며, 눈앞에는, S 의원의 시뻘건 지옥이 두 손을 포켓에 넣고 보기 싫은 웃음을 웃고 있다.

나는 흡력으로 말미암아, 스르륵 병원 안에 빨려 들어갔다.

조각글 2

마치 지옥이다. 처참 산비酸鼻,[5] 어떻다고 형용할 수가 없다.

"우, 우, 우……"

---

5 슬프거나 참혹하여 콧마루가 시큰하다.

외마디의 신음하는 소리.

"아유, 아유, 아유……."

단말마의 부르짖음.

시끄러운 전차 소리도 없어지고, 맞은편에서 생각나는 듯이 때때로 울리는 기차의 고동 소리만 들릴 때에, 아래, 위, 곁방, 할 것 없이 십 리 사방에서 울려오는 듯한 귀곡성. 아아, 이 지옥이 아니고 무엇이냐, 전갈의 공격을 받는 병인들의 부르짖음이 아니고 무엇이냐. 무섭다든 어떻다든 형용할 수가 없다. 떨린다. 맹렬히 달아나는 기차의 떨리는 투다.

'그렇다, 나는 달아난다.'

나는 생각하였다.

'죽음을 향하고 맹렬히 달아난다. 힘껏 뛰어라. 그러다가 악마를 만나거든? 때려라. 악마는 푸른빛이다. 네 붉은빛으로 그 푸른빛을 지워 내려라. 그러면 자줏빛 된다. 자줏빛 불꽃이 된다.'

"아이, 사람 살류……."

가까운 어느 방에선가 고함친다.

"바보. 자줏빛 불꽃으로 싸워라!"

"후……."

그 사람은 또 소리 지른다.

'담배가 있었것다.'

나는 벌떡 일어나서, 자리옷째로 침대에서 내렸다. 밖에서 들어오는 반사 빛으로 침대 자리 한편 귀를 들치고 아까 먹다가 감추어둔 담배를 꺼내 붙여 물고, 안락의자에 가서 걸터앉았다. 담배는 맛있는 것이다. 담배를 위생에 해롭다 어떻다 하는 의사들은 바보다. 그런 자들은 위생이 무엇인지를 분변하지 못하는 천하 대바보다. 위생에는, 생리학상의 위생과 심리학상의 위생과 두 가지가 있다. 정신상으로서 몸의 건강을 보전하는 법과 직접 육체상의 위생으로써 몸의 건강을 보전하는 것과 두 가지가 있다. 담배는 정신적 위생에 드는 그 대표자일 수밖에 없다.

나는 폐로 기껏 들이쉬었던 담뱃내를 코로, 입으로, 뺨의 고즈넉함을 향하여 내다 뿜었다. 그것에 놀란 듯이 기적 소리가 한번 날카롭게 난다.

누군지 큰소리로 하품을 한다. 목숨의 뿌리까지 토하는 하품이다. 즉 거기 연하여 무서운 소리가 귀를 쳤다.

"아, 야, 아, 아, 아, 아유 죽겠다. 후……."

무서운 물건이, 눈에 머리에 떠오른다. 머리 쪼개진 사람이 침대 위에 누워 있다. 얼굴은, 왼편 뺨께는 모두 피가 적셔 시꺼멓게 되어 있다. 머리에서 이마에 걸쳐서 붕대를 하고, 그 아래 시커먼 살 가운데 새빨갛게 된 눈만 반짝반짝한다. 표정 같은 것은 전연 없고, 다만 입을 반만큼 벌리고 있을 따름이다. 나는 빠져 없어졌다. 소리를 낼 때도 입은 못 움직인다. 혀만 끓는 기름같이 뛰놀 따름이다. 아픔은 바늘을 수만 개 꽂은 모자를 뇌에 씌우는 것 같은 아픔이다.

우르륵 몸이 떨린다.

그 곁 침대에는 팔을 자른 사람이, 붕대 속에 감춘 조그마한 팔을 보이지 않을 정도로 움직이고 있다. 또 곁에는 다리를 자른 사람이 있다. 또 그 곁에는 배 쨈 사람이 있다. 형형색색의 부르짖음이 거기서, 생과 산 사람을 저주하고 있다.

마치 무간지옥의 축소도다, 아니 확대도다.

"죽어라!"

큰소리로 고함쳤다.

"죽겠다……."

누가 거기 대답같이 부르짖는다.

'그렇지만, 죽음이란 무엇인가?'

나는 생각하였다.

'죽음은 갈색이다. 그렇지만 그 이상으로는? 갈색이다. 갈색이다.'

알 수 없다. 나의 머리가 대단히 나쁘게 된 것을 마음껏 깨달았다.

'죽음은 갈색이다. 그리구…….'

더 모르게 된다.

"아이 죽겠구나, 죽겠구나."

꽤 멀리서 조그마한 소리가 들린다.

즉, 대단히 잔인한 일을 해보고 싶은, 막지 못할 불길이 일어났다.

'죽여줄라, 기다려라. 그편이 너희들에게는 오히려 편하리라.'

펜 나이프가, 가지고 온 원고용지 틈에 있는 것을 생각하고, 나는 안락의자에서 휘들휘들 일어섰다.

아직껏 흐릿하니 보이던, 갈색 기둥과 흰 석회벽이, 시커먼 아니 시퍼런, 끝없는 넓은 대기로 변할 때에 나는 생각하였다.

'넘어진다.'

그 생각이 머리에 채 인상되기 전에, 눈앞에 번쩍하면서 나는 쾅, 그 자리에 넘어졌다.

조각글 3

아직까지 똑똑히 기억한다.

입원한 지 열이레째 되는 밤이다.

나는, 곤충을 만지고 있는 W를 걸핏 보면서 잠이 들었다.

아마 새벽 다섯시쯤 되었겠지, '형님, 형님' 부르는 나의 아우의 소리를 들었다. 집은 입원하기 전에 내가 있던 사주인私主人이지만, 저편 방에 동경 있을 아우도 있고, 고향 있을 어머니도 있는 모양이다. 나는 곧 '왜?' 하고 대답하였다.

그 뒤에는 아무 소리 없다.

한참 기다렸다.

또,

'형님 형님' 하는 소리.

'왜?' 나는 또 대답하였다.

한참 기다렸지만, 또 아무 소리 없다.

나는, 벌떡 일어서서 곁방 문을 탁 열었다. 거기는 어머니도 없고, 아우도 없다. 뿐만 아니라 세간이라고는 하나도 없고, 텅텅 빈방에 전등 빛만 맑게 빛난다.

나는, 꼿꼿이 섰다. 온몸에 소름이 쭉 끼친다.

이삼 초 동안 이렇게 서 있던 나는 자리에 누으려고, 빨리 돌아섰다.

그때에, 아무것도 없던 저 모퉁이에 이상한 괴물이 나타난다.

갈색의 악마다. 뺨과 입 좌우편은 아래로 늘어지고, 눈은, 멀거니 정기 없고, 그러나, 그 속에는 바늘을 감춘 듯한 날카로움이 있다.

'갈색이다. 갈색이다.'

나는 속으로 부르짖었다.

그런즉, 그 악마는, 목쉰 소리로 '하하하하' 웃기 시작하였다.

나는, 갑자기 담대하게 되어서 그에게 물었다.

"무얼 하러 왔느냐?"

"무얼 하러? 난 여기 못 온대던?"

"못 오지, 못 와!"

"아니, 그렇게 성내지 말기로 하세. 곁방 사람 데리러 왔다가 너한테 좀 들러보러 왔다."

"들러볼 필요가 없다."

"아니, 넌 언제나 우리한테 와서 내 부하가 될지 그것 좀 보러 왔다."

"난 안 된다. 결단코 네 부하는 안 된다."

"하하하하."

그는 목쉰 소리로 방 안의 모든 물건이 쪼개져 나갈 듯 웃었다.

"그럼 우리 상관이 될 작정으로 있니?"

"상관두 안 된다. 나는 결코 너희들 있는 데는 가지 않는다."

"며칠 동안이나……."

"며칠? 한 달, 두 달, 일 년, 오 년, 십 년, 이십 년, 오십 년, 나 죽기까지……."

"언제나 죽을 것 같던?"

"그거야 하느님이 알지."

"흥, 하느님? 그것은, 참말루는 내가 안단다."

"거짓말이다. 거짓말이야!"

"그거야, 지나보면 알걸. 하하하하하. 우리 그러지 말구, 서로 좋두룩 잘 타협해보세. 그래서…….'"

"타협두 쓸데없어!"

"그래서, 자네가 이담에 우리나라에 오면, 난, 자네에게 훌륭한 권세를 줄 테니."

"넌, 날 꾀니?"

"그때는, 자네에게 부러울 것이 무엇이야?"

"사람은 떡으로만 살지 않는다!"

"그럼, 또 무어루 사노?"

"자기의, 발랄한 힘으로! 삶으루!"

"그 발랄한 힘, 그 발랄한 삶을, 네가 '다스리는 권세'를 잡았을 때에 쓰면 오직 좋으냐?"

"난 네 권리 아래 깔리기가 싫다!"

"그것이다…… 사람이란 것의 제일 약한 점은. 사람은, 다만 한갓 권리 다툼에 자기의 모든 장래와 목숨을 희생한다. 너두 역시 약한 물건이다."

"아니다, 사람의 제일 위대한 점이 거기 있다!"

"하하하하. 사람에게두 위대한 점이 있니? 그것은 우선 우리 사회에선 제일 약한 자의 하는 일인데…….'"

"알고 싶니?"

악마는 씩씩 웃고 있다.

"알기 싫다, 듣기 싫다."

"그럼 왜 물언?"

"다만 물어본 뿐이다."

"그럼 설명 안 해두 되겠지?"

"안 해두? 내가 물어본 뒤엔 설명하구야 견디다."

"하하하하, 역시 듣고 싶긴 한 게로구나. 우리 사회에서 제일 강한 자가 하는 일은, '마음에 하구 싶은 것은 꼭 하구야 만다'는 것이다, 알았니?"

"그렇기에, 나두 너희한테 가기 싫기에, 꼭 안 가구 말겠단 말이다."

"그게, 사람의 지기 싫어하는 좀스러운 성질이란 말이다. 자, 마음속엔 가고 싶지?"

"난 다― 싫다, 다만 네가 빨리 물러가기만 기다린다."

"넌 내가 있는 것이 그리 싫으냐?"

악마는 노기를 띠고 묻는다.

"그렇다!"

"싫으면 이력헐 뿐이다."

하면서, 그는 수리의 발톱 같은 손을 벌리고, 내게로 다가온다.

"앗! 앗!"

나는 조그마한 부르짖음을 냈다.

이 순간, 이것이 꿈이로다 하는 생각이 머리에 떠올랐다. 나는 온몸의 힘을 눈으로 모으고, 눈을 힘껏 벌렸다.

눈은 번쩍 떠졌다.

꿈이다, 하면서, 나는 어두운 길을 자꾸 걸었다.

저편 앞에는, 빛이 보인다. 빛을 향하여, 나는, 무제한으로 걸었다. 끝이 없다. 얼마나 걸어야 끝날지는 당초에 알 수 없다. 몇 시간, 아니 며칠을 걸었는지 모르겠다. 겨우 그 빛 있는 데 가서, 거기를 보니, 이 세상에도 이런 집이 있었겠는가 할만한 광대한 궁전이 있다. 나는 그 궁전 안에 들어갔다. 어디가 출입문인지 알 수 없는 집이다.

나는 한참 돌다가 허락도 없이 남의 집에 들어온 것은 그른 일이다 생각나서 돌아서서 나가려 할 때에,

"M, 왜 나가나? 들어오게."

하는 소리가 들렸다.

나는 그편을 보았다. 낯은 익되 누군지 모르는 사람이다.

"자넨 누군가?"

"나? 아까두 만나보지 않았나? 자넨 정신두 없네."

나는 다시 그를 보았다.

악마다.

갈색 악마.

나는,

"어디 가나?"

하는 소리를 들으면서, 돌아서서 어둠을 향하여 자꾸 달아났다.

이만 삼천 리는 뛰었으리라, 저편 앞에 큰 집이 있으므로, 구해달라고 나는 그 집으로 뛰어들어갔다.

그 집은 아까 그 궁전이다. 어디로 돌아서, 나는 아까 거기 돌아왔다.

나는 또 돌아서서 달아났다.

몇 번 이랬는지 모르겠다. 도착하는 집은 모두 아까 그 집이다. 나는, 어찌할 줄 몰라서, 또 달아났다. 동천은 차차 밝아온다.

저편에, 누가, 콧소리를 하면서 온다.

"사람 살리우."

하면서 나는, 그에게로 뛰어갔다. 그는, 늙은이다. 그러고두 나의
아우다.

"형님, 왜 이러시우?"

"사람 살려라."

그는 내 설명을 안 듣고도, 벌써 아는 듯이, 자기가 아는, 권세
의 무한 큰 사람이 있는데, 거기 가서 구원을 청하자고 한다.

둘이서는, 그리로 뛰어갔다.

참 훌륭한 집이다. 나를 거기 섰으라고 한 뒤에, 자기 혼자 먼
저 들어가서 주인을 데리고 나온다.

그 역시 갈색의 악마다.

"너는, 나를 왜 이리 쫓아다니니?"

나는 악마에게 고함쳤다.

"내가 널 쫓아다녀? 네가 날 방문하지 않았니?"

그는 말한다.

"죽여주리라."

하면서, 어딘 듯 차고 있던 검을 빼 쥐었다.

"왜 그러세요?"

아우가 고함친다.

"이놈, 너두 저놈의 부하로구나."

하면서 나는 아우부터 먼저 치려 하였다. 어느 틈에 그는, 나의
목을 쥐고 흔들기 시작한다.

"사람 살리우!"

하면서 나는 눈을 번쩍 떴다.

"왜 그러세요?"

하면서 간호부가 나를 흔든다.

나는, 술 취한 것 같은 눈으로, S의 자고 깬 혈기 있는 얼굴을 쳐다보았다.

병이 갑자기 더해지기는 이날부터다.

조각글 4

오늘, 원장에게, 더할 수 없다는 선고를 받았다.

오후 두시쯤이다. 견디지 못할 구역을, 땀구멍마다 깨달으면서 잘 때에, 슬리퍼를 끌면서 오는 몇 사람의 발소리를 들었다.

가분가분 가만히 나는 것은, 어젯밤에 고향에서 올라온, 나의 어머니다. 대진의 발소리도 난다. 마지막의 독일 학자와 같이 뚜거덕 뚜거덕하면서도 질질 끄는 소리는, 코 위에 안경을 주어 붙이고, 그 안경이 내려지는 것을 두려워하는 듯이 머리를 잔뜩 젖히고, 한 손은 시무복에 넣고, 한 손은 저으면서 오는 양인인 원장의 발소리다. 나는, 그 발소리를 들을 때마다 눈살이 찌푸려지는 것을 깨닫는다. 발소리도 교만하게 울린다.

나는, 움직이기가 싫으므로, 그냥 눈을 감고 코를 골며 있었다.

석회산과 알코올 냄새가 물컥 나며, 선뜩한 손에 내 손을 잡는다. 나는 그냥 코를 골며 있었다. 귀밑에서 째깍째깍하는 시계 소리가 들린다.

좀 있다가, 내 손을 놓은 그는, 자리옷 자락을 들치고 배를 만져본다. 싫고도, 우습고도, 상쾌한 맛이 난다.

좀 있다가는 체온을 본 뒤에, 그는 혀를 차다

'무슨 일이야, 무슨 일이야?'

나는 눈을 감은 채로, 머리로써 원장을 보았다. 낯을 찡그린 모양이다. 눈살을 찌푸린 모양이다. 수염을 꼬는 모양이다.

'무슨 일이야?'

나는 생각하였다.

세 사람의 발소리는 도로 문으로 나가다가 문 안에 선 모양이다. 그 뒤에, 한참 풀리지 않는 작은 소리가 바뀌었다. 나는 내 모든 신경을 귀로 모으고 들으려 하였지만, 들리지 않았다.

"그 애가, 그 애가, 그 든든하던 애가, M이."

좀 있다가 어머니의 날카로운 소리가 들린다.

"가만가만, 병인이 들었다가는 안 되겠소."

양인의 말 서툰 소리가 어머니의 말에 연속하여 난다.

'하하……'

나는 생각하였다. 놀라지도 않았다. 덤비지도 않았다.

'원장의 속생각임은 그것이겠지, 어머니의 놀람도 그것이겠지.'

즉, 차차, 차차 심장의 뚜거덕 뚜거덕하는 소리가 커진다. 차차, 차차 놀라기 시작하였다.

'내 병은 나을 수 없느냐?'

원장의 아니꼬운 슬리퍼 소리만 저편으로 간다.

"그 애가……"

어머니의 소리가 날 때에, 나의 소학교 때의 벗인 대진은 그 말을 못하게 하며 소곤거린다.

"어머님, 걱정 마세요. 하늘이 무너져두 솟아날 구멍이 있대지요, 아무런들……."

그들은 내 침대로 가까이 온다.

나는 눈을 번쩍 떴다.

그들은 놀라는 모양이다.

"어떤가? 좀 낫지."

대진 R은 웃는다.

"다― 낫네."

나는 천장을 바라보면서 대답하였다. 이렇지 않기를 원하였지만 목소리는 조금 떨렸다.

"이제 며칠 있으면 다― 낫지."

"흥! 며칠?"

나는 아무 표정 없이 그의 말을 부인하였다. 어머니는, 아무 말 없이 서 있을 뿐이다. R은 잠깐 놀란다.

"R, 정말 가르쳐주게, 난 죽지, 살 수 없지?"

어머니의 우는 소리 곁에서 R의 부인하는 소리가 들린다.

"설마, 자네 같은 든든한 사람이 죽으면 이 세상에 살 사람 있겠나?"

나는 천장을 계산하기 시작하였다. 동서로 좀 장방형으로 된 천장을 정사각형으로 치려면, 동서에서 몇 치를 내어서 남북으로 붙여야 할지 나는 이제 잘 아는 바이다. 그것을 한참 계산하다가 나는 또 물었다.

"그래두, 아까 원장이 그러더만, 죽으리라구……."

대답이 없다. 어머니의 울음은 흐느낌으로 변하였다.

한참 있다가 R은 말한다.

"다 들었나?"

"것두 못 들으면 귀머거리지."

나는 공연히 성이 나서 R에게 분풀이를 하였다.

"아…… M, 걱정 말게. 하늘이 무너져두 솟아날 구멍은 있다니, 사람의 목숨이 그리 싼 줄 아나!"

좀 있다가 R은 말했다.

"사람의 목숨이 그리 비싼 줄 아나?"

그는 대답이 없다. 나는 두 번째 그에게 같은 말을 물었다.

"R! R! 정말 말해주게, 사람 살리는 줄 알구 정말루 말해주게, 죽었으면 죽을 준비두 상당히 해야겠기에 말이네!"

"난 모르네. 내 생각 같애서는 걱정 없는데 원장은 할 수 없다니 모르겠네."

그는 말하고, 어떻든 그리 마음 쓰지 말고 있으라고 한 뒤에 어머니를 데리고 나갔다.

나는 천장을 바라보았다.

거리에는 전차, 인력거, 자동차들의 지나가는 소리, 지껄이는 사람의 소리들도, 삶을 즐기는 것은 보지 않아도 알 수 있었다. 그런데 벽 하나 사이하고 있는 여기는,

"음―음―우―우―."

삶을 부러워하다 못하여 저주하는 소리로 변한 소리가 찼으니 어떤 아이러니한 일이냐?

자동차의 지나가는 소리와 함께 방이 좀 흔들린다.

'저 자동차 안에도 사람이 탔겠지, 나보담 삶을 즐길 줄을 모르는 자, 나보담 삶에 대한 집착이 적은 자, 혹은 옆에 계집이라도 끼고 가는지도 모르겠다. 음, 골난다. 그보담 더 살 필요가 있고 그보담 더 살 줄 아는 나는, 이 내 모양은, 무슨 모순된 일이냐.'

생각할 필요가 없다. 나는 죽는다. 이삼일 뒤에 혹은 오늘이라도…….

나는 벌떡 일어나서, 머리 밑에 있던 잉크병을 쥐어서 거리로 향한 문을 향하여 내던졌다.

병은 문에 맞고 깨어져서, 푸른 물을 사면으로 뿌리면서 떨어진다.

하하하하, 나는 웃다가 놀라서 몸을 꼭 모두었다. 사흘 전 꿈에 들은, 그 악마의 웃음소리(목쉬고도 모든 물건이 쪼개져 나갈 듯한)를 내 웃음 속에서 발견하였다. 나는 도로 누웠다.

오히려 천연히, 나는 천장을 바라보았다.

'죽음'이란 이상한 범벅된 물건은, 아무리 하여도 머릿속에 들어앉지 않는다. 이상하다.

'내가 죽는다?'

나는 퀘스천 마크를 붙여서 생각해보았다. 아무리 하여도 이상하다. 기름에 물 한 방울 들어간 것 같다. 아니, 물에 기름 한 방울 들어간 것 같다.

'나는 죽는다.'

나는 다시 생각하였다. 즉, 차차, 차차 무거운 '죽음'이 머리에 들어앉는다.

'나는 죽는다. 왜? 나는 살고 싶은데 왜 죽어? 누가 나를 죽여!

살겠다는 나를 누가 죽여! 모든 사람은 죽었다. 그러나 나는 그냥 살고 싶다. 나의 발랄한 생기, 힘, 정력, 이것들을 마음껏 이 세상에 뿌리기 전에 내가 왜 죽어? 나의 활동은 아직 앞에 있다. 그것을 버리고, 내가 왜 죽어! 나는 결단코 안 죽으리라. 원장의 말이 무에냐!'

갑자기, 슬픈 것 같은 노여운 것 같은, 이상한 감정이 나의 머리를 짓누른다.

"죽는다!"

나는 고함쳤다.

그 뒤에 맥없이 눈을 감았다.

조각글 5

담배가 먹고 싶다. 견디지 못하도록 먹고 싶다.

문으로 내다보이는 저편 앞에 담뱃내 나는 것을 보면, 그것이라도 먹고 싶다.

담배 부스러기도 없다. 더군다나 성냥은 더 없다. 누구든 담배 한 꼬치 주는 사람은 없느냐?

아, 마침내, 담배는 먹지 못하고 죽어버릴까?

조각글 6

수술하였다. 배를 짼 뒤에, 무엇이라든가를 꺼내고 무슨 쇠를 안으로 대고 얽어맸다 한다.

수술하기는 오전 열시쯤이다.

나는, 수술대로 가서 수술상 위에, 백정에게 끌려가는 양의 마음으로 올라 누웠다. 원장은 내 목숨을 보증하지 못하겠다 하되, 나의 벗 대진 R이 아무래도 죽을지면 최후 수단을 써보자고 복부 수술을 하게 된 것이다.

R은 수술의를 갈아입은 뒤에, 메스, 집게, 이상하게 생긴 갈고리들을 소독한다.

마음은, 아무래도 내 몸속에 들어가 있지 않는다. 어떤 때는 소독하고 있는 R도 보고, 또 어떤 때에는 내 몸에서 이삼 척 떠서 나를 내려다보고 한다. 한참 나를 내려다보던 나의 마음은 또 R에게 향하였다. R은 내게 등을 향하고 간호부와 함께 그냥 기구를 만지고 있다.

'무엇을 저리 오래 하노……. 아니, 더 오래 해라, 할 수만 있으면 내년까지라도 하여라.'

내 마음은, 참다못하여 떠가서 R의 맞은편에 섰다. R은 메스를 소독하고 있다. 잘 들게 생겼다. 저것이 내 배를 쑥쑥 쩔 것인가 생각하매 무서워진다. 참 잘 들게 생겼다. 그놈으로 견주면, 이 세상의 모든 물건이 겨냥만 하여도 썩썩 잘라질 것 같다.

마음이 내려앉지를 않는다.

'몇 시간 걸리는가.'

R의 맞은편에 있던 나의 마음은, 이런 생각을 하면서 돌아왔다. 그러나 내 몸속에는 역시 안 들어가고 이상하게 떨고 있다.

나는 일어날까 생각하였다. 몸이 수술대에 붙어 있지 않느냐

한 삼십분이나 걸린 뒤에 조수 몇 사람이 들어오며, R과 간호부는 내게로 온다.

마음은 화다닥 내 몸속에 뛰어들어와서 숨었다. 나는 힘껏 눈을 감았다.

달각달각 하는 소리가 들리다가 무엇이 입과 코를 딱 막는다.

'괴롭다.'

생각할 동안, 에테르의 향기로운 냄새가 코를 찌른다.

마음은 차차 평화스레 몸에서 떠올라간다. 머릿속에는 서늘한 바람이 불면서 차차, 차차 재미스러워 온다. 그 뒤는 모르겠다. 잠들 때에 눈에 걸핏 보인 것은, 그것은, 의사도 아니요 죽음도 아니요 또는 삶도 아니요, 무덕무덕 사람의 코 같은 데서 나오는 담뱃내다.

나는 어두운 길을 자꾸 걸었다.

'나는 시방 어디로 가는고?'

나는 생각하였다.

'응, 악마한테 간댔것다.'

똑똑히 생각나는, 악마한테 가는 길을 나는 더듬어서 어둡고도 밝은 길을 걸었다.

나는, 어느덧 그의 광대한 집에 이르러 훌륭한 그의 응접실에 그와 마주 앉았다. 그는 오늘 사람의 모양(젊은이의)을 하고 빛

나는 옷을 입고, 허리띠에는 큰 불붙는 돌을 차고 있다.

"왔나?"

"왔네."

"무얼 하러 왔나?"

"좀 부탁할 게 있어서 왔네."

"무얼."

"그런데…… 자네, 전에 잘 타협해보자구 안 그랬나? 거기…….'

"하하하하, 사람이란 뜻밖에 정직한 물건이야! 거짓말이야, 그
건 다…….'

성도 안 난다. 나는 다시 물었다.

"거짓말이야?"

"그럼, 거짓말하면 나쁘나?"

"나쁘잖구!"

"그건 인간 사회에서 하는 말이라네!"

물어보기가 부끄럽지도 않다.

"우리 사회에선? 속이는 자는 영리하구, 속는 자는 미욱하다지."

"악마 사회는 다르다."

나는 웃었다.

"그럼 난 가겠네."

"왜? 자넨 나한테 물어볼 일이 있지 않나?"

그 말을 들으니 물어볼 말이 있었던 듯하다.

"응, 있네. 가만, 무에던가…….'

"생각해보게."

한참 생각하였다. 그리고 물었다.

"난 죽은 뒤엔 무얼 되겠나?"

"되긴 무에 되어! 다만 내세에 갈 뿐이지."

"내세? 천국, 지옥?"

"하하하하 아무렇게 해석해두 좋으네, 그거 전세와 같은 내세가 있는 줄만 알면…….."

"전세?"

그럴듯하다.

"그럼, 전세, 태월중胎月中 생활 몇 달, 또 그 전세 정액 생활 며칠, 또 그 전세두 있구……."

그럴듯하다.

"정액 생활에서 태내 생활루 들 때에, 정액이란 것은 죽어버리고 정충만 태와 태아로 변하지 않았나? 또 그것이 인간 생활로 변할 때엔, 태는 죽어버리구 태아만 사람으루 되지 않았나? 속에 영靈이란 것을 간직해가지구……. 그게 또 이제, 몸집을 벗어버리구 영만 내세루 갈 것은 정한 일이지……. 그 뒤엔, 또 내내세로 가구. 하하하하."

"정말인가, 거짓말인가? 자네 말은 믿을 수가 없네."

"아무렇게 생각해두 좋으네!"

"그럼, 자넨 무언가? 천국두 없구 지옥두 없으면 자네가 있을 필요는 무엔가?"

"나? 우리 악마라는 것을 그렇게 해석하면 우린 울겠네. 우리는 즉 사람의 정이구 사람의 본능이지."

그럴듯하다.

즉, 무엇이 기쁜지 차차, 차차 기뻐온다. 나는 일어서서 춤을 추기 시작하였다. 발이 땅에 붙지 않는다. 한참 재미있게 출 때에, 누가 내 발을 잡아당긴다.

"누구냐!"

"자네 아닌가?"

악마가 대답하였다.

"술이나 먹고, 춤추게."

나는 그에게 술을 실컷 먹인 뒤에, 어두운 길로 나섰다.

나는, 어느 전장에 갔다. 무변광야다. 대포 소리는 나지만 어디서 나는지도 모르겠다. 나 있는 데에는 대단히 밝되 저편은 밤과 같다.

총알이 하나, 내 배에 맞았다. 나는 꺼꾸러졌다.

총 맞은 데가 가렵다.

누가 와서 발을 잡아당긴다. 나는 벌떡 일어서서, 도로 어두운 데로 향하였다.

비슷비슷한 꿈을 수십 개 꾼 뒤에 깼다.

나는 어느덧 내 침대 위에 있고 밤이 되었다.

조각글 7

입원한 지 두 달, 수술한 지 한 달에 겨우 퇴원하게 되었다. 조선 유수의 의학자라는 자에게 죽음을 선고받았던 나는, 그래도 다시 살아서 퇴원하게 되었다.

사 년 만에, 너울너울한 조선복을 입고, 나는 편안히 안락의자

126

에 걸터앉았다.

나는 살아났다, 거짓말 같다.

나는 퇴원한다, 더욱 거짓말 같다.

내 죽은 혼이, 그래도 아직 인간 사회에 마음이 있어 헤맨다. 이것이 겨우 정말 같다.

전차가 지나간다. 저것도 다시 탈 수 있다.

사람들이 다닌다, 나도 저 사람과 같이 되었다.

아, 이것이 참말인가?

담배를 먹을 수 있다, 여기 이르러서는, 다만 공축恐縮[6]할밖에는 도리가 없다.

"기차 시간 되었네."

"자, 이젠 가자."

R의 소리와 어머니의 소리가 함께 내 귀를 친다.

"다시 살아서 여행을 떠난다, 거짓말이다 거짓말이다." 하면서 나는 그들을 따랐다.

그러나, R과 S의 작별을 받고, 어머니와 함께 큰 거리에 나서서 저편에 와글거리는 사람 떼를 볼 때에, 조금씩 조금씩 머리에 기쁨이 떠오른다.

'맨날 죽음과 삶 사이에 떠돌며, 무서운 소리로 부르짖는 저 무리들에게도 하루바삐 나와 같은 기쁜 경우가 이르기를 원하며 마지않는다.'

나는 생각하면서, 너울너울, 어머니와 함께 사람들에 끼면서

---

6 두려워서 몸을 움츠림.

담배를 붙여 물었다.

나는 보기를 끝내고 M을 보았다. M은 내 책상 위에서 어떤 잡지를 보고 있었다.

무슨 일이냐, 사람의 목숨을 이와 같이 보증할 수가 없느냐. 내가 맨날 다루는 곤충도, 빛으로 살로 그들의 목숨을 보증하며 짐승들도 그들의 체질로써 목숨을 보증할 수가 있는데, 동물의 영이라는 사람의 목숨이, 이렇게까지 철저한 자기로서는 보증할 수가 없고, 이와 같이 위험하기 한없는 의사에게 달렸다고야, 이 무슨 일이냐, 이 무슨 일이냐. M으로서 만약, 대진의 벗이 없었던 들 오늘날 저와 같이 생기로 찬 몸을 얻어가지고 다시 만났을 수가 있을까?

나는 M을 찾았다.

"M."

"다 보았나?"

"사람의 목숨이, 이렇게꺼정 보증할 수 없는 물건이란 말인가?"

"이 세상에, 의사의 오진으로 몇천만 사람이 아까운 목숨을 버렸을지, 생각하면 무섭데!"

"자넨 다행이네, 살아나서!"

"그렇지, 내게는 R이라는 좋은 벗이 있었기에……."

"살아났지, 그렇지 않으면 죽을 것을……."

나는 그의 말을 이었다.

"그래."

나는 좀 높은 곳에 있는 우리 집에서, 내려다보이는 장안을 둘러보았다. 거기 먼지가 보얀 것은 억조창생이 삶을 즐기는 것을 나타낸다. 아아, 그러나 그들의 목숨을 누가 보증할까? 의사의 조그마한 오진으로 그들은, 금년에라도, 이달에라두 죽을지 모를 것을…….

나는 다시 M을 보았다.

건강. 그것의 상징이라는 듯한 그의 둥그런 얼굴은, 빛나는 눈으로써 나를 보고 있었다.

— 〈창조〉, 1921. 1.

유성기[1]

그는 중학을 졸업하고도 고향에 돌아가지 않았다. 그가 고향
에 돌아가지 않은 데에는 몇 가지의 이유가 있다. 첫째는 그는 고
향 촌구석에 가서 농사를 하고는 견디지 못할 성질이다. 둘째는
오륙 년 동안 있던 이 도회를 이제 떠나면 언제 다시 올지 막연
한데 그렇게 쉽게 떠날 수가 없었다. 셋째는, 셋째라는 것보다 위
의 두 가지 이유가 있음으로 말미암아 그는 이 도회에 얼마 동안
더 머물러서 그가 가장 즐기는 음악을 배우고 싶었다.

그는 아버지에게 이제 공부 더 할 것이 있으므로 사오 년 동안
더 여기 있어야겠다는 편지를 하였다. 그 편지의 회답은 아버지
에게서 곧 왔다.

---

1 필명 김만덕으로 발표한 작품. 원제는 〈음악 공부〉. 단편집 《목숨》(창조사, 1923)에서 〈유성
기〉로 제목을 고쳐 수록함.

나는 늙었다. 이젠 네가 와서 모든 집안일을 보아야겠다. 정 요긴
한 공부가 아니면 그만두어라. 제일 네 공부라는 것은 무슨 공부냐.

이런 뜻의 편지가 한지에 괴발 글씨로 큰 자와 작은 자가 범벅
으로 놓여 있었다.

'물론 이럴 것이다.'

생각하고 그는 아버지를 생각해보았다.

그의 아버지는 그 스무남은 집 되는 동리에 쉽지 않은 호농_豪
農²이다. 이삼만 원의 재산을 자기 손으로 만든 그의 아버지는 또
그 동리의 제일 되는 인색한 사람으로 그의 인색에 대한 일화가
많이 있다. 그리고 또 그 동리에 제일 되는 든든한 사람이다. 그는
자기 아버지가 머리와 수염에 겨를 하얗게 올리고 담뱃대를 입으
로만 문 뒤에 넓은 자기의 논 앞에 서서 만천_{滿天}의 웃음을 띠고
있는 모양을 머릿속에 그려본 뒤에 성가신 듯이 머리를 저었다.

영리한 그는 이러한 자기 아버지한테 음악을 배우겠단 말은
편지로도 안 하였다.

그는 다시 졸업 당시의 기쁨을 생각해보았다.

졸업증서를 받을 때의 기쁨, 졸업생 축하회 졸업생 송별회
등으로 모였을 때의 기쁨, 졸업생끼리만 모여서 덤빌 때의 기
쁨……. 모든 세포는 뛰놀았다. 핏방울마다 춤을 추었다. 졸업생
끼리 포부를 말할 때에 그는,

"음악가가 되겠다."

---

2 땅을 많이 가지고 농사를 크게 지음.

고 장담하였다.

그러나 회를 끝내고 어두운 길을 나설 때에 끝없는 외로움이 그의 머리를, 아니 그의 있는 사간십간四間十間 사방을 둘러쌌다. 졸업을 하였으니 어떻단 말이냐. 아버지는 촌에 돌아오라 한다. 우울한 촌 생활에 나는 돌아가지 않을 수 없다.

그때에 생긴 외로움은 그를 떠나지를 않았다.

그는 용기를 내어 아버지에게 '좀 더 공부하겠다'고 편지를 하였으나 아버지에게서는 이제 온 편지로써 무슨 공부를 하겠느냐고 물어본밖에는 그로서는 요령을 얻을 수가 없었다.

한참 생각하다가 그는 붓대를 잡고 한 번 더 아버지에게 편지를 하려고 하였다.

'음악은 좋은 것이다. 슬플 때에도 음악을 들으면 그 슬픔이 스러지고 그보담 더 좋은 공부는 없으리라.'

이런 뜻을 순 국문뿐으로 길게 아버지가 으쓱하리만큼 써놓은 뒤에, '소자도 음악을 배우려'한다는 뜻으로 끝냈다. 그리하여 밤에 그 편지를 편지통에 넣은 뒤에,

'오늘 밤차로 이 편지가 가면 내일 점심때쯤 집에 닿고, 게서 곧 회답을 하면 모레는 오렷다.'

하고 꼽아보았다.

일각이 여삼추로 기다리던 아버지의 회답은 사흘 뒤에 그의 손바닥 위에 놓이게 되었다. 등기편지다.

무슨 일일까. 아버지는 돈 보낼 때밖에는 서류書留³로 안 할 텐

---

3 '등기편지'를 가리키는 말.

데. 돈이 왔다. 무슨 돈일까. 고향에 돌아오라는 돈이냐 혹은 음악을 배우라는 돈이냐.

한참 주저하다가 그는 봉투를 뜯고 보았다.

음악은 좋은 것이다. 이즈음 약장수들이 유성기라는 것을 가지고 음악을 하는데 참 좋더라. 네가 음악을 배우겠다는 것은 그래도 내 아들답다. 그러나 너 혼자 배우면 무얼 하니? 나와 너의 어머니, 형, 아우, 누이, 모두 배우면 더욱 좋을 터이니 내 어느 신문 광고를 보니 유성기 한 개에 팔 원이라 하였기에 팔 원 동봉해 보내니 꼭 잊지 말고 사가지고 하루바삐 돌아와서 음악을 배우자. 꼭 잊지 마라.

이런 뜻이 서툰 국문으로 막 씌어 있다. 그는 한숨 쉴 힘도 없어졌다.

그날 밤 열시쯤 그 팔 원을 여비로 하여 고향 가는 차 삼등실 구석에 구겨 박혀 앉아 있는 자기를 그는 발견하게 되었다.

— 〈창조〉, 1921. 1.

폭군[1]

1

무엇인지 모를 꿈을 홀쩍 깨면서 순애는 히스테리컬하게 울기 시작하였다. 꿈은 무엇인지 뜻을 모를 것이다. 뜻만 모를 뿐 아니라 어떤 것이었는지도 알 수 없었다. 검고 넓은 것밖에는 그 꿈의 인상이라고는 순애의 머리에 남은 것은 없다. 그는 슬펐다. 그는 무서웠다. 그 꿈의 인상의 남은 것의 변화는 이것뿐이다.

탁탁 가슴에 치받치는 울음을 한참 운 뒤에 눈물을 거두고 그는 전등을 켰다. 눈이 부신 밝은 빛은 방 안에 쫙— 퍼져 나아간다.

'아직 안 돌아왔을까?'

---

1 〈전제자〉란 제목으로 발표한 작품. 단편집 《배회》(문장사, 1941)에서 〈폭군〉으로 제목을 고쳐 수록함.

생각하고 그는 벌떡 일어나 앉아서 맥난 손으로 짐작으로 풀어
진 머리에 비녀를 지르고 두 팔을 무릎 위에 털썩 놓은 뒤에 졸
음 오는 눈을 감았다. 그의 눈에는 남의 말을 잘 안 듣는, 그러면
서도 어떤 때는 아무런 말이라도 순종하는, 벌써 스물둘이 되었
지만 아직 외도란 해보지도 못한 그의 오랍동생[2]의 네모난 얼굴
이 나타났다.

"꼭 돌아왔다."

그는 중얼거리고 눈을 떴다. 그에게는 뱰은 좀 세지만 그렇게
정직하던 애가 순애 그에게 말하라면 남자란 다 (하면서도 또 차
마 사람으로 나서는 못할 일) 외도를 하리라고는 사실은 어떻든
생각은 안 하려 하였다. 남에게 눌려서만 살던 사람은 다 그렇거
니와 순애도 무슨 일이든 사실보다 자기 본능에 대하여 자신이
더 많았다.

그러나…… 여기도 순애의 머리에서 떠나지 않는 그의 오라비
P의 이즈음 행동에 대한 한 점의 의혹이 있다. P에게는 이즈음 알
지 못할 벗이 흔히 찾아왔다. 그들은 모두 중절모를 빗쓰고 구두
소리 부드럽게, 순애 같은 가정 여자에게도 한번 보아서 건달인
줄을 알만한 사람들이었다. 그들이 와도 집 안에서 P와 무슨 이야
기하는 일은 없었고 언제든지 P를 데리고 밖으로 나갔다. 그리고
P도 이즈음은 모양 차림이 차차 심하여지며 어떤 때는 술이 잔뜩
취하여 돌아올 때도 있었다.

'그래두 그렇지 않다.'

2 '오라비'의 방언.

순애는 어떠한 사실보다도 확실한 증거가 있기 전에는 역시 자기 본능이 나왔다. 그는 벌떡 일어서서 치마 고름을 매면서 문을 열고 나섰다. 밝은 달빛은 푸르게 적적히 어두운 뜰을 비추고 있다. 순애는 짧게 비친 검은 자기 그림자와 함께 발자국 소리 안 나게 가만히 걸어가서 건넌방 툇마루에 무릎을 꿇고 바늘구멍만 한 구멍으로 방 안을 들여다보았다.

"아직 안 돌아왔다."

좀 있다가 그는 작은 소리로 중얼거렸다.

그의 오라비는 순애가 본 바와 같이 아직 안 돌아왔다. 이십사 촉의 밝은 전등은 빈틈없이 그 방을 비추고 있고, 순애 자기가 펴 놓은 자리는 아직 그냥 적적히 방 안에 벌려 있으며 그 머리맡에는 책상과 그밖에 몇 가지가 규칙 있게 놓여 있으되 그 방의 주인인 순애의 오라비는 아직 안 돌아왔다.

순애는 그 구멍으로 시계를 쳐다보았다. 전등 빛에 반사되어 똑똑히는 안 보이지만 흐릿하게 시침이 Ⅱ와 Ⅲ의 가운데 있으니 두시는 지난 것이 똑똑하다. 그것뿐 아니라 거리에 웅웅하며 지나다니던 전차 소리도 없어지고 하늘을 쳐다보아야 하늘에 비치는 시가市街의 빛도 없으니 밤은 아무래도 깊었다. 그런데 그의 오라비는…… 한 번도 외숙을 해본 일이 없는 그의 오라비는 역시 자기의 있을 곳에 있지 않다.

'어찌 되었노?'

하다가 그는 화닥닥 소리를 내며 그 방, 오라비의 방 안에 뛰어들어가서 오라비의 이불을 푹 뒤집어썼다. 가슴의 뚝뚝하는 소리는 이불까지 들썩거리게 한다. 그는 자기의 치마를 누가 붙든 것 같아서 놀라 뛰어들어온 것이다.

한참 뒤에도 아무 일 없으므로 그는 이불을 벗고 얼굴을 내놓았다.

집 안에는 중대문 밖에 행랑방에 노파 하나 있는 것밖에는 아무도 없었다. 그리고 순애의 있는 방에는 이십사 촉 전광이 빛나고 있다. 문밖에서는 처량히 우는 귀뚜라미 소리가 들린다.

순애의 마음에는 무서움보다 더 떠오르는 끝없는 외로움을 깨달았다. 마치 언어불통하는 나라에 혼자 객창의 첫 밤과 같이 쓸쓸함과 외로움을 그는 마음껏 깨달았다. 그는 방을 둘러보았다. 먼지 하나 없이 멀쩡히 쓸어놓은 방 안은 전등 빛과 함께 한층 더 방 안을 쓸쓸히 한다. 그는 일어나서 불을 끄고 빨리 드러누웠다. 불을 끄니 좀 낫다.

높은 하늘에서는 남으로 가는 기러기 소리가 이상하게 밤 공기를 파동하여 떨리면서 날아온다.

'어찌 되었단 말인고 아직 안 돌아오구?'

그는 생각하였다. 이때에 순애는 P의 외도를 한푼의 의심할 여지가 없는 것으로 단정하였다. 순애는 빛은 약하지만 수소水素 불의 맹렬로써 가슴을 태우는 듯한 시기를 깨달았다. 자기의 자신, 믿음, 바람이 온전히 반대의 결과로 나타난, 거기에 대한 태우는 시기를 깨달았다.

'남자란, 남자란……'

그는 남자란 할 수 없다 생각지 않을 수 없었다. 그는 두 해 전에 죽은 자기 남편을 생각해보았다. 사회에서는 그의 남편이던 사람 S에게 대하여 일반 경의를 나타냈다. S가 동경서 어떤 학교를 마치고 귀국하매 어떤 신문사와 잡지사에서는 S로 말미암아 한동안 경쟁까지 하였다. 그때 갓 시집갔던 순애는 물론 이것을 훌륭한 영예로 알고 자기 경우에 끝까지 만족하였다. 그 뒤에 순애는 S가 여기저기 훌륭한 연회에 청대請待를 받고 신문 잡지에 S의 글이 나는 것을 보고 자기 벗들과 대할 때마다 나를 보라는 태도로 접하였다.

그러나 얼마 지난 뒤에 순애가 본 S는, 가정이라는 안경으로 본 S는, 순애에게는 칭찬할 한푼의 가치도 없었다. S는 자기 몸이 약한 것도 돌아보지 않고 순애에게 대하여 극도의 정욕을 요구하였다.

순애가 때때로 그를 위하여 거절할 때는 그는 성을 내며 여자에게는 제일 큰 욕을 하며 이러하니까 내게 거절을 당한다고 이론을 붙이고 하였다. 순애도 물론 S가 순애 자기의 품행이 정당한 줄 안다고는 알았지만 이런 소리는 극도로 온화하고 가정적인 순애에게는 참기 어려운 욕이었다. 그는 때때로 몰래 울었다.

S는 큰 말을 하면서도 실행은 못 하는 사람이었다. 이것도 순애가 인격을 인정하지 않는 한 점이다.

그렇지만 제일 순애가 S의 인격을 인정하지 않는 점은 S도 역시 사나이의 예에 빠지지 안 한다는 점이다. 한 여자, 자기 소유로 완정完定된 다만 한 여자에게 만족하지 않은 S는, 순애에게 철저히 육욕의 만족을 얻지 못한 S는 그의 속한 사회가 사회라 자연히 여러 여자에게 접하게 되었다.

'아, 남자란 왜 그렇단 말이야.'

그는 생각하였다. 가뜩이나 몸이 약하던 S는 차차 더해가다가 잊히지 않는 이 년 전 오월 열하룻날 갑자기 몸에 경련이 일기 시작하여 정신없이 사흘 지내다가 사흘 뒤에 죽어버렸다. 그의 병은 과도의 색色에서 나왔다 한다.

그렇지만 순애에게는 잊히지 못할 말이 하나 있다.

"그새 당신에게 죄를 많이 지었습니다. 염치없긴 하지만 용서해주세요. 순애 씨 안심하구 죽어두 좋습니까?"

시들시들 마른입으로 한 이 한마디의 말.

아직껏 순애가 시집도 다시 안 가고 그에게 정절을 지킨 것도 이 말 때문이다. 세상 사람은, 남의 사정도 모르고 공연히 헛소리를 내기 좋아하는 세상 사람은 무에라든지 임종의 S는 신성하고 정당한 순애의 남편이었다. 이 한마디는 전의 잘못을 용서하고도 남음이 있는 것일밖에 없다. 순애로서 보면 그런 남편의 병간호를 마음껏 지성껏 안 한 것이 후회까지 난다.

바보, 네게 네 남편을 원망할만한 자격이 있느냐. 이제껏 원망하던 그 꼴은 어떠냐. S와 같은 사람, 그래도 조선 사회에 얼마의 공헌이 있는 사람의 아내 될만한 자격이 네게 있느냐. S가 그만큼이라도 네게 대접한 것이 황송하지 않으냐.

순애에게는 결혼 당시의 재미있는 추억이 생각났다. 힘 있는 붙안음, 단 키스, 속삭임. 그렇다. 너는 너른 바다의 조그마한 배와 같이 고생하지 않으면 안 된다. 외로이 지내지 않으면 안 된다. 남편을 위하여 세상에서는 무슨 소리를 하든 지성껏 정절을 지켜서, 아니 어떻든 네 남편의 임종의 말, 그 한마디는 남의 사정 모르는 세상이 어떻다 하든 잊어서는 안 된다. 살았을 때의 몇 만의 회개보다도 귀한 임종의 한 마디의 자복自服을 너는 잊어서는 안 된다. 그런데 아까뿐 아니라 이즈음 항상 네가 하는 생전의 모든 죄를 다 씻고도 여유 있는 임종의 한 마디의 말, 그것을 잊고 그렇게 참혹히 불쌍히 고민으로 안심하지 못하고 세상을 떠난 네 남편을 아직껏 용서하지 못하고 자꾸 그의 죄를 탐색하는 네 꼴, 그 꼴은 어떠냐?

임종의 순결한 네 남편을 너는 벌써 잊었느냐?

순애에게는 어렴풋하고도 똑똑히 자기 남편의 모양이 보였다. 원고상原稿床을 향하여 앉아서 무거운 에보나이트 펜을 쥐고 왼손으로 갓 돋아나는 깔깔한 턱의 수염을 쓸면서 오른편 눈을 왼편 눈보다 곱이나 크게 뜬 S에게 말하려면 '모든 사색은 출발의 근원'이라는 벽에 붙여놓은 잿빛 가진주假眞珠를 들여다보는 S의 우아한 모양이 보였다. 그러나 여기도 순애는 S의 뒤에 있는 더러운 여성의 피를 보았다.

'그렇지만 아, 남자란……'

시계가 세시를 친다.

그는 꿈인지 생각인지 환상인지에서 홀쩍 깼다.

'세시가 되는데 어쩌면 아직 안 돌아와.'

귀뚜라미 소리는 그냥 처량히 난다.

한참 뒤에 순애는 어느덧 잠이 들었다. 잘 동안에 꿈을 꾸었다. 어떤 큰 극장 같은 데다. 무대는 대단히 밝고 관람석은 끝없이 어둡다. 보이지는 않지만 사람은 가득 찬 것 같다. 무대에는 어떤 별한 댄스가 시작되었다. 그 춤추는 사람 가운데에는 순애의 오라비 P도 있었다. 역시 관람석은 어둡다. 좀 뒤에 댄스는 끝났다. 극장이 터져나갈 만한 박수 소리가 난다. 일분, 이분, 이분

반, 삼분, 오분, 십분, 박수 소리는 그냥 난다.

그때에 누구가 조그마한 소리로 그렇지만 똑똑한 소리로 '손뼉 칠 것이 무에야' 했다. 일제히 손뼉이 멎었다. 장내에는 어떤 알지 못할 무서움이 찼다. 사람은 다 없어졌다. 순애도 무서워서 밖에 나왔다. 밝은 하늘은 가을날보다도 더 밝되 땅은 끝없이 어두웠다. 줄기줄기 밝은 빛은 내리비추되 땅은 역시 어둡다. 그는 무서워서 알지도 못하는 길을 이리 다녔다 저리 다녔다 한참 돌다가 저편에서 도우부― 하는 일본 두부 장수 소리가 나므로 그리로 뛰어가려다가 홀쩍 깼다.

온몸에는 찬 땀으로 적시웠다. 저편 길에서는 종소리와 함께 도우부― 하는 두부 장수의 소리가 들리고 창으로는 검은 새벽빛이 들이 비친다. 그는 이불을 차고 벌떡 일어났다. 새벽 첫 전차 소리가 웅― 하니 들린다.

2

사흘 뒤에야 P가 돌아왔다. 돌아오기는 하였지만 빨리 보면 P와 비슷한 사람이로다 하기 이상으로는 보기 힘들도록 변하여 왔다. 붉은빛은 안 보였지만 그래도 건강을 나타내던 P의 얼굴은 멀겋게 중병 앓은 사람과 같이 변하였고, 이전에는 그리 보이지 않던 광대뼈가 눈에서 급각도로 두드러져서 마치 P의 방에 걸려 있는 그림의 못 곁에 있는 봉오리와 같이 되었다. 사흘 동안에 사람이 이와 같이도 변하는가 생각되도록 P는 변하여 돌아왔다. P는 누구한테 들키는 것을 두려워하는 듯이 빨리 머리를 숙이고 순애의 방 앞을 지나서 자기 방에 들어갔다.

순애는 P가 들어서는 순간, 우뚝 일어섰다. 문 걸쇠를 잡았다. 그렇지만 종내 문은 못 열었다. P가 문을 닫는 소리가 들릴 때에 순애는 유리에 이마를 대고 건넌방을 보았다. 그러나 P의 중하게 앉는 소리가 털썩 날 때에 순애는 마지막 결심으로 문을 연 뒤에 더벅더벅 그 방으로 건너가서 이전에 아직 안 나타냈던 엄정한 태도로 주저앉았다.

P는 이마를 책상에 대고 있다가 흐리멍덩한 눈으로 잠깐 누이의 얼굴을 쳐다본 뒤에 도로 책상에 엎드려버렸다.

'무얼 웃니.'

생각하면서 순애는 P가 자기를 쳐다볼 동안 억지의 웃음을 웃다가,

'꼴 봐라.'

자기를 비웃은 뒤에 속으로 무섭도록 엄하게 되어서 엄한 소리로 P에게 대하였다.

"그새 어디 갔었니?"

P는 맥나는 듯이 머리를 들고 순애를 쳐다본 뒤에,

"에, 머리 아프다."

하면서 다시 머리를 숙였다.

"머리가 왜 아플까?"

순애는 온화한 소리로 대답하였다. 순애는 속이 꿀떡꿀떡해왔다. 자기 하고 싶은 말이 나오지 않는 것도 속이 꿀덕거리지만 그에게는 온화한 소리로 대한 것이 더 꿀덕거렸다. 이런 때에 온화한 소리가 어디가 필요가 있을까? 좀 더 엄하게 책망을 하여야겠

다. 그 애도 사람이라 이 년 전에 부모를 여읜 뒤에 아직껏 자기를 보호해준 내게야 설마 반대를 하랴. 그 애에게 대한 책임은 내게 있다. 순애는 좀 잔혹하게 P를 찔렀다.

"어떻든? 재미있었지."

P는 또 잠깐 순애를 흘겨본 뒤에 머리를 다시 숙였다. 순애는 돛에 바람 받은 배다. 여기까지 와서는 일직선으로 이끌어지지 않을 수가 없다.

"그래두 P야, 못써. 아직 스물 소리 듣는 애가 장가두 가기 전에 그래서 쓰나? 너, 네 형님 못 봤니? 그러다 종내 세상까지 떠나구!"

"누님, 자리 좀 펴주오. 머리가 아파서……."

P는 책상에 머리를 댄 대로 말한다.

"응, 깔아주지. 그 전에 내 대답 하나 해라."

"무슨 대답이요?"

P는 천천히 머리를 들었다.

"너 이담에두 그런 일 하겠니 안 하겠니?"

"무슨 일이요?"

"외숙."

P는 무서운 눈으로 순애를 흘겼다. 순애는 머뭇머뭇 눈을 아래로 내리깔고 손 앞에 있는 종잇조각으로 노끈을 꼬기 시작하였다.

"외숙하면 왜요?"

좀 뒤에 P는 물었다.

순애는 대답하지 않을 수 없는 경우에 이르렀다.

"그래두 너의 형님두 봐라, 아버지두 그렇구. 모두 그런 일로 아버지는 오십 미만에 세상을 떠나시구 너희 형님두 한참 좋은 나이에 없지 않았니?"

"자리나 펴주셔요. 싫으면 내 깔지."

하면서 P는 허둥허둥 일어서서 자리를 채어다가 쫙 폈다.

순애는 갑자기 눈이 어두워지면서 화닥닥 뛰어서 자리 위에 털썩 올라가 앉았다.

"못 한다 못 해! 내가 펴주기 전엔 못 해! 나는 너를 네 형님과 같이 안 되게 하려구……."

"내가 형님 그 병쟁이와 같단 말이야요?"

P는 고함쳤다.

"무얼!"

순애는 숨이 딱 막혔다.

"동생네 집에서 얻어 잡숫는 것만 해두 고마운 줄 알아두소. 남이 아무것을 하든…… 치셔요!"

하면서 P는 순애를 밀쳤다.

순애는 온몸의 피가 모두 얼굴로 모이고 싸늘한 바람이 낯을 스치는 것을 깨달았다. 십여 초 뒤에야 피는 한꺼번에 아래로 내려간다.

"네가 이런……."

"하구말구요. 나가주셔요. 졸음 와요."

순애는 정신없이 자기 방에 왔다.

"어느 틈에 이렇게까지 못되게 되었노."

순애는 이상하도록 똑똑한 의식으로 생각하였다. 그렇지만 그 뒤는 온통 깜깜이다. 이상하게 얽힌 실로서 풀 바가 없었다. 칠색七色의 실이 범벅으로 이상하게 얽혀서 풀려야 풀려야 더 얽힐 뿐이지 풀 수가 없었다. 때때로 한꺼번에 풀어지는 듯하다가 그것이 일제히 도로 더 이상하게 얽혀서 그 뒤에 남는 것은 어두운 가운데 명, 암, 명, 암으로 반짝이는 이상한 불꽃뿐이다. 때때로 얼굴에 분 바르고 상스러운 교태로 남자를 끌려는 별한 여성이 보이고, 번쩍, 머리에 한 줄기의 번개가 지나가지만 여기까지 오면 다시 이상한 실은 더 이상하게 얽히며 수수께끼의 반짝이는 불꽃만 남는다…….

그는 멀거니 방바닥에 비친 네모난 햇빛을 들여다보면서 풀 수 없는 수수께끼를 풀려고 애를 쓰고 있었다.

병쟁이, 더러운 여성, 외숙, 이것이 모두 합하여 수수께끼가 풀어지려다가는 다시 조각조각 나서는 아무 뜻도 없는 문법상 '명사'로도 변하고 때때로는 여기서 이상히 얽힌 철리哲理[3]도 보이다가는 다시 헤어져서 거기 남는 것은 P의 네모난 얼굴이 되고 만다.

순애는 몇 시간을 이렇게 앉아 있었다.

3

전제자專制者…… 한참 뒤에 그가 겨우 얻은 해답은 이것이다. 칠색의 얽힌 실은 다 풀리지는 않았으되 대부분은 이 한 구로 풀

---

3 아주 깊고 오묘한 이치.

어졌다.

가정의 폭군 S를 두고 봐라, 아버지를 두고 봐라, P를 두고 봐라. 내가 아는 남자를 다 두고 봐라. 남자란 가정의 전제자 아니고 무어냐. 그들의 눈에는 아내도 없고 자식도 없고 또는 손위의 동생도 없고 다만 있는 것은 뱃뿐이다. 그들의 사랑은 다만 자기에게 만족을 줄 때만 나고 조금이라도 불만이 있을 때는 욕이라, 매라, 자— 이혼이라도…….

자기보다 약한 자를 업신여기며, 자기는 가정에 대한 지식이 한푼어치도 없는 꼴에 비단 의복을 내라, 찬이 나쁘다, 하는 것으로 학대를 받아서 머리 들 기운도 없는 사람에게 자기의 재간을 다하여서 덮어 누르니 가정의 전제자가 아니고 무엇이랴. 그런 뒤에 자기의 트집을 조금이라도 말해주면 그만 성을 내어 마지막에는 혈속血屬까지 무시하니 가정의 전제자가 아니고 무엇이랴. 그러나 이것을 유일무이의 새 격언을 발명한 것같이 생각하는 내 꼴은 어떠냐. 옛일을 캐지 않으리라, 남의 일을 생각지 않으리라.

제일 가까운 내 일로, 내가 부모에게 받은 그 학대, 남편에게서 받은 그 학대, 이것뿐으로도 넉넉히 이만 것은 알 것이 아니었는가? 아, 마침내 남자는 가정의 전제자에 지나지 못하였다.

생각하다가 순애는 벌떡 일어섰다. 그는 화가 너무 나서 앉아있을 수가 없었다.

'자, 어디든지 가자.'

순애는 일부러 P에게 보이려고 뜰에서 치마 고름을 매고 집을 나섰다. 그의 가는 길은 아직 정하지는 안 했으되, 동창생이고 동

무 과부인 혜감의 살림살이 집이었다. 길모퉁이를 돌아설 때에 순애는,

"그러자!"

중얼거렸다. 그는 밤까지 안 돌아온다. P는 그때야 정신을 차리고 누이를 찾으러 다니다가 혜감의 집에서 만난다. 순애는 그 P의 놀란 꼴을 보고 싶었다.

이 생각을 할 때는 순애는 이상하거니와 P에 대한 성은 어느덧 없어지고 오히려 흥미를 가지고 생각하였다.

'사람이 있다.'

그는 머리를 번쩍 들었다.

'낮이다. 그리고 거리다. 사람이 있다, 사람이 있다.'

순애는 갑자기 뜻을 모르게 되었다.

'사람이 있다. 온다. 간다.'

역시 몰랐다.

'사람이 무엇이냐.'

또 몰랐다. 인생의 의의라는 큰 문제가 아니다. 말…… 명사名詞인 사람이 무엇인지 순애는 모르게 되었다.

'사람이 있다. 전제자이다.'

일분 반이면 넉넉히 갈 혜감의 집이 순애에게는 집을 떠난 때가 한 옛적같이 보였다.

"순애 언니, 어디 가오?"

하는 소리에 좀 가다가 순애는 머리를 들었다. 방금 어디 갔다 집으로 돌아오는 혜감이 자기 딸과 함께 혜감 자기의 집 앞에서 순애를 부른다. 순애는 싱겁게 씩 웃은 뒤에 말없이 그리로 갔다.

"들어갑시다."

혜감은 순애를 끌고 들어가서 자기의 딸은 나가 있으란 뒤에 마주 앉았다.

"또 무얼 다투었구려."

앉으면서 혜감은 말했다. 순애는 맥없이 잠깐 그를 쳐다보았다.

"이젠 좀 그만두어요. 무얼 맨날 어린 사람과……. 우리두 늙은 사람은 아니지만……."

혜감은 쾌활히 웃었다.

"글쎄 언니, 내 말 좀 들어보오. 화 안 나겠나."

"말해요."

"그 애가 사흘을 나가 잤구려."

"젊은 사람이 예사지. 그래 S 씨는 안 그랬어요? 우리 집 영감두 그랬구."

"바보!"

순애는 속이 꿀떡꿀떡해졌다. 이런 바보에게 통사정하러 여기까지 온 바는 아니었건만……. 너는 끝까지 넓은 바다에 뜬 조그마한 배와 같이 외로이 지내지 않으면 안 된다. 네 사정을 들을 만한 사람은, 듣고 동정할만한 사람은 이 세상에 하나도 없다. 네속은 네 혼자서 썩일 것이지 아무에게도 말할 바가 아니다. 빨리 죽어서 썩어져라. 그러면 그때에야 너는 처음으로 너와 남의 만족을 얻게 되리라……. 순애는 대답을 안 하고 가만있었다.

"그래서!"

혜감은 뒤를 재촉한다.

"말하기두 싫소."

"언니 노했어요? 노하라구 그런 바는 아니야요. 언니, 그러지 말구 말씀하셔요."

"성은……."

"그래서."

"그래서 무얼, 그랬지!"

순애는 성이 풀어지지 않은 소리로 대답했다.

"그냥! 그러지 말구 이야기해요."

"말해야 그렇지. 그래 사흘이나 있다가 오늘에야 겨우 돌아왔 겠지요. 그래서 좀 가서 말을 해주었지요."

"듣나요?"

"글쎄, 내 말을 들어요. 그러니까, 아, 그 애가 성을 내면서 나 보구 자기 집에서 얻어먹구 있는 꼴이 그런다구 나가라는구려. 언니 골 안 나겠소?"

순애는 잊었던 성이 다시 떠오르는 것을 깨달았다.

"지금 사람은 다 그렇다오."

"그저 전제자이야요."

"무에?"

"사내가 말이지요. 그저 저보다 약한 것은 억누릅니다그 려……."

순애는 자기의 왼손의 결혼반지를 쓸면서 말했다.

"설마 다야 그렇겠소만…… 대개는."

"다 그러……."

말하다가 순애는 뚝 그쳤다. 그에게는 혜감의 남편이 생각났다.

"이 댁 같은 댁은 특별하지만……."

"언니 말 마오. 딴 사람에겐 그래 보여두 나 혼자 속 썩일 때가 많았다오."

"또 그런 소리를."

순애는 억지로 웃었다.

"참말룬, 순애 언니가 부러워."

"내가? 날 부러워할 테면, 저 고양일 부러워하오."

순애는 보이지도 않는 고양이를 가리켰다.

"그래두 한번 가보니까, 아주……. 어찌 부러운지 그 밤은 잠까지 못 잤었지요."

"남 보기에야 그렇지."

"남 보기에 부러운 살림은 우리 살림이지."

"글쎄 언니, 들어보오. 언니에겐 남는 재산이 있지요. 속상할 땐 위로받을만한 자식까지 있지요. 자식이 있으니까 장래 일을 생각할 때두 재미도 나겠지요. 부족이 무에야요?"

순애는 눈물 소리로 말했다.

"그것뿐으로 넉넉한 줄 압니까?"

"그런데 날 보구려. 나는, 난…… 난……."

순애는 쓰러졌다.

"먹을만한 재산이 있소, 자식이 있소, 월급이 백 원이로다 얼마로다 하던 것두 두 해 전 옛적 일이구, 지금은 거러지야요. 그저 거러지야요. 그 수모를 받으면서 동생네 집에서 얻어먹구, 또 그러지 않을 수두 없구려. 언니 이 꼴을 용서하시오……. 내가 그 애를 기른 생각을 하면…… 추우면 고뿔 들릴세라, 어머님이 일찍 없어서 내가 업어 길렀구려. 두 해 전에 집에 돌아와서두 그

지 아버지답지 않게 길렀지요. 그런 애가…… 그 애가…….”

“사내란 다 그렇지요.”

“아버지두 잘못했지. 딸자식은 사람이 아니야요? 딸에겐 왜 재산을 조금이라도 안 남겨요. 이것저것 생각하면 골이 나서……. 언니!”

“왜 그래요?”

“나 오늘 밤에 죽을 테야요. 죽은 뒤에 불쌍하나 좀 여겨주셔요!”

“에?”

“죽어요!”

“언니두! 미쳤소?”

“미쳤지요. 미치지 않은 년이구야 그 수모를 받으면서 왜 아직껏 얻어먹구 있었겠소! 미쳤지요!”

맑고 큰 혜감의 눈에서도 동정의 뜨거운 눈물이 방울방울 그가 쥐고 있던 어린애의 모자 위에 떨어진다.

“언니! 나하구 함께 있읍시다. 오늘부터 형제가 되어 나하구 함께 있읍시다. 허락하셔요.”

순애는 아무 표정 없는 눈으로 잠깐 혜감을 쳐다보았다. 그는 전제자도 아니고 무정한 남편도 아니고 또는 생각 없는 아버지도 아니고 이것과는 온전히 다른 얼토당토않은 ‘죽음’ …… 이제 이야기해가는 가운데 쑥 나온 ‘죽음’을 재미있게 생각하였다.

4

    순애가 혜감에게 '돌아가서 P를 감독하라'는 말을 듣고 그의 집에서 나선 때는 서울 하늘은 저녁 내로 보얗게 되고 내를 끼고 봄 하늘이 멀겋게 보이는 때였다.

    순애는 자기 집에 이르러서 제일 먼저 아우의 방을 몰래 들여다보았다. P는 자리 속에 누워서 담배를 피우며 공기에 그림을 그리고 있었다. 얼굴에는 아까 다툼은 꿈에도 안 생각하는 듯이 혼자 무엇에 만족하여 벙글벙글 웃고 있다. 이런 때에 말하면 효험이 있으리라, 아까같이 성은 안 내리라 생각하고 순애는 기침을 한 뒤에 문을 열었다. P는 힐끗 머리를 돌려서 이편을 본 뒤에 그가 순애인 것을 알고는 눈에 무한한 증오를 나타냈다.

    "내 비녀가⋯⋯."

하면서 순애는 한번 둘러본 뒤에 빨리 문을 닫고 돌아섰다.

    "무얼 하러 들어와요!"

    토하는 듯한 이 소리가 순애를 따라온다.

    '무얼 하러 들어와? 참, 무얼 하러 들어갔을까?'

    순애는 동자[4]하는 것을 지휘하려고 자기 방에 가서 옷을 바꾸어 입고 부엌으로 나왔다.

    '누구 때문에⋯⋯?'

    채소, 고기, 모든 찬이 맛있게 요리되되

    '이것은 누구 때문이냐, 누구를 위해서냐?'

---

4 밥 짓는 일.

순애는 아무 재미가 없었다. 자기가 손수 지휘하여 정성껏 모든 것을 맛있게 하되 누구를 위해서냐, 이것은 누구가 먹을 것이냐. 순애는 남은 부스러기밖에는 아직 안 먹었다.

순애의 눈에서는 눈물이 하염없이 흘렀다. 할멈, 이렇게 하게 저렇게 하게 하며 돌아가면서도 순애는 끝없는 눈물을 떨어뜨렸다.

순애는 참다못하여 방 안에 들어와서 치마를 쓰고 누웠다. 어찌할까. 이 수모를 받고는 있을 수 없다. 어찌할까. 이리 생각하고 저리 생각해야 이 집에서 떠나는 것밖에는 수가 없었다. 떠나면 P는 눈이 벌게서 찾으리라. 복수도 된다.

'떠나자.'

순애는 흥분하여 일어섰다. 갈 곳은 혜감의 집이다.

너한테 끝없는 업신여김을 받은 너의 누이는, 네 행복을 빌면서 정처 없이 떠난다.

순애는 조그마한 종잇조각에 떨리는 손으로 써서 보기 쉬운 곳에 놓은 뒤에 장품藏品 하나도 안 가지고 옷을 갈아입었다. 그는 내일이나 모레 P에게 붙들려서 다시 이 집으로 돌아올 작정이다.

옷을 갈아입은 뒤에 순애는 다시 한 번 방을 둘러보지 않을 수가 없었다. 의롱, 문갑, 둘러보다가 그는 문갑 위에 눈이 꽉 붙었다. 거기는 푸른빛 번쩍이는 칼이 하나 놓여 있었다. 그는 달음박질하여 가서 칼을 손에 쥐고 가슴으로 향하였다. 그다음 순간, 자기 소리 같지 않은 이상한 소리가 짧게 날카롭게 방 안에 울리며 가슴에는 겨울바람보다 찬 바람이 지나간다.

온몸이 차차 작아지며 차지다가 한순간, 번쩍한 뒤에 아직껏 보이던 벽이 없어지고 천장과 전등 줄이 이상하게 보인다.

'죽는다!'

순애는 갑자기 무서워져서 속으로 부르짖었다.

얼굴로 찬바람이 지나가고 앞이 답답해지므로 순애는 그편을 향하였다.

"누님, 이게 웬일이야요!"

거기는 P의 끝까지 놀란 낯이 흐릿하니 안개를 끼고 보는 것같이 보였다.

"우― 우―."

순애는 무슨 대답을 하려 했지만 대답 대신에 이 소리만 났다.

"왜 이랬어요, 누님! 정신 차리셔요."

"우― 우―."

"할멈! 의사 불러오게, 빨리!"

하는 P의 소리가 한 백 리 밖에서 나는 것같이 흐리게 들렸다.

순애는 P를 보았다. P의 놀란 낯 복판 가운데에는,

'누님, 웬일이오니까? 잘못하였습니다. 용서하셔요, 누님. 안심하여도 좋습니까?'

하는 표정을 얻어 보았다.

순애는 P에게 안심하라고 말하려 하였지만, '우― 우―' 이상으로는 못 하였다.

마지막 경련이 일어날 때 순애는 눈을 또 뜨고 P를 본 뒤에 필사의 힘으로 말했다.

"용…… 우― 우― 용서…… 우― 우, 용서한다…… 우―."

전제자의 얼굴에 이전에 아직 보지 못한 기쁨과 만족과 감사가 떠올랐다.

순애는 이때에 처음으로 골육의 참 집착을 마음껏 깨달았다. 일초, 일초, 죽음에 가까이 가면서 순애는 참 마음껏 처음으로 삶에 대한 끝없는 집착을 깨달았다.

— 〈개벽〉, 1921. 3.

배따라기

좋은 일기이다.

좋은 일기라도, 하늘에 구름 한 점 없는―우리 '사람'으로서는 감히 접근 못 할 위엄을 가지고, 높이서 우리 조그만 '사람'을 비웃는 듯이 내려다보는, 그런 교만한 하늘은 아니고, 가장 우리 '사람'의 이해자인 듯이 낮추 뭉글뭉글 엉기는 분홍빛 구름으로서 우리와 서로 손목을 잡자는 그런 하늘이다. 사랑의 하늘이다.

나는, 잠시도 멎지 않고 푸른 물을 황해로 부어내리는 대동강을 향한, 모란봉 기슭 새파랗게 돋아나는 풀 위에 뒹굴고 있었다.

이날은 삼월 삼질, 대동강에 첫 뱃놀이하는 날이다. 까맣게 내려다보이는 물 위에는, 결결이 반짝이는 물결을 푸른 놀잇배들이 타고 넘으며, 거기서는 봄 향기에 취한 형형색색의 선율이, 우단

羽緞[1]보다도 부드러운 봄 공기를 흔들면서 날아온다. 그리고 거기서 기생들의 노래와 함께 날아오는 조선 아악雅樂은 느리게, 길게, 유창하게, 부드럽게, 그리고 또 애처롭게, 모든 봄의 정다움과 끝까지 조화하지 않고는 안 두겠다는 듯이, 대동강에 흐르는 시커먼 봄물, 청류벽에 돋아나는 푸르른 풀 어음,[2] 심지어 사람의 가슴속에 봄에 뛰노는 불붙는 핏줄기까지라도, 습기 많은 봄 공기를 다리 놓고 떨리지 않고는 두지 않는다.

봄이다. 봄이 왔다.

부드럽게 부는 조그만 바람이, 시커먼 조선 솔을 꿰며, 또는 돋아나는 풀을 스치고 지나갈 때의 그 음악은, 다른 데서는 듣지 못할 아름다운 음악이다.

아아, 사람을 취케 하는 푸르른 봄의 아름다움이여! 열다섯 살부터의 동경東京 생활에, 마음껏 이런 봄을 보지 못하였던 나는, 늘 이것을 보는 사람보다 곱 이상의 감명을 여기서 받지 않을 수 없다.

평양성 내에는, 겨우 툭툭 터진 땅을 헤치면 파릇파릇 돋아나는 나무새기[3]와 돋아나려는 버들의 어음으로 봄이 온 줄 알 뿐 아직 완전히 봄이 안 이르렀지만, 이 모란봉 일대와 대동강을 넘어 보이는 가나안 옥토를 연상시키는 장림長林에는 마음껏 봄의 정다움이 이르렀다.

그리고 또 꽤 자란 밀보리들로 새파랗게 장식한 장림의 그 푸

---

1 벨벳.
2 '움'의 방언으로, 풀이나 나무에 새로 돋아나는 싹.
3 '나물'의 방언.

른 빛. 만족한 웃음을 띠고 그 벌에 서서 내다보는 농부의 모양은 보지 않아도 생각할 수가 있다.

구름은 자꾸 하늘을 날아다니는 모양이다. 그 밀 위에 비치었던 구름의 그림자는 그 구름과 함께 저편으로 물러가며, 거기는 세계를 아까 만들어놓은 것 같은 새로운 녹빛이 퍼져나간다. 바람이나 조금 부는 때는 그 잘 자란 밀들은 물결같이 누웠다 일어났다 일록일청—綠—靑으로 춤을 춘다. 그리고 봄의 한가함을 찬송하는 솔개들은, 높은 하늘에서 동그라미를 그리면서 더욱더 아름다운 봄에 향기로운 정취를 더한다.

"다스한 봄 정에 솟아나리다. 다스한 봄 정에 솟아나리다."

나는 두어 번 소리 나게 읊은 뒤에 담배를 붙여 물었다. 담뱃내는 무럭무럭 하늘로 올라간다.

하늘에도 봄이 왔다.

하늘은 낮았다. 모란봉 꼭대기에 올라가면 넉넉히 만질 수가 있으리만큼 하늘은 낮다. 그리고 그 낮은 하늘보담은 오히려 더 높이 있는 듯한 분홍빛 구름은 뭉글뭉글 엉기면서 이리저리 날아다닌다.

나는 이러한 아름다운 봄 경치에 이렇게 마음껏 봄의 속삭임을 들을 때는 언제든 유토피아를 아니 생각할 수 없다. 우리가 시시각각으로 애를 쓰며 수고하는 것은, 그 목적은 무엇인가. 역시 유토피아 건설에 있지 않을까. 유토피아를 생각할 때는 언제든 그 '위대한 인격의 소유자'며 '사람의 위대함을 끝까지 즐긴' 진나라 시황秦始皇을 생각지 않을 수 없다.

우리가 어찌하면 죽지를 아니할까 하여, 소년 삼백을 배에 태워 불사약을 구하려 떠나보내며, 예술의 사치를 다하여 아방궁을 지으며, 매일 신하 몇천 명과 잔치로써 즐기며, 이리하여 여기 한 유토피아를 세우려던 시황은, 몇만의 역사가가 어떻다고 욕을 하든, 그는 참말로 인생의 향락자이며 역사 이후의 제일 큰 위인이라고 할 수가 있다. 그만한 순전한 용기 있는 사람이 있고야 우리 인류의 역사는 끝이 날지라도 한 '사람'을 가졌었다고 할 수 있다.

"큰사람이었다."

하면서 나는 머리를 흔들었다.

이때다, 기자묘 근처에서 무슨 슬픈 음률이 봄 공기를 진동시키며 날아오는 것이 들렸다.

나는 무심코 귀를 기울였다.

〈영유 배따라기〉다. 그것도 웬만한 광대나 기생은 발꿈치에도 미치지 못하리만큼, 그만큼 그 〈배따라기〉의 주인은 잘 부르는 사람이었다.

비나이다, 비나이다.
산천후토 일월성신 하나님 전 비나이다.
실낱같은 우리 목숨 살려달라 비나이다.
에─야, 어그여지야.

여기까지 이르렀을 때에 저편 아래 물에서 장고 소리와 함께 기생의 노래가 울리어오며 〈배따라기〉는 그만 안 들리게 되었다.

나는 이 년 전 한여름을 영유서 지내본 일이 있다. 〈배따라기〉의 본고장인 영유를 몇 달 있어본 사람은 그 〈배따라기〉에 대하여 언제든 한 속절없는 애처로움을 깨달을 것이다.

영유, 이름은 모르지만 ✕산에 올라가서 내다보면 앞은 망망
한 황해이니, 그곳 저녁때의 경치는 한번 본 사람은 영구히 잊을
수가 없으리라. 불덩이 같은 커다란 시뻘건 해가 남실남실 넘치
는 바다에 도로 빠질 듯 도로 솟아오를 듯 춤을 추며, 거기서 때
때로 보이지 않는 배에서 〈배따라기〉만 슬프게 날아오는 것을 들
을 때엔 눈물 많은 나는 때때로 눈물을 흘렸다. 이로 보아서, 어떤
원의 아내가 자기의 모든 영화를 낡은 신같이 내어던지고 뱃사람
과 정처 없는 물길을 떠났다 함도 믿지 못할 말이랄 수가 없다.

영유서 돌아온 뒤에도 그 〈배따라기〉는 내 마음에 깊이 새기
어져 잊으려야 잊을 수가 없었고, 언제 한 번 다시 영유를 가서
그 노래를 한 번 더 들어보고 그 경치를 다시 한 번 보고 싶은 생
각이 늘 떠나지를 않았다.

장고 소리와 기생의 노래는 멎고 〈배따라기〉만 구슬프게 날아
온다. 결결이 부는 바람으로 말미암아 때때로는 들을 수가 없으되,
나의 기억과 곡조를 종합하여 들은 〈배따라기〉는 이 대목이다.

강변에 나왔다가
나를 보더니만
혼비백산하여
꿈인지 생시인지
와르륵 달려들어
섬섬옥수로 부처잡고

호천망극하는 말이,
"하늘로서 떨어지며
땅으로서 솟아났나
바람결에 묻어오고
구름길에 쌔여 왔나"
이리 서로 붙들고 울음 울 제
인리隣里[4] 제인諸人이며
일가친척이 모두 모여

　여기까지 들은 나는 마침내 참지 못하고 벌떡 일어서서 소나
무 가지에 걸었던 모자를 내려쓰고, 그곳을 찾으러 모란봉 꼭대
기에 올라섰다. 꼭대기는 좀 더 노랫소리가 잘 들린다. 그는, 〈배
따라기〉의 맨 마지막, 여기를 부른다.

　밥을 빌어서
　죽을 쏠지라도
　제발 덕분에
　뱃놈 노릇은 하지 마라
　에―야 어그여지야

　그의 소리로써 방향을 찾으려던 나는 그만 그 자리에 섰다.
"어딘가? 기자묘? 혹은 을밀대?"

4　이웃 마을.

그러나 나는 오래 서 있을 수가 없었다. 어떻든 찾아보자 하고, 현무문으로 가서 문밖에 썩 나섰다. 기자묘의 깊은 솔밭은 눈앞에 쫙 퍼진다.

"어딘가?"

나는 또 물어보았다.

이때에 그는 또다시 〈배따라기〉를 시초부터 부른다. 그 소리는 왼편에서 온다.

왼편이구나 하면서, 소리 나는 곳을 더듬어서 소나무 틈으로 한참 돌다가, 겨우, 기자묘치고는 그중 하늘이 넓고 밝은 곳에 혼자서 뒹굴고 있는 그를 찾아내었다. 나의 생각한 바와 같은 얼굴이다. 얼굴, 코, 입, 눈, 몸집이 모두 네모나고 그의 이마의 굵은 주름살과 시커먼 눈썹은 고생 많이 함과 순진한 성격을 나타낸다.

그는 어떤 신사가 자기를 들여다보는 것을 보고 노래를 그치고 일어나 앉는다.

"왜? 그냥 하지요."

하면서 나는 그의 곁에 가 앉았다.

"머……."

할 뿐 그는 눈을 들어서 터진 하늘을 쳐다본다.

좋은 눈이었다. 바다의 넓고 큼이 유감없이 그의 눈에 나타나 있다. 그는 뱃사람이라 나는 짐작하였다.

"고향이 영유요?"

"예, 머, 영유서 나기는 했디만 한 이십 년 영윤 가보디두 않았시요."

"왜, 이십 년씩 고향엘 안 가요?"

"사람의 일이라니 마음대로 욉데까?"

그는, 왜 그러는지, 한숨을 짓는다.

"거저, 운명이 데일 힘셉디다."

운명의 힘이 제일 세다는 그의 소리는 삭이지 못할 원한과 뉘우침이 섞여 있다.

"그래요?"

나는 다만 그를 건너다볼 뿐이다.

한참 잠잠하니 있다가 나는 다시 말하였다.

"자, 노형의 경험담이나 한번 들어봅시다. 감출 일이 아니면 한번 이야기해보소."

"머, 감출 일은……."

"그럼, 어디 들어봅시다그려."

그는 다시 하늘을 쳐다보았다. 그러나 좀 있다가,

"하디요."

하면서 내가 담배를 붙이는 것을 보고 자기도 담배를 붙여 물고 이야기를 꺼낸다.

"닞히디두 않는 십구 년 전 팔월 열하룻날 일인데요."

하면서 그가 이야기한 바는 대략 이와 같은 것이다.

그의 살던 마을은 영유 고을서 한 이십 리 떠나 있는, 바다를 향한 조그만 어촌이다. 그의 살던 조그만 마을(서른 집쯤 되는)에서는 그는 꽤 유명한 사람이었다.

그의 부모는 모두 열댓 세 났을 때 돌아갔고, 남은 사람이라고는 곁집에 딴살림하는 그의 아우 부처와 그 자기 부처뿐이었다.

그들 형제가 그 마을에서 제일 부자이고 또 제일 고기잡이를 잘하였고 그중 글이 있었고 〈배따라기〉도 그 마을에서 빼나게 그형제가 잘 불렀다. 말하자면 그 형제가 그 동네의 대표적 사람이었다.

팔월 보름은 추석 명절이다. 팔월 열하룻날 그는 명절에 쓸 장도 볼 겸, 그의 아내가 늘 부러워하는 거울도 하나 사올 겸, 장으로 향하였다.

"당손네 집에 있는 것보다 큰 것이요. 닞디 말구요."

그의 아내는 길까지 따라 나오면서 잊지 않도록 부탁하였다.

"안 닞어."

하면서 그는 떠오르는 새빨간 햇빛을 앞으로 받으면서 자기 마을을 나섰다.

그는 아내를 (이렇게 말하기는 우습지만) 고와했다. 그의 아내는 촌에는 드물도록 연연하고도 예쁘게 생겼다. (그는 나에게 이렇게 말하였다.)

"성내(평양) 덴줏골(갈보촌)을 가두 그만한 거 쉽디 않갔시요."

그러니까 촌에서는, 그리고 그 당시에는 남에게 우습게 보이도록 그 내외의 새는 좋았다. 늙은이들은 계집에게 혹하지 말라고 흔히 그에게 권고하였다.

부처의 새는 좋았지만─아니 오히려 좋으므로 그는 아내에게 샘을 많이 하였다. 그리고 그의 아내는 시기를 받을 일을 많이 하였다. 품행이 나쁘다는 것이 아니라, 그의 아내는 대단히 천진스럽고 쾌활한 성질로서 아무에게나 말 잘하고 애교를 잘 부렸다.

그 동네에서는 무슨 명절이나 되면, 집이 그중 정결함을 핑계 삼아 젊은이들은 모두 그의 집에 모이고 하였다. 그 젊은이들은 모두 그의 아내에게 '아즈마니'라 부르고, 그의 아내는 '아즈바니 시즈바니' 하며 그들과 지껄이고 즐기며, 그 웃기 잘하는 입에는 늘 웃음을 흘리고 있었다. 그럴 때마다 그는 한편 구석에서 눈만 힐금거리며 있다가 젊은이들이 돌아간 뒤에는 불문곡직하고 아내에게 덤벼들어 발길로 차고 때리며, 이전에 사다 주었던 것을 모두 걷어 올린다. 싸움을 할 때에는 언제든 곁집에 있는 아우 부처가 말리러 오며, 그렇게 되면 언제든 그는 아우 부처까지 때려주었다.

그가 아우에게 그렇게 구는 데는 이유가 있었다. 그의 아우는, 시골 사람에게는 쉽지 않도록 늠름한 위엄이 있었고, 만날 바닷바람을 쏘였지만 얼굴이 희었다. 이것뿐으로도 시기가 된다 하면 되지만, 특별히 아내가 그의 아우에게 친절히 하는 데는, 그는 속이 끓어 못 견디었다.

그가 영유를 떠나기 반년 전쯤—다시 말하자면 그가 거울을 사러 장에 갈 때부터 반년 전쯤 그의 생일날이었다. 그의 집에서는 음식을 차려서 잘 먹었는데, 그에게는 괴상한 버릇이 있었으니, 맛있는 음식은 남겨두었다가 좀 있다 먹고 하는 것이 습관이었다. 그의 아내도 이 버릇은 잘 알 터인데 그의 아우가 점심때쯤 오니까, 아까 그가 아껴서 남겨두었던 그 음식을 아우에게 주려 하였다. 그는 눈을 부릅뜨고 '못 주리라'고 암호하였지만 아내는 그것을 보았는지 못 보았는지 그의 아우에게 주어버렸다. 그는 마음속이 자못 편치 못하였다. '트집만 있으면 이년을……' 그는 마음먹었다.

그의 아내는 시아우에게 상을 준 뒤에 물러오다가 그만 그의 발을 조금 밟았다.

"이년!"

그는 힘껏 발을 들어서 아내를 냅다 찼다. 그의 아내는 상 위에 거꾸러졌다가 일어난다.

"이년, 사나이 발을 짓밟는 년이 어디 있어!"

"거 좀 밟아서 발이 부러졌쉐까?"

아내는 낯이 새빨개져서 울음 섞인 소리로 고함친다.

"이년! 말대답이……."

그는 일어서서 아내의 머리채를 휘어잡았다.

"형님! 왜 이리십니까."

아우가 일어서면서 그를 붙잡았다.

"가만있거라, 이놈의 자식."

하며 그는 아우를 밀친 뒤에 아내를 되는대로 내리찧었다.

"죽일 년, 이년! 나가거라!"

"죽여라, 죽여라! 난, 죽어도 이 집에선 못 나가!"

"못 나가?"

"못 나가디 않구. 뉘 집이게……."

이때다. 그의 마음에는 그 '못 나가겠다'는 아내의 마음이 푹 들이박혔다. 그 이상 때리기가 싫었다. 우두커니 눈만 흘기고 있다가 그는,

"망할 년, 그럼 내가 나갈라."

하고 그만 문밖으로 뛰어나와서,

"형님, 어디 갑니까."

하는 아우의 말에는 대답도 안 하고, 곁동네 탁주집으로 뒤도 안 돌아보고 가서, 거기 있는 술 파는 계집과 술상 앞에 마주 앉았다.

그날 저녁 얼근히 취한 그는 아내를 위하여 떡을 한 돈어치 사 가지고 집으로 돌아왔다.

이리하여 또 서너 달은 평화가 이르렀다. 그러나 이 평화가 언제까지든 계속될 수가 없었다. 그의 아우로 말미암아 또 평화는 쪼개져 나갔다.

오월 초승부터 영유 고을 출입이 잦던 그의 아우는, 오월 그믐께부터는 고을서 며칠씩 묵어오는 일이 많았다. 함께, 고을에 첩을 얻어두었다는 소문이 퍼졌다. 이 소문이 있은 뒤는 아내는 그의 아우가 고을 들어가는 것을 벌레보다도 더 싫어하고, 며칠 묵어나 오는 때면 곧 아우의 집으로 가서 그와 담판을 하며 심지어 동서 되는 아우의 처에게까지 못 가게 하지 않는다고 싸우는 일이 있었다. 칠월 초승께 그의 아우는 고을에 들어가서 열흘쯤 묵어온 일이 있었다. 이때도 전과 같이 그의 아내는 그의 아우며 제수와 싸우다 못하여, 마침내 그에게까지 와서 아우가 그런 못된 데를 다니는 것을 그냥 둔다고, 해보자 한다. 그 꼴을 곱게 보지 않았던 그는 첫마디로 고함을 쳤다.

"네게 상관이 무에가? 듣기 싫다."

"못난둥이. 아우가 그런 델 댕기는 걸 말리디두 못하구!"

분김에 이렇게 그의 아내는 고함쳤다.

"이년, 무얼?"

그는 벌떡 일어섰다.

"못난둥이!"

그 말이 채 끝나기 전에 그의 아내는 악 소리와 함께 그 자리에 거꾸러졌다.

"이년! 사나이에게 그따위 말버릇 어디서 배완!"

"에미네 때리는 건 어디서 배왔노! 못난둥이."

그의 아내는 울음소리로 부르짖었다.

"샹년 그냥? 나갈, 우리 집에 있디 말구 나갈."

그는 내리찧으면서 부르짖었다. 그리고 아내를 문을 열고 밀쳤다.

"나가디 않으리!"

하고 그의 아내는 울면서 뛰어나갔다.

"망할 년!"

토하는 듯이 중얼거리고 그는 그 자리에 주저앉았다.

그의 아내는 해가 져서 어두워져도 돌아오지 않았다. 일단 내어 쫓기는 하였지만 그는 아내의 돌아옴을 기다리고 있었다. 어두워져서도 그는 불도 안 켜고 성이 나서 우들우들 떨면서 아내가 돌아오기를 기다렸다. 그러나 그의 아내의 참 기쁜 듯이 웃는 소리가 그의 아우의 집에서 밤새도록 울리었다. 그는 움쩍도 안하고 그 자리에 앉아서 밤을 새운 뒤에, 새벽 동터올 때 아내와 아우를 죽이려고 부엌에 가서 식칼을 가지고 들어와서 문을 벌컥 열었다.

그의 아내로서 만약 근심스러운 얼굴을 하고 그 문밖에 우두커니 서서 문을 들여다보고 있지 않았다면, 그는 아내와 아우를 죽이고야 말았으리라.

그는 아내를 보는 순간 마음에 가득 차는 사랑을 깨달으면서,

칼을 내던지고 뛰어나가서 아내의 머리채를 휘어잡고, 이년 하면서 들어와서 뺨을 물어뜯으면서 함께 이리저리 자빠져서 뒹굴었다.

그런 이야기를 다 하려면 끝이 없으되 다만 '그' '그의 아내' '그의 아우' 세 사람의 삼각관계는 대략 이와 같았다.

각설—

거울은 마침 장에 마음에 맞는 것이 있었다. 지금 것과 대보면 어떤 때는 코도 크게 보이고 입이 작게도 보이는 것이지만, 그 당시에는, 그리고 그런 촌에서는 둘도 없는 귀물이었다.

거울을 사가지고 장을 본 뒤에 그는 이 거울을 아내에게 주면 그 기뻐할 모양을 생각하며, 새빨간 저녁 햇빛을 받는 넘치는 듯한 바다를 안고, 자기 집으로, 늘 들러 오던 탁주집에도 안 들러서 돌아왔다.

그러나 그가 그의 집 방 안에 들어설 때에는 뜻도 안 하였던 광경이 그의 눈에 벌이어 있었다.

방 가운데는 떡 상이 있고, 그의 아우는 수건이 벗어져서 목 뒤로 늘어지고 저고리 고름이 모두 풀어져가지고 한편 모퉁이에 서 있고, 아내도 머리채가 모두 뒤로 늘어지고 치마가 배꼽 아래 늘어지도록 되어 있으며, 그의 아내와 아우는 그를 보고 어찌할 줄을 모르는 듯이 움쩍도 안 하고 서 있었다.

세 사람은 한참 동안 어이가 없어서 서 있었다. 그러나 좀 있다가 마침내 그의 아우가 겨우 말했다.

"그놈의 쥐 어디 갔니?"

"흥! 쥐? 훌륭한 쥐 잡댔구나!"

그는 말을 끝내지도 않고 짐을 벗어 던지고 뛰어가서 아우의 멱살을 그러잡았다.

"형님! 정말 쥐가—."

"쥐? 이놈! 형수하고 그런 쥐 잡는 놈이 어디 있니?"

그는 아우를 따귀를 몇 대 때린 뒤에 등을 밀어서 문밖에 내어 던졌다. 그런 뒤에 이제 자기에게 이를 매를 생각하고 우들우들 떨면서 아랫목에 서 있는 아내에게 달려들었다.

"이년! 시아우와 그런 쥐 잡는 년이 어디 있어!"

그는 아내를 거꾸러뜨리고 함부로 내리찧었다.

"정말 쥐가…… 아이 죽겠다."

"이년! 너두 쥐? 죽어라!"

그의 팔다리는 함부로 아내의 몸 위에 오르내렸다.

"아이, 죽갔다. 정말 아까 적으니(시아우)가 왔기에 떡 먹으라구 내놓았더니—."

"듣기 싫다! 시아우 붙은 년이, 무슨 잔소릴……."

"아이, 아이, 정말이야요. 쥐가 한 마리 나……."

"그냥 쥐?"

"쥐 잡을래다가……."

"샹년! 죽어라! 물에래두 빠데 죽얼!"

그는 실컷 때린 뒤에, 아내도 아우처럼 등을 밀어내어 쫓았다. 그 뒤에 그의 등으로,

"고기 배때기에 장사해라!"

하고 토하였다.

분풀이는 실컷 하였지만, 그래도 마음속이 자못 편치 못하였

다. 그는 아랫목으로 가서 바람벽을 의지하고 실신한 사람같이 우두커니 서서 떡 상만 들여다보고 있었다.

한 시간…… 두 시간…….

서편으로 바다를 향한 마을이라 다른 곳보다는 늦게 어둡지만, 그래도 술시戌時쯤 되어서는 깜깜하니 어두웠다. 그는 불을 켜려고 바람벽에서 떠나서 성냥을 찾으러 돌아갔다.

성냥은 늘 있던 자리에 있지 않았다. 그래서 여기저기 뒤적이노라니까, 어떤 낡은 옷 뭉치를 들칠 때에 문득 쥐 소리가 나면서 무엇이 후덕덕 뛰어나온다. 그리하여 저편으로 기어서 도망한다.

"역시 쥐댔구나."

그는 조그만 소리로 부르짖었다. 그리고 그만 그 자리에 맥없이 털썩 주저앉았다.

아까 그가 보지 못한 때의 광경이 활동사진과 같이 그의 머리에 지나갔다.

아우가 집에를 온다. 아우에게 친절한 아내는 떡을 먹으라고 아우에게 떡 상을 내놓는다. 그때에 어디선가 쥐가 한 마리 뛰어나온다. 둘(아우와 아내)이서는 쥐를 잡노라고 돌아간다. 한참 성화시키던 쥐는 어느 구석에 숨어버린다. 그들은 쥐를 찾느라고 뒤룩거린다. 그럴 때에 그가 집에 들어선 것이다.

"샹년, 좀 있으믄 안 들어오리……."

그는 억지로 마음먹고 그 자리에 드러누웠다.

그러나 아내는 밤이 가고 날이 밝기는커녕 해가 중천에 올라도 돌아오지를 않았다. 그는 차차 걱정이 나서 찾아보러 나섰다.

아우의 집에도 없었다. 동네를 모두 찾아보아도 본 사람도 없다 한다.

그리하여, 낮쯤 한 삼사 리 내려가서 바닷가에서 겨우 아내를 찾기는 찾았지만 그 아내는 이전 같은 생기로 찬 산 아내가 아니요, 몸은 물에 불어서 곱이나 크게 되고, 이전에 늘 웃음을 흘리던 예쁜 입에는 거품을 잔뜩 문, 죽은 아내였다.

그는 아내를 업고 집으로 돌아오기까지 정신이 없었다.

이튿날 간단하게 장사를 하였다. 뒤에 따라오는 아우의 얼굴에는,

"형님, 이게 웬일이오니까."

하는 듯한 원망이 있었다.

장사를 지낸 이튿날부터 아우는 그 조그만 마을에서 없어졌다. 하루 이틀은 심상히 지냈지만, 닷새 엿새가 지나도 아우는 돌아오지 않았다. 그래서 알아보니까, 꼭 그의 아우같이 생긴 사람이 오륙일 전에 뭇산 자 보따리를 하여 진 뒤에 시뻘건 저녁 해를 등으로 받고 더벅더벅 동쪽으로 가더라 한다. 그리하여 열흘이 지나고 스무날이 지났지만 한번 떠난 그의 아우는 돌아올 길이 없고, 혼자 남은 아우의 아내는 매일 한숨으로 세월을 보내게 되었다.

그도 이것을 잠자코 보고 있을 수가 없었다. 그 불행의 모든 죄는 죄 그에게 있었다.

그도 마침내 뱃사람이 되어, 적으나마 아내를 삼킨 바다와 늘 접근하며 가는 곳마다 아우의 소식을 알아보려고, 어떤 배를 얻어 타고 물길을 나섰다.

그는 가는 곳마다 아우의 이름과 모습을 말하여 물었으나, 아

우의 소식은 알 수가 없었다.

이리하여 꿈결같이 십 년을 지내서 구 년 전 가을, 탁탁히 낀 안개를 꿰며 연안延安 바다를 지나가던 그의 배는, 몹시 부는 바람으로 말미암아 파선을 하여, 벗 몇 사람은 죽고, 그는 정신을 잃고 물 위에 떠돌고 있었다.

그가 겨우 정신을 차린 때는 밤이었다. 그리고 어느덧 그는 뭍 위에 올라와 있었고 그를 말리느라고 새빨갛게 피워놓은 불빛으로 자기를 간호하는 아우를 보았다.

그는 이상히도 놀라지도 않고 천연하게 물었다.

"너, 어떻게 여기 완?"

아우는 잠자코 한참 있다가 겨우 대답하였다.

"형님, 거저 다 운명이외다."

따뜻한 불기운에 깜빡 잠이 들려다가 그는 화닥닥 깨면서 또 말했다.

"십 년 동안에 되게 파랬구나."[5]

"형님, 나두 변했거니와 형님두 몹시 늙으셨쉐다."

이 말을 꿈결같이 들으면서 그는 또 혼혼히[6] 잠이 들었다. 그리하여 두어 시간, 꿀보다도 단 잠을 잔 뒤에 깨어보니, 아까같이 새빨간 불은 피어 있지만 아우는 어디로 갔는지 없어졌다. 곁의 사람에게 물어보니까, 아우는 형의 얼굴을 물끄러미 한참 들여다보고 있다가 새빨간 불빛을 등으로 받으면서 터벅터벅 아무 말 없이 어둠 가운데로 스러졌다 한다.

5 '파리하다'의 방언.
6 정신이 가물가물하고 희미한 모양.

이튿날 아무리 알아보아야 그의 아우는 종적이 없어지고 알 수 없으므로 그는 하릴없이 다른 배를 얻어 타고 또 물길을 떠났다. 그리하여 그의 배가 해주에 이르렀을 때, 그는 해주 장에 들어가서 무엇을 사려다가 저편 맞은편 가게에 걸핏 그의 아우 같은 사람이 있으므로 뛰어가서 보니 그는 벌써 없어졌다. 배가 해주에는 오래 머물지 않으므로 그의 마음은 해주에 남겨두고 또다시 바닷길을 떠났다.

그 뒤 삼 년을 이리저리 돌아다녔어도 아우는 다시 볼 수가 없었다.

그리하여 삼 년을 지내서 지금부터 육 년 전에, 그의 탄 배가 강화도를 지날 때에, 바다를 향한 가파로운 뫼켠[7]에서 바다를 향하여 날아오는 〈배따라기〉를 들었다. 그것도 어떤 구절과 곡조는 그의 아우 특식으로 변경된, 그의 아우가 아니면 부를 사람이 없는, 그 〈배따라기〉이다.

배가 강화도에는 머무르지 않아서 그저 지나갔으나, 인천서 열흘쯤 머무르게 되었으므로, 그는 곧 내려서 강화도로 건너가 보았다. 거기서 이리저리 찾아다니다가 어떤 조그만 객줏집에서 물어보니, 이름도 그의 아우요 생긴 모습도 그의 아우인 사람이 묵어 있기는 하였으나, 사나흘 전에 도로 인천으로 갔다 한다. 그는 곧 돌아서서, 인천으로 건너와서 찾아보았지만, 그 조그만 인천서도 그의 아우를 찾을 바가 없었다.

그 뒤에 눈 오고 비 오며 육 년이 지났지만, 그는 다시 아우를

7 산비탈.

만나보지 못하고 아우의 생사까지도 알 수가 없다.

　말을 끝낸 그의 눈에는 저녁 해에 반사하여 몇 방울의 눈물이
반득인다.

　나는 한참 있다가 겨우 물었다.

　"노형 계수는?"

　"모르디요. 이십 년을 영유는 안 가봤으니깐요."

　"노형은 이제 어디루 갈 테요?"

　"것두 모르디요. 덩처가 있나요? 바람 부는 대로 몰려댕기디요."

　그는 다시 한 번 나를 위하여 〈배따라기〉를 불렀다. 아아, 그 속
에 잠겨 있는 삭이지 못할 뉘우침, 바다에 대한 애처로운 그리움.

　노래를 끝낸 다음에 그는 일어서서 시뻘건 저녁 해를 잔뜩 등
으로 받고 을밀대로 향하여 더벅더벅 걸어간다. 나는 그를 말릴
힘이 없어서 멀거니 그의 등만 바라보고 앉아 있었다.

　그날 밤, 집에 돌아와서도 그 〈배따라기〉와 그의 숙명적 경험
담이 귀에 쟁쟁히 울리어서 잠을 못 이루고, 이튿날 아침 깨어서
조반도 안 먹고 기자묘로 뛰어가서 또다시 그를 찾아보았다. 그
가 어제 깔고 앉았던, 풀은 모두 한편으로 누워서 그가 다녀감을
기념하되, 그는 그 근처에 보이지 않았다. 그러나, 그러나 〈배따
라기〉는 어디선가 쟁쟁히 울리어서 모든 소나무들을 떨리지 않
고는 안 두겠다는 듯이 날아온다.

　"모란봉이다. 모란봉에 있다."

하고 나는 한숨에 모란봉으로 뛰어갔다. 모란봉에는 사람이 하나
도 없다. 부벽루에도 없다.

"을밀대다."

하고 나는 다시 을밀대로 갔다. 을밀대에서 부벽루를 연한, 지옥까지 연한 듯한 골짜기에 물 한 방울을 안 새이리라고 빽빽이 난 소나무의 그 모든 잎잎은 떨리는 〈배따라기〉를 부르고 있지만, 그는 여기도 있지 않다. 기자묘의, 하늘을 향하여 퍼져 나간 그 모든 소나무의 천만의 잎잎도, 그 아래쪽 퍼진 천만의 풀들도, 모두 그 〈배따라기〉를 슬프게 부르고 있지만, 그는 이 조그만 모란봉 일대에서 찾을 수가 없었다.

강가에 나가서 알아보니 그의 배는 오늘 새벽에 떠났다 한다.

그 뒤에 여름과 가을이 가고 일 년이 지나서 다시 봄이 이르렀으되, 잠깐 평양을 다녀간 그는 그 숙명적 경험담과 슬픈 〈배따라기〉를 남겨두었을 뿐, 다시 조그만 모란봉에 나타나지 않는다.

모란봉과 기자묘에 다시 봄이 이르러서, 작년에 그가 깔고 앉아서 부러졌던 풀들도 다시 곧게 대가 나서 자줏빛 꽃이 피려 하지만, 끝없는 뉘우침을 다만 한낱 〈배따라기〉로 하소연하는 그는, 이 조그만 모란봉과 기자묘에서 다시 볼 수가 없었다. 다만 그가 남기고 간 〈배따라기〉만 추억하는 듯이 기념하는 듯이 모든 잎잎이 속삭이고 있을 따름이다.

― 〈창조〉, 1921. 5.

태형 笞刑

─옥중기獄中記의 일절

1

"기쇼오(기상)!"

잠은 깊이 들었지만 조급하게 설렁거리는 마음에, 이 소리가 조그맣게 들린다. 나는 한순간 화닥닥 놀라 깨었다가 또다시 잠이 들었다.

"여보, '기쇼'야. 일어나오."

곁의 사람이 나를 흔든다. 나는 돌아누웠다. 이리하여 한 초, 두 초, 꿀보다도 단잠을 즐길 적에 그 사람은 또 나를 흔든다.

"잠 깨구 일어나소."

"누굴 찾소?"

이렇게 나는 물었다. 머리는 또다시 나락奈落의 밑으로 미끄러져 들어간다.

"그러디 말구 일어나요. 지금 오㠯방 뎅껭(점검)합넨다……."

"여보, 십분 동안만 제발 더 자게 해주."

"그거야 내가 알갔소? 간수한테 들키문 당신 혼나갔게 말이디."

"에이! 누가 남을 잠두 못 자게 해! 난 잠들은 데 두 시간두 못
됐구레. 제발 조꼼만 더……."

이 말이 맺기 전에 나의 넓은 침실과 그 머리맡에 담배를 걸핏
보면서 나는 또다시 혼혼히 잠이 들었다. 그때에 문득 내게 담배
를 한 고치 주는 사람이 있으므로 그 담배를 먹으려 할 때에, 아
까 그 사람(나를 흔들던 사람)은 또다시 나를 흔든다.

"기쇼 불렀소. 뎅껭꺼정 해요. 일어나래두……."

"여보! 이제 남 겨우 또 잠들었는데 깨우긴 왜……."

"뎅껭해요."

나는 벌컥 역정을 내었다.

"뎅껭이면 어떻단 말이오! 그래 노형 상관 있소?"

"그만둡시다. 그러나 일어나 나오."

"남 이제 국수 먹고 담배 먹는 꿈 꾸랬는데……."

이 말을 하려던 나는 생각만 할 뿐 또다시 잠이 들었다. 또 일
초, 이초, 단꿈에 빠지려던 나는 곁방에서 들리는 제걱거리는 칼
소리와 문을 덜컥덜컥 여는 소리에 펄떡 놀라서 일어나 앉았다.
그러나 온몸을 취케 하던 졸음은 또다시 머리를 덮는다. 나는 무
릎을 안고 머리를 묻은 뒤에 또다시 잠이 들었다. 또 한 초, 두
초, 시간은 흐른다. 덜컥! 마침내 우리 방문을 여는 소리가 났다.
나는 갑자기 굴복을 하고 머리를 들었다. 이미 잘 아는 바이거니

와 한 초 전에 무거운 잠에 취하였던 사람이라고는 생각 안 되도록 긴장된다.

덜컥하는 소리와 함께 문이 열리며 간수가 서넛 들어섰다.

"뎅껭."

다섯 평이 좀 못 되는 방에는 너무 크지 않나 생각되는 우렁찬 소리가 울리며, 경험으로 말미암아 숙련된 흐르는 듯한 (우리의 대명사인) 번호가 불린다. 몇 호, 몇 호, 이렇게 흐르는 듯이 불러오던 간수부장은 한 번호에 머물렀다.

"나나햐쿠나나주욘고(칠백칠십사) 호."

아무 대답이 없다.

"나나햐쿠나나주욘고 호."

자기의 대명사―더구나 일본말로 부르는 것을 알아듣지 못한 칠백칠십사 호의 영감(곧 내 뒤에 앉은)은 역시 대답이 없었다. 나는 참다못해 그를 꾹 찔렀다. 놀라서 덤비는 대답이 그때야 겨우 들렸다.

"예, 하이!"

"난고 하야쿠 헨지오 시나이(왜 빨리 대답을 아니 해)? 이리 와!"

이렇게 부장은 고함쳤다. 그러나 영감은 가만있었다. 고요한 가운데 소리 하나 없다.

"이리 오너라!"

두 번째 소리가 날 때에 영감은 허리를 구부리고 그의 앞에 갔다. 한순간 공기를 헤치는 날카로운 소리와 함께, 이것 역시 경험 때문에 손 익게 된 솜씨인, 드는 손 보이지 않는 채찍은 영감의 등에 내려 맞았다.

영감은 가만있었다. 그러나 눈에는 눈물이 있었다.

칠백칠십사 호 뒤의 번호들이 불린 뒤에 정신 차리라는 책망과 함께 영감은 자기 자리에 돌아오고, 감방문은 다시 닫혔다.

이상한 일이거니와 한 사람이 벌을 받으면 방 안의 전체가 떨린다. (공분公憤[1]이라든가 동정이라든가는 결코 아니다.) 몸만 떨릴 뿐 아니라 염통까지 떨린다. 이 떨림을 처음 경험한 것은 경찰서에서 세 시간을 연하여 맞은 뒤에 구류실에 들어가서 두 시간 동안을 사시나무 떨듯 떨던 때였다. 죽지나 않나까지 생각하였다. (지금은 매일 두세 번씩 당하는 현상이거니와……)

방은 죽음의 방같이 소리 하나 없다. 숨도 크게 못 쉰다. 누구나 곁을 보면 거기는 악마라도 있는 것처럼 보려도 안 한다. 그들에게 과연 목숨이 남아 있는지?

좀 있다가 점검이 끝났는지 간수들의 발소리가 도로 우리 방 앞을 지나갔다. 그때 아까 그 영감의 조그만 소리가 겨우 침묵을 깨뜨렸다.

"집엔, 그 녀석(간수)보담 나이 많은 아들이 두 녀석이나 있쉐다가레……"

2

덥다.

1 다 같이 느끼는 분노.

몇 도인지 백십 도 혹은 그 이상인지도 모르겠다.

매일 아침 경험하는 바와 같이 동쪽 하늘에 떠오르는 해를, '저 해가 이제 곧 무르녹일 테지' 생각하면 그 예언을 맞히려는 듯이 해는 어느덧 방 안을 무르녹인다.

다섯 평이 좀 못 되는 이 방에, 처음에는 스무 사람이 있었지만, 몇 방을 합칠 때에 스물여덟 사람이 되었다. 그때에 이를 어찌하노 하였다. 진남포 감옥에서 공소로 넘어온 사람까지 하여 서른네 사람이 되었을 때에 우리는 한숨을 쉬었다. 그러나 신의주와 해주 감옥에서 넘어온 사람까지 하여 마흔한 사람이 된 때에 우리는 한숨도 못 쉬었다. 혀를 찼다.

곧 처마 끝에 걸린 듯한 뜨거운 해는 그침 없이 더위를 보낸다. 몸속에 어디 그리 물이 많았던지 아침부터 그침 없이 흘린 땀은 그냥 멎지 않고 흐른다. 한참 동안 땀에 힘없이 앉아 있던 나는 마지막 힘을 내어 담벽을 기대고 흐늘흐늘 일어섰다. 지옥이었다. 빽빽이 앉은 사람들은 모두들 힘없이 머리를 늘이고 입을 송장같이 벌리고, 흐르는 침과 땀을 씻을 생각도 안 하고 먹먹히 앉아 있다. 둥그렇게 구부러진 허리, 맥없이 무릎 위에 놓인 팔, 뚱뚱 부은 짓퍼런 얼굴에 힘없이 벌려진 입, 정기 없는 눈, 흩어진 머리와 수염, 모든 것은 죽은 사람이었다. 이것이 과연 아침에 세면소까지 뛰어갔으며 두 시간 전에 점심 먹느라고 움직인 사람들인가. 나의 곤하여 둔하게 된 감각에도 눈이 쓰린 역한 냄새가 쏜다.

그들은 무얼 하여 여기 왔나. 바람 불고 잘 자리 있고 담배 있는 저 세상에서 무얼 하러 여기 왔나. 사랑스런 손주가 있는 사람도 있겠지. 예쁜 아내가 있는 사람도 있겠지. 제가 벌어먹이지 않으면 굶어 죽을 어머니가 있는 사람도 있겠지. 그리고 그들은 자유로 먹고 마시고 자유로 바람을 쏘이고 자유로 자고 있었을 테다. 그러면 그들이 어떤 요구로 여기를 왔나.

그러나 지금의 그들의 머리에는, 독립도 없고 자결도 없고 자유도 없고 사랑스러운 아내나 아들이며 부모도 없고 또는 더위를 깨달을만한 새로운 신경도 없다. 무거운 공기와 더위에게 괴로움 받고 학대받아서 조그맣게 두개골 속에 웅크리고 있는 그들의 피곤한 뇌에 다만 한 가지의 바람이 있다 하면, 그것은 냉수 한 모금이었다. 나라를 팔고 고향을 팔고 친척을 팔고 또는 뒤에 이를 모든 행복을 희생하여서라도 바꿀 값이 있는 것은 냉수 한 모금밖에는 없었다.

즉 그때에 눈에 걸핏 떠오른 것은 (때때로 당하는 현상이거니와) 쫄쫄쫄쫄 흐르는 샘물과 표주박이었다.

"한 잔만 먹여다고, 제발⋯⋯."

나는 누구에게 비는지 모르게 빌었다. 그리고 힘없는 눈을 또다시, 몸과 몸이 서로 닿아서 썩어서 몸에는 종기투성이요 전 인원의 십 분의 칠은 옴쟁이[2]인 무리로 향하였다. 침묵의 끝없는 시간은 그냥 흐른다.

나는 도로 힘없이 앉았다.

"에, 더워 죽겠다!"

마지막 '죽겠다'는 말은 똑똑히 들리지 않도록 누가 토하는 듯이 말하였다. 그러나 아무도 거기에 대꾸할 용기가 없는지 또 끝

---

2 옴이 오른 사람을 낮잡아 이르는 말.

없는 침묵이 연속된다.

　머리나 몸 가운데 어느 것이든 노동하지 않고는 사람은 못 사는 것이다. 그 사람들이 몇 달 동안을 머리를 쓸 재료가 없이 몸을 움직일 틈이 없이 지내왔으니 어찌 견딜 수가 있을까. 그것도 이 더위에……

　더위는 저녁이 되어가며 차차 더하여진다. 모든 세포는 개개의 목숨을 가진 것같이, 더위에 팽창한 몸의 한 부분이라고는 생각할 수가 없었다. 무겁고 뜨거운 공기가 허파에 들어갔다가 나올 때마다 더위는 더하여진다. 이러고야 어찌 열병 환자가 안 날까?

　닷새 전에 한 사람 병감으로 나가고, 그저께 또 한 사람 나가고, 오늘 또 두 사람이 앓고 있다.

　우리는 간수가 와서 병인을 병감으로 데리고 나갈 때마다, 부러운 눈으로 그들을 보았다. 거기는 한 방에 여남은 사람밖에는 두지 않았다. 그리고 그들에게는 '물'약을 주었다. 뿐만 아니라, 그들은 맑은 공기를 마실 기회가 있었다.

3

　"오늘이 일요일이지요?"

　나는 변기 위에 올라앉아서 어두운 전등 빛에 이를 잡으면서 곁에 서 있는 사람에게 물었다. (우리는 하룻밤을 삼분三分하고, 사람을 삼분하여 번갈아 잠을 자고, 남은 사람은 서서 기다리기로 하였다.)

"내니 압네까? 좋은 팁넵다만, 삼일날인지 주일날인디……."

그러나 종소리는 그냥 뗑—뗑— 고요한 밤하늘에 울리어온다. 그것은 마치, '여기는 자유로 냉수를 마시고 넓은 자리에서 잘 수 있는 사람이 있다'는 것처럼…….

"사람의 얼굴이 좀 보구 싶어서……."

"그래요. 정 사람의 얼굴이 보구파요."

"종소리 나는 저 세상엔 물두 있을 테지. 넓은 자리두 있을 테지. 바람두, 바람두, 불 테지……."

이렇게 나는 중얼거렸다.

"물? 물? 여보, 말 마오. 나두 밖에 있을 땐 목마르면 물두 먹구 넓은 자리에서 잔 사람이외다."

그는 성가신 듯이 외면을 한다.

그 말을 듣고 보니 나도 밖에 있을 때는 자유로 물을 먹었다. 자유로 버드렁거리며 잤다. 그러나 그것은 지나간 옛적의 꿈과 같이 머리에 남아 있을 뿐이다.

"아이스크림두 있구."

이번은 이편의 젊은 사람이 나를 꾹 찔렀다.

"아이스크림? 그것만? 여보, 그것만? 내겐 마누라두 있소. 뜰의 유월도[3]두 거반 익어갈 때요!"

나는 이렇게 말하였다. 즉 아까 영감이 성가신 듯이 도로 나를 보며 말한다.

"마누라? 여보, 젊은 사람이 왜 그런 철없는 소리만 하오? 난

---

3 음력 유월에 익는 복숭아.

아들이 둘씩이나 있었소. 삼월 야드렛날 뫼 골짜기에서 만세 부를 때 집안이 통 떨테나서 불렀소구레. 그르누래는데 툭탁툭탁 총소리가 나더니 데켄[4] 앞에 있던 맏이가 꼬꾸러딘데다기레. 그래서 그리구 가볼래는데 이번은 넢에 있던 둘째두 또 꼬꾸러디디요. 한꺼번에 아들 둘을 잡아먹구…… 그래서 정신없이 덤비누래니낀…… 음! 그런데 노형은 마누라? 마누라가 대테 무어이요."

"그래서 어찌 됐소?"

나는 그냥 이를 잡으면서 물었다.

"내가 알갔소? 난 곧 잽헤왔으니낀. 밥두 차입 안 하구 우티[5]두 안 보내는 걸 보느낀 죽었나 붸다."

"난 어디카구."

이번은 한 서너 사람 격하여 있는 마흔아믄 난 사람이 말을 시작하였다.

"그날 자꾸 부르구 있누래니끼, 그 헌병 놈들이 따라옵데다. 그래서 도망덜 해서, 뫼기슭에꺼정은 갔는데 뒤를 보아야 더 뛸 데가 없습데다가레. 궁한 쥐, 괭이에게 달려든다구 할 수 있습데까? 맞받아 나갔디요. 그르닝낀 총을 놓기 시작하는데 그러구 여게서 하나 더게서 하나 푹푹 된장독 넘어디덧 꼬꾸라디는데……."

그는 여기서 잠깐 말을 멈추고 그때 일을 생각하는 듯하더니 다시 말을 시작한다.

"그르누래는데 우리 아우가 맞아 넘어딥데다가레. 그래서 뒤집어 업구 도망할래는데 옆틴 데 덮틴다구 그만 나꺼정 맞아 넘

4 '저쪽'의 방언.
5 '편지'를 일컫는 말.

태형 185

어뎄디요. 정신을 차리니긴 발세 밤인데 들이 춥기만 해요. 움쪽을 못 하갔는 걸 게와 벌벌 기어서 좀 가누라니긴 웅성웅성하는 사람 소리가 나요. 아, 사람의 소릴 들으니긴 푹 맥이 풀리는데 고만 쓰러데서 움쪽을 못 하갔시요. 그래서 헐덕거리구 가만있누래는데 발자국 소리가 가까워 오더니 '여게두 죽은 놈 하나 있다' 하더니 발루 툭 찹데다가레. 그래서 앓는 소릴 하니긴 죽디 않았다구 들것에다가 담는데, 그때 보니긴 헌병덜이야요. 사람이 막다른 골에 들믄 죽디 않게 났습데다. 약질두 안 하구 그대루 내버레둔 것이 이진 다 나아시요."

하며 그가 피투성이의 저고리 자락을 들치니까 거기는 다 나은 흐무러진 총알 자리가 있다.

"난 우리 아바진 (난 맹산서 왔지요) 우리 아바진 헌병대 구류장에서 총 맞아 없어시요. 오십 인이 나를 구류장에 몰아넣구 기관총으루…… 도죽놈들!"

그러나 우리들(자지 않고 서서 기다리기로 한) 가운데도 벌써 잠이 든 사람이 꽤 많았다. 서서 자는 사람도 있다. 변기 위 내 곁에 앉았던 사람도 끄덕끄덕 졸다가 툭 변기에서 떨어졌다. 그리고 떨어진 그대로 잔다. 아래 깔린 사람도 송장이 아닌 증거로는 한두 번 다리를 버둥거릴 뿐 그냥 잔다.

나도 어느덧 잠이 들었는지 모르겠다. 가슴이 답답하여 깨니까 (매일 밤 여러 번씩 당하는 현상이거니와) 내 가슴과 머리는 온통 남의 다리(수십 개의) 아래 깔려 있다. 그것들을 우므적우므적 겨우 뚫고 일어나서 그냥 어깨에 걸려 있는 몇 개의 남의 다리를 치워버리고 무거운 김을 뱉었다.

다리 진열장이었다. 머리와 몸집은 다 어디 갔는지 방 안에 하나도 안 보이고, 다리만 몇 겹씩 포개이고 포개이고 하여 있다. 저편 끝에서 다리가 하나 버드렁거리는가 하면 이편 끝에서는 두 다리가 움질움질하고…… 그것도 송장의 것과 같은 시퍼런 다리를. 이, 사람의 세계를 멀리 떠난 그들에게도 사람과 같이 꿈이 꾸어지는지 (냉수 마시는 꿈이라도 꾸는지 모르겠다) 때때로 다리들 틈에서 꿈 소리가 나온다.

아아, 그들도 집에 돌아만 가면 빈약하나마 제나 잘 자리는 넉넉할 것을…….

저편 끝에서 다리가 일여덟 개 들썩들썩하더니 그 틈으로 머리가 하나 쑥 나오다가 긴 숨을 내어 쉬고 도로 다리 속으로 스러진다.

이것을 어렴풋이 본 뒤에 나도 자려고 맥 난 몸을 남의 다리에 기대었다.

4

아침 세수를 할 때마다 깨닫는 것은, 나는 결코 파래지 않았다는 것이었다. 부었는지 살쪘는지는 모르지만, 하루 종일 더위에 녹고 밤새도록 졸음과 땀에게 괴로움 받은 얼굴을 상쾌한 찬물로 씻을 때마다 깨닫는 바가 이것이다. 거울이 없으니 내 얼굴은 알 수 없고 남의 얼굴은 점진적이니 모르지만 미끄러운 땀을 씻고 보둥보둥한 뺨을 만져볼 때마다 나는 결코 파래지 않았다는 것을 깨닫는다. 그리고 이 세수 뒤의 두세 시간이 우리의 살림 가운데는 그중 값이 있는 살림이며 그중 사람 비슷한 살림이었다. 이때뿐이 눈에는 빛이 있고 얼굴에는 산 사람의 기운이 있었다. 심지어는 머리도 얼마간 동작하며 혹은 농담을 하는 사람까지 생기게 된다. 좀 (단 몇 시간만) 지나면 모든 신경은 마비되고 머리를 늘이고 떠도 보지를 못하는 눈을 지리감고 끓는 기름과 같이 숨을 헐떡거릴 사람과 이 사람들 새에는 너무 간격이 있었다.

"이따는 또 더워질 테지요?"

나는 곁의 사람에게 이렇게 말하였다.

"더워요? 덥긴 왜 더워? 이것 보구려. 오히려 추운 편인데……."

그는 엄청스럽게 몸을 떨어본 뒤에 웃는다.

아직 아침은 서늘할 유월 중순이었다. 캘린더가 없으니 날짜는 똑똑히 모르되 음력 단오를 좀 지난 때였다. 하루 종일 받은 더위를 모두 방산한 아침은 얼마간 서늘하였다.

"노형, 어제 공판 갔댔지요?"

이렇게 나는 그 사람에게 물었다.

"예."

"바깥 형편이 어떻습디까?"

"형편꺼정이야 알겠소? 거저 포플러두 새파랗구, 구름도 세차게 날아다니구, 다 산 것 같습디다. 땅바닥꺼정 움직이는 것 같구. 사람들두 모두 상판이 시커먼 것이 우리 보기에는 도둑놈 관상입디다."

"그것을 한번 봤으면……."

나는 한숨을 쉬었다. 삼월 그믐 아직 두꺼운 솜옷을 입고야 지

188

낼 때에 여기를 들어온 나는 포플러가 푸른빛이었는지 녹빛이었
는지 똑똑히 모른다.

"노형두 수일 공판 가겠디요."

"글쎄 언제 한 번은 갈 테디요. 그런데 좋은 소식은 못 들었소?"

"글쎄, 어제 이야기한 거같이 쉬 독립된답디다."

"쉬?"

"한 열흘 있으면 된답디다."

나는 거기에 대꾸를 하려 할 때에 곁방에서 담벽 두드리는 소
리가 들렸다. 그것은 ㄱㄴㄷ과 ㅏㅑㅓㅕ를 수數로 한 우리의 암호
신보信報이었다.

"무, 엇, 이, 오."

이렇게 두드렸다.

"좋, 은, 소, 식, 있, 소, 독, 립, 은, 다, 되, 었, 다, 오."

"어, 디, 서, 들, 었, 소."

"오, 늘, 아, 침, 차, 입, 밥, 에, 편, ㅈ."

여기까지 오던 신호는 뚝 끊어졌다.

"보구려. 내 말이 옳디 않나……."

아까 사람이 자랑스러운 듯이 수군거렸다.

"곁방에서 공판 갈 사람 불러낸다. 오늘은……."

"노형, 꼭, 가디."

"글쎄, 꼭 가야겠는데. 사람두 보구, 시퍼런 나무들두 보구, 넓
은 데를……."

그러나 우리 방에서는 어제 간수부장에게 매 맞은 그 영감과
그밖에 영원 맹산 등지 사람 두셋이 불리어 나갈 뿐, 나는 역시

그 축에서 빠졌다.

'언제든, 한 번 간다.'

나는 맛없고 골이 나서 속으로 중얼거렸다. 그러나 그 '언제든'이 과연 언제일까. 오늘은 꼭 오늘은 꼭 이리하여 석 달을 밀려온 나였다. '영구'와 같이 생각되는 석 달을 매일 아침마다 공판 가기를 기다리면서 지내온 나였다. '언제 한때'란 과연 언제일까? 이런 석 달이 열 번 거듭하면 서른 달일 것이다.

"노형은 또 빠뎄구려."

"싫으면 그만두라지. 도죽놈들!"

"이제 한 번 안 가리까?"

"이제? 이제가 대체 언제란 말이오? 십 년을 기다려두 그뿐, 이십 년을 기다려두 그뿐……."

"그래두 한 번이야 안 가리까?"

"나 죽은 뒤에 말이오?"

나는 그에게까지 성을 내었다.

좀 뒤에 아침밥을 먹을 때까지도 나의 마음은 자못 편치 못하였다. 그것은 바깥 구경할 기회를 빨리 지어주지 않는 관리에게 대함이람보다, 오히려 공판에 불리어 나가게 된 행복된 사람들에게 대한 무거운 시기에 가까운 것이었다.

5

점심을 먹고, 비린내 나는 냉수를 한 대접 다 마신 뒤에 매일 간수의 눈을 기어가면서[6] 장난하는 바와 같이, 밥그릇을 당기어서 거기에 아직 붙어 있는 밥알을 모두 뜯어서 이기기 시작하였다. 갑갑하고 답답하고 서로 이야기하는 것을 허락지 않고 공상을 하자 하여도 인전[7] 벌써 재료가 없어진 우리가 가질 수 있는, 다만 하나의 오락이 이것이었다. 때가 묻어서 새까맣게 될 때는 그 밥알은 한 덩어리의 떡으로 변한다. 그 떡은, 혹은 개, 혹은 돼지, 때때로는 간수의 모양으로 빚어져서 마지막에는 변기 속으로 들어간다…….

한참 내 손 속에서 움직이던 떡덩이는, 뿔은 좀 크게 되었지만 한 마리의 얌전한 소가 되어 내 무릎 위에 섰다. 나는 머리를 들었다.

아직 장난에 취하여 몰랐지만 해는 어느덧 또 무르녹이기 시작하였다. 빈대 죽인 피가 여기저기 묻은 양회 담벽에는 철창 그림자가 똑똑히 그려져 있다. 사르는 듯한 더위는 등지고 있는 창밖에서 등을 탁 치고, 안고 있는 담벽에서 반사하여 가슴을 탁 치고, 곁에 빽빽이 있는 사람의 열기로 온몸을 썩인다. 게다가 똥오줌 무르녹은 냄새와, 살 썩은 냄새와 옴 약 내에, 매일 수없이 흐르는 땀 썩은 냄새를 합하여, 일종의 독가스를 이룬 무거운 기체는 방에 가라앉아서 환기까지 되지 않는다. 우리의 피곤하여 둔하게 된 감각으로도, 넉넉히 깨달을 수 있는 역한 냄새였다. 간수가 가까이 와서 들여다보지 않는 것도 당연한 일이었다.

그러고 보니 생각나거니와 나뿐 아니라 온 사람의 몸에는 종

6 숨기고 바른대로 말하지 않다. 속이다.
7 '인제'의 방언.

기투성이였다. 가득 차고 일변 증발하는 변기 위에 올라앉아서 뒤를 볼 때마다 역정 나는 독한 습기가 엉덩이에 묻어서, 거기서 생긴 종기를 이와 빈대가 온몸에 퍼뜨려서 종기투성이 아닌 사람이 없었다.

땀은 온몸에 뚝뚝―이라는 것보다, 좔좔 흐른다.

"에― 땀."

나는 힘없이 중얼거렸다. 이상한 수수께끼와 같은 일이 있었다. 밥 먹은 뒤에 냉수를 벌컥벌컥 마시면 이삼십 분 뒤에는 그 물이 모두 땀으로 되어 땀구멍으로 솟는다. 폭포와 같다 하여도 좋을 땀이 목과 가슴에서 흘러서, 온몸에 벌레 기어 다니는 것같이 그 불쾌함은 말할 수 없다.

그러나 땀을 씻는 사람은 하나도 없다. 손가락 하나라도 움직이면 초열지옥焦熱地獄에라도 떨어질 것같이, 흐르는 땀을 씻으려는 사람도 없다.

'얼핏 진찰감診察監에 보내어다고.'

나의 피곤한 머리는 이렇게 빌었다. 아침에 종기를 핑계 삼아 겨우 빌어서 진찰하러 갈 사람 축에 든 나는, 지금 그것밖에는 바랄 것이 없었다. 시원한 공기와 넓은 자리를 (다만 일이십 분 동안이라도) 맛보는 것은 여간한 돈이나 명예와는 바꿀 수 없는 귀중한 것이었다. 그것뿐 아니라, 입감 이래로 안부는커녕 어느 감방에 있는지도 모르는 아우의 소식도 알는지도 모르겠다.

즉 뜻하지 않게 눈에 떠오른 것은 집의 일이었다. 희다 못하여 노랗게까지 보이는 햇빛에 반사하는 양회 담벽에 먼저 담배와 냉수가 떠오르고 나의 넓은 자리가 (처음 순간에는 어렴풋하였지만) 똑똑히 나타났다. (어찌하여 그런 조그만 일까지 똑똑히 보였던지 아직껏 이상하게 생각하거니와) 파리만 한 마리, 성냥갑에서 담뱃갑으로 도로 성냥갑으로 왔다 갔다 한다.

"쌍!"

나는 뜨거운 기운을 뱉었다.

"파리까지 자유로 날아다닌다."

성내려야 성낼 용기까지 없어진 머리로 억지로 성을 내고, 눈에서 그 그림자를 지워버리려 하였다. 그러나 담배와 냉수는 곧 없어졌지만 성가신 파리는 끝끝내 떨어지지를 않았다.

나는 손을 들어서 (마치 그 파리를 날리려는 것같이) 두어 번 얼굴을 부친 뒤에 맥없이 아까 만든 소를 쥐었다.

6

공기의 맛이 달다고는, 참으로 경험해보지 못한 사람은 뜻도 못할 일일 것이다. 역한 냄새나는 뜨거운 기운을 뱉고 달고 맑은 새 공기를 들이마시는 처음 순간에는, 기절할 듯이 기뻤다.

서늘한 좋은 일기였다. 아까는 참말로 더웠는지 더웠으면 그 더위는 어디로 갔는지, 진찰감으로 가는 동안 오히려 춥다 하여도 좋을 만치 서늘하였다.

그러나 그보다도 더 기쁜 것은 거기서 아우를 만난 일이 있었다.

"어느 방에 있니?"

나는 머리를 간수에게 향한 대로 조그만 소리로 물었다.

"사四감 이二방에."

나는 좀 있다가 또 물었다.

"몇 사람씩이나 있니? 덥지?"

"모두덜 살이 뚱뚱 부었어……."

"도죽놈들. 우리 방엔 사십여 인이 있다. 몸뚱이가 모두 썩는다. 집에 오히려 널거서 걱정인 자리가 있건만, 너 그새 앓지나 않었니?"

"감옥에선 앓을래야 병이 안 나. 더워서 골치만 쏘디……."

"어떻게 여기(진찰감) 나왔니?"

"배 아프다구 거짓부리하구……."

"난 종처투성이다. 이것 봐라."

하면서 나는 바지를 걷고 푸릿푸릿한 종기를 내어놓았다.

"그런데 너희 방에 옴쟁이는 없니?"

"왜 없어……."

그는, 누구도 옴쟁이고 누구도 옴쟁이고, 알 이름 모를 이름 하여 한 일여덟 사람 부른다.

"그런데 집에서 면회는 왜 안 오는디……."

"글쎄 말이다. 모두들 죽었는지……."

문득 아직껏 생각도 하여보지 않은 일이 머리에 떠오른다. 석 달 동안을 바깥사람이라고는 간수들밖에는 보지 못한 우리에게는 바깥이 어떤 형편인지는 모를 지경이었다. 간혹 재판소에 갔다 오는 사람도 있기는 하지만, 거기 다니는 길은 야외라, 성 안은 아직 우리가 여기 들어올 때와 같이 음음한 기운이 시가를 두르고 상점은 모두 철전撤廛[8]을 하고 있는지, 혹은 전과 같이 거리

에는 흥정이 있고 집 안에는 웃음소리가 터지며 예배당에는 결
혼하는 패도 있으며 사람들은 석 달 전에 일어난 그 사건을 거반
잊고 있는지 보기는커녕 알지두 못할 일이었다. 인가⁸ 친처의
소소한 일은 더구나 모를 일이었다.

"다 무슨 변이 생겼나 보다."

"그래두 어제 공판 갔던 사람이 재판소 앞에서 맏형을 봤다는
데……."

아우는 근심스러운 얼굴로 이렇게 말하였다. 그러나 그 아우
의 마지막 "봤다는데"라는 말과 함께,

"천십칠 호!"

하고 고함치는 소리가 귀에 울리었다. 그것은 내 번호였다.

"네!"

"딘찰."

나는 빨리 일어서서 의사의 앞으로 갔다.

"오데가 아파?"

"여기요."

하고 나는 바지를 벗었다. 의사는 내가 내려놓은 엉덩이와 넓적
다리를 얼핏 들여다보고, 요만 것을…… 하는 듯한 얼굴로 말없
이 간호수에게 내어 맡긴다. 거기서 껍진껍진한 고약을 받아서
되는대로 쥐어 바르고 이번은 진찰 끝난 사람 축에 앉았다.

이때에 아우는 자기 곁에 앉은 사람과 (나 앉은 데까지 들리
도록) 무슨 이야기를 둥둥하고 있었다.

---

8 시장. 가게 따위가 문을 닫고 영업을 하지 아니함.

나는 깜짝 놀라서 간수를 보았다. 간수는 아우를 주목하는 모양이었다.

나는 기지개를 하는 듯이 손을 들었다. 아우는 못 보았다. 이번은 크게 기침을 하였다. 그러나 그는 못 들은 모양이었다. 가슴이 떨리기 시작하였다.

'알귀야 할 터인데.'

몸을 움직움직하여 보았지만 그는 이야기에 정신이 팔려서 그냥 그치지 않고 하다가 간수가 두어 걸음 자기에게 가까이 올 때야 처음으로 정신을 차리고 시치미를 떼었다. 그러나 간수는 용서하지 않았다.

채찍의 날카로운 소리가 한 번 나는 순간 아우는 어깨에 손을 대고 쓰러졌다.

피와 열이 한꺼번에 솟아올라 나는 눈이 아득하여졌다.

좀 있다가 감방으로 돌아올 때에 빨리 곁눈으로 아우를 보니, 나를 보내는 그의 눈에는 눈물이 가득하여 있었다. 무엇이 어리고 순결한 그의 눈에 눈물을 고이게 하였나?

나는 바라고 또 바라던 달고 맑은 공기를 맛보기는 맛보았지만, 이를 맛보기 전보다 더 어둡고 무거운 머리를 가지고 감방으로 돌아오게 되었다.

7

저녁을 먹은 뒤에 더위에 쓰러져 있던 나는 아직 내어가지 않은 밥그릇에서 젓가락을 꺼내어 손수건 좌우편 끝을 조금씩 감아서 부채와 같이 만들어서 부쳐보았다. 훈훈하고 냄새나는 바람이 땀 위를 살짝 스쳐서, 그래도 조금의 서늘함을 맛볼 수가 있었다. 이만 지혜가 어찌하여 아직 안 났던고. 나는 정신 잃은 사람같이 팔을 둘렀다. 이 감방 안에서는 처음의, 냄새는 나지만 약간의 바람이 벌레 기어 다니는 것같이 흐르던 가슴의 땀을 증발시키느라고 꿀 같은 냉미를 준다. 천장에 딱 붙은 전등이 켜졌다. 그러나 더위는 줄지 않았다. 손수건의 부채는 온 방 안이 흉내 내어 나의 뒷사람으로 말미암아 등도 부쳐졌다. 썩어진 공기가 움직인다.

그러나 우리들의 부채질은 재판소에서 돌아오는 사람들 때문에 중지되지 않을 수가 없었다. 우리 방에서 나갔던 서너 사람도 돌아왔다. 영원 영감도 송장 같은 얼굴로 돌아왔다.

나는 간수가 돌아간 뒤에 머리는 앞으로 향한 대로 손으로 영감을 찾았다.

"형편 어떻습디까?"

"모르갔소."

"판결은 어찌 되었소?"

영감은 대답이 없었다. 그의 입은 바늘로 호라매지나[9] 않았나? 그러나 한참 뒤에 그는 겨우 대답하였다. 그의 목소리는 대단히 떨렸다.

"태형笞刑 구십 도랍니다."

9 '꿰매다'의 방언.

"거 잘됐구려! 이제 사흘 뒤에는, 담배두 먹구, 바람두 쏘이구…… 난 언제나…….

"여보! 잘돼시요? 무어이 잘된단 말이오? 나이 칠십 줄에 들어서서 태 맞으면— 말하기두 싫소. 난 아직 죽긴 싫어! 공소했쉐다!"

그는 벌컥 성을 내어 내게 달려들었다. 그러나 그의 말을 들은 뒤의 내 성도 그에게 지지를 않았다.

"여보! 시끄럽소. 노망했소? 당신은 당신이 죽겠다구 걱정하지만, 그래 당신만 사람이란 말이오? 이 방 사십여 인이 당신 하나 나가면 그만큼 자리가 넓어지는 건 생각지 않소? 아들 둘 다 총 맞아 죽은 다음에 뒤상[10] 하나 살아 있으면 무얼 해? 여보!"

나는 곁에 있는 다른 사람들에게 향하였다.

"여게 태형 언도를 공소한 사람이 있답니다."

나는 이상한 소리로 껄껄 웃었다.

다른 사람들도 영감을 용서치 않았다. 노망하였다. 바보로다. 제 몸만 생각한다. 내어쫓아라. 여러 가지의 폄이 일어났다.

영감은 대답이 없었다. 길게 쉬는 한숨만 우리의 귀에 들렸다. 우리들도 한참 비웃은 뒤에는 기진하여 잠잠하였다. 무겁고 괴로운 침묵만 흘렀다.

바깥은 어느덧 어두워졌다. 대동강 빛과 같은 하늘은 온 세상을 덮었다. 그 밑에서 더위와 목마름에 미칠 듯한 우리들은 아무 말 없이 앉아 있었다. 우리들의 입은 모두 바늘로 호라매지나 않았나.

10 '늙은이'의 방언.

그러나 한참 뒤에 마침내 영감이 나를 찾는 소리가 겨우 침묵을 깨뜨렸다.

"여보."

"왜 그러오?"

"그럼 어떡하란 말이오?"

"이제라두 공소를 취하해야지!"

영감은 또 먹먹하였다. 그러나 좀 뒤에 그는 다시 나를 찾았다.

"노형 말이 옳소. 내 아들 두 놈은 정녕코 다 죽었쉐다. 난 나 혼자 이제 살아서 무얼 하겠소? 취하하게 해주소."

"진작 그럴 게지. 그럼 간수 부릅니다."

"그래 주소."

영감은 떨리는 소리로 말하였다.

나는 패통[11]을 쳤다. 간수는 왔다. 내가 통역을 서서 그의 뜻(이라는 것보다 우리의 뜻)을 말하매 간수는 시끄러운 듯이 영감을 끌어내 갔다.

자리에 돌아올 때에 방 안 사람들의 얼굴을 보니, 그들의 얼굴에는 자리가 좀 넓어졌다는 기쁨이 빛나고 있었다.

8

모깡,[12] 이것은 우리가 십여 일 만에 한 번씩 가질 수 있는 우리

---

11 교도소에서, 재소자가 용무가 있을 때에 담당 교도관을 부를 수 있도록 벽에 마련한 장치.
12 '목욕'의 방언.

의 가장 큰 행복이다.

"모깡!"

간수의 호령이 들릴 때에 우리들은 줄을 지어서 뛰어나갔다.

뜨거운 해에 쪼인 시멘트 길은 석 달 동안을 쉰 우리의 발에
는 무섭게 뜨거웠다. 그러나 그것은 우리의 즐거움의 하나였다.
우리는 그 길을 건너서 목욕통 있는 데로 가서 옷을 벗어 던지고,
반고형半固形이라 하여도 좋을 꺼룩한 목욕물에 뛰어들어갔다.

무엇이라고 형용할 수 없는 즐거움이었다. 곧 곁에는 수도가
있다. 거기서는 어쨌든 맑은 물이 나온다. 그것은 우리들의 머리
에서 한때도 떠나보지 못한 '달콤한 냉수'이었다. 잠깐 목욕통 속
에서 덤빈 나는 수도로 나와서 코끼리와 같이 물을 먹었다.

바깥에는 여러 복역수들이 일을 하고 있었다. 그것도 (갑갑함
에 겨운) 우리들에게는 부러움의 푯대이었다. 그들은 마음대로
바람을 쏘일 수가 있었다. 목마르면 간수의 허락을 듣고 물을 먹
을 수가 있다. 뿐만 아니라, 그들에게는 갑갑함이 없었다.

즉, 어느덧 그치라는 간수의 호령이 울리었다. 우리의 이십 초
동안의 목욕은 이에 끝났다. 우리는 (매를 맞지 않으려고) 시간
을 유여치 않고 빨리 옷을 입은 뒤에 간수를 따라서 감방으로 돌
아왔다.

꼭 가장 더울 시각이었다. 문을 닫는 다음 순간, 우리는 벌써
더위 속에 파묻혔다. 더위는 즐거움 뒤의 복수라는 듯이 용서 없
이 우리를 내려쪼인다.

"벌써 덥다!"

나는 혼잣말로 중얼거렸다.

"매를 맞구라두 좀 더 있을걸……."

누가 이렇게 말한다. 서너 사람의 웃음 비슷한 소리가 들렸다. 그러나 그 뒤에는 먹먹하였다. 몇 시간 동안의 침묵이 연속되었다.

우리는 무서운 소리에 화닥닥 놀랐다. 그것은 단말마의 부르짖음이었었다.

"히도쓰(하나), 후다쓰(둘)."

간수의 헤어나가는 소리와 함께,

"아이구 죽겠다, 아이구, 아이구!"

부르짖는 소리가 우리의 더위에 마비된 귀를 찔렀다. 우리는 더위를 잊고 모두들 머리를 들었다. 우리의 몸은 한결같이 떨렸다. 그것은 태 맞는 사람의 부르짖음이었다.

서른까지 헨 뒤에 간수의 소리는 없어지고 태 맞은 사람의 앓는 소리만 처량히 우리의 귀에 들렸다.

둘째 사람이 태형대에 올라간 모양이다.

"히도쓰."

하는 간수의 소리에 연한 것은,

"아유!"

하는 기운 없는 외마디의 부르짖음이었다.

"후다쓰."

"아유!"

"미쓰(셋)."

"아유!"

우리는 그 소리의 주인을 알았다. 그것은 어젯밤 우리가 내어쫓은 그 영원 영감이었다. 쓰린 매를 맞으면서도 우렁찬 신음을 할 기운도 없이 "아유!" 외마디의 소리로 부르짖는 것은 우리가 억지로 매를 맞게 한, 그 영감이었다.

"요쓰(넷)."

"아유!"

"이쓰쓰(다섯)."

"후—."

나는 저절로 목이 늘어지는 것을 깨달았다. 나의 머리에는 어젯밤 그가 이 방에서 끌려나갈 때의 꼴이 떠올랐다.

"칠십 줄에 든 늙은이가 태 맞구 살길 바라갔소? 난 아무캐 되든 노형들이나……."

그는 이 말을 채 맺지 못하고 초연히 간수에게 끌려나갔다. 그리고 그를 내어쫓은 장본인은 이 나였다.

나의 머리는 더욱 숙여졌다. 멀거니 뜬 눈에서는 눈물이 나오려 하였다. 나는 그것을 막으려고 눈을 힘껏 감았다. 힘 있게 닫긴 눈은 떨렸다.

— 〈동명〉, 1922. 12. 17~1923. 4. 22.

이 잔을

1

그것은 의미 깊은 만찬이었다. 차차 절박해오는 사정은 다시 그로 하여금 제자들과 만찬을 함께할 기회를 주지 않을 것 같았다. 때때로 이르는 믿는 자들의 알림으로 말미암아, 그는 예루살렘의 모든 제사장이 지사知事 폰티우스 필라투스에게 참소를 하고, 각색 힘을 다하여 그를 잡으려는 것을 알았다. 이스카리옷 유다(그의 열두 문도門徒[1]의 하나인)는 벌써 제사장에게 매수된 것도 알았다. 이틀 있으면 이를 유월절逾越節 전으로 그를 꼭 죽이려고 계획한 그것도 알았다. 오늘 이내로 가버나움이나 막달라로

1 이름난 학자 밑에서 배우는 제자.

달아나든지, 그렇지 않으면 그들의 손에 잡혀서 죽든지…… 다시
말하자면, 그가 아직 모든 괴로움을 뚫고 해오던 일을 성공 미만
에 허물어버리든지, 그렇지 않으면 죽든지, 이것이 그의 앞에 막
힌 운명이다. 전자를 취하자면 그의 아직껏 쌓아온 인격과 명성
이 무너질 것이다. 후자를 취하자면 십자가 위에 올라가지 않으
면 안 될 터이다.

만찬 뒤에 취미醉味 좋은 포도주에 녹아서, 베드로에게 머리를
찧으면서 이런 생각을 하고 있던 예수는, 저편에서 쾅쾅거리며
뛰어오는 발소리에 후닥닥 일어나 앉았다.

"선생님, 제, 제사장들이, 횃불과 몽치²들을 가지고……."

"음? 개와 같이 빨리 찾아내는 자들이로군."

예수는 고요히 말하였다.

"베드로?"

"왜 그러십니까?"

"감람산으로, 겟세마네 동산으로. 나두 그리로 갈게. 빨리!"

이 말을 좀 숨이 차게 한 그는, 가만히 뒷문으로 빠져나갔다.
날은 저물었지만 아직껏 회색 기운이 남은 빛으로, 제사 준비로
길에 사람이 하나도 없는 것을 보고, 마음을 놓고, 케드론 시내로
향하여 이삼십 보 갈 때에 길모퉁이에서 갑자기 횃불을 든 사람
이 하나 나타났다. 옷으로 보아서 그것은 제사장이었다. 예수는
빨리 몸을 담장에 붙여 섰지만, 그것은 결코 영리한 행동이 아니
었다. 제사장은 횃불을 던지고, 몸을 숨기는 사람에게로 달려왔

---

2 짤막하고 단단한 몽둥이.

다. 예수는 훌쩍 몸을 피하여, 케드론과는 반대쪽으로 달아났다. 두세 사람의 발소리가 그 뒤를 따르는 것을 들었다.

그도 이때는 가슴이 두근거렸다. 그의 머리에는 도망하는 것 밖에 아무것도 없었다. 그는 힘을 다하여 달아났다. 이 모퉁이 길로 빠지고, 저 샛길로 빠지며, 담장을 넘고 지붕을 넘어서 달아나 이만하면 되었으리라 하고 정신을 가다듬으면, 제사장들의 발소리는 여전히 이삼십 보 뒤에서 그를 따랐다. 감람산으로 가는 다만 하나의 길인 케드론 시내의 다리에도 횃불 잡은 사람들이 지켰다. 그러니까 그리로는 갈 수 없었다.

예루살렘 성내를 몇 바퀴 돌았다. 저녁 먹은 지 오래지 않은 그는 숨이 탁탁 막혔다. 그의 몸은 솜과 같이 피곤하였다. 다리도 몽치와 같이 말을 안 듣게 되었다. 그의 걸음은 차차 완보緩步가 되었다. 그러나 제사장들도 피곤하게 되었는지, 역시 이삼십 보를 두고 완보로 그를 따랐다. 쿵쿵쿵쿵 완보로 달아나는 한 사람을 역시 완보로 몇 사람이 따랐다.

언제 그칠지 모르는 뜀뛰기를, 그는 어두운 길을 그냥 뛰었다. 그는, 다만 오초 동안이라도 잠을 자고 싶었다. 그는 눈을 감고 더벅더벅 걸었다. 이때에 만약, 그로서, 그 자리에 털썩 주저앉아 잠이 들었으면, 제사장들도 이삼십 보 뒤에 꺼꾸러져서 잠잤을지도 모르겠다.

제사장의 던진 돌 하나가 힘없이 도망하는 예수의 소매에 맞고 떨어졌다.

돌! 그의 파랗게 된 얼굴에는, 놀람과 무서움이 떠올랐다. 그는 마지막 힘을 다하여 뛰었다. 걸음이 조금 빨라졌다. 꿈의 일과 같이, 그는 또 달아났다.

　한참 뛰었다. 그리고 정신을 먹고 들으니 제사장들의 발소리
는 없어졌다. 이리하여 마음을 놓은 때는, 그는 한 걸음도 앞으로
나갈 힘이 없어졌다. 그는 담장에 등을 기대고 누웠다.

　그러나 제자들은 감람산에서 그를 기다린다. 그는 거기 가지
않으면 안 될 테다. 담장을 기대고 잠깐 쉰 뒤에, 죽게 피곤한 그
는 다시 담장을 붙들고, 머리를 늘이고, 반쯤 자면서, 케드론 시
내로 예루살렘 성문으로 향하였다.

　　　2

　겨우 다리에서 한 일 리 상류 케드론에 변(邊)한 성문 밖에 이른
그는 다리에 아직 횃불이 보이는 것을 보고 절망하였다. 그러나
그를 기다리고 걱정하는 제자들을 생각할 때에, 그는 물을 건너
기로 결심하였다. 좁고 얕은 케드론을, 한 여남은 간이나 흘러내
려 가면서 겨우 건너편 언덕에 기어오른 그는 곧 눈앞에 보이는
감람산으로 한 걸음 가서는 쓰러지고, 두 걸음 가서는 넘어지면
서 갔다. 그리하여 감람산 밑에 이른 때에, 그의 앞에 어둠 가운
데서 뜻하지 않은 사람이 하나 우뚝 나타났다.

　"누구냐?"

　예수는 곤하고 떨리는 작은 목소리로 물었다.

　"선생님이시오니까?"

　역시 곤한 소리로 그 어둠의 사람은 반문하였다.

"유다냐?"

"베드로올습니다, 선생님."

"야곱은? 요한은? 다 어데 있느냐?"

"다 여기 왔습니다, 선생. 곤해서 자는 모양이외다."

"자? 유다는, 이스카리옷?"

"안 왔습니다."

베드로는 말하였다.

"제사장한테 갔는지, 그놈."

예수는 안심하고 거기 있는 바위에 쓰러져 앉았다. 넘어져 있던 제자들도 일어나서 그의 앞에 둘러앉았다.

"다리가 몽치같이 뻣뻣해지구, 발은 성한 데 없이 찢어졌다."

그는 혼잣말같이 중얼거렸다.

"좀 주무시지요. 우리 옷 펴 드릴까요?"

안드레가 말했다.

"자? 잘 때가 아니다. 모든 사람이 다 자더라도 너희는 자서는 안 된다. 모든 괴로움을 무릅쓰고라도, 깊이깊이 잠든 사람들을 깨우지 않으면 안 되는 것이 너희의 직책이다. 잊어서는 안 된다."

그는 앞에 놓여 있는 부러진 나뭇가지를 지팡이 삼아 쓰러지려는 몸을 다시 일으켜서 겟세마네 동산으로 향하였다. 제자들도 그의 뒤를 쫓았다.

겟세마네에 이르러서, 예수는 곤하고 무거운 몸으로 또다시 바위에 걸터앉았다. 베드로가 그에게 가까이 이르렀다.

"선생님, 우리는 이제 어찌하여야 할까요?"

"너희?"

예수는 무거운 눈가죽을 붙였다.

"너희는 갈릴리로 가라. 갈릴리 바다, 가버나움 모래 해변에. 너희는 알지, 천국과 같이 맑고 정한 그 모래밭을……. 가버나움 뒷산에서 굴러 내려오는, 어린애 입술같이 새빨갛게 벌어진 무화과가 구르는 곳……. 나는 거기서 너희들과 다시 만나리라."

"선생님, 갈릴리로 가시려면 함께 가시지 왜 따로 가시렵니까? 우리를 버리시렵니까? 선생님밖에는 의지할 사람이 없는 우리인 줄 모르십니까?"

"그러나, 내가 환란을 만나면, 너희가 먼저 나를 버리리라."

"선생님, 딴 말씀……. 산이 무너질지언정, 예루살렘의 거리가 벌판이 될지언정, 그런 일은 없으리라구 제가 장담하겠습니다."

"사람이 되어서는 이제 올 일을 단언할 수는 없다. 그저 지내 봐야……."

"그럼 선생님께서는 언제 갈릴리로 떠나시렵니까?"

"나? 글쎄, 언제나 떠나게 될지."

그는 눈을 겨우 떴다.

"혹은 영구히 갈릴리로 못 가고 말지도 모르겠다."

예수는 한숨을 쉬었다. 그의 얼굴에는 고민의 정이 떠올랐다. 물에 젖어 차게 된 옷을 입은 그도, 이마에는 땀이 배었다.

"선생님, 그 말씀의 뜻은?"

예수는 대답 없이 다시 지팡이를 의지하고 일어섰다.

"베드로, 깨어 있거라. 자면 안 된다. 유다가 오면 내게 알게 해야 한다. 나는 저기서 기도를 드려야겠다."

"그것은 걱정 마셔요. 제게는 환도가 있습니다."

"환도?"

그는 한숨을 쉬고 발을 옮겼다.

밤의 고요함을 찬송하던 벌레들이 그의 발소리에 놀라 누래를 감추었다.

3

어두운 길을 더듬어서, 그는 그가 이전 한때 교도들에게 도道를 강講하던 바위를 찾아가서 앉았다.

지나간 일, 특별히 이즈음 삼 년(그가 도를 강하느라고 방황한) 동안의 일이 주마등같이 그의 피곤한 머리에 지나갔다. 모든 것은 꿈이었다.

그는 옛적 수도자들을 본받아서, 사십 일 동안을 광야에서 도를 닦았다. 음식을 끊고 눈을 감고 단좌하여, 온갖 힘과 정신을 단전에 모으고 있을 때에 처음 사나흘 동안은 몹시도 괴롭고 배고프고 졸음이 왔으나, 그 기간을 지나서는, 그의 전령全靈은 묘경妙境에 들었다. 열흘째 되는 날, 그의 온몸은 몹시 떨렸다. 밤중에 시작된 떨림은, 새벽 동틀 때에야 겨우 그쳤다. 옛적 도사들과 같이 자기도 인제는 능히 각 병을 고칠 수 있으며, 예언을 할 수 있다고 깨달은 것이 이때이다.

그의 장래는 목수로 그냥 있을 것이 아니었다. 그럼 자기의 기적과 지식과 두뇌로써는 획득하기 아주 쉬운 권위 있는 왕자王者이냐, 혹은 도덕이 쇠멸된 이 사회를 한번 착하고 아름다운 사회로 뒤집을 개혁자이냐, 주저하다가, 아주 그로서는 잡기 쉬운 왕자의 권위를 내던지고, 곤란과 박해를 무릅쓰고 구세자라는 이름 아래서 지금 이 길로 나오게 대오大悟한 것은 그때이다.

세례 주는 요한과, 요단 강가에서 먼저 간 수도자들을 느낄 때, 처음 전도를 떠나서 제자를 얻을 때, 무화과 무르익은 뫼에서 무리를 가르칠 때, 혹은 성전을 더럽히는 무리를 가죽 채찍으로 내쫓을 때, 또는 뱀보다도 간사하고, 뱀보다도 영리하고, 뱀보다도 지혜 있는 바리새 인이나 시두개 교인들의 연곡蜒曲[3]한 물음을 설파할 때, 젊고 용감하고 경건한 그 마음은 바람으로 뛰놀았다.

더욱이 몇천 명의 문도를 모아놓고 강도講道를 할 때나, 혹은 제자들을 전도하러 각 곳에 파견할 때에는 그의 모든 바람은 거반 이룬 것같이까지 생각되었다.

애인 막달라 마리아와 밟기 좋은 물에 젖은 모래 위를, 갈릴리의 해변을 산보하던 것도 진실로 행복스러운 꿈이었다.

사오일 전에 나귀 새끼를 타고 예루살렘에 들어올 때에, 예루살렘의 뭇 사람은 모두 성 밖까지 마중 나와 자기네들의 옷을 벗어서 그의 길에 깔며 종려 잎을 두르며,

"호산나여, 호산나여. 주의 이름으로 오시는 이스라엘의 왕은 복되시이다."

고, 미칠 듯이 기뻐서 그를 맞았다. 그것도 지나간 즐거운 꿈이었다.

피곤한 몸을 겨우 일으켜서, 예수는 그 바위에서 내려서 굴복

3 비뚤어짐.

하고 앉았다. 그의 얼굴에는 괴로움이 똑똑히 새겨졌다.

"여호와여. 제가 아버지라 부르는 하나님이여. 당신은 왜 이리 저를 괴롭게 하십니까. 저는 아직껏 당신을 위하여 일하였습니다. 당신의 뜻에 거슬린 일은 하나도 없을 줄 압니다. 당신을 위하여는 제 어머니와 막달라 마리아까지도 버려두었습니다. 온갖 핍박과 곤란을 무릅쓰고라도 당신의 뜻을 펼칠 곳이 있으면 갔습니다. 제가 마음만 있으면 능히 얻을 온갖 영광도, 당신의 뜻을 펼치는 데 거치적거리는 것이라면 저는 눈을 떠보지도 않았습니다. 그런데 당신은 제 죽음까지 요구하시니 웬일이오니까. 제 죽음이 저 불쌍한 무리를 착한 길로 인도할 유일의 방책이라면 너무도 야속한 일이외다. 하나님이여, 여호와여. 바랍니다. 참으로 바랍니다. 할 수만 있으면, 이 잔을, 이 참혹한 잔을, 제게서 떠나게 해주십시오. 제가 이 쓴 잔을 마시지 않으면 안 된다는 것은 너무 잔혹한 일이외다. 아멘."

그는 일어나 앉았다. 고민과 고통이 그의 얼굴을 덮었다. 구슬땀이 뚝뚝 떨어졌다.

죽음? 삶? 이것이 사람에게는 그중 아프고 엄숙한 문제에 다름없었다. 그가 이제라도 잘만 피하면 살 도리가 없는 바는 아니라, 죽음, 삶, 모두 그의 마음 하나에 달렸다. 정정당당히 죽음으로 향할까, 몰래 도망하여 살기를 도모할까. 구슬땀에 젖은 그는 몸을 사시나무와 같이 떨었다.

4

그는 몸을 일으켜 유다를 망보는 제자들 있는 데로 갔다. 제자
들은 곤함에 못 이겨 모두 쓰러져서 잠자고 있었다.

"베드로!"

그는 작으나 힘 있는 소리로 찾았다.

"네? 아직 안 왔습니다."

베드로는 벌떡 일어나 앉았다. 딴 제자들도 깬다.

"그것을 못 참고 잔단 말이냐?"

"안 자렸더니, 그만……."

"네 몸이 약하다. 곤한 모양이다. 그러나 정신을 차리고 깨어
있거라."

그는 또다시 아까 자리로 돌아왔다. 구슬땀은 멎지 않고 그냥
흐른다. 그는 괴로워하고 두려워하였다. 그는 꿇어앉아 하늘을
우러러보며 또다시 오장이 녹는 기도를 드렸다.

"아브라함의 하나님이며 이스라엘 백성의 왕이신 여호와여,
저는 괴롭습니다. 제 마음은 아픕니다. 제 앞에 이른 쓴 잔으로
말미암아 저는 고민합니다. 당신은 구슬같이 흐르는 이 피땀을
보실 줄 압니다. 제 이 젊은 눈에서 흐르는 피눈물을 보실 줄 압
니다. 온갖 고생과 박해도 두려워하지 않고 용감하게 나아가던
이 예수가 지금 사시나무와 같이 떠는 것도 보실 줄 압니다. 하나
님이여, 저는 피할 도리가 있습니다. 이 싫은 잔을 쏟아버리기는
쉬운 일이외다. 이 감람산만 넘어서면 예루살렘의 제사장들도 어
찌할 수 없는 줄을 압니다. 그러나 하나님이여, 어떠한 백성들은

피를 요구합니다. 산 제물을 요구합니다. 이 인자人子의 죽음을 바랍니다. 잔혹한 것을 보지 않고는 깨지 못할 만큼 어리석은 그들이외다. 당신의 뜻을 이루기 위하여는 끔찍한 피 제물이 필요한 줄을 압니다. 그러나 제가 죽으면 어린 양과 같이 모질고 씀을 모르는 저 제자들은 누가 가르치고 누가 돌봅니까. 죽을 수도 없고 살 수도 없는 제 처지이외다. 어찌하오리까?"

그는 무겁고 떨리는 몸을 다시 일으켜서 제자들 있는 데로 가 보았다.

피곤한 그들은 또 벌써 잠들어 있었다.

"베드로!"

"네? 아직 안 옵니다, 선생님."

베드로는 벌떡 일어나 앉는다.

"이만 것을 못 참고 또들 잔담. 만약 이 뒤에 더 큰 괴로움이 이르면 어찌들 할 테냐?"

그는 기도하던 자리로 다시 돌아왔다. 두 팔로 머리를 움켜잡고 그는 또 고민하였다.

그는 자기의 잔혹한 운명을 원망하였다. 그리고 운명을 저주하였다. 찬란히 빛났지만 불행하였고, 바람으로 찼었지만 만족하지 못한 자기의 젊은 생애까지 뉘우침에 가까운 느낌으로 바라보았다.

그러나 그는 귀로는 수없는 사람이 앞길을 잃어버리고 부르짖는 소리를 들었다. 어둠에 헤매는 군중의 애원을 들었다. 그들의 길을 비출 빛이 나타남을 바라는 목마른 소리를 들었다. 그들은 그들이 능히 믿을만한 헌신적 행동의 증거를 요구하였다. 그들을 깨울만한 종소리를 요구하였다.

피땀은 그냥 흘렀다. 그는 더욱더 고민하였다. 그대로 만약 물에 자기 얼굴을 비추어보았다면, 얼굴빛이 시꺼멓게 되고 다른 사람같이 늙어진 것을 보았을 터이다.

그러나 좀 뒤에 그는 마침내 마음을 정하였다. 그리고 다시 기도를 하려고 끓어 앉았다.

"여호와여, 알았습니다. 인제는 깨달았습니다. 제 몸을, 미련하고 눈 어두운 무리를 위하여 산제사[4]로 내놓겠습니다. 그럴 것이외다. 저는 너무 이 몸에 집착하였습니다. 그러나 만인을 어두운 데서 구할 데 필요하다 하면, 요만 것을 무엇을 아끼겠습니까? 뜻대로 하겠습니다. 아멘."

예수는 일어났다. 용감하고 경건한 그의 혼은 뛰놀았다. 아까의 고민과 피곤은 차차 없어지고 새로운 용기가 그의 몸에 찼다.

그는 일어서서 제자들 있는 데로 갔다. 제자들은 곤함을 못 이겨 또 잠이 들어 있다. 그는 고요히 베드로의 곁에 가 앉았다.

"아직 안 옵니다."

베드로가 벌떡 일어나 앉았다.

"응, 인젠 마음 놓고 자라. 내 마음도 결정되었다."

"네? 결정?"

"음…… 다…… 그럴 것이다."

"그럼 갈릴리로 가시렵니까?"

"아니."

---

4 하나님께 헌신하며 섬기는 일.

말소리에 다른 제자들도 차차 깨었다.

"사마리아로?"

"아니."

"그럼, 어데로……."

"십자가로!"

예수는 침통한 소리로 고요히 대답하였다.

"십자가로? 십자가?"

야곱이 고함쳤다.

"산제사를 요구하는 자들에게는 제물이 있어야 한다. 언젠가 너희들한테 이야기했지, 너희는 세상의 빛이 되라고. 내가 빛이 되고 종소리가 되기 위해서는 내가 십자가로 가야겠다. 내 한목숨을 바쳐서, 시방, 장래 할 것 없이 몇억만 사람이 구원된다 생각하면 아주 싸고 쉬운 것이다. 오히려 기뻐할 일이 아니냐?"

"그래도, 우리는…… 선생님, 우리는 어찌합니까?"

"너희! 마음만 든든히 먹고 나아가면 무서울 것이 없느니라."

"선생님, 그러시지 말구 이제라두 갈릴리로 가셔요, 갈릴리루."

"갈릴리로?"

예수는 손을 들어 서편 쪽을 가리켰다.

"저기 보아라."

저기는, 케드론 다리 있는 데쯤. 횃불 든 사람의 무리가 지저거리면서 이리로 오는 모양이 보인다. 이것을 보고 베드로가,

"이놈, 제사장들이!"

하며 벌떡 일어섰다.

"앉아 있거라. 모든 일이 순서대로 나아간다."

예수는 고요히 일어섰다. 그의 얼굴은 용감과 경건으로 빛났
다. 그는 횃불이 오는 편으로, 고요히 발을 옮겼다.

— 〈개벽〉, 1923. 1.

눈을 겨우 뜰 때

1

이것은 1918년에 평양에서 생긴 조그만 비극의 하나이다.

2

위, 아래, 동서남북, 모두 불이다.

강 좌우편 언덕에 달아놓은 불, 배에서 빛나는 수천의 불, 지 걱거리며 오르내리는 수없는 배, 배 틈으로 조금씩 보이는 물에 서 반짝이는 푸른 불, 언덕과 배에서 지절거리는 사람의 떼, 그 지절거림을 누르고 때때로 크게 울리는 기생의 노래, 그것을 모두 싼 어두운 대기에 반사하는 빛, 강렬한 사람의 냄새—유명한 평양 사월 파일의 불놀이의 경치를 순서 없이 벌여놓으면 대개 이것이다.

도깨비 어두움에 모여들고 사람은 불에 모여든다. 그들은 거기서 삶을 찾고 즐거움을 찾고 위안을 찾으려 한다.

사정없이 조그만 틈까지라도 비추는 해에게 괴로움을 받던 '사람'들은 비추면서도 덮어주고 빛나면서도 여유가 있고 나타내면서도 감싸주는 불 아래로 모여들지 않을 수가 없다. 정답게 빛나는 불 밑에서 그들은 웃으며 즐기며 춤추며 날뛰면서, 하루 종일 받은 괴로움을 잊으며, 또는 오늘날에 이를 어지러움을 생각지 않으려 한다. 그리고 이 불을 그리는 사람의 마음을 가장 똑똑히 나타낸 자가 사월 파일의 불놀이이다.

불을 그리는 '사람'은 온갖 궁리를 다하여 불 아래 모여 즐길 기회를 지어내었다. 이리하여 야회, 댄스, 일루미네이션, 요릿집, 야시, 모든 것은 생겨났다. 그러나 만족함을 모르는 '사람'은 이것뿐으로 넉넉지 아니하였다. 여기 일 년에 한 번 혹은 두 번씩, 만인이 함께 모여서 함께 즐기며 함께 덤빌 기회를 또한 만들어내었다. 그리고 우리의 그것은 사월 파일의 불놀이이다.

몇 해 동안을 벼르기만 하고 하지는 못하였던 불놀이가 금년에는 실현된다 할 때에 평양 사람의 마음은 뛰었다. 여드렛날 해 있을 때부터 오륙백 짝의 배는 불과 음식을 준비하고 각 장사들은 전을 걷고 불놀이 구경 준비에 분주하였다. 이리하여 해가 용악으로 넘고 여드렛날 반달이 차차 빛을 내며 자줏빛 하늘이 차차 푸르게 검게 밤으로 들어설 때까지는 해에게 괴로움을 받던 사람들의 불을 그려 모여드는 무리, 외로움에 슬퍼하던 사람들의 흥성거림을 찾아 모여드는 무리, 한 해 동안을 수판에 머리를 썩이던 사람들의 하룻밤의 안락을 얻으려 모여드는 무리, 또는 유명한 '불놀이'를 그려 평양을 찾아 모여드는 딴 곳 사람의 무리, 그 가운데 돈벌이에 눈을 희번덕거리며 다니는 계집의 무리들로서 십 리 길이 되는 해관 선창에서 부벽루까지에 총총 달아놓은 등 아래는 수만 명으로 헬 사람의 병풍이 세어지고, 재간껏 장식한 오륙백 짝의 배에는 먼저 주선함으로 탈 수 있게 된 행복된 사람으로 가득 찼다. 평양성 내에는 늙은이와 탈 난 사람이 집을 지킬 뿐 모두 대동강 가로 모여들었다.

반월도와 해관 선창에서 쏘는 연화煙火가 금박 하늘에 퍼지면서 부벽루에서 해관 선창까지 총총 달아놓은 등과 자라웃에서 모래섬을 따라 아래 상림까지 세워놓은 홰에는 불이 켜졌다. 이것을 기다리던 모든 배들은 일제히 형형색색의 불을 켜 달고 잔잔한 대동강을 노 젓는 소리 한가하게 청류벽을 향하여 올라간다.

수없는 불이 물 위에 움직이고 번하게 빛나는 대기 썩 위에 수없는 연화가 형형색색으로 퍼져 나갈 때 뭇 배와 청류벽 기슭과 반월도에서 띄워 내려보내는 큰 수박만큼씩 한 불방석들은 물줄기를 따라서 아래로 아래로 흘러간다.

강 건너 모래섬에 한 간마다 세워놓은 횃불은 간간 부는 바람으로 말미암아 춤을 추어서 물속에 비친 자기 그림자를 놀리고 있다. 그치지 않고 쏘는 연화는 공중에서 이상하게 퍼지면서 수만의 불티를 날린다. 그리고 물 위에는 형형색색의 배가 불과 사람으로 장식하고, 기름보다도 잔잔하고 구름보다도 검고 수정보

다도 맑은 물 위를 헤어다닌다. 배와 물에서 떠워 내려보내는 수
없는 불방석들은 목숨의 불꽃같이 가느다랗게 불붙으면서 아래
로 아래로 흘러간다. 불, 불, 불 천지다. 강 좌우편에 단 불, 물에
뜬 불, 매화포의 불, 그것들이 비친 물속의 불, 도로 하늘로 반사
한 대기의 빛. 거기에 또 여기저기서 나는 기생의 노래 학생의 노
래 조선 아악. 이리하여 대동강, 모란봉, 부벽루, 청류벽, 능라도,
반월도, 모래섬, 그 일대는 불로 변하고 사람으로 장식되고 음악
으로 싸였다.

'배가 한 짝 얻고 싶다.'
물에 서 있는 사람들의 말하지 않는 말은 이것이겠지. 한 짝
배를 얻어 타고 마음껏 불 속에 잠겨서 불을 즐기고 삶을 즐기는
것은 얼마나 유쾌한 일이랴. 여기는 온갖 것을 초월한 '삶'의 문
제가 있다. 그리고 또 그만큼 배 한 짝을 얻어 탄 사람은 행복된
사람이었다.

금패도 이 행복된 사람 가운데의 하나였다.

3

금패가 탄 배에는 금패 밖에 기생 둘과 손님 셋이 탔다. 이리
하여 그들의 배는 배 틈들을 꿰이면서 고즈넉이 고즈넉이 부벽
루를 향하여 올라갔다.

금패는 배 난간에 걸터앉아서 앞뒤 좌우를 흐르는 배의 불들도 바라보며 이곳저곳서 날아오는 삼현육각에도 귀를 기울이다가, 거기도 겨운 뒤에는 W라는 손님의 곁에 가 앉아서 이야기를 끄집어내었다. 시간을 보낼 핑계가 없어서 괴로워하는 그들 새에는 여러 가지의 쓸데없는 소리가 바뀌었다. 누가 애를 뺐는데 그 애의 아버지가 Y라거니 X라거니, 누가 휴업을 하였거니, 누가 살림을 들어갔거니, 이런 쓸데없는 이야기를 하고 있는 동안에, 배는 능라도 아래 이르렀다. 불놀이를 구경하러 (오히려 '보이러'라는 편이 옳을지는 모르나) 떠난 배들은 여기서 쉬면서 술을 먹는 사람은 술을 먹고 술을 안 먹는 사람은 웃고 덤비며 어떤 사람은 모란봉 꼭대기에 올라가서 불야성을 이룬 대동강 일대를 구경도 하다가 열한시 혹은 열두시쯤 각각 자기 떠난 곳으로 돌아가는 것이었다. 그들의 배도 거기에 머물렀다.

"한잔하세."

"하세."

아직 반ᵏ취를 지나지 못한 손님들은 술을 요구하였다. 그러나 이 말이 맺기 전에 금패의 동그랗고 예쁜 손에는 벌써 맥주병이 들렸다. 불로 말미암아 금빛이 도는 맥주는 잔에 부어졌다. 그리하여 이 배에도 점점 흥이 돌게 되었다.

일배 일배 부일배로 이윽고 취흥이 배 안에 돌고 컵의 왕복이 더디게 되었다. 금패는 까닭은 모르지만 엉덩이를 들추어주는 것 같은 기쁨을 참지 못하여 가만히 장구를 끌어당겼다.

"한—한마디 듣잤군, 얘!"

혀 꼬부라진 소리가 신음하였다.

금패는 월선에게 눈짓을 하였다. 가장 흥성스러운 '방아타령' 한마디는, 월선의 입에서 부드럽고 아름답게 나왔다. 에헤— 에헤야. 에라 찧어라 방에—ㄹ다. 반 넘어 늙었으니 다시 젊지는 에라 못할러라. 유랑한 월선의 소리는 숙련한 금패의 장구와 함께, 높고 낮게 그 시끄러운 불놀이 소리 가운데서도 빼어나게 울려 나간다.

금패가 노래를 받았다.

엣다— 좋구나.
이십오 현 탄야월에
불승청원 저 기러기.
긴 갈순 한 대를 입에다 물고,
부러진 지처귀 옆에 끼고,
점점이 날아드니,
평시 낙안이
—에라 이 아니냐.

좋다, 잘한다, 때때로 술 취한 콧소리가 신음하는 듯이 울려온다. 금패는 유쾌한 마음이 되어, 노래를 주고받고 하였다. 시끄러이 웅성거리는 불놀이 소리 가운데 빼어나게 예쁘게 울리는 이 소리는 뭇 배들의 주의를 끌지 않고는 두지 않았다. 구경 배까지 몇이 둘러섰다.

마지막 서로 얼굴을 바라보며 금패가, 영산홍로 봄바람에 넘노느니 황봉백접이라고 냅다 뽑을 때는 저 먼 데 배에서까지 잘

한다 소리가 울렸다.

이리하여 방아타령은 끝났다.

금패는 자랑스러운 듯한 얼굴로 장구를 밀어놓고 사이다를 한 잔 부어가지고 월선이를 끌고 뱃전에 가 앉았다. 그리고 불에 잠겨서 삶을 즐기는 몇만 명의 사람을 보면서 놉시다 놉시다 젊어서 놉시다, 나이가 많아서 백수가 되면 못 노나니라고 조그만 소리를 읊었다. 그때에 월선이가 금패를 꾹 찔렀다.

"얘 데것 봐라. 녀학도들이 다 있구나."

"녀학도가? 어디?"

금패는 수심가를 멈추고 월선이 가리키는 편을 보았다. 그때에는 (곧 금폐의 배 뒤에 달린) 그 배에서도 금패의 배를 손가락질하면서 여기서까지 넉넉히 들리게 소곤거린다.

"기생 봐라."

"어디? 정!"

금패는 자랑스러운 듯한 적개심으로 머리를 잔뜩 들고 경멸하는 눈을 여학생의 배에 향하였다.

"고곤, 꽤 곱디 얘."

하는 여학생의 손가락은 금패에게 향하였다. 금패는 성내주고 싶은 듯한, 자랑하고 싶은 듯한 마음으로 코웃음을 웃은 뒤에 머리를 월선에게 향하였다. 그러나 열두시를 치는 시계를 여덟시까지 들은 사람은 나머지의 넷을 안 들으려야 안 들을 수 없다. 금패의 귀도 그 여학생들에게 기울어졌다.

"망측해라. 그러케 손꾸락질하믄 보갔구나."

"본덜."

"멜 하타니 속으루 욕하디."

"속으루나 욕한덜."

"그래두 봐라. 숙고사 치마에, 비취 비나에, 꽤 말숙하게 채렸데이."

"그까짓 거!"

"그까짓 거라니. 너 그래 그리캐 채랬니?"

"안 채레서! 좀."

"바루! 있기나 한 것 겉구나."

"없어두 그까진 껀 부럽딜 않어!"

"잘 안 부럽갔다. 여자치구 고운 옷 안 부러워하는 사람은, 암만 그래두 없어!"

"옷이나 잘 닙으면 멀 해. 너 이제 십 년만 디내 봐라. 데것들의 꼴이 뭐이 되나. 미처 시집두 못 가구, 구주주하게……."

그 뒤에는 그들의 이야기는 다른 문제로 넘어갔다. 그리고 이제 오분이 지나지 못하여 그들은 이제 그 이야기를 잊어버릴 테지. 그런 이야기를 하였는지 안 하였는지도 잊어버릴 테지. 설혹 기억을 한다 하여도 가장 변변치 않은 이야기를 한마디 하였다 하는 이상은 기억지 않을 테지. 그러나 그 이야기가 금패에게는 날카로운 송곳보다도 더 뾰족한 끝이 있었다.

4

금패는 성이 났다.

그러나 그의 성난 까닭이 무엇인가? 여학생들이 거짓말을 하였나? 아니. 그들의 말은 처음부터 끝까지 참말이었다. 그리고 또 참말이므로 금패도 성이 났다. 만약 여학생들이 거짓말을 하였다면 금패는 한낱 코웃음으로 그들을 경멸해주었을 뿐일 터이다. 그러면 그의 노여움의 대상은 누구였던가. 그의 노여움과 그 여학생들 새에는 얼마의 새 틈이 있었다. 맥주에 맛이 든 손님들도 아니었다. 금패의 부모도 아니었다. 금패 자기도 아니었다. 그러면 무엇이냐. 금패의 머리에 떠오른 것은 금패 자기의 경우였다. 처지였다. (나는 이 기회를 타서 금패의 경력을 좀 써보려 한다.)

그는 쾌활한 성질이었다. 여덟 살까지 속곳뿐으로 길에 나와서 사내애들과 싸우던 것도 아직 그의 기억에 남아 있는 바였다. 아홉 살에 그는 기생의 빛나는 살림을 그려 기생 서재에 붙여달라 하여 성공하였다. 그리하여 열네 살 시사할 때까지에 그는 기생의 일반 재주에 그다지 남한테 지지 않게까지 되었다.

금패는 사내라는 것에게 흥미를 가지게 되었다. 길에서 곁눈으로 자기를 보는 사내라도 만나면 집에 돌아와서는 거울과 마주 앉아 몇 시간씩 자기 얼굴을 들여다보며 즐겨하고 하였다. 여학생이라는 것이 차차 변하여졌다. 전에는 서른 살 이상의 늙은 여학생들이 많더니 차차 어린 여학생이 보이게 되었다. 그와 함께 여학생의 풍조가 차차 사치하게 되었다. 금패는 이것을 '여학생이 기생을 본받는다' 부르고 이긴 자의 쾌락을 맛보는 마음으로 이를 보았다.

노세 젊어서 노세

늙어를 지면은 못 노너니.

이 노랫가락 한 구절은 그가 가장 즐기는 노래였다.

때때로 여학생들이 기생을 경멸하는 것을 볼 때에는 그는 분하기는커녕 도리어 통쾌하였다. 그들(여학생들)은 자기네 기생과 같이 마음껏 '거드럭거리'지 못하므로 시기함이라 금패는 이렇게 생각하였다. 그리고 노래하라 놀라 웃으라 즐기라 거드럭거리라 하여 끝까지 젊음을 즐기고 삶을 즐기려 하였다.

이리하여 이러한 몇 해는 지났다.

그러나 그에게도 비극의 한 막이 생기게 되었다. 이 비극을 일으키게 한 사람 (우리는 그의 이름을 A라 하자) A라 하는 사람은 어디서 금패를 보았던지 그 뒤부터는 만날 금패를 달래기 시작하였다. 금패는 그를 싫어하였다. A는 얼굴이 그리 못생기지는 않았지만 빛이 없었고 귀가 빈상貧相으로 생기고 게다가 돈이 없는 사람이었다. 뿐만 아니라 가장 마음에 안 드는 점은 A라는 사람은 '멋'을 모르는 사람이었다.

어떤 날 밤, 어떤 청요릿집에서 표지가 왔으므로 가보매 A가 혼자서 술(먹을 줄을 모르는 사람이었는데)을 꽤 먹고 졸면서 앉아 있다가 금패를 보고 인사를 한다. 금패는 시치미를 뗐다.

A는 한참 먹먹히 앉아 있다가, 마치 소학생이 선생 앞에 나가듯 겨우 금패의 가까이 와서 금패의 손에 봉투지를 하나 쥐여주었다. (뒤에 보니 그것은 돈 오십 원이 든 것이었다.) 금패는 아무 대답도 아니 하였다. 그러나 A의 저픔을 띤 어린애와 같은 눈과 동작은, 얼마간 그에게 사랑스러이 보였다. 그날 밤, A는 금패

의 집에서 잤다.

한번 따뜻함을 본 A는 그 뒤에 여러 번 금패를 달렸다. 그러나 푼푼이 몇 달을 모은 오십 원을 한꺼번에 써버려 7에게는 다시는 돈이 안 생겼다. 금패는 그를 물리쳤다.

눈보라 몹시 하는 어떤 밤이었다. 금패는 요릿집에서 늦도록 놀다가 밤중에 집에 돌아오니까 A가 눈을 하얗게 뒤집어쓰고 금패의 방문 밖에서 (우들우들 떨면서) 금패가 돌아오기를 기다리고 있었다. 술이 잔뜩 취해서…… 금패는 벌컥 성을 내며 무얼 하러 왔느냐고 물었다. A는 대답 없이 그 자리에 쓰러져서 엉엉 울기 시작하였다. 이 꼴을 어이가 없어 한참 들여다보던 금패는 자기 아버지와 막간(행랑) 사람을 찾아서 A를 내쫓아달라 하였다. A는 아무 저항 없이 끌려나갔다.

그날 밤 금패는 꿈자리가 자못 좋지 못하였다. 몇 번을 못된 꿈에 놀라서는 깨었다.

이튿날 금패의 집에서 멀지 않은 곳에 A가 얼어 죽어 있는 것을 그는 알았다. 뿐만 아니라, 그(A)의 주머니에서는 (미리 죽을 계획을 하였던지) '자기는 어떤 여자를 사모하였다. 그러나 여자는 자기를 경멸한다. 자기의 사무친 마음은 풀 바가 없다. 자기는 애타는 마음을 스러지우기 위하여 이 목숨을 끊어버린다. 그러나 자기는 역시 그 여자를 미워하거나 원망하지는 않는다'라는 글까지 나왔다. 그리고 그 '어떤 여자'란 물론 금패 자기였다.

이 일이 있은 뒤에 금패의 마음은 크게 변하였다. 그리고 또 이 일로 말미암아, 금패는 두 가지 일을 깨달았다. 첫째는 사람의 앞에는 '죽음'이라는 커다란 그림자가 있다는 것이었다. 금패 자기의 앞에도 그것은 확실히 있었다. 그것은 언제 뛰쳐나올지 모를 것이었다. 십분 전에도 안 보이던 그 그림자가 십분 뒤에 벌써 뛰쳐나온 것을 그는 보았다. 또 둘째는 이 세상에는 '돈과 멋'밖에 '참과 참 그리움'이 있다는 것을 그는 깨달았다. 전 재산(오십 원이라는 돈은 큰돈이 아닌 동시에 또는 한 사람의 전 재산 이상이었다)을 던져서라도 얻고자 한 '참'과 온 목숨을 던져서라도 아픈 마음을 잊어버리고자 한 참사랑을 보았다. 이것은 금패의 마음에 크게 영향되었다. 이때부터 그에게는 남에게 모를 한숨이 생기고, 남에게 모를 눈물이 생겼다. 밤중에 요릿집에서 쓸쓸한 자기 집에 돌아와서 거울과 마주 앉아 하소연할 때. 달 뜬 밤 뛰노는 젊은 피를 거문고로 하늘에 아뢸 때, 또는 잠든 평양 시가를 둘러볼 때, 혹은 가을 아침 보얀 안개 틈으로 노 젓는 소리를 들으면서 물에 떠 놀 때, 남에게는 모르지만 웃고 즐기는 그의 마음 깊은 속에는 떨리는 듯한 뛰노는 듯한 또는 쪼개지는 듯한 약하고도 강한 느낌이 잠겨 있었다. 정랑情郎들과 즐거이 놀고 있을 때도 마음속에는 (언제 터질지 모르는) 어떤 한숨이 숨어 있었다.

이동안 그의 머리에는 언제 배었는지 모르지만 한 가지의 문제가 성장하였다.

'굵고 짧게 사는 것이 정말이냐, 가늘고 길게 사는 것이 정말이냐.'

A를 생각할 때에 그는 굵고 짧게 사는 것의 무서움을 깨닫는다. 그러나 (또한 A를 미루어) 언제 죽을지 모르는 이 세상에서 구태여 그다지 구차스럽게 굴 것도 없다.

그리고 그는 한탄하였다 — 인생 오십 년은 결코 짧지 않다. 그 이상 살자면 지루하리라. 그러나 그 '오십 년'은 젊고 기쁘게 지내고 싶은 것이라고. 그러나 이것은 도저히 못 될 일이라 할 때에 그는 외로움을 깨달았다.

이리하여 그의 쾌활한 반면에는 음울이 생기고, 웃음의 반면에는 눈물이 생기게 되었다.

5

눈물 머금은 수정 같은 금패의 맑은 눈은, 다시 천천히 여학생들의 배에 향하였다. 그러나 두 배 새에는 어느덧 밝게 장식한 용각선龍閣船이 끼여서 아까 기생들을 혹독히 폄하던 그 여학생은 겨우 등이 조금 보일 뿐이었다.

그러나 그 조금 보이는 (무엇을 설명하느라고 들썩거리는) 등은 역시 이렇게 말하는 것 같다.

'이제 십 년만 지나 봐. 그 꼴이 무어이 되나……'

금패는 아직 여학생들이 시집간 뒤의 살림을 엿본 적이 없었다. 그러므로 그는 온전히 그를 몰랐다. 그러나 금패의 짐작으로서 바르다 하면, 그것은 봄에 뫼에 핀 진달래와 같은 것이었다. 연한 자줏빛으로 빛나는 것—그것이 여학생들의 이 뒷살림에 다름없었다. 피아노, 책을 보고 있는 마누라, 양복한 어린애, 여행, 그것이 그들의 이 뒤의 살림에 다름없었다. 그리고 그것은 큰 즐거움에 다름없었다.

그러나—

"이제 십 년을 지나 보아!"

자기네의 이 뒷살림은 과연 여학생들의 말과 같이 구주주할까? 금패는 그것을 똑똑히 생각지 않으려 하였다. 그러나 그동안에 순서 없이 몇 가지의 생각은 저절로 그의 머리에 지나갔다. 첩, 병, 매음, 매, 본마누라, 싸움, 이것이었다. 자기네의 앞에 막혀 있는 그림자는 이것이었다.

금패는 고진감래苦盡甘來란 말을 들었다. 홍진비래興盡悲來란 말을 들었다.

고진감래가 나은지 홍진비래가 나은지 그것은 똑똑히 가릴 수가 없으되, 어두운 자기의 앞은 넉넉히 볼 수가 있었다. 언제까지 빛날지는 모르되 그 빛이 없어지고 그의 얼굴에 어두운 티가 떠오를 때는, 그 '홍진비래'가 나타날 것은 자기가 살아 있다는 것처럼 똑똑한 일이었다. 그것은 무서운 일이며 또한 (따라서) 싫은 일이었다.

그때는 어찌 할꼬, 그때는 어찌 될꼬, 이것이 그의 머리에 처음으로 떠오른, 또 처음으로 생각하여야 할 문제에 다름없었다.

금패는 무거운 머리를 아래로 숙였다. 곧 배 곁으로 가늘게 불 붙는 불방석 하나가 그의 장래를 풀려는 수수께끼와 같이 아래로 아래로 흘러갔다. 이것을 잠깐 따라가던 그의 눈은 다시 천천히 들렸다. 뜨거운 눈물이 몇 방울 그의 치마 앞자락에 떨어졌다. 그것은 자포자기의 눈물이었다. 그리고 또 절망의 눈물에 다름없었다.

금패가 아직껏 경멸하던 것은 여학생들의 '현재'였다. 그러나 한번 '장래'를 볼 때에는 두 자 새에는 헤아리지 못할 커다란 구렁텅이가 있었다.

즉 여학생들에 대한 더할 나위 없는 적개심이 그의 마음에 일어났다. 서늘한 빛이 나던 그의 눈은 독을 품고 여학생들의 배편을 보았다. 그러나 그 배는 벌써 어디론가 없어지고, 요릿배 몇이 그 근처에 움직일 뿐이었다.

금패는 외로움을 깨닫고 W의 곁으로 갔다. 누구에게든 한마디의 따뜻한 위로가 듣고 싶었다. 그러나 손님들은 벌써 술에 취하여 정신을 못 차리고 있다. 금패는 다시 배 속으로 가서 앉았다.

우리가 피차에 남북에 살아도
불변심不變心 석 자는 꼭 잊지 마세.

가까운 어느 배에서 갑자기 찢어지는 듯한 소리가 나며, 장구가 장단을 맞춘다. 그 뒤에는 큰 웃음소리…….

하마터면 처마에 떨어질 뻔한 눈물을 빨리 씻고 그는 고즈넉이 머리를 들었다. 벌써 저편에 가 있는 용각선에서 삼현육각의 부드러운 소리가 은은히 날아온다.

6

열두시쯤 그들의 배는 돌아섰다.

요릿집 앞에 배가 닿은 다음에, 금패는 불구경에서 돌아가는 사람들 틈을 꿰고 잠깐 요릿집에 들어서 시간표를 찾은 뒤에, 인력거는 그만두고 걸어서 이문골로 들어섰다. 거기는 사람도 적었다.

금패는 무거운 머리를 아래로 숙이고 천천히 걸었다. 아까 여학생들에게 비웃긴 때와는 온전히 다른 외로움이 그를 괴롭게 하였다.

—사람이 살아간다는 것은 과연 무엇인가. 먹고 입고 일하고 또 먹고 자고, 이튿날도 또 같은 일을 거푸 하고. 오십 년이라기도 하고 백 년이라기도 하는 일생을 이렇게 지내니, 살아간다는 것은, 다만, 이것을 뜻함인가. 즐거운 꿈을 꿈이라 업신여기니, 살아가는 동안에 때때로 이르는 즐거움과 즐거운 꿈 새에 과연 구별이 있는가. 없는 자는 있기를 바라고 있는 자는 더 있기를 바라니, 사람이 살아간다는 것은 다만 욕심 채움을 뜻함인가. 젊어서 죽은 사람을 애달프다 하니 늙은 뒤에는 뜻하지 않은 즐거움이 이르는가.

—또한 기생이라는 자기네의 지위를 아직껏 자기도 보통과 다른 것으로 알아두었고 남들도 그렇게 알았으나 어디가 다르냐. 자기네들에게도 느낌이 있었다, 슬픔이 있었다, 기쁨과 웃음이 있었다, 애처로움이 있었다, 다른 데가 어디냐. 자기네들도 같은 궤도를 밟아서 나아가다가 마침내 죽는 데까지 이를 테지. 그 뒤에 또 같은 궤도를 밟아서 죽은 뒤에 오 년만 지나면 이 세상에서 온전히 잊어버리고 말 테지. 오래 살자는 것은 무엇이며 죽기 싫다는 것은 무엇인고. 이것도 다만 끝없는 사람의 욕심에 지나지 못하는가.

마음을 누르는 듯한 들추는 듯한 괴로운 생각은 꼬리를 이어서 그의 머리에 떠올랐다.

하마터면 그저 지날 뻔한 자기의 집 앞에서 정신을 차리고 발을 대문으로 향하려다가 금패는 멈춰 섰다. 그의 귀에는 한 개의 음률이 들렸다. 그것은 아름다운 음조였다. 커다란 물결이 바다에 넘치는 듯, 때때로는 조그만 벌레가 신음하는 듯, 고요한 밤하늘에 울려 나가는 그것은 탁문군의 〈상부련想夫戀〉 한 곡조의 거문고 소리였다.

이것은 금패가 돌아오기를 기다리는 금패의 아우가 뜯는 것이었다.

금패는 발을 멈추고 귀를 기울였다.

끓는 열정으로 뜯는 한 구절의 〈상부련〉은 어르는 듯 아뢰는 듯 은은히 울려온다.

잠깐 서서 이를 듣던 금패는, 가만히 대문 안으로 들어서서 안으로 잠그고 누구냐고 묻는 아우의 물음에 대답하고, 자기 방에 들어가서 옷을 갈아입은 뒤에 거울과 마주 앉았다.

마음을 들추는 괴로운 생각은 또다시 금패를 눌렀다. 눈이 멀거니 앉아 있는 그의 머리에는 또다시 머리 없고 꼬리 없는 생각이 지나가고 지나가고 하였다.

그러나 얼마 동안을 이렇게 앉아 있던 금패는 손을 들어 머리를 쓰다듬었다. 이제껏 엄숙한 빛이 있던 그의 얼굴에는 독을 머금은 비웃음이 떠올랐다.

'겉지두 않은 생각을 하구 있댔다.'

그는 이렇게 거울에 비친 자기의 얼굴에게 말하였다.

지금의 금패에게 말하라면 '인생'이란 풀기 쉬운 수수께끼였다. 그러나 사람들은 그렇게 해석하기가 싫어서 뭉갤 뿐, '인생'

이란 것같이 풀기 쉬운 수수께끼는 다시없었다. 한마디로 말하
자면 같잖고, 변변치 않고, 괴롭고 쓸쓸한 것, 이것이 '인생'이었
다. 그리고 이 괴롭고 변변치 않고 같잖고 쓸쓸한 '인생'을 살아
갈 유일의 방책은 순간순간의 쾌락을 취할 것, 이것밖에는 도리
가 없다. 오는 날의 일을 생각하면 무엇하랴. 오늘 밤 어떤 일이
생길지 모르는 이 인생에서…….

> 장생술長生術 거짓말아,
> 불사약不死藥 그 뉘 본고.
> 진황총秦皇塚, 한무릉漢武陵도,
> 모연추초暮烟秋草 뿐이로다.
> 인생이,
> 일장춘몽一場春夢이니,
> 아니 놀고 어이리.

그는 속으로 읊으면서 벌떡 일어서서 아우의 방으로 건너갔다.
아직 쓴 것을 모르는 우는 거문고를 밀어놓고 어느덧 잠이 들
어 있다. 순결한 두 젖을 내놓고 숨소리 고즈넉이 잠이 들어 있다.
금패는 그의 머리 곁에 가 앉아서, 널따란 아우의 댕기를 어
루만지면서 그의 달같이 밝고 모란같이 예쁜 얼굴을 사랑스러이
들여다보았다.
─너는 아직 아무것도 모른다. 사람이란 무엇인지 사내란 어
떤 것인지 우리 '기생'이란 어떤 것인지…… 무엇을 보든 기쁘고
즐겁고, 무엇을 대하든 춤추고 날뛰고 싶은 때─지금이 제일이느

234

니라. 그러나 네게도 바람과 물결이 이를 테지. 그날이 멀지 않았구나. 더러움을 모르는 네 눈에서 피눈물이 나며, 지금 고즈넉이 들썩거리는 네 가슴이 찢어지는 것 같을 날, 그날이 멀지 않았구나. 더러움을 모르고 저픔을 모르는 너는 그날에 얼마나 놀라랴.

그날이 얼마나 무서우랴. 그러나 피할 수 없는 운명이다. 고요히. 싫어도 이르는 그날을 기다리지 않을 수 없는 것이 우리의 운명이다. 어찌하랴.

금패는 아우의 손을 꼭 잡았다. 고요히 잠들었던 아우의 눈은 조금 벌려졌다. 금패는 참지 못하여 눈같이 흰 아우의 가슴에 머리를 묻었다. 뜨거운 눈물이 그의 눈에서 흘렀다.

7

날이 차차 더워지면서, 대동강 위의 뱃놀이는 더욱더 많아지고 취케 하는 듯한 따뜻함에 한잔 술로써 미인과 마주 앉아 가는 봄을 조상하려는 사람이 더 늘었다.

금패도 분주하게 되었다. 뱃놀이, 연회, 술좌석, 모든 것은 그를 기다렸다.

하염없이 불려가는 금패는 그래도 돌아올 때는 얼마의 유쾌함은 얻고 하였다. 평양 명기, 자랑스러운 이 한마디는 기쁨을 낳고 기쁨은 유쾌를 낳아서 쓰러지고 싶은 그의 마음을 얼마는 위로를 하였다.

그러나,

"십 년을 지나 보아."

파일 밤에 들은 이 한마디로 말미암아 생긴 마음의 허물은 없어지지를 않았다.

"언제 죽을지 모르는 이 인생에서……."

과연 이 한마디는 그 허물을 없이 할 수가 있을까. 돌이켜,

"백 살까지 살지도 모르는 이 인생에서……."

라면 어찌 되노.

이리하여 알 듯한 모를 듯한 보이는 듯한 안 보이는 듯한 저픔은, 그의 마음 깊은 데서 떠나지를 않았다.

그는 모든 것을 보려 하였다. 들으려 하였다. 알려 하였다. 생각하려 하였다.

그는 그가 교제하는 사회 범위 안에서 모든 것을 보고 들으려 하였다. 그러나 술을 먹고는 꺼꾸러져서 정신을 못 차리는 소위 손님과, 자기가 이즈음 서방을 안 한다고 밤낮 힐책하는 어버이와, 이성의 냄새를 그리는 무르익은 아우와, 이것밖에는 본 것이 없었다. 음란한 노래와 음란한 말과 변변치 않은 헛소리밖에는 들은 것이 없었다.

그는 그의 머리 그의 지식이 허락하는 한, 모든 것을 알려 하고 생각하려 하였다. 그러나 이전에 안 바 그 이상 새 지식은 나오지 않았고 더 깊이 생각하려면 머리가 섞바뀔[1] 뿐 모든 것은 수수께끼가 되어버리고 하였다. 이리하여 그의 계획이 낳은 바는 다만 신경과민과 수면 부족뿐이고 모든 예기는 틀려버렸다.

---

1 서로 번갈아 차례를 바꾸다.

그 가운데 그가 다만 하나 안 바는, 그는 결코 남에게 온전한 사람의 대접은 못 받고 있다는 심히 불유쾌한 점이었다. 손님은 그들(기생들)을 '업신여길 수 있으므로 사랑스러운 동물'로 알았다. 부모는 '돈벌이하는 잡은 것'으로 대하였다. 예수교인은 마귀로 알았다. 도학자는 요물로 알았다. 어린애들은 '영문 앞의 도상'이라고 비웃어줄 곱게 차린 동물로 알았다. 노동자는 '자기네도 돈만 있으면 살 수 있는 물건'으로 알았다. 늙은이나 젊은이나 한결같이 그들은 다만 춘정春情을 파는 아름다운 동물로 알 뿐, 한 개 인격을 가진 '사람'으로는 보지 않았다. 그를 사랑하는 자나 그를 미워하는 자나 또는 (돈이나 경우로 말미암아) 감히 접근치도 못하는 자까지도 그를 어떤 음란스런 생각 아래서 볼 뿐 한 개 사람으로는 안 보았다.

금패는 이전에 자기네를 대단히 업신여기는 어떤 사회 사람들도 자기네와 친근코 싶어하는 눈치를 보고, 역시 사내란 약한 것이고 위선의 덩어리라고 기뻐한 적이 있었으나, 이것 역시 자기네를 사람으로 보지 않고 춘정을 파는 아름다운 동물이라 생각함에 있다 하매 끝없는 모욕의 느낌을 깨닫지 않을 수가 없었다.

이리하여 새로 발견하는 사실은 어떤 것이든 금패의 마음을 더 상케 하는 칼이 아닌 자 없었다. 이 한 문제도 금패의 머리에 꽤 크게 울렸다.

이리하여 웃기 잘하고 쾌활하고 이야기 잘하고 노래 잘하고 애교 있던 금패는 불과 며칠 새에 웃었다 울었다 성내었다 생각하였다 하는 신경질의 금패로 변하였다.

그러는 동안에 또 한 사건이 금패에게 이르렀다.

8

어떤 따뜻한 날이었다.

금패는 가벼운 마음으로 열두시쯤 조반을 먹고 세수를 한 뒤에 자기 방에 돌아왔다. 일기의 탓인지 금패는 별로 음이 내려앉지 않게 유쾌하였다. (이날은 서남풍이 사람의 젊은 마음을 충동하듯 솔솔 불었다. 하늘에는 구름이 분홍빛으로 엉기면서 날아다녔다. 나비가 뜰에 떠다녔다.) 그는 벗의 집에라도 놀러 갈까 하였으나 그것은 썩 마음이 붙지 않아서 어찌할까 하고 손을 비비며 앉아 있을 때에 대문에서 나는 자기를 찾는 손님의 소리를 들었다. 금패는 내다보았다. (이전에 너덧 번 함께 놀아본) Y라 하는 손님이 알지 못할 손을 하나 데리고 왔다.

"오래간만이외다그려. 어서 들어오세요."

금패는 되었다 하는 마음상으로 그들을 환영하였다.

"어디 가는 길인가?"

이렇게 Y가 물었다.

"괜티 않아요. 들어오세요."

"그럼 들어가세."

하면서 Y는 새 손님을 재촉하여 방 안에 들어왔다.

"그새 어디 가셋대시요?"

"음."

"어디요?"

"여기저기 좀……."

Y는 희미한 대답을 하였다. 그리고 몇 가지의 이야기가 왔다

갔다 한 뒤에 Y는 새 손님을 향하여 일어로 물었다.

"어때?"

"꽤 이쁜데⋯⋯."

하고 새 손님은 씩 웃었다.

금패는 새 손님을 기생집에 처음으로 와본 사람이라고 감정하였다. 그러나 새 손님은 (대담히도) 수리와 같은 눈으로 정면으로 금패의 낯을 본다. 금패는 그것을 피할 겸 담배를 붙여서 권하였다.

새 손님은 담배를 받고 또 한 번 씩 웃은 뒤에 (역시 일어로) Y에게 말하였다.

"이상해."

"무어이."

"난 젊은 여성 앞에선 얼굴이 달아서 동작을 마음대로 못하는데, 이 기생이라는 여성께 배알할 때는 (내 첫 경험이지만) 머 마치 암탉이나 암캐와 마주 선 것 이상 마음의 변화가 안 생기는구만⋯⋯."

"그만두어! 여긴 철학 연구소가 아니야."

Y도 웃으면서 좀 핀잔을 주는 듯이 말하였다. 그러나 새 손님은 예사로이 (눈으로만 별하게 웃으면서) 말을 계속하였다 ─ 물론 그 가운데는 기생집에 처음 온 사람이 항용 하는 태도로 좀 지어 하는 듯한 쾌활함이 있기는 있었지만.

"자네네 같은 유객에게는 장소의 구별이나 할 말 안 할 말의 구별이 있는지는 모르지만 내게 말하라면 일반이지. 그들이 사람이 아니라구 감정했을 것 같으면 아무 데서구 직토直吐[2]하구, 또⋯⋯."

"사람이 아니면 그래 무에란 말이야?"

Y는 새 손님의 말을 닥채여[3] 물었다.

"듣구 싶은가?"

새 손님은 머리를 끄덕이며 웃었다. Y는 가만있었다. 대답이 없으니까 새 손님은 자기 혼자서 대답을 하였다.

"나두 실상은 사람이 아니라군 안 해. 가만! 그래 사람이 아니야! 확실히 사람이 아니야. 박쥐일세 박쥐!"

"박쥐? 밤에 밥벌이한다구?"

"음. 오히려 박쥐는 새이구두 조류에 못 드는 것처럼 기생은 사람이구두 인류에 못 든다는 편이 옳을 테지……."

금패는 얼굴에 피가 한꺼번에 솟아 올라오는 것을 깨달았다. 너무 심한 말이었다. 그들은 물론 금패가 일어를 모르는 줄 알고 한 것이겠지만 설혹 모른다 하여도 당자를 곁에 두고 이렇게까지 하는 것은 너무 혹독한 일이었다. 금패는 새 손님을 처음 보는 순간 벌써 되지 않은 녀석인 줄 알았다(고 생각하였다).

그러나 새 손님은 금패를 주의치 않는 듯싶었다. 박쥐에서 시작된 이야기는 이렇게 변하였다.

―자기는 아직 기생이라는 것을 교제는커녕 알지도 못하였다. 그저께 여기(평양)를 내려올 때에 기차에 자기 맞은편에 기생이 앉아 있었는데 이것이 자기로서는 기생과 가장 가까이 앉아본 첫 경험이다. 그러나 자기의 짐작 내지 직감은 대개는 틀려본 적이 없다(는 것을 자기는 안다). 이 직감으로 기생을 볼 때에―

2 실정을 바른대로 말함.
3 다그쳐 채다.

이렇게 마치 연설하듯 설명해오던 새 손님은 한 번 담배를 빤 뒤에 말을 연하여 한다.

"그렇지 그것, 껌 발춘기發春期, 그것이야. 소위 손님네라는 자네네들두 그것으루 알지 않나? 기생의 부모두 그것 판매인으로 자임하구. 짐승두 어버이의 사랑을 받는데…… 또 기생 자기네들두 그것으로 생각허구. 어때 내 말이 거짓말인가?"

Y는 대답이 없었다. 새 손님은 또다시 이야기를 이었다.

"징역꾼…… 그래. 이 세상에 사람이구 사람의 대접을 해주지두 않구 받지두 못하는 종류의 사람은 기생 밖에 징역꾼이란 것이 또 있기는 하군…… 음 그런데 여기 특별히 주의하여야 할 현상은 무엇이냐 하면, 두 자 다 (사람은커녕) 짐승보다두 썩 못한 대우와 속박을 받구 있다는 점이네. 그것은 나보다두 자네가 더 잘 알겠네. 이고도 이 못 되는 자, 다시 말하자면 섬석이, 그것은 자기 이하의 종류의 대우보다두 더 못한 대우를 받는단 말이야. 그런데 여기 더 안된 것은 기생이라는―사람이라 해주지― 기생이라는 '사람'은 자기네의 생활에 만족은커녕 오히려 만심慢心[4]을 품구 있지 않나? 자기는 '기생 각하'루라구…… 나는 이렇게 생각했네. 사람이란 온 경우와 환경을 따라서 이렇게까지 극단의 바보두 되구 이렇게까지 근성의 꼬리까지 썩는 것이냐구…… 우리들은 우리들 자기의 생활에두 만족을 못 하는데……."

금패는 까닥 안 하고 이런 말을 다 들었다. 뿐만 아니라, 손님들이 돌아갈 때에도 조금도 이전과 틀림없이 인사를 하였다. 그

4 남을 업신여기며 잘난 체하는 마음.

러나 그의 마음은 찢어지는 것같이 아팠다.

9

이러한 한 달 새에 ─ 금패의 성격은, 노파와 같이 늙고, 도학자와 같이 까다로워졌다.

마음을 대단히 충동시키는 듯한 어떤 저녁이었다.

그것은 첫여름에 흔히 있는 (더운 듯한 서늘한 듯한) 날로서 달 없는 초승 하늘에는 견우직녀가 반득이며 길모퉁이마다 단소 부는 무리가 모여 있는 이런 저녁이었다.

그리고 또 젊은 평양 사람들로서 대동강 가에 거치지 않을 수 없게 하는, 무엇을 속삭이는 듯한 저녁이었다.

금패는 저녁을 먹은 뒤에 불표(임시 휴업)를 달고 대동강 가에 나섰다.

하늘은 벌써 새까맣게 되었다. 개밥바락별[5]도 벌써 안 보이게 되었다. 넓은 구름같이 보이는 은하만이 하늘에 밝다 일컬을 유일의 것이었다.

대동문이나 연광정에서 하루 종일 패수浿水가 흐르는 것을 들여다보고 앉아서도 조금의 갑갑함도 깨닫지 않던 선조의 피를 받은 평양 사람들은 벌써 꽤 많이 대동강 가에 모여들었다.

금패는 천천히 발을 옮겨서 옥류병玉流屛 위로 가서 아래를 내려

─────────────
5 개밥바라기. 저녁 무렵 서쪽 하늘에 보이는 '금성'을 이르는 말.

다보았다. 새까만 물 가운데 은하수의 그림자로 금패는 어두운 가운데 오르내리는 수없는 매생이를 보았다. 그 가운데는 창가를 하는 사람도 있었다. 조선 노래를 부르는 사람도 있었다. 시주를 읊는 사람도 있었다. 만돌린을 뜯는 사람도 있었다. 그리고 그들은 대동강의 깊음과 매생이의 작음이며 또는 물에 빠져 죽는 사람의 존재를 온전히 부인하는 듯이 희희낙락히 오르내린다.

이것을 한참 내려다보던 금패는 자기도 물 위에 떠 놀고 싶은 생각이 나서 어떤 매생이 주인집에 가서 한 짝 얻어 타고 나섰다. 왼편 팔을 가볍게 움직일 때에 매생이는 미끄러지듯이 대동강 위에 떠나간다. 어디로 갈까 하고 잠깐 주저한 뒤에 금패는 반월도를 향하여 가만가만히 저어 올라갔다. 어두움 가운데 갑자기 소리가 날 때에 거기를 보면 매생이가 있다. 조용한 가운데 갑자기 물소리가 날 때에 거기를 보면 또한 매생이가 있다. 평양 사람은 죄 매생이에 있지 않나 생각되도록 대동강 위는 흥성스러웠다.

조용함을 찾으러 나온 금패는 매생이들을 피하면서 가만히 반월도를 향하여 올려 저었다. 이리하여 반월도 아랫머리까지 저어 올라간 그는 윗머리까지 가고 싶었으나 팔이 곤해졌으므로 그만 닻을 주기로 하였다. 사실 거기도 (때때로 뜻하지 않은 어두운 데서 매생이가 뛰쳐나오기는 하지만) 조용한 편이었다. 금패는 닻을 첨벙 물에 떨어뜨리고 매생이에 드러누웠다.

인공적이라 하여도 좋도록 예쁜 높은 하늘이었다. 거기는 황금빛 별들이 반득이고 있었다. 때때로 기러기가 날아다니는 것이 보였다.

금패는 이것을 바라보면서 (그것은 극히 막연하지만) '무궁無

宇'이라 하는 것을 보았다. 별 위에 또 별 그 위에 또 별, 그 위에 (어디까지 연속하였는지 모르는 한없는) 또 무엇, 그리고 그것은 '무궁'의 심벌에 다름없었다. 그 큰 하늘에 비기건대 사람은 참으로 더럽고 불쌍한 것이었다. 사람이 살려고 애를 쓰는 것은 마치 너른 바다에 빠진 조그만 벌레가 벗어날 길을 찾음과 마찬가지일 것이었다. 헤매면 무엇하고 애쓰면 무엇하랴 마침내는 '운명'이라는 큰 힘에게 지지 않을 수 없을 것이다. 바다에 빠진 벌레로서 만약 (가장 조그만 것으로라도) 즐길 기회만 있다 하면 그것을 기껏 과장하여 즐기는 것이 그에게는 그중 정당하고 그중 영리한 처세법이라 아니할 수가 없다. 즐겨두어라 놀아두어라 걱정하면 무엇하고 애태우면 무엇하랴, 그것도 마침내는 사라지고 너른 하늘과 거기서 반득이는 별만 영구히 남아서 사람의 쓰러짐을 비웃고 있을 테다…….

금패는 꿈꾸듯 이런 생각을 하며 누워 있었다.

10

매생이에 부딪혀서 좌우편으로 갈라지면서 똘똘 흐르는 물소리는 그를 졸음 오게 하였다.

몇 번 정신을 차려보았으나 규칙 바르게 나는 물소리는 피곤한 그를 또다시 취하게 하고 하였다. 달끔한 꿈에서 깨기는 싫었으나 온전히 잠이 들면 안 되겠다 생각하고, 그는 일어나서 세수를 한번 하고 다시 누울 작정으로 매생이 속으로 갔다.

금패는 자기가 어찌 되었는지 몰랐다. 다만 머리에서 흐르는 물을 입으로 푸 — 푸 — 뿌리면서 매생이 전을 붙잡고 물에서 매생이로 올라오려고 애를 쓰는 자기를 그는 발견하였다. 그는 어느덧 매생이에서 떨어진 것이었다.

온갖 힘과 애를 다 써서 겨우 매생이에 올라온 그는 몸을 사시나무와 같이 떨었다. 추위와 무서움이 한꺼번에 그를 습격하였다. 그러나 그 무서움은 무엇에 대한 것인지 그는 몰랐다. 저편 앞에 활활하는 여울에 물 흐르는 소리까지 그의 두려움을 더하게 하였다.

그는 무서움을 참지 못하여 옷을 짤 겨를도 없이 빨리 떨리는 손으로 노를 저어서 시가 쪽으로 향하였다. 여울에 들어서면서 매생이는 무서운 물힘에 몰려서 쏜살같이 이편 쪽(시가 쪽) 언덕에 가까이 왔다. 금패는 조금 안심되어 눈을 들었다. 사람의 말소리까지 들렸다.

이때야 그는 겨우 정신을 가다듬고 사람의 눈에 아니 뜨이는 곳으로 매생이를 저어가서 옷을 하나씩 벗어서 짜 입은 뒤에 다시 시가 쪽 언덕 매생이 주인집 선창에 갖다 대었다. 그리고 매생이 주인집에는 들르지 않고 좁은 길로 빠져서 자기 집에 돌아와서 (아직 대문이 열린 것을 다행히) 몰래 자기 방에 들어왔다.

방은 아까 불을 끄고 나간 대로 그대로 있었다. 그는 불은 켜지 않고 손으로 더듬어서 옷을 얻어 갈아입은 뒤에 물에 젖은 옷은 뭉쳐서 한편 모퉁이에 박고 쓰러지듯이 그 자리에 엎드렸다. 그의 마음은 맥나고 괴상하게 떨렸다. 온갖 저픔은 그의 마음을 눌렀다. 그러나 그 저픔은 모두 수수께끼와 같이 이상하게 범벅된 모를 것들이었다.

　이러한 불안 속에서도 그는 다만 한 가지 뿐을 똑똑히 의식하였다. 그것은 아까 그때 자기 앞에 갑자기 나타난 '죽음'이라는 검은 그림자에 대한 것이었다. 그리고 그 가운데는 아까 그때 자기는 왜 온전히 죽어버리지 않았나 하는 생각도 섞여 있었다.

11

　아낙네들이 기다리는 오월 단오가 이르렀다.

　우리는 무엇이니 무엇이니 하는 전설적 문제를, 끄집어낼 필요가 없다. 그러나 차차 속되어가고 차차 없어져 가는 이전의 아름다운 풍속을 돌아다볼 때에, 한 애처로운 느낌을 깨닫지 않을 수가 없다.

　단오 명절은 아낙네의 날이다. 남인금제男人禁制의 불문율을 걸어놓은 아낙네의 날이다. 일 년 동안을 '마누라'라는 신성한 직업에 골몰하였던 그들이 하루 동안을 편안히 쉬는 날이다.

　지금은 없어졌지만 그 당시의 젊은 평양 여인의 기껏 잘 차린 뒷모양은 사람으로 하여금 신성한 느낌을 일으키게 한 것이었다. 기다란 은향색 치마에, 남빛 배자로 장식한 송화빛 저고리와, 그 위에 나비와 같이 예쁘게 올라앉은 수건 새로 때때로 펄럭이는 새빨간 댕기의 뒷모양은, 사람으로 하여금 정욕이니 육욕이니 하는 생각을 온전히 초월한 신성한 느낌을 일으키게 한다. 그것은 극도로 조화된 인공미였다. '사람'이라는 것보다 오히려 인형에 가까운 아름다움이었다. 그리고 따라서 '자연'이라는 것보다 한 예술품이랄 수가 있었다.

아침 동안에 마음껏 차림을 차린 그들은, 열한시쯤부터 차차 떼를 지어서 동산으로 모여든다. 동산에는 그들을 기다리는 그넷줄이며 각 장사들이 벌써 준비되어 있다. 이리하여 오후 두시쯤까지에는 동산은 젊은 아낙네들로 메워진다. 이때에 만약 우리가 모란봉 꼭대기나 을밀대에 가서 동산을 내려다보면, 거기는 각색 농후한 색채가 흐트러지고 섞여서 범벅으로 뭉기고 있는 것을 볼 수가 있다. 그리고 또 가지 좋은 소나무마다 늘어져 있는 그넷줄에는 은향색과 남빛이 범벅으로 팔락이며, 그 그넷줄 아래는 차례를 기다리는 개미와 같이 조그만 여러 가지의 빛이 아물거리고 있는 것을 볼 수 있다.

동산에 모여드는 아낙네들은 일 년에 한 번 이르는 이 명절에는 모든 일을 생각지 않고 모든 일을 잊어버리려 한다. 그들은 늘 지켜오던 모든 예의와 염치를 내던지고, 마음껏 자유롭게 마음껏 유쾌하게 이날을 보내려 한다. 그들은 다른 때는 천스럽다고 곁에도 가지 않던 분을, 이날은 마음껏 희게 바르며, 행랑 갈보들과 같이 그넷줄 아래서 뛸 순서를 다투며, 심지어는 단오의 평양을 구경 온 외촌外村 사람들의 두룩거리는 얼굴에 터지는 듯한 웃음까지 부어준다. 웃음소리, 지껄이는 소리, 다툼 소리, 그네를 밟는 소리, 서로 찾는 소리—이리하여 환락의 날은 차차 저물어서 해가 칠성문 위에서 차차 벌겋게 될 때는 그들은 내일 다시 이를 자유로울 날을 생각하면서 떼를 지어서 각각 자기 집으로 돌아간다.

하룻밤의 단꿈에 피곤함을 모두 지워버린 그들은 이튿날 아침 다시 모양을 차리고 뒷동산으로 모여든다. 거기는 어제와 같은 즐겁고 흐트러지고 자유로운 날이 다시 그들을 기다린다. 그들은 오월 초엿새의 유쾌한 명절을 또 어제와 같이 지낸다.

초이렛날(마지막 날)은 그들은 기자묘에 모여서 일 년에 한 번 이르는 자유로운 명절의 마지막 날에 상당하도록 가장 성대히 가장 유쾌히 가장 즐겁게 논다. 이러다가 해가 용악으로 넘어가렬 때쯤은, 지금 집에서 자기를 기다리고 있는 남편이며 또는 며칠 전에 말구어만[6] 두고 시작은 안 하였던 자기의 모시 치마를 머릿속에 그리면서, 각각 자기의 가정으로 돌아간다.

이리하여 아낙네의 명절은 막을 닫힌다.

12

첫 명절날(닷샛날) 금패는 모든 뱃놀이와 술좌석을 물리치고 친한 손님 몇이(W·H·K)와 더불어 어죽놀이를 떠나기로 하였다.

어죽놀이에는 맞춤인 일기였다. 오월대고는 뜨거운 날이었지만 물에 들어서서 일을 하여야만 할 그들에게는 맞춤인 일기였다. 뿐만 아니라, 회강廻江하여 주암까지 가서 죽을 쑤려고 나선 그들에게는 없지 못할 밀물은, (벌써 아침 열시쯤부터 밀기 시작하였지만) 그들이 떠나는 낮 열두시쯤은 대동강을 바다와 같이

6 '마르다[裁]'의 방언.

248

넓게 하고도 무엇이 부족하여 그냥 오른다. 게다가 대동강 특유의 달큼한 서남풍은 밀물에 몰려 올라가는 그들의 배의 힘을 더욱 보태어서 배는 쏜살같이 반월도를 뒤로 감돌아서 능라도 뒤로 위로 위로 올라갔다.

단오 명절은 동산에만 이르지 않고 쥐무덤 자라웃까지도 이르렀다. 자라웃의 무성한 수양 버드나무에도 그넷줄이 늘어져 있고, 당시에 유행한 송화빛과 은향색이 그 그넷줄 위에서 춤을 춘다. 약간 부는 바람에 불려 올라가듯 너울너울 앞으로 높이 솟았다가는 다시 은향색 치마를 휘날리면서 뒤로 솟아오르고─그럴 때마다 '쉬─' 하는 힘을 주는 계집애의 아름다운 소리는 날아온다.

금패네 배는 그것을 멀리 바라보면서 능라도로 붙어서 그냥 위로 올라갔다. 이리하여 그들의 배가 주암 어떤 어죽 쑤기 좋은 자리 앞에 이른 때는 오후 두시 반쯤, 기껏 올랐던 밀물이 그 반동으로 속력을 다하여 찌기[7] 시작한 때였다.

"거, 어죽 쑤기 좋은 자리루다."

과연 거기는 어죽 쑤기에는 능라도나 반월도 근방에는 쉽지 않을 만치 온갖 것을 갖춘 자리였다. 물 바닥은 대동강 특유의 가는 모래요, 물 맑고 언덕은 잔디밭이요, 그 위에는 커다란 수양버들이 좋은 그림자를 띠고 있다. 앞으로는 기역자로 꺾어지면서 능라도 때문에 두 가닥으로 갈라진 대동강을 끼고, 평양성 내가 멀리 바라보인다. 그들은 거기서 내렸다. 그 뒤로 사공이 닭이며, 쌀, 나무, 짠지, 또는 솥들을 나르고 자리를 정하여 거기 솥을 걸

---

7 들어온 밀물이 나가다.

자리를 자갯돌로 쌓아놓았다.

"자, 누가 닭을 잡겠나."

H라는 손님이 둘러보면서 말하였다.

"내 닭 백정 노릇 하마."

K가 대답하고 버선을 벗어 던진 뒤에 다리를 걷고 칼과 닭을 가지고 물가로 갔다.

W는 솥에 물을 넣고 불을 때고, H는 쌀을 씻고, 이렇게 직분은 작정되었다.

금패는 별로 말할 수 없이 마음이 즐거워서 연엽이와 같이 풀밭도 거닐며 또는 송화빛과 은향색이 개미같이 얽혀 있는 모란봉 근처도 바라보며 때때로는 일을 하는 손님들에게 농담도 던져보며, 그럴 때마다 이유 없이 큰소리로 웃고 하였다.

"데 뒤에 가보자."

"가보자꾼."

연엽의 동의에 금패는 가볍게 대답을 한 뒤에, 손님들을 내버리고 풀 향기를 마시면서 차차 동리로 가까이 갔다. 이리하여 동리 앞에 거진 이르매 거기도 단오 명절이라고 아이들은 모두 새 옷을 입고 멀리 바라보이는 데는 그넷줄도 늘어져 있다.

"돼지에게 은방울 단 것 같구나."

연엽이가 촌 아이들이 자기네 뒤를 따라오는 것을 보고 이렇게 금패에게 말하였다.

"가만 애. 돼지구 뭐이구 더게서 찾나 브다."

금패는 손님들 있는 편으로 돌아서 보았다. 과연 K는 어느덧 닭을 다 죽였는지 두 마리의 닭을 높이 두르면서 금패의 편을 향하여 고함친다.

"너희들 한 마리씩 돼라."[8]

"발세 물 끓었나요?"

"끓기는 샘시레 털꺼정 물궸다."

"퉵세다가레. 것두 걱정이외까?"

금패와 연엽이는 K에게로 달음박질하여 가서 뜨거운 물이 뚝 뚝 흐르는 닭을 한 마리씩 받아가지고 물가로 갔다. 끓는 물에 잘 무른 털은 손을 댈 새가 없이 툭툭 빠졌다.

"잘은 뽑아딘다."

"네 핸 잘 뽑히니? 내 핸 당초에 안 뽑아디누나……."

이러케 연엽이가 머리는 닭에게 향한 대로 대답하였다.

"바꾸어 달라니?"

"정 바꾸아주렴."

"찍! 먹갔니?"

금패는 연엽에게 농담을 한번 던진 뒤에 닭의 털을 새빨갛게 까지 벗겼다.

"다됐쉐다."

금패는 언덕을 향하여 고함쳤다.

"됐으면 배 가르구 각을 뜨렴."

K가 금패를 향하여 고함쳤다.

금패는 칼을 집어다가 닭의 각을 뜨고 배를 가르고 내장을 꺼 내고 하여 모든 요리를 끝낸 뒤에 바가지에 담아가지고 솥 걸어

---

8 새나 짐승을 잡아 뜨거운 물에 잠깐 넣었다가 꺼내어 털을 뽑다.

놓은 데로 갔다.

"수구했네."

H가 닭을 받아서 솥 속에 넣었다.

"나리들 재간이 이만하갔소?"

금패는 자랑스러운 듯이 돌아서면서 담배를 붙여 물었다.

연엽의 닭도 되었다. 물도 넣었다. 인제는 불을 때는 W밖에는 할 일이 없었다.

뿡두 딸 겸, 님두 볼 겸…… 금패는 가는 소리로 부르면서 혼자 강가로 나왔다. 물결이라고 부르기에는 너무 사랑스러운 조그만 물결이 찰삭찰삭 강가 모래 위를 스치고 달아나고 한다. 물속에는 작은 고기 새끼들이 닭의 털을 희롱하며 팔딱거린다.

그는 꿈꾸는 듯한 눈으로 이것을 들여다보면서 머리로는 '살림살이'라는 것을 그려보았다. 남편과 아내가 힘을 같이하여 온갖 일을 하며 틈 있을 때마다 같이 즐거이 웃고 날뛰며―아아. 과연 그것은 아름다운 '살림살이'에 다름없었다. '어죽놀이' 그것은 살림살이의 한 단편의 축도에 다름없었다. 만약 '살림살이'로서 과연 어죽놀이와 같다 할양이면 그것은 이야기에 들은 '극락세계' 그것에 다름없었다. 남편의 근심은 아내가 같이 슬퍼하고 아내의 걱정에 남편이 근심하고―과연 그들 앞에 걱정이 있다 하면 그것이 무엇이며 근심이 있다 하면 그것이 무엇이랴. 그것은 봄을 만난 눈이며 물을 만난 소금이 아닐까.

금패는 이런 생각을 하며 앉아 있었다.

13

"금패두 고기 뜯게."

금패는 펄떡 놀라서 일어섰다. 저편에서는 잘 무른 닭의 고기를 솥에서 꺼내어놓고 뜯기 시작한 모양이다. 금패는 가만가만 그리로 갔다.

"무얼 하댔니? 외딴 데서 함자서?"

연엽이가 이렇게 금패에게 말을 걸었다.

고구천변 일륜홍 부상에 둥실 높이 떠…… 금패는 대답 대신으로 노래를 하면서 고기를 뜯기 시작하였다. 이리하여 다섯 사람은 고기 바가지에 둘러앉아서 뼈를 추리고 고기는 모두 모아서 쌀과 함께 솥 속에 넣은 뒤에 마침내 기다리던 술추렴을 시작하였다.

"아씨들은 뼉다구나 핥게."

"누굴 개—ㄴ 줄 압니까?"

하면서 금패는 뼈를 하나 집어서 거기 아직 붙어 있는 고기를 뜯어 먹기 시작하였다.

해는 벌써 모란봉 마루를 넘기 시작하였다. 강물은 그 해에 반사하여 새빨간 빛을 그들에게 보낸다. 땅에까지 닿을 듯한 수양버들이 그들을 덮기는 덮었으나 서편 쪽으로 넘어간 해는 그 버드나무 아래로 또는 똘똘 흐르는 물결로 반사하여 그들이 앉아 있는 곳도 새빨갛게 되었다.

"아이구 눈 시다— 나두 한잔 주소고레. 당신네만 잡숫갔소?"

금패는 우쩍 들어앉으면서 말하였다.

"얘, 너두 술 먹을 줄 아니?"

"애개개 망측해라, 그만두라우 얘."

K와 연엽이가 눈이 둥그레서 금패를 보았다.

"어디 한잔 멕여보자."

그러나 금패의 얼굴이 농담이 아닌 것을 보고 W가 농 삼아 금패에게 한 잔 주었다. 금패는 그것을 받아서 꿀거덕 삼켰다.

"에 용타."

어느 손님이 말하였다. 그러나 금패의 눈에서는 눈물이 나오려 하였다.

"아이구 쓰다."

그는 침을 덜걱 덜걱 삼키면서 겨우 말하였다.

"네 봐라. 먹을 줄두 모르는 걸…… 이담엔 아예 먹디 말아."

"마사무네⁹완 다르다."

"다르디 않구."

첫 잔에 금패는 벌써 눈숡과 귀에 더위를 깨달았다.

그러나 그다음 잔도 그는 빠지지 않고 먹었다. 어떤 까닭인지는 모르지만 그의 마음은 술을 요구하였다. 차차 뒷목에서 뚝뚝 소리가 나기 시작하였지만 점점 흥이 돌아가는 손님들을 볼 때에 그의 마음에서는 술을 요구하였다.

"아이구 급하다."

석 잔 넉 잔 하여 다섯 잔 여섯 잔까지 먹고 얼굴이 시커멓게까지 되었을 때에, 그는 어지러움을 참지 못하여 그만 그 자리에

---

9 '정종'을 뜻하는 일본어.

쓰러졌다. 손님의 너 먹어라 나 먹어라 하는 소리는, 마치 강 건너편에서 나는 것같이 흐리게 그의 귀에 들리게 되었다. 손님들이 제 가까이 있는지 없는지도 그는 몰랐다. 온몸의 무게가 허파에 모인 것같이, 허파가 괴롭기 짝이 없었다. 그는 누구든지 붙잡으려고 두 손을 들어서 휘저으면서 그만 신음하였다.

"사람 살리소고레."

"왜 그러니?"

누가 이렇게 물었다.

"죽가시오."

"글쎄, 술은 먹을 줄두 모르는 꼴에 왜 먹는담. 좌우간 배루 가자. 데려다 줄게. 거게 누워 있거라."

"배엔 싫어요."

"싫긴 뭐이! 그러다가 게우면은 어디칼라구. 자 닐어나라."

"가만. 움쭉을 못 하가시오. 움직이면 게우갔시오."

금패는 구역을 참으며 겨우 중얼거렸다.

"이걸 또 업어다 주야나? 하하하하 글쎄 술은……."

하면서 그 손님은 금패를 들어 업었다.

금패는 손님에게 매달려 배까지 가서 내려서 치마를 뒤집어쓰고 드러누웠다. 손님은 친절히 방석을 말아서 베개 삼으라고 금패의 머리에 고여주고 도로 술 추렴하는 데로 돌아갔다.

금패의 뒷목에서는 핏줄이 뛰노느라고 머리까지 들썩거렸다. 그의 눈에서는 눈물이 하염없이 흘렀다.

그의 눈물, 그것은 다만 술 때문이 아니었다. 잠깐 그림자를 감추었던 온갖 슬픔은 미친 바람과 같이 그의 마음에 떠올랐다.

뿐만 아니라, 그 슬픔은 다른 때와 달라서 어망처망하게 크게 된 대규모의 슬픔이었다. 그리고 한 가지씩 순서 있게 나오는 슬픔이 아니고, 여러 십 가지의 슬픔이 함께 얽힌 범벅의 슬픔이었다. 게다가 그 가운데는 '살림살이'라 하는 어떤 '걱정'에 가까운 무엇까지 숨어 있었다.

14

이튿날 어떤 뱃놀이에 불려갔던 금패는 돌아오는 길에 끔찍하고 무서운 일을 보았다. 그들의 배가 모란봉까지 갔다가 청류벽 기슭으로 붙어서 내려오는 때였다. 배가 '정위 정관조正尉 鄭觀朝'라고 크게 새긴 아래를 지나갈 때에 갑자기 무엇이 철썩하는 소리를 들었다. 배에 탔던 모든 사람은 일제히 머리를 소리 나는 편으로 향하였다. 거기는 바위 위에 (감감하니 높이 보이는 청류벽 위에서 떨어진 듯한) 열서넛 난 계집애 하나가 약간 다리를 움직이며 꼬꾸라져 있었다. 배에 탔던 사람은 모두 일어섰다. 그러나 언덕에 와하니 모여드는 사람의 떼 때문에 계집애는 가려서 보이지 않게 되었다. 다만 지금 방금 죽느니 골이 짜개져 헤어졌느니 입으로 피를 쏟느니 하는 이야기만 들렸다. 순사도 달려왔다.

"거즉, 거즉."

"누군디 아는 사람 없소?"

"에, 불사해!"

이와 같은 소리가 웅성스러이 들렸다.

"에구 끔찍해. 내려가세."

손님이 배를 재촉하였다.

금패는 몸을 떨고 돌아서면서 월선에게 말을 붙였다

"아이구, 끔찍두 해라."

"오늘 밤 눈에 버레서 어디캐 자나."

"아까와라. 데 앤 아무 것두 모르구 죽었갔디?"

"알긴? 도무지 열 서넛에 난 거이…… 기 애 부모가 알몬 죽갔대갔구나."

금패는 한숨을 쉬고 앉았다.

월선의 '아무 것두 모른다'는 것은 '성'을 뜻함이었다. 그러나 금패의 '아무 것두 모른다'는 것은 결코 그런 뜻에서 나온 것이 아니었다. 금패의 뜻의 한 가지는 그 애는 아직 살아나가는 데 대한 아무 저픔이며 두려움을 모르고 죽었겠다 하는 것이었다. 그러나 그보다도 더 마음속에 깊이 들어박힌 것은 그 애는 한순간 전에도 제가 죽을 것을 몰랐겠다 하는 것이었다.

그날 밤, 집에 돌아와서도 그는 한잠을 이루지 못하였다.

아까 그 계집애의 죽음에서 시작된 그의 머리는 몇 해 전 자기에게 쫓겨나가서 길가에서 얼어 죽은 A며, 자기와 친하던 기생 몇의 죽음, 더욱 (무엇에 만족치 못하였는지 그 당시에 한창 말썽이 많았던) '네코이라즈(猫いらず)[10]'를 먹고 죽은 화선의 죽음이며. 또는 저를 친누이와 같이 사랑해주던 ○라 하는 손님의 죽음이며, 술좌석에서 갑자기 뇌일혈로 꼬꾸라져 죽은 N이라는 손님

10 '쥐약'을 뜻하는 일본어.

의 죽음을, 순서 없이 생각하였다. 그리고 그는 한숨을 짚었다—
'죽음' 그것은 무섭지 않다. 그러나 이를 생각하며 계획하고 실행
하는 것이 무서운 일이라고…….

이리하여 그의 머리에는 '죽음'이란 문제가 성장하기 비롯하
였다.

15

마지막 명절날 아우의 조름에 못 견디어서 금패는 기자묘에
오르기로 하였다. 아우에게 몇 번 채근을 받으며 겨우 차리고 나
선 때는, 오후 두시쯤이었다. 큰 거리는 차리고 나선 아낙네로
찼다.

아침에는 그리 마음이 없었던 금패도, 이 큰길에 빼곡히 다니
는 아낙네들을 보며 약간 분홍빛을 띤 흰 구름이 빠질 듯이 떠
있는 하늘과, 거기 날아다니는 잠자리와 제비를 보며 아까 거울
에 비쳤던 제 예쁜 그림자를 생각할 때에 차차 마음이 흥성스러
워지기 시작하였다.

그들은 그때 갓 닦아놓은 신작로로 겹겹이 쌓인 먼지와 아낙
네들 틈을 꿰이며 칠성문 밖으로 빠져서 기자묘에 이르렀다. 그
넓은 기자묘의 무성한 소나무들도 먼지와 흐늘거리는 사람의 범
벅에게 눌려서, 없는 듯하였다.

"형애야, 데 사람 봐라."

"구데기 겉구나."

금패는 가볍게 대답하면서 길에서 벗어나서 초뚝에 내려섰다.

"금주야, 어디루 가자니?"

"형애 너 가구픈 데 가자꾼."

"나 가구픈 데? 그럼 여게 있자꾼."

하며 금패는 털썩 주저앉았다.

"가만. 더—게 영월이 성 있나 부다. 거게 가자우."

금주는 이렇게 형을 재촉하였다. 금패는 아우가 손가락질하는 편으로 머리를 천천히 돌렸다. 거기는 영월이라 누구라 기생이 대여섯 명 그넷줄 아래 둘러서 있고, 한 쌍은 올라서 쌍그네를 뛴다. 금패는 말없이 일어서서 그리로 갔다.

"금패 오누나. 너 같은 학자님두 이른 델 댕기니? 글쎄 오늘은 해가 서에서 뜨더라."

재잘거리기 좋아하는 영월이는 금패를 보는 순간, 벌써 마주 나오면서 이야기를 시작하였다.

"금주가 너무 오재기에."

"좌우간 온 김에 건네나 한번 뛔라. 애 홍련이 산월이 다 내려라. 학자님 한번 뛔래자."

"곤해서 좀 쉐서 뛰갔다."

하며 금패는 어떤 소나무 그루에 털썩 걸터앉았다. 이즈음 충분히 자지 못하고 맛있게 먹지 못하고 고민으로 날을 보내어 무한 몸이 약해진데다가, 어젯밤에 한잠을 못 이루고 오늘 또 그 사람과 먼지 틈을 꿰이고 온 금패는, 사실 그네 뛸 용기가 없었다. 그는 눈을 가늘게 뜨고 힘없이 그넷줄을 바라보았다. 줄에는 쌍그네 뛰던 홍련이와 산월이는 벌써 내리고 새 계집애가 올라가서 한창 뛰고 있었다. 뒤로 거반 땅과 평행으로까지 올랐다가는 '쉬―' 하는 소리와 함께 너울너울 나비와 같이 펄럭이며 앞으로 솟아오르고 그럴 때마다 소나무는 그루까지 부러질 듯이 흔들린다. 가지는 우적우적하였다. 그러고 만약 그 가지가 한번 부러만 지는 지경이면 그넷줄 위에서 즐겨하던 그 계집애는 당장에 송장으로 변할 것이었다.

이것을 보는 때에 금패는 어제 청류벽 위에서 떨어져 죽은 계집애를 생각하였다. 하루살이와 같다. 이슬과 같다. 실낱같다. 또는 봄 꿈과 같다. 예부터 인생이란 것을 폄한 여러 가지의 경구가 있었지만 그 백만의 경구가 과연 어제 그 한순간의 사실을 나타낼 수가 있을까. 한순간 전에 청류벽 위에서 꽃을 따느라고 돌아다니며 즐기던 계집애(그에게도 내일 입을 옷이며 먹을 음식이 있었을 테다. 내일 학교에 가면 어제 공연히 결석하였다고 선생에게 꾸지람 들을 걱정도 가졌을 테다. 또는 남이 헤아리지 못할 아름다운 꿈과 같은 바람도 있었을 테다)가 한순간 뒤에는 벌써 청류벽 아래 송장이 되어 누워 있었다. 혹은 아직까지 그 계집애의 어머니는 자기 딸의 죽음을 모르고 가벼운 여름옷을 짓고 있는지도 모를 테지. 엄한 아버지가 자기 딸의 돌아옴의 늦음을 성내어 들어오면 꾸짖으려고 기다리고 있는지도 모를 테지. 또는 누이가 돌아오기 전에 어서 다 먹으려고 과자에 덤벼드는 어린 오라비가 있을지도 모를 일이다. 그러나 그 계집애는 지금 어디서 무엇을 생각하고 있노.

"형애 너 한번 뭬라!"

금주가 한 손은 그넷줄을 쥔 채로 헐떡이며 형에게 고함쳤다.

금패는 펄떡 정신을 차리며 무의식히 그넷줄로 가서 올라섰다. 팔과 다리가 떨렸다.

금주는 그넷줄을 뒤로 우쩍 끌고 갔다가 앞으로 내어 쏘았다. 금패는 발을 굴렀다. 그네는 차차 높이 올랐다. 뒤에서 구르고 앞에서 구르고 이리하여 흐느적거리는 송화빛과 은향색의 물결은 금패의 발아래서 움직이게 되었다. 모든 사람들을 눈 아래 굽어보면서 금패는 더욱 궁굴렸다.

"쉬ー."

그네는 구름까지 올라가듯 솟았다. 서늘한 바람이 이마와 콧등과 귀를 스치고 뒤로 달아났다. 먼지와 소나무 위를 넘어서 을밀대의 지붕도 보이게 되었다.

"잘은 올라간다."

아래서 누가 높은 소리로 고함쳤다.

이때에 우정인지 혹은 저절로인지 (금패 자기도 똑똑히 몰랐으나) 오른편 손아귀의 힘이 조금 풀리는 것을 그는 깨달았다. 그다음 순간, 그는 그넷줄에서 땅바닥에 철썩하니 떨어졌다.

16

이리하여 대기 가운데 떠돌던 조그만 티끌 하나는, 겨우 눈을 뜰 때, 자기의 사위四圍의 너무 크고 넓음에 놀라서, 소리도 못 내고 도로 그 자리에 쓰러졌다.

〈눈을 겨우 뜰 때〉의 서편은 끝났다. 계속하여 쓰고 싶기는 하지만, 한 단편을 해를 걸쳐서 써나간다는 것도 재미없을뿐더러, 겨울이 되면 늘 약해지는 작자의 몸이 또한 온전치 못한 듯하므로 본편은 이다음 좋은 기회를 기다리기로 하고, 이로써 한 단락을 맺으려 한다. 이 뿐으로도 한 독립한 작품이 되겠음에…….

— 〈개벽〉, 1923. 7~11.

피고

피고는 경찰서와 검사국에서 자백한 바를 모두 부인하되, 피고인의 범죄 사실은 확실하다. 피고는 오월 삼십일일 오후 여섯시쯤, 용산에서 동대문으로 가는 제1호 전차 안에서, 피해자 이○○의 미모를 보고 종로에서 같이 내려서, 피해자의 집까지 뒤를 밟아서 집을 안 뒤에, 그 이튿날 오전 세시쯤 안국동 피해자의 집에 몰래 들어가서 강간을 하려다가 붙들린 사실은 피해자가 검사국에서 공술한 바이며, 피고도 그 일부 사실은 인정한다. 피고가 ○○내외술집[1]에서, 친구와 술을 먹고 헤어진 것은 오전 두시며, 나머지 한 시간 동안을 들어갈까 말까 주저한 것은 피고에게 약간의 양심이 남아 있었다고 할 수는 있지만, 그래도 강간미수라

---

1 접대부가 술자리에 나오지 않고 술을 순배로 파는 술집.

는 큰 죄는 법으로 다스리지 않을 수 없다. 그러므로 본관은 형법 제○조에 의지하여 피고를 징역 삼 년에 처함이 옳다고 생각한 다…… 운운.

이것이 검사가 그에게 대하여 한 논고였다. 그 뒤에는 소위 관선 변호인이란 사람이 그를 위하여 변호를 하였다. 피고의 모든 행동은 모두 술 때문이었고, 또 그의 이전의 품행이 단정하였던 것을 보고 특별히 가벼운 벌을 씌워주시기를 원한 것이다.

저녁 뒤에 어둠침침한 감방 안에 앉아 있는 그의 머리에는 아까 재판소에서 지낸 광경이 활동사진같이 지나갔다. 검사도 그를 강간 미수죄로 다스려달라 하였다. 변호사도 '그를 위하여' 죄는 그렇지만 특별히 용서해달라고 원하였다. 이에 극도로 어지럽게 된 그의 머리에는, 과연 자기가 그 이 모라는 여학생의 집에 강간을 하러 들어갔다(는 것같이) 생각되게까지 되었다.

오월 삼십일일, 그는 한 달을 땀을 흘려서 얻은 월급을 받아 쥐고 문득 친구 D를 생각하였다. 동시에 술과 취한 뒤의 아름다운 환상을 생각하였다. 그리고 D를 찾아서 한잔 술을 나누어 먹을 작정으로 공장을 뛰쳐나와서 안국동 사는 D를 찾으러 동대문 가는 전차를 잡아탔다. 이리하여 전차가 남대문에 이르렀을 때에, 어떤 예쁜 여학생이 하나 전차에 올라서 그의 맞은편에 걸터앉았다. 젊은 사내인 그는 문득 '예쁜 계집애다' 생각하였다. 그와 함께 저런 계집애를 마누라로 삼고 살았으면 얼마나 즐거우랴 생각하였다.

전차는 종로에 이르렀다. 그는 전차에서 내려서 (그에게는 향기롭다 생각되는) 피존 한 대를 붙여 물고 안국동으로 향하였다. 그리고 문득 앞을 보매, 아까 그 계집애가 앞서서 활발히 걸어간다. 그는 한 번 다시 그런 계집애를 마누라로 삼고 싶었다. 그는 앞에 보이는 좁은 골을 보고, '그리로 들어가서 한참 가면 D의 집이거니' 생각할 때에 그 계집애는 벌써 그 골목으로 들어갔다. 그는 부끄러워서 옆 골목으로 돌아가려다가 그만 그 골목으로 들어섰다. 이리하여 한참 가는 동안 그 계집애는 길을 인도하는 듯 때때로 힐끗힐끗 돌아보면서 그의 앞을 걸었다.

마침내 D의 집에 이르렀다. 그가 D를 찾으려고 뜻 없이 앞을 볼 때 그 계집애가 D의 집에서 대여섯째 되는 어떤 깨끗한 집으로 쑥 들어가버렸다. 그는 그만 정신없이 걸어나가서 그 집을 들여다보았다. 그는 펄떡 놀랐다. 가난한 그에게는 '깨끗한 집과 학교 졸업한 마누라'라는 것이 머리에서 떨어져 본 적이 없었다. 그리고 그는 몇 가지의 집을 머릿속에 그려보고는 지우고 하였다. 이리하여 마침내는 완전하고 쓸모 있고 깨끗한 집이 머릿속에 생겨났다. 그리고 돈만 벌면 이런 집을 지어보리라고 마음속에 굳게 생각하였다. 그러나 그 계집애가 들어간 그 집이야말로 '이것이면' 하고 그의 머릿속에 건설된 그 집에 다름없었다. 드높고 서늘한 대청이며, 깨끗하게 생긴 건넌방이며, 또는 대청 앞에 새로 해놓은 화단이며, 그의 연래年來로 바라던, '바람'의 덩어리가 뭉쳐서 이 집이 되지 않았나 생각될만한 집이었다.

'이런 집에 한번 살아보았으면. 아까 그런 계집애를 마누라로 삼고……'

그는 얼마 동안 거기 서 있었는지 알지 못하였다. 좀 있다가 건넌방 장지문이 덜컥 열리며 아까 그 계집애가 머리를 쑥 내밀다가 대문 안에 눈이 멀뚱멀뚱 서 있는 그를 보고 눈을 흘기더니 도로 쑥 들어가버렸다.

그는 펄떡 정신을 차리고 그 집을 나서며 D의 집에 이르렀다.

서너 시간 뒤에 그와 D는 그 근처에 있는 어떤 내외술집에 얼근히 취하여서 마주 앉았다. 술로 말미암아 용기가 난 그는 이 세상이 모두 제 앞에 끓고 앉았는 듯이 지절거렸다.

'레닌이 노동 노국露國을 세우매 마르크스가 도와주었다. 그래서 멜서스가 생어를 하여 마침내 보이콧이 되었다. 그러매 우리 프롤레타리아는 힘을 다하여 부자들을 없이하고 잡지에 투서를 하여야 한다…….'

그는 여기저기 강연회에서 얻어들은 어려운 말을 함부로 내뿜었다. 그리고 자기도 한낱 훌륭한 사람이 된 것같이 생각하였다.

새벽 두시쯤 그들은 술집을 나서서 D는 자기 집으로 가고, 그도 동대문 밖 자기 집으로 향하였다.

종로에 이르러서 보매 전차는 벌써 없어졌다.

"제길, 걸어가 주어라. 전차가 다 뭐야. 부르주아 놈들!"

그는 이렇게 중얼거리고 걷기 시작하였다. 이리하여 한참 걸어서 어떤 큰 문 앞에까지 이르렀다.

'벌써 왔다. 전차가 있기만 했더면 두 냥 반 삯을 뻔했다.'

그러나 그다음 순간 그는 그것이 동대문이 아니고 남대문인 것을 깨달았다.

'흥. 내가 취했구나.'

그는 크게 한번 웃은 뒤에 돌아섰다. 그러나 그는 길을 어떻게 들었는지 좀 뒤에 그의 앞에는 커다란 경성일보사가 우뚝 서 있다.

'옳다, 됐다. 인젠 이리로 쑥 나가서 동쪽으로만 가면 된다.'

그는 다시 마음먹고 다시 걸었다. 그러나 여우에게 홀렸는지 그는 암만 걸어도 동대문은 보지 못하였다. 그는 유행 노래라 양산도라를 코와 입으로 부르면서 좁은 길 큰길 할 것 없이 한없이 걸었다. 이리하여 얼마 뒤에 그는 아직 동대문은 보지 못하였는데 자기 집 앞에 서 있는 자기를 발견하였다. 그는 서슴지 않고 대문을 밀매 대문은 열렸다. 그는 안뜰로 들어섰다. 그러나 뜻하지 않은 일은 그의 집은 이전에 살던 그 오막살이집이 아니고 어느덧 자기의 마음에 맞게 지은 그 집이었다.

'언제 내가 다시 지었나?'

잠깐 머리에 이런 생각이 지나갔지만 시재時在 눈앞에 이 집에 있는지라 그는 서슴지 않고 다 떨어져 가는 꺼먼 구두를 벗어 던지고 대청에 올라섰다.

'역시 나는 지중지물池中之物이 아니다. 집두 잘은 지었다.'

그는 돌아서서 대청에 켠 전등 빛으로 뜰에 만발한 꽃밭을 둘러보고 자기 방(이라 생각되는) 건넌방으로 들어갔다.

그러나 거기 또한 뜻하지 않은 광경이 벌여 있었다. 대청에 켠 전등 빛으로 그는 아랫목에는 비단 이부자리가 펴 있는 것을 보았고, 뿐만 아니라 이전에 어디선가 보고 자기 마누라로 삼고 싶었다고 생각되던 어떤 여편네가 그 이불 속에서 곤하게 잠이 들어 있었다.

그러나 이것도 의심할 것이 아니었다. 자기가 이미 크고 깨끗한 집의 주인이매 이만한 마누라가 있는 것은 결코 이상한 일이 아니었다. 그는 역시 서슴지 않고 옷을 활활 벗어 던진 뒤에 이 불 속으로 뛰어들어갔다. 그리고 드러누우면서 어느덧 잠이 들었다(그 뒤에 한 주일을 연구하고 생각하여 겨우 생각난 일은 그가 어렴풋이 잠이 들 때에 날카로운 소리와 함께 부드러운 살의 맛이 그를 스치고 넘어간 것이다).

그 이튿날 그가 겨우 잠이 깬 때에는 그는 벌써 경찰서 구류장에 들어 있었다.

모든 사실이며 증거는 확실하였다. 피해자의 아버지가 경찰서와 검사국에서 그가 자기의 딸의 뒤를 따라서 마침내 '자기 집 안뜰까지 들어온 일'이 있음을 공술하였다. 그리고 그도 따라가지는 않았지만 그 집 안뜰까지 정신없이 들어간 일은 자백하였다.

이 이상의 증거가 필요 없었다. 그는 곧 재판소에 넘어갔다.

그는 마침내 자기를 의심해보았다. 그리하여 마침내 (사실이 너무도 기적적인지라) 자기는 역시 아까 검사며 변호사가 말한 바와 같이 참말 강간하러 그 집에 들어갔었다 의심하게까지 되었다.

세월이 닫는 말과 같다(여주마如走馬) 하지만 오히려 소걸음(여행우如行牛)이라 형용하고 싶은 감옥 안의 한 주일은 지났다. 그리하여 그가 다시 재판소에 불려 갔을 때에 재판관은 (피고가 이전에 선량한 직공이던 것을 생각하여) 특별히 징역 이 년에 처한다는 판결을 내렸다.

이리하여 선량한 시민인 그는 지금 서대문 감옥에서 매일 톱질과 대패질로 세월을 보낸다.

— 〈시대일보〉, 1924. 3. 21~4. 1.

감자

싸움, 간통, 살인, 도적, 구걸, 징역 이 세상의 모든 비극과 활극의 근원지인, 칠성문 밖 빈민굴로 오기 전까지는, 복녀의 부처는 (사농공상의 제2위에 드는) 농민이었다.

복녀는, 원래 가난은 하나마 정직한 농가에서 규칙 있게 자라난 처녀였다. 이전 선비의 엄한 규율은 농민으로 떨어지자부터 없어졌다 하나, 그러나 어딘지는 모르지만 딴 농민보다는 좀 똑똑하고 엄한 가율이 그의 집에 그냥 남아 있었다. 그 가운데서 자라난 복녀는 물론 다른 집 처녀들과 같이 여름에는 벌거벗고 개울에서 멱 감고, 바짓바람으로 동리를 돌아다니는 것을 예사로 알기는 알았지만, 그러나 그의 마음속에는 막연하나마 도덕이라는 것에 대한 저품을 가지고 있었다.

그는 열다섯 살 나는 해에 동리 홀아비에게 팔십 원에 팔려서 시집이라는 것을 갔다. 그의 새서방(영감이라는 편이 적당할까) 이라는 사람은 그보다 이십 년이나 위로서, 원래 아버지의 시대 에는 상당한 농군으로서 밭도 몇 마지기가 있었으나, 그의 대로 내려오면서는 하나둘 줄기 시작하여서 마지막에 복녀를 산 팔십 원이 그의 마지막 재산이었다. 그는 극도로 게으른 사람이었다. 동리 노인들의 주선으로 소작 밭깨나 얻어주면, 종자만 뿌려둔 뒤에는 후치[1]질도 안 하고 김도 안 매고 그냥 내버려두었다가는, 가을에 가서는 되는대로 거두어서 "금년은 흉년이네" 하고 전주 田主 집에는 가져도 안 가고 자기 혼자 먹어버리고 하였다. 그러니 까 그는 한 밭을 이태를 연하여 부쳐본 일이 없었다. 이리하여 몇 해를 지내는 동안 그는 그 동리에서는 밭을 못 얻으리만큼 인심 을 잃고 말았다.

복녀가 시집을 간 뒤 한 삼사 년은 장인의 덕택으로 이렁저렁 지나갔으나, 이전 선비의 꼬리인 장인은 차차 사위를 밉게 보기 시작하였다. 그들은 처가에까지 신용을 잃게 되었다.

그들 부처는 여러 가지로 의논하다가 하릴없이 평양성 안으로 막벌이로 들어왔다. 그러나 게으른 그에게는 막벌이나마 역시 되 지 않았다. 하루 종일 지게를 지고 연광정에 가서 대동강만 내려 다보고 있으니, 어찌 막벌이인들 될까. 한 서너 달 막벌이를 하다 가, 그들은 요행 어떤 집 막간(행랑)살이로 들어가게 되었다.

그러나 그 집에서도 얼마 안 하여 쫓겨나왔다. 복녀는 부지런 히 주인집 일을 보았지만 남편의 게으름은 어찌할 수가 없었다.

1 '극쟁이'의 방언. 땅을 가는 데 쓰는 농기구.

270

매일 복녀는 눈에 칼을 세워가지고 남편을 채근하였지만, 그의 게으른 버릇은 개를 줄 수는 없었다.

"볏섬 좀 치워달라우요."

"남 졸음 오는데. 님자 치우시관."

"내가 치우나요?"

"이십 년이나 밥 먹구 그걸 못 치워!"

"에이구, 칵 죽구나 말디."

"이년, 뭘."

이러한 싸움이 그치지 않다가, 마침내 그 집에서도 쫓겨나왔다.

이젠 어디로 가나? 그들은 하릴없이 칠성문 밖 빈민굴로 밀리어 나오게 되었다.

칠성문 밖을 한 부락으로 삼고 그곳에 모여 있는 모든 사람들의 정업正業은 거러지요, 부업으로는 도적질과 (자기네끼리의) 매음, 그밖에 이 세상의 모든 무섭고 더러운 죄악이었다. 복녀도 그 정업으로 나섰다.

그러나 열아홉 살의 한창 좋은 나이의 여편네에게 누가 밥인들 잘 줄까.

"젊은 거이 거랑질은 왜."

그런 소리를 들을 때마다 그는 여러 가지 말로, 남편이 병으로 죽어가거니 어쩌거니 핑계는 대었지만, 그런 핑계에는 단련된 평양 시민의 동정은 역시 살 수가 없었다. 그들은 이 칠성문 밖에서도 가장 가난한 사람 가운데 드는 편이었다. 그 가운데서 잘 수입되는 사람은 하루에 오 리짜리 돈뿐으로 일 원 칠팔십 전의 현금을 쥐고 돌아오는 사람까지 있었다. 극단으로 나가서는 밤에 돈 벌이 나갔던 사람은 그날 밤 사백여 원을 벌어가지고 와서 그 근처에서 담배 장사를 시작한 사람까지 있었다.

복녀는 열아홉 살이었다. 얼굴도 그만하면 빤빤하였다. 그 동리 여인들의 보통 하는 일을 본받아서 그도 돈벌이 좀 잘하는 사람의 집에라도 간간 찾아가면 매일 오륙십 전은 벌 수가 있었지만, 선비의 집안에서 자라난 그는 그런 일은 할 수가 없었다.

그들 부처는 역시 가난하게 지냈다. 굶는 일도 흔히 있었다.

기자묘 솔밭에 송충이가 끓었다. 그때, 평양 '부府'에서는 그 송충이를 잡는 데 (은혜를 베푸는 뜻으로) 칠성문 밖 빈민굴의 여인들을 인부로 쓰게 되었다.

빈민굴 여인들은 모두 다 지원을 하였다. 그러나 뽑힌 것은 겨우 오십 명쯤이었다. 복녀도 그 뽑힌 사람 가운데 한 사람이었다.

복녀는 열심으로 송충이를 잡았다. 소나무에 사다리를 놓고 올라가서는, 송충이를 집게로 집어서 약물에 잡아넣고 잡아넣고, 그의 통은 잠깐 새에 차고 하였다. 하루에 삼십이 전씩의 공전이 그의 손에 들어왔다.

그러나 대엿새 하는 동안에 그는 이상한 현상을 하나 발견하였다. 그것은 다른 것이 아니라, 젊은 여인부 한 여남은 사람은 언제나 송충이는 안 잡고 아래서 지절거리며 웃고 날뛰기만 하고 있는 것이었다. 뿐만 아니라, 그 놀고 있는 인부의 공전은 일하는 사람의 공전보다 팔 전이나 더 많이 내어주는 것이다.

감독은 한 사람뿐이지만 감독도 그들이 놀고 있는 것을 묵인

할 뿐 아니라, 때때로는 자기까지 섞여서 놀고 있었다.

어떤 날 송충이를 잡다가 점심때가 되어서, 나무에서 내려와서 점심을 먹고 다시 올라가려 할 때에 감독이 그를 찾았다,

"복네, 애 복네."

"왜 그릅네까?"

그는 약통과 집게를 놓은 뒤에 돌아섰다.

"좀 오나라."

그는 말없이 감독 앞에 갔다.

"애, 너, 음…… 데 뒤 좀 가보디 않갔니?"

"뭘 하레요?"

"글쎄, 가야…….."

"가디요, 형님."

그는 돌아서면서 인부들 모여 있는 데로 고함쳤다.

"형님두 갑세다가레."

"싫다 애. 둘이서 재미나게 가는데, 내가 무슨 맛에 가갔니?"

복녀는 얼굴이 새빨갛게 되면서 감독에게로 돌아섰다.

"가보자."

감독은 저편으로 갔다. 복녀는 머리를 수그리고 따라갔다.

"복네 좋갔구나."

뒤에서 이러한 고함 소리가 들렸다. 복녀의 숙인 얼굴은 더욱 발갛게 되었다.

그날부터 복녀도 '일 안 하고 공전 많이 받는 인부'의 한 사람으로 되었다.

복녀의 도덕관 내지 인생관은 그때부터 변하였다.

그는 아직껏 딴 사내와 관계를 한다는 것을 생각하여본 일도 없었다. 그것은 사람의 일이 아니요 짐승의 하는 짓으로만 알고 있었다. 혹은 그런 일을 하면 탁 죽어지는지도 모를 일로 알았다.

그러나 이런 이상한 일이 어디 다시 있을까. 사람인 자기도 그런 일을 한 것을 보면, 그것은 결코 사람으로 못 할 일이 아니었다. 게다가 일 안 하고도 돈 더 받고, 긴장된 유쾌가 있고, 빌어먹는 것보다 점잖고…….

일본말로 하자면 '삼박자三拍子' 같은 좋은 일은 이것뿐이었다. 이것이야말로 삶의 비결이 아닐까. 뿐만 아니라, 이 일이 있은 뒤부터, 그는 처음으로 한 개 사람이 된 것 같은 자신까지 얻었다.

그 뒤부터는, 그의 얼굴에는 조금씩 분도 바르게 되었다.

일 년이 지났다.

그의 처세의 비결은 더욱더 순탄히 진척되었다. 그의 부처는 이제는 그리 궁하게 지내지는 않게 되었다.

그의 남편은 이것이 결국 좋은 일이라는 듯이 아랫목에 누워서 벌신벌신 웃고 있었다.

복녀의 얼굴은 더욱 이뻐졌다.

"여보, 아즈바니, 오늘은 얼마나 벌었소?"

복녀는 돈 좀 많이 번 듯한 거러지를 보면 이렇게 찾는다.

"오늘은 많이 못 벌었쉐다."

"얼마?"

"도무지 열서너 냥."

"많이 벌었쉐다가레, 한 댓 냥 꿰주소고래."

"오늘은 내가……."

어쩌고 어쩌고 하면, 복녀는 곧 뛰어가서 그의 팔에 늘어진다.

"나한테 들킨 댐에는 뀌구야 말아요."

"난 원 이 아즈마니 만나문 야단이더라. 자, 꿰주디. 그 대신 응? 알아 있디?"

"난 몰라요. 해해해해."

"모르문, 안 줄 테야."

"글쎄, 알았대두 그른다."

그의 성격은 이만큼까지 진보되었다.

가을이 되었다.

칠성문 밖 빈민굴의 여인들은 가을이 되면 칠성문 밖에 있는 중국인의 채마밭에 감자(고구마)며 배추를 도적질하러 밤에 바구니를 가지고 간다. 복녀도 감자깨나 잘 도적질하여왔다.

어떤 날 밤, 그는 감자를 한 바구니 잘 도적질하여가지고, 이젠 돌아오려고 일어설 때에, 그의 뒤에 시꺼먼 그림자가 서서 그를 꽉 붙들었다. 보니, 그것은 그 밭의 소작인인 중국인 왕 서방이었다. 복녀는 말도 못 하고 멀진멀진 발아래만 내려다보고 있었다.

"우리 집에 가."

왕 서방은 이렇게 말하였다.

"가재문 가디. 훤, 것두 못 갈까."

복녀는 엉덩이를 한번 홱 두른 뒤에 머리를 젖히고 바구니를 저으면서 왕 서방을 따라갔다.

한 시간쯤 뒤에 그는 왕 서방의 집에서 나왔다. 그가 밭고랑에서 길로 들어서려 할 때에, 문득 뒤에서 누가 그를 찾았다.

"복네 아니야?"

복녀는 홱 돌아서 보았다. 거기는 자기 곁집 여편네가 바구니를 끼고 어두운 밭고랑을 더듬더듬 나오고 있었다.

"형님이댔쉐까? 형님두 들어갔댔쉐까?"

"님자두 들어갔댔나?"

"형님은 뉘 집에?"

"나? 눅 서방네 집에. 님자는?"

"난 왕 서방네…… 형님 얼마 받았소?"

"눅 서방네 그 깍쟁이 놈, 배추 세 폐기……."

"난 삼 원 받았디."

복녀는 자랑스러운 듯이 대답하였다.

십분쯤 뒤에 그는 자기 남편과, 그 앞에 돈 삼 원을 내어놓은 뒤에, 아까 그 왕 서방의 이야기를 하면서 웃고 있었다.

그 뒤부터 왕 서방은 무시로[2] 복녀를 찾아왔다.

한참 왕 서방이 눈만 멀진 멀진 앉아 있으면, 복녀의 남편은 눈치를 채고 밖으로 나간다. 왕 서방이 돌아간 뒤에는 그들 부처는, 일 원 혹은 이 원을 가운데 놓고 기뻐하고 하였다.

복녀는 차차 동리 거지들한테 애교를 파는 것을 중지하였다.

2 특별히 정한 때가 없이 아무 때나.

왕 서방이 분주하여 못 올 때가 있으면 복녀는 스스로 왕 서방의 집까지 찾아갈 때도 있었다.

복녀의 부처는 이제 이 빈민굴의 한 부자였다.

그 겨울도 가고 봄이 이르렀다.

그때 왕 서방은 돈 백 원으로 어떤 처녀를 하나 마누라로 사오게 되었다.

"흥."

복녀는 다만 코웃음만 쳤다.

"복녀, 강짜[3]하갔구만."

동리 여편네들이 이런 말을 하면, 복녀는 흥 하고 코웃음을 웃고 하였다.

내가 강짜를 해? 그는 늘 힘 있게 부인하고 하였다. 그러나 그의 마음에 생기는 검은 그림자는 어찌할 수가 없었다.

"이놈 왕 서방, 네 두고 보자."

왕 서방의 색시를 데려오는 날이 가까웠다. 왕 서방은 아직껏 자랑하던 기다란 머리를 깎았다. 동시에 그것은 새색시의 의견이라는 소문이 쫙 퍼졌다.

"흥."

복녀는 역시 코웃음만 쳤다.

마침내 색시가 오는 날이 이르렀다. 칠보단장에 사인교를 탄 색시가, 칠성문 밖 채마밭 가운데 있는 왕 서방의 집에 이르렀다.

---

3 '강샘'을 속되게 이르는 말. 질투.

밤이 깊도록, 왕 서방의 집에는 중국인들이 모여서 별한 악기를 뜯으며 별한 곡조로 노래하며 야단하였다.

복녀는 집 모퉁이에 숨어 서서 눈에 살기를 띠고 방 안의 동정을 듣고 있었다.

다른 중국인들은 새벽 두시쯤 하여 돌아갔다. 그 돌아가는 것을 보면서 복녀는 왕 서방의 집 안에 들어갔다. 복녀의 얼굴에는 분이 하얗게 발리어 있었다.

신랑 신부는 놀라서 그를 쳐다보았다. 그것을 무서운 눈으로 흘겨보면서, 그는 왕 서방에게 가서 팔을 잡고 늘어졌다. 그의 입에서는 이상한 웃음이 흘렀다.

"자, 우리 집으로 가요."

왕 서방은 아무 말도 못 하였다. 눈만 정처 없이 두룩두룩하였다. 복녀는 다시 한 번 왕 서방을 흔들었다.

"자, 어서."

"우리, 오늘 밤일이 있어 못 가."

"일은 밤중에 무슨 일."

"그래두, 우리 일이……."

복녀의 입에 아직껏 떠돌던 이상한 웃음은 문득 없어졌다.

"이까짓 것."

그는 발을 들어서 치장한 신부의 머리를 찼다.

"자, 가자우 가자우."

왕 서방은 와들와들 떨었다. 왕 서방은 복녀의 손을 뿌리쳤다.

복녀는 쓰러졌다. 그러나 곧 다시 일어섰다. 그가 다시 일어설 때는, 그의 손에는 얼른얼른하는 낫이 한 자루 들리어 있었다.

"이 되놈, 죽어라, 죽어라, 이놈, 나 때렸디! 이놈아, 아이구, 사람 죽이누나."

그는 목을 놓고 처 울면서 낫을 휘둘렀다. 칠성문 밖 외따 밭 가운데 홀로 서 있는 왕 서방의 집에서는 일장의 활극이 일어났다. 그러나 그 활극도 곧 잠잠하게 되었다. 복녀의 손에 들리어 있던 낫은 어느덧 왕 서방의 손으로 넘어가고, 복녀는 목으로 피를 쏟으면서 그 자리에 고꾸라져 있었다.

복녀의 송장은 사흘이 지나도록 무덤으로 못 갔다. 왕 서방은 몇 번을 복녀의 남편을 찾아갔다. 복녀의 남편도 때때로 왕 서방을 찾아갔다. 둘의 새에는 무슨 교섭하는 일이 있었다. 사흘이 지났다.

밤중에 복녀의 시체는 왕 서방의 집에서 남편의 집으로 옮겼다.

그리고 그 시체에는 세 사람이 둘러앉았다. 한 사람은 복녀의 남편, 한 사람은 왕 서방, 또 한 사람은 어떤 한방 의사. 왕 서방은 말없이 돈주머니를 꺼내어, 십 원짜리 지폐 석 장을 복녀의 남편에게 주었다. 한방의의 손에도 십 원짜리 두 장이 갔다.

이튿날 복녀는 뇌일혈로 죽었다는 한방의의 진단으로 공동묘지로 가져갔다.

— 〈조선문단〉, 1925. 1.

○씨

　○○은행 사무원 ○씨는 남에게 지기를 매우 싫어하는 사람이었습니다.

　"길 좀 비켜주."

　"이게 노형의 길이오?"

　○씨는 첫마디로 성을 냅니다. 그러므로 그의 친구들도 ○씨를 대단히 무서워하여 할 수 있는 대로 멀리하려 하였습니다.

　이 남한테 지기 싫어하고 교만한 ○씨가 이즈음 한 큰 타격을 받게 되었습니다. 그것은 다른 것이 아니외다. ○씨가 매일 ○○은행으로 다닐 때에 그의 맞은편에서 오는 (매일 만나게 되는) 어떤 사람의 얼굴이 보기 싫어서외다. 그 '어떤 사람'은 코를 잔뜩 하늘로 쳐들고 '이 세상에 나밖에 사람이 어디 있어' 하는 듯이 뚜거덕뚜거덕 걸어옵니다. ○씨는 그 사람을 만날 때마다 늘 목이 저절로 어깨로 수그러들어 가는 것을 느꼈습니다.

"개자식!"

그 일이 생각날 때마다 ○씨는 스스로 이렇게 부르짖었습니다. 그러나 분한 마음은 삭지를 않았습니다.

하루 아침은 ○씨는 오늘은 꼭 그 자식을 흘겨 꺼꾸러뜨리리라 마음을 굳게 먹었습니다.

'어떻게 하나?'

그는 조반을 먹은 뒤에 시간을 맞추어가지고 길을 나섰습니다. 어디 보자. 그는 마음을 결박해가지고, 늘 그 모르는 사람과 만나게 되는 곳까지 걸어갔습니다. 즉 그 사람은 저편 모퉁이에서 ○씨의 편으로 천천히 걸어왔습니다. 역시 그 사람의 코는 하늘로 향하였습니다. 입에서는 담배의 연기가 가장 자기 주인을 경배하는 듯이 너울너울 하늘로 올라갔습니다.

○씨도 힘을 다하여 눈을 흘겼습니다. 충혈된 그의 눈은 아프기까지 하였습니다. 그러나 그 사람은 ○씨의 눈 같은 것은 이 세상에 그 존재의 여부조차 모른다는 듯이 태연히 걸어갔습니다.

'또 모욕당했다.'

은행에서 사무를 보는 하루 종일 ○씨의 머리에서는 모욕당했다는 생각이 떠나지를 않았습니다.

"이 자식을…… 음, 이런! 원! 에, 분해……."

그날 밤 그는 밤새도록 헛소리를 탕탕하도록 열까지 났습니다. 그의 아내는 영문은 모르고 은행에서 뉘한테 따귀라도 얻어맞았는가 하고 대단히 걱정하며 간호하였습니다. 그러나 이튿날 아침, 그는 분연히 일어났습니다. 그리고 '오늘도 출근하겠느냐'는 아내의 묻는 말에 당연한 일이라고 고함을 친 뒤에, 조반을 먹고 또 나섰습니다.

'에, 이 자식을 오늘은 어제 원수를 갚고야 말겠다!'

그는 어제 그 사람의 담배 물었던 것이 더욱 자기를 업신여기던 것 같아서 오늘은 자기도 그 사람을 업신여기는 뜻으로 담배를 붙여 물고 뚜거덕뚜거덕 걸었습니다.

그 사람은 역시 그 모퉁이에서 나왔습니다. 이놈. ○씨는 마음을 단단히 먹고 어제 원수를 꼭 갚아야겠다고 아주 거만한 걸음으로 걸었습니다.

그러나 그 사람은 역시 ○씨와 그의 담배 같은 것은 알지도 못한다는 듯이 걸어옵니다. ○씨는 너무 답답하여 그 사람과 자기의 사이가 십여 보쯤까지 가깝게 된 때에 에헴, 하고 기침을 했습니다. 즉 그때였습니다. 그 사람은 눈을 한번 껌벅하더니 담배를 땅에 내던지고 피곤한 듯한 오만한 눈알을 천천히 굴려서 ○씨에게로 향하였습니다. ○씨는 뜻하지 않고 눈을 내리떴습니다.

아차! ○씨가 퍼뜩 정신을 차리면서 눈을 다시 들 때는, 그 사람과 ○씨는 벌써 너덧 걸음 등지게 되었습니다.

○씨의 마음은 발을 동동 굴렀습니다. 이런 수치가 어디 있어! 왜 내가 눈을 내리떴단 말인가. 바보! 바보!

이튿날 아침에 한강 하류에서 송장 하나가 떠올랐습니다. 그 송장의 주머니에서 나온 유서로 그것이 ○씨의 죽음인 줄 알게 되었습니다.

유서는 아주 간단한 것이었습니다.

나는 어떤 자에게 욕을 보고 그것이 분하여 세상을 버리오.

　　　　　　　　　　　　　　　　— 철교 위에서. ○

— 〈동아일보〉, 1925. 1. 1.

명문

전 주사主事는 대단한 예수교인이었습니다.

양반이요 부자요, 완고한 자기 아버지의 집안에서, 열 일고여
덟까지 맹자와 공자의 도를 배우다가, 우연히 어느 날 예배당이
라는 곳에 가서, 강도講道하는 것을 듣고, 문득 자기네의 삶의, 이
상이라는 것을 모르고 장래라는 것을 무시하는 것에 놀라서, 그
날부터 대단한 예수교인으로 변하였습니다.

그는 예수를 믿으면서 맨 처음 일로 제 아내를 예수교인이 되
게 하였습니다. 동시에, '님자'이고, '여편네'이고, 떡하면 '이년'
이던 그의 아내는 '당신'이요, '마누라'요, '그대'인 아내로 등급이
올랐습니다.

그는 머리를 깎아버렸습니다. 그리고 제 아버지와 어머니에게
까지 예수교를 전해보려 하였습니다.

"네나 천당인가엘 가라."

어머니의 대답은 이것이었습니다.

"천당? 사시 꽃이 피어? 참 식물원에는 겨울에도 꽃이 피더라, 천당까지 안 가도……. 혼백이 죽지 않고 천당엘? 흥, 이야긴 좋다. 네, 내 말을 잘 들어라, 사람이 죽는다는 것은, 혼백이 죽느니라. 몸집은 그냥 남아 있고……. 몸집이 죽는 게 아니라, 혼백이 죽어 혼백이 천당엘 가? 바보의 소리다. 바보의 소리야. 하하하하."

아버지는 비웃는 듯이 이렇게 대답해오다가, 갑자기 고함쳤습니다.

"이 자식! 양반의 집안에서 예수? 중놈같이 대구리를 깎고. 다시 내 앞에서 그댓 소릴 했다가는 목을 자르리라."

전 주사는 아버지와 아버지의 혼을 위하여 기도를 하면서, 자기네의 방으로 돌아왔습니다.

평화롭고 점잖고 엄숙하던 이 집안에는, 예수교가 뛰어들어오자부터 온갖 파란이 일어났습니다.

'나는 너희에게 평화를 주려고 온 것이 아니라, 오히려 분쟁을 일으키러 왔느니라'고 한 예수의 말씀은, 그대로 이 집안에서 실현되었습니다. 칠역七逆 가운데 드는 무서운 죄악을, 전 주사는 맨날과 같이 범하였습니다.

미신이라는 것을 한 죄악으로까지 보던 아버지는, 전 주사가 예수를 믿기 시작한 뒤부터는, 아들을 비웃느라고 맨날 무당과 판수를 집안에 불러들여서 집안을 요란하게 하였습니다.

"우리 자식 놈의 예수와, 내 인복 대감과 씨름을 붙여놓아라."

이러한 우렁찬 아버지의 웃음소리가 때때로 안방에까지 들리도록 울렸습니다. 그런 때마다, 착하고 효성 있는 전 주사는 눈물을 흘리면서 골방에 들어가서 아버지를 위하여 기도드렸습니다.

이 무섭고 엄한 집안에 들어온 예수교는, 집안이 집안인지라 가지는 널리 못 퍼졌지만, 그러나 뿌리는 깊게 뻗쳤습니다. 온갖 장해와 박해 아래서도 전 주사의 내외의 마음속에는 더욱 굳건히 이 뿌리가 들어박혔습니다.

"하늘에 계신 아버지여. 이 제 육신의 아버지의 죄를 용서해주십시오. 그는 착한 이외다. 남에게 거리끼는 일은 하나도 안 하는 사람이외다. 다만 한 가지, 그는 전지전능하신 하나님의 선지식을 모르는 것뿐이 죄악이라면 죄악이겠습니다. 딴 우상을 섬기는 것이 당신께는 가장 큰 죄악이겠지만, 이 육신의 아버님이 딴 우상을 섬기시는 것은, 결코 자기의 마음에서가 아니라, 다만 나를 비웃느라고 하는 일에 지나지 못합니다. 그의 그 죄를 용서해주십시오."

그는 흔히 이런 기도를 골방에서 드렸습니다.

어떤 날, 이날도 그는 이러한 기도를 드리고, 골방에서 나오노라니까 (며느리의 방에는 아직 들어와 보지 못한) 그의 아버지가, 골방문 밖에 서 있었습니다. 전 주사는 아버지의 위엄 있는 얼굴에 놀라서, 그만 그 자리에 굴복하고 앉고 말았습니다.

"얘 고맙다. 하나님한테 이 내 죄를 용서하라고? 이 전 대과★科는 자기 철이 든 이래, 죄라고는 하나도 범하지 않은 사람이다. 내 죄를? 이 자식! 네 아비의 죄가 대저 무엇이냐! 대답해라."

전 주사는 겨우 머리를 조금 들었습니다.

"아버님, 말씀드리겠습니다. 아까 하나님께도 기도 올렸거니와, 아버님은 다른 잘못이라는 것은 없는 분이지만 하나님 밖에 다른 신을 섬기시는 것이 가장 큰 죄악의 하나올시다."

"하하하하. 너의 하나님도 질투는 꽤 세다. 얘, 내 말을 꼭 명심해서 들어라. 이 전 대과는 다른 죄악보다도 질투라는 것을 제일 미워한다. 너도 알다시피, 첩을 두지 않는 것만 보아도 여편네 사람의 질투를 얼마나 싫어하는지 알겠지. 나는 질투 심한 너의 하나님은 섬길 수가 없다. 하하하하, 너의 하나님은 여편넨가 보구나."

아버지는 별한 찢어지는 소리로 웃음치고, 문밖으로 나가버렸습니다.

전 대과의 아들 전 주사는 예수를 믿는 죄 때문에 얼마 뒤 그만 아버지의 집에서 쫓겨났습니다. 그가 쫓겨나올 때, 어머니가 몰래 그의 손에 돈 천 원어치를 쥐어주었습니다.

그는 아버지의 집에서 쫓겨나오면서도 결코 아버지를 원망하지 않고, 오히려 아버지의 하느님을 저품하지 않는 태도 때문에 눈물을 흘렸습니다.

그는 조그마한 가가[1]를 하나 세내어가지고, 잡^雜저자[2]를 시작하였습니다.

예수에게 진실하고 열심인 만큼, 그는 장사에도 또한 열심이고 정직하였습니다. 이 세상에 덕이 셋이 있으니, 첫째는 예수 믿는 것이요, 둘째는 정직함이요, 셋째는 겸손한 것이라는 것이 전

1 '가게'의 원말.
2 시장. 가게.

주사의 머리에 깊이 박혀 있는 신념이었습니다. 그는 온갖 일을 이 '덕'이라는 안경으로 비추어보면서 행하였습니다. 그는 예수의 출생 전에 세상을 떠난 공자와 맹자를 위해서까지 기도를 드렸습니다.

정직함과 겸손함을 푯대 삼는 그의 장사는 날로 흥하였습니다.

아래로는 어린애의 코 묻은 다섯 푼짜리 동전으로부터 위로는 십 원, 백 원짜리의 지폐가 그의 집에 들락날락하였습니다.

그의 장사는 날로 흥하였지만, 그의 밑천은 결코 늘지 않았습니다.

그는 이전에 자기 아버지의 집에 있을 때는 몰랐지만 이와 같이 세상에 나온 뒤에 자기 아버지의 평판이 대단히 나쁜 것을 보았습니다. 다른 것이 아니라, 인색하다는 것이외다.

'아버지도 그만한 재산이 있으면 남한테 좀 주어도 좋을 것을…….'

그는 처음에는 이렇게 생각하였지만, 자기의 장사에서 이익이 나는 것을 본 뒤부터는 그 이익을 모아서 백 원, 오백 원씩 아버지의 이름으로 여기저기 기부를 하였습니다. 그리고 혼자서 마음으로 아버지를 위하여 하는 일이라고 기뻐하고 하였습니다.

"여보, 마누라. 아버님이 인색하시단 말도 인젠 조금 줄었겠지요?"

어떤 날 그는 아내에게 이렇게 말하였습니다.

"네. 며칠 전에 거리에 서 있노라니깐 지나가는 사람들의 이야기에, 아버님께서 불쌍한 사람에게 기부를 하신 일이 신문에 났다고 늘그막에 선심을 시작하신 모냥이라고들 하는 모냥입디다."

"신문에?"

그는 그날부터 신문을 사보기 시작하였습니다.

그는 어떤 때 어느 예배당을 짓는 데 아버지의 이름으로 천 원을 기부하였습니다. 그리고 그날부터 신문에 그 일이 나기를 기다렸습니다.

이삼일 뒤에, 그는 신문을 뒤적이다가 고함을 치면서 그 신문을 들고 방 안에 뛰어들어갔습니다. 신문에는 커다랗게 전성철 田聖徹 대감이 돈 천 원을 예배당 건축에 기부하였다는 말이 씌어 있었습니다.

"여보 마누라, 기도드립시다. 하나님이여, 제 아버지의 죄를 이것으로 얼마라도 용서해주십시오. 예수의 공로까지 빌어서 당신께 원하옵니다. 아멘. 아, 마누라, 이것 보오, 이것을. 아버님도 기뻐하시겠지."

그리고 이삼일이 또 지났습니다. 그날 저녁 몇 해를 서로 보지 못했던 아버지의 집 차인差人[3]이 문득 그를 찾아와서, 돈 천 원을 주며 아버지의 말을 전갈하였습니다. 그 말은 대략 이러하였습니다.

'내 이름으로 예배당에 돈 천 원을 기부한 일이 신문에 났기에, 알아보니깐 네가 가지고 왔다더라. 이 뒤에는 결코 내 이름을 팔아먹지 마라. 예수당에 기부? 예수당에 기부할 돈이 있으면 전장을 사겠다. 그 돈 천 원을 도로 찾아서 보내니, 결코 다시는 그런 짓을 마라!'

---

3 '차인꾼'의 준말. 임시 심부름꾼으로 부리는 사람.

그는 이 말을 듣고 아버지를 위하여 눈물을 흘렸습니다. 그리고 이튿날 다시 그 예배당에 가서, 신문에 내지 않기로 하고 다시 그 천 원을 기부하였습니다.

세월은 흘러서 십여 년이 지났습니다. 스무 살쯤 하여 아버지의 집에서 쫓겨난 전 주사는 어느덧 서른 살이 되었습니다.

그러나 그의 살림은 조금도 변하지 않았습니다. 장사에서 이익이 나면 아버지의 이름으로 기부를 하고, 맨날 아버지와 어머니의 영혼을 위하여 기도하고, 정직하고 겸손하게 장사를 해나가고 그리하여 그가 서른 살 되던 해에, 그의 아버지는 문득 병에 걸려서 위독하게 되었습니다.

맏아들이요 외아들인 그는, 위독한 아버지의 앞에 돌아갔습니다. 그는 굵은 핏줄이 일어서 있는, 이전에는 든든했던 아버지의 싯누런 손을 잡고 쓰러져 울었습니다. 아버지는 힐끗 그를 본 뒤에,

"우리 예수꾼."

한 뒤에, 성가신 듯이 눈을 감고 말았습니다. 그러나 전 주사는 그 아버지의 감은 눈 아래 감추어져 있는 오래간만에 만나는 부자로서의 따뜻한 사랑을 보았습니다. 그는 흐느끼는 소리로 그 자리에 엎드려 기도를 드렸습니다. 이 가련하고 착한 영혼을 위하여, 그는 몇만 번 드린 가운데서 그중 훌륭한 기도를 하나님께 드렸습니다. 아버지의 눈은 잠깐 떨리다가 열렸습니다.

"너, 날 위해서 기도 하냐? 흥! 예수꾼."

아버지는 고즈넉이 말을 시작하다가, 갑자기 아들의 쥐고 있는 손을 뿌리치면서 고함쳤습니다.

"저리 가라! 썩 가! 애비의 임종에서까지 우라질 하나님! 너의 예수당에 가서나 울어라, 가!"

전 주사는 혼이 나서 두어 걸음 물러앉았습니다 어머니두 놀라서 전 주사를 붙들고 떨고 있었습니다. 그러나 전 주사의 기도는 멎지 않았습니다. 전 주사는 물러앉아서도, 이 착하지만 선지식을 모르는 애처로운 영혼을 위하여 기도를 속으로 드렸습니다.

잠깐이 지났습니다. 아버지는 연하여 성가신 듯이 코를 킁킁 울리다가, 눈을 감은 대로 아들을 오라고 손짓을 하였습니다.

"기도해라! 아무 쓸데 없지만 네가 하고 싶으면 해라. 그러나 내게는 하나님보다도 네가 귀엽다. 차디찬 애비의 손을 녹여다고……."

전 주사는 아버지의 손을 잡고 엉엉 처 울었습니다.

밤이 깊어서 대과 전前 재상, 전성철은 세상을 떠났습니다.

좀 인색하다는 평판은 있었지만, 한때의 귀인 전 대과의 죽음은 만도가 조상하였습니다. 조상객이 구름과 같이 모여들었습니다.

전 주사는 무엇이 무엇인지 모를 범벅인 혼잡 천지에서 어망처망하다는 듯이 눈이 멀진 멀진 조상객들을 맞고 있었습니다. 사실 거리의 조그마한 상인인 '전 서방'에서 대가의 맏상제로 뛰어오른 전 주사는, 무엇이 무엇인지 분간을 못 하였습니다. 그는 다만 하나님뿐을 힘입으려 하였습니다.

전 주사가 새 대감으로 들어앉은 뒤에 처음으로 한 일은, 아버지의 유지遺志라는 이름 아래서, 이 도회에 오십만 원이라는 커다란 돈을 먹여서 큰 공회당을 하나 만들어놓은 것이외다. 그 공회당을 성철관聖徹館이라 이름하였습니다.

뭇 사람은 그 공회당 낙성식에 모여서, 없는 전 대과의 혼백을 축복하였습니다.

전 주사는 만면에 웃음을 띠고 이 낙성식에 참여하였다가, 자기 집으로 돌아와서 아내에게 이렇게 말하였습니다.

"여보 마누라, 참 돈으로 이런 영광을 살 수 있다니 이런 기쁜 일이 어디 있겠소? 아아, 아버님께서…… 여보, 기도합시다."

이와 같이 돈과 영광의 살림을 하면서도, 그는 결코 사치하게 지내지를 아니하였습니다. 아니, 사치하게 지내려 하여도 지낼 수가 없었습니다. 기름기 많은 고기를 그의 위는 소화를 못 하였습니다. 인력거를 타고 다니면 그는 발이 저려서 참을 수가 없었습니다. 그는 이전의 장사할 때와 마찬가지로, 채소를 먹고, 오전짜리 담배를 먹으며 십 리가 되는 길도 걸어 다녔습니다. 그리고 그의 재산의 수입의 남는 것은 모두 자선에 써버렸습니다.

그러나 마귀는 아무런 구멍으로라도 들어옵니다. 전 주사의 집안에도 재미없는 일이 생겼습니다.

칠십이 넘은 그의 어머니는 좀 정신이 별하게 되었습니다. 사십이 가까운 며느리가 아직 아들 하나도 낳지 못한 것을 처음은 좀씩 별하게 말해오던 어머니는, 차차 온갖 사람에게 대하여 그것을 큰일(큰일에는 다름없지만)과 같이 지껄이고 하였습니다.

"계집년이 방정맞으니깐 아들 하나도 못 낳고 맨날 하나님 하나님, 하나님이 제 서방이야?"

이런 말이 나올 때는 그는 어쩔 줄을 모르고 골방에 뛰어들어가서, 이 무서운 말을 하는 어머니를 위하여 기도하였습니다.

그러나 어머니의 그것은 노망이라는 병 때문인지라, 그의 아내에게뿐 아니라, 종들이며 장사배에까지 못 견디게 굴었습니다,

"내가 늙은이라고 너희 년(혹은 놈)들이 업신여기는고나. 흥! 내가, 아아, 이런 원통한 일이 어디 있나!"

하면서 벼락같이 뜰에 쓰러져서 우는 일도 흔히 있었습니다. 뿐만 아니라, 얼굴 좀 반반한 계집종을 밤중에 전 주사 내외의 방에 들여보내는 일도 한두 번이 아니었습니다. 그것을 전 주사가 서너 번 물리친 다음부터는, 아직껏은, 아들은 얼마간 저품하던 어머니가 아들에게까지 그렇게 굴었습니다.

"너희 젊은 연놈들이 이 늙은 년 하나를 잡아먹누나. 이 전문田門의 종자를 끊으려는 연놈들, 그럼 내라도 아들을 낳아서 이 집을 잇게 하고야 말겠다. 고약한 연놈들."

그러면서 그는 그 뒤에 집에 사람이 오면 매양 그 사람을 붙들고 얌전한 영감을 하나 구해달라고 야단하였습니다.

어떤 날, 뜰에서 무엇이 잘못되었다고 중얼거리고 있는 어머니의 뒷모양을 전 주사가 한심스레 창경으로 내다보고 있을 때에, 사내종 녀석이 하나 지나가다가 뒤에서 흉내를 내며 주먹질을 하는 것을 발견하였습니다.

전 주사는 어떻게든 어머니를 처치하여야겠다고 생각하였습니다.

참말, 어머니의 살림은, 아무 가치가 없는 것이외다. 전 주사 자기는, 이 세상에 독일이란 나라가 있고, 거기 베를린이라는 도회가 있는 것까지 알고 있는데, 어머니는 대국이라는 나라가 어

느 쪽에 붙었는지도 모릅니다. 이런 가련한 인생이 어디 있겠습니까? 그것뿐 아니라, 노망을 하기 때문에, 자기 집안에 부엌이 어느 쪽에 붙었는지까지, 간간 잊어버리는 일이 있고, 자기에게 손주가 있었는지 없었는지도 몰라서 때때로 서두 없이, 손주(게 다가, 복손이라는 이름까지 붙여서)를 좀 데려다 달라고 간청을 하고 합니다. 그리고 종년 종놈들에게 주먹질이나 받고…….

그와 같은 사람은 하루를 더 살면 그만큼 자기 모욕의 행동이라고 전 주사는 생각하였습니다. 그리고 결론으로는, 자기 어머니와 같은 사람은 없어버리는 것이 없는 자기를 위함이고, 또한 남을 위함이라고 생각하였습니다. 어머님께 효도를 하기 위하여는, 어머니를 저세상으로 보내는 것이라고까지 생각하였습니다. 참말, 사면에서 욕보는 어머니의 모양은, 마음 착한 전 주사로서는 볼 수가 없었습니다.

"하나님이여. 당신은 이 세상에 죄악이 너무 퍼졌을 때에 큰 홍수로써 세상을 박멸한 하나님이외다. 지금 제 어머니 때문에, 저는 어머니를 미워하는 대역의 죄를 지으며, 어머니께서도 맨날 고생으로 지내실 뿐 아니라, 집안의 몇 식구가 잠시도 마음을 놓을 수가 없습니다. 제 이 어머니를 하나님 앞에 돌려보내는 것이, 가장 착하고 적당한 일인 줄 저는 생각합니다."

뿐만 아니라 이제 일 년을 더 살지 못하시리만큼 몸이 쇠약한 것은 아무도 아는 사실이요, 이제 더 산다는 그 일 년이 또한 다만 어머니의 껍질을 쓴 한 바보에 지나지 못하는지라, 그가 어머니를 죽인다 할지라도 그것은 어머니가 아니요, 벌써 송장이 된 어떤 몸집에 조금 손을 더하는 것에 지나지 않겠습니다. 그는 그 벌써 송장으로 볼 수 있는 어머니의 몸에 조금 손을 더하려고 작정하였습니다.

이틀 뒤에 그의 어머니는, 몹시 구역을 하고, 그만 세상을 떠나버렸습니다.

한 달 뒤에 그는 호출장으로 검사정에 가 서게 되었습니다.

그는 서슴지 않고 온갖 일을 다 말하였습니다. 그는 그날 밤부터 구치감에서 자게 되었습니다. 또 한 달이 지났습니다. 존친족고살범尊親族古殺犯이라는 명목 아래서 그의 공판이 열렸습니다. 그는 두말없이 사실을 부인하였습니다.

"아, 천부당만부당하신 말씀이외다. 제가, 그 인자하신 어머니께 손을 대다뇨. 천만에……. 어차피 일 년 이내에 없을 수명이시고, 게다가 그 당시에도 살아 계시달 수가 없는 이를, 마음 편히 주무시게 한 뿐이지 어머니를 내 손으로…… 참 천부당만부당……."

검사가 일어서서 반박하였습니다. 일 년 이상 더 살지 못할 사람은 죽여도 괜찮다는 법은 어디 있어. 이제 오분 내지 십분의 여명餘命이 있는 병인을 죽일지라도 훌륭한 살인범이거늘, 이제 일 년? 그 논조로 가면 이제 오십 년, 혹은 칠십 년 남은 여명이라고 죽여버려도 괜찮다는 말로써, 피고의 말 핑계는 핑계도 되지 않는다…….

"당신과 말싸움은 안 하겠습니다."

그는 검사가 어찌하여 그런 똑똑한 이치도 모르는고 하고, 그만 이렇게 대답하고 말았습니다.

재판관은 다시 전 주사에게 물었습니다.

"좌우간 죽은 것은 사실이지?"

"아니올시다."

"말을 바꾸어서 하마. 그럼 어머니를 '주무시게' 한 것은 사실이지?"

"네 그렇습니다."

"그것은 훌륭한 죄가 아니냐."

"그럴 리가 없습니다. 어머님을 가련한 경우에서 건져내는 일이지, 결코 못된 일이 아니올시다."

"그래도 사람을 죽이……."

"아니올시다."

"사람을 잠재우는 것이 죄가 아니야?"

"그 사람을 구원하려고 잠재운 것은 오히려 상 받을 일이올시다."

재판은 이와 같이 끝이 났습니다.

열흘 뒤에 그는 사형의 선고를 받았습니다.

그때에 그는,

"하나님뿐이 아시지, 당신네는 모릅니다."

이렇게 대답하였습니다.

"억울하냐?"

"원죄올시다."

"제 애미를 죽……."

"아니올시다."

"잠재운 것(재판관은 씩 웃었습니다)은 죽어도 싸지."

"당신네는 모릅니다. 하나님뿐이 아시지."

"억울하면, 공소해라."

"그 사람이 그 사람이지요. 하나님 앞에 가서 다 여쭐 테니깐……."

296

그는 머리를 수그리고 나왔습니다.

형을 행하는 날, 교회사가 그에게 회개를 하라고 하였습니다. 전 주사는 한마디로 거절하였습니다. 나는 회개할 일이 없습니다. 하나님의 뜻대로 어머니를 주무시게 한 것은 죄가 아니외다. 당신네들의 법률의 명문明文에 그것을 사형에 처한다 했으면 그대로 할 것이지, 그밖에 내 마음까지 간섭치는 말아주. 나는 하나님을 저품하는 예수교인이외다. 십계명 가운데 다섯째에, 부모께 효도하라신 말씀을 지킨 뿐이외다……. 그는 이렇게 대답하였습니다.

한 시간쯤 뒤에, 그의 혼은, 그의 몸집에서 떠났습니다.

그의 몸집을 떠난 혼은, 서슴지 않고 천당으로 가서, 문을 두드렸습니다.

천당의 사자에게 이끌려, 그의 혼은 천당 재판석에 이르렀습니다. 재판석에서, 재판관은 그에게 그의 전생의 일동일정一動一靜을 모두 이야기하라고 명하였습니다. 그는 하나도 빼지 않고 다 아뢰었습니다.

"응, 그다음에 세상에서 네가 행한 가운데, 그중 양심에 쓰리던 일을 아뢰어라."

"없습니다."

"없어? 그러면 그중 양심에 유쾌하던 일을 아뢰어라."

"그것은 두 번이었습니다. 첫 번은 아버님이 없는 뒤에, 아버님의 이름으로 큰 공회당을 세운 일이외다. 아직껏 인색하다고 아버님을 욕하던 세상이, 일시에 아버님의 만세를 부를 때에 어쩔 줄 모르게 기뻤습니다."

"또 하나는?"

"어머님을 주무시게 한 것이외다. 그것 때문에 첫째로는 어머님의 명예를 보존했고, 둘째로는 어머님의 없음으로 집안 모든 사람이 유쾌하게 마음 놓고 살 수 있게 되었고, 그것 때문에 어머님께서는 저절로 선행을 하신 셈이 됐습니다."

재판관은 잠시 뚫어지도록 그의 혼을 바라보다가 좌우를 돌아보며,

"저 혼을, 지옥으로 갖다 가두어라."

고 명령하였습니다. 전 주사의 혼은, 처음은 그 뜻을 알지 못하여 잠자코 있었습니다. 그러나 사자 둘이 와서 그의 손을 붙잡을 때에, 그는 무서운 힘으로 사자들을 떨쳐버리고 고함쳤습니다.

"저를 왜 지옥으로 데려가시렵니까? 대체 당신은 누구외까?"

"나?"

재판관의 날카로운 눈은 번득였습니다.

"나는 여호와로다."

"네? 당신이 하나님이외까? 그럼, 당신은 잘 아실 테외다. 저는 지옥에 갈 죄는 없습니다. 저는 제 행한 모든 일이 다 잘한 일로 압니다."

"내 말을 들어라. 첫째로 너는 애비의 죽은 뒤에 애비의 이름으로 기부를 하였다 하나, 이 천당에서는 소위 명예니 무엇이니는 부인한다. 다만 네가 거짓, 애비 이름을 팔아서 세상을 속인 것 뿐을 사실로 본다. 아홉째 계명에 거짓말하지 말라고 하였는데, 그것은 훌륭한 거짓말이 아니냐?"

"그러면 어머님을 편안하게 한 것은, 다섯째 계명에 효도하라는……."

"효도? 부모를 죽인 자가 효도? 네 말로는 어머니를 괴로움에서 건지려 하였다 하나, 그 당시에 네 어미는 아무 고통도 모르고 있지 않았니? 그 어미를 죽인 것이, 여섯째 계명을 어기지 않았냐?"

"그러나 마음은 어머님께 효……."

"마음? 마음만 좋으면 아무런 죄를 지을지라도 용서받을 줄 아느냐?"

"그렇습니다. 당신께서는 사람의 마음을 꿰뚫어 들여다보시고, 마음의 죄악까지 다스리시는……."

"아니다, 아니야. 이 말 저 말 할 것 없이, 네 생에 가운데 그중 양심에 유쾌하던 일이 제5, 제6, 제9의 계명을 범한 것이니깐, 다른 것은 미루어 알 수가 있다. 야, 이 사람을 지옥으로 데려가라!"

"그러나 세상에서나 그렇지, 여기는 명문과 규율 밖에, 더욱 긴한 것이 있지 않습니까?"

하나님은 눈을 내리뜨고 잠시 동안 전 주사의 혼을 내려다보다가 웃었습니다.

"하하하하, 여기도 법정이다."

— 〈개벽〉, 1925. 1.

시골 황 서방

    황 서방이 사는 ○촌은, 그곳에서 그중 가까운 도회에서 오백 칠십 리가 되고, 기차 연변에서 삼백여 리며, 국도에서 백오십여 리가 되는, 산골 조그마한 마을이었다. 금년에 사십여 세 난 황 서방이, 아직 양복쟁이라고는 헌병과 순사와 측량기수밖에는 못 본 만큼, 그 ○촌은 궁벽한 곳이었다. 그리고, 또한, 그곳에서 십 리 안팎 되는 곳은 모두 친척과 같이 지내며, 밤에 옻을 서로 다니느니만치 인가가 드문 마을이었다. 산에서 범이 내려와서 사람을 물어 갈지라도, 그 일이 신문에도 안 나리만치 외딴곳이었다. 돈이라는 것은 십 원짜리 지전을 본 것을 자랑삼느니만큼, 그 동리는 생활의 위협이라는 것을 모르는 마을이었다.

    한마디로 말하자면, 그 동리는, 순박하고 질구하고[1] 인심 후하고 평화로운 원시인의 생활이라 하여도 좋을 만한 살림을 하는 마을이었다.

이러한 ○촌에, 이즈음 뜻도 안 하였던 일이 생겨났다.

○촌에, 이즈음, 소위 도회 사람이라는 어떤 양복쟁이가 하나 뛰어들어왔다. 그 사람은 황 서방의 집에 주인을 잡았다.

그 동리 사람들은, 모두, 황 서방의 집으로 쏠어들었다. 그리고, 그 도회 사람의 별스러운 옷이며 신이며 갓을 (염치를 불구하고) 주물러보며, 마치 그 사람은 조선말을 모르리라는 듯이, 곁에 놓고 이리저리 비평을 하며 야단법석하였다.

황 서방은 자랑스러운 듯이, (우연히 자기 집으로 뛰어들어온) 그 손님에게 구린내 나는 담배며 그때 갓 쪄 온 옥수수며를 대접하며, 모여든 동리 사람들에게, 그 도회 사람이, 자기 집에 들어올 때의 거동을 설명하며 야단하였다.

며칠이 지났다.

그 도회 사람이, 모여드는 이 지방 사람들에게 설명한 바에 의지하건대, 그는 '흙냄새'를 그려서 이곳까지 왔다 한다.

"여러분들은 흙냄새라는 것을, 그 향기로운 흙냄새를 늘 맡고 계셨기에 이렇게 든든합니다. 아아, 그 흙냄새. 여보시오, 도회에 가보우. 에이구, 사람 냄새, 가솔린 냄새, 하수도 냄새, 게다가 자동차, 마차, 전차, 인력거가 여기 번쩍 저기 번쩍…… 참, 도회에 살면 흙냄새가 그립소. 땅이 활개를 펴고, 기지개를 하는 봄날, 무럭무럭 떠오르는 흙의 향내를 늘 맡고 사는 당신네들의 행복은

---

1 수수하고 예스럽다.

참으로 도회인은 얻지 못할 행복이외다. 몇 해를 벼르고 벼르다가, 나도 종내 참지 못하여 이리로 왔소. 그 더럽고 귀찮은 도회를 달아나서 여기까지 왔소. 이제부터는 나도 당신들의 동무요……."

도회 사람은 이렇게 말하였다.

황 서방은, 이 도회 사람(우리는 그를 Z 씨라고 부르자)의 말 가운데서, 세 마디를 알아들었다.

자동차와 인력거. 황 서방이 이전에 무슨 일로, 백오십 리를 걸어서 국도까지 갔을 때에, (그때는 밤이었는데) 저편에서 시뻘건 두 눈깔을 번득이며 이상한 소리를 하면서 달려오는 괴물을 보았다. 영리한 황 서방은 물론 그것이 사람 타고 다니는 것임을 짐작은 하였다. 그러나 ○촌에 돌아온 뒤에는 그것이 한 괴물로 소문났다. 방귀를 폴삭폴삭 뀌며, 땅을 울리면서 달아나는, 돈 많은 사람이 타고 다니는 괴물로 소문이 퍼졌다.

인력거라는 것은 그 이튿날 보았다.

그리고 그 두 가지는 다 (Z 씨의 말을 듣고 생각해보매) 과시 사람의 생명을 위협하는 무서운 물건일 것이었다.

또 한 가지, 사람의 냄새가 역하다는 것. 사실 ○촌에 잔칫집이라도 있어서 수십 인씩 모이면 역하고 구린 냄새가, 그 방 안에 차고 하던 것을 황 서방은 알았다. 그러매 몇십만(십만이 백의 몇 곱인지는 주판을 안 놓고는 똑똑히 모르거니와)이라는, 짐작 건대, 억조 동루렁이의 사람들이 구더기와 같이 우글거릴 도회에서는, 상당히 역한 냄새가 날 것이었다.

그밖에는 황 서방에게는 한 마디도 모를 것이었다. 흙냄새가 그럽다 하나, 흙냄새도 상당히 구린 것이었다. 봄날 흙냄새는 (거름을 한 지 오래지 않으므로) 더욱 구린 것이었다.

전차, 하수도, 가솔린, 이런 것은 어떤 것인지 황 서방은 짐작할 수도 없었다.

그러나 황 서방은 Z 씨의 말을 믿었다. 저는 시골밖에는 모르고, Z 씨는 시골과 도회를 다 보고 한 말이매 그 사람의 말이 옳을 것은 당연한 것이다. 흙냄새가 아무리 구리다 할지라도 도회 냄새보다는 좋은 것이라 황 서방은 믿었다.

'길에 하루 종일 번듯이 자빠져 있은들 시골에서는 자동차에 칠 걱정이 있겠소, 순사에게 쫓겨갈 걱정이 있겠소? 참 자유스럽소……'

그것도 또한 사실이고, 당연한 말이었다. 황 서방은 그러한 시골에서 생겨난 자기를 행복스럽다 하였다.

그러나 서너 달 뒤에, 그 Z 씨는 시골에 대하여 온갖 욕설을 다하고 다시 도회로 돌아갔다. Z 씨는, 몰랐거니와 흙냄새는 매우 역하다 하였다. 도회에서는 하루 동안에 한나절씩만 주판을 똑딱거리면 매달 오천 냥씩 들어오던 자기가, 여기서는 땀을 뻘뻘 흘리며 손을 상하며 일을 하여야 일 년에 오천 냥 들어오기가 힘드니, 시골이란 재간 있는 사람은 못 살 곳이라 하였다. 십 리나 백 리라도 걸어서밖에는 다닐 도리가 없으니, 시골은 소나 말이나 살 곳이라 하였다. 기생도 없으니 점잖은 사람은 못 살 곳이라 하였다. 읽을 책도 없으니 학자는 못 살 곳이라 하였다. 양요리가 없으니 귀인은 못 살 곳이라 하였다.

이 말을 듣고 황 서방은, Z 씨가 간 다음 사흘 동안을, 눈이 켕하니, 밥도 안 먹고 있었다.

Z 씨의 말은, 모두 다 또한 정말이었다. 아직껏 곁집같이 다니던 최 풍헌의 집이, 생각해보면 참 멀었다. 십오 리! Z 씨가 진저리를 친 것도 너무 과한 일은 아닐 것이다.

옛말로 들은바, 기생이라는 것이 없는 것도 또한 사실이었다.

재미있는 책이라고는 《임진록》 한 권이 (그것도 서두와 꼬리는 없는 것) ○촌을 중심으로 삼은 삼십 리 이내의 다만 하나의 책이었다.

더구나 그 근처 일대에, 주판 잘 놓기로 이름난 황 서방이, 도회에서는 (Z 씨의 말에 의지하건대) 매달 오천 냥 수입은 될 황 서방이, 손에 굳은살이 박이며 땀을 흘리며 천신만고하여 일 년에 거두는 추수가 육천 냥 내외였다. 게다가 감자를 먹고…… 거름을 주무르고…….

두 달이 지났다.

그때는, 황 서방은 자기의 먹다 남은 것이며 집이며 세간살이를 모두 팔아가지고 도회로 온 지 벌써 한 달이나 된 때였다.

황 서방은 자기의 것을 모두 팔아서 육천 냥이라는 돈을 긁었다. 그 가운데서 집세로 육백 냥이 나갔다. 한 달 동안 구경하며 먹어가는 데 이천 냥이 나갔다.

여름밤의 도회는 과연 아름다웠다. 불, 사람, 냄새, 집, 소리, 모든 것은 황 서방을 취하게 하였다. 일곱 냥 반을 주고 아이스크림도 사 먹어보았다. 또한 소리, 불, 사람, 냄새, 보면 볼수록 도회의 밤은 사람을 취하게 하였다. 아이스크림, 빙수, 진열장, 야시…… 아아, 황 서방은 얼마나 이런 것을 못 보는 최 풍헌이며 김 별장을 가련히 생각하였으랴!

동물원도 보았다. 전차도 간간 타보았다. 선술집의 한잔의 맛도 괜찮은 것이고, 길에서 파는 밀국수의 맛도 또한 황 서방에게는 잊지 못할 것이었다.

도회로 오기만 하면 만나질 줄 알았던 Z 씨를 못 만난 것은 좀 섭섭하지만, 그것도 황 서방에게는 불편 되는 일은 없었다.

아아, 도회, 도회…… 과연 시골은 사람으로서는 못 살 곳이었다.

황 서방이 도회로 온 지 넉 달이 되었다. 인젠 밑천도 없어졌다.

'이제부터…….'

황 서방은 의관을 정히 하고 큰 거리로 나가서 어떤 큰 상점을 찾아갔다. 그리고 자기는 주판을 잘 놓는데 써달라고 부탁을 드렸다. 그러나 의외로 황 서방은 첫마디로 거절당하였다.

황 서방은 다른 집으로 찾아갔다. 그러나 거기서도 또한 거절당했다.

저녁때, 집에 돌아올 때는 황 서방의 얼굴은 송장과 같이 퍼렇게 되었다.

이런 일이 어디 있나? 첫마디로 승낙할 줄 알았던 일이, 오늘 삼십여 집을 다녔으나 한 곳에도 승낙 비슷한 것도 못 받고 거지나 온 것 같이 쫓겨나왔으니, 인젠 어쩐단 말인가.

이튿날의 경과도 역시 같았다. 사흘, 나흘, 황 서방의 밑천은 한푼도 없어졌는데 매달 오천 냥은커녕 오백 냥으로 고용하려는

데도 나타나지 않았다.

굶어? 황 서방은 인젠 할 수 없이 굶게 되었다. 아직 당해보기는커녕 말도 못 들었던 '굶는다'는 것을, 황 서방은 맛보게 되었다.

그런들 사람이 굶기야 하랴! 황 서방은 사람의 후한 인심을 충분히 아는 사람이었다. 아직껏 그런 창피스러운 일은 해본 적은 없지만 ○촌에서 이십 리를 떨어져 있는 ○촌에 쌀 한 말 얻으러 갈지라도 꾸어주는 것을 황 서방은 안다. 사람이 굶는다는데 쌀 한 말 안 줄 그런 야속한 화냥놈은 없을 것이었다.

황 서방은 곁집에 갔다. 그리고 자기는 이 곁집에 사는 사람인데, 여사여사하다고 사연을 한 뒤에, 좀 조력을 해달란 이야기를 장차 끄집어내려는데, 그 집에서는 벌써 눈치를 챘는지,

"우리두 굶을 지경이오!"

하고는, 제 일만 보기 시작하였다.

황 서방은 그것도 그럴 일이라 생각하였다. 사실, 그 집도 막벌이하는 집이었다.

황 서방은 다시 한 집 건너 있는 큰 기와집으로 찾아갔다. 그가 중대문 안에 들어설 때에, 대청에 걸터앉아서 양치를 하고 있던 젊은 사람(주인인지)이, 웬 사람이냐고 꽥 소리를 질렀다.

"네? 저…… 뭐……."

황 서방은 다시 나오고 말았다.

황 서방은 마침내 도회라는 것을 알았다. 도회에서 달아나던 Z 씨의 심리도 알았다. 그러나 Z 씨가 다시 도회로 돌아온 그 심리는? 그것도 Z 씨가 도로 도회로 돌아올 때에 한 말을 씹어보면 알 것이

었다. 도회는 도회 사람의 것이고, 시골은 시골 사람의 것이다.

천분! 천분! 천분을 모르고 남의 영분領分[2]에 침입하였던 황 서방은 이렇게 실패하였다. 황 서방은 인제 겨우 자기의 영분을 깨달았다.

그리고 사람은, 저 할 일만 제가 할 것임을 깨달았다.

이튿날 새벽, 황 서방은 떠오르는 해를 등으로 받고, 주린 배를 움켜쥐고, ○촌에서 백오십 리 밖을 통과하는 K 국도를 더벅더벅 걸었다.

— 〈개벽〉, 1925. 6.

---

2 세력의 범위. 또는 맡은 일의 한계.

명화 리디아

벌써 삼백육십여 년 전. 무대는 그때의 남유럽의 미술의 중심지라 할 T 시.

삼 세기가 지난 지금까지 그의 이름이 혁혁히 빛나는 대 화가 벤트론이 죽은 뒤에 한 달이라는 날짜가 지났습니다.

오십 년이라는 세월을 같이 즐기다가 갑자기 그 지아비를 잃어버린 늙은 미망인은 쓸쓸하기가 짝이 없었습니다.

해는 밝게 빛납니다. 바람도 알맞추 솔솔 붑니다. 사람들은 거리거리를 빼곡히 차서 오고 갑니다. 그러나 이것이 모두 미망인에게는 성가시고 시끄럽게만 보였습니다. 너희들은 무엇이 기꺼우냐. 너희들은 너희들이 난 곳을 말대末代까지 자랑할만한 위대한 생명 하나가 한 달 전에 문득 없어진 것을 모르느냐. 너희들은 무엇이 기꺼우냐.

석 달 동안을 참고 참아왔지만, 미망인은 이 시끄럽고 '있으면 있을수록 없는 남편의 생각이 더욱 간절한' 이 도회를 내버리ㄱ 어떤 고요한 시골에 가서 조용히 살려고 마음먹었습니다.

그리하여 그는 이 도회를 떠날 준비의 하나로서 한 이삼십 점이 되는 제 그 지아비의 유작을 죄 팔아버리려 하였습니다.

며칠 뒤에 이 T 시의 모든 미술비평가며 화상들은 벤트론 미망인에게서, 없는 남편의 비장하던 그림이며 유작들을 팔겠으니, ○○일에 와서 간색看色[1]을 보라는 통기를 받았습니다.

그리고 그 집의 각 방을 장식하였던 고 벤트론의 각 작품은 완성품이며 미완성품을 물론하고 모조리 없는 이의 화실로 모아들였습니다.

간색을 보인다는 ○○일은 아침부터 각 귀족이며 '예술을 이해하는' 부호들이며 화상들이 마치 저자와 같이 미망인의 집에 들락날락하였습니다.

위층 자기 방에 들어앉아 있는 부인은, 손님이 왔다고 하인이 여쭐 때마다 적적한 한숨을 내쉬고,

"안내해드려라."

한마디뿐으로 자기는 내려가 보지도 않았습니다.

그러나 점심 좀 뒤에 R 대공작과 당대에 제일가는 미술비평가 Y 씨의 방문을 받은 미망인은 이 두 유명한 사람을 존경하는 뜻

1 물건의 질을 살펴보기 위하여 그 일부분을 봄.

으로 몸소 내려가 보지 않을 수가 없었습니다. 부인은 두 유명한 사람들을 몸소 안내해가지고 아직껏 자기는 (이상한 두려움과 불안과 추억 때문에) 들여다보지도 않던 화실에 데리고 갔습니다. 그러나 당대의 대 화가의 미망인으로서의 자기의 권위를 잘 아는 노부인은 가장 점잖고 오만한 태도로 두 사람을 인도하였습니다.

그러나 화실은 '혼잡'이란 문자를 쓰기까지 부끄럽도록 어지러웠습니다. 그림은 모두 하나도 걸려 있는 것은 없고 포개지고 겹쳐져서 담벼락에 기대어 있었습니다.

"에이구."

부인은 점잖은 감탄사를 던졌습니다.

공작과 비평가는 고즈넉이 걸어서 그림들 있는 데로 가서 하나씩 치우면서 보기 시작하였습니다. 그러나 몇 개를 보던 그들은, 어떤 그림 하나를 담벼락에 세워놓고 서너 걸음 물러섰습니다.

부인은 그것을 보고 깜짝 놀랐습니다. 그런 그림이 어찌 거기가 섞여 있나? 그것은 없는 벤트론의 가장 어리석었던 제자 미란이란 사람의 그림 〈리디아〉라는 것으로서, 어떤 여자 괴상한 웃음을 그린 초상화였습니다.

"그것은……."

부인은 의외의 사건에 놀라서 점잖은 태도도 잊어버리고 달려가서 설명하려 할 때에 비평가 Y 씨가 손을 저었습니다.

"부인, 알았습니다. 이것은 없는 벤트론 씨가 가장 비장^{秘藏}하던 그림이란 말씀이지요? 공작! 이보세요, 나는 아직껏 수천 점의 그림을 보고 비평하고 했어도 아직 이런 그림은 본 적이 없습니다. 이 그림의 여자의 미소를 공작은 무엇으로 보십니까? 그 수수께끼 같은 웃음. 아아, 참 벤트론은 전무후무의 화가다."

"흠."

공작도 의미 깊은 감탄사를 던졌습니다.

한 반 각이나 말없이 그 그림 앞에 서 있던 두 사람은 아까운 듯이 힐끗힐끗 돌아보며 돌아갔습니다.

부인은 두 손님을 보낸 뒤에 쓸쓸한 자기 방에 돌아는 왔으나, 그 우작愚作〈리디아〉가 마음에 걸려서 마음을 진정할 수가 없었습니다.

'없는 남편의 가장 어리석은 제자 미란이 그 그림을 그려가지고 보이러 왔을 때에 남편의 태도는 어떠하였나?'

그때에 남편은 눈을 부릅뜨고 미란을 책망하였습니다.

"너는 이 그림을 대체 무어라고 그렸나?"

"여자의 요염한 웃음을 그려보려 했습니다."

"요염? 바보! 그런 요염이 어디 있어? 이십 년 동안을 내 문하에서 공부를 하고도 요염한 웃음 하나를 못 그린담? 그게 네게는 요염한 웃음 같으냐? 이 바보야, 그건 오히려 배고파서 우는 얼굴이다. 너 같은 제자는 쓸데없으니 오늘부터는 다른 스승을 찾아가라."

미란은 그 그림 때문에 파문까지 당하고 울면서 돌아갔습니다. 그 뒤에 벤트론은 아직 성이 삭지를 않은 소리로 아내에게 이렇게 말하였습니다.

"참 우인愚人같이 다루기 힘든 것은 없어! 다른 애들은 사오 년이면 완전은 못하나마 그래도 비슷한 그림 하나씩은 그려놓는데 이십여 년을 내게서 밥을 먹고도 웃는 얼굴을 그리노라고 우는 얼굴을 그리는 그런 우인이 어디 있어."

'이렇게 비웃던 그 〈리디아〉가 어떻게 없는 남편의 유작 기운데 섞여 있었나. 뿐만 아니라, 그 우인의 우작이 당대의 제일가는 비평가 Y 씨의 눈에 남편의 유작으로 비친 이런 창피스러운 일이 어디 있나.'

부인은 제가 만약 교양만 없는 여자였더면 이제라도 달려가서 그림을 본 Y 씨와 R 공작을 죽여버리고 그 그림을 불살라버렸으리라고까지 생각하였습니다.

그러나 이튿날은 의외의 일이 생겼습니다. R 대공작의 차인이 와서 부인에게 황금 오천을 드리고, 그 우작 〈리디아〉를 가져간 기괴한 사건이었습니다. 부인은 무슨 영문인지를 몰랐습니다.

이래 3세기간 그 우작 〈리디아〉는 벤트론의 이름과 함께 더욱 유명해지고 더욱 값이 가서 각 부호며 귀족 혹은 왕궁들의 객실을 장식하다가 오륙십 년 전에 오만 파운드라는 무서운 금액과 교환되어 지금은 G 박물관 벤트론실 정면에 가장 귀히 걸려 있습니다.

그리고 그동안 그 그림 앞에 섰던 모든 인류, 혹은 군소 작가며 비평가들은 다 꼭 같은 감탄사와 찬사를 그 미란의 우작 〈리디아〉에게 던지며 돌아서면서는 모두 다 이렇게 생각합니다.

'명화다. 사실 명화다. 대체 그 웃음은 무엇을 뜻함일까, 조소? 기쁨? 우스움? 요소妖笑? 사실 수수께끼야. 벤트론이 아니면 도저히 그리지 못할 웃음이다. 아아, 나는 왜 벤트론만한 재질을 못 타고났나?'

— 〈동광〉, 1927. 3.

딸의 업을 이으려

— 어떤 부인 기자의 수기

그것은 내가 ○○사에서 일을 볼 때의 일이니까, 벌써 반 십 년이 지난 옛날 일이외다.

그때 ○○사에 탐방 기자로 있던 나는, 봄도 다 가고 여름이라하여도 좋을 어떤 더운 날 사의 임무를 띠고 어떤 여자를 한 사람 방문하게 되었습니다. 기차로 동북쪽으로 서너 정거장 더 가서 내려서도 한 삼십 리나 걸어가야 할 이름도 없는 땅으로서 본래는 사에서도 그런 곳은 가볼 필요도 없다고 거절한 것이지만, 그 전달에 내가 어떤 귀족 집안의 분규紛糾[1]를 (아직 신문사에서도 모르는 것을) 얻어내어 잡지에 게재하여 그 때문에 잡지의 흥정이 괜찮았으므로 내 말을 거절하지 못하고 허락하였습니다.

---

1 이해나 주장이 뒤얽혀서 말썽이 많고 시끄러움.

사건은 그때 신문에도 다치키리[立切]² 로 한 비극으로 몇 회를 연하여 발표된 주지의 사실인지라, 특별히 방문까지 안 하더라도 넉넉한 일이지만 그때는 마침 다만 하루라도 교외의 시원한 공기를 마셔보고 싶던 때에 겸하여 함흥까지 가는 친구를 전송도 할 겸 거기까지 가보기로 한 것이었습니다(사실을 자백하자면 신문을 참조해가면서 벌써 방문도 하기 전에 기사까지 모두 써 두었던 것으로서 말하자면 이 '방문'이란 것은 무의미한 일이었습니다).

함흥 가는 벗을 기차에서 작별하고 고요한 촌길에 나선 때는 아직 아침 서늘한 바람이 부는 오전 열시쯤이었습니다.

삼십 리라는 길이 이렇게도 먼지, 사실 이리 엉키고 저리 엉킨 전차망 가운데서 길러 난 '도회 사람'이란 것은 길 걷는 데 나서면 무능자였습니다. 발이 아프고 다리가 저리고 눈이 저절로 감기고……. 극단으로 말하자면, 나는 구두를 발명한 사람을 몇백 번 저주하였는지 모르겠습니다. 그리하여 오후 두시쯤에야 겨우 그 집에 이르렀습니다.

그 집이라 하는 것은 〉 모양으로 산이 둘러 막힌 구석에 홀로 서 있는 집으로서 앞에는 밤나무와 수양버들과 샘 개울이 흐르고, 뒤로는 산을 끼고 역시 밤나무와 포도 넝쿨이 무성히 얽혀 있는 외딴 조그마한 기와집이었습니다. 초라하나마 대문도 달리고 흙담도 있기는 하지만, 모두가 썩어지고 무너져가는 일견 빈집같이 보이는 쓸쓸한 집이었습니다.

<hr/>

2 신문 등의 조판에서 일정한 단수를 정하여 한곳에 갈라 붙인 기사.

쓸쓸히 닫겨 있는 대문을 열고 들어서매, 이 집에 조화되지 않는 화려한 화단이 뜰을 장식하였고 그 화단에서 꽃을 가꾸고 있던 허연 노인이 나를 쳐다보았습니다.

"이 댁이 최봉선 씨 댁이오니까?"

이렇게 묻는 나의 쾌활한 소리에 노인은 의아하다는 듯이 그냥 보고만 있다가,

"어디서 오셨소?"

하고 묻습니다. 나는 얼결에 서울서 왔노랄까, 잡지사에서 왔노랄까, 주저하고 있을 때에 어두컴컴한 건넌방에 드리운 발이 걷어지며 젊은 여인의 소리가 들렸습니다.

"누구를 찾으세요?"

"최봉선 씨네 댁이 여긴가요?"

"어디서 오셨어요?"

"서울⋯⋯."

으로 끝을 낼까 어떤 잡지사라고까지 할까 하는 동안에 방 안에 있던 여인이 밖으로 나왔습니다.

"경애 씨 아니세요?"

뜻밖이었습니다. 나는 여기서 내 이름을 아는 사람이 나설 줄은 뜻도 안 하였습니다. 그래서 놀란 마음과 놀란 눈을 그리로 향할 때에, 나는 거기서 나의 소학과 중학의 동창생이었고, 같은 해에 ○○여중학교를 졸업한 최화순을 발견하였습니다. 졸업생들의 자축회를 끝낸 뒤에,

"또 보자."

의 한마디를 최후로 그 이래 칠 년을 만나지 못하였던 화순을 보

았습니다.

조선 명문의 출생인 그는 그 뒤에 역시 어떤 명문에 시집을 갔다는 풍문을 들었습니다. 그러나 내 밥벌이에 분주한 나는 그 뒤의 그의 거처를 알아보려고도 안 하였습니다. 이래 칠 년, 서로 종적을 모르던 두 사람이 뜻밖에 여기서 만나게 된 것이었습니다.

"오, 화순, 웬일이에요?"

"들어와요. 어떻게 예까지 찾아왔세요?"

순간에 나는 모든 일을 다 알아챘습니다.

내가 잡지사의 일로 찾아보려던 최봉선이는, 즉 나의 동창생이고 나의 친구인 최화순 그 사람이었습니다. '봉선'은 '화순'의 아명이었고 민적의 이름이었습니다.

사실 의외로다. 나는 이렇게 생각하면서 그의 방에 들어갔습니다.

내가 신문에 발표된 사실을 읽고도 아직 '봉선'을 '화순'으로는 뜻도 안 하였던 것이 오히려 이상한 일이었습니다. ○○여중학교의 졸업생, 최 판서의 딸, 미인, 이만큼이나 신문지가 가르쳐 주었는데도 봉선이를 즉 화순인 줄 몰랐던 것은 오히려 웬일이었을까. 더구나 그의 아명이 봉선인줄까지 알던 내가…….

아니 거기 대하여서도 상당히 변명할 여지가 있었습니다.

신문 지상에 발표된 사실은 너무도 엄청났기 때문이었습니다. 내가 잘 아는 최화순이와 신문 지상에 나타난 최봉선이의 사이에는 너무 간격이 있었기 때문이었습니다. 나의 친구 화순의 행동으로는 도저히 믿을 수 없는 일이 신문에 발표되었기 때문이었습니다.

"참, 오래간만이구려."

"몇 해 만이오?"

"칠 년? 팔 년?"

"아마, 그렇겐 넉넉히 될걸."

이러한 인사가 서로 사귀어진 뒤에는 우리 사이에는 지나간 옛날의 학생 시대의 추억담이 꽃피었습니다. 꿈과 같고 꿀과 같은 지나간 해의 이야기에…….

그러나 우리들의 이야기는 그 범위에서는 한 걸음도 벗어나지 않았습니다. 학교를 마친 뒤로부터 오늘까지의 생활에 대하여서는, 그도 이야기를 꺼내지 않았습니다. 나도 또한 물어보려 하지도 않았습니다.

왜? 이렇게 물으실 분이 계시겠지요. 내가 여기까지 온 목적이 무엇이외까. 봉선이를 만나서 그의 이즈음의 생활이며, 또는 세상을 한동안 떠들게 한 그의 시집살이의 말로며를 물어보아가지고 그것을 잡지에 게재하려던 것이 나의 목적이 아닙니까. 멀리 발이 부르트면서 여기까지 온 것은 봉선이의 이즈음의 살림을 들으려 한 것이 아닙니까. 그런 내가 왜 그에게 이즈음의 살림을 물어보려도 안 합니까.

그렇습니다. 나는 그에게 그것을 차마 물을 수가 없었습니다. '봉선'이가 '화순'이와 동일인이라는 것을 안 순간, 나는 신문 지상에 게재된 그의 소위 사실이라는 것이 모두 엉뚱한 오해인 줄을 알았습니다.

거기서 무슨 커다란 착오가 있는 것을 짐작하였습니다. 적어도 무슨 무서운 트릭이 있는 것을 짐작하였습니다.

간통? 화순이와 같이 이지에 밝은 여인이 과연 그런 행동을 할 수가 있겠습니까? 정열적인 사람이면 모르겠거니와, 이지의 덩어리와 같은 화순에게는 절대로 그런 행동은 없으리라고 믿습니다. 더구나 추상같은 엄한 규율 아래서 길러 나고 추상같은 엄한 집안에 시집간 그로서, 그런 행동을 하였다고는 화순을 아는 사람에게는 도저히 믿기지 않는 말이외다.

신문 기사에 의하건대, 그는 그런 누명을 쓰고 시집을 쫓겨올 때에도 한마디의 변명도 안 하였다 합니다. 찾아간 신문기자들은 다만 쓸쓸한 웃음을 볼 뿐 한마디의 이야기도 못 들었다 합니다. 그리고 그에게 대한 사회의 오해는 이 '무언'에서 나왔습니다.

그러나 이 '침묵'도 그의 성격에서 자아낸 것으로서, 인종忍從이라 하는 것을 인생 최대의 덕이라는 가정교육 아래서 길러 난 그인지라 온갖 트릭을 무서운 참을성으로 참아왔을 것이외다. 모든 것은 내가 불초인 까닭이다, 이러한 문제가 일어난 것도 내가 불초인 까닭이다, 이러한 인종적 태도로써 그는 아직껏 참아왔을 것이외다. 그의 초췌한 얼굴은 그가 얼마나 분하고 억울한 것을 참아왔는지를 증명합니다. 온갖 사정을 서로 통할 만한 벗에게도 불평의 한마디를 사뢰지 않는 그외다.

나는 그의 얼굴을 보았습니다. 이지와 온순으로 아름답게 조화된 그의 얼굴은 몇 해 동안의 인종적 생활에 무섭게도 야위었습니다.

그러한 그에게 이즈음의 그의 생활 혹은 당한 일을 물으면 무얼 합니까. 그는 다만 쓸쓸한 미소로써 대답을 대신 삼을 뿐이겠

습니다. 그리고는,

"모두 내가 못난 까닭이지."

하고는 한숨을 내쉴 따름이겠습니다.

"화순, 지난 일은 다 꿈같지?"

한 토막의 추억담이 끝이 난 뒤에 나는 이렇게 그에게 말하였습니다.

"참, 꿈이야."

"다시 한 번 그런 때를 만나보고 싶지 않아?"

"글쎄…… 왜 그런지 외려 난 하루바삐 늙어 죽고 싶어."

그는 한숨을 지으면서 이렇게 대답하였습니다.

왜? 하고 물으려고 하던 나는 입을 닫고 말았습니다. 이야기가 이렇게 되어나가면 저절로 그의 이즈음의 생활에까지 말이 미치겠습니다. 그로서도 그것을 이야기하는 것은 재미없겠지만 나도 또한 그 이야기가 듣기가 싫었습니다. 아니, 오히려 무서웠습니다. 그래서 나는 서울로 돌아가도록 절대로 이 문제는 다치지 않으려 작정하였습니다.

저녁때 행랑 사람이며 심부름하는 사람이 없는 그는, 손수 저녁을 지으러 부엌에 나갔습니다. 그 기회를 타서 나는 그의 사건이 발표된 신문들을 백에서 꺼내가지고 집 뒤 언덕으로 올라갔습니다. 그리하여 내려다보이는 초라한 뜰에 바가지며 쌀을 들고 들락날락하는 그를 간간 바라보면서 신문을 폈습니다.

'귀족가 내의 추문.'

'미인의 말로.'

'세 겹 대문 안의 비밀.'

이러한 엉뚱한 제목 아래 그의 사건은 소설화하여 다치키리로 세 회를 연하여 게재되었습니다.

그 기사에 의지하면…….

봉선이는 재산과 명예를 겸비한 최 판서의 외딸로서 일찍이 어머니는 여의었으나 자부慈父의 사랑 아래 길러 난 어여쁜 처녀였다. 그러나 온갖 영화는 한때의 꿈이라, 그 집의 가산도 아버지가 어떤 광업에 손을 대기 시작한 때부터 차차 기울어지기 시작하여 그가 ○○여중학교를 졸업한 열여덟 살 적에는 재산보다는 오히려 빚이 많아지게까지 되었다.

그러는 동안에 그가 스무 살 나는 해에 그는 그의 아버지가 판서 시대에 같이 판서로 있던 사가에 시집을 가게 되었다. 이리하여 들에서 자유로이 놀던 아름다운 새 한 마리는 세 겹 대문 안에 깊이 감추어진 '조롱 속의 새'가 되었다.

일 년은 무사히 지났다. 이 년도 무사히 지났다. 삼 년, 사 년까지도 무사히 지났다. 그러나 한때 들의 넓음과 자유로움을 맛본 '새'는 조롱 속에서 끝끝내 참을 수가 없었다. 조롱에서 벗어나지는 못한다 할망정, 적어도 조롱 속에서라도 어떤 위안을 구하지 않을 수가 없었다.

더구나 M가의 호협한 기풍을 타고난 그의 남편은 밤낮 요릿집과 기생집에만 묻혀 있고 집안에는 돌아오지를 않으매, 한참 젊은 나이의 봉선은 어떻게든 자기의 위안을 찾지 않을 수가 없었다.

그러면 어떻게?

몸은 세 겹 대문 안에 갇혀서 자유로이 나다닐 길이 없으니 그는 자기의 위안을 어떤 곳에서 찾을꼬.

금년 정월 초승께다. 달도 없는 침침한 깊은 밤, 혼자 있어야 한 며느리(봉선)의 방에서 뛰쳐나온 한 괴한이 있었다.

명예와 가문을 존중히 여기는 집안인지라, 이때의 일은 그다지 문제가 커지지 않고 스러지고 말았다. M 판서의 사랑채까지도 이 소문은 안 나오고 말았다.

또 석 달은 지났다.

봉선의 남편 되는 사람은 어떤 혼이 들었던지 만 삼 년 만에 봉선의 방에 들어왔다. 밤은 깊어 고요한 삼경에 그는 문득 윗목의 인기척에 펄떡 깼다.

"거 누구냐?"

한마디뿐, 윗목의 괴한은 문을 박차고 달아났다.

문제는 이에 다시 커졌다. 잠시 꺼지려던 불은 다시 일어섰다.

분규에 분규. 한 달 동안을 위아래 어지럽게 지낸 M 집안은 오월 초승께야 겨우 문제가 낙착되었다. 그리고 결과로서는 봉선은 자기 본가에 돌아가지 않으면 안 되게 되었다.

그러나 이때는 벌써 최 판서는 온갖 제 재산을 채권자에게 내맡기고 자기는 ○○군 ○○산 아래 있는 산장으로 홀로 가서 늙은 몸을 외롭게 지내는 때였다. 봉선의 갈 곳은 거기밖에 없었다.

봉선은 그리로 갔다.

머리를 수그리고 외로이 있는 자기 아버지에게로 돌아간 아름다운 새 한 마리. 역시 머리를 수그리고 이를 맞아들인 늙은 명문. 이 두 배우의 장래의 연출하려는 비극은 어떠할까. 우리는 괄목하고 그를 기다리자.

신문 기사 특유의 과장적 동정의 태도로 신문지 상에 나타난 그의 사건은 대략 이러하였습니다.

저녁때부터 흐려오던 일기는 밤에는 보슬비를 내리기 시작하였습니다.

외로운 산촌의 빗소리를 들으면서 봉선이와 나란히 하여 자리에 들어간 나는 곤함에 못 이겨서 어느덧 잠이 들었습니다. 그러나 웬일인지 깊이 잠들지 못하였던 새벽 두시쯤 하여 문득 깨었습니다. 깨면서 나는 보슬보슬 내리붓는 빗소리에 섞여서 나는 젊은 여인의 흐느껴 우는 소리를 들었습니다. 펄떡 정신을 차리며 화순의 자리를 만져보니 거기는 빈자리뿐이 남아 있었습니다. 가만히 발을 들고 내다보매 화순이는 토방에 놓인 쌀자루에 기대어 엎드려 울고 있었습니다. 외딴 산촌의 빗소리에 섞여서 간간 그의 흑흑 흐느끼는 소리가 소름이 끼치도록 적적히 들립니다.

나는 발소리 안 나게 나가서 그의 뒤로 가서 그의 어깨에 손을 얹었습니다. 그는 한순간 펄떡 놀랐지만 울음을 뚝 그쳤습니다. 그러나 격렬히 떨리는 그의 어깨는 그가 얼마나 힘 있게 울음을 참고 있는지를 증명합니다.

"화순, 들어가요."

내 말을 듣는 순간 그는 억제도 할 수 없는지 소리를 내어 울었습니다.

"자, 화순 들어가요."

"경애, 먼저 들어가요. 인제 들어갈게……."

"그러지 말구 자, 들어가요."

나는 그를 옆에 끼다시피 하여 들어왔습니다.

"화순, 나도 신문에서 보고 다 짐작했어. 얼마나 분했겠소? 그러나 잘 참았어. 용하도록 참았어."

이전 학교 시대에 이백여 명 생도가 교장에게 꾸지람을 듣고 울 때에 혼자서 눈이 말둥말둥 교장을 흘려보고 있던 그였습니다.

"제삼자인 내가 보아도 분한 것을 잘 참았어. 그래도 그때 왜 변명을 안 했소?"

"변명? 그런 일을 꾸며낸 사람에게 변명을 하면 무얼 합니까?"

"그것도 그렇긴 하지만……. 여하튼 대체 그때 일이 어떻게 되었소? 나도 신문에서만 보고 그렇진 않으리라고는 짐작했지만 한번 자세히 화순의 입으로 이야기해주어요. 나는 지금 어떤 잡지사에서 일을 보고 있는데, 다시 한 번 문제를 일으켜서 그런 고약한 사람……."

"그만두어요. 세상이 다 잊으려 할 때 다시 그런 일을 떠들쳐내면 무얼 합니까. 한 달만 지나면 세상이 다 잊어버릴 일을……."

"그래도 분하지 않아요?"

잠깐 그치려던 그의 울음은 다시 폭발되었습니다.

"자, 그러지 말고 그 이야길 한번 자세히 해봐요."

잠깐 침묵이 계속되었습니다.

"아직 아버님께두 말씀 안 드렸지만 죽기 전에 언제든 할 말을…… 자, 경애, 들어봐요."

그의 남편 P생生,[3] 화순과의 결혼이 재혼이었습니다. 전 마누라를 무식하다는 핑계로 쫓아버리고 그 뒤에 얻은 화순인지라, 처음에는 의가 썩 좋았습니다. 신문지가 몇 번을 연거푸 부른 '세 겹 대문' 안에도 향기가 있고 사랑이 있었습니다.

그러나 유전적으로 방탕함을 타고난 P는 한 일 년 뒤에는 마침내 방탕한 놀이를 시작하였습니다. 그리하여 방탕에 재미를 본 P는 방탕을 시작한 지 반년쯤 뒤에는 안방에는 얼씬을 안 하게까지 심하게 되었습니다. 잠깐 안 사랑에서 점심을 먹고는 다시 뛰쳐나가서는 이튿날에야 또 들어와서 점심을 먹고…… 이리하여 화순과는 대면할 기회조차 없었습니다.

그러나 화순은 아무 말도 안 하였습니다.

"그 지아비에게 거역하지 마라."

이러한 말을 몇천 번이나 아버지에게 들은 그는 절대로 침묵하였습니다.

"이것도 역시 처도妻道겠지…… 이렇게 마음먹고 억지로 화평한 낯을 하고 있었어요."

그는 이렇게 말하였습니다.

그러나 어떤 날 그의 시어머니가 그를 불러가지고 아들의 방탕을 좀 말리라고 명하였습니다. 그 말을 듣고 그날 밤 그는 밤새도록 생각하였습니다.

'시기는 여인 최대의 죄악이라.'

이러한 교훈을 아버지에게 받은 그로서는 남편의 방탕을 책할

---

3 인명의 성姓을 나타내는 명사 뒤에 붙어 '젊은 사람'의 뜻을 더하는 접미사.

용기가 없었습니다. 그러나,

'시부모의 말을 거역하지 마라.'

한 아버지의 교훈도 또한 잊지 않은 바였습니다. 그리하여 밤새
도록 생각한 결과 자기는 '시기 많은 여편네'로 보일지라도 시어
머니의 말을 복종하여 남편을 책하는 것이 M가의 며느리로서의
(집안을 생각하고 시어머니의 명령에 복종하는) 가장 적당한 일
이라 결심하였습니다.

그리하여 안방에는 들어오지 않으므로 만날 기회도 없는 P를
어떻게 만나서 권고를 하였습니다. 그것을 힐끗 본 P는 그 달음
으로 나가서 열흘 동안을 집에 돌아오지 않았습니다.

집안 차인이며 남복여비男僕女婢가 모두 나서서 그를 어떤 기생
집 아랫목에서 찾아온 때는, 그는 갑자기 화순이와의 이혼 문제
를 끄집어냈습니다. 그리고 그 핑계는 시기 많은 여편네는 가풍
에 맞지 않는다 하는 것이었습니다.

그 이튿날 화순이는 시아버지에게 불려서 한 시간 이상을 시
기라 하는 데 대한 강설을 들었습니다. 자기는 결코 시기로써 그
런 것이 아니라 시어머니의 명령으로 그랬노라고 대답을 하고는
싶었으나 이러한 일로 조금이라도 집안에 분규가 일어나면 그
책임자는 자기인지라, 그는 다만 이후에는 다시 그러지 않겠습니
다고 사과를 하고 나왔습니다.

그러나 며칠 지난 뒤부터 시어머니의 눈이 괴상히 빛나기 시
작하였습니다. 시어머니도 차차 며느리를 적시하게 되었습니다.

다만 한 사람 믿고 온 남편과 집안 안의 모든 일을 다스릴 시
어머니에게 밉게 보인 그는 그래도 모든 일을 모른 체하고 온순

과 인종을 푯대 삼고 나아갔습니다. 그저 참자. 이것이 처도이고 부도婦道이고 동시에 여도女道겠지. 이러한 신념으로 그는 모든 일을 참았습니다. 트집 잡힐 일만 없으면 그뿐이 아니냐, 이러한 마음으로 모든 일을 웃는 낯으로 지내왔습니다.

이리하여 이 년이라는 날짜가 지났습니다.

어떤 추운 겨울날, 삼월이라는 종과 둘이서 자고 있던 그는 문득 인기척에 펄떡 깼습니다.

"누구야."

이 한마디에 어떤 괴한이 윗목 문으로 뛰어나갔습니다. 그는 곧 삼월을 깨워가지고 나가보았지만 아무도 없었습니다.

그리하여 이 일은 아무도 알 사람이 없었을 터인데 그날 저녁에 삼월이가 들어와서 하는 말에 의지하건대, 어젯밤의 일이 벌써 뭇종 년놈들에게 소문이 퍼졌으며 그 말의 근원은 노마님인 듯싶다는 것이었습니다.

화순은 모든 일을 다 직각하였습니다. 아무리 찾으려 하여도 화순에게서 트집을 찾아내지 못한 시어머니(혹은 남편)는 화순에게 누명을 씌워서 그것을 트집 삼으려 한 것이었습니다. 그러나 괴한의 뛰쳐나가는 것을 직접 본 사람은 하나도 없는지라 이 문제는 이삼일 뒤에는 삭아지고 말았습니다.

또 석 달은 지났습니다.

아직껏 사 년 동안을 얼씬도 안 하던 그의 남편이 사 년 만에 그의 방에 들어왔습니다.

그날 밤 이상한 흥분으로 깊이 잠이 못 들던 그는 또 윗목의 사람 기에 놀라 깼습니다.

윗목에는 확실히 어떠한 '사람'이 있었습니다. 그 사람은 잠 깨기를 재촉하는 듯이 헛기침을 컥컥 뱉었습니다.

화순은 몸을 와들와들 떨었습니다. 무서운 트릭이었습니다. 먼젓번에는 확증이 없기 때문에 실패에 돌아간 그들의 계획은 다시 증인 입회하에서 실행된 셈이었습니다.

남편은 곤한 잠에서 깨는 듯이 눈을 떴습니다.

그 뒤의 일은 간단하외다. 어지러운 문제가 일어나고 그 결과 로는 더러운 이름 아래 본가로 쫓겨가고…….

그 이튿날.

"간간 편지해요."

하는 말과 적적한 웃음으로 화순의 전송을 받고 서울로 돌아온 나는 얼마 동안 사의 일로 분주히 왔다 갔다 하느라고 화순의 일 을 생각할 틈이 적었습니다. 그리하여 반년이 지난 뒤에 나는 뜻 밖에 화순의 부고를 받았습니다. 깜짝 놀라서 사에는 이삼일 여행 을 간다고 전화를 한 뒤에 기차로써 화순의 집에 달려갔습니다.

조선 가장 명문의 전형인 허연 수염과 싯누런 살빛과 곧은 콧 날을 가진 화순의 아버지는 마루에 걸터앉아서 정신없이 뜰만 바라보고 있다가 내가 곁에까지 간 때에야 처음으로 머리를 들 었습니다.

"선생이 박경애 씨요?"

그는 느릿느릿한 말소리로 묻습니다.

"네."

"늦었소. 오늘 아침 장례를 지냈소."

"한데, 웬일이에요? 참!"

그는 천천히 일어서서 안방에 들어가서 무슨 편지를 하나 내어다 내게 줍니다. 그것은 나에게의 화순의 편지였습니다.

"그게께 밤이오. 나도 늙은 몸이라 잠이 늦은데, 이즈음 맨날 잠을 못 들어서 애를 쓰던 그 애네 방에서 그날 밤은 기침 소리 한 마디 없지 않겠소? 하 이상해서 건너가 보았구려. 그 방엔 아무도 없어. 그래서 성냥을 켜가지고 보니깐 편지 두 장이 있습니다. 한 장은 내게 한 게고 한 장은 선생께, 그……. 편지를 보니깐 중이 되려 떠나노라고 그랬겠지요. 나도 늙은 몸이 외롭긴 외롭소. 그러나 젊은 청춘에 맨날 잠도 못 자고 밤중에 간간 소리를 내어서까지 울던 그 애 처지를 생각하면, 이제 몇 해를 더 못 살 나는 외롭든 어떻든 중이라도 되어서 자기 마음이라도 편안해지면 오죽 다행이 아니오? 그래서 내버려두었구려. 그랬더니 이튿날 아침, 촌사람들이 그 애 시체를 앞 개울에서 건져 왔소."

이것이 외로운 노인의 한숨과 같이 하소연한 화순의 최후였습니다.

"선생, 선생은 부모가 다 생존해 계시우?"

"불행히 일찍이 여의었습니다."

"불행히?"

그는 허연 수염을 쓰다듬으면서 한숨을 지었습니다.

"선생께는 불행일지 모르나 다 늙은 뒤에 자식을 잃는다는 것도……."

그날 밤 나는 화순의 이전 거처하던 건넌방에서 묵었습니다.

밤이 깊어서 잠깐 깨어 뜰에 사람의 걷는 소리가 나기에 내다

보니 달빛이 밝게 비추는 가운데 서리 맞아서 시들어진 화단을 두고 노인은 뒷짐을 지고 거닐고 있었습니다. 달빛 때문에 은빛으로 빛나는 수염을 가을바람에 휘날리면서…….

새벽에 다시 깨어보니 그는 그냥 거기를 거닐고 있었습니다. 무거운 기침 소리가 간간 들립니다.

이튿날 저녁 서울로 돌아올 때에 그는 전송으로 십 리나 따라 나왔습니다.

"들어가세요."

하면, 그는,

"무얼, 집에 돌아가야 일도 없는 사람이오."

하면서 그냥 따라왔습니다. 그러나 나는 그 말의 반면에 '집에 돌아가야 기다릴 봉선이도 인젠 없소'라는 것같이 들려서 처량하기가 짝이 없었습니다.

긴 언덕 하나를 올라와서 그 마루에서야 그는 떨어졌습니다.

"안녕히 가시오."

"그럼, 인젠 돌아가십시오."

이러한 인사로 작별하고 나는 그 긴 언덕을 다 내려와서 돌아다보았습니다. 그는 그냥 그 언덕 마루에 서서 이마에 손을 대고 한없이 서편 쪽을 바라보고 있었습니다.

한참 더 오다 돌아보매 그냥 붉어가는 서편 하늘에 그의 그림자가 조그맣게 보입니다. 그가 이마에 손을 대고 돌아보는 쪽에는 그의 가장 사랑하던 딸이 묻혀 있는 묘지가 있습니다.

서울로 돌아와서 여전히 잡지사의 일을 보던 나는 그해도 다
가고 새해가 된 정월 그믐께 뜻밖의 사람의 방문을 받았습니다.
그것은 화순의 아버지 최 판서였습니다.

　　그는 들어와 앉아서도 아무 말도 없었습니다. 이리 한 십분 동
안이나 아무 말도 없이 앉았던 그는 머리를 들었습니다.

　　"나는 떠나오."

　　나는 그 말이 무슨 말인지 몰라서 다만 그를 쳐다보았습니다.

　　"나는 떠나오."

　　"어디로 말씀이외까?"

　　"봉선이가 되려다 못 된 중을 내가 되려구 떠나오."

　　그 뒤에는 또 침묵.

　　전등이 켜졌습니다. 동시에 그는 얼른 손수건으로 눈물을 씻
었습니다.

　　"참, 늙으면 할 수가 없어. 조금만 추워도 눈물이 나구. 허허허허."

　　그는 적적히 웃었습니다. 그러나 그것은 엉뚱한 거짓말이었습
니다. 몹시 추위를 타는 나는 방을 여간 덥게 안 하매 추워서 눈
물이 난다는 것은 거짓말로서 그의 눈물은 딴 의미의 눈물일 것
이었습니다.

　　좀 있다가 그는 일어서며,

　　"인연 있으면 다시 만납시다."

하고는 초연히 가버렸습니다.

　　그때부터 반 십 년, 그의 소식은 없어지고 말았습니다.

　　뒤에서 오는 사람의 말을 들으면 그는 혁명당의 괴수가 되어

있단 말이 있습니다. 지금 세상에서 떠드는 ○○단의 수령이 그이라 합니다.

어떤 사람의 말을 들으면 구월산에서 최 판서와 흡사한 중을 보았다 합니다. 그러나 어느 말을 믿어야 할지 그것은 알 수 없는 일이외다. 나는 이러한 소문을 들을 때마다,

'늙으면 할 수가 없어. 허허허허' 하면서 눈물을 씻던 그를 생각합니다. 그리고 그럴 때마다 내 눈에서도 또한 눈물이 나오려는 것을 막을 수가 없습니다.

그는 과연 살아 있나. 살아 있어서 어떤 사람의 말과 같이 중이 되었나. 혹은 만주의 넓은 벌에서 혁명당의 수령으로서 활동을 하고 있나.

'인연 있으면 다시 만납시다' 하던 그의 마지막 말은 쟁쟁히 내 귀에 남아서 떠나지를 않습니다.

— 〈조선문단〉, 1927. 3.

눈보라[1]

조선은 빡빡한 곳이었습니다.

어떤 사립학교에서 교사 노릇을 하던 홍 선생은 그 학교가 총무부 지정 학교가 되는 바람에 쫓겨나왔습니다. 제아무리 실력이 있다 할지라도 교원 면허증이라 하는 종잇조각이 없으면 교사질도 하지 말라 합니다. 그러나 이제 다시 산술이며 지리 역사를 복습해가지고 교원검정시험을 치를 용기는 없었습니다.

일본 어떤 사립중학과 대학을 우유 배달과 신문 배달을 하면서 공부를 하느라고 얼마나 애를 썼던가. 겨울, 주먹을 쥐면 손이 모두 터져서 손등에서 피가 줄줄 흐르는 그런 손으로 필기를 하여 공부한 자기가 아니었던가. 주린 배를 움켜쥐고 학교 시간 전

---

1 〈동아일보〉에 〈동업자〉란 제목으로 발표한 작품. 단편집 《태형》(대조사, 1946)에서 〈눈보라〉로 제목을 고쳐 수록함.

에 신문 배달을 끝내려고 눈앞이 보이지 않는 것을 씩씩거리며 뛰어다니던 그 쓰라림은 얼마나 하였던가. 그리고 시간을 경제하느라고 우유 구루마를 끌고 책을 보며 다니다가 돌시리도 차고 넘어졌다가 다시 일어날 때에 벙글 웃던 그 웃음은 얼마나 상쾌하였던가. 이것도 장래의 나의 일화의 한 페이지가 되려니.

아아, 생각지 않으리라. 그 모든 고생이며 애도 오늘날의 영광을 기대하는 바람이 있었기에 무서운 참을성으로 참고 지내지 안했나.

그러나, 그 애, 그 노력도 모두 물거품으로 돌아가 버렸습니다. 칠 년 동안의 끔찍이 쓴 노력도 조선 돌아와서 소학 교사 하나를 해먹을 수가 없었습니다. 칠 년 동안을 머릿속에 잡아넣은 지식은 헛되이 썩어날 뿐 활용해볼 길이 없었습니다.

자, 인제는 무엇을 하나. 철학과라는 시원찮은 전문을 졸업한 홍 선생에게는 이제 자기가 마땅히 붙들 직업을 발견할 수가 없었습니다.

회사원? 수판을 놓을 줄을 모르는 홍 선생이었습니다. 은행원? 대학 교정과의 졸업증서가 그에게는 없었습니다. 행정관리? 여기도 또한 졸업증서가 필요하였습니다. 그러면 신문기자? 그렇습니다. 이것이 홍 선생에게는 가장 경편하고[2] 손쉬운 직업에 다름없었습니다. 그러나 한 사람의 결원에 대하여, 이삼십 인의 지원자가 있는 신문기자도 손쉽게 그의 몫으로 돌아오지 않았습니다.

그는 교원 생활을 하는 동안에 준비했던 책이며 그밖에 있던

2 가볍고 편하거나 손쉽고 편리하다.

것을 하나씩 둘씩 팔아 없애면서 자기의 장래의 취할 길을 연구하였습니다.

　철인 플라톤은 사람을 제일의第一義의 국민과 제이의第二義의 국민으로 나누었습니다. 그리고 제일의의 국민으로 사유자와 방어자를 세우고, 제이의의 국민으로는 지금에 서로 대치해 있는 자본가와 노동자를 세웠습니다. 그리고 제이의의 국민은 물론 모두 천업자라 하여 문제 밖으로 삼고 제일의의 국민, 즉 사유자와 방어자를 위하여 국가는 마땅히 ○○주의를 시행할 것이라 하였습니다. 수신제가修身齊家 이후에 능치천하能治天下라 하였지만, 플라톤은 제일의의 국민으로서 뒷근심을 온전히 없이하고 온 힘을 국가를 위해 쓰게 하려 하였습니다. 국가는 제일의의 국민을 양육할 의무가 있다 하였습니다.

　이 사상은 얼마나 홍 선생에게 공명되는 사상이었겠습니까.

　모든 대사상이며 학설 도덕도 배부른 뒤에야 나올 것이 아니냐. 시재 먹을 것이 없는 이에게서 무슨 대사상이 나오며 무슨 대발명이며 대발견이 있겠느냐…… 홍 선생은 때때로 분개도 해보았습니다.

　'십 년 공부가 나무아미타불이라더니, 사실 칠 년 고생이 밥한 바가지 안 되는구나.'

　홍 선생은 때때로 한숨도 쉬어보았습니다.

　그러나 그의 분개며 한숨에 대답해주는 이는 없었습니다. 더구나 해결이나 서광을 보여주는 이도 없었습니다.

이리하여 처음에는 좀 고상한 직업(?)을 구해보려던 홍 선생은 아무런 직업이라도 닥치기만 하면 하려 하였습니다.

마음이 내려앉지 않은 생활이었습니다 무엇을 하나? 무엇을 하나? 근육노동은 할 수가 없으나 그밖에는 아무런 직업이라도 해보려 하였습니다.

활동사진 변사……. 교사 노릇 몇 해에 입으로 밥을 벌어먹던 그는 변사 노릇은 넉넉히 할 자신이 있었습니다. 그러나 급기야 되려고 알아보매, 거기도 또한 면허증이 있어야 한다 합니다. 약제사? 거기도 면허증이 필요하였습니다. 경부보? 순사를 지냈다는 경력이 있거나 법학교의 졸업증서가 있어야만 된다 합니다. 자동차 운전수? 거기도 면허장이 필요합니다. 대서소도 면장, 도수장도 면장, 심지어 이발쟁이까지도 인가증이 필요하였습니다.

모두가 면허증, 허가증, 인가증…… 인력거꾼, 도살자, 고기 장사, 빙수 장사…… 홍 선생에게 해먹을 노릇은 하나도 없었습니다.

왜 사람이 살아가는 데 대하여 생활 허가증이라든가 생활 면허증은 주지 않느냐. 그리고 그 증서가 없는 사람은 사형에 처하지 않느냐. 왜 밥 먹는데 밥 먹는 면허증이라는 것은 주지 않느냐. 왜 걸어 다니는 면허증은 주지 않느냐. 홍 선생은 몇 번을 역정을 내며 분개하였습니다. 어떤 때는 읽던 책을 휙 집어 던진 때도 있었습니다.

'책은 보아서 무얼 해! 만권 서적이라도 제 능히 한 장의 면허증을 못 당할 것을.'

세상사에 어두운 학자인 홍 선생이었습니다. 그러나 하늘이 무너져도 솟아날 구멍은 있나니, 홍 선생도 마침내 그 구멍을 발견하였습니다.

몹시 주저 중 반년이 지났습니다. 어디, 돈 많은 처녀(과부라도 좋다)나 없나? 돈이라도 길에 떨어지지 않았나? 자기가 가르치던 학교에서 특별히 당국에 교섭하여 자기만은 면허증이 없이도 교사 노릇을 하도록 운동해주지 않나? 자기 물건 가운데 우연히 값나가는 보배라도 있지 않나? 면허증! 면허증…… 아무런 면허증이라도 면허증 하나만 갖고 싶다! 이렇듯 용신容身[3]이 지난 뒤에 홍 선생은 마침내 자기가 솟아날 구멍을 발견하였습니다.

어떤 날, 또한 팔아먹을 물건을 얻느라고 이리 뒤적이고 저리 뒤적일 적에 그는 낡은 전기 안마기를 골방 구석에서 얻어냈습니다. 그것은 이전에 홍 선생이 류마티스로 고생할 때에 어떤 학부형인 의사가 선물로 보낸 것이었습니다.

'아직 쓸까?'

그는 그것을 먼지를 턴 뒤에 스위치를 넣어보았습니다. 찌르륵하는 소리와 함께 두 쪽을 잡은 홍 선생의 손은 떨렸습니다.

'이 원은 주렷다.'

그는 기계를 잘 닦아서 책상 위에 올려놓은 뒤에 신이 없이 다시 누웠습니다.

'내게는 지식밖에는 아무것도 없다. 그러나 지식은 돈이 안 되는 세상이다.'

홍 선생은 막혔습니다. 무엇이 돈이 되나? 돈이 돈을 낳는다 합

---

3 이 세상에 겨우 몸을 붙이고 살아감.

니다. 그러나 조선에서는 아직 돈이 돈을 낳는 것을 홍 선생은 본 일이 없습니다. 돈 천 원만 벌면 신문이 떠들어주는 조선이었습니다. 그러면 정서情緒? 정서를 팔아도 돈이 안 되는 조선이었습니다. 병합 당시와 그 뒤 한동안은 정서를 팔아서 돈이 된 시대도 있었지만, 지금은 그것도 역시 돈이 안 되는 모양이었습니다. 재주? 기능? 저작? 용기? 돈 되는 것은 하나도 없었습니다. 그러면?

'면허증이다.'

매월 단 사오십 원의 돈이라도 되는 것은 (어떤 면허증이든) 면허증밖에는 없었습니다. 그리고 또한 같은 결론 아래서 조선 사람의 최고 희망은 매월 사오십 원의 월급이요, 조선 사람의 최대 목적은 면허증을 얻는 데 있다 할 수가 있습니다.

홍 선생은 화를 내어 발버둥을 쳤습니다. 그러나 발길에 차이는 것은 아무것도 없으므로 다시 벌떡 일어나 앉았습니다. 그리고 다시금 전기 안마 기계를 보았습니다.

'헐값을 받아도 이 원이야 주겠지.'

헛소리와 같이 이렇게 중얼거리면서 한참 그것을 바라보고 있던 홍 선생은 문득 두 주먹을 불끈 쥐며 일어섰습니다. 그의 눈은 충혈이 되고 그의 쥔 두 주먹은 떨렸습니다.

'하나 있다, 돈 되는 것. 지식은 돈이 못 되나 지혜는 돈이 된다.'

보천교, 청림교 등등 지혜를 팔아서 대성한 몇 개의 단체가 그의 머리를 스치고 지나갔습니다.

며칠 뒤에 홍 선생 책상 위에는 별별 기괴한 물건이 장식되어 있었습니다.

청진기였습니다. 체온기였습니다. 반사경이 있습니다. 취소가리, 안티피린, 금계랍金鷄蠟,[4] 위산, 옥도정기 등이 있었습니다. 그리고 복판 가운데에는 전기 안마기가 제왕과 같이 군림하여 있었습니다. 그리고 책상 한편 모퉁이에는 함경북도 각 고을고을의 육군 지도가 가려 있었습니다.

지식은 있으나 지혜는 그리 많지 못한 홍 선생은 적으나마 그 지혜를 팔아서 호구를 해보려 하였습니다.

이리하여 또 며칠이 지난 뒤에 홍 선생은 온갖 여장을 가다듬어가지고 순회 치료 여행을 함경도로 떠났습니다.

그의 여장 가운데에는 진찰 가방과 전기 안마기와 몇 가지의 옷 밖에 주머니 속에 깊이 간직한 한 가지의 가장 귀한 물건이 있었으니 그것은 조그마한 노트 한 권이었습니다. 몇 가지의 간단한 처방을 적은 책이었습니다.

산골에서 산골로 홍 선생의 여행은 계속되었습니다.

홍 선생은 이 세상에 이렇듯 이름 모를 많은 병이 있을 줄은 뜻도 안 했습니다. 홍 선생에게는 다만 머리가 아프면 두통이었습니다. 배가 아프면 복통이었습니다. 몸이 파리했으면 폐병이었습니다. 오금이 쏘면 류마티스였습니다. 몸에 열이 있으면 고뿔이나 학질이었습니다. 눈이 벌거면 안질이었습니다. 그밖에 예외적으로 시병[5], 문둥, 황달 등등 몇 가지가 있고, 그밖에는 대개 학

4 '염산키니네'를 달리 이르는 말. 해열 진통제.
5 때에 따라 유행하는 상한병이나 전염성 질환.

설상으로만 존재하였지 실제로 있는 병이라고는 뜻도 안 하였습니다. 그런데 이 현상은 무엇이옵니까.

뿐만 아니라 그가 간단하다고 생각하였던 병까지두 급기야 다 쳐놓으니까 판단을 내릴 수가 없었습니다. 머리가 아프고 배가 아프고 오금이 쏘는 병을 그는 무엇으로 진단하여야 할지 망설였습니다. 식욕은 있고도 먹으면 모두 설사하고 몸이 파리해가는 병을 무엇으로 진단하여야 할지도 몰랐습니다. 아니 정확히 말하자면 '이것은 무슨 병이라'고 서슴지 않고 판단을 내릴 자신이 있는 병은 한번도 만나본 적이 없었습니다.

그는 환자를 만나면 먼저 청진기를 가슴에 댑니다. 만뢰萬雷[6]라 할까 폭포수라 할까, 우렁찬 소리가 귀에 울립니다(처음에는 홍 선생은 몇 번을 몸을 흠칫흠칫 놀랐습니다). 한참 이리 듣고 저리 들은 뒤에 그는 눈살을 몇 번 찌푸리고 머리를 몇 번 저은 뒤에 열을 봅니다. 이 열만은 홍 선생이 가장 자신 있는 태도로 보는 바이니, 상열常熱이 삼십칠 도 약弱이라 하는 것은 홍 선생이 벌써부터 아는 바외다.

이리하여 진찰이 끝나고는 치료를 시작합니다.

환부(환부가 똑똑하지 않을 때에는 온몸)에 전기기계를 문지르는 것으로 그의 치료의 제일 도정은 시작됩니다. 이리하여 환자의 몸이 마비된 듯하면 홍 선생은 약을 짓습니다. 식전 약으로는 안티피린, 식후 약으로는 위산, 이 두 가지를 주고 돈을 받은 뒤에는 뒤도 안 돌아보고 그다음 산골로 달아납니다.

6 자연계에서 나는 온갖 소리.

어떠한 병에든 홍 선생은 이 두 가지 약밖에 다른 약의 필요를 느껴본 적이 없었습니다. 주머니 속에 깊이 간직한 노트도 또한 쓸데없는 물건이었습니다. 병명을 한번도 판단 내려본 적이 없는 홍 선생에게서는 처방이라는 것이 쓸데없었습니다.

이리하여 칠 년 동안을 배운 지식과 그 노트는 한편 구석에 짓이겨놓고 한때의 지혜(오히려 돈지頓智[7])뿐으로 밥을 벌어나가는 자기를 홍 선생은 발견하였습니다.

그리고 환자나 혹은 친척이 무슨 병이냐고 묻는 때라도 있으면 경우에 따라서 새 병명을 발명키를 주저하지 않습니다.

어떤 의생醫生의 사망진단서 가운데 십장병十丈病이라 하는 것이 있었습니다. 경찰서에서 연구하다 못하여 그 의생을 불러서 어떤 병이냐고 물었습니다. 즉 그 의생의 대답이 열 길 되는 벼랑에서 떨어져 죽었으니까 '십장병'이라 하였습니다.

이 이야기를 당시에는 그렇게도 웃은 홍 선생이 아니었습니까. 웃다 웃다 못하여 마지막에는 울음소리로 그 이야기를 노려보고 또 노려보고 한 그가 아니었습니까.

그러나 이제 만약 누가 홍 선생이 내린 그 모든 괴상한 병명에 대하여 질문하는 이가 있다 하면 홍 선생은 가장 엄숙한 태도로 무언의 책망을 할 것이겠습니다. 그리고 전문가의 단안을 의심하는 시로도(초심자)의 주제넘은 태도를 멸시하기를 마지않을 것

7 때에 따라 재빠르게 나오는 지혜나 재치.

이겠습니다.

그러나 조선은 역시 빡빡한 곳이니 거기도 또한 관헌의 압박과 간섭이 있었습니다.

'이상한 기계로써 온갖 병을 고치는 고명한 의술' 홍 선생의 이름이 방방곡곡 퍼지며 높아갈 때에 관헌의 압박과 간섭이 시작되었습니다.

"무슨 자격으로 병자를 취급하느냐?"

그들의 물음은 이것이었습니다.

"이 기계(전기 안마기) 사용에는 자격이 필요 없다."

홍 선생은 가만히 대답하였습니다.

"무슨 자격으로 투약을 하느냐?"

그들은 질문을 바꾸었습니다.

"치료사의 자격으로."

"의사나 의생의 면허증이 있느냐?"

"없다, 필요도 없다."

"삼십 원의 벌금이다."

간단한 결론이었습니다. 그러나 피하지 못할 명령이었습니다.

이런 일을 두 번 겪고 세 번째는 (돈이 없으므로) 몸의 구속으로 돈을 대신하고 나온 홍 선생은 며칠 동안은 기가 막혀서 정신을 차리지를 못하였습니다.

인제는 굶어 죽었구나. 며칠 동안을 거진 음식을 전폐하다시피 하고 누워서 어렴풋이 이런 생각을 하고는 한숨을 쉬고 하였습니다.

그러나 하느님이 사람을 굶어죽게는 내지 않은 것이니 사경에 직면한 그는 거기서 또다시 활로를 발견하였습니다.

국경을 넘어서자, 평북 용천 태생인 그는 지나인支那人 말에도 얼마간의 자신이 있었습니다.

면허장을 보자는 관헌도 없고 의사도 부족한 만주 땅은 사실이 선량한 사기한 홍 선생에게는 낙원이나 다름없었습니다. 그리하여 전치全治[8]된 자기의 몇몇 환자에게 여비를 동냥해가지고 홍 선생은 커다란 바람을 품고 국경을 넘어섰습니다. 뿐만 아니라 국경을 넘어설 때는 홍 선생의 콧등에도 금테 안경이 걸렸고 가슴에는 도금 시곗줄이 번쩍였습니다. 의사로서의 위신과 위풍을 만주 사람들에게 보이기 위해서외다.

'전 세계 전기치료계의 태두.'

'미국 화성돈華盛頓[9] 전기대학교 교수.'

'덕국德國[10] 백림伯林[11] 의학대 박사.'

이러한 명색 아래 홍 선생의 이름은 국경을 넘어 만주의 촌촌에도 퍼지기 시작하였습니다. 금테 안경과 금 시곗줄은 홍 선생의 그 길다란 명색에 적당한 위엄과 위풍과 신뢰를 사람들의 마음에 일어나게 하였습니다. 홍 선생의 좀 꽁한 태도도 이름 있는 의사다웠습니다. 코 아래 수염도 났습니다.

약은 역시 안티피린과 위산뿐이었습니다. 어떠한 병에든 식전 약으론 안티피린, 식후 약으론 위산이었습니다. 그러나 홍 선생

---

8 병을 완전히 고침.
9 '워싱턴'의 음역어.
10 예전에 '독일'을 이르던 말.
11 '베를린'의 음역어.

은 운이 터졌던지 그들의 병은 이 단순한 두 가지의 약과 전기치료뿐으로 낫고는 하였습니다. 이리하여 홍 선생이 조선 땅을 뒷발로 차 던진 지 일 년쯤 뒤에는 홍 선생이 돌아다니 만주의 촌락에는 화타나 편작의 재래로서 홍 선생의 이름은 널리 퍼졌습니다. 그의 이상한 기계를 지나인들은 마술 상자와 같이 신앙의 마음으로 바라보았습니다. 기계에서 웅― 하는 소리가 날 때에는 모두들 경건한 태도를 취하였습니다.

이리하여 그의 이름이 해와 같이 빛나게 되었을 때에 그는 어떤 지나 호농豪農의 집에 불려가게 되었습니다.

환자는 그 집 젊은 며느리로서 병은 난산이었습니다. 소위 애가 올라붙었다고 그 집에서는 야단법석을 하였습니다.

홍 선생은 팔을 걷은 뒤에 가장 엄숙한 태도로 환자의 배를 만져보았습니다. 올라붙었는지 내려붙었는지는 모르되, 뱃속에 어떤 물건이 움직이고 있는 것은 알 수가 있었습니다. 환자는 땀을 뻘뻘 흘리며 연하여 다리를 꼬며 허리를 구부리며 부르짖었습니다.

자, 이 일을 어쩌나, 어떻게 치료해야 되나. 홍 선생도 구슬땀을 흘렸습니다. 보통 배 아픈 데에는 위산을 먹였지만 이 환자에게는 위산은 쓸데없을 것이었습니다. 아편을 주자 하니 거기 또한 태모와 태아, 생리학적 관계를 모르는 홍 선생은 뒷일이 염려되어 그것도 할 수가 없었습니다. 홍 선생은 연하여 땀을 씻고는 배를 만져보고 배를 만져보고는 땀을 씻고 하였습니다. 전기 기계를 열었습니다. 둘러앉았던 환자의 남편이며 시어머니는 이 기계를 보고야 적이 안심된 듯이 서로 얼굴을 바라보며 수군거렸습니다.

치료는 시작되었습니다. 사실 이때에 기회만 있었더라면 홍 선생은 뒷문으로 빠져서 달아나기를 주저하지 않았겠습니다. 소심한 홍 선생은 땀을 뻘뻘 흘리며 손을 떨면서 환자의 배를 기계로 문질렀습니다. 그리하여 한창 거기 정신이 팔려서 문지를 때에 (홍 선생에게는 뜻밖으로서) 환자는 어느덧 숨소리 고요히 잠이 들었습니다. 어느덧 잠이 들었는지 잠든 것을 발견한 홍 선생은 환자를 눈이 끔벅끔벅 들여다보다가 문득 치료자로서의 긍지를 느끼면서 기계를 수습하고 머리를 들었습니다. 아까의 저품과 근심은 눈과 같이 사라졌습니다. 기계 뚜껑을 덮은 뒤에 손수건으로 두어 번 툭툭 먼지를 터는 홍 선생의 태도에는 개선한 장군과 같은 위엄과 자랑이 있었습니다.

그런 뒤에 여전히 식전 약으론 안티피린, 식후 약으론 위산을 몇 봉지 찾아준 뒤에 코 위에 걸린 안경을 어루만지면서 일어났습니다. 그리하여 많은 치하와 사례를 받은 뒤에 객주로 돌아오려고 그가 문에까지 이르렀을 때에 그 집 작은 주인이 따라 나오면서 그를 찾았습니다. 홍 선생은 가슴이 선뜩 내려앉았습니다. 그래서 못 들은 체하고 그냥 가려 할 때에 문까지 따라 나온 작은 주인은 마침내 홍 선생을 붙들었습니다.

"선생님, 이 사람을 데리고 가주십쇼."

"?"

"선생님과 같은 조선 사람이외다. 데리고 가서 마음대로 처분해주십쇼."

"?"

거기에는 알지 못할 한 오십 세가량 된 조선 사람 하나가 공포로서 밉게까지 된 얼굴로 웅크리고 서 있었습니다. 새까맣게 터진,

주름살은 없지만 늙음을 나타내는 그의 얼굴은 사람의 살아가는 괴로움과 쓰라림을 넉넉히 말하고 있었습니다. 뿐만 아니라 더욱 놀랄 일은 그의 장작개비와 같이 뻣뻣 마른 두 손에는 순간 저까지 결박을 당하여 있던 노끈의 시뻘건 자리가 깊이 박혀 있었습니다.

"자칫하더면 만주서 고혼이 될 뻔했소이다."

홍 선생과 같이 홍 선생의 객주에 와서 한참 몸을 사시나무 떨 듯 떨던 노인은 좀 진정이 된 뒤에 이렇게 한숨을 쉬었습니다. 그리하여 노인에게 이야기를 이리 듣고 저리 물은 결과로서 홍 선생이 안 바는 대략 이러하였습니다.

그 노인도 역시 홍 선생과 같은 의술가였습니다.

본시는 선비로서 공맹지도밖에는 아무것도 모르던 노인은 역시 생활난이라 하는 데 밀려서 만주로 쫓겨나왔습니다. 조선 땅을 떠날 때에는 마누라와 아들과 며느리와 몇백 원의 돈이 있었지만, 무서운 꼬임병이 만주를 한번 휩쓸어온 뒤에는 그에게 남은 것은 머릿속의 공맹지학밖에는 없었습니다. 홍 선생의 신학문이 밥이 못 되는 것과 마찬가지로 노인의 구학도 밥이 못 되었습니다. 노인은 역시 목숨을 보지해[12] 나아가기 위하여 의술가로 개업하였습니다. 그리하여 한방의학의 '이열치열'이라는 원리에 좀 수정을 더해 '이열치병以熱治病'이라는 새 원리를 세워가지고 그는 온갖 병을 열로써 고쳐보려 하였습니다. 노인의 어렸을 때 경험으로 배가 아프면 불물[13]을 배에 대고, 고뿔이 들리면 방을 덥게 하며, 식체는 손발을 더운물로 씻었으며, 이질에는 쑥 찜을 하였

---

12 온전하게 잘 지켜 지탱해나가다.
13 쇠붙이 따위가 높은 온도에서 녹아 이글거리는 상태로 된 액체.

으며, 온갖 병에 한정과 온정이 유리한 것을 보았으니 이러한 결론에 이르는 것이 오히려 당연하였습니다.

노인은 쇠몽치를 하나 준비하였습니다. 굵기가 두 치 되고 길이가 한 간쯤 되는 쇠몽치의 좌우편 끝에는 나무 손잡이가 달렸으니, 이것이 이 노인의 유일무이한 치료기구였습니다. 어떤 병에든지 그는 그 쇠몽치를 불에 달구어가지고 환부에 굴렸습니다. 굴리고 굴리고 하여 환자가 정신이 얼떨떨한 듯하게 된 뒤에야 그는 치료가 끝난 것을 선언합니다.

'가열치료 대박학사大博學士.'

이러한 명색으로 만주 몇십 리를 쇠몽치 하나를 밑천 삼아가지고 편답遍踏[14]하던 노인은 아까 그 집(홍 선생이 갔던 집)에 불려가게 되었습니다.

"밥을 벌어먹자니 말이지 내가 병을 아오? 그래두 되놈의 병은 고치기가 쉬워요. 그놈들은 앓다 앓다 못해서 정 할 수 없이 되어 의술한테 옵니다그려. 그러니깐 의술한테 오는 놈은 죽게 된 놈 아니면 다— 낫게 된 놈이야요. 그러니깐 게다가 쇠몽치라도 데워서 굴려주면 죽을 놈은 죽고 그렇지 않으면 나았지, 병이 오래간다든가 하는 일은 쉽지 않구려. 그래 그놈의 집에 가니깐 년은 죽노라고 야단이고 놈들두 모두 눈이 퀭하니 있는데 내니 어떡헙니까. 또 쇠몽치를 달궜지요. 그리구 한참 힘 있게 배에 굴려주었더니 년이 그만 까무러치겠지요. 그래서 따귀를 한 대 때렸구려, 년의……. 정신 차리라구 그랬더니 놈들이 뭐라구 뭐라

---

14 이곳저곳을 널리 돌아다님.

구 하더니 나를 질근질근 동여서 움에 가둡디다그려. 넌이 죽기만 하면 나두 죽인다구요. 난 다시 살기를 바라지 않았어요. 이제 살면 무얼 합니까. 생목숨 끊을 수가 없어서 이러구 다니지 이제 더 살면 낙 보기를 바라겠소? 그러니 죽어지는 날까지 먹기는 해야겠구. 망할 놈의 세상에 태어나서……."

노인은 한숨과 함께 말을 끊었습니다. 아아, 그러나 이렇듯 홍 선생에게 공명되는 이 노인의 이야기도 홍 선생은 침착히 들을 수가 없었습니다. 그의 얼굴에는 낭패의 빛이 떠 있었습니다.

"그럼 노인장은 인제 어떡허시려우?"

"역시 그밖에는 할 게 있소? 사실 말이지 생목숨을 끊을 수는 없습디다그려. 몇 번을 에라 죽어버리자구 해본 적은 있지만 그러나……."

"얼마 안 되지만 노비에 보태어 쓰시오. 그리구 노인장 여관에 가서 한잠 주무시오."

돌연 명령이었습니다. 홍 선생에게는 자기의 낭패한 빛을 감추든가 노인의 이야기를 더 듣는다든가 할 마음의 여유가 없었습니다.

'놈들이 뭐라구 뭐라구 하더니 날 질근질근 동여서…….'

노인의 이야기 가운데 이 말 한마디뿐이 그의 귀에 박히고 그의 머리에 새겨져서 다른 생각은 도저히 할 수가 없었습니다. 이리하여 총총히 노인을 몰아낸 홍 선생은 노인의 외로운 뒷모양이 길모퉁이에서 사라지는 것을 본 뒤에 황급히 방 안에 뛰어들어와서 짐을 묶기 시작하였습니다.

죽지 않았나, 혹은 환자는 죽지 않았다 할지라도 뱃속의 어린

애가 전기 때문에 죽지나 않았나, 환자의 아까의 안정은 뱃속의 어린 애의 정지(죽음)로 말미암아 생겨난 일시적 현상이 아니었던가, 이런 생각을 어렴풋이 하며 밖을 내다보았습니다. 짐을 묶었다 다시 짐을 풀어서 옷을 꺼내고 다시 묶었다 옷을 벗었다 입었다 하던 그는 그래도 한 삼십분 뒤에 그 짐을 다 정리해가지고 셈을 치른 뒤에 그 여관을 떠났습니다. 아니 오히려 달아났습니다.

사람을 피하고 동리를 피하여 길을 가던 홍 선생은 그날 밤 멀리 동리의 불을 바라보면서 벌판에서 자기도 하였습니다.

여름 달밤이었습니다. 요를 펴고 별을 바라보면서 누워 있는 홍 선생에게는 만감이 왔다 갔다 하였습니다. 벌레들이 웁니다. 때때로는 알지 못할 새의 우는 소리도 들립니다. 이런 것을 바라보면서, 이런 것을 들으면서 두틀두틀하여 편안하지 않은 요를 연하여 고쳐 펴면서 홍 선생은 자기의 지난 일과 이제 올 일을 여러 가지로 생각해보았습니다.

'생목숨 끊을 수가 없어서 이러구 다니지 이제 더 살아서 낙 보겠소?'

인생의 목적이 무엇이냐 하는 문제는 홍 선생은 생각해보려고도 아니하였습니다. 그러나 생각하기 전에 해답이 먼저 머리에 걸려 늘어지고 걸려 늘어지고 하였습니다. 인생의 목적은 먹고사는 데 있다고…… 그렇습니다. 이렇게 대답될 때에 한하여 홍 선생의 삶에도 한 점의 가치가 붙습니다. 먹고사는 것이 인생의 유일의 목적이라 하는 것뿐이 현재, 과거, 미래, 할 것 없이 홍 선생의 삶의 유의의有意義함을 설명하는 다만 하나의 길이었습니다.

그러나 돌이켜서 '먹고사는 것'은 인생의 목적에 도달하려는 한 수단이요 방법에 지나지 못한다 할 때에는 홍 선생의 삶은 '제로'가 되어버리겠습니다. 존재하는 것은 모두 다 합리적이라 한 헤겔의 주장을 그대로 신봉한 바는 아니지만, 본시 낙천적으로 생긴 홍 선생은 방랑의 몇 해 동안에 한번도 자기의 장래에 대하여 깊이 생각해본 적이 없었습니다. 이전 학생 시대에 그려둔 '장래'가 아직껏 머리에 찬란히 박혀서 굳은 신념으로서 남아 있었습니다. 이러한 어렴풋한 개념으로 그는 아직껏 그 방랑을 쓰다 하지 않고 받아왔습니다. 어째서? 하는 의문은 그에게 일어나본 적은 없었습니다. 그러나 만약 여기 누가 있어서,

　　'어째서 너의 장래에는 광휘가 있겠느냐?'

고 묻는 이가 있다 하면 그는 서슴지 않고 대답하였겠습니다.

　　'나는 홍○○이다.'

고……. 간단하고 명료한 대답이외다. 그는 이만치 자기의 장래를 낙관하고 있었습니다.

　　그러나, '생목숨 끊을 수 없구……'라 하던 그 노인의 말은 홍 선생이 아직 생각지도 않았던 새로운 질문을 그의 머리에 던졌습니다. '언제?'며 '어떤 방법으로?'며 '어떠한'이었습니다. 언제 어떠한 방법으로 혹은 어떤 길을 좇아서 어떠한 광휘가 그에게 이르겠느냐.

　　'하느님뿐이 아신다'고 튀겨버리기에는 너무 엄숙하고 비극적인 물음이었습니다. 어떠한 결과에 이르기에는 그 결과가 생겨날 만한 동기 혹은 원인과 거기까지 이르는 행위가 필요하다는 것은 예전의 철인들이 지적한 진리였습니다. 그러면 홍 선생에게

이를 광휘는 어떤 원인으로 어떤 길을 밟아서 이르겠느냐.

방랑의 길을 떠나기 전에 때때로 생각하고 적어두었던 인생에 대한 그의 독창적 의견조차 벌써 잊어버린 그였습니다. 차차 머리가 말라가는 그였습니다. 더구나 지금에는 오늘날의 밥 문제밖에는 생각할 겨를도 없는 그였습니다. 언제 어떠한 길을 좇아 어떤 광휘가 그에게 이르나.

역시 벌레 소리가 들립니다. 알지 못할 새의 소리가 역시 때때로 들립니다. 하늘에는 별이 반짝입니다. 아까는 이마를 넘어서 보이던 달이 시방은 벌써 가슴 위로 넘어와서 여전히 서늘한 빛을 부었습니다. 그러나 홍 선생은 잠잘 생각도 안 하고 고민하고 있었습니다. 벌떡 일어나면서 성을 내어본 때도 있습니다. 그러나 역정이나 탄식이 사람의 번민에 광명을 주지 못하는 것은 예나 지금이나 일반이니 홍 선생의 번민은 사라질 바 없었습니다.

벌레 소리, 알지 못할 새 소리, 서늘한 달빛 가운데에서 홍 선생은 밤새도록 일어났다 누웠다 하면서 번민하였습니다.

그러나 배고픈 데 들어서는 양반 상놈이 없나니 며칠 지난 뒤에는 홍 선생은 여전히 호호탕탕히 덕국 백림 의학박사의 명색으로 치료 여행을 계속하는 자기를 발견하였습니다.

그리하여 그해 여름도 다 간 어떤 날, 어떤 자그마한 촌에 도착한 홍 선생은 그 촌 어귀에 '가열치료 대박사 ○○○'이라 한 종이 간판을 보고 하하하였습니다. 주인을 잡은 뒤에 자기도 미국 화성돈 전기대학교 교수 홍○○이라 한 종이 간판을 몇 군데 붙이라고 시킨 뒤에 번번 나가 넘어지고 말았습니다.

'죽음보다 힘센 것은 주림이다.'

이리 뒹굴고 저리 뒹굴며 이런 생각을 어렴풋이 하면서 거기 연하여 그 쇠몽치 노인이며 자기의 일을 회상하다가 어느덧 잠이 들었던 홍 선생은 누가 깨우는 바람에 중얼거리며 정신을 차렸습니다. 그것은 환자에게서 홍 선생을 좀 와달라는 심부름꾼이었습니다.

홍 선생은 치료기구를 수습해가지고 따라갔습니다.

환자는 뜻밖에 쇠몽치의 노인이었습니다.

"노인장 웬일이시오?"

"오래간만이외다. 여기서 또 선생님의 신세를 져야 될까 보외다."

"그래, 어디가 편찮으셔요?"

"눈이 보이질 않는구려. 한 사나흘 전부터 눈에 안개가 낀 것같이 흐릿하더니 오늘부터는 보이질 않는구려. 한번 좀 봐주시오."

홍 선생은 노인을 누인 뒤에 솜씨 익은 태도로 눈을 뒤집어보았습니다. 그러나 어디가 나쁜지 홍채도 있었습니다. 동자도 있었습니다. 출혈도 되지 않았습니다. 홍 선생은 노인의 눈앞에 손을 얼신얼신해보았습니다. 허공을 쳐다보며 깜박도 안 하는 것뿐이 병이지, 나쁜 곳은 발견할 수가 없었습니다.

"대체 무슨 병이오?"

노인은 근심스럽게 물었습니다.

"네? 그 급성안맹염이라는 병이외다."

"안맹염이라, 어째서 이런 병이 생기오?"

"글쎄, 공기 나쁜 데라도 가보신 일이 없습니까?"

"왜 없어요. 되놈, 더구나 앓던 놈의 집에만 다니니깐 맨날 공기 나쁜 데만 다니는 셈이지요."

"그 때문이외다."

"넉넉히 낫겠습니까?"

홍 선생은 노인의 얼굴을 보았습니다. 생목숨 끊을 수가 없어
서 이러고 다니지 죽어지기만 하면 그것을 달게 받겠다던 그가
아니겠습니까. 한때는 인위적 죽음의 고개를 넘어서 본 일까지
있는 그가 아니었습니까? 그렇던 노인의 얼굴에 나타난 공포와
근심은 무엇을 뜻하겠습니까.

'죽음보다도 힘센 것은 주림입니다.'

홍 선생은 물러앉아서 눈이 멀거니 이런 생각만 하고 있었습
니다. 오분이 지났습니다. 십분도 지났습니다. 노인은 기다리다
못하여 채근을 하였습니다.

"자, 어떻게든지 고쳐주시오."

고쳐? 이 문제야말로 홍 선생에게는 야단난 문제에 다름없었
습니다. 홍 선생이 아직껏 거기까지 도달키를 꺼리는 문제이지만
또한 도달하지 않을 수 없는 문제였습니다.

어떻게 고치나, 안티피린과 위산이 쓸데없을 것은 거듭 말할
필요도 없습니다. 그러면 전기?

전기 또한 댈 곳이 없었습니다. 눈동자에도 전기를 댈 수 없는
것이며, 시신경을 지배하는 머리에다 대어도 나을 것 같지 않았
습니다.

"네, 고쳐드리지요."

대답만 기계적으로 할 뿐 홍 선생은 역시 눈이 멀뚱멀뚱 다른
생각만 하고 있었습니다. 이러다가 세 번을 재촉을 받은 뒤에야

홍 선생은 정신을 가다듬고 머리를 들었습니다.

"네, 시재 약을 가져온 것이 없는데 주인에게 가서 지어 보내리다. 어떠리까, 곧 낫겠지요. 그리 걱정 마시고 누워게시오."

그리고 그는 안경을 한번 쓰다듬은 다음에 그 집을 나섰습니다.

여관으로 돌아온 홍 선생은 역시 눈이 멀거니 앉아버리고 말았습니다.

자, 어떡허나. 누른 안티피린과 위산이나 주어버리고 눈을 씻으라고 분산물이나 좀 타주면 그뿐일 것이었습니다. 그리고 그래도 낫지 않는다 하면 시기가 늦었다고 튀겨버리면 문제가 없는 것이었습니다. 그러나 홍 선생에게는 자기를 신뢰하는 동업자, 더구나 만주에 외로이 (밥을 위하여) 떠돌아다니는 동포까지 속이지는 차마 못 하였습니다.

도리메(야맹증), 도라호무(트라코마), 풍안, 노안, 가막눈……눈의 고장에 대한 몇 가지의 이름이 그의 머리에 왔다 갔다 하였습니다. 그러나 그 몇 가지가 모두 어떤 원인으로 어떤 증세로 나는 것은 홍 선생은 모르는 바였습니다. 더구나 어떻게 고치는지는 모를 바였습니다.

안티피린? 위산? 그는 허공과 같은 머리에 또 물어보았습니다. 그리고 안경을 한번 쓰다듬은 뒤에 번듯이 자빠지고 말았습니다.

그해 가을도 한 절반 간 어떤 날, 어떤 동리에 들어갔던 그는 거기 그 쇠몽치 의원이 와 있다는 말을 듣고 그다음 동리로 달아나고 말았습니다. 홍 선생의 들은 바에 의지하건대, 그 노인은 눈

이 멀고 말았다 합니다. 그러나 지나인들은 오히려 맹 의원이라
하여 더 신비시해서 노인의 영업은 날로 번창한다 합니다.

그 뒤에 홍 선생은 여러 번 그 노인과 마주칠 뻔하였습니다.
그럴 때마다 홍 선생은 몰래 다른 동리로 달아나고 하였습니다.

그때부터 홍 선생의 입에 올라서 버릇이 된 한 가지의 말이 있
었습니다.

'인생 도처에 유청산이라더니 인생 도처에 유방해로구나.'

개똥도 약에 쓰려면 없다는 반면에 원수를 외나무다리에서 만
난다 하니 사람의 세상은 왜 이다지도 맘대로 안 되는 것입니까.
하늘이 주유를 냈거든 왜 또 공명을 냈습니까. 홍 선생은 그 뒤에
가는 곳마다 맹 의원의 이야기를 들었습니다. 그런 때마다 그는
'인생 도처에 유방해'라는 것을 통절히 느끼면서 그 동리를 달아
나고 하였습니다.

그해도 다 가고 새해, 만주벌에 눈보라 몹시 치는 날이었습니
다. 오후 세시쯤 어떤 동리에 들어갔던 그는 거기 병의원이 와 있
단 말을 듣고 곧 돌아서서 다른 동리로 향하였습니다. 다른 동리
는 그 동리에서 한 삼십 리 떨어져 있었습니다.

된바람과 함께 눈은 풀풀 얼굴과 온몸에 끼었었습니다. 열 걸
음 앞이 똑똑히 보이지 않았습니다. 물결과 같이 밀려오던 눈보
라가 한번 획 지나간 뒤에는 눈앞의 경치가 모두 달라지고 하였
습니다. 아까는 언덕이던 곳이 문득 없어지며 또는 이제 있던 평
원이 커다란 언덕이 되며…… 넓적다리까지 쑥쑥 빠질 때도 있
다가는 어떤 때는 바위 위를 걷는 것같이 굳을 때도 있고…… 획
획― 무서운 바람 소리도 들렸습니다.

홍 선생은 다른 동리로 가기를 그만두려 하였습니다. 그래서 온 길로 다시 돌아섰습니다.

그러나 한참 뒤에 그는 자기가 길을 잃은 것을 안았습니다. 이무리 가야 그 동리조차 발견할 수가 없었습니다.

그는 이마에 손을 대고 바라보았습니다. 눈보라! 그 밖에 또 눈보라…… 겹겹이 눈보라뿐이었습니다. 간혹 한순간씩 몇십 정町 밖이 보일 때도 있지만 일망무제한 눈의 광야뿐이었습니다. 동쪽도 눈보라, 서쪽도 눈보라, 그밖에 보이는 것은 눈의 광야, 동리나 인가는 어디 붙었는지 알 수 없었습니다.

죽었구나, 어디든지 가지는 대로 가보자 하고 홍 선생은 정처 없이 걸었습니다. 그의 얼굴도 눈과 얼음으로 한 겹 덮였습니다. 수염에만 (콧김 때문에) 눈이 없었지 그밖에는 몸집까지 한 커다란 흰 덩어리로 변하였습니다. 촉각 신경은 벌써 감각을 잃어버렸습니다.

눈보라의 광야에도 밤이 이르렀습니다. 그러나 홍 선생은 동리나 인가를 발견하지 못하였습니다. 동으로 서로 남으로 북으로 방향 없이 헤맬 뿐이었습니다. 눈 때문에 그다지 어둡지는 않았습니다. 홍 선생은 이 유명幽明[15] 가운데를 헐떡거리며 돌아다녔습니다.

마침내 그의 다리도 말을 듣지 않게 되었습니다. 벌써부터 아랫다리는 말을 안 들어서 넓적다리의 힘뿐으로 걸어 다니던 그는 넓적다리도 인제는 말을 안 듣는 것을 깨닫고 그 자리에 주저앉고 말았습니다.

인젠 죽었구나. 몸의 극도의 피곤과 함께 그의 머리도 극도로

15 어둠과 밝음. 저승과 이승.

피곤하였습니다. 그는 인젠 죽었다는 생각밖에는 다른 것은 할 여유가 없었습니다. 뿐만 아니라 그 '죽었다'는 것도 아무 강조나 공포가 없이 어렴풋이 생각되는 그런 종류의 생각이었습니다.

시신경도 인젠 작용을 못 하였습니다. 바람 소리가 무섭게 날 터인데 들리지 않는 것을 보면 청신경도 못 쓰게 되었습니다.

'방기몽야方其夢也 부지기몽야不知其夢也 몽지중우점기몽언夢之中又占其夢焉 각이후지기몽야覺而後知其夢也.'[16]

문득 몹시 똑똑히 이 장자의 한 구절이 그의 머리를 스치고 지나갔습니다. 그는 온몸의 힘과 신경을 모아가지고 팔을 움직였습니다.

이리하여 비상한 노력의 십여 분이 지난 뒤에 그는 전기 안마기에 스위치를 넣어가지고 그것을 가슴에 갖다 댔습니다. 그러나 이만 노력이 무슨 쓸데가 있겠습니까. 온몸이 차차 녹아오고 마비되어오는 것을 똑똑히 감각하던 그는(벌써 십 오륙 년 전에 동경 어떤 전차에서 본 일이 있는) 어떤 일본 계집애의 얼굴을 언뜻 보면서 영원한 침묵의 길을 떠났습니다. '인생 도처에 유청산'을 '인생 도처에 유방해'라고 고쳐가지고 늘 외던 그는 여기서 몸소 '인생 도처에 유청산'이라는 것을 보여주었습니다.

그러나 그의 마지막의 노력으로서 '생'을 얼마간이라도 붙들어 보려던 전기기계만은 애처로운 자기의 주인의 일생을 조상하는 듯이 그 뒤 이틀 동안을 눈 속에 깊이 묻혀서 웅웅 울고 있었습니다.

— 〈동아일보〉, 1929. 9. 21~10. 1.

---

16 '꿈을 꿀 때에는 그것이 꿈인 줄 모른다. 꿈속에서 또 꿈을 꾸기도 하는데, 깨고 나서야 그것이 꿈이었다는 것을 알게 된다'라는 뜻. 《장자》〈제물론〉에 나오는 말.

K 박사의 연구

"자네 선생은 이즈음 뭘 하나?"

나는 어떤 날 K 박사의 조수로 있는 C를 만나서 말끝에 이런 말을 물어보았다.

"노신다네."

"왜?"

"왜라니?"

"그새 뭘 연구하고 있었지?"

"벌써 그만뒀지."

"왜 그만뒤?"

"말하자면 장난이라네. 하기야 성공했지. 그렇지만 먹어주질 않으니 어쩌나."

"먹다니?"

"글쎄. 이 사람아, 똥을 누가 먹어."

"똥?"

"자네 시식회에 안 왔었나?"

"시식회?"

C의 말은 전부 '?'였다.

"시식회까지 모를 적에는 자네는 모르는 모양일세그려. 그럼 내 이야기 해줄게 웃지 말고 듣게."

이러한 말끝에 C는 K 박사의 연구며 그 성공에서 실패까지의 이야기를 들려주었다.

맬서스라나······ '사람은 기하학급으로 늘어나고 먹을 것은 수학급으로밖에는 늘지 못한다'고 이런 말을 한 사람이 있지 않나. 박사의 연구도 이 말을 근본 삼아가지고 시작되었다네.

어떤 날(여름일세) 박사는 책을 보고 있고 나는 다른 생각을 하면서 같이 앉았노라는데 박사가 머리를 번듯이 들더니,

"자네, 똥 좀 퍼오게."

하데그려. 이게 무슨 말인지 알 수 있겠나. 그래서 똥이란 대변이냐고 물었더니, 대변 아닌 똥도 있느냐고 그래. 그래서 무슨 검사라도 할 일이 있는가 하고,

"뉘 변을 말씀이외까?"

했더니 벌컥 성을 내면서 뉘 똥이든 퍼오라데그려. 너무 어망처망하여 가만있었지. 글쎄 (의사는 아니지만) 검사라도 할양이면 뉘 변이든 지적을 해야 하지 않는가. 그래서 박사의 얼굴만 바라보고 있노라니깐 채근도 없어. 흥, 잊었구나 하고 다시 앉으려 하니까,

"퍼 왔나?"

하면서 일어서데그려. 자, 이렇게 채근까지 하는 것을 보면 농담
도 아니야. 할 수 없이 변소에 가서 냄새나는 것을 조금 퍼다가
박사께 드렸네그려. 그것을 힐끗 보더니 조금만 퍼왔다고 또 성
을 내거든. 나도 슬그머니 결[1]이 나데그려. 그래서 다시 가서 한
바가지 수북이 퍼 왔지, 그러니깐 만족하다는 듯이 웃더니 실험
옷의 팔을 걷으면서 나도 연구실로 가자고 그래.

자네도 알다시피 내야 이학상理學上 지식이야 어디 조금이라도
있나. 단지 박사의 서기로 들어가 있는 사람이니깐 좌우간 알든
모르든 따라 들어갔지. 박사는 똥을 떠가지고 현미경으로 시험관
에 넣어서 끓이며 세척하며 전기로 분해하며 별별 짓을 다 해보더
니 그래도 마음대로 되지 않는지 저녁까지 굶어가면서 밤새도록
가지고 그러데그려. 아무리 전기 환기 장치를 했다 해도 그 냄새
는 참 죽겠데. 코가 저리고 눈이 쓰리고. 나는 참다못해 슬그머니
나와버렸네그려. 그랬더니 새벽 두시쯤 찾아. 그래서 가보니깐,

"이게 새 똥이냐, 낡은 똥이냐?"

또 묻데그려. 내니 어찌 알겠나, 변소에서 퍼 온 뿐이지. 변의
신구新舊야 알 리가 있겠나. 그래서 모르겠다고 그러니깐,

"낡은 겐 모양이군. 다 썩었어. 낡은 게야."

혼자서 중얼중얼하더니 나더러 새 똥 좀 누라데그려. 나도 성
미가 그다지 곱지 못한 사람이라 마렵지 않노라고 해버리니깐
박사는 근심스레 머리를 기웃기웃하더니,

---

1 못마땅한 것을 참지 못하고 성을 내거나 왈칵 행동하는 성미.

"나두 그리 매렵지 않는걸."

하면서 그릇을 가지고 저편 방에 가더니 마렵지 않다던 사람이 웬걸 그다지 누었는지 한 그릇 무더기 담긴 것을 가지고 들어오데그려. 아, 우습기도 하고 잠 못 자는 것이 일변 성도 나고 그래서 '밤참으로는 넉넉하겠습니다'고 쏘아주려다가 그래도 박사가 '마지메(진지)'하게 들여다보고 있는 것을 보니깐 그러지도 못하겠어. 그래서,

"전 먼저 자겠습니다."

하고 나와서 내 방으로 가서 자버렸지.

그 이튿날부터는 박사는 꼭 연구실에 틀어박혔는데 음식까지 그 냄새나는 방에서 먹고 하는데 오히려 불쌍하데. 땀을 뻘뻘 흘리면서 더러운 물건을 이리 주무르고 저리 주무르는 양은 우습기도 하거니와 한쪽으로 생각하면 그 사치하게 길러 나고, 아무 고생이며 더러움을 체험해보지 못한 박사가 연구 때문에 얼굴을 찌푸리고 냄새나는 방에서 음식까지 먹으며 밤잠까지 못 자며 돌아가는 것은 어떻게 엄숙해 보이기도 하고 존경할 생각도 나데.

이러구러 몇 달이 지났네. 무얼 하는지는 모르지만 대변을 분석해가지고 무슨 유효 성분을 얻어보려는 것을 알겠데. 좌우간 낡은 똥은 쓸 수가 없다 해서 그 뒤부터는 집안 하인의 변까지 죄 그릇에 누어서 박사의 연구실로 들어가게 되었네그려. 그러니깐 변소는 늘 소변밖에는 아무것도 없었지. 집안사람들이라야 박사와 나와 행랑 식구 세 사람과 식모 하나 침모 하나와 사환애 둘이었는데, 때때로는 그 아홉 사람의 것으로 부족될 때가 있어. 그런 때는 박사는 가족이 이십 인이며 삼십 인이며 하는 사람들

을 슬며시 부러워하는 기색까지 보이는데 연구 재료가 부족해서 박사가 안타까워하며 발을 동동 구를 때는 너무 미안스러워서 될 수만 있으면 서너 동이씩 만들어보고 싶데.

그러는 동안에 시골 계신 할머님이 세상을 떠나서 나는 시골 내려가서 한 달쯤 있다가 가을에야 다시 올라왔네그려. 그래서 곧 박사네 집으로 가서 짐을 푼 뒤에 복동이(사환애)에게 물으니깐 박사는 역시 연구실에 있다 하기에 들어가서 인사를 드렸네. 박사는 무엇을 먹고 있었는데 몹시 반겨하면서 와서 같이 먹자고 그래. 오래간만에 맡으니깐 냄새는 꽤 지독하데.

연구실 한편 모퉁이에 조그마한 책상을 놓고 거기서 박사는 점심을 먹고 있는데, 나도 오라기에 교자를 하나 끌고 그리로 갔지. 점심조차 떡 비슷한 것인데 맛은 '고깃국물을 조금 넣고 만든 밥'이랄까 좌우간 그 비슷한 맛이 나는 아직껏 먹어보지 못한 물건이야. 그래서 혹은 양식인가 하고 두어 덩이 소금을 찍어 먹으니깐,

"맛 좋지?"

하고 묻데그려. 그래서 괜찮다고 하니깐,

"똥내도 모르겠지?"

하고 또 웃데그려.

"?"

아닌 게 아니라 냄새가 좀 나기는 하는 것을 이 방 안의 공기 탓이라고 하고 그냥 먹었네그려.

그렇지만 박사의 그 말을 듣고 나니깐 혀 아래서 맑은 침이 핑그르 돌더니 걷잡을 사이 없이 구역이 나겠지. 그래서 변소로 가

려고 일어서려다가 그만 그 자리에 욱하니 토해버렸네.

"왜 그러나? 왜 그래. 야 복동아, 수남아."

하면서 박사는 일어서서 나를 붙들어다가 소파에 뉘려는데그려.
아, 결도 나고 성도 나고 그래서 괜찮다고 하고 박사를 밀쳐버리
고 '대체 그 먹은 것이 무엇인가'고 물었네.

둔감한 박사는 내가 토한 원인을 그때야 처음으로 안 모양이
데그려.

"먹은 것? 응 그것 말인가? 그것 때문에 토했나? 난 또 차멀미
로 알았군. 그건 순전한 자양분일세, 하하하하하(박사는 웃을 경
우에는 웃을 줄을 모르고, 웃지 않을 경우에는 잘 웃는 사람이라
네)! 건락乾酪,[2] 전분, 지방 등 순전한 양소화물良消化物로 만든 최신최
량원식품最新最良原食品."

"원료는…… 그……."

"그렇지, 자네도 알다시피 그……."

나는 그 말을 채 듣지도 않고 다시 일어서면서 토했지. 좀 메
스껍기도 하고 성도 나는 김에 박사의 얼굴을 향하여 토했네그
려. 박사도 놀란 모양이야.

"아, 이 사람두. 야, 수남아…… 복동아……."

그때 결나는 것을 보아서는 박사를 한 대 쥐어박고 싶기는 하
지만 꿀꺽 참고 내 방으로 돌아와서 이불을 쓰고 눕고 말았지. 그
뒤 사흘 동안을 음식 하나 못 먹고 앓았네. 글쎄, 구역에 음식을
어찌 먹겠나. 아무것이라도 뱃속에 들어만 가면 잠시를 머물러

---

2 치즈.

있지 않고 도로 입으로 나오데그려. 아무것을 먹어도 그 냄새가 나는 것 같아.

박사는 미안한지 진토제鎭吐劑[3]를 주면서 잠시도 내 곁을 떠나지 않고 몸소 간호하겠지. 그러면서 연거푸 자양분만 뽑아서 정제한 것이니깐 아무 불쾌할 리가 없다고 설명해주네그려. 아닌 게 아니라 그러고 보니깐 나도 미안하데. 무슨 악의로써 내게다가 그것을 먹인 바도 아니요, 박사 자기도 먹으면서 내게도 좀 준 것이니 말하자면 원망할 것도 없어. 박사의 말마따나 무슨 부정한 것이 섞인 바도 아니요, 과학의 힘으로써 가장 정밀히 만든 것이겠으매 웬만한 음식점의 음식들보다는 훨씬 깨끗할 것일세. 그저 내 비위에 맞지 않는다는 것뿐이지…… 그것을 책임 관념상 박사가 그렇게 미안해하는 것을 보니깐 오히려 내가 미안해오데그려. 그래서 사흘째 되는 날 일어났지.

"그 음식이 더럽다는 것이 아니라 내 비위에 맞지 않는 것뿐이니깐 그 마음상만 고치면 되겠지요."

그리고 일어나서 먹기 싫은 음식을 억지로 먹으면서 연구실에 드나들기 시작하였네그려. 처음에는 참 역하데. 박사는 점심은 역시 손수 만든 음식을 먹는데 그것을 보기만 해도 구역이 탁탁 가슴에 치받치는데 참 못 견디겠어. 박사는 먹기는 먹으면서도 미안한지,

"이게 어떻담, 하하하하하."

하면서 먹고 해.

---

3 구역질이나 구토를 멈추게 하는 약.

그러는 가운데도 박사는 실험을 거듭하여 몇 가지 조미료를 더 넣을 때마다 자기가 몸소 맛본 뒤에는 연대 감정인으로 차마 내게는 먹어보래지 못하고 복동아, 수남아, 해가지고는 애들에게 먹어보래지, 그 애들이야말로 아리가타메이와쿠(달갑지 않다) 야, 얼굴이 벌게지면서 주인의 명령이라 거역치는 못하고 입에 조금 넣는 것처럼 한 뒤에는 삼키지도 않고,

"먼젓번 것보담도 더 좋은걸요."

하고는 달아나고 하는 양은 가련해. 그럴 때마다 정직한 박사는 득의만면해가지고 그러려니 하면서 상금으로서 그 애들에게 오 십 전씩 준다네, '감정료'지. 박사의 말에 의지하건대 똥에는 음 식의 불능 소화물, 즉 섬유며 결체조직이며 각물질角物質이며 장관 내 분비물의 불요분不要分, 즉 코라고산酸, 피스린 '담즙 점액소' 들 밖에 부패 산물인 스카톨이며 인돌이며 지방산들과 함께 아직 많 은 건락과 전분과 지방이 남아 있는데, 그것은 사람 사람에 따라 서 혹은 시간에 따라 각각 다르지만 그 양소화물이 삼 할에서 내 지 칠 할까지는 그냥 남아서 항문으로 나온다네그려. 그리고 그 대변 가운데 그냥 남아 있는 자양분은 아무도 돌아보는 사람이 없이 헛되이 썩어버리는데 그것을 어떤 방식으로 추출할 수만 있 다 하면은 그야말로 식료품 문제에 위협받는 인류의 큰 복음이 아닌가. 그래서 연구해 그 방식을 발견했대나. 말하자면 석탄의 완전 연소와 마찬가지로 자양분의 완전 소화를 계획하여 성공한 셈이지. 즉 대변을 분석해서 그 가운데 아직 삼 할 혹은 칠 할이나 남아 있는 자양분을 자아내어 그것을 다시 먹자는 말일세그려.

그러니까 사람이 하루에 세 끼씩 먹는 가운데 두 끼는 보통 음

식을 먹고, 한 끼분은 그 새로운 주식품을 먹으면 이 지구상의 식료 원품이 삼 할 이상 늘어가는 셈 아닌가. 이 지구에 지금보다 인구가 삼 할쯤, 한 오천만 명쯤은 더 많아져도 박사의 연구가 실현만 되면 걱정이 없는 셈일세그려. 멜서스도 이후에 이런 천재가 나타날 줄은 몰랐기에 그런 걱정을 했지.

좌우간 그러는 동안에 조미調味에 대한 연구까지 끝나지 않았겠나. 나는 첫 번 모르고 한 번 먹은 뿐 그 뒤에는 절대로 입에 대지도 않았고 박사도 내게는 권하지도 않았으니깐 모르지만 냄새는 마지막에는 꽤 좋은 냄새가 나데. 스키야키 비슷하고도 더 침이 도는 냄새야. 냄새 뿐으로는 구미도 들데. 그만큼 되었으니깐 이제 남은 것은 '발표'라 하는 과정일세그려. 박사는 어림도 없이 발명 경로를 신문에 발표한 뒤에 시식회를 열겠다고 그래. 그것을 내가 우쩍[4] 말렸지. 나는 먹어도 못 보았지만 짐작건대 맛은 괜찮은 모양인데…….

그러니깐 그 맛있는 것을 먼저 먹여놓은 뒤에 이것의 원료를 발표해야지. 먼저 원료를 발표하면 시식회에는 한 사람도 나오지도 않을 것일세그려. 그렇지 않나. 그래서 말렸더니 박사도 그럴 듯한지 내 의견대로 하자고 그러더먼. 그리고 박사와 내가 의논한 결과 그 발명품의 이름은 박사의 이름을 따라 ○○병餠이라 하기로 하고 그 ○○병에 대한 성명서를 박사가 초草하였네. 지금 똑똑히 기억치는 못하지만 대략 이런 뜻이야.

4 단번에 거침없이 나아가거나 갑자기 늘거나 줄어드는 모양.

생어(M. Sanger 학당)라 하는 폭녀가 나타나서 산아제한을 주장한 것을 일부 인도주의자는 눈살을 찌푸렸지만 거기도 상당한 근거가 있는 것을 어찌하랴. 위생관념이 많아가면서 연년이 사람의 죽는 율은 주는데 그에 반하여 이 지구는 더 커지지 않으니까 여기 사람의 나아갈 세 가지의 길이 생겼으니 하나는 '도로 옛날로 돌아가서 이 세에서 위생이라 하는 것을 없이하고 살인 기관으로 전쟁을 많이 하여 사람의 수효를 도태하는 것'이요, 또 하나는 '사람의 출세出世를 적게 하는 것'이요, 나머지는 '아직껏 돌아보지 않던 데에서 식원료를 발견하는 것'이다. 여인인 생어는 이미 있는 인명을 없이하자 할 용기는 못 가졌었다. 여인인 생어는 신국면 발견이라 하는 천재적 두뇌도 못 가졌었다. 그는 마지막으로 고식적 구제책을 발견하였으니 그것이 '산아제한론'이다.

그러나 독창력과 발명력을 가진 오인吳人은 그러한 고식책으로서는 만족하지 못할지니 오인의 연구는 여기서 비롯하였다. 오인의 매일 배설하는 대변에는 아직 많은 자양분이 남아 있으니 그 전 분량의 삼 할 내지 칠 할, 평균 잡아서 오 할 약이나 되는 자양분은 헛되이 땅속에서 썩어버린다(그리고 대변에 대한 분석표며 그 밖 숫자가 있지만 그것은 약해버리세).

이것을 헛되이 썩혀버릴 필요는 없다. 이것을 자아낼 수만 있다 하면 자아내어가지고 오인의 식탁에 올리는 것이 오인의 가장 정당한 행위라 아니할 수 없다. 각가지로 각 방면에서 일어나는 온갖 고식적 문제도 그 근본을 캐자면 인류의 식료품 결핍이라는 무서운 예감 때문에 생겨난 신경과민적 부르짖음이라 할 수 있으니 인류의 생활이 유족해지면 온갖 문제와 그 문제의 근본까지 저절로 사라질 것이다. 오인의 연구는 여기서 출발하였다(그리고 연구의 경로도 약해버리지).

　이러한 동기 아래서 이러한 경로를 밟아서 생겨나 이 ◯◯병을 귀하의 식탁에 바치노니 고평高評을 바란다, 운운……．

　이것을 인쇄소에 보내서 썩 맵시 나게 인쇄를 해왔겠지. 그리고 크리스마스를 기회로 박사 댁에서 시식회를 열기로 각 방면에 초대장을 보냈네그려. 그 초대장에는 그저 ◯◯병이라 할 뿐, 원료며 그 동기에 대해서는 찍소리도 없는 것은 다시 말할 필요는 없겠지.

　크리스마스 한 사나흘 전부터는 꽤 분주하데. 겨울이라 대변의 자양분이 썩을 염려는 없어. 그래서 소제부에게 부탁해서 열 통을 사들였네그려. 그리고 그것을 분석하고 처리하고 하느라고 사나흘 동안은 박사, 나, 수남이, 복동이, 임시 조수 두 사람, 모두다 똥 속에서 살았네그려. 더럽기가 짝이 있겠나, 에이 구역나, 생각만 해도 구역이 나서 못 견디겠네.

　박사도 미안하긴 한 모양이야, 누가 청하지도 않는데 연방 조선 호텔 한턱 쓰지 하면서 복동아, 수남아, 하면서 돌아가데그려. 크리스마스 전날은 밤까지 새워가면서 모두 만들어놓은 뒤에 당일 아침에는 집을 씻느라고 또 야단이지. 글쎄, 이 방 저 방 할 것 없이 모두 똥내가 배어든 것을 어찌하나. 아닌 게 아니라 독한 놈의 냄새가 배어든 다음에는 빠지질 않아. 물론 약품으로 씻다 못해서 마지막에는 향수를 막 뿌려서 냄새를 감추도록 해버렸다네.

　오후 한시쯤 손님들이 왔네. 원래 착하고 교제성이 없는 박사

는 정신을 못 차려 이리 왔다, 저리 갔다 하며 일변 웃으며 연거
푸 복동아 수남아를 찾으며 조수들을 꾸짖으며 어리둥둥한 모양
이야.

신사 숙녀 한 오십 명쯤 초대한 사람이 거진 모인 뒤에 두시
에 식당은 열렸네. 박사의 취지 설명이 있은 뒤에 I 신문사 주필
W 씨의 답례로써 시식회가 시작되었어. 그런데 시작되자마자 어
떤 신문기자 한 사람이 박사를 찾데그려.

"K 박사."

"네?"

"이 ○○병에서 향기롭지 못한 냄새가 좀 납니다그려."

이때에 박사의 얼굴의 변화는 내 일생에 잊지 못하겠네. 문득
하얘지더니 웃음 비슷한 울음 비슷한 변한 얼굴을 하더니 별한
신음을 하면서 벌떡 일어서서 연구실로 가. 그래서 나도 따라가
려니까 박사는 가던 발을 다시 돌이키며 나를 붙잡더니 내 귀에
다 대고 작은 소리라고 하기는 하지만 그리 작은 소리도 아니야.
그런 소리로써,

"야단났네그려, 스카톨이나 인돌의 반응은 없었지?"

내야 인돌이 뭔지 스카톨이 뭔지 아나, 박사가 시키는 대로 할
뿐이지. 더구나 반응인지야 알 리도 없잖아.

그래도 박사의 그 표정을 보니깐 모른다고 그러지도 못하겠데
그려. 그래서,

"확실히 없었습니다."

고 그랬네. 그러하니깐 그래도 아직 미안미안한지,

"야단났네, 큰일 났네."

하면서 어쩔 줄을 모르데그려.

"아, 선생님 걱정하실 게 뭡니까? 지금 모두들 맛있게 잡숫는데……."

사실 말이지, 한 사람이 그런 질문을 하기는 했네. 하지만 다른 사람들은 모두 맛있게 먹고 있어. 내 말을 듣고 그 양을 보더니 그제야 박사는 마음이 놓이는지 숨을 내쉬며,

"좌우간 반응은 없었것다. 확실히 없었어. 여보게 C 군, 그 성명서 돌리게."

하데그려.

문제는 이게 문제일세. 한창 맛있게들 먹는 판에 당신네들이 먹고 있는 것이 똥이외다고 알게 해놓으면 무사할는지 이게 의문이야. 그러나 안 돌릴 수도 없고 그래서 그 인쇄물을 갖다가 복동이와 수남이를 시켜서 돌렸네그려. 그러니깐 어떤 사람은 받아서 주머니에 넣고, 어떤 사람은 식탁 위에 놓고, 어떤 사람은 읽어보는데 나는 슬며시 빠져서 다른 방으로 가버렸지.

달아는 났지만 그래도 마음이 놓이지 않아서 귀를 기울이고 있노라니깐 무엇이 팩팩하며 콰당콰당해, 뛰어가 보았지. 하니깐 부인 손님 두 사람과 신사 한 사람이 입에 손수건을 대고 게워내는데, 그리고 몇 사람은 저편으로 변소 변소 하면서 달아나고, 다른 사람들은 영문을 모르고 중독되었다고 의사를 청하라고 야단인 가운데 박사는 방 한편 모퉁이에 눈만 멀찐멀찐하면서 서 있데그려. 이게 무슨 꼬락서닌가. 망신이데그려. 그래서 박사에게 가서 웬 셈입니까고 물었더니 박사는 우들우들 떨면서,

"야단났네, 망신이야, 큰일 났어…… 야, 수남아!"

하더니, 우물쭈물 저편 방으로 달아나버리고 말데그려. 그래서 하는 수 있나. 그래도 이런 일이 생기지나 않을까 해서 내가 몰래 진토제를 준비해두었던 것이 있기에 내다가 임시 조수며 복동이 수남이를 시켜서 (초대받았던 의사 몇 사람까지 협력해서) 간호들을 한 뒤에 박사는 몸이 편하지 않아서 못 나온다고 하고 사과를 한 뒤에 손님들을 보내버렸지.

시식회는 이렇게 흐지부지 끝이 났네그려.

그런 뒤에 박사의 침실에 들어가 보았더니 박사는 몸에 신열까지 나고 헛소리를 탕탕하고 있지 않겠나. 나도 미안스럽기도 하거니와 딱하데. 그래서 얼음을 갖다가 박사의 머리를 식히면서 한참 간호하니깐야 정신을 좀 차려. 그리고 연하여 야단이다, 망신이다, 어쩌나를 연발하는데 거북살스럽데. 한참 정신없이 눈을 한군데만을 향하고 있다가는,

"여보게 C 군, 이 일을 어쩌나? 야단났네그려, 이런 괴변이 어디 있겠나?"

하는데 난들 뭐라고 대답하겠나.

"뭘 하리까?"

이런 대답은 하지만 참 거북살스럽기가 짝이 없데. 소위 사회의 일류라는 사람들을 초대해놓고 똥을 먹여놓았으니 이런 괴변이 어디 있겠나. 세상사에 어두운 박사는 이렇게까지 될 줄은 뜻도 안 했겠지만 나 역시 뜻밖일세그려. 아니, 나는 이런 일이 있지 않을까 예감은 있었지만 박사의 그 걱정하는 태도를 보니깐 예상외로 나도 겁이 나데그려. 내 생각으로는 대상인 피해자(?)를 개인 개인으로 여겼지 그것이 합한 '사회'라는 것을 생각 안

했네그려. 그러니 이제 사회의 명사 숙녀들을 똥을 먹여놓았으니 말썽이 안 생기겠나.

그러는 동안에도 연하여 신문기자가 찾아오며 전화가 오는 것을 복동이를 시켜서 모두 거절해버린 뒤에 그날 오후 종일과 밤을 새워가지고 협의한 결과 말썽이 좀 삭아지기까지 박사와 나는 어떤 시골에 한두 달 숨어 있기로 작정을 하였네. 그리고 목적지는 박사의 토지가 몇백 정보町步 있는 T 군의 박사의 사음舍音[5]의 집으로 작정하였네그려. 그리고 이튿날 아침 첫차로 그리로 뺑소닐 쳤지.

그런데 우리의 생각으로는 신문에서 깨나 와자지껄할 줄 알았더니 비교적 말이 없데그려. I 신문 잡보란에 조그맣게 '○○떡 시식회'라는 제목 아래 간단히 기사가 난 것뿐, 그 굉장한 사건이며 ○○병의 원료에 대해서는 한 마디도 없어. 아마 신문사에서도 창피스럽던 모양이야. K 역에서 내려서 T 군에 가는 자동차를 기다리기 위해서 어떤 여관에서 묵은 뒤에 이튿날 아침에야 우리는 그 신문기사를 보았는데 이 기사를 보더니 박사는 적이 안심이 되는지 처음으로 조금 웃데그려. 그러더니 갑자기 T 군은 그만두고 그 역에서 멀지 않은 Y 온천장으로 가자데그려. 내야 이의가 있을 리가 있나. 온정으로 갔지. 온정에서도 박사는 생각만 나면 그 이야기만 하자네그려.

"C 군, 스카톨 반응은 확실히 없었지? 혹은 좀 있었던가? 왜들 토해. C 군, 반응은 확실히 없었나? 아무래도 있은 모양이야."

---

5 마름. 지주를 대리하여 소작권을 관리하는 사람.

"반응은 있었는지 모르겠지만 혹은 없었다 해두 게우는 게 당연하지요. 누가……."

"C 군!"

박사는 이런 때는 꼭 역증을 내데그려. 그러나 이렇게 되면 내 성미도 그리 곱지는 못하니까 막 쏘아주지.

"똥 먹구 구역 안 나는 사람이 어디 있어요!"

"똥?"

한 뒤에는 일어서서 뒷짐을 지고 한참 서성거리데그려. 그러다가,

"자네 오핼세. 과학의 힘으로 부정한 놈은 죄 없애버린 게 왜 똥이야. 오핼세."

한 뒤에는 또 이유도 없이 하하하하 웃지.

"선생님, 그렇지 않아요. 분석해보면 아무리 정한 게라 해두 똥으로 만든 것을 먹고야 왜 구역을 안 해요? 세상사는 그렇게 공식대로 되는 것이 아니니깐요."

"공식? 아무리 생각해두 자네 오해야. 그렇진 않으리."

"그럼 왜들 게웠어요?"

"글세, 반응은 없었는데, 혹은 있었던가……."

단순한 박사는 아직껏 손님들이 게운 이유를 스카톨이나 인돌이 좀 남아서 대변 특유의 냄새가 난 데 있는 줄만 알데그려.

한인은 연정戀情을 '오매불망'이라고 형용했지만 박사와 ○○병의 사이야말로 오매불망인 모양이야. 우두커니 앉았다가도 문득 스카톨이 있었나 하고는 한숨을 쉬고 하네. 자다가도 세척이 부족한 모양이야 하면서 벌떡 일어나네그려. 곁에서 보는 내가 참 미안하고 딱한데. 너무 민망스러워서,

"선생님, 인젠 그 생각은 잊어버리시구려."

하면,

"잊지 않자니 헐 수 있나?"

하고는 또 한숨을 쉬시네. 여간 민망스럽지 않데. 사실 말이지 귀한 발견이야 귀한 발견이 아닌가. 아무도 돌아보지 않고 헛되이 땅속에서 썩어버리는 폐물 가운데서 평균 오 할 약의 귀중한 자양분을 얻어낸다는 것은 인류 경제 문제의 얼마나 큰 발견인가. 우리의 인습 때문에 비위가 받지를 않으니 말이지 그것을 만약 어떤 사람이 원료를 비밀히 해가지고 대량으로 만들어서 판다면 우리 인류에게 얼마나 큰 공헌인가. 그래서 어떤 날 저녁을 먹다가 박사에게 그 떡을 학문광學問狂의 나라 독일 학계에 발표해보면 어떠냐고 물어보았지. 하니깐 대답도 없어. 그리고 나도 그 말만 한뿐 잊어버리고 말았는데 박사는 잊지 않았던 모양이야.

그날 밤 한잠 들었다가 목이 너무 말라서 깨어서 물을 먹으려는데 박사가 그냥 안 잤댔는지,

"독일도 틀렸어."

하데그려. 나야 자다 주먹이라 무슨 뜻인지를 알겠나. 그래서 그저 네네 하면서 물을 먹고 다시 누우니까,

"○○떡은 독일도 재미가 없어."

하고 다시 주를 놓데그려. 그 소릴 들으니까 펄떡 졸음이 천 리 밖으로 달아나는데 그렇찮아도 이즈음 늘 민망스럽던 판에 박사가 밤에 잠도 안 자고 그 생각을 하고 있었나 하니깐 막 눈물이 나오려데그려. 그래서 왜 그렇느냐고 물으니까,

"독일서는 공기에서 식품을 잡는 것은 연구해서 거진 성공했

다니까 이것은 그다지 센세이션을 일으킬 것이 못 될 것 같어."

하면서 또 한숨을 쉬시데그려. 나도 할 말이 없어서 그것도 그렇겠습니다, 하고 다시 먹먹히 있노라니깐 또 찾지 않겠나.

"C 군 자나?"

"네?"

"안 자나?"

"네."

"일본은 어떨까? 나라는 좁고 백성은 많은……."

"말씀 마십쇼. 일인에게는 소위 결백이라는 게 있지 않습니까? 쿠소쿠라에(똥이나 먹어라)라는 것이 욕이 아닙니까. 어림도 없습니다."

"그래도 일인들은 더러운 목간 물을 벌컥벌컥 들이마시지 않나?"

"그거야…… 그래두 ○○떡은 안 먹습니다."

"안 먹을까……."

"안 먹지 않구요."

박사는 또 한숨을 쉬시데.

"선생님, 그것을 미국에다 발표해보면 어떻습니까?"

"미국 놈은 먹어줄까?"

"먹을 건 모르지만 그놈들은 아무것이든 신기한 것과 과학이라는 데에는 머리를 싸매고 덤벼드는 놈이니깐 혹은 좋다 할지도 모르지요."

"글쎄……."

이러한 말을 주고받고 하다가 아무런 해결도 얻지 못하고 자고 말았네.

온정에는 한 달 남짓 묵었는데 박사의 ○○떡에 대한 집착은 조금도 줄지 않데그려. 그 지독한 집착심이야⋯⋯, 이러구러 한 달 남짓 지난 뒤에 이제는 돌아가자고 온정을 출발해서 K 역까지 왔다가 여기까지 온 이상에는 박사의 토지도 돌아볼 겸 C 군까지 다녀가자는 의논이 생겨서 우리는 C 군으로 갔었네그려.

양력 이월 초승인데 혹혹 쏘는 바람을 안고 자동차로 두 시간이나 흔들리면서 C 군까지 가니깐 정신이 다 없어지데. 눈이 보이지를 않고 다리가 뻣뻣하며 코가 굳어진 것 같고 몸의 혈액순환까지 멎은 것 같아. 그것을 겨우 자동차에서 내려서 (면장 노릇 하는) 박사의 사음의 집을 찾아갔지. 머리가 휑한 게 정신이 없는 것을 그 집을 찾아 들어가니깐 반갑게 맞으면서 자기네들은 모두 건넌방으로 건너가며 큰방을 우리에게 내주어. 그래서 우리는 들어가서 다짜고짜로 자리를 펴고 누웠지.

방을 절절 끓여놓고 두어 시간 자고 나니깐 정신이 좀 들데. 박사도 그제야 정신이 드는지 부스스 일어나더니 토지를 돌아보러 나가자데그려. 세수들을 하고 옷을 든든히 차린 뒤에 사음의 아들을 불러서 앞세우고 그 집을 나서려는데 개가 한 마리 변소에서 뛰쳐나오면서 컹컹 짖겠지. 보니깐 변소에서 똥을 먹고 있던 모양이라 입에 잔뜩 발라가지고 그 더러운 입을 쩍쩍 벌리며 따라오데그려. 사음의 아들은 개를 쫓아버리느라고 야단인데, 나는 박사에게 개도 ○○떡을 먹다가 온다고 그러니깐 박사는 눈살을 잔뜩 찌푸리더니,

"에, 더러워! C 군, 실험실과는 다르네. 이놈의 개, 오지 마라,

가!"

하며 슬슬 피하며 나가는 모양은 요절하겠데.

박사의 토지라는 것은 꽤 크데. 이백 몇십 정보라는데 말은 쉽지만 눈으로 덮인 무연한 벌판인데 어디까지가 경계인지 좀체 모르겠데.

그것을 한번 다 돌아보고 사음의 집까지 돌아오니깐 벌써 저녁때가 되었어. 몸도 녹일 틈이 없이 저녁상을 들여왔데그려. 시장하던 김이라 상을 움켜 안고 먹었지. 더구나 내가 좋아하는 개고기가 있데그려. 그래서 밥은 제쳐놓고 개고기만 뜯어먹고 있었지.

박사도 괜찮은 모양이야.

글쎄 한 달 남짓을 일본 여관에 묵느라고 고기는 맛까지 거의 잊게 되었네그려. 그런 판이니까 오래간만에 맛 나는 고기라 박사도 한참 고기만 뜯더니,

"C 군."

하고 찾데그려.

"왜 그러십니까?"

"이런 시굴서도 암소를 잡는 모양이야."

"……?"

"고기 맛이 썩 부드러운데 암소 고기야."

"선생님 개고기올시다."

"개?"

"아까 그 짖던 개요. 돌아올 때는 안 보이지 않습디까?"

"아까 그, 그? 똥 먹던?"

"그럼요."

박사는 덜컥 젓가락을 놓데그려. 그러더니 얼굴이 차차 하얘지더니 얼른 저편으로 돌아앉았겠지. 그리고 흑흑 두어 번 숨을 들이쉬더니 왝하고 모두 토해버리데그려.

왜 그러십니까고 나도 먹던 것을 집어치우고 박사에게로 가서 잔 등을 쓸어주니까 가만있게, 가만있게 하면서 연하여 왝왝 소리를 내데그려. 그것을 한 십분 동안이나 쓸어주니깐 좀 진정되는지,

"안됐네. 이것 주인 몰래 치우세."

하면서 손수 걸레로 모두 훔쳐서 문밖에 내놓기에 나는 그것을 집어다가 대문 밖에 멀리 내버리고 도로 들어오니깐 박사는,

"에, 속이 편찮어. 야, 수남…… 야, 상 치워라."

하더니 베개를 내리고 벌떡 눕고 말데그려. 상을 치운 뒤에 사음이 불을 켜가지고 들어왔는데 박사는 돌아누운 대로 그냥 모른체하기에 몸이 곤하신 모양이라고 사음을 내보내고 나도 베개를 내려서 드러누웠더니 한참 있다가 박사는 돌아누운 대로 찾어.

"C 군."

"네?"

"개고기하고 돼지고기하고 어느 편이 더 더러울까?"

"글쎄 돼지가 더 더러울걸요."

"그럴까. 둘 다 마찬가지겠지. 마찬가지야, 소고기두 마찬가지구."

혼잣말같이 이렇게 중얼거리더니 또 잠잠해버려. 나도 곤하던 김이라 어느 틈에 잠이 들었는지 모르지. 좌우간 나는 입은 채로 잠이 들고 말았는데 아마 박사가 그렇게 한 게야. 자리를 모두 펴고 옷을 벗겨서 이불 속에 집어넣데그려. 내야 알 리가 있나. 이

틑날 아침에 깨어서야 처음 알았지.

이튿날 아침 눈을 부스스 뜨니깐 박사는 언제 깼는지 벌써 깨어 있다가 내가 눈을 뜨는 것을 보고, C 군, 하데그려. 그래서 대답을 하니까,

"일인도 안 먹을 게야."

또 자다 주먹일세그려.

"네?"

"○○병은 일인도 안 먹을 게야. 목간 물은 벌컥벌컥 먹어두."

"네, 아마……."

"돼지고긴 좋아두 개고긴 못 먹겠거든. 자네 개고기 잘 먹나?"

"육중문왕肉中文王입니다."

"그럴 게야."

하더니 한숨을 내쉬어.

그때부터 박사의 입에서는 ○○병의 문제는 없어졌네그려.

그 뒤에 집에 돌아와서도 박사는 ○○병의 문제는 집어치우고 전자와 원자의 관계의 연구를 쌓는 중이니깐 이제 언제 거기에 대한 무슨 발명이나 발견이 나올 테지. 그리고 이번 것은 그 ○○병과 같이 실패로 안 돌아가기를 나는 진심으로 바라네.

이것이 C가 들려준바 K 박사의 연구의 성공에서 실패로 또다시 일전一轉하여 회개까지의 경로였다.

— 〈신소설〉, 1929. 12.

송동이

송 서방의 아버지도 이 집 하인이었다.

송 서방은 지금 주인의 증조부 시대에 이 집에서 났다. 세 살 적에 아버지를 잃었다. 열 살 적에 어머니를 잃었다. 이리하여 천애의 고아가 된 그는 주인(지금 주인의 증조부)의 몸 심부름을 하기 시작하였다.

그 옛 주인 황 진사는 이 근방의 세력가요 재산가였다. 사내종과 계집종도 많이 있었다. 그러나 송동이의 충직함과(좀 미련한 듯하고도) 영리함은 가장 주인 황 진사의 눈에 들었다. 어린 송동이의 충직스러운 실수에 황 진사는 수염을 쓰다듬으며 웃고 하였다.

송동이는 열여덟 살에 그 집 계집종 춘심이와 눈이 맞아서 마지막에는 둘이서 이 집을 달아나려 하였다. 그러나 그래도 그렇지 못하여 주인 황 진사에게 낱낱이 자백하였다. 황 진사는 웃고 말았다. 그리고 둘을 짝을 지어주었다.

그러는 동안에 어느덧 송동이는 변하여 송 서방이 되었다. 그 냥 송동이라고 부르는 사람은 늙은 황 진사뿐이었다.

송 서방이 스물한 살 때에 그는 그의 첫 주인을 잃었다. 황 진사가 세상 떠날 때에 유언으로써 춘심이는 속량되었다. 그리고 깃부[衿付][1]로 송 서방에게 산골 밭 사흘갈이가 왔다. 그러나 그는 이 집을 나가려 아니하였다. 자기가 난 집, 자기가 자란 집, 자기가 장가든 집, 자기 아버지와 어머니가 죽은 집, 그 집을 떠나서는 송 서방은 갈 데가 없었다. 그는 둘째 주인 새 황 진사를 섬겼다.

새 주인도 자기 아버지의 성질을 그대로 타고나서 몹시 인자한 사람이었다. 더구나 송 서방하고는 같이 길러 난 사이였다. 이름은 주인이라 하나 송 서방을 대접하기를 벗과 같이 하였다.

삼십 년이라는 세월이 고요히 지나갔다. 세월은 고요히 지나갔으나, 그동안의 사람과 세상의 변함은 이루 다 말할 수가 없었다. 양반과 상놈이 없어졌다. 각 곳에 학교가 생겼다. 관찰부가 없어지고 도청이 생겼다. 주사가 없어지고 서기가 생겼다. 상놈도 의관을 하였다.

황 진사가 사는 K 읍도 무섭게 변했다. 십 리 밖으로 기차가 지나갔다. 읍내의 군청이 보통학교가 되고, 군청은 따로 집을 짓고 이사 갔다. 모두들 머리를 깎았다. 여인의 삿갓과 장옷도 없어

---

1 친족에게 유산을 나누어주는 것.

졌다. 여인의 머리로 볼지라도 곱다란 수건이 어떻다고 한동안 방석같이 둥그런 민머리, 그 뒤에는 쪽 비슷한 머리를 한 여학생들이 간간 보였다. 재래의 갖신이라 하는 것은 그 그림자조차 볼 수가 없었다.

이러는 동안에도 황 진사의 집만은 아무 변동도 없었다. 위아래 사람의 상투도 그냥 있었다. 사대째 외꼭지로 내려오는 외아들의 교육도 선생을 따로 데려다가 집 안에서 한학을 가르쳤다. 역시 상놈 보기를 사람 이하로 보았다. 다만 때때로 버릇 모르는 상놈을 잡아다가 볼기를 때리던 일이 없어진 뿐이었다.

세계를 휘돌아서 수만의 목숨을 잡아간 돌림고뿔이 이 K 읍에도 들어왔다. 들어오면서 황 진사를 잡아갔다. 송 서방은 셋째 주인을 섬기게 되었다. 이 셋째 주인은 누가 명명하였는지 모르지만 '황 주사'가 되어버렸다. 그를 그냥 '작은 황 진사님'이라고 부르는 것은 그의 작인이며 아랫사람들뿐이었다. 세상에서는 '주사'라 불렀다.

주사가 들어앉은 뒤에는 이 집에도 큰 변동이 일어났다. 그때 주사는 갓 스무 살이었다. 그는 머리를 깎았다. 삼년상을 겨우 치르고 나서는 공부한다고 서울로 갔다. 겨울에 돌아올 때 그는 양복을 입었다.

그러나 이듬해부터 그는 방탕을 시작한 모양이었다. 어디 커다란 땅이, 동척東拓[2]의 손에 들어갔다가 노마님과 아씨님이 수군

___

2 '동양척식주식회사'를 줄여 이르는 말.

거리며 걱정하는 것을 송 서방은 들었다.

그 뒤 얼마 지나지 아니하여 또 어디 땅이 뉘 손에 들어갔단 말을 들었다.

황 주사는 때때로 땅을 처분할 일이 있을 때만 집에 돌아왔지, 그밖에는 대개 서울, 평양 등지에 있었다.

십 년이라는 세월이 또한 흘러갔다.

대대로 몇 대를 이 근방의 재산가요 세력가이던 황 씨의 집안은 볼 나위가 없이 되었다. 토지는 거의 남의 손에 넘어가고, 남은 것이 얼마가 안 되었다. 종들도 모두 팔았다. 집도 사랑채를 따로 떼어 팔고 하여 지금은 노마님의 큰방과 주사의 아내와 어린아이들이 있는 건넌방과, 행랑과, 송 서방의 방, 그밖에는 부엌과 청간廳間[3]뿐이었다.

송 서방에게는 거짓말과 같은 변화였다. 모든 일이 다 머리에 잘 들어박히지 않는 것이 꿈의 일과 같았다.

그러한 기나긴 변천은 많은 세월을 송 서방은 한결같이 충성을 다하여 섬겼다. 지금 주인은 그가 업어 길렀다. 노마님은 그가 장성한 뒤에 시집온 이였다. 아씨는 그가 오십이 넘은 뒤에 이 집에 온 사람이었다. 모두가 그에게는 귀여운 사람…… 만약 주종이라 하는 관계만 없으면 아들딸이나 손주와 같이 사랑스러운 사람들이었다.

그것은 온 조선에 가뭄이 심하고 각 곳에 염병이 돌던 해였다.

---

3 대청.

그해 가을, 가을 해도 거진 서산으로 넘게 되었을 때에 황 주사의 집에 인력거가 한 채 와 닿았다. 그리고 거기서는 무섭게 여윈 황 주사가 내렸다. 얼굴은 선독宣毒[4]과 같이 시뻘겠다.

"나리님."

송 서방은 주인을 알아보고 뛰어나갔다. 황 주사는 머리를 끄떡할 뿐 송 서방의 팔에 쓰러졌다.

"나리님, 어디가……."

"방으로……."

모깃소리와 같은 소리였다. 송 서방은 황급히 주인을 안아다가 건넌방으로 들어 모셨다. 주인은 그 자리에 쓰러져서 그냥 앓기 시작하였다. 그는 무서운 염병에 걸려서 집으로 찾아 들어온 것이었다.

집안은 불끈 뒤집혔다. 춘심이(송 서방의 아내)는 더구나 자기가 업어 기른 주인이라 잠시도 곁을 떠나지를 않고 간호하였다. 그러나 천명은 할 수가 없었다. 집에 돌아온 지 보름 만에 그는 마침내 자기의 선조의 뒤를 따라갔다.

그러나 이것뿐으로 비극은 끝 안 났다. 주인을 간호하던 춘심이도 병에 전염되었다. 그리하여 주인의 장례를 치른 사흘 뒤에 송 서방을 남겨두고 저세상으로 갔다.

집안은 죽은 듯이 고요해졌다.

노마님은 큰방에 꾹 들어박혀서 담뱃대만 연하여 털었다. 아

---

4 독을 없애는 일. 대개 땀을 내서 병독을 없앤다.

씨도 건넌방에서 나오지를 않았다. 열 살 나는 당주當主[5]조차 학교에서 돌아와서는 책보를 내던지고 혼자서 뜰을 비슬비슬 돌 뿐이요, 어린애답게 노는 때가 없었다.

집안은 저주받은 집안 같았다. 이 집에 기르던 한 마리의 개조차 낯선 사람을 보면 짖을 생각은 못 하고 꼬리를 끼고 끙끙하면서 부엌 구석으로 들어와 숨곤 하였다.

저녁만 먹으면 모두 자리를 펴고 눕는다. 그러면 캄캄한 이 집안에 건넌방 윗창문 안에만 조그마한 아주까리 등잔불이 보이고 그 안에서는 당주 칠성의 글 외는 소리가 밤하늘에 낭랑히 울려 나온다. 이것은 그 쓸쓸한 집안으로 하여금 더욱 처참한 빛이 돌게 하였다. 제각기 이야기하기도 피하였다. 며느리는 사람의 살아가는 도리로서 아침에 잠깐 시어머니의 방에 들어가 뵈는 뿐 서로 한자리에 앉기를 꺼렸다. 송 서방은 이러한 경우에 당연히 주인마님들을 위로하는 것이 그의 직책이겠지만, 그리고 또 그에게 그런 마음은 간절하였지만 그런 자리에 들어서기가 오히려 민망스럽고 거북하였다. 송 서방도 할 수 있는 대로 서로 대면할 기회를 피하였다.

마치 빈집과 같았다. 끼니때만 행랑 사람이 들어와서 밥을 짓고는 곧 나가고, 그때부터 뜰에는 사람의 그림자 하나 얼씬 안 했다. 그러다가 오후가 되어서야 학교에서 돌아온 칠성이가 혼자서 뜰을 비슬비슬 돈다. 같은 햇빛이 이 집 뜰에도 비치기는 비쳤다. 그러나 그 햇빛조차 이 집 뜰에 비치는 것은 별로 누렇고 붉었다.

5 지금의 주인.

거미줄이 사면에 얽혔다.

이러한 가운데, 그해 섣달도 갔다. 만둣국 한번 끓여 먹지 못한 정월도 갔다.

이러한 모든 것이 송 서방에게는 꿈이요, 수수께끼였다.

뽕밭이 바다가 된다는 말은 있지만, 그 한때에 호화롭던 황 진사의 집안이 오늘날 이렇듯 쓸쓸한 집안이 되리라고는 알지 못할 수수께끼였다. 집안에는 맨날 사랑손님이 끊이지 않았고, 뜰은 아침 온 사람들과 하인들이 우글우글하며, 사랑에는 늘 가무가 요란하며, 안방에는 웃음소리가 없는 때가 없던 한창 당년의 그때가 생시라면 오늘날의 이 모양은 꿈이라고밖에는 해석할 수가 없었다. 만약 오늘날의 이 모양이 생시라면 그때의 그것이 모두 꿈이었던 것이었다. 서슬이 푸르른 그 당시의 그 형태 그대로는 바라지 않으나마 주사 떠나기 곧 전의 집안과 오늘의 집안을 비교하여도 또한 말이 아니었다. 나날이 줄어들어 가는 재산을 볼 때에 노마님과 아씨의 사이에 암담한 구름이 떠돌지 않는 바도 아니었다.

그러나 재간 있고 영리한 춘심이의 휘돌아가는 서슬에는 집안은 뜻하지 않고 웃음이 터지고 하였다. 최근 몇 해 동안은 이 집안은 춘심이 때문에 화기가 있었다. 종? 누가 춘심이를 종이라 할까. 아씨는 춘심에게 깍듯이 예를 하였다. 노마님조차 춘심에게는 하게를 하였지, 오냐는 못하였다. 춘심이는 이 집안 식구이지 결코 종이 아니었다. 그리고 이 집안에 일어나려는 암담한 구름을 헤쳐버리고 집안으로 하여금 화락하게 하는 춘심이는 가장 귀한 돌쩌귀였다. 이러한 귀중한 돌쩌귀를 잃어버린 이 집안은 다시 웃음의 꽃 필 날이 없었다. 암담한 구름은 퍼질 대로 퍼졌다.

송 서방은 때때로 노마님의 방 앞에 가 서서 입을 머뭇머뭇해 보았다. 아씨의 방 앞에도 가보았다. 그러다가는 춘심이를 생각하고 한숨을 쉬고 돌아서곤 하였다. 그는 도저히 돌쩌귀가 될 자신이 없었다.

그것은 봄이라기에는 좀 이르고, 겨울이라기에는 좀 늦은 음력 이월 중순께였다. 뜰에 나갔던 송 서방은 담장 위에 고양이 새끼가 한 마리 웅크리고 앉아 있는 것을 보았다. 송 서방은 처음에는 재수 없다 하여 돌을 집으려다가 다시 돌이켜 생각하고 '오누, 오누' 하며 손을 내밀었다. 고양이는 그 자리에 앉은 채로 눈을 가늘게 떴다. 송 서방은 가만히 가서 잡았다.

검정고양이였다. 발과 코끝만 겨우 좀 희지, 그밖에는 온통 검은 고양이였다. 고양이 새끼는 송 서방의 커다란 손바닥 위에 올라앉아서 배고프다는 듯이 송 서방의 얼굴을 쳐다보았다.

그는 고양이를 자기의 방에 집어넣고, 부엌에 가서 밥 한술과 반찬 부스러기를 뜯어가지고 자기 방으로 왔다. 주렸던 고양이는 코를 고르르 고르르 하면서 순식간에 다 먹고 또 달라는 듯이 송 서방을 쳐다보았다.

"발세 다 먹었니? 또 달라고?"

고양이는 거기 대답하는 듯이 꼬리를 뻗치고 머리로써 송 서방의 무릎을 문질렀다.

송 서방은 두 번째 밥을 갖다 주었다. 그리고 그것을 다 먹기를 기다려서 커다란 손으로 등을 쓸어주었다. 고양이는 엉덩이를 높이 들고 꼬리를 뻗치고 연하여 송 서방의 무릎을 머리로 문질렀다.

"논 사줄까, 밭 사줄까."

송 서방은 고양이의 허리를 쥐어서 높이 쳐들었다. 몇 달 만에 처음으로 웃음이 그의 입에 떠돌았다.

이리하여 이 집안 식구에 고양이가 한 마리 더 늘었다.

봄이 되었다. 고양이는 놀랍게 컸다. 그는 송 서방에게서 까맹이라는 이름까지 얻었다. 고양이는 그 집의 개와도 친해졌다. 처음에는 개가 도리어 꼬리를 끼고 숨고 하였지만 어느덧 서로 친근해졌다. 작년 가을에서 겨울에 걸쳐서, 사람의 그림자 하나 얼씬 안 하던 이 집 뜰에는 때때로 고양이와 개가 희롱을 하며 뛰놀았다.

봄은 과연 좋은 시절이었다. 아씨는 역시 문을 굳게 닫고 나오지 않았지만, 노마님은 때때로 나와서 담배를 피우면서 개와 고양이의 희롱을 보았다.

"개하구 팽이하구 데리케 의가 동구나."

하면서 기다란 담뱃대로 개를 때리는 시늉을 하였다. 이런 것을 볼 때마다 늙은 송 서방은 기쁨에 얼굴을 붉히고 하였다.

"오누, 오누."

"양......."

"이리 온."

이리하여 커다란 손으로 까맹이를 움켜쥔 다음에는,

"논 사줄까, 밭 사줄까."

하면서 까맹이의 허리를 힘 있게 쓸어주고 하였다.

지금의 송 서방에게는 까맹이가 유일의 벗이었다. 그리고 유일의 하소연할 곳이었다. 춘심이가 살아 있을 때에는 송 서방은 근심이 있을 때나 기쁨이 있을 때나 춘심이에게 의논하였다. 그리고 춘심이의,

"에이구, 이 문둥이."

하는 한마디의 말은 그에게 기쁨이 있을 때는 그 기쁨을 곱되게 하는 말이었으며, 그에게 근심이 있을 때는 그 근심을 사라지게 하는 말이었다.

까맹이는 춘심이의 대신이었다. 무슨 마음에 맞지 않는 일이나 근심이 있을 때에 방으로 돌아와서 문을 방싯이 연 뒤에,

"오누, 오누."

하여서,

"양……."

소리가 나야만 그는 마음을 놓고 방 안에 들어갔다. 그리고 커다란 손으로 힘 있게 윤택 좋은 까맹이의 등을 쓸어주었다. 까맹이가 코를 구르며 뒷다리에 힘을 주면서 콧잔등으로 송 서방의 손이나 무릎을 문지르면 그는 까맹이의 허리를 움켜쥐고 높이 쳐들었다.

"논 사줄까, 밭 사줄까."

그러나 집안의 음침한 기운은 역시 없어지지를 않았다.

칠성이는 개나 고양이와도 안 놀았다. 때때로 개나 고양이가 저희들이 놀던 밑에 어떻게 칠성이를 건드리기라도 하면 그는

발을 들어 차고 하였다. 그리고 혼자서 집 기둥을 어루만지며 혹은 담장을 쓸면서 놀았다. 그러다가는 거미를 잡아서 싸움을 붙이고 하였다.

아씨는 역시 두문불출하였다. 간간 시어머니가,

"너두 양지께에 좀 나와보렴."

하면,

"싫쉐다."

느릿느릿한 말로 이렇게 대답할 뿐 문을 열어보려고도 아니하였다.

담장 안에 살구꽃이 피었다. 그러나 꽃이 질 때에는 그 열매조차 한꺼번에 다 떨어졌다. 이것은 확실히 흉조였다. 그러나 이것을 아는 사람은 송 서방밖에는 없었다. 송 서방밖에는 위를 쳐다보는 사람이 없었다.

송 서방도 나날이 음침해졌다. 집안사람끼리 서로 말을 사귀는 일조차 (며칠에 한 번씩이나 있을까) 드물었다. 집안에서 말소리라고는 밤중에 칠성이의 글 외는 소리밖에는 듣기가 힘들었다.

이러한 가운데서 송 서방은 모든 사랑하던 사람을 잃고 혼자 남은 외로움을 절실히 느꼈다.

"오누, 오누."

"양……."

"이리 온."

까맹이에 대한 송 서방의 사랑은 날로 늘었다.

봄도 다 가고, 여름이 되었다. 그러나 집안의 음침한 기운은 그냥이었다. 고양이와 개의 희롱에도 인젠 염증이 났는지 노마님도 다시 마루께에 나오는 일이 적었다.

어떤 날 일이 없이 허든허든 거리에 나갔던 송 서방은 어떤 장난감 집에서 총을 보았다. 그것은 콩알을 넣고 쏘는 어린애의 장난으로서, 그런 것은 대개 칠색이 영롱하게 채색을 하는 것인데 이것은 검은 단색이었다. 그것을 물끄러미 들여다보고 있다가 송 서방은 문득 도련님을 생각하였다. 그리고 그런 장난감이라도 있으면 혹은 기뻐할지도 모르겠다 하여 주머니를 털어서 그것을 사가지고 돌아왔다.

집에서 돌아와서 보매 칠성이는 어느덧 학교에서 돌아와서 기둥을 어루만지며 혼자서 놀고 있었다. 송 서방은 광에 가서 콩을 한 줌 집어내다가 한 알 넣고 살구나무를 향하여 쏘았다. '딱' 소리에 칠성이는 돌아보았다. 그리고 송 서방은 손에 든 것을 한번 유심히 들여다본 뒤에는 도로 돌아서고 말았다.

"칠성이, 너 이거 안 가지간?"

송 서방은 몹시 미안한 듯이 어깨를 들먹거리며 가까이 가서 돌아서 있는 칠성의 앞으로 그 총을 내밀었다. 칠성이는 그 총을 한번 어루만져보고 송 서방의 얼굴을 힐끗 돌아다보고는 다시 말없이 돌아섰다.

"너 줄까? 이걸루 쏘면 새라두…… 새는 안 죽을까, 나비라두 당장에 죽는단다."

그런 뒤에 그는 슬며시 그 총을 칠성이의 앞에 놓은 뒤에 자기 방에 돌아와서 문을 방싯이 열고 내다보았다.

칠성이는 처음엔 그것을 가만히 만져보았다. 그리고 사면을 살핀 뒤에 뜰에 아무도 없는 것을 보고 그것을 들었다. 그런 뒤에 송 서방이 놓고 들어간 콩을 한 알 넣어서 쏘아보았다. 딱! 한번 몸을 흠칫 한 칠성이는 다시 한 알 넣어서 쏘아보았다. 또 딱!

두어 번 시험을 해본 칠성이는 흥이 났는지 송 서방이 놓아둔 콩을 주머니에 집어넣은 뒤에 뜰을 이리저리 돌아다니며 닥치는 대로 쏘았다. 이리 왔다 저리 갔다. 그것은 근래에 없던 칠성이의 활발한 모양이었다.

이것을 문틈으로 내려다보던 송 서방은 너무 기뻐서 어찌할 줄을 몰랐다.

"오누, 오누."

"양…….”

"이리 온.”

그는 그 커다란 손으로 까맹이를 움켜쥐고 높이 쳐들었다. 까맹이는 높이 들려서 연하여 아양을 부리느라고 양― 양― 하였다.

"논 사줄까, 밭 사줄까.”

이튿날 아침에 송 서방이 깨어보니 도련님은 벌써 일어나서 뜰에서 장난을 하고 있었다. 어디서 거미를 이삼십 마리 잡아다 놓고 총으로 쏘아서는 터뜨리고 터뜨리고 하였다.

학교에 갔다 와서도 칠성이는 총 장난을 하였다. 뜰에는 거미 죽은 것이 많이 널렸다.

그러나 이 총이 이 집안에 비극을 일으킬 줄은 뜻도 안 하였다.

칠성이는 닷새가 지나지 못하여 그 총에 싫증이 생긴 모양이었다. 그래서 그 총을 해부해보려고 이리 뜯고 저리 뜯다가 그는 총이 튀어나오면서 쇳조각이 날아드는 바람에 뺨에 커다란 상처를 받았다.

칠성이는 울지도 않았다. 그의 입은 봉쇄된 듯이 밤중에 글 읽을 때밖에는 열려보지를 못하였다. 뺨에 상처를 받은 칠성이는 손으로 그 상처를 누르고 방 안에 들어가버렸다. 그리고 그대로 이불을 쓰고 누웠다.

이튿날, 학교에 갔던 칠성이는 한 시간만 하고 돌아와 다시 자리 속에 들어갔다. 그의 뺨은 무섭게 부었다. 몸에는 열이 났다.

송 서방은 무안하기가 짝이 없었다.

그날 밤 우연히 밖을 내다본 송 서방은 아씨네 방에 언제든 윗창에만 조금 불이 보이던 것이 아랫창 안에도 불이 보이는 것을 발견하고 가만히 나가서 그 문밖에 가서 엿들었다.

"아프니?"

"아파."

"글쎄, 덧날래는 게루구나."

그러고는 연하여 도련님의 신음 소리가 들렸다.

"글, 쎄, 그, 런, 건, 왜, 사, 준, 담."

느릿한 아씨의 목소리였다.

밖에서 이런 이야기를 듣는 송 서방은 무안하고 민망스러웠다.

'그걸 사준 것이 내 잘못인 모양이야.'

그는 밤새도록 그 방문 밖에 허리를 구부리고 서 있었다.

기침이 나올 때만 잠깐 저편 쪽에 가서 기침을 하고는 다시 문밖으로 돌아왔다.

칠성이의 상처는 마침내 고름이 들었다.

노마님도 건넌방으로 건너갔다. 그러나 시어머니와 며느리 사이에는 역시 말이 없었다. 칠성이의 신음하는 소리밖에는 말이 밖에 나오는 것이 없었다.

그들은 의사도 청해오지 않고 검은 약으로 다스렸다. 의사가 오면 째어서 병신을 만든다 하여 꺼렸다.

송 서방은 밤이고 낮이고 그 문밖에 웅크리고 서 있었다. 때때로 늙은 눈을 섬벅거리면서 그 총을 사준 것이 자기의 실수였나 생각해보았다. 자기 딴에는 그래도 도련님을 위로하기 위하여 사준 것이었다. 그것이 이와 같은 결과를 낳으리라고는 뜻도 안 하였다. 그는 이 풀지 못할 수수께끼를 눈을 섬벅거리면서 생각하다가 정 기가 막힐 때에는 또한 까맹이를 찾았다.

아무도 송 서방에게 말을 걸치는 사람이 없었다. 그것은 칠성이가 부상하기 전부터도 그러하였지만 지금에 이르러서는 그것이 송 서방에게는 더 민망스러웠다. 오히려 한번 불러서 꾸짖어주면 얼마나 송 서방은 마음이 놓였을까.

한 주일이나 신고辛苦를 한 뒤에 도련님은 뺨에서 고름을 한 공기나 내고 좀 차도가 있었다. 그날 밤은 노마님도 큰방으로 건너갔다.

오래간만에 좀 마음 놓고 자리에 누운 송 서방은 정신을 못 차리고 잠이 들었을 것이었지만, 공연한 흥분으로 밤에 여러 번 소스라쳐 깨었다. 밤이 몹시 깊어서 또 한 번 못된 꿈에 소스라쳐 깬 그는, 깬 기회에 변소에라도 다녀와서 다시 자려고, 문밖에 나섰다.

그는 그때에 의외의 일을 발견하였다. 연여年餘를 두고 불 켜본 일이 없는 노마님의 방에, 불 그림자가 어른어른하는 것이었다. 처음에는 담배를 잡숫느라고 성냥을 그었나 하였지만, 성냥불이라기에는 너무 오래가는 것을 보고 송 서방은 발소리를 감추고 그 방 앞에 가서 귀를 기울였다. 그 방 안에는 확실히 어떤 알지 못할 사람의 소리가 있었다.

"요것밖에는 없지?"

"……."

"없어?"

"예……."

노마님의 소리는 듣기 힘들도록 작았다.

"돈두 없구? 거짓뿌리했다는 죽인다."

"없소……."

그것은 정녕코 강도였다. 그것이 강도인 줄 깨닫는 순간, 송 서방의 숨은 긴장으로 딱 막혔다. 그것을 진정할 겨를도 없이, 무슨 몽치라도 하나 얻으려고 돌아서려던 그는, 강도의 나오는 기척을 듣고 그 토방 아래 납작 엎드렸다.

그다음 순간, 이 뜰에서는 무서운 활극이 일어났다. 엎어졌다 젖혀졌다, 두 사람은 침묵 가운데에서 성난 소와 같이 싸웠다. 강도의 하나는 담장을 넘어서 달아났다.

송 서방은 칼을 몇 군데 맞았다. 그러나 비록 늙었기는 할망정, 그의 굵은 팔과 커다란 손은 급한 경우에는 아직 쓸 힘이 넉넉히 남아 있었다. 부엌에서는 개가 숨을 자리를 찾느라고 끙끙기며 돌아갔다. 노마님은 점잖도 잊어버리고 행랑 사람을 부르느라고 고래고래 소리를 질렀다. 그러한 가운데에서 송 서방은 마침내 강도를 때려눕혔다.

때려는 눕혔으나 몇 군데에 받은 상처는 그로 하여금 정신을 잃게 하였다.

"마님, 잡았쉐다."

장한 듯이 이 말 한마디를 할 뿐, 그는 그 자리에 혼도하였다.

이, 한집안에 살면서도 사람같이 서로 사귀는 일이 없던 음침하던 집안은 강도 사건 뒤에 조금 따뜻한 맛이 돌았다.

이튿날, 송 서방이 좀 정신이 든 때에는 아씨도 노마님 방에 건너가 있었다.

좀 뒤에, 노마님이 몸소 송 서방의 방에 병을 보러 나왔다.

"좀 어떤가?"

송 서방은 너무 황송스럽고 거북하여서 몸을 일으키려 하였다.

"누워 있게, 혼났디? 나두 아직 가슴이 두근거리누만……."

송 서방은 대답하려 하였다. 그러나 반벙어리같이, 말이 굳어졌다.

"그깻놈 한 놈, 때, 때려뉘기야, 나두 몽치만 있으믄…… 칼만 있으믄…… 두 놈 다…… 한 놈만…….."

그는 자기가 무슨 말을 하는지 몰랐다. 무슨 말을 하였는지도 몰랐다.

들은 바에 의지하건대, 도적놈은 두 놈이었다. 그리고 노마님의 금퇴와 노리개와 가락지를 빼앗아가지고 돌아가던 길에, 마침 송 서방이 잡은 것이었다. 다행히 잡힌 놈이 장물을 가지고 있었

다. 그리하여 장물을 도로 찾고, 잡은 도적놈은 경찰서로 끌려갔
다 한다.

마님이 돌아간 뒤에 송 서방은 너무 황송스러워서 또 까맹이
를 불렀다.

"오누, 오누."

"양……."

고양이는 이불귀에 머리를 문지르며 코를 굴리면서 왔다. 송
서방은 그 커다란 손으로 부서져라 하고 고양이를 쓸었다.

"까맹아. 나 어젯밤에 불한당 잡았단다. 너두 한 놈 잡아보아
라. 재미가 어떻나."

"양……."

"망할 놈의 계집애, 뭐 양― 이야. 그래, 논을 사줄까, 밭을 사
줄까."

나흘 뒤에 송 서방은 일어났다.

전과 달라서 노마님이 건넌방에 찾아다니며, 아씨님이 큰방엘
건너다니며, (마음상이 그럴싸해서 그런지는 모르지만) 도련님
의 얼굴에까지 좀 화기가 보이기 시작한 이 집안에서, 그런 것을
보지를 못하고 누워 있을 수가 없었다.

밤에도 좌우 방에 불이 다 켜졌다. 그리고 며느리는 시어머니
의 방에 (아들을 데리고) 밤이 늦도록 건너가서 이야기를 하고 하
였다. 이러한 분위기, 그것은 순전히 강도가 다녀간 때문이었다.

송 서방은 오금이 몹시 쏘는 것을 참고 일어났다. 저칫저칫 밖
을 나서매, 그것을 보고 노마님이 담뱃대로 문을 열었다.

"벌써 나오나?"

"이젠 다 나았사와요."

"송 서방, 장수야."

송 서방은 너무 기뻐서 가슴이 답답해졌다. 오금이 쏘던 것이며, 칼 맞은 자리의 아픔도 잊었다.

"그놈 한 놈 노체서 분해서……."

그는 혼잣말같이 중얼거리며 비를 들어서 뜰을 쓸었다. 그리고 연여를 그대로 버려두었던 거미줄을 모두 치웠다. 구석구석의 잡풀도 뽑았다. 그날 하루 진일盡日[6]을, 그는 뜰에서 쓸고 닦고 치우고 고쳤다. 그리고 저녁때 노마님의 방 앞에 갔다.

"마님, 데 거시기, 내일 솔개골 좀 가볼까요?"

솔개골이란 그 K 읍에서 사십 리쯤 더 가서 있는 촌으로서, 이황 씨 집의 땅이 아직 십여 경頃 남아 있는 곳이었다.

"뭘 하러?"

"그놈들, 뭘 심었는디 찍소리두 없구……."

"그 몸 가지구 거길 가갔나? 몸이나 성한 담에 가보디."

"뭘, 다 나았사와요."

그리고 승낙도 나기 전에 승낙 난 것으로 인정하고 물러 나왔다.

일 년 남짓을 심부름 하나 못 해본 그는, 오래간만에 (자청해 얻은) 이 심부름 때문에 마음이 몹시 흡족하였다.

"까맹아, 까맹아, 이리 온."

"양……."

6 온종일.

"난, 내일 어디 간단다. 요년의 계집애 같으니, 탁 잡아먹구 말리."

그는 굵은 제 팔뚝 위에 고양이를 올려놓고 얼렀다.

이튿날, 새벽 조반을 먹은 송 서방은 까맹이를 안고 행랑으로 나왔다.

"순복네 오마니."

"예?"

"까맹이, 사나흘 좀 봐주소. 나 어디 갔다 오두룩⋯⋯."

"예. 거게 두구 가소."

그는 고양이를 행랑방에 맡겨놓은 뒤에 마음이 안 놓여서, 몇 번을 부탁하고 부탁하고 그 뒤로 길을 떠났다.

솔개골에서 이틀⋯⋯ 그리고 길을 떠난 이상에는 다 돌아보려고 다른 곳도 돌고 하여 닷새 만에 송 서방은 K 읍에 돌아왔다.

그가 집에 들어선 때는 밤이었다. 그는 까맹이의 일이 마음에 걸리기는 했지만, 먼저 노마님 방 앞으로 들어갔다. 그 방에는 아씨도 건너와 있었다. 송 서방은 머리를 들지도 않고 그새 다녀온 이야기를 다 하였다. 그리고 누구는 작년 것을 얼마 잘라먹은 듯한데 그자가 자기보고 술을 먹으러 가자던 이야기며, 누구는 밭을 다룰 줄 모르는 모양인데 내년부터는 떼어서 다른 사람에게 줘야겠다는 이야기 등등을 소상히 보고하였다. 그리고 이야기를 다 끝낸 다음에, 당연히 마나님에게서 나올 무슨 분부를 기다렸다. 그러나 마님에게서는 아무 말도 없었다. 그래서 다시 나오려고 돌아서려 할 때에, 문득 마님이 그를 찾았다.

"송 서방⋯⋯."

그것은 외누다리[7] 비슷한 별한 부름이었다.

"?"

송 서방은 나가려던 발을 다시 돌이켰다. 그러나 마님에게서는 다시 무슨 분부가 없었다. 그때였다. 송 서방은 처음에는 아씨가 실성한 줄로 알았다. 아직껏 말없이 머리맡에 쪼그리고 앉았던 아씨가 갑자기 두 손으로 땅을 치면서 꼬꾸라졌다. 그리고,

"송 서방이, 우리 칠성이 잡아먹을 줄을 뉘가 알았나……."

이렇게 외누다리를 하면서 통곡을 하였다.

송 서방은 눈이 둥그레졌다. 무슨 영문인지를 몰랐다. 나가지도 못하고 들어가지도 못하고 그만 엉거주춤해버린 그는 어쩔 줄을 모르고 우들우들 떨었다.

"도둑놈을 잡았으믄 매깨나 때려서 보내디이."

아가씨의 외누다리는 계속되었다.

"경찰소가 무슨 경찰소, 아……."

도적놈? 경찰서? 칠성이? 그리고 보니 칠성이가 보이지를 않았다. 그러면 그 상처가 다시 성종成腫[8]을 하여 도련님이 불행해지지나 않았나. 그러면 거기 도적놈은 무슨 관계며, 경찰서는 무슨 관계인고. 영문을 모르는 그는 대답도 못 하고 입을 움찔움찔하며 떨고 서 있었다.

노마님이 며느리를 얼렀다.

"아가, 진정해라. 할 수 있니? 다 팔자다……. 송 서방두, 나가자시."

송 서방은 다시 한 번 무슨 말을 물어보려 입을 움질거리다가,

7 넋두리.
8 곪아 부스럼이 됨.

나와서 자기 방으로 돌아왔다.

"오누, 오누."

그 부르는 소리에 응하여, 저편 구석에서 두 시뻘건 불덩이가
나왔다.

"양⋯⋯."

"이리 온."

송 서방은 고양이를 끌어 무릎 위에 올려놓았다.

칠성인 어찌 되었나. 아가씨의 아까 그 모양은 무슨 일이었던
가. 송 서방은 이 풀 수 없는 수수께끼에 연하여 코를 울리며, 커
다란 손으로 부서져라 하고 고양이의 등을 쓸었다. 고양이는 갈
강갈강 목소리까지 내어서, 코를 굴리면서 송 서방을 떠받았다.

이튿날, 그는 행랑 사람에게서 사건의 대략을 들었다.

송 서방이 솔개골로 떠난 날 밤에, 이전에 몸을 빼쳐서 달아났
던 도적놈이 다시 왔다. 그는 자기 형(먼젓번에 송 서방이 잡은
것이 그 도적의 친형이었다)의 원수를 내놓으라고 야료를 하다
가, 원수를 갚는 셈으로 도련님을 죽이고 달아난 것이었다.

이 말을 듣는 순간, 송 서방은 가슴이 철썩 내려앉았다. 그는 (이
더운데) 덧문까지 굳게 닫은 아씨의 방에서 보이지 않게, 몸을 담
벽에 감추고서 자기 방에 돌아와서 문을 꼭 닫고 들어앉았다.

도적놈을 잡으면 따귀깨나 때려서 놓아주는 것이 옳은가. 그
의 머리에는 문득 이러한 의문이 떠올랐다. 자기의 양심, 자기의
이성의 명하는 바에 의지하건대, 경찰에 보내는 것이 조금도 잘
못이 없었다. 그러나 그 정당하다고 믿었던 일이 오늘날 이러한

일을 일으켰다. 가엾고도 귀하던 도련님을 잃었다. 그러면 그 옳다고 생각하였던 일 아래는 무슨 커다란 착오가 있지나 않았나.

그는 연하여 코를 울리며, 눈을 섬벅거리며, 멀뚱멀뚱 앉아 있었다.

잠시 반짝하니 빛이 보이려던 이 집안은 다시 음침한 아래 잠기게 되었다. 아씨의 방에는 늘 덧문까지 닫혀 있었다. 노마님의 방에서는 담배 터는 소리가 더욱 잦았다. 송 서방도 무안하여 뜰에는 얼씬도 안 하였다.

그리고 아씨의 송 서방에 대한 대우가 나날이 달라졌다. 이전에는 아무런 일에도 간섭하지를 않았던 아씨가 지금은 송 서방에 대한 일만은 간섭하였다.

어떤 날 저녁 행랑어멈이 송 서방의 저녁상을 놓을 때였다. 상을 물리려고 샛문을 열던 아씨가 그것이 뉘 상이냐고 물었다. 그리고 송 서방의 상이라는 대답을 듣고는,

"부엌에서 먹디, 상은 무슨 상."

하면서 샛문을 홱 닫아버렸다. 그것을 마침 부엌문 밖에서 들은 송 서방은, 얼른 발소리 안 나게 이편까지 나왔다가 다시 소리를 내어서 부엌으로 들어가서,

"나, 저녁 여기서 먹갔소. 내 방엔 괭이 새끼 성화에……."

하면서 행랑어멈이 차릴까 말까 망설이던 그릇들을 도마 위에 내려놓고, 웅크리고 앉아서 먹었다. 그는 먹으면서 몇 번을 뜻하지 않게 젓가락을 멈추고는, 강도를 잡으면 따귀깨나 때려 보내야 하나, 하였다. 그리고 모든 자기를 사랑하던 사람, 노 황 진사의 내외며, 둘째 황 진사며, 춘심이가 벌써 없어진 이 세상에, 그

냥 혼자 남아 있는 외로움을 절실히 느꼈다.

그리고 저녁을 끝낸 다음에 까맹이를 줄 밥을 한 줌 쥐고, 방으로 나왔다.

"오누, 오누."

"양……."

"이리 온."

그는 고양이를 끌어올려다가 밥을 주었다. 고양이는 야옹야옹하면서, 맛있는 듯이 싹싹 먹는다. 송 서방의 커다란 손은, 뜻하지 않게 고양이의 등에 올라갔다.

"논 사줄까, 밥 사줄까."

그의 눈에서는, 커다란 눈물이 한 방울 떨어졌다.

여름이 기울면서부터, 암담한 구름은 점점 더 농후해졌다. 이집에 기르던 개도 어느 틈에 어디로 없어졌는지 아무도 모르는 동안에 없어졌다. 올빼미가 살구나무에 와서 울었다. 행랑방에서 한 마리 기르던 암탉이 울었다. 그리고 낙엽 때는 되지 않았는데, 살구나무는 낙엽 지기 시작하였다.

뜰에는 끼니때에 행랑어멈과 송 서방의 그림자가 얼씬할 뿐, 그밖에는 사람의 그림자가 비쳐본 때가 없었다. 고양이도 왜 그런지 방 안에만 있지, 밖에 나가기를 싫어했다.

밤에는 무슨 다듬이 소리 같은 것이 청간과 부엌에서 났다. 구굴 구굴, 무슨 별한 소리조차 들렸다. 까마귀가 흔히 지붕 위에 와서 울었다.

이러한 음침한 안에서, 송 서방은 까맹이를 벗해가지고 늙은 눈을 껌벅껌벅하며 방 안에 꾹 들어박혀 있었다.

팔월 추석이 이르렀다. 그러나 이 집에서는 산소에 가보려는 사람도 없었다. 송 서방이 혼자서 산소에 갔다.

그는 먼저 황 씨 선산을 갔다. 늙은 진사 내외, 둘째 진사, 자기를 끔찍이도 사랑하던 그 몇 사람의 분묘 앞에 작년에 돌아간 주사의 분묘가 있었다. 그리고 그 곁에 있는 새 분묘는 도련님의 분묘일 것이었다. 그는 그 다섯 분묘를 번갈아 보고, 강도를 잡으면 따귀깨나 때려서 돌려보내는 것이 오히려 정당한 일이 아닐까 하고 한숨을 쉬었다. 그리고 그분들을 먼저 보내고, 쓸쓸한 세상에 혼자 남아 있는 자기를 생각하고 기운 없이 다리를 돌이켜서 묘지기의 집에 가서, 마님을 대신하여 인사를 치른 뒤에 공동묘지로 향하였다. 공동묘지에는 춘심이의 주검이 있는 것이었다.

그날 밤이 깊어서야 송 서방은 돌아왔다. 돌아올 때는, 그의 눈은 뚱뚱 부었다.

가을이 깊었다.

가을이 깊어가면서, 집안은 더욱 조용해졌다. 송 서방에 대한 대우도 더욱 나빠졌다. 이전에는 가을마다 옷감과 솜이 약간씩 나왔는데, 금년은 그것조차 없어졌다. 고양이 소리가 요란스럽다는 말을 아씨가 몇 번을 행랑어멈에게 하였다. 송 서방의 방은 구두질[9]도 안 하였다.

---

9 방고래에 모인 재를 구둣대로 쑤시어 그러내는 일.

그런 한 가지의 일이 더 생길 때마다, 송 서방은 까맹이의 등을 힘 있게 쓸면서 강도를 잡아서 경찰서로 보내는 것은 실수인가 하고는 한숨을 쉬었다. 그의 이성은 비록 강도를 잡으면 경찰서로 보내는 것이 당연하다 하되, 현재의 이 모든 상서롭지 못한 일은 모두가 강도를 경찰서로 보낸 때문에 생겨난 일이었다.

겨울이 이르렀다.

그때에 행랑어멈을 통하여, 아씨에게서 금년은 곡초가 부족하여 송 서방의 방에는 불을 못 때주겠다는 선고가 내렸다.

"늙으든, 덥구 추운 걸 잘 모르갔쇠요."

그는 대수롭지 않은 듯이 행랑어멈을 통하여 이렇게 여쭈었다.

그 이튿날, 그의 의로운 그림자는 지척지척 그 고을 보통학교 선생의 집에 찾아갔다.

"송 서방, 어떻게 왔소?"

"선상님한테 말씀 한마디 여쑤어보레 왔쇠요."

"무슨……?"

"도적놈을, 불한당을 잡으믄 따귀깨나 때레서 놔주어야 할까요, 경찰소에 잡아넣어야 할까요?"

선생은 이 뜻밖의 질문에 놀란 듯하였다. 잠깐 송 서방의 얼굴을 본 뒤에 웃었다.

"그거야, 도적놈 나름이지요. 말로 얼러서 들을 놈이면 놓아주구, 그렇디 못한 놈은 징역을 시켜야구……."

"못된 놈이와요."

"경찰서로 보내야디."

"글쎄요."

그는 그 집을 하직하였다.

그의 외로운 그림자는 다시 쓸쓸하고 찬 자기의 방으로 돌아왔다.

"오누, 오누."

"얏……."

"이리 온."

그는 고양이를 잡아서 무릎 위에 올려놓았다.

강도를 잡으면 놓아주는 것이 옳은가. 선생님의 말도 경찰서로 보내는 것이 옳다고는 하였다. 그러나 선생님의 말이라 다 바를까. 혹은 따귀깨나 때려서 놓아 보내는 것이 옳지 않을까. 그때에 그 강도를 따귀깨나 때려서 놓아 보냈던들, 오늘날 이러한 모든 상서롭지 못한 일이 생기지 않았을 것을……. 그는 고양이를 움켜쥐고 높이 쳐들었다.

"논 사줄까, 밭 사줄까."

그의 늙은 눈에서 주먹 같은 눈물이 뚝뚝 떨어졌다.

겨울이 깊어갈수록 송 서방은 더욱 밖에 나갈 기회를 피하였다.

옷도 없어 헐벗은 그는, 불 안 땐 방에서 입으로 성에를 토하면서 까맹이와 함께 꼭 방 안에 들어박혀 있었다.

밤에는 까맹이를 품고 잤다. 이 두 동물은 서로 체온을 주고받아서, 겨우 얼어 죽기를 면하고 지냈다. 송 서방은 손톱과 발톱이 다 얼어서 빠졌다. 아침에 깨면 이불귀에 허옇게 성에가 돋치고 하였다. 늙은 허리와 팔다리는 늘 저렸다.

어떤 날, 피하지 못할 일로써 거리에 나갔다가 돌아온 송 서방
은, 자기 방에서 까맹이가 없어진 것을 발견하였다.

그는 눈이 벌게져서, 거북스러운 것도 잊어버리고 들에서 크
게 오누, 오누, 불러보았다.

"양……."

어디 먼 데서 들리는 듯하였다.

"오누, 오누."

"양……."

그는 앞으로 가보았다. 뒤로 가보았다. 앞으로 가면, 고양이의
소리는 뒤에서 나는 듯하였다. 뒤에 가면, 앞에서 나는 듯하였다.
앞으로, 뒤로, 몇 번을 헤맨 끝에 그는 마침내 기진맥진하여 행랑
을 찾아갔다.

"여보, 순복네 아바지."

"예?"

"까맹이 못 봤소?"

행랑아범은 자기 아내의 얼굴을 보았다. 어멈은 지아비의 얼
굴을 보았다.

"까맹이가 보이딜 않소고레."

"……."

"어디서 못 봤소?"

"아까, 아가씨님 손을 할퀴었다구, 내다 팡가텟다우."

"예? 어디다."

"데 뒤, 개굴창에……."

송 서방은 눈이 벌게서 나갔다. 그리고 그는 집 뒤 개천에서

목을 매어서 뻣뻣하게 된 까맹이를 발견하였다.

　그는 나뭇개비를 하나 얻어서 무슨 더러운 물건이라도 만지는 듯이, 그 고양이를 찔러보았다. 언제 죽었는지 앞으로 잔뜩 뻗친 네 다리는 벌써 뻣뻣하였다.

　그는 그 목을 맨 끈의 한편 끝을 쥐려다가 다시 놓고 집으로 돌아와서, 호미를 가지고 나와서 그 끈을 다시 쥐어서 추켜들고 더벅더벅 걸었다.

　저녁 해가 거진 넘어가게 되어서, 그는 공동묘지에 이르렀다. 그리하여 제 아내 춘심이의 무덤 곁에 조그마한 구멍을 하나 파고, 거기다 고양이의 주검을 넣고 다시 흙으로 덮었다.

　그런 뒤에, 헐벗은 옷에 추운 줄도 모르고, 신이 없이, 제 아내의 무덤 위에 털썩 주저앉았다.

　강도를 잡으믄 따귀깨나 때려서 놓아 보내야 하나. 아아, 그러나 전에 이 생각을 할 때에는, 그의 곁에는 까맹이가 있어서 머리로써 그의 손을 문지르며, 꼬리로 그를 간지럼을 시켰지만 지금은 쓸쓸한 두 주검이 그의 앞에 누워 있을 뿐이었다.

　그는 얼마 동안 앉아 있었는지 몰랐다. 이미 밤이 깊었다. 그때에,

　"니양……."

　어디서 문득 고양이 소리가 났다. 고양이 소리라 하기는 할지나, 아양을 부릴 때의 그 얌전한 소리가 아니요, 싸움을 할 때 혹은 강적을 만났을 때에 하는 그런 부르짖음이었다.

　"니양……."

어디서 나나? 송 서방은, 신경을 날카롭게 해가지고 귀를 기울였다.

"니양……."

하늘에서?

"니양……."

땅에서?

고양이의 부르짖음은, 한둘뿐이 아니었다. 하늘에서, 땅에서, 동에서, 서에서, 사면에서 났다. 고양이의 부르짖음은 천지에 가득 찼다.

"오누, 오누, 오누, 오누, 오누."

송 서방은 마치 미친 사람 모양으로, 손으로 오라고 손짓을 하면서 허든허든 일어섰다.

"니양, 니양……."

고양이의 부르짖음은, 그의 부름에 대답하듯이, 연하여 났다.

"오누, 오누, 오누."

그는 손짓을 하면서, 비틀비틀 산 아래를 향하여 내려갔다.

그때부터 송 서방의 자취는 없어졌다.

— 〈동아일보〉, 1929. 12. 25~1930. 1. 11.

광염 소나타

독자는 이제 내가 쓰려는 이야기를, 유럽의 어떤 곳에 생긴 일이라고 생각하여도 좋다. 혹은 사십 오십 년 뒤에 조선을 무대로 생겨날 이야기라고 생각하여도 좋다. 다만, 이 지구상의 어떠한 곳에 이러한 일이 있었는지도 모르겠다, 있는지도 모르겠다, 혹은 있을지도 모르겠다, 가능성뿐은 있다―이만치 알아두면 그만이다.

그런지라, 내가 여기 쓰려는 이야기의 주인공 되는 백성수白性洙를 혹은 알벨트라 생각하여도 좋을 것이요 짐이라 생각하여도 좋을 것이요 또는 호 모胡某나 기무라 모木村某로 생각하여도 괜찮다. 다만 사람이라 하는 동물을 주인공 삼아가지고 사람의 세상에서 생겨난 일인 줄만 알면…….

이러한 전제로써, 자 그러면 내 이야기를 시작하자.

"기회(찬스)라 하는 것이 사람을 망하게도 하고 흥하게도 하는 것을 아시오?"

"네, 새삼스러이 연구할 문제도 아닐걸요."

"자, 여기 어떤 상점이 있다 합시다. 그런데 마침 주인도 없고 사환도 없고 온통 비었을 적에 우연히 그 앞을 지나가던 신사가—그 신사는 재산도 있고 명망도 있는 점잖은 사람인데—그 신사가 빈 상점을 들여다보고 혹은 이렇게 생각할 수도 있지 않아요? 통 비었으니깐 도적놈이라도 넉넉히 들어갈 게다, 들어가서 훔치면 아무도 모를 테다, 집을 왜 이렇게 비워둔담······ 이런 생각 끝에 혹은 그 그 뭐랄까 그 돌발적 변태 심리로써 조그만 물건 하나(변변치도 않고 욕심도 안 나는)를 집어서 주머니에 넣는 경우가 있을지도 모르지 않겠습니까?"

"글쎄요."

"있습니다, 있어요."

어떤 여름날 저녁이었다. 도회를 떠난 교외 어떤 강변에 두 노인이 앉아서 이런 이야기를 하고 있었다. 그 기회론을 주장하는 사람은 유명한 음악비평가 K 씨였다. 듣는 사람은 사회 교화자의 모 씨였다.

"글쎄 있을까요?"

"있어요. 좌우간 있다 가정하고 그러한 경우에는 그 책임은 어디 있습니까?"

"동양 속담 말에 외밭서는 신 끈도 다시 매지 말랬으니 그 신사가 책임을 질까요?"

"그래버리면 그뿐이지만 그 신사는 점잖은 사람으로서 그런 절대적 기묘한 찬스만 아니더라면 그런 마음은커녕 염念도 내지도 않을 사람이라 생각하면 어찌 됩니까?"

"……."

"말하자면 죄는 '기회'에 있는데 '기회'라는 무형물은 벌은 할 수가 없으니깐 그 신사를 가해자로 인정할 수밖에는 지금은 없지요."

"그렇습니다."

"또 한 가지―사람의 천재라 하는 것도 경우에 따라서는 어떤 '기회'가 없으면 영구히 안 나타나고 마는 일이 있는데, 그 '기회'란 것이 어떤 사람에게서 그 사람의 '천재'와 '범죄 본능'을 한꺼번에 끌어내었다면 우리는 그 '기회'를 저주하여야겠습니까 축복하여야겠습니까?"

"글쎄요."

"선생은 백성수라는 사람을 아시오?"

"백성수? 자, 기억이 없는데요."

"작곡가로서 그―."

"네, 생각납니다. 유명한 〈광염狂炎 소나타〉의 작가 말씀이지요?"

"네, 그 사람이 지금 어디 있는지 아십니까?"

"모릅니다. 뭐 발광했단 말이 있었는데―."

"네, 지금 ××정신병원에 감금돼 있는데 그 사람의 일대기를 이야기할게 들으시고 사회 교화자로서의 의견을 말씀해주십쇼."

내가 이제 이야기하려는 백성수의 아버지도 또한 천분天分 많은 음악가였습니다. 나와는 동창생이었는데 학생 시대부터 벌써 그의 천분은 넉넉히 볼 수가 있었습니다. 그는 작곡과를 전공하였는데 때때로 스스로 작곡을 하여서는 밤중에 혼자서 피아노를 두드리고 하여서 우리들로 하여금 뜻하지 않고 일어나게 하고 하였습니다. 그리고 우리는 그 밤중에 울리어오는 야성적 선율에 몸을 소스라치고 하였습니다.

그는 야인野人이었습니다. 광포스런 야성은 때때로 비위에 틀리면 선생을 두들기기가 예사이며 우리 학교 근처의 술집이며 모든 상점 주인들은 그에게 매깨나 안 얻어맞은 사람이 없었습니다. 그러한 야성은 그의 음악 속에 풍부히 잠겨 있어서 오히려 그 야성적 힘이 그의 예술을 더 빛나게 하는 것이었습니다.

그러나 그가 학교를 졸업하고 난 뒤에는 그 야성은 다른 곳으로 발전되고 말았습니다. 술! 술! 무서운 술이었습니다. 아침부터 저녁까지, 저녁부터 아침까지, 술잔이 그의 입에서 떠나지를 않았습니다. 그리고 술을 먹고는 여편네들에게 행패를 하고, 경찰서에 구류를 당하고, 나와서는 또 같은 일을 하고…….

작품? 작품이 다 무엇이외까. 술을 먹은 뒤에 취흥에 겨워 때때로 피아노에 앉아서 즉흥으로 탄주를 하고 하였는데 지금 생각하면 그 귀기鬼氣가 사람을 엄습하는 힘과 야성 (베토벤 이래로 근대 음악가에서 발견할 수 없던) 그런 보물이라 하여도 좋을 것이 많았지만 우리들은 각각 제 길 닦기에 바쁜 사람이라 주정꾼의 즉흥악을 일일이 베껴둔다든가 그런 일은 꿈에도 생각하지 않았습니다.

우리들은 그의 장래를 생각하여 때때로 술을 삼가기를 권고하였지만 그런 야인에게 친구의 권고가 무슨 소용이 있겠습니까.

"술? 술은 음악이다!"

하고는 하하하하 웃어버리고 다시 술집으로 달아나고 합니다.

그리한 시 칠팔 년이 지난 뒤에 그는 아주 폐인이 되고 말았습니다. 술이 안 들어가면 그의 손은 떨렸습니다. 눈에는 눈곱이 꼈습니다. 그리고 술이 들어가면, 술이 들어가면 그는 그 광포성을 발휘하였습니다. 누구를 물론 하고 붙잡고는 입에 술을 부어 넣어주었습니다. 그러다가는 장소를 불문하고 아무 데나 누워서 잡니다.

사실 아까운 천재였습니다. 우리들 새에는 때때로 그의 천분을 생각하고 아깝게 여기는 한숨이 있었지만 세상에서는 그 '장래가 무서운 한 천재'가 있었다는 것은 몰랐습니다.

그러는 동안에 그는 어떤 양가의 처녀를 어떻게 관계를 맺어서 애까지 뺐습니다. 그러나 그 애의 출생을 보지 못하고 아깝게도 심장마비로 죽어버리고 말았습니다.

그 유복자로 세상에 나온 것이 백성수였습니다.

그러나 우리는 백성수가 세상에 출생되었다는 풍문만 들었지, 그 애 아버지가 죽은 뒤부터는 그 애의 소식이며 그 애 어머니의 소식은 일절 몰랐습니다. 아니, 몰랐다는 것보다, 그 집안의 일은 우리의 머리에서 온전히 잊어버리고 말았습니다.

삼십 년이라는 세월이 흘렀습니다.

십 년이면 산천도 변한다 하는데 삼십 년 새의 변천을 어찌 이루 다 말하겠습니까. 좌우간 그동안에 나는 내 이름을 닦아놓았습니다. 아시다시피 지금 K라 하면 이 나라에서 첫손가락을 꼽는 음악비평가가 아닙니까. 견실한 지도적 비평가 K라면 이 나라의 음악계의 권위이며, 이 나의 한마디는 음악가의 가치를 결정하는 판결문이라 하여도 옳을 만치 되었습니다. 많은 음악가가 내 손 아래서 자랐으며 많은 음악가가 내 지도로써 이름을 날렸습니다.

재작년 이른 봄 어떤 날이었습니다.

그때 나는 조용한 밤중의 몇 시간씩을 ○○예배당에 가서 명상으로 시간을 보내는 것이 습관이 되어 있었습니다. 언덕 위에 홀로 서 있는 집으로서 조용한 밤중에 혼자 앉아 있노라면 때때로 들보에서 놀라 깬 비둘기의 날갯소리와 간간이 기둥에서 뚝 뚝하는 소리밖에는 아무 소리도 들리지 않는, 말하자면 나 같은 괴상한 성미를 가진 사람이 아니면 돈을 주면서 들어가래도 들어가지 않을 음침한 집이었습니다. 그러나 나 같은 명상을 즐기는 사람에게는 다른 데서 구하기 힘들도록 온갖 것을 가진 집이었습니다. 외따로고 조용하고 음침하며 간간이 알지 못할 신비한 소리까지 들리며 멀리서는 때때로 놀란 듯한 기적汽笛 소리도 들리는…… 이것뿐으로도 상당한데, 게다가 이 예배당에는 피아노도 한 대 있었습니다. 예배당에는 오르간은 있을지나 피아노가 있는 곳은 쉽지 않은 것으로서 무슨 흥이나 날 때에는 피아노에 가서 한 곡조 두드리는 재미도 또한 괜찮았습니다.

그날 밤도 (아마 두시는 지났을걸요) 그 예배당에서 혼자서 눈을 감고 조용한 맛을 즐기고 있노라는데, 갑자기 저편 아래에서 재재하는 소리가 납디다. 그래서 눈을 번쩍 뜨니까 화광이 충

천하였는데, 내다보니까 언덕 아래 어떤 집이 불이 붙으며 사람들이 왔다 갔다 야단이었습니다.

이렇게 말하면 어떨지 모르지만 그다지 멀지 않은 곳에서 불붙는 것을 바라보는 맛도 괜찮은 것이었습니다. 일어서는 불길이며 퍼져 나가는 연기, 불씨의 날아나는 양, 그 가운데 거뭇거뭇 보이는 기둥, 집의 송장, 재재거리는 사람의 무리, 이런 것은 어떻게 생각하면 과연 시도 될지며 음악도 될 것이었습니다. 옛날에 네로가 로마의 불붙는 것을 바라보면서, 자기는 비파를 들고 노래를 하였다는 것도 음악가의 견지로 보면 그다지 나무랄 것이 아니었습니다.

나도 그때에 그 불을 보고 차차 흥이 났습니다.

……네로를 본받아서 나도 즉흥으로 한 곡조 두드려볼까. 어렴풋이 이런 생각을 하며 나는 그 불을 정신없이 바라보고 있었습니다.

그때였습니다. 갑자기 덜컥덜컥하는 소리가 들리더니 예배당 문이 열리며 웬 젊은 사람이 하나 낭패한 듯이 뛰어들어왔습니다. 그리고 무엇에 놀란 사람같이 두리번두리번 사면을 살피더니 그래도 내가 있는 것은 못 보았는지 저편에 있는 창 안에 가서 숨어 서서 아래서 붙는 불을 내다봅니다.

나도 꼼짝을 못 하였습니다. 좌우간 심상스런 사람은 아니요 방화범이나 도적으로밖에는 인정할 수 없지 않겠습니까? 그래서 꼼짝을 못 하고 서 있노라니까 그 사람은 한숨을 쉽니다. 그리고 맥없이 두 팔을 늘이고 도로 나가려고 발을 떼려다가 자기 곁에 피아노가 놓인 것을 보더니 교의를 끌어다 놓고 피아노 앞에 주저앉고 말겠지요. 나도 거기는 그만 직업적 흥미에 끌렸습니다. 그래서 무엇을 하나 보자 하고 있노라니까 뚜껑을 열더니 한 번 뚱하고 시험을 해보아요. 그리고 조금 있더니 다시 뚱뚱하고 시험을 해보겠지요.

이때부터 그의 숨소리가 차차 높아가기 시작했습니다. 씩씩거리며 몹시 흥분된 사람같이 몸을 떨다가 벼락같이 양손을 키 위에 갖다가 덮었습니다. 그다음 순간으로 C 샤프 단음계의 알레그로가 시작되었습니다.

처음에는 다만 흥미로써 그의 모양을 엿보고 있던 나는 그 알레그로가 울리어나오는 순간 마음은 끝까지 긴장되고 흥분되었습니다.

그것은 순전한 야성적 음향이었습니다. 음악이라 하기에는 너무 힘 있고 무기교이었습니다. 그러나 음악이 아니라기에는 거기는 너무 괴롭고도 무겁고 힘 있는 '감정'이 들어 있었습니다. 그것은 마치 야반의 종소리와도 같이 사람의 마음을 무겁고 음침하게 하는 음향인 동시에 맹수의 부르짖음과 같이 사람으로 하여금 소름 돋치게 하는 무서운 감정의 발현이었습니다. 아아 그 야성적 힘과 남성적 부르짖음, 그 아래 감추어 있는 침통한 주림과 아픔, 순박하고도 아무 기교가 없는 그 표현!

나는 털썩 그 자리에 주저앉고 말았습니다. 그리고 음악가의 본능으로써 뜻하지 않고 주머니에서 오선지와 연필을 꺼내었습니다. 피아노의 울리어 나아가는 소리에 따라서 나의 연필은 오선지 위에서 뛰놀았습니다.

좀 급속도로 시작된 빈곤, 거기 연하여 주림, 꺼져가는 불꽃과 같은 목숨, 그러한 것을 지나서 한참 연속되는 완서조緩徐調의 압축된 감정, 갑자기 튀어져 나오는 광포. 거기 연한 쾌미快味 홍소哄笑—이리하여 주화조主和調로서 탄주彈奏[1]는 끝이 났습니다. 더구나 그 속에 나타나 있는 압축된 감정이며 주림 또는 맹렬한 불길 등이 사람의 마음에 주는 그 처참함이며 광포성은 나로 하여금 아직 '문명'이라 하는 것의 은택에 목욕하여보지 못한 야인을 연상케 하였습니다.

탄주가 다 끝이 난 뒤에도 나는 정신을 못 차리고 망연히 앉아 있었습니다. 물론 조금이라도 음악의 소양이 있는 사람일 것 같으면 이제 그 소나타를 음악에 대하여 정통으로 아무러한 수양도 받지 못한 사람이 다만 자기의 천재적 즉흥뿐으로 탄주한 것임을 알 것입니다. 해결이 없이 감칠도 화현減七度和絃이며 증육도 화현增六度和絃을 범벅으로 섞어놓았으며 금칙禁則인 병행 오팔도並行伍八度까지 집어넣은 것으로서, 더구나 스케르초[2]는 온전히 뽑아 먹은, 대담하다면 대담하고 무식하다면 무식하달 수도 있는 방분 자유한 소나타였습니다.

이때에 문득 내 머리에 떠오른 것은 삼십 년 전에 심장마비로 죽은 백○○였습니다. 그의 음악으로서 만약 정통적 훈련만 뽑고 거기다가 야성을 더 집어넣으면 지금 내 눈앞에 있는 그 음악가의 것과 같은 것이 될 것이었습니다. 귀기가 사람을 엄습하는 듯한 그 힘과 방분스런 표현과 야성—이것은 근대 음악가에게 구하기 힘든 보물이었습니다.

---

1 가야금이나 바이올린 따위의 현악기를 연주함.
2 scherzo. 베토벤이 미뉴에트 대신 소나타, 교향곡 등의 제3악장에 채용한 3박자의 쾌활한 곡.

그 소나타에 취하여 한참 정신이 어리둥절히 앉았던 나는 고 즈넉이 일어서서, 그 피아노 앞에 가서 그의 어깨에 가만히 손을 얹었습니다. 한 곡조를 타고 나서 아주 곤한 듯이 정신이 없이 앉 아 있던 그는 펄떡 놀라며 일어서서 내 얼굴을 보았습니다.

"자네 몇 살 났나?"

나는 그에게 이렇게 첫말을 물었습니다. 가슴이 답답한 나로 서는 이런 말밖에는 갑자기 다른 말이 생각 안 났습니다. 그는 높 은 창에서 들어오는 달빛을 받고 있는 내 얼굴을 한순간 쳐다보 고 머리를 돌이키고 말았습니다.

"배고프나?"

나는 두 번째 그에게 물었습니다.

그는 시끄러운 듯이 벌떡 일어섰습니다. 그리고 달빛이 비친 내 얼굴을 정면으로 바라보다가,

"아, K 선생님 아니세요?"

하면서 나를 붙들었습니다. 그래서 그렇노라고 하니깐,

"사진으로는 늘 봤습니다마는……."

하면서 다시 맥없이 나를 놓으며 머리를 돌렸습니다.

그 순간, 그가 머리를 돌이키는 순간 달빛에 얼핏, 나는 그의 얼굴을 처음으로 보았습니다. 그리고 나는 거기서 뜻밖에 삼십 년 전에 죽은 벗 백○○의 모습을 발견하였습니다.

"자, 자네 이름이 뭐인가?"

"백성수……."

"백성수? 그 백○○의 아들이 아닌가. 삼십 년 전에, 자네가 나오기 전에 세상 떠난……."

그는 머리를 번쩍 들었습니다.

"네? 선생님 어떻게 아세요?"

"백○○의 아들인가? 같이두 생겼다. 내가 자네의 이비지와 동창이네. 이아, 역시 그 애비의 아들이다."

그는 한숨을 길게 쉬며 머리를 수그려버렸습니다.

나는 그날 밤 그 백성수를 데리고 집으로 돌아왔습니다. 그리고 비록 작곡상 온갖 법칙에는 어그러진다 하나 그만치 힘과 정열과 야성으로 찬 소나타를 거저 버리기가 아까워서 다시 한 번 피아노에 올라앉기를 명하였습니다. 아까 예배당에서 내가 베낀 것은 알레그로가 거의 끝난 곳부터였으므로 그전 것을 베끼기 위해서였습니다.

그는 피아노를 향하여 앉아서 머리를 기울였습니다. 몇 번 손으로 키를 두드려보다가는 다시 머리를 기울이고 생각하고 하였습니다. 그러나 다섯 번 여섯 번을 다시 하여보았으나 아무 효과도 없었습니다. 피아노에서 울려 나오는 음향은 규칙 없고 되지 않은 한낱 소음에 지나지 못하였습니다. 야성? 힘? 귀기? 그런 것은 없었습니다. 감정의 재뿐이 있었습니다.

"선생님 잘 안 됩니다."

그는 부끄러운 듯이 연하여 고개를 기울이며 이렇게 말하였습니다.

"두 시간도 못 되어서 벌써 잊어버린담?"

나는 그를 밀어놓고 내가 대신하여 피아노 앞에 앉아서 아까 베낀 그 음보를 펴놓았습니다. 그리고 내가 베낀 곳부터 다시 시작하였습니다.

화염! 화염! 빈곤, 주림, 야성적 힘, 기괴한 감금당한 감정! 음보를 보면서 타던 나는 스스로 흥분이 되었습니다. 미상불 그때는 내 눈은 미친 사람같이 번득였으며 얼굴은 흥분으로 새빨갛게 되었을 것이었습니다.

즉 그때에 그가 갑자기 달려들더니 나를 떠밀쳐버렸습니다. 그리고 자기가 대신하여 앉았습니다.

의자에서 떨어진 나는 너무 흥분되어 다시 일어날 힘도 없이 그 자리에 앉은 대로 그의 양을 쳐다보았습니다. 그는 나를 밀쳐버린 다음에 그 음보를 들고서 읽기 시작하였습니다. 아아 그의 얼굴! 그의 숨소리가 차차 높아지면서 눈은 미친 사람과 같이 빛을 내기 시작하였습니다. 그러더니 그 음보를 홱 내어던지며 문득 벼락같이 그의 두 손은 피아노 위에 덮였습니다.

'C 샤프 단음계'의 광포스런 '소나타'는 다시 시작되었습니다. 폭풍우같이 또는 무서운 물결같이 사람으로 하여금 숨 막히게 하는 그 힘, 그것은 베토벤 이래로 근대 음악가에서 보지 못하던 광포스런 야성이었습니다. 무섭고도 참담스런 주림, 빈곤, 압축된 감정, 거기서 튀어져 나온 맹염猛炎, 공포, 홍소―아아 나는 너무 숨이 답답하여 뜻하지 않고 두 손을 홰홰 내저었습니다.

그날 밤이 새도록, 그는 흥분이 되어서 자기의 과거를 일일이 다 이야기하였습니다. 그 이야기에 의지하면 대략 그의 경력이 이러하였습니다.

그의 어머니는 그를 밴 뒤에 곧 자기의 친정에서 쫓겨나왔습니다.

그때부터 그의 가난함은 시작되었습니다.

그러나 교양이 있고 어진 그의 어머니는 품팔이를 할시언정 싱수는 곱게 길렀습니다. 변변치는 않으나마 오르간 하나를 준비하여두고, 그가 잠자렬 때에는 슈베르트의 〈자장가〉로써 그의 잠을 도왔으며 아침에 깰 때는 하루 종일 유쾌히 지내게 하기 위하여 도 랜드의 〈세컨드 왈츠〉로써 그의 원기를 돋우었습니다.

그는 세 살 났을 적에 어머니의 품에 안겨서 오르간을 장난하여보았습니다. 이 오르간을 장난하는 것을 본 어머니는 근근이 돈을 모아서 그가 여섯 살 나는 해에 피아노를 하나 샀습니다.

아침에는 새소리, 바람에 버석거리는 포플러잎, 어머니의 사랑, 부엌에서 국 끓는 소리, 이러한 모든 것이 이 소년에게는 신비스럽고도 다정스러워 그는 피아노에 향하여 앉아서 생각나는 대로 키를 두드리고 하였습니다.

이러한 가운데 고이 소학과 중학도 마치었습니다. 그러는 동안에 음악에 대한 동경은 그의 가슴에 터질 듯이 쌓였습니다.

중학을 졸업한 뒤에는 인젠 어머니를 위하여 그는 학업을 중지하지 않을 수가 없었습니다. 그는 어떤 공장의 직공이 되었습니다. 그러나 어진 어머니의 교육 아래서 길러 난 그는 비록 직공은 되었다 하나 아주 온량한 사람이었습니다.

그리고 음악에 대한 집착은 조금도 줄지 않았습니다. 비록 돈이 없어서 정식으로 음악 교육은 못 받을망정 거리에서 손님을 끄느라고 틀어놓은 유성기 앞이며 또는 일요일날 예배당에서 찬양대의 노래에 젊은 가슴을 뛰놀리던 그였습니다. 집에서는 피아노 앞을 떠나본 일이 없었습니다.

때때로 비상한 감흥으로 오선지를 내어놓고 음보를 그려본 적도 한두 번이 아니었습니다. 그러나 이상한 것은 그만치 뛰놀던 열정과 터질 듯한 감격도 음보로 그려놓으면 아무 긴장도 없는 싱거운 음계가 되어버리고 하였습니다. 왜? 그만치 천분이 있고 그만치 열정이 있던 그에게서 왜 그런 재와 같은 음악만 나왔느냐고 물으실 테지요. 거기 대하여서는 이따가 설명하리다.

감격과 불만 열정과 재, 비상한 흥분과 그 흥분에 대한 반비례되는 시원치 않은 결과 이러한 불만의 십 년이 지났습니다.

그의 어머니는 문득 몹쓸 병에 걸렸습니다.

자양과 약값, 그의 몇 해를 근근이 모았던 돈은 차차 줄기 시작하였습니다. 조금이라도 안락한 생활이 되기만 하면 정식으로 음악에 대한 교육을 받으려고 모아두었던 저금은 그의 어머니의 병에 다 들어갔습니다. 그러나 그의 어머니의 병은 차도가 보이지 않았습니다.

그리하여, 그와 내가 그 예배당에서 만나기 전해 여름 어떤 날, 그의 어머니는 도저히 회복할 가망이 없는 중태에까지 빠지게 되었습니다. 그러나 그때는 벌써 그에게는 돈이라고는 다 떨어진 때였습니다.

그날 아침, 그는 위독한 어머니를 버려두고 역시 공장에를 갔습니다. 그러나 아무리 하여도 마음이 놓이지 않아서 일을 중도에 그만두고 집으로 돌아왔습니다. 그때는 어머니는 벌써 혼수상태에 빠져 있었습니다. 가슴이 덜컥 내려앉은 그는 황급히 다시 뛰어나갔습니다. 그러나 어디로? 무얼 하러? 뜻 없이 뛰어나와서 한참 달음박질하다가, 그는 문득 정신을 차리고 의사라도 청할 양으로 얼른 돌아섰습니다.

그내었습니다. 아까 내가 말한바 '기회'라는 것이 그때에 그의 앞에 나타났습니다. 그것은 조그만 담뱃가게 앞이었는데 가게와 안방과의 새의 문은 닫혀 있고 안에는 미상불 사람이 있을지나 가게를 보는 사람은 눈에 안 띄었습니다. 그리고 그 담배 상자 위에는 오십 전짜리 은전 한 닢과 동전 몇 닢이 놓여 있었습니다.

그는 자기로도 무엇을 하는지 몰랐습니다. 의사를 청하여 오려면, 다만 몇십 전이라도 돈이 있어야겠단 어렴풋한 생각만 가지고 있던 그는, 한번 사면을 살핀 뒤에 벼락같이 그 돈을 쥐고 달아났습니다.

그러나 그는 이십 간도 뛰지 못하여 따라오는 그 집 사람에게 붙들렸습니다.

그는 몇 번을 사정하였습니다. 마지막에는 자기의 어머니가 명재경각命在頃刻이니, 한 시간만 놓아주면 의사를 어머니에게 보내고 다시 오마고까지 하여보았습니다. 그러나, 그런 말은 모두 헛소리로 돌아가고, 그는 마침내 경찰서로 가게 되었습니다.

경찰서에서 재판소로 재판소에서 감옥으로—이러한 여섯 달 동안에 그는 이를 갈면서 분해하였습니다. 자기 어머니의 운명이 어찌 되었나. 그는 손과 발을 동동 구르면서 안타까워했습니다. 만약 세상을 떠났다 하면 떠나는 순간에 얼마나 자기를 찾았겠습니까. 임종에도 물 한 잔 떠 넣어줄 사람이 없는 어머니였습니다. 애타하는 그 모양, 목말라하는 그 모양을 생각하고는 그 어머니에게 지지 않게 자기도 애타하고 목말라했습니다.

반년 뒤에 겨우 광명한 세상에 나와서 자기의 오막살이를 찾아가매 거기는 벌써 다른 사람이 들어 있었으며 그의 어머니는 반년 전에 아들을 찾으며 길에까지 기어 나와서 죽었다 합니다.

공동묘지를 가보았으나 분묘조차 발견할 수가 없었습니다.

이리하여 갈 곳이 없이 헤매던 그는 그날도 역시 잘 곳을 찾으러 헤매다가 그 예배당(나하고 만난)까지 뛰쳐 들어온 것이었습니다.

여기까지 이야기해오던 K 씨는 문득 말을 끊었다. 그리고 마도로스 파이프를 꺼내어 담배를 피워가지고 빨면서 모 씨에게 향하였다.

"선생은 이제 내가 이야기한 가운데 모순된 점을 발견 못 하셨습니까?"

"글쎄요."

"그럼 내가 대신 물으리다. 백성수는 그만치 천분이 많은 음악가였는데 왜 그 〈광염 소나타〉(그날 밤의 소나타를 〈광염 소나타〉라고 그랬습니다)를 짓기 전에는 그만치 흥분되고 긴장되었다가도 일단 음보로 만들어놓으면 아주 힘없는 것이 되어버리고 했겠습니까?"

"그게야 미상불 그때의 흥분이 〈광염 소나타〉를 지을 때의 흥분만 못한 연고겠지요."

"그렇게 해석하세요? 듣고 보니 그것은 한 해석이 되기는 합니다. 그러나 나는 그렇게 해석 안 하는데요."

"그럼 K 씨는 어떻게 해석하십니까?"

"나는, 아니, 내 해석을 말하는 것보다 그 백성수한테서 내게로 온 편지가 한 장 있는데, 그것을 보여드리리다 선생은 오늘 바쁘시지 않으세요?"

"일은 없습니다."

"그러면 우리 집까지 잠깐 같이 가보실까요?"

"가지요."

두 노인은 일어섰다.

도회와 교외의 경계에 달린 K 씨의 집에까지 두 노인이 이른 때는 오후 너덧 시가 된 때였다.

두 노인은 K 씨의 서재에 마주 앉았다.

"이것이 이삼일 전에 백성수한테서 내게로 온 편지인데 읽어보세요."

K 씨는 서랍에서 기다란 편지 뭉치를 꺼내어 모 씨에게 주었다. 모 씨는 받아서 폈다.

"가만, 여기서부터 보세요. 그전에는 쓸데없는 인사이니까."

……(중략) 그리하여 그날도 또한 이제 밤을 지낼 집을 구하느라고 돌아다니던 저는 우연히 그 집, 제가 전에 돈 오십여 전을 훔친 집 앞에까지 이르렀습니다. 깊은 밤 사면은 고요한데 그 집 앞에서 잘 곳을 구하느라고 헤매던 저는 문득 마음속에 무서운 복수의 생각이 일어났습니다. 이 집만 아니었다면, 이 집주인이 조금만 인정이라는 것을 알았다면, 저는 그 불쌍한 제 어머니로서 길에까지 기어 나와서 세상을 떠나게 하지는 않았겠습니다. 분묘가 어디

인지조차 알지 못하여 꽃 한 번 갖다가 꽂아보지 못한 이러한 불효도 이 집 때문이외다. 이러한 생각에 참지를 못하여, 그 집 앞에 가려 있는 볏짚에다가 불을 놓았습니다. 그리고 거기 서서 불이 집으로 옮아가는 것을 다 본 뒤에 갑자기 무서운 생각이 나서 달아났습니다.

좀 달아나다 보매 아래서는 벌써 사람이 꾀어들기 시작한 모양인데 이때에 저의 머리에 타오르는 생각은 통쾌하다는 생각과 달아나려는 생각뿐이었습니다. 그리하여 저는 몸을 숨기기 위하여 앞에 보이는 예배당 안으로 뛰어들어갔습니다.

거기서 불이 다 꺼지도록 구경을 한 뒤에 나오려다가 피아노를 보고…….

"이 보세요."

K 씨는 편지를 보는 모 씨를 찾았다.

"비상한 열정과 감격은 있어두 그것이 그대로 표현 안 된 것이 그것 때문이었습니다. 즉 성수의 어머니는 몹시 어진 사람으로서 어렸을 때부터 성수의 교육을 몹시 힘을 들여서 착한 사람이 되도록, 이렇게 길렀습니다그려. 그 어진 교육 때문에 그가 하늘에서 타고난 광포성과 야성이 표면상에 나타나지를 못하였습니다. 그 타오르는 야성적 열정과 힘이 음보로 그려놓으면 아주 힘없는, 말하자면 김빠진 술과 같이 되고 하는 것이 모두 그 때문이었습니다그려. 점잖고 어진 교훈이, 그의 천분을 못 발휘하게 한 셈이지요."

"흠."

"그것이, 그 사람 성수가, 감옥 생활을 할 동안에 한 번 씻기기는 하였으나, 그러나 사람의 교양이라 하는 것은 온전히 씻지는 못하는 것이외다.

그러다가, 그 '원수'의 집 앞에서 갑자기, 말하자면 돌발적으로 야성과 광포성이 나타나서 불을 놓고 예배당 안에 숨어 서서 그 야성적 광포적 쾌미를 한껏 즐긴 다음에, 그에게서 폭발하여 나온 것이 그 〈광염 소나타〉였구려.

일어서는 불길, 사람의 비명, 온갖 것을 무시하고 퍼져 나가는 불의 세력—이런 것은 사실 야성적 쾌미 가운데 으뜸이 되는 것이니깐요."

"……."

"아셨습니까. 그러면 그다음에 그 편지의 여기부터 또 보세요."

……(중략) 저는 그날의 일이 아직 눈앞에 어리는 듯하외다. 선생님이 저를 세상에 소개하시기 위하여 늙으신 몸이 몸소 피아노에 앉으셔서 초대한 여러 음악가들 앞에서 제 〈광염 소나타〉를 탄주하시던 그 광경은 지금 생각하여도 제 눈에서 눈물이 나오려 합니다. 그때에 그 손님 가운데 부인 손님 두 분이 기절을 한 것은 결코 〈광염 소나타〉의 힘뿐이 아니고 선생의 그 탄주의 힘이 많이 섞인 것을 뉘라서 부인하겠습니까. 그 뒤에 여러 사람 앞에 저를 내어 세우고,

"이 사람이 〈광염 소나타〉의 작자이며 삼십 년 전에 우리를 버려두고 혼자 간 일대의 귀재 백○○의 아들이외다."

고 소개를 하여주신 그때의 그 감격은 제 일생에 어찌 잊사오리까.

그 뒤에 선생님께서 저를 위하여 꾸며주신 방도 또한 제 마음에 가장 맞는 방이었습니다. 널따란 북향 방에 동남쪽 귀에 든든한 참나무 침대가 하나, 서북쪽 귀에 아무 장식 없는 참나무 책상과 의자, 피아노가 하나씩, 그밖에는 방 안에 장식이라고는 서남쪽 벽에 커다란 거울이 하나 있을 뿐, 덩그렇게 넓은 방은 사실 밤에 전등 아래 앉아 있노라면 저절로 소름이 끼치도록 무시무시한 방이었습니다. 게다가 방 안은 모두 꺼먼 칠을 하고, 창밖에는 늙은 홰나무의 고목이 한 그루 서 있는 것도 과연 귀기가 돌았습니다. 이러한 가운데서 선생님은 저로 하여금 방분스러운[3] 음악을 낳도록 애써주셨습니다.

저도 그런 환경 아래서 좋은 음악을 낳아보려고 얼마나 애를 썼겠습니까. 어떤 날 선생님께 작곡에 대한 계통적 훈련을 원할 때에 선생님은 이렇게 대답하셨습니다.

"자네에게는 그러한 교육이 필요가 없어. 마음대로 나오는 대로 하게. 자네 같은 사람에게 계통적 훈련이 들어가면 자네의 음악은 기계화해버리고 말아. 마음대로 온갖 규칙과 규범을 무시하고 가슴에서 터져 나오는 대로……."

저는 이 말씀의 뜻을 똑똑히는 몰랐습니다. 그러나 대략한 의미뿐은 통하였습니다. 그리하여 저는 마음대로 한껏 자유스러운 음악의 경지를 개척하려 하였습니다.

그러나 그동안에 제가 산출한 음악은 모두 이상히도 저의 이전 (제 어머니가 아직 살아 계실 때)의 것과 마찬가지로 아무러한 힘

---

3 제멋대로 나아가 거침이 없다.

도 없는 음향의 유희에 지나지 못하였습니다.

저는 얼마나 초조하였겠습니까. 때때로 선생님께서 채근 비슷이 하시는 말씀은 저로 하여금 더욱 초조하게 하였습니다. 그리고 마음이 초조하면 초조할수록 제게서 생겨나는 음악은 더욱 나약한 것이 되었습니다.

저는 때때로 그 불붙던 광경을 생각하여보았습니다. 그리고 그때에 통쾌하던 감정을 되풀이하여보려 하였습니다. 그러나 그것 역시 실패에 돌아갔습니다.

때때로 비상한 열정으로 음보를 그려놓은 뒤에 몇 시간을 지나서 다시 한 번 읽어보면 거기는 아무 힘이 없는 개념만 있고 하였습니다.

저의 마음은 차차 무거워지기 시작하였습니다. 그리고 큰 기대를 가지고 계신 선생님께도 미안하기가 짝이 없었습니다.

"음악은 공예품과 달라서 마음대로 만들고 싶은 때에 되는 것이 아니니 마음 놓고 천천히 감흥이 생긴 때에……."

이러한 선생님의 위로의 말씀을 듣기가 제 살을 깎아 먹는 듯하였습니다. 그러나 제 마음상은 인제는 제게서 다시 힘 있는 음악이 나올 기회가 없는 것같이만 생각되었습니다.

이러는 동안에 무위의 몇 달이 지났습니다.

어떤 날 밤중, 가슴이 너무 무겁고 가슴속에 무엇이 가득 찬 것같이 거북하여서, 저는 산보를 나섰습니다. 무거운 머리와 무거운 가슴과 무거운 다리를 지향 없이 옮기면서 돌아다니다가 저는 어떤 곳에서 커다란 볏짚 낟가리를 발견하였습니다.

이때의 저의 심리를 어떻게 형용하였으면 좋을지 저는 모르겠습니다. 저는 무슨 무서운 적을 만난 것같이 긴장되고 흥분되었습니다. 저는 사면을 한번 살펴보고, 그 낟가리에 달려가서 불을 그어서 놓았습니다. 그리고 갑자기 무서움증이 생겨서 돌아서서 달아나다가, 멀찌가니까지 달아나서 돌아보니까, 불길은 벌써 하늘을 찌를 듯이 일어났습니다. 왁, 왁, 꺄, 꺄, 사람들이 부르짖는 소리도 들렸습니다. 저는 다시 그곳까지 가서, 그 무서운 불길에 날아 올라가는 볏짚이며, 그 낟가리에 연달아 있는 집을 헐어내는 광경을 구경하다가 문득 흥분되어서 집으로 돌아왔습니다.

그날 밤에 된 것이 〈성난 파도〉이었습니다.

그 뒤에 이 도회에서 일어난, 알지 못할 몇 가지의 불은, 모두 제가 질러놓은 것이었습니다. 그리고, 불이 있던 날 밤마다 저는 한 가지의 음악을 얻었습니다. 며칠을 연하여 가슴이 몹시 무겁다가 그것이 마침내 식체와 같이 거북하고 답답하게 되는 때는 저는 뜻없이 거리를 나갑니다. 그리고 그러한 날은 한 가지의 방화 사건이 생겨나며 그날 밤에는 한 곡의 음악이 생겨났습니다.

그러나 그것도 번수가 차차 많아갈 동안, 저의, 그 불에 대한 흥분은 반비례로 줄어졌습니다. 온갖 것을 용서하지 않는 불꽃의 잔혹함도, 그다지 제 마음을 긴장시키지 못하였습니다.

"차차, 힘이 적어져 가네."

선생님께서 제 음악을 보시고 이렇게 말씀하신 것이 그러한 때였습니다.

그러나, 저는 게서 더할 도리가 없었습니다. 하는 수 없이 저는 한동안 음악을 온전히 잊어버린 듯이 내버려두었습니다.

모 씨가 성수의 마지막 편지를 여기까지 읽었을 때에, K 씨가 찾았다.

"재작년 봄에서 가을에 걸쳐서, 원인 모른 불이 많지 않았습니까. 그것이 죄 성수의 장난이었습니다그려."

"K 씨는 그것을 온전히 모르셨습니까?"

"나요? 몰랐지요. 그런데, 그 어떤 날 밤이구려. 성수는 기대에 반해서, 우리 집으로 온 지 여러 달이 됐지만, 한 번도 힘 있는 것을 지어본 일이 없겠지요. 그래서, 저 사람에게 무슨 흥분될 재료를 줄 수가 없나 하고 혼자 생각하며 있더랬는데, 그때에 저—편—."

K 씨는 손을 들어 남편 쪽 창을 가리켰다.

"저—편 꽤 멀리서 불붙는 것이 눈에 뜨입디다그려. 그래서 저것을 성수에게 보이면, 혹 그때의 감정(그때는, 나는 그 담배 장수네 집에 불이 일어난 것도 성수의 장난인 줄은 꿈에도 생각 안 했구려)을 부활시킬지도 모르겠다, 이렇게 생각하구 성수의 방으로 올라가려는데, 문득 성수의 방에서 피아노 소리가 울려 나옵니다그려. 나는 올라가려던 발을 부지중 멈추고 말았지요. 역시 C 샤프 단음계로서, 제일 곡은 뽑아먹고, 아다지오에서 시작되는데, 고요하고 잔잔한 바다, 수평선 위로 넘어가려는 저녁 해, 이러한 온화한 것이 차차 스케르초로 들어가서는 소낙비, 풍랑, 번개질, 무서운 바람 소리, 우레질, 전복되는 배, 곤해서 물에 떨어지는 갈매기, 한번 뒤집어지면서 해일에 쓸려나가는 동네 사람의 부르짖음— 흥분에서 흥분, 광포에서 광포, 야성에서 야성, 온갖 공포와 포학한 광경이 눈앞에 어릿거리는데, 이 늙은 내가 그만 흥분에 못 견디어, 뜻하지 않고 "그만두어달라"고 고함친 것만으로도 짐작하시겠지요. 그리고 올라가서 보니깐, 그는 탄주를 끝내고 피곤한 듯이 피아노에 기대고 앉아 있고, 이제 탄주한 것은 벌써 〈성난 파도〉라는 제목 아래 음보로 되어 있습디다."

"그러면 성수는 불을 두 번 놓고, 두 음악을 얻었다는 말씀이지요?"

"그렇지요. 그리고, 그 뒤부터는 한 십여 일 건너서는 하나씩 지었는데, 그것이 지금 보면, 한 가지의 방화 사건이 생길 때마다 생겨난 것이었습니다. 그러나, 그의 편지마따나, 얼마 지나서부터는 차차 그 힘과 야성이 적어지기 시작했지요. 그래서—."

"가만 계십쇼. 그 사람이 그다음에도 〈피의 선율〉이나 그밖에 유명한 곡조를 여러 개 만들지 않았습니까?"

"글쎄 말이외다. 거기 대한 설명은 그 편지를 또 보십쇼. 여기서부터 또 보시면 알리다."

……(중략) ××다리 아래로서 나오려는데, 무엇이 발길에 채는 것이 있었습니다. 성냥을 그어가지고 보니깐, 그것은 웬 늙은이의 송장이었습니다. 저는 그것이 무서워서 달아나려다가, 돌아서려던 발을 다시 돌이켰습니다. 그리고,

선생님은 이제 제가 쓰는 일을 이해하여주실는지요. 그것은 너무도 기괴한 일이라 저로서도 믿어지지 않는 일이었습니다. 그 송장을 타고 앉았습니다. 그리고 그 송장의 옷을 모두 찢어서 사면으로 내어던진 뒤에, 그 벌거벗은 송장을, (제힘이라 생각되지 않는) 무서운 힘으로써 높이 쳐들어서, 저편으로 내어던졌습니다. 그런 뒤에는, 마치 고양이가 알을 가지고 놀듯, 다시 뛰어가서

그 송장을 들어서, 도로 이편으로 던졌습니다. 이렇게 몇 번을 하여 머리가 깨지고, 배가 터지고—그 송장은 보기에도 참혹스러이 되었습니다. 그리하여 그 송장을 다시 만질 곳이 없이 된 뒤에, 저는 그만 곤하여 그 자리에 앉아서 쉬려다가 갑자기 마음이 긴장되고 흥분되어서, 집으로 달려왔습니다.

그날 밤에 된 것이 〈피의 선율〉이었습니다.

"선생은 이러한 심리를 아시겠습니까?"

"글쎄요."

"아마, 모르실걸요. 그러나 예술가로서는 능히 머리를 끄덕일 수 있는 심리외다. 그리고 또 여기를 읽어보십시오."

······(중략) 그 여자가 죽었다는 것은 제게는 사실 뜻밖이었습니다.

저는, 그날 밤 혼자 몰래 그 여자의 무덤을 찾아갔습니다. 그리고 칠팔 시간 전에 묻어놓은 그의 무덤의 흙을 다시 파서 그의 시체를 꺼내어놓았습니다.

푸르른 달빛 아래 누워 있는 아름다운 그의 모양은 과연 선녀와 같았습니다. 가볍게 눈을 닫고 있는 창백한 얼굴, 곧은 콧날, 풀어헤친 검은 머리—아무 표정도 없는 고요한 얼굴은 더욱 처염함[4]을 도왔습니다. 이것을 정신이 없이 들여다보고 있던 저는 갑자기 흥분이 되어, 아아, 선생님 저는 이 아래를 쓸 용기가 없습니다. 재판소의 조서를 보시면 저절로 아실 것이올시다.

4 처절하게 아름답다.

그날 밤에 된 것이 〈사령死靈〉이었습니다.

"어떻습니까?"

"……."

"네?"

"……."

"언어도단이에요? 선생의 눈으로는 그렇게 뵈시리다. 또 여기
를 읽어보십쇼."

    ……(중략) 이리하여 저는 마침내 사람을 죽인다 하는 경우에
까지 이르렀습니다. 그리고 한 사람이 죽을 때마다 한 개의 음악
이 생겨났습니다. 그 뒤부터 제가 지은 그 모든 것은 모두 다 한
사람씩의 생명을 대표하는 것이었습니다.

"인전 더 보실 것이 없습니다. 그런데 그만큼 보셨으면 성수에
대한 대략한 일은 아셨을 터인데, 거기 대한 의견이 어떻습니까?"

"……."

"네?"

"어떤 의견 말씀이오니까?"

"어떤 '기회'라는 것이 어떤 사람에게서, 그 사람의 가지고 있
는 천재와 함께, '범죄 본능'까지 끌어내었다 하면, 우리는 그 '기
회'를 저주하여야겠습니까 혹은 축복하여야겠습니까? 이 성수의
일로 말하자면 방화, 사체 모욕, 시간屍姦, 살인, 온갖 죄를 다 범
했어요. 우리 예술가협회에서 별로 수단을 다 써서 정부에 탄원

하고 재판소에 탄원하고 해서 겨우 성수를 정신병자라 하는 명목 아래 정신병원에 감금했지, 그렇지 않으면 당장에 사형이 아닙니까. 그런데 이제 그 편지를 보셔도 짐작하시겠지만 통 싱시에는 그 사람은 아주 명민하고 점잖고 온화한 청년입니다. 그러나, 때때로 그, 뭐랄까, 그 흥분 때문에 눈이 아득하여져서 무서운 죄를 범하고 그 죄를 범한 다음에는 훌륭한 예술을 하나씩 산출합니다. 이런 경우에 우리는 그 죄를 밉게 보아야 합니까, 혹은 그 범죄 때문에 생겨난 예술을 보아서 죄를 용서하여야 합니까?"

"그게야 죄를 범치 않고 예술을 만들어냈으면 더 좋지 않습니까?"

"물론이지요. 그러나 이 성수 같은 사람도 있는 것이니깐 이런 경우엔 어떻게 해결하렵니까?"

"죄를 벌해야지요. 죄악이 성하는 것을 그냥 볼 수는 없습니다."

K 씨는 머리를 끄덕였다.

"그렇겠습니다. 그러나 우리 예술가의 견지로는 또 이렇게 볼 수도 있습니다. 베토벤 이후로는 음악이라 하는 것이 차차 힘이 빠져가서 꽃이나 계집이나 찬미할 줄 알고 연애나 칭송할 줄 알아서 선이 굵은 것은 볼 수가 없이 되었습니다. 게다가 엄정한 작곡법이 있어서 그것은 마치 수학의 방정식과 같이 작곡에 대한 온갖 자유스런 경지를 제한해놓았으니깐 이후에 생겨나는 음악은 새로운 길을 개척하기 전에는 한 기술이 될 것이지 예술이 될 수는 없습니다. 예술가에게는 이것이 쓸쓸해요. 힘 있는 예술, 선이 굵은 예술, 야성으로 충일된 예술―우리는 이것을 기다린 지 오랬습니다. 그럴 때에, 백성수가 나타났습니다. 사실 말이지 백성수의 그새의 예술은 그 하나하나가 모두 우리의 문화를 영구히 빛낼 보물입니다. 우리의 문화의 기념탑입니다. 방화? 살인? 변변치 않은 집 개, 변변치 않은 사람 개는 그의 예술의 하나가 산출되는 데 희생하라면 결코 아깝지 않습니다. 천 년에 한 번, 만 년에 한 번 날지 못 날지 모르는 큰 천재를, 몇 개의 변변치 않은 범죄를 구실로 이 세상에서 없이하여버린다 하는 것은 더 큰 죄악이 아닐까요. 적어도 우리 예술가에게는 그렇게 생각됩니다."

K 씨는 마주 앉은 노인에게서 편지를 받아서 서랍에 집어넣었다. 새빨간 저녁 해에 비치어서 그의 늙은 눈에는 눈물이 반득였다.

— 〈중외일보〉, 1930. 1. 1~1. 12.

구두

"흰 구두를 지어야겠는데……."

며칠 전에 K 양이 자기의 숭배자들 가운데 싸여 앉아서 혼잣말 같이 이렇게 말할 때에 수철이는 그 수수께끼를 알아챘다. 그리고 변소에 가는 체하고 나와서 몰래 K 양의 해져가는 누런 구두를 들고 겨냥을 해두었다. 그런 뒤에 손을 빨리 쓰느라고 자기는 일이 있어서 먼저 실례한다고 하고 그 집을 나서서, 그 길로 바로 (이 도회에서도 제일류로 꼽는) S 양화점에 가서 여자의 흰 구두 한 켤레를 맞추었다.

그리하여 오늘이 그 구두를 찾을 기한 날이었다.

조반을 먹은 뒤에 주인집을 나서서 (이발소에 들러서 면도나 할까 하였으나) 시간이 바빠서 달음박질하다시피 구둣방까지 갔다.

구두는 벌써 되어 있었다. 끝이 뾰족하고 뒤가 드높으며 그 구두 허리의 곡선이라든지 뒤축의 높이라든지 어디 내놓아도 흠잡힐 점이 없이 잘 되었다. 도로라 하는 것이 불완전한 이 도회에는 아깝도록 사치한 구두였다.

"이쁘게 됐습지요."

"그만하면 쓰겠소."

수철이는 새심으로 만족해 구두를 받아가지고 그 집을 나섰다.

"수철 군, 어디 가나?"

구둣방을 나서서 좀 가다가 자기를 찾는 소리에 돌아다보았다. 거기는 '거머리'라는 별명을 듣는 치근치근한 친구 ○가 있었다.

"저기 좀……."

"그 손에 든 건 뭔가?"

"이것?"

수철이는 구두 곽을 높이 들어 보였다.

"구둘세"

"구두? 자네 구두 아직 멀쩡하지 않나?"

"후보가 있어야지. 아차 도적맞는 날이면 뒷간 출입도 못 하게……."

"한턱내게. 구두를 둘씩 짓고……."

수철이는 논리에 어그러지는 소리를 하는 사람이라고 생각하였다. 구두가 두 켤레면 한턱내야 한다는 이론은 없을 것이었다. 그러나 한번 달려든 다음에는 먹기 전에는 떨어지지를 않는 ○를 생각해볼 때에 한 접시의 양식으로 얼른 떼버리려고 생각하였다.

그들은 그 근처의 어떤 양식점으로 갔다.

○와 작별하고 그사이 ○ 때문에 허비한 시간의 몇 분이라도
회복할 양으로 바쁜 걸음으로 K 양의 집까지 이른 수철이는 믹 들
어가려다가 중대문 밖에서 멈칫 섰다. 대청에 걸터앉아 있는 K 양
의 그림자를 걸핏 본 때문이었다. 그리고 그 곁에는 머리를 땅에
닿도록 숙이고 있는 (역시 K 양의 숭배자의 하나인) T가 있었다.

수철이는 몰래 중대문 틈으로 들여다보았다.

T가 머리를 숙이고 있는 것은 결코 사랑을 구하는 러브신이
아니었다. K 양은 다리를 뻗치고 있고, T는 K 양의 발목을 잡고
새로 지어온 흰 구두를 신겨주고 있는 것이었다.

"맞아요?"

"네. 꼭 맞는걸요."

내 것이 더 맞을걸. 수철이는 성이 독같이 나서 씩씩거리며 발
소리 안 나게 그 집을 뛰어나왔다.

수철이는 공원으로 갔다.

"○ 때문에 늦어졌다."

그는 연거푸 성을 냈다. 성이 삭아지려는 때마다 다시 구두 곽
을 보고 성을 돋우고 하였다.

동시에 그에게는 그 선헌권先獻權을 앗긴 구두가 차차 보기가
역해오기 시작하였다. 성을 돋우려고 그 구두 곽을 볼 때마다 고
통이 차차 더하였다.

"이 구두를 얻다 내다 버리자."

두 시간 남짓 벤치에 우두커니 앉아 있다가 그는 구두 곽을 벤

치에 놓은 채로 슬그머니 일어서서 공원 밖으로 나섰다. 그러나 그가 급기야 공원을 나서려 할 때에 누가 그를 찾았다.

"나으리, 나으리."

돌아다보니 거지였다.

"없어!"

그는 그냥 가려 하였다.

"나으리. 이것 잊어버리신 것 가지구 가세요."

다시 돌아다보니 거지는 그가 슬그머니 놓고 온 구두 곽을 들고 따라온다.

"자네 가지고 싶으면 가지게."

"천만에 말씀이올시다."

수철이는 홱 돌아서면서 그 곽을 빼앗고, 이십 전을 거지에게 던져주고 뒤도 안 돌아보고 달아났다.

그날 밤에 수철이는 빈손으로 집에 돌아와서 네 활개를 펴고 누웠다. 아까 활동사진 구경을 가서 그 곽을 교자 아래 넣은 대로 돌아온 것이었다. 그러나 그 안심이 오랫동안 계속되지를 못하였다.

이튿날 아침, 수철이가 막 조반을 먹고 나가려는데 그 양화점의 사환이 찾아왔다.

"나으리, 어제 활동사진관서 이것을 잊고 가셨더라구 사진관에서 오늘 아침 우리 집에 보냈습디다."

"그게 뭐야?"

"어제 지어 가신 부인 구두올시다."

그만 수철이는 성이 왈칵 났다.

"너 가져라! 갖다 팔아먹든 어쩌든 마음대로 해라."

사환은 씩 웃었다.

"여기 두고 갑니다. 한데 활동사진관 아이에게 오십 전을 주었는데요."

수철이는 주머니에서 칠십 전을 내어서 던져주었다. 그러나 만약 예의라나 도덕이라나가 없다 할지면 수철이는 칠십 전의 대신으로 칠십 번을 쥐어박기를 결코 사양하지 않았을 것이었다.

수철이는 곽을 들여다가 끌러서 속을 꺼내보았다. 뾰족한 코, 드높은 뒤축, 곱게 곡선을 지은 윤곽, 어디로 보든 흠할 곳이 없는 구두였다.

"T란 자식, 죽여주리라."

그는 들창을 열고 그 구두를 홱 밖에 던지려다가 다시 생각을 돌이키고 주인집 딸아이를 찾았다.

"애야, 순실아."

"네?"

계집아이가 왔다.

"너 몇 살이냐?"

"열두 살이에요."

"너무 적군."

그는 구두를 내려다보았다. 그리고 계집애의 발을 보았다. 이렇게 서너 번 번갈아 보고, 수철이는 계집애의 발밑에 그 구두를 던졌다.

"에따, 너 가져라. 이담에 시집갈 때 신어라."

계집애의 눈은 동그랗게 되었다. 동그랗게 된 눈으로 수철이 와 구두를 번갈아 보다가,

"싫어요."

하고 나가려 하였다.

"정말이다. 가져!"

"싫어요!"

"계집애두. 어른의 말을 들어야지. 못써!"

그는 구두를 주워서 계집애의 가슴에 안긴 뒤에 내쫓았다. 그리고 기다란 안심의 숨을 내쉬고 일어섰다.

"저 계집애가 인제 자라서 저 구두를 신게 되도록은 다시 내 눈에 안 뜨일 테지."

그는 하루 종일을 유쾌히 지냈다.

'구두를 처치했다.'

그것은 오랫동안 미궁에 들어갔던 사건이 해결된 것과 같은 기쁨이었다.

이튿날 아침, 늦잠을 깬 수철이는 어느 틈에 머리맡에 갖다놓은 몇 장의 편지를 보기 시작하였다. 첫 장은 어떤 친구의 결혼식 초대였다. 둘째 장은 출판회사의 서적 목록이었다. 셋째 장은 무슨 자선회의 기부 권유였다. 그는 그것을 차례로 집어 던지고 넷째 장의 봉을 찢었다. 그것은 시골 사촌 누이동생의 편지였다.

오래 막혔었나이다.

일기 차차 더워오는 이때에 오빠께서는 객지에 내내 건강히 지

내시는지 알고자 하나이다. 이곳은 다 평안하오며, 수남이는 벌써
고등학교에 입학하였사오며 수동이는 금년 봄…… 수복이는 글을
배우느라고……. 수천이는 쉬운 말은 다…….

"무슨 소리야. 좁쌀 쌀아서 먹겠네."
그는 몇 줄을 건너뛰었다.

……되었사오매, 인제는 학생 시대와도 달라 좀 몸치장도 해야
겠는데 오빠도 아시다시피 이 시골에야 어디 변변한 구둣방이 있
나이까. 그곳에서 흰 구두를 한 켤레 지어 보내주시면…….

수철이는 편지를 집어 던지고 벌떡 일어났다. 그리고 뜻 없이
방 안을 두어 바퀴 돌았다.

처치하지 못하여 안달하다가 겨우 순실이를 주어버린 구두의,
참으로 처치할 곳이 인제야 생겨난 것이었다. 그는 방 안을 빙빙
돌면서 구두 곽을 얻어서 머리맡에 갖다놓은 뒤에 지갑에서 돈
이 원을 꺼냈다. 순실이에게 구두를 도로 살 밑천이었다.

"애야, 순실아."

"네."

하고 들어온 것은 순실의 어머니였다.

"순실이 어디 갔습니까?"

"경찰서에 갔는데요. 왜 찾으십니까?"

수철이는 입을 머뭇머뭇하였다.

"순실이한테 어제 그…… 구두를 한 켤레 준 것이 있는데 그

게 있습니까?”

"글쎄 말씀이올시다. 어젯밤에 도적놈이 들어와서 대청에 있
는 물건을 죄 훔쳐갔는데, 그 구두도 집어간 모양이에요.”

— 〈삼천리〉, 1930. 1.

포플러[1]

어떤 날 김 장의네 집에서 볏섬들을 치우느라고 야단일 적에 최 서방이 우연히 밥을 한 끼 얻어먹으러 그 집에 들어갔다.

원래 근하고 정직한 최 서방은 밥을 얻어먹은 그 은혜를 갚기 위하여 볏섬 치우는 데 힘을 도왔다. 아니, 도왔다는 것보다 오히려 최 서방이 달려든 다음부터는 다른 사람들은 물러서서 최 서방의 그 무서운 힘을 놀란 눈으로 바라보고 있을 뿐이었다.

이것이 인연이 되어 최 서방은 그 집에 머슴으로 들어가게 되었다.

최 서방은 마흔두 살이었다.

짧다면 짧고 길다면 긴 사십여 년이라는 최 서방의 생애는 몹

---

1 〈신소설〉에 〈아라삿 버들〉이란 제목으로 발표한 것을, 훗날 〈포플러〉로 다시 게재한 작품임.

시 단조하고도 곡절 많은 생애였다. 여남은 살에 어버이를 다 여의고 그때부터 그는 독립한 생활을 시작하였다. 촌집 머슴으로서, 도회의 자유노동, 행랑살이, 그러한 유의 온갖 직업에 손을 안 대본 적이 없었다.

정직한 이는 하느님이 아신다 하지만, 최 서방의 존재는 하느님도 잊어버렸다. 부지런한 자는 성공함을 본다 하지만, 최 서방의 부지런은 그의 입조차 넉넉히 치지를 못하였다.

유랑에 유랑, 이 직업에서 저 직업으로, 이 집에서 저 집으로…… 최 서방의 생애를 간단히 설명하자면 이것이었다.

도회 친구들은 그의 너무 솔직함을 웃었다. 그리고 이 세상을 살아나가기에는 오 할의 부정직함과 오 할의 비위가 있어야 한다 함을 가르쳤다. 그것이 영리함이라 하였다. 그리고 그도 그것이 진리임을 보았다. 그러나 그는 그러한 삶은 살 수가 없었다. 그러한 삶을 살아보려고 노력까지 해보았으나 못하였다. 얼굴이 뜨거워 오며 스스로 속으로 불유쾌하여 할 수가 없었다.

천성을 어쩌나, 그는 단념하였다.

김 장의네 집에서도 그의 정직함과 근함은 곧 나타났다.

그는 소와 같이 일하였다. 씩씩 말없이 일하였다. 일이 없을 때에는 뜰을 쓸었다. 그러고도 일이 없으면 뜰의 돌을 주웠다. 그래도 그냥 일이 없으면, 추녀 끝 토방 아래, 담장 모퉁이의 거미줄까지 없이 하였다.

잠시도 그는 쉬는 때가 없었다. 정 할 일이 없으면 그는 부러 일을 만들었다. 볏섬이 곱게 가려지지 않았다고 혼자서 헐어가지고 다시 가렸다. 뜰이 낮다고 앞재²에 가서 흙을 파다가 뜰을 돋우었다. 대문에서 김 장의의 방 앞까지의 길은 돌로 깔았다. 최 서방이 돌아온 뒤부터는 김 장의의 집은 깨끗하기 한이 없었디.

봄에 최 서방은 버들(포플러)을 한 가지 어디서 얻어다가 자기 방 앞에 심었다. 그리고 매일 농터에서 돌아와서는 물을 주고 아침 농터에 나갈 때에도 물을 주고, 순이 나오나 하여 가지 끝을 꼬집어보고 하였다.

그의 부지런함과 정직함을 몰라보던 하느님도 이 포플러에 대한 정성은 저버릴 수가 없었던지 심은 지 한 이십일 만에 순 끝에서 노란 진이 돌며 벌어지기 비롯하였다. 아침에 농터에 나가기 전에 이것을 발견한 최 서방은 그날 농터에서도 틈만 생기면 집에까지 달려와서 껍진껍진한 진을 만져보고는 빙긋 웃고 하였다.

아아, 소유권이라 하는 것은 과연 기쁜 것이었다. 이전 도회에서 노동을 할 때에 지게라는 것을 소유해본 일이 있고, 그다음에는 이 버드나무가 너른 천하에 최 서방의 유일한 소유물이었다.

순이 벌어진 다음부터 포플러는 눈에 보이게 컸다. 처음에는 최 서방의 키보다 조금 더 크던 것이 늦은 봄에는 지붕마루만 하였다. 여름에는 지붕 위에서 쑥 더 올라갔다.

여름, 나무 그림자에 멍석을 펴놓고 누워서 그 포플러에서 죄죄거리는 참새 새끼들을 바라보면서 혼자서 기뻐하는 양은 다른 사람들로 하여금 웃음을 금하지 못하게 하였다.

최 서방은 버드나무를 끔찍이 귀애하였다. 다른 작인들이 모

2 집이나 마을 앞에 있는 산이나 산마루.

르고 그 나무에 지게라도 기대어놓으면 최 서방은 큰 변이 났다고 그 지게를 다른 데 옮겨놓고 하였다. 잎 하나가 떨어지는 것을 아꼈다.

사십이 넘도록 여인이라는 것을 가까이 해보지 못한 최 서방은 자기의 가지고 있는 온 사랑을 그 버드나무에 바쳤다. 멀리서 김을 매더라도 지붕 너머로 보이는 버드나무를 바라보고는 씩 웃고 하였다.

어떤 날, 주인 김 장의의 열 살 난 외아들이 그 버드나무를 한 가지 꺾어서 채찍을 만들었다. 이것을 발견한 최 서방은 주인의 아들이라 차마 어찌하지는 못하고, 그 아이를 붙들고 무서운 눈으로 흘겼다. 아이는 악하고 울었다. 김 장의도 그것을 보았다. 그러나 오히려 자기 아들을 꾸짖었다.

가을이 되었다.

낙엽이 시작되었다. 한 잎 두 잎씩 떨어질 때에 최 서방은 그 잎을 모으기까지 하였다. 그러나 낙엽이 차차 많아지면서는 일일이 모을 수도 없었던지, 나날이 성기어가는 나무를 바라보고는 적적한 얼굴을 하고 하였다.

어떤 날, 김 장의가 최 서방을 불렀다.

"임자, 이 국화꽃 임자네 방에 갖다놓게."

"……?"

"버드나무보다— 낫지."

최 서방은 애써 애써 주인이 가꾸던 국화 화분 하나를 자기 방에 내갔다. 그러나 버드나무의 낙엽 때문에 생긴 그의 마음의 외로움은 조금이라도 사라질 리가 없었다.

"봄에 가서……."

그는 때때로 혼자서 중얼거리면서 인제 샛누란 잎이 가지 끝에만 두셋씩 달린 버드나무를 쳐다보고 하였다.

이듬해 봄이 되었다.

나무 끝에는 또 노란 진이 돌기 시작하였다. 동시에 최 서방의 얼굴에도 나날이 화기가 돌기 시작하였다.

순이 펴지면서 잎이 피는 동시에 그 버드나무는 새끼까지 쳤다. 땅이 이곳저곳 터지면서 새끼 버드나무도 너덧 개 나왔다. 이 기이한 현상을 물끄러미 들여다보다가 최 서방은 그 일을 알리러 주인한테 갔다. 주인에게는 손이 서너 사람 와 있었는데 그 일을 최 서방이 알리니까 주인은,

"흠."

할 뿐 그다지 기이히 여기지 않았다. 그리고 손들을 돌아보며,

"이 사람이 마음이 아라샷 버들같이 직하니깐 그 버드나무를 좋아하거든."

하고 웃었다.

최 서방은 물러 나왔다. 그러나 마음은 춤출 듯이 기뻤다. 자기는 마음이 곧아서 오직 한 줄기로 벋는 아라샷 버들을 좋아했거니 하고는 혼자 벙글벙글 하였다.

그다음부터는 그것을 '내 버드나무'라 하였다.

새끼 버드나무가 한 뼘씩이나 자랐다.

위연히[3] 서 있는 큰 나무 아래 새끼 나무가 너덧 개 둘러 있는 것은 마치 제왕과 신하와 같았다. 혹은 어버이와 자식과 같았다.

어떤 날, 그 새끼 버드나무의 곁에 돋아나는 잔풀을 뽑고 있을 때 김 장의가 나오다가 그것을 보고 섰다. 최 서방도 손을 멈추고 일어섰다.

잠깐 우두커니 서 있던 주인은 입을 열었다.

"임자두 장가를 들어서 저런 새끼들을 보아야 하지 않나."

최 서방은 얼굴이 벌게지며 씩 웃었다.

"임자 장가가구 싶지 않나? 갈래든 내 주선해주마."

"뭐……."

할 뿐 최 서방은 너무 부끄러워서 그 자리에 웅크리고 다시 풀을 뽑기 시작하였다.

그날 밤 최 서방은 흥분되었다. 사십 년 동안을 숨어 있던 성욕이 한꺼번에 터져 올랐다.

살진 엉덩이, 두드러진 젖통, 탄력, 기다란 머리털…… 최 서방은 혼자서 흥분되어 숨을 씩씩거리며 이런 생각을 하다가 몸을 떨면서 그 자리에 쓰러졌다.

이튿날 머리가 아픈 것을 참고 일어나서 최 서방은 주인에게 인사를 갔다. 그리고 어제 이야기하던 일의 뒤끝이 또 나오기를 기다렸다. 그러나 주인에게서는 거기 대하여는 아무 말도 없었다.

3 위엄이 있고 늠름하게.

그 뒤 최 서방은 여러 번 주인에게 채근 비슷이 해보았다.

"버드나무 새끼가 한 자나 됐지요."

하여도 보았다.

"자꾸 새낄 더 치거든요."

하여도 보았다. 마지막에는,

"버드나무는 에미네 없어두 새낄 낳거든요."

하여까지 보았다.

그러나 주인은 그 말귀를 한 번도 채어본 일이 없었다.

이러는 동안에도 최 서방의 자독自瀆[4] 행위는 나날이 심해갔다.

낮에는 그는 천연하였다. 정직하고 부지런하고 정돈을 좋아하는 그의 성격에는 조금도 흔들림이 없었다.

그러나 낮을 지배하는 신경과 밤을 지배하는 신경은 확실히 달랐다. 밤만 되면 그의 마음은 흥분되어 온몸은 학질 들린 사람 같이 떨리고 하였다. 잠깐 사이에 그의 성욕에 대한 지식은 놀랄 만치 많아졌다. 그는 별별 기괴한 환상을 마음속에 그려보고는 흥분되어 정신을 못 차리고 그 자리에 쓰러지고 하였다.

그는 길에서 젊은 여인을 보기만 하더라도 숨쉬기가 답답해지고 하였다. 그리고 그는 여인의 앞모양보다 뒷모양에 더 마음이 끌렸다. 젊은 여인의 커다란 엉덩이를 뒤를 밟으며 볼 때에는 어떤 때에는 너무 기가 막혀서 눈이 어두워질 때도 있었다. 젊은 여편네들이 김을 매느라고 넓적다리까지 걷고 논에 드나드는 것은 그로서는 차마 보지 못할 광경이었다.

---

4 '수음'을 달리 이르는 말.

어떤 날, 그는 밭에서 김을 매다가 너무 더워서 멱을 감으려 개천으로 갔다.

개천까지 이르러서 자기와 개천 사이에 막혀 있는 무성한 쟁비나무에 옷을 벗어 걸려다가 그는 개천에서 물장구 소리가 나므로 목을 틀어서 내다보았다. 그는 흥분으로 몸이 떨렸다.

개천에는 어른과 아이의 중간쯤 되는 계집애가 두드러진 두 젖을 내놓고 멱을 감고 있었다. 혼자서 무엇이 유쾌한 듯이 물장구를 치면서…….

그는 부지불각 중에 그리로 달려갔다.

그날 밤이 깊어서야 그는 눈이 퀭해서 집으로 돌아왔다. 어디를 어떻게 다녔는지 자기도 알지 못하였다. 신이 다 해졌다. 옷이 모두 찢어졌다.

그는 곧 자리를 쓰고 누웠다.

이튿날 건넛동네의 복실이가 개천에서 멱을 감다가 욕을 보고 참살당하였다는 소문이 근방 일대를 놀라게 할 때에 최 서방은 자리 속에서 신열이 몹시 나서 앓고 있었다.

의생이 그를 보고 몸살이라 하여 산약散藥[5] 몇 봉지를 주고 갔다.

이튿날에 그는 일어났다.

어제까지는 정신을 잃고 앓았지만 일어난 날에는 그는 그런 기색은 없이 부지런히 일을 하였다.

천연스러운 한 달이 지났다. 밤에는 역시 좀 흥분이 되기는 되

---

5 가루약.

지만 전과 같지는 않았다. 그러나 한 달 뒤 어떤 날 밤, 그는 정신 없이 후덕덕 집을 나섰다.

이튿날 건넛마을 뉘 집 며느리가 밤에 뒤른 보러 가다가 겁긴 을 당하였다는 소문이 퍼졌다.

그 뒤에 이어서 다른 동네에 또 그런 사건이 생겼다.

이리하여 복실이의 사건부터 그해 가을 추수할 때까지 그와 같은 일이 이십여 건이 생겨났다. 그 가운데 살인을 겸한 것이 여 섯 건이었다.

동네에서도 모두 잠을 못 잤다. 경찰에서도 온 힘을 썼다. 그러 나 의심할만한 사람조차 발견할 수가 없었다. 다만 밝은 때에 생 긴 일에는 피해자가 모두 참살까지 당한 것을 보면 그 근방에 모 두 얼굴을 아는 자라는 짐작은 갔지만 누구라고 의심할만한 사람 은 없었다.

최 서방의 생활은 여전하였다.

그런 괴변이 있은 이튿날마다 머리가 아프고 불유쾌하기가 짝 이 없으나 생활 상태에는 변화가 없었다.

후회? 어젯밤의 몽롱한 기억이 이튿날 소문으로서 자기 귀에 들어올 때마다 가슴이 선뜩 내려앉으며 혼자서 혀라도 깨물고 죽고 싶은 생각이 끝이 없지만, 밤이 되면 마치 몽유병자와 같이 정신없이 일어나서 새로운 피해자를 구하러 나가고 하였다.

그러나 경계하는 동네 사람들도 최 서방만은 의심하지 않았 다. 직하고 부지런하고 천치스러운 최 서방이 그런 일을 하리라 고는 뜻도 하는 사람이 없었다. 김 장의네 최 서방은 그 근방 일대에서는 정직함으로 소문난 사람이었다.

그러나 그의 정직함을 상 주지 않고 그의 부지런함에 응답하지 않은 하느님도 그의 죄만은 결코 용서하지를 않았다. 그에게 일찍 한 마누라를 주어서 죄를 미전末前에 방지하지는 못하였을 망정 이미 지은 죄는 그대로 내버려두는 하느님이 아니었다.

어떤 날, 또한 어떤 집 처녀의 방에 뛰어들어갔던 그는 그만 그곳에서 붙들렸다. 그리하여 그는 경찰의 손으로 넘어갔다.

세상은 최 서방의 가면에 모두 입을 벌렸다. 사람의 일이란 모를 것이야, 하고 탄식하였다.

신문은 그를 가리켜 색마色魔라 하였다.

김 장의도 혀를 차며 고약한 놈이라고 호통을 하였다.

그리고 누구 한 사람, 그의 과거 사십 년의 정직하고 부지런하고 천진스러운 삶에 대하여 한마디의 칭찬조차 하는 사람이 없었으며, 그에게 일찍 한 마누라를 주어서 그로 하여금 그런 광포성을 발휘할 기회를 없이하지 않음을 후회하는 사람이 없었다.

이듬해 봄, 최 서방이 심었던 포플러가 여러 새끼 나무들과 함께 다시 새순이 나오려는 때에, 최 서방은 마흔다섯 살이라 하는 나이를 마지막으로 사형대 위의 이슬로 사라졌다.

— 〈신소설〉, 1930. 1.

순정

■ 연애 편

북경으로 동지사가 들어갈 때였다.

복석이는 짐을 지고 동지사 일행을 따라가게 되었다.

"언제 돌아오런?"

"글쎄, 내야 알겠니?"

"그때 치맛감 한 감 꼭 사오너라."

"시끄러운 것. 두 번 부탁 안 해두 어련히 안 사오리."

복석이와 용녀의 작별은 눈물겨운 장면이었다. 놓았다가는 다시 부여잡고 부여잡았다가는 다시 놓고 밤을 새워가면서 서로 울었다.

"되놈의 계집애가 너를 가만둘 것 같지 않다."

이렇게도 말해보았다.

"마음 변했다가는 죽인다."

이렇게도 말해보았다.

그러다가 새벽 인경이 울 때에야 그들은 놓았다.

동지사의 일행은 압록강도 무사히 건넜다.

때는 팔월 중순이었다. 무연한 만주의 벌에 잘 익은 고량高粱[1]이 머리를 수그리고 있었다. 그 밭 사이에 뚫린 길을 '쉬一' 소리 용감스럽게 동지사의 일행은 북경으로 길을 갔다. 짐을 지고 따라가는 복석이의 눈에는 멀리 지평선 위에 용녀의 얼굴이 어른거렸다. 화상을 따다가 붙인 듯이 지평선 위에 딱 붙어서 아무리 지우려야 없어지지를 않았다. 복석이는 그것을 바라보고 빙그레 웃고 하였다.

압록강을 넘어선 지 열흘 만에 복석이는 수토불복水土不服[2]으로 넘어졌다.

복석이는 울었다. 억지 썼다. 나를 여기 버리고 가는 것은 소백정이라고 떼도 써보았다. 그러나 대사는 복석이의 병 때문에 지체할 수가 없었다. 그의 병든 몸은 산 설고 물 선 곳에 혼자 떨어졌다. 그리고 동지사의 일행은 여전히 북경으로 북경으로 길을 채었다.

1 볏과의 한해살이풀. 수수의 하나로 주로 중국 만주에서 재배한다.
2 물이나 풍토가 몸에 맞지 않아 위장이 나빠짐.

열흘이 지났다. 복석이의 병은 완쾌되었다. 아무리 낯선 수토라 할지라도 철석같은 복석이의 건강은 당할 수가 없었다.

그는 동지사의 뒤를 따르려 하였다. 그때 마침 다행으로 같은 길을 가는 어떤 중국 사람을 만났다. 그들은 사흘을 동행하였다. 그리고 사흘째 되는 날 저녁 그들은 어떤 호농豪農의 집에서 하루를 묵게 되었다.

밤이 되었다. 복석이가 용녀의 일을 생각하면서 혼자 기뻐할 때였다. 갑자기 문이 열리며 되놈 서넛이 달려들어서 복석이의 따귀를 떨어지라 하고 때렸다. 영문을 몰랐지만 복석이는 반항하였다. 그러나 사람의 수효로 사 대 일이었다. 그날 밤 그는 결박을 당하여 움에 갇혔다.

이튿날 그는 벌에 끌려나갔다. 하루 종일을 농사 추수에 조력하였다.

밤에는 또한 결박하여 움에 가두었다. 낮에는 또 일을 시켰다.

이십 일이 지났다. 그동안에 그는 손짓 눈짓으로 겨우 자기가 십 년 기한으로 종으로 이 집에 팔렸다는 것을 알았다.

그때에 그는 열아홉 살이었다. 그는 이를 갈았다. 그러나 어찌할 수 없었다. 밤낮을 파수병이 그들을 지켰다.

끝없이 긴 하루를 지나면 또한 끝없이 긴 새날이 이르렀다. 긴 새날이 이를 때마다 그는 용녀를 생각하고 십 년을 어찌 지내나 하였다.

일 년이 지났다.

아아, 일 년이라는 날짜가 얼마나 길었을까? 그러나 이상타. 지나고 보니 꿈결 같은 일 년이었다. 어느 틈에 지나갔나 생각되는 일 년이었다.

그것은 벌써 만기의 십분의 일이었다. 이렇게 열 번 지내자 지내자 그는 결심하였다.

어언간 십 년도 지났다. 지나고 보니 꿈결 같은 십년이었다. 오늘이나 놓아주나 내일이나 놓아주나. 아아, 용녀는 아직 살아 있나?

이렇게 기다리던 끝에 그는 뜻밖의 선고를 받았다. 다른 호농에게 새로운 이십 년의 기한으로 다시 팔린 것이었다.

처음에 그는 혀를 끊으려 하였다. 그러나 용녀를 생각하고 중지하였다. 또 이십 년을 참자. 그는 용하게도 이렇게 결심하였다.

새집에서도 또한 십 년이란 날짜가 지났다. 그때 그는 사십에 가까운 나이였다.

그는 대국과 왜나라와의 사이에 난리가 있다는 것을 바람결에 들었다. 그 뒤를 이어 대국이 졌다는 소식도 바람결에 들었다.

"왜가?"

그것은 과연 뜻밖이었다. 아아, 그동안 용녀는 잘 있나.

조선이 독립하여 한국이 되었단 풍문도 들었다. 동지사라는 것도 연전 없어졌다는 것도 들었다. 그럴 때마다 그는 용녀를 생각하고 한숨을 쉬고 하였다.

장 대인이 천자가 되었다는 소식이 전하면서부터는 그런 시골 중의 시골에서도 욱적하였다.[3] 종들도 모두 놓여난다고 종들 사이에서도 수군수군하는 공론이 많았다. 그때는 복석이는 벌써 칠십이 가까운 나이였다.

마침내 복서이도 놓여났다. 그러나 그것은 장 대인의 덕이 아니고 나이 많아서 농사에 종사하지 못하게 되었기 때문이었다.

아아, 기나긴 날짜였다. 오십 년이라 하는 진저리나는 긴 날짜를 용녀를 생각하고 살고 용녀를 생각하고 지냈다. 놓여난 때에는 그는 '용녀'의 한 마디밖에는 조선말을 잊은 때였다.

그는 놓여나면서 푸른빛 치맛감을 한 감 사가지고 오십 년 전의 약속을 이행코저 정다운 고향을 향하여 길을 떠났다.

간 곳마다 그의 경이驚異였다. 기차라는 것이 있었다. 이전에는 나루로 건넌 압록강에 커다란 쇠다리가 놓여 있었다. 이전에는 곳곳마다 곡발관이 씩씩거렸지만 인제는 그 자취조차 없었다. 고을고을의 영문과 군청에는 모자 쓴 아이들이 드나들었다. 정다운 고국? 아아, 그러나 그것은 그에게는 너무나 낯설고 정 붙일 곳이 없는 고국이었다.

그는 서울에 도착하였다. 오십 년을 두고 그리던 그 땅이었다. 변하였으리라 생각은 하였으나 그것은 상상 이상의 변화였다. 몽롱한 기억에 남아 있는 것뿐이나마 삼각산은 그 빛조차 달라졌다. 남산은 그 형태조차 변하였다.

그는 서울 장안을 집집마다 대문을 기웃거리며 싸돌았다.

그는 두 달을 찾았다. 그러나 용녀를 위하여 오십 년은 참았으

---

3 한곳에 모여 조금 수선스럽게 들끓다.

나 여기서 두 달 이상을 더 찾을 기운은 없었다. 말로는 고국이나마 산 설고 물 설고 말 모르는 타향이었다.

그는 마침내 단념하였다. 그러나 온전히 단념하지 못한 그의 마음은 서울에 남겨두고 또다시 대국으로 서울을 등졌다. 그의 쓸쓸한 그림자는 의주통도 지났다.

장안은 벌써 재 너머로 사라졌다.

그는 다시 한 번 서울을 돌아보았다. 그리고 침을 탁 뱉은 뒤에 몸을 바로 하였다. 그때였다. 그는 뜻밖에 자기의 여남은 간 앞에 용녀의 뒷모양을 발견하였다.

그는 뛰어갔다.

"당신, 당신……."

너무 억하여 이 한마디밖에는 하지 못하였다.

"왜 이래!"

노파는 홱 뿌리치며 돌아섰다. 그때에 복석이는 오십 년 동안을 잠시도 잊지 못하였던 그 두 눈알을 보았다. 당신 소리가 연하여 그의 입에서 나왔다.

노파도 마침내 알아보았다.

"이게 누구냐? 복석이로구나!"

둘은 마주 부여잡았다.

이제 다시 놓았다가는 영구히 잃어버릴 듯이 힘을 다하여 쓸어안고 통곡하였다.

좀 뒤에 행인들은 웬 더러운 지나 인과 조선 노파가 앞에 푸른 비단을 펴놓고 서로 왜콩을 까먹으며 기뻐하는 양에 경이의 눈을 던졌다.

얼마 뒤에 이 칠십 난 총각과 칠십 난 처녀의 결혼식이 있었다. 신부의 몸은 푸른 지나 비단으로 감겨 있었다.

— 〈조선일보〉, 1930. 1. 1~2.

■ 부부애 편

"당신 그 지아버니가 금년 봄에 병들어 죽었소."

만 리 밖에, 돈벌이하러 남편을 떠나보내고 혼자서 외로이 집을 지키고 있는 아내에게 이런 소식이 왔다.

그때 아내는 태중으로 거의 만삭이 되어 있었다.

얼마 뒤에 아내는 옥동을 낳았다.

산후도 경쾌히 지낸 뒤에 아내는 삯베를 짜기 시작하였다. 천하만사를 모두 잊은 듯이 젊은 과부는 베 짜기에 열중하였다.

일 년이 지났다.

어린애는 해들거리며 벌벌 기어 다녔다. 젊은 과부는 때때로 뜻하지 않게 베 짜던 손을 멈추고는 어린애를 내려다보고 하였다.

또 일 년이 지났다.

어린애는 쿠등쿠등 뛰어다녔다. 쉬운 말은 다 하였다.

젊은 과부의 눈물 머금은 사랑의 눈은 어린애의 생장을 돕는 가장 좋은 거름이 되었다. 어린애는 나날이 보이게 컸다.

어린애의 세 돌이 지났다.

천하만사를 잊은 듯이 베 짜기에 열중하였던 젊은 과부는 베 짜기를 중지하였다. 그리고 그사이에 모은 돈을 세어보고 곁집을 찾아갔다.

"엄마 언제 와?"

"열 밤 자구 오마."

"그때는 아버지도 같이 오지?"

"암, 같이 오고말고."

앞서는 눈물을 감추고 젊은 과부는 제 가장 사랑하던 아들과 작별하였다. 그사이에 삼 년 동안을 삯베를 짜서 모은 돈을 어린 아이와 함께 곁집에 맡긴 뒤에 수로 천 리 육로 천 리의 먼 길을 떠났다.

제주도에서 백두산까지, 남쪽 끝에서 북쪽 끝까지 생각만 하여도 진저리가 나는 먼 길을 젊은 과부는 수중에 돈 한푼 없이 떠났다. 없는 남편의 뼈를 거두어 오고자…….

먹을 것이 없을 때에는 솔잎을 씹었다. 산골짜기 바위틈에서 자기가 예사였다. 큰 집에 가서는 동냥을 하였다. 마을에 가서 삯일을 하였다. 이리하여 열 밤 자고 오겠다고 자기 아들에게 약속한 젊은 과부는 집을 떠난 지 일 년 만에야 백두산 벌목 터까지 찾아갔다.

"제주도에서 왔던 사람의 무덤……."

이러한 몽롱한 질문을 하면서 이 벌목 터에서 저 벌목 터로 찾아다니던 그는 석 달 만에야 그 '제주도에서 왔던 사람의 무덤'을 얻어냈다.

사람의 독한 마음은 능히 하늘빛을 어둡게 할 수 있는 것이다. 몇 해 동안을 단지 이 한 덩이의 흙더미를 찾기 위하여 애쓴 그는 마침내 여기서 발견하였다. 그는 나뭇개비를 하나 얻어다가 그 무덤을 팠다. 그리하여 무서움도 모르고 밤을 새워가면서 뼈를 추려 가지고 온 치룽⁴에 넣은 뒤에 그는 그 자리에서 처음으로 통곡을 하였다. 사 년에 가까운 날짜를 참고 또 참았던 울음이었다.

사흘을 머리를 풀고 통곡을 한 뒤에 그는 산을 내려왔다.

소문이 벌써 퍼졌는지, 산 아랫마을에는 사람들이 수군거리며 그를 기웃기웃 들여다보았다. 젊은 과부는 머리를 수그리고 걸었다. 그의 등에는 가장 그의 사랑하던 이의 해골이 지워 있는 것이었다.

사랑은 가장 큰 것이다. 사랑은 모든 것의 위에 선다. 사랑하는 이를 등에 업은 그는 발걸음조차 가벼웠다. 이제는 사랑하는 이의 유고遺孤를 기르는 귀한 책임이 그에게 있었다.

고향의 길로…… 둘째 걸음은 첫걸음보다 더욱 빠르게 다시 육로 천 리 수로 천 리의 길을 떠난 그는 어떤 동리에 들어갔다. 그것은 그 해골을 파낸 곳에서 이틀 길쯤 되는 곳이었다.

---

4 싸리로 가로로 퍼지게 둥긋이 결어 만든 그릇.

그는 시장함을 깨달았다.

한술의 밥이라도 얻어먹을 양으로 어떤 집 문간에 섰다. 남의 집 문간에 서는 것도 한두 번뿐이랴만 등에 사랑하는 이의 해골을 업은 이때에는 그것도 그다지 고통은 아니 되었다.

"?"

그는 거기서 없은 줄만 알았던 자기의 남편을 보았다. 어떤 여인과 살면서 그 집주인 노릇을 하는 남편을…….

"여보…….""

모깃소리만한 소리가 짐짓 여인의 입에서 새었다.

"아…….""

역시 모깃소리 같은 소리가 남편의 입에서 새었다.

여인의 등에 졌던 치룽은 저절로 미끄러져서 힘없이 땅에 내려졌다. 여인의 오른편 무릎이 땅에 닿았다. 그 뒤를 따라서 왼편 무릎도 닿았다. 그다음 순간 여인의 몸은 넘어지는 고목과 같이 땅에 쓰러졌다.

넘치는 순정을 발에 밟힌 바 된 젊은 여인은 너무 억하여 그 자리에 쓰러진 것이었다.

이리하여 그는 거기서 영원한 잠이 들었다.

— 〈매일신보〉, 1930. 1. 1.

■ 우애 편

"자네 이즘 뭘로 수입하나?"

"그저 그렇지."

길에서 만난 C가 물어볼 때에 A 군은 오연히[5] 이렇게 대답하고 지나가 버렸다. C는 A 군의 동창생의 하나인 재산가요, A 군은 무직자였다.

"오 A 군! 이즈음 생활이 어떠시오?"

"노형, 아픈 데 있소?"

다른 친구가 길에서 만나서 물을 때에 A 군은 불유쾌한 듯이 이렇게 대답하고 획 지나가 버리고 말았다.

그 사람은 어떤 회사의 고급 사원이었다.

"자네 이즈음 용처 벌이나 하나?"

"자네나 돈 잘 벌어서 부자 되게."

또 다른 친구에게는 이렇게 대답하였다.

그 사람은 장사하는 친구였다.

남이 아무 짓을 하든 무슨 관계야. 자기네들이나 어서 돈 많이 벌어서 잘살지. 친구들이 자기에게 문안하는 것조차 A 군에게는 수모와 같았다.

---

5 태도가 거만하거나 그렇게 보일 정도로 담담하게.

이전에 학교에 같이 다닐 때에는 모두 벗이었다. 그러나 일단 교문을 나서서 뻑뻑이 자기의 업에 달려든 다음부터는 모두들 적이 되었다.

부잣집 아들은 호강을 하였다. 재산 있는 사람은 월급쟁이가 되었다. 재산 없는 사람은 그래도 제 직업 하나씩은 붙들었다. 그러한 가운데 혼자서 아무것도 못 하고 놀고 있는 A 군이었다.

친구들이 그를 만나서 무얼 하고 있느냐고 묻는 것은 A 군에게는 마치 나는 이러이러한 일을 하는데 자네는 뻔뻔 놀고 있나 하는 듯이 들렸다.

이제 언제, 이제 언제…… 그는 주먹을 부르쥐며 때때로 생각했다.

겨울이었다.

일없이 하루 종일 거리를 헤매던 A 군은 저녁때 무거운 다리를 집으로 돌렸다. 늙은 어머니를 어쩌나. 병신 누이동생을 어쩌나. 모두가 그에게는 근심뿐이었다.

아아, 날도 춥거니와 세상도 춥다…….

그의 얼굴빛은 송장과 같이 핏기가 없었다.

집에는 아랫목에 어머니가 쪼그리고 앉아 있었고, 병신 누이동생이 그 곁에 웅크리고 있었다. 방 안이 바깥보다 더 추웠다.

'모두들 헐벗었구나.'

A 군은 방 안을 둘러보았다. 책상 귀에 무슨 편지가 놓여 있었다.

"아까 누가 두고 가더라."

"오늘 누가요?"

"내가 알겠니?"

A군은 봉을 찢었다.

'친구의 정일세, 과동過冬[6]이나 하게.'

그리고 은행 깍지 한 장이 들어 있었다. A군의 얼굴은 하얘졌다가 문득 시뻘게졌다

'누가 거지냐. 누가 돈을 달라더냐.'

은행 깍지는 다시 그날 밤으로 보냈던 사람의 집에 들어뜨려졌다.

'양반은 얼어 죽어도…….'

그는 속으로 부르짖었다. 그러나 목이 메어서 그 뒤는 계속하지를 못하였다.

어떤 날 집에 돌아오매 늙은 어머니가 보이지 않는 눈을 연하여 부비며 무슨 비단옷을 짓고 있었다.

"그게 뭐예요?"

어머니는 한순간 눈을 치떠서 A군을 바라볼 뿐, 대답하지 않았다. A군도 다시 묻지 않았다.

저녁 뒤에 어두운 석유불 아래서 어머니는 그 옷을 다시 들었다.

"그게 뭡니까?"

A군은 또 물어보았다. 어머니는 역시 대답이 없었다. A군은 또다시 묻지 않았다.

그러나 한참 뒤에 어머니는 혼잣말같이 말하였다.

6 월동.

"우리는 괜찮지만 출입하는 사람이야 옷 한 벌은 있어야 않니. 품팔이를 해서라두 옷 한 벌은 장만해야지……."

A 군은 탁 가슴에 무엇이 받쳐 오르는 것을 깨달았다. 눈이 아득하였다. 그는 얼른 머리를 돌이키고 말았다.

이튿날 그는 낡은 교과서를 한 보통이 몰래 싸가지고 집을 나섰다. 그리고 하루 종일 전당국에서 낡은 책방으로, 또다시 전당국으로 돌아다녔으나 팔십 전밖에는 거두지를 못하였다.

C를 찾을까 해보기도 하였으나 죽으면 죽었지 C를 찾지를 못하였다.

'할 수 없다. 이것으로 옷 한 벌은 못해 드리나마 따뜻한 국 한 그릇이라도 끓여드리자.'

그는 저자를 보아가지고 집으로 돌아왔다.

집안은 뜻밖에 봄같이 화기가 돌고 있었다. 그리고 윗목에는 C가 앉아 있었다.

A 군은 순간에 불붙는 눈으로 C를 보았다. C도 A 군을 쳐다보았다.

"A 군, 노여워 말게."

아아, 감격에 넘치는 순간에 사람은 능히 저편 쪽의 심리며 진심까지 귀신과 같이 꿰뚫어 볼 수가 있는 것이다. A 군은 C의 눈에서 순정이 흐르는 것을 보았다. 그것은 결코 부르주아의 자비심이 아니고 진정의 마음에서 나온 우애였다.

A 군은 둘러보았다.

질소質素[7]는 하나마 두텁고 뜨뜻한 옷에 싸여 있는 어머니와 병

신 누이동생을…… 그리고 깨끗한 돗자리를…… 또한 두꺼운 이
부자리를…….

A 군은 C의 앞에 꿇어 앉았다.

눈물이 샘솟듯 그의 눈에서 흘렀다.

그리고 A 군은 이때에 처음으로 알았다. '순정' 앞에 머리를 숙
이는 것은 결코 부끄러운 일이 아닌 것과, 그 앞에 흘리는 눈물이
얼마나 귀엽고 또한 기쁜 것인가를…….

— 〈동아일보〉, 1930. 1. 23~24.

7 꾸밈이 없고 수수하다.

배회 排徊

'노동은 신성하다.'

이러한 표어 아래 A가 P 고무공장의 직공이 된 지도 두 달이
지났다.

자기의 동창생들이 모두, 혹은 상급 학교로 가고, 혹은 회사나
상점의 월급쟁이가 되며, 어떤 이는 제힘으로 제 사업을 경영할
동안, A는 상급 학교에도 못 가고 직업도 구하지 못하여 헤매다가
뚝 떨어지면서 고무공장의 직공으로 되었다.

'노동은 신성하다.'

'제 이마에서 흐르는 땀으로써 제 입을 쳐라.'

'너의 후손으로 하여금 게으름과 굴욕적 유산에 눈이 어두워
지지 않게 해라.'

이러한 모든 노동을 찬미하는 표어를 그대로 신봉한 바는 아니

지만, 오랫동안 헤매다가 마침내 직공이라는 그룹에서 그가 자기 자신을 발견하게 되었을 때는, 일종의 승리자와 같은 기쁨을 그는 마음속에 깨달았다. 그것은 사회에 이겼다기보다도—전통성에 이겼다기보다도—한번 꺾어지면서 일종의 반항심이라는 것보다도, —자기도 인제는 제힘으로 살아가는 한 개 사람이 되었다는 우월감에서 나온 기쁨이었다.

"우으로—우으로."

생고무를 베어서 휘발유를 바르며, 혹은 틀에 끼워서 붙이며, 인제는 솜씨 익은 태도로 끊임없이 손을 움직이며, 그는 때때로 소리까지 내어 이렇게 혼자 중얼거렸다.

그러나 이 공장에 들어와서 한 주일이 지나고 열흘이 지나고 한 달이 지나는 동안, 그는, 여기서도 움직이는 온갖 게으름과 시기와 허욕을 보았다. 힘을 같이하여 자기네의 길을 개척해나가야 할 이 무리의 새에도 온갖 시기와 불순한 감정의 흐름을 보았다. 남직공들이 지은 신은 비교적 공평되이 검사되었지만, 여직공이 지은 신은 그의 얼굴의 곱고 미움으로, '합격품'과 '불량품'의 수효가 훨씬 달랐다. 생고무판의 배급에도 불공평이 많았다. 서로 남의 신을 깎아 먹으려고 틈을 엿보았다. 자기가 일을 빨리 하려기보다 남을 더디게 하려기에 더 노력하였다. 혹은 남이 지어놓은 신을 못 보는 틈에 얼른 손톱으로 자리를 내놓는 일까지 흔히 있었다. 점심시간에는 서로 입에 담지 못할 음담으로 시간을 보냈다.

이러한 모든 엄벙뻥의 거친 감정과 살림 아래서, A는 오로지 자기의 길을 개척하려고 힘썼다. 사람으로서의 감정과 사랑과 양심을 잃지 않으려—그리고 밖으로는 늙은 어머니와 사랑하는 처

자의 입을 굵기지 않으려—휘발유 브러시와 롤러는 연하여 고무
판 위에 문질러지며 굴렀다.

"우으로—우으로."

그것은 A가 이 공장에 들어온 지 두 달이 지난 어떤 봄날이었
다. 일을 끝내고 한 달에 두 번씩 내주는 공전을 받은 뒤에 그가
막 집으로 돌아가려고 도시락통을 꽁무니에 찰 때였다.

"여보게 A. 놀러 가세."

A와 같은 상에서 일하는 B가 찾았다. C, D, 두 사람도 문밖에
서 기다리고 있었다.

"나? 나도 놀러 가잔 말인가?"

"같이 가자기에 찾지."

"그럼, 내, 집에 잠깐 들러서—."

"이 사람 걱정 심할세. 잠깐만 다녀가게. 이 사람 그렇게 비싸
게 굴면 못써."

"그래라."

그는 다시 무슨 말을 못 하고 따라갔다.

그들은 그 공장에서 그다지 멀지 않은 어떤 집까지 이르러서
주인을 찾지도 않고 줄레줄레 신발을 문 안에 들여 벗은 뒤에 들
어갔다. A는 의외의 얼굴을 하였다. 그 집 안주인은 공장 근처에
있는 서른댓쯤 난 여인이었다.

B는 그 여인에게 엄지손가락을 쳐들어 보였다.

"어디 갔소?"

"내보냈지. 놀다 오라구 오십 전 줘서……."

"잘됐어. 넷만 데려다 주."

"넷? 넷이 있을까. 하여간 잠깐 기다려요. 가보구 오께."

여인은 일어나서 옷을 갈아입고 밖으로 나갔다.

"A도 앉게나. 왜 뻣뻣 서 있어?"

"B. 난 먼저 가겠네."

"또 나온다. 앉어."

"참 가봐야겠어."

"몹시는 비싸다. 사람이 그렇게 비싸면 못써."

"비싼 게 아니라―."

A는 하릴없이 주저앉았다.

잠깐 다녀오마고 나간 주인 여인은 한 시간이나 넘어 지난 뒤에야 겨우 돌아왔다.

"자, 한턱내야지."

그 여인의 이런 소리와 함께 뒤로는 다른 젊은 여인 넷이 들어왔다.

"저 얼간이와 또 맞선담. 좌우간 이리 와."

B는 선등 서서 들어오는 어떤 뚱뚱한 젊은 여인을 손짓하며 웃었다.

"저 싱검둥이와 또 놀아? 에라 놀아줘라."

얼간이란 그 여인도 대꾸를 하면서 B의 곁으로 내려와 앉았다.

C도 하나 맡았다. D도 하나 맡았다. 그리고, A의 몫으로 남은 것은 같은 P 고무공장의 여직공으로 다니는 십 팔구 세 난 도순道順이라는 뚱뚱한 계집애였다. 그러나 공장에서 일할 때와 달리, 비단옷을 입고 얼굴에는 분도 약간 발랐다.

이것을 한번 둘러본 뒤에 A는 불쾌함을 참지 못하여 몸을 일으켰다.

"B, 난 먼저 가겠네."

"에이 못난 자식, 가고 싶으면 가. …… 여보게 우리 좋은 친구끼리 놀러 왔다가 혼자 먼저 간다면 우리가 자미 있겠나? 한 시간만 있다가 같이 가세."

A는 일으켰던 몸을 다시 하릴없이 주저앉혔다.

남녀 여덟 명은 둘러앉았다.

술상도 들어왔다. 잡수세요, 먹어라, 먹자, 먹는다, 술은 돌기 비롯하였다.

"샌님. 먹게."

술잔은 연하여 A에게로 왔다. A는 한 잔도 사양치 못하고 다 받아먹었다. 그러나 첫 잔부터 불쾌한 기분 아래서 받은 술은, 그 수가 많아감과 함께 불쾌함도 따라 늘어갔다. 술을 먹을 줄을 모르는 A는 차차 자기가 취해 들어가는 것을 똑똑히 의식하면서 주는 대로 받아 마셨다. 사양하려면 B가 막았다. 술잔을 받아놓고 조금이라도 지체하면 여인들이 채근하였다.

"하하하하. 맛있지?"

A가 술을 삼킬 때마다 낯을 찡그리는 것을 보고, B는 재미있는 듯이 손뼉을 치고 하였다. 여인들도 깔깔 웃어대었다.

되는대로 되어라! 몇 잔 안 되어서 벌써 얼근히 취한 A는 마음의 불쾌와 몸의 불쾌가 가속도로 늘어가는 것을 마치 남의 일과 같이 재미있게 관찰하면서 오는 술잔은 오는 대로 다 받아먹었다.

다섯 잔이 열 잔이 되고, 열 잔이 스무 잔이 됨을 따라, 그의 눈살은 더욱 찌푸려졌다.

—이게 무슨 일이냐. 무슨 거친 생활이냐. 너희에게는 너희의 봉급을 손꼽아 기다리는 어버이나 처자가 없느냐. 술? 환락? 술보다도 환락보다도 먼저 너희의 사람으로서의 인격을 완성시키는 것이 너희의 할 일이 아니냐. 우으로! 우으로! 술에 취한 몽롱한 눈으로 어두운 등잔 아래서 뭉기며 헤적이는 몇 개의 몸집을 바라보던 그는 뜻하지 않고 숨을 길게 쉬었다.

"망칙해. 우시네."

곁에 앉아서 술을 따르고 있던 도순이가 A의 얼굴을 쳐다보았다.

"뭐? A가 울어?"

B가 이편으로 머리를 홱 돌렸다. A는 얼굴을 돌렸다. 눈물이 나온 바는 아니었지만, 취한 그들에게 얼굴을 보이기가 싫었다.

"A, 우나? 도련님. 샌님. 하하하하, 또 한 잔 들게. —도라지, 도라지, 도라지—까. 은률 금산포 도라지—까 (콧노래를 부르며) 하하하하. 뚱뚱보. 그렇지? A, 또 한 잔 먹어라."

"B. 난 정 먼저 가겠네."

"가? 가갸거겨는 언역지 초요, 이마 털 뽑기는 난봉지 초로다. —이 자식, 글쎄 가기는 어딜 간단 말이냐. 푸른 술 있겠다, 미희美姬 있겠다— 야, 너무 비싸게 굴지 말아라. 천 냥짜리다, 만 냥짜리다. 십만 냥 줘라. 자 또 한 잔."

A는 또 받아 마셨다.

"하하하하. 십만 냥이라는 바람에 또 먹었구나. 먹은 담에는 열 냥짜리다. 그러나 A, 내 말 듣게. 나도— 나도—"

B는 지금껏 뚱뚱보에게 걸고 있던 왼팔을 풀어서 양 팔꿈치로 술상을 짚었다. 그리고 얼굴을 A의 앞으로 가까이하였다.

"A, 자네, 정 우나? 울지 말게."

울지도 않는 A에게 울지 말라고 권고하는 B는 자기 눈에 갑자기 고인 눈물은 의식지 못하는 모양이었다.

"울 게 아니라네. 세상사가 다 그렇다네. 나도 상당한 학부를 졸업한 사람일세. 처음에는 자네와 같은 생각을 품고 있었지. 세상을 좀 더 엄숙하게 보자고…… 그러나 틀렸어. 세상에 어디 엄숙이 있나? 예수? 석가여래? 모두 다 샌님이야. 이 뚱뚱보 얼간이보담도―."

B는 한번 탁 계집을 붙안았다가 놓았다.

"듣기 싫어. 싱검둥이."

"꼴에 비싸게 구네. A! 자네 밥만 먹고 살겠나? 반찬도 있어야 고 물도 있어야지. 돈 있는 놈의 반찬은 명월관, 식도원에 있고, 우리 반찬은 이 뚱뚱보, 말라꽁일세그려. 자네네 그 올빼미― 도순이 말일세. 오죽이나 얌전한가. 우리 얼간이하구 바꾸어볼까. 하하하하, 또 한 잔 먹게. 탄력 있는 몸집, 그래 어때?"

B는 술을 따라서 A에게는 주지 않고 자기가 마셨다. 하하하하, 쾌활히 웃는 그의 오른편 눈은 그 웃음에 적당하게 쾌활한 빛이 있었지만 커다랗게 뜬 왼편 눈에서는 눈물이 뺨으로 흘러내렸다.

"A, C, D, 그러구 이 요물들아. 내 말을 들어라. 오늘이 우리 아버지 생신이다. 저녁에 고등어를 사가지고 가마 했다. 그렇지만 고등어가 다 뭐야. 술이다. 술이야. 어따, A, 너 또 한 잔 먹어라."

"B. 그럼 자네도 집에 가야겠네그려."

"나? 내일 저녁에 가지. 남의 걱정까지는 말고 술이나 먹어라. 그렇지만, A. 이까짓 자식들―."

B는 손을 들어서 C와 D를 가리켰다.

"자식들과는 이야기할 게 없지만, 때때로 생각하지 않는 바가 아니야. 상당한 학부까지 마치었다는 자식이, 그래 십여 년을 배운 것을 써먹지도 못하고 고무신을 붙여서 한 켤레에 오 전씩 받는 것, 이것을 가지고― 이걸 술도 안 먹고야 어쩌겠나. A. 울지 말게, 울지 말어."

B는 수건을 내어 제 눈물을 씻었다.

좀 뒤에 도순이의 집까지 몰아넣으려는 것을, 몸을 빼쳐서 피한 A는, 취한 술을 깨우기 위하여 공원에 갔다.

고요한 밤의 공원이었다. 전등불에 비쳐서 A는 그 나무들의 늘어진 가지에서 장차 터지려는 탄력을 보았다. 겨울의 혹독한 바람 아래서도 자포自暴를 일으키지 않고 오랫동안 기다린 그 가지들의, 겨우내 간직하였던 힘과 생활력을 한꺼번에 써보려는 그 자랑을 보았다.

"우으로―우으로. 좀 더 사람다이."

이 나뭇가지의 용기와, 아까의 B의 자포적 기분의 두 가지를, 마음속에 그려놓고 비교할 때에는 어느 편을 도울지 헤아리지 못하였다. B의 말에도 그럴듯한 근거가 있었다. 아무 바람과 광명을 발견할 수 없는 이 환경 아래서 혼자서 우으로 광명으로 손을 저으며 헤매면 그것이 무슨 쓸데가 있으랴. 필경에는 실망에 실망을 거듭한 뒤에는 또다시 침락沈落의 생활에 빠져들어 가지 않을 수가 없지 않으랴. 그러면 도대체 장래의 실망이라는 것을 맛보지 않게, 지금부터, 침락의 생활을 시작하는 것이 도리어 옳지 않을까. 우으로? 우으로? 무엇이 우으로냐?

"술이다, 술이야."

아까 B가 부르짖던 그 부르짖음은 A 자기의 "우으로, 우으로"라고 부르짖는 그 부르짖음보다도 더 침통하고 진실한 부르짖음이 아닐까. 더 범인적沉人的인 부르짖음이 아닐까.

A는 연하여 피께¹를 하며, 취하여 쓰러지려는 몸을 다시 일으키고 일으키고 하였다.

이튿날 종일을 A는 불쾌하게 지냈다. 먹을 줄을 모르는 술을 과음했기 때문에 얼굴은 뚱뚱 부었다. 가슴이 별하게 쓰렸다.

그는 공장에서도 일하던 손을 뜻하지 않고 멈추고는 눈을 꺼벅꺼벅하고 하였다.

"어때? 샌님."

B가 찾는 것도 그는 들은 체도 안 하였다. 몇 번을 저절로 눈이 도순이 있는 편으로 쏠리다가는 혼자서 혀를 차고 하였다. 주위의 인생이란 인생, 여인이란 여인이 모두 더럽게만 보였다.

"그러고도 사람이냐. 더러워! 우으로―우으로."

그는 몇 번을 혀를 차고 주먹을 부르쥐고 하였다.

일을 끝내고 집으로 돌아가렬 무렵에 B가 문밖에서 기다리고 있다가,

---

1 '딸꾹질'의 방언.

"또 가볼까?"

하였지만 A는 대답도 없이 지나가 버렸다.

"하하하하."

뒤에서 B의 웃음소리가 들렸다.

"우으로—우으로."

A는 머리를 수그리고 걸음마다 힘을 주면서 집으로 향하였다.

어떤 날 점심때, 점심을 끝낸 장화공張靴工들은 넓은 방에 모여서 잡담들을 하고 있었다. 그때 어느 여공이 이런 말을 꺼냈다.

"이즈음 불량품이 많이 나."

"당신 면상이 멍텅구리거든."

어느 남직공이 놀렸다.

"아니야. 나도 많이 나는데."

이번은 얼굴 좀 빤빤한 계집애가 이렇게 말하였다.

"그럼 당신은 얼마나 이쁘우?"

아까의 남직공은 또 놀렸다.

"아이구. 당신은 입이 왜 그리 질으우?"

"질지 않어 물이면 어때?"

한참 이렇게 주고받을 때에, B가 쑥 나섰다.

"그럴 것들이 아니야. 내게서도 이즈음 불량품이 많이 나는데 아마 배합이 나뻐."

일종의 위신을 가지고 있는 B의 말에는 아무도 반대하는 사람이 없었다.

사실 이즈음은 불량품이 많이 났다. 그것은 얼굴 미운 여공에

게서만 많이 나는 것이 아니요 남직공이며 얼굴 예쁜 여공에게
서도 검사에 불합격되는 신이 많이 났다. 불량품 한 켤레를 낼 때
마다 그 직공은, '불량품을 낸 벌'로서 한 켤레와 '불량품이 된 원
료에 대한 보상'으로서 한 켤레―이렇게 두 켤레를 공전 안 받고
만드는 것이 고무공장의 내규였다. 그런지라, 한 켤레의 불량품
을 내면 그 직공은 공전 못 받는 세 켤레(불량품까지)를 만드는
셈이었다. 잘해야 하루에 십 칠팔 켤레 이상은 못 붙이는 그들이,
어떻게 해서 하루에 세 켤레만 불량품을 내놓으면, 그날은 공전
받는 일은 칠팔 켤레밖에는 못 한 셈이 되는 것으로, 사실 불량품
이 많이 난다 하는 것은 직공들에 대하여는 큰 문제였다.

"배합이 나뻐."

B의 말을 따라서 제각기 들고 일어섰다.

"난 어제 네 켤레를 퇴맞었는데."

"난 그저께 여섯 켤레."

한 시간 전까지는 불량품 낸 것을 수치로 생각하고 그 수효를
줄이거나 감추려던 그들은, 그것의 책임이 자기네에게 있지 않은
것을 아는 동시에 각각 그 수효의 많음을 자랑하였다. 세 켤레다,
네 켤레다, 제각기 들고 일어섰다.

"여러분들. 이럴 것이 아니라, ―이렇게 지껄이기나 하면 뭘
하오. 그러니까, 우리는 어떻게든 그 대책을 연구합시다."

"대책이라야 배합사를 두들겨주는 밖에 수가 있나?"

누가 이런 말을 하였다.

"두들겨라."

"따려라."

몇 사람이 응하였다. 하하하. 웃는 사람도 있었다.

"담뱃불 좀 주게."

딴소리하는 사람도 있었다

"좀 조용들 해요. 우리 문제를 좀 구체적으로, 생각해봅시다그려."

그들은 머리를 모으고 의논하였다. 제각기 의견을 제출하였다. 그러던 끝에 마침내 B의 의견을 좇아서 지배인에게 배합사를 주의시켜달라기로 작정되었다. 그리고 그 대표자로서는 A가 뽑혔다.

A는 이 직책을 달갑게 받았다.

모든 장화공들의 성원 아래 그들을 문밖에 남겨두고 A는 지배인의 앞에 갔다. 지배인은 무슨 일이 났는가고 눈이 둥그렇게 되며 장부를 집어치웠다.

"무슨 일이어."

"저 다름이 아니라—."

A는 분명하고 똑똑하게 이즈음 유화硫化할 때에 불량품이 많이 발견되며, 이 때문에 장화공들이 받는 손해가 막심하니 배합사를 불러서 좀 주의하도록 명하여달라고 말하였다.

지배인의 명으로 배합사가 왔다.

"이즈음 배합이 나빠서 불량품이 많이 난다는데—."

이 지배인의 말에 대하여 배합사는 즉시로 반대하였다.

"네? 그럴 리가 있습니까. 꼭 저울로 달아서 이전과 같이 하는 배합에 변동이나 착오가 있을 리가 없습니다. 아마 네리[2]가 부족

2 '반죽'을 뜻하는 일본어.

한 모양입지요."

"네리? 그럼 네리공을 불러."

네리공이 왔다.

"네리를 이즈음 어떻게 하나?"

"전과 같습니다."

"그래두 생고무 품질이 나빠서 불량품이 많이 난다고 말이 있
는데."

"네리에는 부족이 없습니다. 그럼 유화가 혹은 과하거나 부족
하거나 하지 않습니까. 유화시킬 때의 취급이 너무 아라이[3]하지
는 않습니까?"

"어디 유화공을 불러봐."

유화공이 왔다.

"이즈음 유화를 어떻게 하나?"

"네?"

"이즈음 불량품이 많이 나는 건 알겠지."

"네."

"왜 잘 유화시키지 않어?"

"천만에. 붙이기를 잘못 붙이는지는 모르겠습니다마는 유화에
는 잘못이 없습니다. 기압 오십 파운드로, 한 시간 반씩—과부족
이 없습니다."

배합에서 네리로, 유화로, 이 세 과정의 책임자의 말을 듣는 동
안, A의 머리는 점점 수그러졌다. —내가 무엇하러 여기 들어왔는

---

3 '거칠다'를 뜻하는 일본어.

가. 서로 책임을 밀고 주고…… 여기 들어온 나부터가 벌써 마음을 잘못 먹지 않았나. 사람이란, 제가 당연히 져야 할 책임까지도 남에게 밀지 않고는 살아가지 못하나 여기 들어온 니부디가, 살놋이다. 아무리 배합이 나쁠지라도, 아무리 네리가 부족할지라도, 아무리 유화가 잘못되었을지라도 성심껏 붙이기만 하면 안 붙을 바가 아니다. 왜 그 책임을 남에게 밀려 했는가. 우으로! 우으로! 좀더 사람다이! 감격키 쉬운 그의 눈에는 눈물까지 고이려 하였다.

"자네도 듣다시피, 제각기 잘했노라니간 어느 편이 잘못했는지 모르겠네그려. 허허허."

지배인은 수염을 쓰다듬었다.

"네. 듣고 보니, 아마 붙이기를 잘못한 것 같습니다."

A는 머리를 수그린 채 돌아서서 지배인실을 나왔다. 그가 머리를 수그리고 직공들 틈을 지나갈 때에 어떤 여공이 그를 멍텅구리라 하였다. A는 그 말은 들은 체도 않고 빨리 공장으로 돌아와서 제 모자를 뒤집어쓰고 도시락통을 뒤통수에 찼다. 그리고 막 밖으로 나오려다가 B와 마주쳤다.

"잘 만났네. 술 안 먹겠나? 내 한턱 냄세."

"뭐? 술? 만세. 좌우간 오늘 일을 끝내고―."

"에, 불쾌해!"

"왜 그러나. 하하하하. 제각기 책임을 밀던가. 그런 게라네, 사람이란 건…… 거기서, 네 저희 장화공들이 붙이기를 잘못 붙였나 보이다 하던 자네의 태도는 예수 그리스도데, 예수 그리스도야. 예수, 석가여래, 공자, 하하하하. 하여간 좀 있다 술을 잊어서는 안 되네. 그리스도의 술을 얻어먹기가 쉽겠나?"

이튿날 아침, 몹시 목이 말라서 깬 때는, A는, 뜻밖에도 도순네 집에 있는 자기를 발견하였다. A는 벌떡 일어났다. 정신이 아뜩하였다.

"이게 무슨 일이냐. 내가 이게 무슨 짓이냐."

무한한 자책과 불쾌 때문에 가슴이 찢어지는 듯하였다. 증오에 불붙는 눈을 도순이의 얼굴에 부었다. 얼굴에 발랐던 분이 절반만치 져버려서 버짐 먹은 것같이 된 면상에 미소를 띠고 있는 도순이를 보면 불쾌감이 더욱 맹렬해졌다. 그 얼굴에 침을 탁 뱉고 싶었다.

A는 황급히 일어났다. 무엇이라 그의 등을 향하여 도순이가 부르짖었지만, 듣지도 못하였다. 문 닫고 가란 말만 간신히 들렸다. 잠에 취한……

그 집을 뛰쳐나온 그는, 자 어디로 가나 하였다. 밤을 다른 데서 보내고 이제 어슬렁어슬렁 제집으로 돌아가기에는 그의 양심은 너무도 맑았다. 지금껏 아내 이외의 딴 계집을 접해본 일이 없는 그였다.

"무슨 짓이냐. 이 내 꼴은—."

불쾌하였다. 침이 죽과 같이 걸게 되었다. 마음은 부단히 향상을 바라면서도, 행위에 있어서 양심과 배치되는 일을 저지르는 제 약함을 스스로 꾸짖어 마지않았다. 그는 불쾌한 감정 때문에 연하여 사지를 떨면서 골목에서 거리로 거리에서 골목으로 빙빙 돌고 있었다.

"아아. 거칠은 삶이다. 바보! 바보! 왜 나는 좀 더 사람답게 못되는가. 사람으로서의 사랑과 감정과 양심—이것을 왜 기르지를 못하느냐. 기르기는커녕, 있던 것조차 보전치를 못하느냐. 우으로, 우으로. 좀 더 사람다이!"

그는 메스꺼운 듯이 탁 침을 뱉고 하였다,

하릴없이 공장으로는 갔다. 하루 진일[4]을 불쾌하게 지냈다. 공장에서 일할 동안 저편 여직공들의 일터에서, 무엇이 좋다고 죄죄거리는 도순이의 뒷 태도를 증오에 불붙는 눈으로 수없이 흘겼다. 벌써 잊었느냐.

"에익! 더러워. 한 사내와 한 계집의 결합이라는 것은 결코 농담이 아닐 것이다. 무지로다. 더럽다."

소리까지 내어서 중얼거리고 하였다.

여전히 천하를 태평히 보자는 B는, 일손을 멈추고 A를 돌아보며 웃었다. 그러나 A는 그의 미소에는 응치도 않고, 타는 듯한 증오의 눈을 B에게 던질 뿐이었다.

"오늘 밤도 또 가려나?"

응하지 않는 것을 탓하지 않고 B가 두 번이나 말을 붙일 때에 A는 몸까지 획 B 편에서 돌려버리고 말았다.

그러나 그날 밤 A는 혼자서 몰래 술을 몇 잔을 먹은 뒤에 또다시 도순이의 집의 문을 두드렸다. 아직 양심이 썩지 않은 A는, 자기의 양심과 어긋나는 이 행동에 대하여 억지로 자기 스스로를 속일 핑계라도 없지 않을 수가 없었다. 그는 자기 스스로를 속여서, 오늘 도순이에게 '한 사내와 한 여인의 결합이라는 것은 좀

4 온종일.

더 엄숙히 볼 문제라'는 것을 설교해주어야겠다고 핑계를 만들었다.

　배합사와 장화공 새의 문제는, A의 철저치 못한 태도와, 지배인의 '허허허' 하던 웃음소리로, 한 단락을 맺은 듯하나, 그것으로 온전히 끝이 난 것이 아니었다. 이튿날도, 불량품을 낸 직공에게서마다, 배합사에 대한 원성이 나왔다. 그 이튿날도 또한 마찬가지였다. 이리하여 날이 지날수록 그들의 원망은 차차 더하였다. 그러나 거기 대하여, 구체적으로 어떻게든지 하자는 사람은, 없었다.

　"제길, 도죽놈."

　이것이, 그들의 최고의 원성이었다.

　A는, 지배인에게 향하여, 인제부터는 잘 붙여보겠노라고 하고 나온 뒤로, 정성을 다하여 붙였다. 전에는 하루에 열여섯 켤레 평균으로 붙이던 그가, 그다음부터는, 열두 켤레를 한하고 붙였다. 그러나 이틀에 한 켤레씩은, 역시 불량품이 났다. 아무런 일에든지, '되는대로'를 표방하고 지나는 B에게서는, 하루에 평균 세 켤레가 났다.

　어떤 날, A는―브러시질을 하던 손을 멈추고, B를 찾았다.

　"여보게, B. 이러다가는 참 안 되겠네."

　"뭐이?"

　"불량품 문제 말일세."

　"하하하하. 자네도 걱정이 나는가? 붙이기만 잘 붙여보게나. ―아닌 게 아니라, 걱정은 걱정일세. 그래서 어저께 나 혼자서 몰래 지배인을 찾아갔다네. 그자(지배인)허구 우리 집허구는 본시 세교[5] 집안이기 때문에 내가 아무리 일개 직공이라 해도, 그리 괄시를 못 한다네. 그래서 담판을 했지. 배합사를 내쫓아달라구. 그랬더니 그 대답이 이렇드구먼. 지금의 배합사는 이 공장이 창선될 때 공장에서 일부러 고베까지 보내서 수천 원을 색여가면서 배합법을 도적질해온 게라구. 그래서 보통 배합사면 한 달에 월급 일백이십 원은 줘야 하는데 이자에게는 그 반액 육십 원밖에는 안 준다나. 십 년 동안을 육십 원씩 주고 그 뒤부터야 보통 배합사의 봉급을 준다네그려. 그런 사정이 있으니까, 내보낼 수가 없대."

"B. 난 어젯밤에 이런 생각을 해봤는데 어떨까. 우리 장화공의 수효가 삼백 명이 아닌가. 그 삼백 명이 한 달에 네 켤레씩 불량품을 낸다면 그 공전 손해가 한 달에 육십 원이지. 그러구 불량품을 낸 배상으로 만드는 이천사백 켤레의 공짜 신까지 합하면 매달 일백팔십 원이라는 돈이 떠오르네그려. 그 떠오르는 돈으로, ―즉 우리 돈으로 말일세, 우리 돈으로 우리가 배합사 한 명과 네리공 한 명을 야도우[6]해보면 어떨까 하는 말이야. 공장 측 배합사와 네리공을 감독하는 셈일세그려. 우리가 지금 배합이나 네리가 나쁜 탓으로 받는 손해가 한 달에 한 사람에 네 켤레쯤으로 당할 것인가. 적어도 한 사람 평균 서른 켤레는 될 것일세."

"만세. A 만세. 씨르럭 푸르럭 톨스토이식의 햇소리나 하는 자넨 줄 알았더니 이런 지혜도 있었나? 만세 만세 만만셀세. 그렇지만 역시 공상가의 생각일세. 도련님의 생각이야. 샌님. 도련님. 직공들이 말을 들을 줄 아나? 배합이 나빠서 한 달에 일만 원을

5 대대로 맺어온 친분.
6 '품을 사다'라는 뜻의 일본어.

손해를 볼지언정 그것을 개량할 비용으로는 십 전은커녕 일 전
도 안 낸다네."

"그럴 리야 있겠나?"

"그러기에 자네를 샌님이라지. 하하하하."

"사리事理를 설명해—."

"사리? 사리를 알 것 같으면 자네 같은 철학자나 나 같은 주정
꾼이 되지. 좌우간 말해보게나. 나쁜 일은 아니니깐."

A는 다시 브러시를 들었다. B의 이야기는 독단이었다. 사람의
사람으로서의 신성함을 무시하는 독단이었다. A는 다시 그 이야
기를 B에게 안 하려 하였다.

그리고 이튿날 공장에 출근할 때는 그는 어저께 B에게 이야기
한 것과 같은 규맹서規盟書를 작성해가지고 왔다.

점심때를 이용하여 그는 B에게 도장 찍기를 원하였다. B는 웃
으면서 찍었다.

그러나 다른 사람에게서는 그는 좀체 도장을 받지는 못하였다.

"도장을 못 가져왔구려."

어떤 사람은 이렇게 대답하였다.

"다들 찍으면 나도 찍지요."

어떤 사람은 이렇게 대답하였다.

"집에 가서 의논해야겠네."

어떤 사람의 대답은 이것이었다.

이리하여 그가 받은 도장은 삼백 명 직공 가운데서 겨우 열 서
너 사람에 지나지 못하였다.

그날 일을 끝내고 몹시 불유쾌하여 돌아가렬 때에 B가 따라왔다.

"어때? 몇 사람이나 받았나?"

"에익! 더러워! 짐승만도 못한 것들."

"하하하하. 안 찍던가? 글쎄 내가 그러지 않던가 안 찍네, 안 찍어."

"돼지! 개!"

"몹시 노여우신 모양일세그려. 술 먹구 싶지 않은가? 한턱내게나."

A는 B의 얼굴을 바라보았다. 그리고 B의 얼굴에 뱉으려고 준비하던 침을 탁 땅에 뱉은 뒤에 돌아서서 빠른 걸음으로 집으로 향하였다.

도순이와의 일이 있은 뒤부터, A는 자주 도순이를 찾았다. 도순이의 집을 다녀온 이튿날마다 몹시 불쾌하여, 다시는 안 가려 혼자 맹서하고 하였다. 그러나 그의 발은 뜻하지 않고 그리로 향해지고 하는 것이었다.

공장에서는 도순이와 A는 서로 모른 체하였다. 처음 한동안은 도순이가 말을 걸어보려 하였으나 A가 부끄러워 피하고 하였다. 그 뒤부터는 도순이도 모른 체하였다. 간간 도순이가 A의 곁으로 지나가다가 몰래 꼬집고 하는 것뿐이었다.

그것은 오월 단오가 가까운 어떤 날이었다.

A가 집에서 저녁을 먹고 거리(?)에라도 나갈까 하고 망설이고 있을 때에 아내가 찾았다.

"어디 또 나갈려우?"

"응."

"여보, 응이 대체 뭐요, 응이 뭐야. 집안 꼴을 좀 봐요. 쌀이 있소, 내일모레가 명절인데, 아이 옷이 있소?"

"우루사이 온나다나."[7]

"할 말 없으면 저런 말 한담."

아내는 어이없는지 픽 하고 웃어버렸다. A도 그만 웃어버렸다. 그리고 싱겁게 귀둥이(그의 두 살 난 아들)를 두어 번 얼러본 뒤에 집을 나섰다.

집을 나선 그는 B를 찾아가서 B를 문간까지 불러내었다.

"여보게 B. 돈 한 이 원만 취해주게."

"밤중에 돈은 해서 뭘 하겠나?"

"집에 쌀이 떨어졌네그려."

"뭐? 쌀? 그게야 되겠나. 가만있게. 이 원으로 되겠나? 한 오 원 줄까?"

A는 B의 얼굴을 바라보았다. 천하만사를 되는대로 해나가는 듯한 B―그가 집에는 생활비용을 여유 있게 남겨두며, 친구의 청구에 두말없이 꾸어주는 그의 태도. 눈물이 나오려 하였다.

"오 원이면 더 좋지."

"잠깐 기다리게."

B는 들어가서 제 아버지(?)와 중얼중얼하더니 오 원을 가지고 나왔다.

"자, 쓰게. 딴 데는 쓰지 말게."

7 '시끄러운 여자로군'이라는 뜻의 일본어.

"이 사람아."

이런 일에 감격키 쉬운 A는, 눈물이 나오려는 것을 막고 B에게 사례를 하고 돌아섰다.

그날 밤 집에 돌아올 때는, 그는 쌀 한 말과 어린애의 인조견 저고릿감과 제 아내의 저고릿감을 각 한 채씩을 들고 돌아왔다.

집에 들어서면서 장한 듯이 홱 내던진 그 물건들을 아내는 생긋이 웃으면서 집어치웠다. 제 저고릿감에 대하여는, 그는 그다지 기뻐하는 듯이 보이지 않았다. 한순간 펴본 뿐, 곧 집어치웠다. 자리에 누워서도, 당신의 옷이나 끊어오지요 한 뿐 제 것에 대한 치하는 안 하였다.

이튿날 아침, A가 깨어서 세수를 하려고 문을 열 때였다. 혼자서 불을 때며, 제 저고릿감을 뒤적이고 있던 그의 아내는, A가 나오려는 바람에 얼른 감추어버렸다. 얼굴이 주홍빛이 되었다. 말도 없고 표정도 없었지만 얼마나 기뻐하는지가 역연히[8] 보였다.

집을 나서서 공장으로 가는 동안, A의 마음은 마치 명절을 맞은 아이들같이 괴상히도 들먹거렸다. 무한 명랑하고 기뻤다. 단일 원. 그것으로 아내의 마음을 그만치 기쁘게 할 수가 있는 것이었다. 싸지 않으냐.

그는 문득 도순이를 생각하였다.

연애? 그것도 아니었다. 성의 불만? 그것도 아니었다. 유쾌? 오히려 그 반대였다. 여성 정복이라는 일종의 병적 쾌감이 그를 도순이에게 끄는 유일의 원인이었다. 그것은 더러운 감정이었다.

---

8 분명히 알 수 있도록 또렷하게.

"우으로―우으로."

이리하여 그는 그 뒤부터는 도순이의 집을 다시 가지 않았다. 공장에서도 할 수 있는 대로 도순이를 보지 않으려 하였다.

집에 누워서 때때로 그 도순이의 일을 회상하고는 심란해질 때는 언제든지 귀동이를 찾았다.

"야 귀동아."

"어."

"응, 너 착하지."

"까―따―빠―."

"뭘?"

"따―떼―여이!"

"그렇지. 따, 떼, 여이, 지."

그리고 그는 거기서 도순이와 만났을 때와는 온전히 종류가 다른 만족과 희열을 발견하였다. 귀동이의 까―따―빠―는 도순이의 흥에 지지 않는 매력이 있었다. 제 아내에게 무슨 물건을 사다 줄 때마다 본체만체하는 아내의 태도는, 사다 주는 물건에 입을 맞추며 기뻐서 날뛰는 도순이보다도 A에게는 더 은근스럽고 흡족하였다.

그의 생활은 다시 건전한 데로 돌아섰다.

여름도 절반이 갔다.

그 어떤 여름날 공장을 끝내고 돌아오던 길에 A는 문득 앞에 B가 도순이를 끼고 소곤거리면서 가는 것을 보았다.

집에 돌아와서 저녁을 먹은 뒤에 곤하여 자려 하였으나 그의 마음은 공연히 뒤숭숭하였다.

"압 바."

귀동이가 찾으면서 왔다. 그러는 것을 그는 밀었다.

"저리 가."

"따 띠?"

"뭘?"

"여이 다—떼이."

"엄마한테 가."

"마?"

"응. 응."

A는 벌떡 일어났다. 더워하면서, 그는 모자를 쓰고 집을 나섰다.

야시며 거리를 일없이 빙빙 돌다가 아홉시쯤 하여 도순이의 집 앞에 가서 귀를 기울였다.

"올빼미 같으니."

"흥, 넌 싱검둥이지?"

안에서는 확실히 B와 도순이의 목소리가 들렸다. A는 문을 두드렸다. 안의 소리들은 끊어졌다. A는 두 번째 두드렸다. 대답은 없었다. A는 또다시 두드렸다.

세 번째야 건넌방에서 누구요 하는 소리가 들렸다.

"도순이 있어요?"

"놀러 나갔소."

"언제쯤이오?"

"아까요."

A는 홱 돌아섰다. 나를 따는구나. 있고도 없다고? 짐승들! 더

러워! 더러워!

거기서 돌아선 그는 그로부터 두 시간쯤 뒤에, 다시 도순이의 집에 이르렀다. 그때는 그는 먹을 줄 모르는 술에 정신없이 취해 있었다.

"도순이."

그는 몸 전체로 대문을 받았다. 그리고 그 여력으로 넘어진 그는 주저앉은 채로 대문을 찼다.

"도순이."

한마디 부르고는 앉은 채로 서너 번씩 대문짝을 차고 하였다. 지금 연놈이 끼고 누워 있나?

"어어. 나가네."

이윽고 안에서 대답 소리가 났다. B의 목소리였다.

"이 사람아 좀 기대려. 대문 쩌개지겠네."

안에서 문 여는 소리가 나고 신발 끄는 소리가 나고, 대문이 덜걱 덜걱하다가 열렸다.

"자. 들어가세."

A는 그만 싱겁게 일어났다.

"B인가. 난 누구라구. 가겠네. 어 취해."

"들어가세나."

"가겠네. 재미 보게. 응? 재미 봐."

A는 뿌리치고 돌아섰다.

바보! 바보! 뭘 하러 거기까지 다시 갔던가. 이야말로 태산을 울린 뒤에 겨우 쥐 한 마리란 격이로구나. ─술과 노염과 불쾌 때문에 그는 귀가 어두워지고 눈이 어두워졌다.

"바보! 바보! 이게 무슨 창피스런 꼴이냐!"

집에만 돌아가면, 즐거운 가정이 있지 않으냐. 귀둥이가, 있지 않으냐. 아내가, 있지 않으냐 시골에는, 늙은 어머니가 있지 않으냐. 그리고, 그들은 모두 나 하나를 힘입고 살고 있지 않으냐. 나는, 그들을 돌볼 권리와 의무가 있지 않으냐. 나는 사람이다. 우으로, 우으로.

술과 노여움으로 흥분된 그는, 혼자서 숭얼숭얼 말을 하면서, 고개를 푹 수그리고 거리거리를 비틀거리며 돌아다니고 있었다. 그러다가 어디선지 쓰러져 자버렸다.

이튿날—. 새벽에 길로 뛰쳐나왔다.

A는 오늘은 공장을 쉴까 하였다. 공장에서 B를 만나기가 싫었다. 그러나 갈 데가 (이 이른 새벽에) 없어서 빙빙 돌다가 오정쯤 드디어 공장으로 갔다.

"요—."

B는 여전히 손을 들어 인사하였다.

이것은 A에게는 의외였다. B는 부끄러워하려니 하였던 것이었다. 그런 일이 있고 뻔뻔스럽게도 천연하랴? 그날 일을 하는 동안 B에 대한 시기가 차차 커가다가, 그 시기가 노염이 되고 노염은 종내 그답지 않은 일로 폭발이 되었다.

B는 자기의 브러시가 보이지를 않았던지, A의 승낙도 받지 않고 A의 브러시를 집어갔다.

"이 자식! 남의 것 왜 집어가는 게야."

A는 붙이던 신을 상 위에 탁 놓은 뒤에 팔을 내밀었다. B는 브

러시를 앗기지 않으려는 듯이 손을 뒤로 돌렸다.

"자네 것이면 좀 못 쓰겠나?"

"내 해, 내 것, 내 내, 내 해야."

A는 숨을 덜걱 덜걱하였다.

"야, A. 비싸게 굴지 말어."

"뭘? 이리 못 내겠느냐?"

"내 쓰고 주지 않으랴."

"에익!"

A는 주먹으로 B를 쥐어박았다. 눈에 충혈이 되면서 일어섰다. 이 통에 다른 직공들도 왁하니 일어서서 둘러쌌다. 큰 구경이 난 것이다.

그 가운데서, 일단 넘어졌던 B는 옷의 먼지를 털면서 일어났다. A는 B가 달려들 줄 알고 그 준비를 할 때에 B는 옷을 다 털고 나서, 앞에 놓인 꽤 굵은 쇠몽치를 잡았다. 그리고 무릎을, 쇠몽치의 중간에 대고, 양손으로 쇠몽치의 양 끝을 잡아 힘써 당겼다. 쇠몽치는 그 두려운 힘에 항복하듯이 구부러졌다.

"A. 이봐. 내가 힘으로 너한테 지는 바는 아니다. 그렇지만 너한테 차마 손을 못 대겠다. 네 브러시를 쓰지 않으면 그뿐이 아니냐. 어따. 받어라. 네 브러시로라."

B는 브러시를 A에게 던졌다. 그리고 제 브러시를 얻어가지고. 방금 그 분쟁은 잊은 듯이 제 일을 시작하였다.

그 오후, A는 일할 동안 몇 번을 몰래 B를 보고 하였다. A는 지금 브러시가 아니라, 그보다 더한 것이라도 B가 달라기만 하면 곧 주고 싶었다. 아까의 제 행동을 뉘우쳤다. 부끄러운 일이라 하였다. 사람의 짓이 아니라 하였다.

저녁때 일을 끝내고 돌아가려 할 때에 A는 공장 문밖에서 B를
기다렸다.

"여보게, B."

"또 싸움을 하—."

"아까는 미안하이."

"하하하하. 사죈가. 기죠멘나온다나(경우 밝은 녀석일세). 세 시
간도 못 지나서 사죄할 일을 왜 한담. —(또 콧노래 한 가락 부르고
나서) 그런데 A. 브러시가 그렇게 아깝던가."

A는 머리를 숙였다.

"B. 웃지 말고 대답해주게. 자네. 도순—."

"하하. 아, 알았다. 아까 그 일이 거기서 나왔구나. 이 못난 자
식아, 샌님아. 야. 술이나 먹으러 가자. 오늘은 내가 한턱내지."

A는 술을 피하고 싶었다. 그러나 B에 대한 미안한 생각은 A로
하여금 싫은 술좌석일지라도 기쁜 듯이 가지 않을 수가 없게 하
였다.

그날 저녁을 기회로, A의 생활은 또다시 불규칙하게 되었다.
또다시 술, 계집…….

그날 저녁 B는 A에게 얼간이를 소개하였다. 얼간이는 싱겁게
웃은 뒤에 이를 승낙하였다. A는 순교자와 같은 비창한 마음으로
이를 승낙하였고, 대단한 불쾌와 그 가운데 약간 섞여 있는 호기
심으로, 얼간이의 집으로 갔다.

이날의 이 일은 마치 A에게는 아편의 독소와 같았다.

"우으로— 우으로. 더욱 높은 데로."

마음으로는 여전히 향상을 바라고 부단의 자책과 공포를 느끼면서도, 그의 이성 그의 양심을 무시하고 그의 행동은 어긋나는 길로 가는 것이었다.

그날의 그 일은, A의 양심의 첨단을 갈아내는 줄이었다. 커다란 이 줄에 끝이 쓸려나간 그의 양심은, 그로 하여금 얼굴 붉힐 일을 연하여 행하게 하였다.

아침 자리에서 일어날 때는 언제든 그는 이즈음의 제 생활을 돌아보고, 커다란 부끄러움을 느끼고 하였다.

"곤처야겠다. 이런 생활에서 어서 떠나야겠다."

이런 생각이 아침 일어날 때마다 그의 마음을 지배하였지만, 저녁때 공장에서 돌아올 때에, 동무들이 그의 어깨를 한번 툭 치는 것을 기회로, 그의 양심은 자취를 감추고, 또다시 그들과 어깨를 겯고, 좋지 못한 곳을 찾아가는 것이었다. 그런 뒤에는, 술과 계집과 방탕이 시작되는 것이었다.

술은, 언제던 A의 마음을 무겁게 하였다. 남들은, 술이 들어가면 마음이 더 들뜬다 하나, A의 속에 술이 들어가면, 언제든 마음이 차차 무거워갔다. 순교자와 같은 비창한 마음이 늘 생겼다. 술은, 언제든 그의 양심으로 하여금, 분기케 하였다. 제 거친 생활을 뉘우치게 하였다. 취기가 돌면 돌수록, 그는 자기의 비열하고 참되지 못한 생활과 행동을 뉘우치게 되었다. 그리고, 이런 곳에 같이 따라온 제 약한 마음을 채찍질하게 되었다.

"우으로! 우으로!"

"아아."

지금은 주량도 무척이 는 그였다.

불량품 문제는 이전의 그 자리에서 조금도 진척되지 않았다. 역시 불량품이 많이 났다. 그러나 거기 대하여 제각기 불평은 말하면서도 어떤 조처를 하자고 발의를 하는 사람도 없었고 생각을 해보는 사람조차 없었다.

"제길! 또?"

이것이 그들의 가장 큰 원성이었고, 가장 큰 반항이었다. 그 이상은 아무것도 없었다.

더구나 여름이라 하는 시절은, 고무 공업의 한산한 시절이라, 공장주 측에서도 아무런 조처도 없었다. 직공은 직공대로 다만 목 잘리지 않기를 위주하였다. 공장주는 공장주대로, 한산한 여름을 공전 적게 주고, 공장문 닫지 않게 지나기만 위주하였다.

이리하여 많은 '제기!'와 많은 불량품 가운데서 한산한 여름은 지나갔다.

어떤 날 낮, 배합사가 갑자기 A와 B를 찾아서, 저녁때 좀 조용히 만나기를 청하였다.

저녁때 배합사와 A와 B의 세 사람은 어떤 조용한 중국요릿집에 대좌하였다.

처음에 두어 마디 잡담이 돌아간 뒤에, 배합사는, 옷깃을 바로 하며 눈을 아래로 떨어트리고,

"오늘 부러 두 분을 청한 것은 다름이 아니라, 특별히 부탁할 일이 있어선데 들어주시겠습니까?"

고 공손히 부탁하였다.

A는 B의 얼굴을 보았다. B는 배합사의 얼굴을 보았다. 그리고 아무 대답도 없는데, 배합사는 또 말을 꺼내었다.

"들어주시겠습니까가 아니라, 꼭 들어주셔야겠습니다. 이것은 내게뿐 아니라 노형네들께도 해롭지 않은 일이외다."

"어디 말씀해보세요."

B는 담배를 붙여 물며 배합사를 바라보았다.

"네. 형공 두 분을 믿고 말씀드리리다. 다른 게 아니라, 그 배합에 대해서 언젠가도 이야기가 났었지만, ―불량품이 많이 나는 건 역시 배합이 나빠서 그래요. 부끄러운 말씀이올시다마는, 내 집안 식구가 열셋이야요. 그런데 여기서 내가 받는 월급이 겨우 육십 원이겠지요. 그걸로 어떻게 열세 식구가 살아갑니까. 보통 배합사면 아무 데를 가든 월급이 백 원은 넘습니다. 그런데 이 공장과 나와의 새는 특별한 관계가 있어서…… 그 관계라는 것이―."

말의 순서를 잘 따질 줄 모르는 배합사의, 선후며 연락이 없는 이야기를 종합하여 듣건대―그리고 정 이해하기 어려운 곳은 다시 묻고 또 묻고 하여 알아들은 결론에 의지하건대, 그의 말의 요지는 아래와 같았다.

―먼저 그는 자기가 이 공장의 돈으로 고베까지 파견되어 배합법을 배워온 경위를 말한 뒤에, 말을 계속하여―

―자기는 분명히 그 은혜가 크기는 크다. 금전으로 바꾸지 못할 귀중한 보배, 마를 길 없는 지식의 샘(배합법이라는)을 공장의 덕으로 머릿속에 잡아넣기는 넣었다. 그 은혜의 큰 바는 모름이 아니지만, 한 달에 겨우 육십 원의 봉급으로는 열세 식구가 살

아갈 수가 없다. 그러나 십 년 만기까지는 이 공장에 팔린 몸이 매, 제 자유로 나갈 수도 없다.

은체 내지는 이리아 헌신 생활 이러한 덜레미에서, 헤메던 그는, 마침내 한 가지의 방책을 발견한 것이었다. 즉, 공장에서 자기를 내쫓도록 수단을 쓰는 것이었다. 그래서, 그는 부러 배합을 허투루 하여 고무가 붙지를 않도록 만들었다. 그리고, 직공 측에서 문제가 일어나기를 기다렸다.

그러나, 그의 기대와 달리, 잠시 일어나려던 문제는 사라지고, 그러는 동안에 고무 공업계의 한산기인 여름이 되어서, 그냥 잠자코 있었는데, ─아무리 하여도 육십 원의 월급으로는 열세 식구가 먹고살 수가 없으니, 직공 측에서 운동을 하여 자기를 내쫓도록 해달라─는 것, 이것이, 그 배합사의 부탁의 뜻이었다.

"A, 자네 의견은 어떤가."

배합사의 이야기를 들은 뒤에, B는, A에게 먼저 의견을 물었다. 모든 일을 농담으로만 넘겨버리려는 B의 얼굴에도, 이때 뿐은 비교적 엄숙한 기분이 있었다.

"글쎄."

A는, 이렇게 대답할 뿐이었다. 이즈음, 술과 허튼 생활로써 마비된 A의 머리로서는, 이런 일에 임하여 갑자기 옳은 판단을 내릴 수가 없었다. 온갖 일이 권태의 대상이요, '감동'이라 하는 것을 잃어버린, 한낱 기계와 같이 되어버린 A의 머리에는, 이러한 미묘한 감정에 얽힌 인생 문제는, 판단을 내릴 수가 없었다.

"글쎄."

또 한 번 뇌면서, A는, 곤한 듯이 담배를 붙여 물었다.

1. 열세 식구와 육십 원—이러한 괴로운 경지에서 배합사가 쓴 수단, 그것은 비열한 수단에 틀림이 없으나, 사랑하는 부모 처자의 구복을 위해서, 할 수 없이 쓴 수단이니 배합사의 이 행위는 용납할 것인가.

2. 저부터 살고야 볼 것인가, 남부터 살릴 것인가.

3. 배합사는 공장의 덕택으로, 일생을 써먹어도 마를 길이 없는 귀한 보배인 지식을 얻었다. 여기 대한 의리와 의무를 벗어버리려는 배합사의 행위는 옳은 것인가, 그른 것인가. 만약 옳다 할진대 그것은 너무 에고이즘이다. 그르다 할진대, 너무 도학적이다.

4. 자기의 한 가족을 위하여 몇 달 동안 삼백여 명의 직공과 수천 명의 그 가족들을 괴롭게 한 행위를 밉다 볼 것인가.

5. 비열한 행동은 해서는 못쓴다.

6. 밥은 먹고야 산다.

7. 그러나 '정당한 행위'와 '밥'이 서로 배치될 때는 어느 길을 취해야 하나.

순서 없이, 연락 없이, 그리고 한 토막의 해답도 없이, 이런 생각이 A의 머리에 얽혀서 돌아갔다.

B가 지금껏 먹던 담배를 획 내던지고, 코를 두어 번 울렸다. 배합사를 찾았다.

"좌우간 여보. 노형 혼자를 위해서 몇 달 동안 배합을 못되게 해서 삼백여 명의 직공을 손해 입혔으니 그게 무슨 비열한 짓이오? 지금 새삼스레 성내야 쓸데는 없는 일이지만, 미리 서로 어떻게든 의논을 했으면 좀 더 달리 변통할 도리라도 있었지요?"

"면목없습니다."

"면목? 면목쯤으로 당하겠소? —좌우간, 우리는 어차피 노형을 배척은 해야겠소. 그건 노형을 위해서가 아니고 우리들을 위해서 하는 일이지만…… 이 뒤 다른 데 가서라도 그런 짓은 이에 다시 하지 마시오. —A, 자네 돈 가진 것 있나?"

A는, 주머니를 뒤졌다.

"일 원밖에는 없네."

"일 원 내게."

"뭘 하겠나?"

"글쎄, 내게."

B는 돈을 받아가지고, 보이를 불러서, 회계를 명하였다. 배합사가 창황蒼黃히[9] 말렸다.

"이보세요. 이번 건 내 내지요. 두 분께 부탁할 일이 있어서 부러 청한 게니깐……."

"걱정 마시오. 조합식으로 합시다. 이런 부탁을 받을랴고 음식을 얻어먹었다면 우리도 속으로 불유쾌하니깐, 삼분三分해서 내기로 합시다."

A는 눈을 들어서, B와 배합사를 번갈아 보았다. 커다랗게 뜬 오른편 눈을 약간 떠는 뿐 아무 표정도 없는 B의 얼굴과, 부끄러움으로 풀이 죽은 배합사의 얼굴을 번갈아 보는 동안, A의 마음에는, '감동'이라고밖에는 형용할 수 없는 괴상스런 감정이 생겼다. 그리고, 그것은 이즈음 한동안은 그의 마음에서 발견할 수 없던 감정이었다.

---

9 어찌할 겨를이 없이 매우 급하게.

A의 눈도 약하게 떨렸다.

삼사일 동안은 그 배합사의 문제는 A와 B 두 사람이 아는 뿐 일절 누설치 않았다.

온갖 일에 대하여, 자기의 푯대와 주장은 가지고 있는 B는, 이런 일을 당할지라도, 주저하지 않고, 일을 진행시켰다.

A가 든바,

1. 임금 인상.

2. 대우 개선.

3. 배합사 해고.

이 세 가지의 문제에 대하여, B는 웃어버렸다.

"배합사 무조건 해고."

B의 주장은 이 단 한 가지 조건이었다.

"소위 개선이라 하는 건 한 가지씩 점진적으로 해야 된다네. 한꺼번에 여러 가지를 청구했다가는 저편에서 질겁을 해서 승낙을 안 해. 지금 우리에게 절박한 문제는 배합이 아닌가. 게다가 공연히 '임금 인상'이며 '대우 개선'을 덧붙였다가는 공장주 측에서 질겁해 물러서고 말리. 한 가지씩 한 가지씩, 해나가면 손쉽게 될 가능성이 있는 걸 공연히 섣불리 덤비어서 동맹 파업이라 무엇이라 해가지고 피차에 손해를 보면 긁어 부스럼이네. 우선 급한 문제만 해결하고 기회를 봐서 서서히……."

그리고 또 이렇게 보태었다.

"또 공장주 측에서 배합사를 내쫓을 때 배합사를 유학시킨 비용을 증서로 받는다든가 하면 배합사가 불쌍하지 않은가. 우리 측에서 보면 배합사가 한 일은 괘씸하기는 하지만 그것도 무슨 악의에서 나온 바가 아니고 자기의 밥을 위해서 쓴 게니까, 그 수단이 무지하기는 하지만 그 사람의 장래도 생각해줘야 할 게야. '악의'는 용서할 수 없지만 '무지'는 용서할 여지가 있는 일이야. 그 사람도 노동잘세."

A는, 이러한 B의 말을 들을 때에, 막연하게나마, 커다란 인류애를 느꼈다. 오른쪽 눈과 왼쪽 눈이, 제각기 활동을 하는 사팔뜨기 B의 표정에는 이런 때는 신성하고 엄숙한 기분이 넘쳤다.

이러한 삼사일 동안, A는 금년 여름을 보낸 그 들뜬 기분을 잊었다. 때때로 불끈 그 생각이 솟아오를 때는, 그는 얼굴을 붉혔다. 그의 마음은 마치 핸들을 잡은 운전수와 같이 긴장되어 있었다. 온갖 술과 계집과 허위와 너털웃음의 들뜬 생활—여름 동안은 그렇듯 그의 마음을 끌고 그의 온 정신을 유혹하던 그 생활, —더구나, 삼사일 전까지도, 계속되던 그 생활은, 인제는, 그에게는, 이상한 애조로서 장사 당한 한 옛적의 일과 같이, 어떤 엷은 베일로 감춰져 버렸다.

B는, 아무 일에든 구애됨이 없이, 낮에는 천연히 일하였다.

"네 나이는 열아홉 내 나이는 스물하나—까. 너고 나고 인제는."

늘 콧소리로 흥얼거리면서, 일변 불량품을 연하여 내면서, 때때로는 멀리 떨어져 있는 여공들의 일간을 향하여, 큰소리로, 농담도 던지면서, 천연히 일을 하였다.

A는 B를 부러워하였다. 아무런 일에 처하여도, 자기의 본심 뿐은 잃지 않는 B는, 어떤 의미로 보아서는, A에게는, 영웅으로까지 비쳤다. 아무런 일이든, B는 그 일이나 마음을 지배하였지, 거

기 지배당하지는 않았다. 꼭 같은 일을, A와 B가 할지라도, A에게 있어서는, '그 일에 끌려서 행하는 것'에 반하여, B는, '그 사건을 지배'하였다. A에게는, B의 그 점이 몹시 부러웠다.

그리고, A는, 막연하게나마, 자기의 성격이라 하는 데 대하여도, 처음으로 이해의 눈이 벌어지기 비롯하였다. 공장 노동이라 하는 것은, 자기에게는 적당치 않은 것을, 어렴풋이 깨달았다. B와 같이 굳센 성격의 주인이거나, 그렇지 않으면, 다시 소생할 여망 없이 타락한 사람이 아닌 이상에는, 공장 노동이란, 십중팔구는, 그 사람의 성격을 파산시키며, 품성을 타락시키며, 순진함과 향상욕을 멸망케 하는 커다란 기관이란 것도, 어렴풋이 짐작되었다. 검은 물은 들기가 쉽고, 따라서 무서운 전파력을 가졌다는 평범한 진리도, 다시금 느꼈다.

며칠 뒤, 좀 두드러진 직공 몇 사람을 모아놓고 이번의 배합사 문제를 내놓고, 배합사를 내쫓도록, 공장 측에 요구하자는 의향을 그들의 앞에 제출할 때에 반대가 있으리라고는 뜻도 안 하였다.

그 반대의 이유는 이러하였다.

"그럼 그 배합사는 부러 배합을 고약하게 해서 우리를 손해를 입혔단 말이지. 그러면 말하자면 배합사는 우리의 원순데 우리가 애써서 그 사람을 내쫓아서 봉급 많이 주는 데 갈 수 있게 해줄 필요가 어디 있단 말인가."

거기 대하여 B는 이렇게 설명하였다.

"여보게. 그렇게 생각할 게 아닐세. 우리는 우리를 위해서 그 것을 요구하는 것이지, 배합사를 위해서 요구하는 게 아니네. 배합사는 잘되건 못되건 생각할 필요가 없구, 우리는 우리 문제, 즉 불량품 많이 나는 문제만 없어지면 그뿐이 아닌가. 배합사의 봉급 참견까지야 할 필요가 어디 있나?"

"글쎄 남의 일은 참견 말고 우리 일이나 하세그려. 유조건 해고던 무조건 해고던, 그것까지야 왜 참견하자나?"

─어떤 직공이 또 이렇게 반대하였다. 그리고, 제 말재간을 자랑하는 듯이 둘러보았다.

"그건 궤변이야. 궤변은 함부루 쓰면 못써!"

"궤변?"

그 직공은 '궤변'의 뜻을 모르는 모양이었다. 싱거운 듯이,

"궤변 아니야."

할 뿐 잠잠해 버렸다. 다른 직공이 또 반대했다.

"노동자는 제 밥벌이만 해도 바쁜데, 원수까지 사랑할 겨를은 없네. 우린 예수교인이 아니니까."

"이 사람아. (B의 말이었다) 말을 왜 그렇게 하나. 아무리 겨를이 없다 해두, 겸사겸사에 해지는 일을 왜 부러 피하려나. 저도 좋고 나도 좋은 일을, 왜 나만 좋자고 그 사람의 일을 일부러 뽑겠나. 그 사람─배합사도 노동잘세."

"그 사람은 양복 입었는데."

또 반대였다.

"나도 양복이다!"

─B는 마침내 성을 내었다. 그는 발을 구르면서 제 다 해진 양복의 앞자락을 쳐들었다. 왁하니 웃음소리가 났다.

그러나, A에게는 이것은 결코 웃지 못할 장면이었다. 다 해져

서 걸레에 가까운 알파카 양복의 앞자락을 쳐들며 일어서는 B의 모양에는, 웃지 못할 엄숙함이 있었다.

문제는 진행되지 않았다. 변변치 않은 문제에 걸려서 제각기 의견을 제출하고 반대하고 하느라고, 그날은 종내 해결 짓지 못하였다. 그리고 내일 다시 모이기로 하고 그냥 헤어졌다.

이튿날 다시 회의는 열렸다.

회의의 벽두에 누가, 동맹 파업의 문제를 일으켰다. 그때에 뜻밖에도, 동맹 파업이라 하는 것은 거기 모인 사람들의 흥미를 몹시 일으켰다. 뭇 입에서는 동맹 파업을 부르짖는 소리가 높았다.

처음에는 어이없어서 방관적 태도로 입을 봉하고 있던 B가, 너무도 모든 사람의 의견이 그리로 몰리므로 종내 입을 열었다.

"여보. 일에는 순서가 있지 않소? 먼저 우리의 요구를 제출해서 그 요구가 용납되지 않으면 동맹 파업도 할 수 없는 일이지만, 동맹 파업부터 먼저 한다는 법이 어디 있소?"

"요구야 물론 안 들을 게지."

"아, 들어줄지, 안 들을지, 지나봤소? ─대체 여보. 당신네들이 알고 그러우, 모르고 그러우. 어쩔 셈이오?"

"알고 모르고가 있나?"

─도리나레바[10] 〈오료 고부시〉를 부르는 사람도 있다.

"여보들. 순서를 밟아서 일을 하면, 혹은 무사히 우리 요구를 들어줄지도 모를 일을 동맹 파업부터, 하면 뭘 하오?"

"그러야 혼내우지."

---

10 '노래 가사'를 뜻하는 일본어.

"하하하하. 설사 혼이 난다 합시다. 혼이 나면—그동안 우리들의 집안 식구는 어떻게 무얼루 살아갈 테요?"

"그런 걱정까지 해선 큰일을 하나?"

아아. 이 무지여. 외래 사상을 잘 씹지도 않고 거저 그대로 삼켜서, 그것이면 무조건 하고 좋다고 자기의 환경과 입장을 고찰하지도 못하고 덤비는 이 무리들이여. —A에게는, 딱하고 한심하기 끝이 없었다.

B와 A의 의견과, 다른 직공들의 의견의 새에는 현격한 차이가 있었다. 그 차이를 갖다가 맞붙이기는 몹시 힘들었다. 직공들의 대부분은, 공연히 '동맹 파업'이라 하는 생각에 들떠서, 사리를 생각할 여유를 잃은 모양이었다.

문제는 해결되지 못한 채로 셋째 날로 넘어갔다.

문제는 닷새째 되는 날에야 겨우 타협점을 발견하였다.

1. 배합사의 해고에 '무조건'이라는 문구를 뽑을 것.

2. 공장 측에서 직공의 요구를 듣지 않는 경우에는 동맹 파업을 하되, B와 A가 그 지도자가 되어줄 것.

이러한 조건 아래 타협이 성립된 것이었다.

그날 밤, A와 B는 교외에 산보를 나갔다. 벌써 저녁때는 꽤 서늘한 절기였다.

달 밝은 밤이었다. 소나무들은 땅 위에 커다란 그림자를 던져 주고 있었다.

A와 B는 잠자코 걸었다.

어떤 바위에까지 가서 그들은 걸터앉았다. 그러나 말은 없었다.

한참 뒤에 A가 먼저 입을 열었다.

"B, 나는 공장을 그만둘까 비."

"찬성이네."

B는, 간단히 대답하였다.

"그러고, 시골로 나려갈까 비."

"찬성이네."

"이즘 한 주일을, 거의 한잠도 못 자면서 생각했는데, 참 못 견디겠어."

"글쎄. 시골을 가도, 자네 같은 결벽의 사람에게 만족이 될지 안 될지는 의문이지만, 도회보담이야 낫겠지. 가보게."

말은 또 끊어졌다.

한참 뒤에, 이번은, B가 말을 꺼냈다.

"자네 결벽도 무던하데. 좌우간, 도희―더구나 공장 노동자로서는, 그런 결벽을 가지고는 사실, 성격까지 파산하겠기에. 그 결벽을 없이 해볼랴고 나도 꽤 애를 썼지만, 자네 같은 벽창우 결벽가가, 이 세상에 있으리라고는, 뜻도 못했네. 하느님의 초특작품超特作品이데."

A는, 적적히 웃었다. 그리고, 담배를 꺼내어, B에게 권하였다.

서너 모금 뻐금뻐금 빤 뒤에, A는 또 입을 열었다.

"어머님도 내려 오래시고……."

"어머님? 참, 어머님도, 자네가, 놀아난 것을 눈치채셨겠지?"

"우리 처가, 편지를 한 모양이야. 몹시 걱정하시든데……."

"부인은 나를 원망하겠네그려."

"왜 안 원망하겠나?"

"하하하하. 나도 못된 놈이지."

B는 적적히 웃었다. A도 따라 적적히 웃었다.

"자네마자 가면 나 적적함세그려."

"피차."

말이 끊어졌다. B의 움직임 없는 한편 쪽 눈에는 그럴 사라 해서 그런지 눈물이 고인 듯하였다.

B는 하늘을 우러르며 콧노래를 불렀다.

"네 나이는 열아홉, 나는 벌써 스물셋—까."

그러나 A에게는 이 노래가 몹시 구슬프게 들렸다. A는 기지개를 하면서 일어섰다.

이튿날 직공들은 공장에 자기네의 조건을 제출하였다. 공장 측에서는 한 주일의 유예를 청하였다. 한 주일 뒤에 가부간 회답을 하겠다는 것이었다.

그 기간이 끝나는 것을 기다리지 못하고—아니, 기다리지 않고 A는 공장을 그만두고 처자를 거느리고 시골로 떠났다.

A가 시골로 내려간 지 두 주일쯤 뒤에 B에게서 편지가 왔다. 그 편지에는 이런 말이 씌어 있었다.

—(상략) 공장주 측에서는 직공 측의 요구를 다 승낙하였소. 그러나 직공 측에서는 역시 만족해하지 않았소. 왜? 다름이 아니라, 직공 측에서는 '동맹 파업'이라는 것을 일종의 유희적 기분으로 기대하고 있었는데, 공장주 측에서 모든 조건을 다 승낙하였으니 '동

맹 파업'을 일으킬 구실이 없어지기 때문이오. (중략)

　무지의 위에 '외래 사상'을 도금한 것―이것이 현하의 조선의 상태외다.

　타락과 시기의 위에 신사상이라는 것을 도금한 것―이것이 도회 노동자의 모양이외다. 외래 사상을 잘 씹지도 않고 삼켜서 소화 불량증에 걸린 딱한 사람들이외다. (하략)

이 편지에 대하여, 한 A의 회답에 이런 말이 있었다.

　―(상략) 농촌도 도회 같지는 않으나 소화불량증이 꽤 침입되어 있소. 좋은 의사가 생겨나서 좋은 약을 발명하거나 발견하지 않으면 큰 야단이외다. (하략)

―〈대조〉, 1930. 3~7.

벗기운 대금업자

"여보, 주인."

하는 소리에 전당국 주인 삼덕이는 젓가락을 놓고 이편 방으로 나왔습니다. 거기는 험상스럽게 생긴 노동자 한 명이, 무슨 커다란 보통이를 하나 끼고 서 있었습니다.

"이것 맡고, 일 원만 주우."

"그게 뭐요?"

"내 양복이오. 아직 멀쩡한 새 양복이오."

삼덕이는 보를 받아서 풀어보았습니다. 양복? 사실, 양복이라고밖에는 명명할 수 없는 물건이었습니다. 걸레라 하기에는, 너무 무거웠습니다. 옷감이라기에는 벌써 가공을 한 물건이었습니다. 그것은, 낡은 스카치 양복인데, 본시는 검은빛이었던 것 같으나 벌써 흰빛에 가깝게 되었으며, 전체가 속살이 보이며 팔굽과 무릎은 커다란 구멍이 뚫린, 걸레에 가까운 양복이었습니다. 그리고 아무리 높이 보아도, 이십 전짜리 이상은 못 될 것이었습니다. 그러나 의리상 삼덕이는 그것을 뒤적여서 안을 보았습니다. 안은 벌써 다 찢어져 없어졌으며, 주머니만 세 개가 늘어져 있었습니다. 이것을 어이없이 잠깐 들여다본 삼덕이는, 그 양복을 다시 싸면서 머리를 흔들었습니다.

"저, 다른 집으로 가지고 가보시지요."

"뭐요?"

"다른……."

말을 시작하다가 삼덕이는 중도에 끊어버렸습니다. 그 손님의 험상궂은 눈이 갑자기 더 빛나기 시작한 때문이었습니다. 손님은 툇마루에 쿵 소리를 내며 걸터앉았습니다.

"여보, 그래 이 집은 전당국이 아니란 말이오?"

"네, 저, 전당국은 전당국이외다만……."

"그럼, 내 양복이 일 원짜리가 못 된단 말이오?"

"못 될 리가 있습니까."

"그럼, 왜 말이 많아. 아, 그래……."

"가, 가, 가만 계세요. 누가 안 드리겠답니까. 혹은 다른 집에 가면 더 낼 집이 있을까 하고 그랬지요. 드리다 뿐이겠습니까. 기다리십쇼, 곧 내다 드릴게."

삼덕이는 그 자리를 피하여 이편으로 와서 손철궤를 열어보았습니다. 그 속에는 단 이십삼 전!

"네, 곧 드리지요."

그는 손님에게 다시 한 번 허리를 굽혀보고 안방으로 들어왔습니다.

"여보, 마누라. 돈 팔십 전만 없소?"

"돈이 웬 돈? 무엇에 쓸러우?"

"누가 양복을 잡히러 왔는데, 이십 전밖에 없구려. 있으면 좀
주."

"없대도 그런다. 한데, 대체 일 원짜리는 되우?"

"되게 말이지."

"정말이오? 당신이 일 원짜리라고 잡은 건, 삼십 전짜리가 되
는 걸 못 봤구려."

"잔말 말고, 그럼 나가보구려. 그리고, 일 원짜리가 못 되겠거
든 손님을 보내구려."

"내 나가보지. 웬걸 일 원짜리가 되리."

아내는 혼잣말같이 이렇게 보태어가면서, 가겟방으로 나갔습
니다. 그러나 십초가 지나지 못하여 아내도 뛰어들어왔습니다.

"여보, 얼른 일 원 줘서 보냅시다."

"일 원짜리가 되겠습니까?"

"되겠기에 말이지. 또 안 되면 할 수 있소? 당신이 이미 작정
한 이상에야……."

하면서 아내는 치맛자락을 들고 주머니를 뒤적이다가,

"육십 전밖에 없구려. 팔십 전에는 안 될까?"

하면서 남편의 얼굴을 쳐다보았습니다.

"글쎄, 내가 일 원으로 작정하고, 이제 뭐라구 다시 깎겠소. 당
신 나가보구려."

"망측해. 주인이 작정한 걸 여편네가 또 뭐라구 깎는단 말이

오? 그러나 이십 전이 있어야지."

"철수에게 없을까?"

"글쎄."

이리하여 그들의 아들 철수에게 교과서 사라고 주었던 돈까지 도로 얼러서 거두어, 십분이 남아 지나서야 동전 각전角錢[1] 합하여 일 원이란 돈을 쥐고, 절럭절럭하면서 손을 부비며 가게로 나왔습니다.

"참, 너무 오래 기다리셔서…… 돈을 은행에 찾으러 보내느라고……. 한데 주소는 어디세요?"

"표지는 일없소. 당신 마음대로 오늘로라두 남겨서 팔우."

하고 손님은 돈을 받아 쥔 뒤에, 한번 기지개를 하고 나가버렸습니다. 그 뒷모양을 바라보면서 삼덕이는 기운 없이 한숨을 쉬었습니다.

"오늘도, 또 일 원 손해났다."

삼덕이가 여기서 전당국을 시작한 것은 벌써 오 년 전이었습니다. 시골 농가의 둘째 아들로 태어난 그는, 집 한 채 밑천과 그밖에 장사 밑천으로 천 원이라는 돈을 가지고 서울로 올라와서, 이리저리 자기가 이제 해나갈 영업을 구하다가 마침내 이 세민촌細民村에 전당국을 시작하기로 한 것이었습니다. 그의 머리가 생각되는껏 생각하고, 몇 번을 주판을 놓아본 결과, 그중 안전하고 밑질 근심이 없는 영업이 이 전당국이었습니다. 그것도 많은 밑천이면

---

1 예전에, 일 전이나 십 전 따위의 잔돈을 이르던 말.

모르거니와, 단 천 원으로 전당국을 서울에서 시작하려면 이런 세민촌 자리를 잡지 않을 수가 없었습니다. 오 전짜리부터 이 원짜리까지, 이러한 표준 아래서 그는 영업을 시작하였습니다.

그러나 일 년 뒤에 결산해본 결과, 그는 뜻밖에도 이백여 원이라는 손해를 보았습니다. 삼 년 뒤에는 그의 밑천 천 원은 다 없어지고 집조차 어떤 음험한 고리대금업자의 손에 저당으로 들어갔습니다. 사 년째는 제2 저당, 지금은 제3 저당…… 이렇듯 나날이 다달이 밑천은 줄어들어 가는 반비례로 유질품流質品은 묏더미같이 쌓였습니다. 그리고 또 그 유질품이란 것이 어찌 된 셈인지, 처분할 때마다 그는 그 원금의 삼분의 일밖에 거두지를 못하였습니다.

비교적 마음이 순진하리라 생각하였던 세민굴의 사람들은, 그의 상상 이상으로 영리하였습니다. 그들은 전당국을 속이기에 온갖 수단을 다 썼습니다. 어떤 때에는 사내가 와서 눈을 부릅뜨고 전당을 잡혀갔습니다. 어떤 때에는 여편네를 보내어 눈물을 흘려가면서 애원하였습니다. 사내의 호통에는, 삼덕이는 물건을 검사해볼 여유도 없이, 질겁하여 달라는 대로 주었습니다. 여편네의 눈물에는, 그는 때때로 달라는 이상의 돈까지 주어 보냈습니다. 사흘 뒤에는 꼭 도로 찾아간다. 혹은 이것은 우리 집안에 대대로 물려 내려오는 물건이다. 이런 말을 모두 그대로 믿은 바는 아니었지만, 그리고 한 가지의 일을 겪을 때마다 이 뒤에는 마음을 굳게 먹으리라고 단단히 결심을 하지만, 급기야 그런 일을 만나기만 하면 그는 또다시 약한 사람이 되고 하였습니다.

이리하여 오 개년 동안을, 그 부근의 세민들에게 착취를 당한 그는, 지금 쓰고 있는 이 집조차 얼마 후에는 공매를 당하게 된 가련한 경우에 빠지게 되었습니다.

　그 일 원짜리 양복을 잡은 이튿날 삼덕이는 유질된 몇 가지의 물건을 커다란 보자기에 싸서 지고, 늘 거래하는 고물상을 찾아 갔습니다.

　"이것 또 좀 사주."

　그는 가게에 짐을 벗어놓고 땀을 씻었습니다. 고물상은 솜씨 익은 태도로 보를 풀어헤치고 물건을 하나씩 보기 시작하였습니다.

　"아이구, 이게 뭐요. 고무신, 합비, 깨진 바가지, 학생 외투…… 가만, 이 학생 외투는 그다지 낡지 않았군. 구두, 모자, 이불…… 김 주사 가지고 오는 물건은 하나도 변변한 게 없어."

　"좌우간, 잘 값을 해서 주구려."

　"잘해야 그렇지. 대체, 원금이 얼마나 든 게요?"

　"원금이라?"

　삼덕이는 주머니를 뒤적여서 종잇조각을 하나 꺼냈습니다.

　"원금이, 이십칠 원 팔십 전이 든 겐데……."

　"내일 또 만납시다. 김 주사도 농담을 할 줄 알거든."

　"대체 얼마나 줄 테요?"

　고물상은 주판을 끌어당겼습니다.

　"그 학생 외투는 이것."

하면서 이 원이라고 주판을 놓았습니다. 그리고 한 가지 물건을 옮겨놓을 때마다 이십 전, 혹은 사십 전씩 가하여 나가서, 마지막에 십 원 이십삼 전이라 하는 숫자가 나타났습니다.

　"십 원 이십삼 전, 에라, 김 주사 낯을 봐서, 십 원 오십 전만

드리지."

"십오 원만 주구려."

"어림없는 말씀 마오. 십오 원을 드렸다는 내가 패가하게. 값은 이 이상 더 놓을 수가 없으니깐, 마음에 안 맞거든 이다음에나 다시 만납시다."

"그러니, 내가 억울하지 않소? 원금만 해도 이십칠 원 각수角數[2]가 든 걸 단 십 원이 뭐요."

"그거야, 김 주사가 잘못 잡은 걸 뉘 탓할 게 있소."

"그렇지만, 조금만 더 놓구려."

"여러 말씀 할 것 없이, 다른 집에 한 바퀴 돌아보구려. 나보담 동전 한푼이라도 더 놓는 놈이 있다면, 내 모가질 드리리다. 원, 특별히 놔드려두⋯⋯."

삼덕이는 기다랗게 한숨을 쉬었습니다. 그리고 얼굴이 별하게 싱거워지면서, 다시 보를 싸가지고 그 집을 나왔습니다.

그러나 두 시간쯤 뒤에 그는 다시 그 집에 들어갔습니다. 그리고 그 집에서 나올 때에는, 아까 들어갈 때 지고 있던 짐은 없어졌으며 그 대신 그의 주머니 속에는 십 원 오십 전이라는 돈이 들어 있었습니다.

어떤 날, 삼덕이가 가게에 앉았을 때에 어떤 아이 업은 여인이 들어왔습니다.

"응, 울지 말아, 울지 말아. 이것 좀 보시고, 얼마든 주세요."

---

2 돈을 '원'이나 '환' 단위로 셀 때, 그 단위 아래에 남는 몇 전이나 몇십 전을 이르는 말.

여인은 업은 아이를 어르며, 무슨 보퉁이를 하나 내놓았습니다. 그 속에는 낡은 합비 하나와 고무신 한 켤레가 있었습니다.

"얼마나 쓰시려우?"

"오, 십, 전, 만."

여인은, 말을 채 마치지를 못하였습니다.

"오십 전? 오 전 말씀이지요? 두 냥 반."

"아냐요. 스물닷 냥 말씀예요. 부끄러운 말씀이외다만, 애 아버지가 공장에서 손을 다치셔서, 보름째 일을 못 하는데…… 저 흰 요 앞에 삽니다…… 그런데 약값 쌀값에, 그사이 모았던 건 다 없이하구, 어쩔 도리가 있습니까. 그래서 나리께나 사정을 해볼까 하고 왔는데, 물건을 보시고 주시는 게 아니라, 사람 한 식구 살리는 줄 알고 주세요. 애 아버지가 공장에 다니게만 되면, 그날로 찾아갈 테니, 한 식구 살리는 줄 아시구……."

아직껏 우두커니 여인의 웅변을 듣고 있던 삼덕이는 휙 돌아앉아 버렸습니다.

"그러나, 이걸로야 오십 전이 되겠소?"

"그저, 사람 살리는 줄 아시고……."

삼덕이는 증오에 불붙는 눈을 여인의 얼굴에 부었습니다. 그리고 성가신 듯이 오십 전짜리 은전을 한 닢 꺼내어 던져주었습니다. 여인은 이 은혜는 죽어도 잊지 못하겠다고 뇌면서 나갔습니다.

지금 그 여인의 하소연의 열의 아홉은 거짓말임을 삼덕이는 번히 알고 있었습니다. 그러나 급기야 그런 일을 닥치면 또한 거절할 말을 발견할만한 재능을 가지고 있지 못한 삼덕이었습니다.

가을이 되었습니다.

어떤 날, 문이 기운 세게 열리며, 학생 한 사람이 쑥 들어섰습니다.

"이것 내주우."

삼덕이는 학생이 내놓는 표지를 받아서 보았습니다. 그것은 벌써 두 달 전에 유질되어 고물상에 이 원에 팔아버린, 그 학생 외투의 표지였습니다.

"이건, 벌써 유질됐습니다."

"유질이란? 지금이 입을 철이 아니오?"

"철은 여하튼 기한이 두 달 전인 것은 아시겠지요?"

"여보, 두 달 전이면 아직 더울 때가 아니오? 더울 때 외투 입는 미친놈이 어디 있단 말이오? 지금이 외투 철이길래 찾으러 왔는데, 유질이 무슨 당치 않은 소리요?"

"그럼, 왜 기한에 이자라도 안 물었소?"

"흥, 별소릴 다 하네. 난 학생이야, 이놈의 집에선 학생도 몰라보나? 봅시다, 흥! 흥!"

학생은 두어 번 코웃음을 친 뒤에 나갔습니다.

이튿날, 삼덕이는 호출로 말미암아 경찰서 인사 상담계에 가게 되었습니다.

"자네가 학생 외투를 전당 잡았다가 팔아먹었나?"

"네."

"왜 팔아먹어."

"기한이 넘어도 아무 말도 없고, 그러기에 그만……."

"기한 기한 하니, 그래 자네는 기한을 먹고사나? 여느 사람과 달라서 학생은 학비 문제로 늘 곤란을 받는 사람들이니깐, 외투 절기까지나 기다려보고 팔 게지. 기한이 지났다고 그 이튿날로 팔아버리는 건, 너무 대금업자 곤조(근성)가 아니냐 말이야."

"지당하신 말씀이올시다."

"지당만 하면 될 줄 아나?"

"황송하옵니다."

"못난 녀석! 지당하다, 황송하다, 누가 자네한테 그런 소릴 듣자고 예까지 부른 줄 아나. 그래, 어찌하겠느냐 말이야?"

"그저 처분만 해주십쇼. 처분대로 합지요."

"그 외투를 어디다가 팔았어?"

"○○정 ○○고물상이올시다."

"아직, 그 집에 있겠지?"

"아마 있겠습지요."

"얼마에 잡아서, 얼마에 팔았나?"

"일 원 구십 전에 잡아서 이 원에 팔았습니다."

"그럼 내 말을 들어."

"네."

"그 학생은, 그사이 여섯 달 이자까지 갚겠다니깐 아마 이 원 오십 전이야 주겠지. 그 돈으로 그 고물상에 가서, 그 외투를 다시 사서, 학생을 도로 내주란 말이야."

"처분대로 합지요."

"오늘 저녁 안으로 도로 외투를 물러오지 않으면 잡아 가둘 테야."

"네, 황송하옵니다."

이리하여 땀을 우쩍 빼고 그는 경찰서를 나왔습니다.

그날 오후, 그는 그 고물상과 한 시간 남아를 담판하고 애걸한 결과, 그 외투를 겨우 삼 원이라는 값에 도로 사기로 하였습니다. 그리고 원금 이십여 원어치 유질품을 지고 가서, 그 외투와 현금 십사 원 각수를 찾아가지고 집으로 돌아왔습니다.

이튿날, ○○신문 잡보란에 '사집행한 전당업자'라는 제목 아래 이런 기사가 났습니다.

시내 ○○정 ○○번지에서 전당업을 하는 김삼덕(서른일곱)은 어떤 학생에게 사소한 금전을 대부하였던 것을 기화로, 그 학생의 외투 칠십여 원짜리를 사집행하였던 일이 피해자의 고소로 탄로되어 ○○서에 인치되어 엄중한 취조를 받았다더라.

이 기사를 보고도 삼덕이는 성도 못 냈습니다. 너무 온갖 걱정과 고생에 시달린 그는, 지금은 모든 일을 되는 대로 내버려두자는 커다란 철리를 깨달은 때문이었습니다.

겨울이 이르렀습니다.

인제는 밑천이 없어서 새로 잡을 물건을 잡지를 못하고, 유질품은 거의 처분해버린 그의 전당국은 마치 빈집과 같았습니다.

그는 아내의 얼굴을 보지 않으려 하였습니다. 아내는 그의 얼굴을 안 보려 하였습니다. 서로 만나면 걱정을 안 할 수 없고, 걱정해야 활로를 발견할 수 없는 그들은 서로 얼굴을 보지 않는 것으로 얼마의 근심이라도 덜어졌거니 하였습니다.

어떻게 마주 앉을 기회가 생길지라도 그들은 서로 말을 하기를 피하려 하였습니다. 그러나 정 무거운 가슴을 참을 수가 없으면 먼저 한숨을 쉽니다.

"여보, 어쩌려우?"

아내가 먼저 남편을 찾습니다.

"내니 알겠소? 설마 사람이 굶어야 죽으리."

"에이, 딱해!"

아내는 팔을 오들오들 떱니다. 그러면 귀찮은 듯이, 못 본 체하고 한참 위만 쳐다보고 있던 남편은 허허허 하니 너털웃음을 웃으며 번뜻 자빠져버립니다.

이것이 이즈음의 그들의 살림이었습니다.

음력 섣달이 거진 가서 그들의 집은 마침내 공매를 당하였습니다.

그 삼사일 뒤에, ○○신문에는 커다랗게 이런 기사가 났습니다.

연말이 가까워오면서 채귀債鬼[3]에게 시달리는 여러 가지의 비극이 많이 일어나는 가운데, 채귀가 채귀에게 시달려서 유랑의 길을 떠나게 된 사건이 있어서 일부 사회의 이야깃거리가 되었으니 그 자세한 내용을 들건대, 시내 ○○번지에서 전당국을 경영하

---

3 악착같이 이자를 받고 빚 갚기를 몹시 졸라대는 빚쟁이를 비유적으로 이르는 말.

던 김삼덕은 본시 ○○출생으로 ○○정의 빈민굴 가운데 전당국을 개업하고 온갖 포학한 일을 다 하여 무산자의 피를 빨아서 호화로운 생활을 하고 있었는데, 그 호화루움이 과하여 마지마에는 그사이 모았던 재산 전부를 화류계에 낭비하고도 부족하여 무산자의 입질물人質物까지 임의로 처분하여 많은 말썽을 일으키던 가운데, 마침내 인과응보로서 거±이십칠일에 재산 전부를 다른 채권자에게 차압 공매된 바 되어 마침내 유랑의 길을 떠났다는데, 일부 사회에서는 그것을 몹시 통쾌히 여긴다더라.

그로부터 한 달, 각 직업소개소며 공장으로, 집안의 몇 식구를 행여나 살려볼 방도가 생길까 하고 삼덕이는 눈이 벌겋게 되어 돌아다녔습니다. 그러나 말세에 태어난 슬픔을 맛본 뿐, 한 가지의 직업도 그를 받아주지 않았습니다.

이리하여 또 한 달이 지난 뒤에, 위로는 채권자에게 아래로는 프롤레타리아에게 여지없이 착취를 당한 이 소시민의 한 사람은 (그들과 같은 계급의 사람들이 같은 경로를 밟아서 행한 일의 뒤를 좇아서), 마침내 온 가족을 거느리고, 사랑하는 고국을 등지고 만주를 향하여 유랑의 길을 떠났습니다.

— 〈신민〉, 1930. 4.

수정 비둘기[1]

그것은 사람의 마음을 끝없이 무겁게 하는 어떤 가을날이었다.

가슴을 파먹어 들어가는 무서운 병에 시달린 외로운 젊은이는 어떤 날 저녁, 어떤 해안의 조그마한 도회의 거리를 일없이 돌아다니고 있었다. 때는 바야흐로 저녁 해가 바다에 잠기려 하는 황혼이었다.

죽음을 의미하는 불치의 병에 걸린 이 젊은이는 무거운 다리를 골목골목으로 끌고 있었다.

이렇게 일없이 돌아다니던 젊은이는 어떤 집 문 앞에서 그 집 대문턱에 걸터앉아 있는 소녀를 하나 보았다.

---

1 이 작품과 다음에 이어지는 〈소녀의 노래〉, 〈수녀〉는 연작소설 형태를 띠고 있다.

열 두세 살 난 소녀였다.

소녀는 젊은이를 쳐다보았다. 젊은이는 소녀를 내려다보았다.

소녀의 눈은 수정과 같이 맑았다. 진주와 같이 부드러웠다. 젊은이는 소녀에게 가까이 갔다.

"너 몇 살이냐?"

"열두 살."

"이름은?"

"영애."

병 때문에 감격키 쉬운 젊은이는 황혼에 빛나는 그 소녀의 맑고 아름다운 눈에 감격되었다. 젊은이는 지갑을 꺼내 소녀에게 얼마간 주려다가 그 맑은 소녀의 마음에 돈 때문에 사념邪念이 생김을 저어하여 다시 지갑을 넣고 시곗줄에서 수정으로 새긴 비둘기를 떼어서 소녀에게 주었다. 그리고 다시 무거운 다리를 끌고 그 자리를 떠났다.

길모퉁이를 돌아설 때에 젊은이는 뜻하지 않게 또 돌아보았다. 소녀의 맑은 눈은 감사하다는 듯이 그의 뒤를 따르고 있었다.

이태가 지났다.

젊은이의 병은 차차 무거워갔다.

아무 친척도 없는 이 젊은이는 한 사람의 의사와 한 사람의 간호부와 한 사람의 노파를 데리고 이 해안에서 저 해안으로 고치지 못할 병을 행여나 고쳐볼까 하고 돌아다니고 있었다.

또 이태가 지났다.

여느 사람 같으면 벌써 저세상으로 갔을 병이건만 그의 성심의 덕으로 아직까지 끌기는 끌었다. 끌기는 끌었으나 다시 회복될 가망은 없었다.

남쪽 해안, 임시로 지은 그의 요양소에서 그는 고요히 죽을 날을 기다리고 있었다.

그때부터 그는 때때로 사 년 전 가을 어떤 작은 도회에서 본 황혼의 소녀의 눈을 환각으로 보았다.

그는 소녀의 얼굴도 잊었다. 타입도 잊었다. 그러나 자기를 처다보던 그때 그 소녀의 두 눈알만은 아련히 이 젊은이의 눈에 남아서 젊은이의 마음에 아름다운 추억을 주었다.

몹쓸 꿈에서 깨어나면서 식은땀에 젖은 괴로운 몸을 침대 위에 돌아누우면서도 그는 뜻하지 않게 '애—' 하고는 빙그레 웃고 말았다.

어떤 날 황혼, 이 젊은이는 간호부를 불렀다. 그리고 제 침대를 바다로 향한 문 안으로 (머리를 바다 쪽으로 두게) 옮겨놓아 주기를 청하였다.

간호부는 젊은이의 얼굴을 보았다. 그리고 말없이 침대를 그의 지시하는 대로 밀어다 놓았다.

젊은이는 침대에 누운 채로 도로 나가려는 간호부를 불렀다. 그리고 바다를 가리켰다.

"저—기 배가 하나 있지요?"

"어디요?"

"저—기 돛단배."

"네."

"그걸 봐요."

간호부는 그 배를 보았다. 무슨 이유인지를 몰라서 눈을 도로 젊은이에게 돌렸다.

"한참…… 오분 동안만 봐요."

간호부는 다시 배를 보았다.

배를 바라보는 눈을 젊은이는 누워서 쳐다보았다.

젊고 이쁜 얼굴이었다.

그리고 젊고 이쁜 눈이었다.

그러나 젊은이는 그 간호부의 눈에서 사 년 전 어느 저녁에 본 그 소녀의 눈에서와 같은 아름다움은 발견하지를 못하였다.

젊은이는 한숨을 쉬었다. 그리고 간호부에게 도로 나가기를 명하였다.

젊은이의 최후가 이르렀다.

황혼의 해안…… 천하가 붉게 물들어져 있었다. 그리고 그 반사광은 젊은이의 누워 있는 방 안까지 새빨갛게 물들여놓았다.

해안의 물결 소리, 어부들의 뱃노래, 이러한 가운데에서 젊은이는 고요히 눈을 감았다.

사 년 전 어떤 황혼에 본 소녀의 그 눈을 마음으로 보면서 이 젊은이는 고요히 이 세상을 떠났다.

그의 유서가 피로披露[2] 되었다.

2 문서 따위를 펴 보임.

그의 유서에는 사 년 전에 ○○시 ○○골에 살던 그때 열두 살이었던 영애라는 처녀를 찾아서 그 처녀가 그때 어떤 과객이 준 수정으로 만든 비둘기를 갖고 있거든 자기의 유산 전부를 주어 그 비둘기를 사서 자기와 같이 묻어달라는 말이 있었다. 그리고 젊은이는 그때의 그 소녀가 아직껏 그 비둘기를 갖고 있을 것을 의심하지 않고 믿었던 것이었다.

이리하여 그의 주검은 수정 비둘기와 함께 무덤으로 갔다.

— 〈매일신보〉, 1930. 4. 22~26.

소녀의 노래

이러한 생각을 하고 눈을 감고 누워 있던 여余[1]는 한번 기지개를 하고 일어났다. 때는 바야흐로 무르익은 봄날, 곳은 모란봉 턱에 있는 어떤 조용한 곳.

여의 마음은 이제 생각하던 그 이야기 때문에 몹시 적적하였다. 젊은이와 수정 비둘기와 어떤 소녀. 불치의 병에 걸려서 조용히 죽음을 기다리면서 사 년 전에 어떤 도회 길모퉁이에서 본 성도 모르는 소녀의 아름다운 눈을 생각하며 스스로 위로를 받고 있는 젊은이의 이 외로운 마음상은 여의 마음을 움직였다.

소설로도 넉넉히 될 것이다. 그러나 여는 그것을 장황히 늘어놓아 세상의 말 하는바 소설로 서술하기를 피하였다. 위에 끄적

---

1 '나'라는 뜻의 한자어 1인칭 대명사.

인 그런 필법으로도 독자의 마음을 넉넉히 움직일 수 있음을 스스로 믿으므로…… 어떤 감상자는 그 이야기를 한낱 소재에 지나지 못한다 할는지는 알 수 없다. '간단한 서술'과 '소재'는 단순한 감상자에게 흔히 혼동되기가 쉬운 것이므로……. 그러나 '소재'는 사람의 마음을 움직일만한 힘을 가지지를 못한다. '눈 오는 밤이었다'와 '그 밤은 눈이 왔다'와는 서로 다르다. 문자 예술의 감상도 쉽지 않은 일이다.

여는 담배를 붙여 물었다. 그리고 그 자리에서 일어서서 이편으로 돌아왔다. 사쿠라의 만개 때로서 산보객들이 많을 터인데, 보이지 않았다. 꽃향내만 그윽히 코로 들어온다. 종달새가 운다. 종달새? 확실히 종달새의 울음소리였다. 그러나 여는 종달새의 울음소리와 어울려 때때로 들려오는 다른 소리를 들었다.

여는 고즈넉이 산보를 계속하였다.

종달새의 소리와 섞여 나는 소리는 차차 똑똑해졌다. 그것은 어떤 소녀의 창가 소리였다.

창가 소리는 멎었다. 종달새의 소리만 때때로 들렸다.

장방호長房産의 앞에까지 와서 여는 한 소녀를 발견하였다. 창가를 부르던 그 소녀일 것이었다.

여는 소녀를 내려다보았다. 소녀는 여를 쳐다보았다.

"너 몇 살이냐?"

"열두 살."

무얼? 여는 두어 걸음 가까이 갔다.

"이름은?"

무엇이라 대답하였다. 영애는 아니었다. 여는 주머니를 뒤적였다.

그러나 수정 비둘기를 가지고 있지 못한 여는 돈 얼마를 꺼내 소녀에게 주었다.

이편 길모퉁이에서 여는 소녀를 돌아볼까 하였다. 그러나 여는 돌아보지 않고 그냥 길모퉁이를 돌아서고 말았다. 만약 돌아보아서 그 소녀가 이제 그 돈으로 눈깔사탕이라도 사 먹는 광경을 발견하면 그때에 여에게 당연히 일어날 환멸의 비애를 맛보지 않으려고…….

— 〈매일신보〉, 1930. 4. 27.

수녀

여의 산보의 발은 부벽루에 와서 잠깐 멎었다.

"앙꼬모찌……."

"명소名所 사진, 명기名妓 사진 안 사실랴우?"

"기념사진 안 찍으실랴우?"

꽃 아래 서서 자기의 밥과 자기의 살림을 위한 부르짖음이 이곳저곳에서 들렸다.

꿈과 아름다움을 찾으러 발을 끌고 다니던 여는 여기서 듣는 이 온갖 현실적 고규성苦叫聲에 참지 못하여 좀 쉬려던 발을 끌고 다시 을밀대로 향하였다.

을밀대까지 왔으나 거기도 또한 부벽루와 같은 광경이 벌어져 있었다. 여의 발길은 을밀대도 떠났다. 그리고 칠성문으로 향한 꽃의 행렬의 길로 들어섰다.

좀 가다가 꽃가지 아래 잔솔밭을 보니 거기에는 수녀 세 사람이 앉아서 점심을 먹고 있었다. 여는 길을 벗어나서 그리로 발길을 돌렸다.

　점심을 맛있게 먹고 있던 그들은 염치를 불구하고 자기에게 가까이 오는 이 사내에게 놀랐는지 제각기 점심 과자를 다시 종이에 싸고 말았다. 그리고 여를 쳐다보았다. 늙은 수녀 하나와 젊은 수녀 두 사람이었다. 여는 그들의 눈에 당연히 일어날 노여움의 불길을 상상하였다. 그러나 뜻밖에 그들의 눈에는 아무 악의도 없었다. 자! 을밀대로 가지, 하더니 셋이서 한꺼번에 일어서서 저편 꽃 아래로 갈 따름이었다.

　봄바람은 그들을 성모 마리아의 품에서 꽃의 동산으로 끌어낸 것이었다.

　여는 꽃 가운데로 사라져가는 그들의 뒷그림자를 바라보면서 월전月前에 신문에서 본 어떤 이야기를 생각해보았다.

　무대는 황해도 고을이었다.

　어려서부터 하느님의 길에 발을 들여놓은 수녀 S는 서른이 지난 지금까지 아직 이성이라 하는 것을 알지 못하는 순결한 처녀였다.

　그는 성모 마리아를 믿었다. 그리고 그의 끝없는 사랑과 헤아림과 순결성을 믿고 존경하였다. 만약 성모 마리아로서 기뻐하신다 할 것 같으면 그는 서슴지 않고 그의 기다란 머리라도 베어서 제단 앞에 드렸을 것이었다.

　성교회聖教會에서는 교인들의 일용품을 제공키 위하여, 그리고 한편으로는 교회 비용의 얼마라도 얻기 위하여 구매조합 비슷한 것을 경영하였다. 그리고 S가 그 담임이 되었다.

어떤 날 밤이었다. S가 바야흐로 자려고 성모의 존상 앞에 기도를 드릴 때였다. 갑자기 무엇을 사자고 문을 두드리는 소리가 들렸다.

S는 기도를 다 끝낸 뒤에 고즈넉이 일어나서 나가서 문을 열었다. 문을 여는 동시에 웬 사내가 하나 후덕덕 문 안에 들어섰다.

S는 소리를 못 질렀다. 그리고 힘으로 그 사내를 도로 내밀려 하였다. 그러나 사내와 여편네, 힘에는 차이가 있었다. 그는 몸을 와들와들 떨 뿐이었다.

왜 소리를 못 질렀던가? S는 그 뒤에 때때로 스스로 물어보았다. 창피? 세상의 체면? 혹은 영합迎合? 그는 세 가지를 다 부인하고 싶은 한편에 그 세 가지를 다 승인하여야 될 것 같은 기괴한 마음도 섞여 있었다.

그는 매일 밤 깊어서 성모의 존상 앞에서 자기의 더러운 몸을 생각하고는 울었다. 철든 이래로 다만 한 분 제 사랑과 온 정성과 사모함을 바치는 성모 마리아…….

그이는 혹은 제 더럽힌 몸을 밉게 여겨서 돌보지 않으실는지는 모르지만, S는 성모를 저버리고는 살아갈 수가 없었다. 제 몸이 더러웠으면 더러웠을수록 더욱 성모를 힘입고, 그의 너그러우신 사랑 아래 속죄함을 받으려 하였다.

그러나 하느님께서는 이 순결한 처녀를 시험하심에 그만 일로 그치시지 않고 한층 더 어려운 시험을 주셨다. 그의 뱃속에는 마침내 그때의 그 죄악의 씨가 밴 것이었다.

그러나 이 순결한 수녀는 그 시험에도 제 죄악에 대한 벌로서 달게 받았다. 낙태? 자살? 그러한 무서운 죄악은 그는 생각해본 일조차 없었다. 마음의 고통, 남에게 알릴 수 없는 아픔…… 이러한 가운데 새날은 오고 또 갔다.

만삭이 가까웠다. S는 신부에게 몸이 편하지 않다고 며칠의 휴가를 얻어가지고 그곳에서 얼마 안 되는 자기와 피를 나눈 형의 집으로 갔다. 이 마음의 품과 몸의 처치 방책을 의논하려 함이었다. 그러나 급기야 만나매, 입을 열 수가 없었다.

"몸이 편찮아서……."

이런 말을 하고는 역시 고민의 며칠을 보냈다.

해산의 날이 이르렀다.

그것은 밤이었다. 몸이 저리고 배가 참을 수 없이 아픔을 감각할 때에 그는 이것이 해산임을 알았다. 그리고 입을 악물고 아픔을 참았다.

이윽고 한 개의 새로운 생명이 그의 몸에서 떨어졌다. 그러나 그 떨어지는 순간의 아픔은 그로 하여금 아직껏 참고 있던 온갖 인내를 잊어버리고, 아픔의 신음 소리를 내게 하였다.

"왜 그러니?"

큰방에서 형의 소리가 들렸다. S는 허망지망 방금 이 세상에 떨어진 새로운 생명을 제 벗어놓았던 치마로 싸서 이불 속에 감추었다.

형이 건너왔다.

"몸이 아프니?"

"아니, 괜찮아."

"얼굴이 종잇빛 같구나. 의사 하나 부르련?"

S는 손을 저었다. 이 순간 머리에는 성모도 없었다.

방금 세상에 떨어진 새로운 생명도 없었다. 아픔도 잊었다. 세상에 다시없는 창피스러운 일을 해놓은 뒤에, 그것을 남에게 알리지 않으려 함에 그는 온 힘을 썼다.

"저 방에 건너가셔요. 월수月水[1]가……."

형은 아우의 머리를 만졌다. 그리고 아직 순결한 처녀인 제 동생이 월수를 남에게 보이기를 부끄러워함이 당연한 일이라 하고, 근심을 남겨두고, 제 그 지아비의 방으로 건너왔다.

S가 마음을 진정하고 감추었던 치마를 풀어볼 때에는, 방금 세상에 떨어졌던 조그마한 육체는 벌써 차디찬 고깃덩이로 변하여 있었다.

그 뒤의 S의 마음의 고통은 여기 장황히 적을 필요도 없다.

한 가지의 죄악을 감추기 위하여 그는 '사람을 죽인다'는 가장 무서운 죄악을 거듭한 것이었다.

나날이 초췌해가는 동생의 모양은 피를 나눈 형에게도 근심의 재료였다. 형은 제 그 지아비와 의논을 하고, 마침내 동생을 어떤 온정溫井으로 보내기로 하였다.

---

1 '월경月經'을 완곡하게 이르는 말.

S는 온정에 가기 위하여 기차에 몸을 실었다.

그의 그 죄악의 증거물은 아직 치마에 싸인 채로 그의 행장 속에 숨어 있었다.

기차가 어떤 평원을 건널 때였다. 이 세상 사람에 경력 없는 순진한 수녀는 속에서 그 죄악의 증거품을 꺼내 남이 못 보는 틈을 타서 기차의 밖으로 내던졌다. 그리고 제 모든 죄악을 성모께 용서해주시기를 기도하였다. 하느님은 아시겠지만 세상은 감쪽같이 속였거니 하였다. 더욱 큰 마음의 아픔…… 이러한 아래에서도 그는 세상을 속인 데 대하여 얼마만치 안심의 숨을 내쉬었다.

그러나 세상사는 이 순진한 수녀의 마음대로 진행되지 않았다. 벌판에 내려진 보퉁이는 곧 지나가는 이의 눈에 뜨여 주재소에 보고되고, 주재소에서는 전화라는 기관을 이용하여 그다음 정거장에 벌써 '수배'라는 것을 해놓았다.

다음 정거장에 기차가 닿는 순간 세 사람의 순사가 기차에 뛰어올랐다. 그리고 그들은 여인의 얼굴만 샅샅이 뒤지기 시작하였다.

가슴에 죄를 품고 있는 S는 눈을 지르감고 머리를 숙였다. 뚜거덕— 덜거덕— 그들의 발소리는 각각刻刻으로 가까워 온다. 죽음, 그것은 죽음보다도 더 괴로운 찰나였다. 눈을 지르감고 머리를 푹 수그리고 있지만 그의 마음의 눈은 그 순사들의 모양을 똑똑히 볼 수가 있었다.

그들의 발소리는 S의 앞까지 와서 잠깐 멎었다. 그러나 S가 마침내 참지 못하고 머리를 들려 할 때에 그들은 S를 지나가 버렸다. 입고 있는 수녀의 옷은 그들로 하여금 의심할 여지가 없게 한 것이었다.

"마리아시여……."

S의 눈에서는 눈물이 쏟아졌다. 그리고 제 지은 죄에 대하여
더욱 뉘우쳤다.

그는 저고리 소매로써 눈물을 씻은 뒤에 머리를 조금 들었다.

그러나 그때 그의 조금 뒤에서는 뜻밖의 광경이 전개되었다.

순사들은 어떤 얼굴빛 좋지 못한 여인 하나를 붙들어가지고
힐난하기 시작하였다.

S는 무의식적으로 다시 머리를 묻었다. 이 순간 그의 눈과 귀
는 온 감각을 잃어버렸다. 고— 고— 그것은 마치 장마 때의 바람
소리 같은 기괴한 소리가 귀에 울릴 뿐이었다.

한 시간? 두 시간? 얼마를 지났는지 S는 몰랐지만 S는 마침내
머리를 들었다. 그러나 들고 보니 기차는 아직 그 정거장에서 있
었다. 그에게는 한 시간 두 시간같이 보였지만 일분이 되지를 못
하는 짧은 시간이었다.

순사들은 안 내리려는 여인을 끌었다.

"좌우간 내려!"

"난 몰라요."

"내려!"

"몰라요. ○○이 낳은 지 넉 달도 못 되어서 또 아이를 낳을까?"

"내리라면 내리지."

순사는 마침내 완력을 썼다.

그때였다. S는 일어섰다. 그는 더 참을 수가 없었다. 더 볼 수
가 없었다. 하느님 앞에서는 못 감추나마 세상에나 감추어보려던

그의 죄악이 마침내 탄로되고 그 때문에 그의 양심은 그의 온갖 체면과 부끄러움에 감연히 일어섰다. 그는 고즈넉이 순사들의 편으로 걸어갔다.

"아이를 버린 것은 저올시다."

그는 똑똑한 어조로 순사에게 이렇게 자백하였다.

그리고 짐을 싸가지고 순사와 같이 그 정거장에 내렸다.

법률은 그를 죄하리라. 세상은 그를 웃으리라. 종교는 그를 책하리라. 그러나 이 뒤 하느님의 법정에 설 때에는 아무 더러움 없는 순결한 수녀로서 하느님의 오른편의 자리를 차지할 것을 우리는 의심하지 않고 믿는다.

— 〈매일신보〉, 1930. 4. 29~5. 4.

화환

잠결에 웅성웅성하는 소리를 듣고 효남이가 곤한 잠에서 깨어
났을 때에는 새벽 두시쯤이었다. 그가 잠에 취한 눈을 어렴풋이
뜰 때에, 처음에 눈에 뜨인 것은 어머니의 얼굴이었다. 그 어머니
의 얼굴을 보며 어린 마음에 안심을 하면서 몸을 돌아누울 때에
두 번째 눈에 뜨인 것은 아버지였다. 효남이의 다시 감으려던 눈
은 그 반대로 조금 더 크게 떠졌다.

아버지는 어느 길을 떠나려는지 차림차림이 길 떠나는 차림
이었다. 그것뿐으로도 어린 효남의 호기심을 채우기에 넉넉할 텐
데, 아버지와 어머니가 서로 바라보는 얼굴은 과연 이상한 것이
었다. 아버지의 얼굴은 험상스러웠다. 어머니의 얼굴에는 눈물의
자취가 있었다. 그리고 서로 바라보는 두 쌍의 눈…… 거기에는
공포와 증오와 애착과 별리가 서로 어울리고 있었다.

이런 광경을 잠에 취한 몽롱한 눈으로 바라보던 효남이는 자기도 모르는 틈에 또다시 곤한 잠에 빠졌다.

효남이는 열세 살이었다.

그의 아버지는 고물 행상을 하였다.

푼푼이 벌어들이는 돈, 그것은 만약 절용하여 쓰기만 하면 그 집안의 세 식구는 굶지는 않고 지낼만한 것이었다. 그러나 술을 즐겨하고 성질이 포악한 그의 아버지는 제가 버는 돈은 제 용처뿐에 썼다. 집안은 가난하기가 짝이 없었다. 어머니의 품팔이로 들어오는 돈으로 어머니와 아들이 지내왔다.

열두 살부터 효남이도 때때로 돈벌이를 하였다. 활동사진관의 하다모치,[1] 혹은 장의사의 화환 모치, 이런 것으로 때때로 이십 전씩 벌었다. 그렇게 얼마를 지내다가 그는 마침내 K 장의사의 전속으로 되었다.

그의 하는 일이라는 것은 화환을 들고 영결식장까지 장사 행렬을 따라가는 것이었다. 그는 일공으로 십 전씩 받았다. 그리고 화환을 들고 장렬葬列[2]을 따라갔던 날은 특별수당으로 이십 전씩 더 받았다. 그의 수입은 한 달에 평균 잡아서 오륙 원씩 되었다.

그는 아버지와 대면할 기회가 쉽지 않았다. 아버지는 집에서 자는 일이 적었다. 간혹 어떻게 집에서 잔다 할지라도 벌써 효남이가 잠이 든 뒤에 들어왔다가 효남이가 일을 하러 나간 뒤에야 일어났다. 그런지라 엄밀히 말하면 효남이는 제 아버지의 얼굴을

---

1 '선전 깃발을 드는 하급 일꾼'을 가리키는 일본어.
2 영구靈柩를 따라 장사 지내러 가는 행렬.

똑똑히 모른다 할 수도 있었다. 누가 갑자기 효남이에게 '네 아버지의 코 아래 수염이 있느냐, 없느냐' 물으면 효남이는 생각해보지 않고는 대답을 못 하리만치 낯선 얼굴이었다.

이러한 아래에서 자라난 효남인지라 효남이는 제 아버지에게 대하여는 아무런 애착도 가지지 못하였다. 피할 수 없는 핏줄의 힘으로 혹은 남보다 조금 다르게 생각되기는 하였으나, 부자지간에 당연히 있어야 할 애착이라는 것은 없었다.

무뢰한, 인정없는 녀석, 포학한 녀석, 짐승 같은 녀석…… 이러한 이름 아래 불리는 그의 아버지는 효남에게는 오히려 지긋지긋하고 무서운 사람이었다.

효남이는 흔히 제 아버지가 어머니를 때리는 무서운 소리에 곤한 잠에서 깨곤 하였다. 그리고 깰지라도 그는 꼼짝 못 하고 그냥 자는 체하고 하였다.

어렸을 때부터의 경험으로써 만약 방관자가 있으면 (그것이 설혹 철모르는 어린애일지라도) 그의 아버지의 기는 더욱 승승하여서 그의 포악함이 더욱 커지는 것을 잘 알므로 효남이는 설혹 잠에서 깨었을지라도 깬 기색을 아버지에게 알게 하지 않았다. 그리고 혼자서 무서움과 분함으로 몸을 떨곤 하였다.

그날 밤도 웅성웅성하는 소리에 놀라 깬 효남이는 눈을 뜰 때에 눈앞에 당연히 전개되어 있을 활극의 자취를 예기하였다. 그러나 거기는 아무 활극의 자취도 없을뿐더러, 제 아버지의 얼굴에서 오히려 비겁이라고 형용하고 싶은 공포의 표정을 볼 때에 효남이는 안심과 함께 일종의 불만조차 느끼면서 다시 곤한 잠에 빠진 것이었다.

이튿날 아침, 어머니의 앞에서 조반을 먹던 효남이는 문득 어젯밤의 일이 생각나서 어머니를 찾았다.

"어머니."

"왜."

"어젯밤에 아버지 왔었지?"

"음."

"어디 갔어?"

어머니는 대답하지 않았다. 그리고 좀 있다가 손을 들어서 효남의 등을 쓸었다.

"효남아, 너 커서 좋은 사람 되어라."

"아버지 어디 갔어?"

"그리구, 돈 많이 벌구."

"아버지 어디 갔어?"

어머니는 아버지의 간 곳에 대하여는 역시 대답이 없었다. 그러나 효남이는 그때의 어머니의 입에서 새어나온 한숨의 소리를 들었다. 비록 어리나 그런 방면에는 총명한 효남이는 다시 묻지 않았다. 거기에는 무슨 불길한 일이 숨어 있는 것을 효남이는 짐작하였다. 더구나 효남이가 전과 같이 장의사로 가려고 집을 나설 때에 어머니는 전과 달리 그를 문밖까지 바래다주면서,

"너의 아버지는 다시 안 오신단다."

하면서 약한 한숨을 쉬는 것을 보고 효남의 어린 마음에는 까닭은 모르지만 무서운 불길한 예감이 막연히 일어났다.

그날 저녁의 신문지는 이 도회에서 어젯밤에 생긴 무서운 참

극을 보도하여 시민을 놀라게 하였다.

어젯밤에 두 건의 살인 사건이 이 도회에서 생겨났다.

하나는 K 전당국 주인이 참살당한 사건이었다.

그 참살당하는 날 저녁 전당국 주인은 P라는 고물 행상인(효남의 아버지)과 같이 술을 먹으러 나갔다. 좀 더 똑똑히 말하자면 P가 흔히 장품을 매매하는 것을 전당국 주인이 경찰에 밀고한 일이 있었다. 그 때문에 전당국 주인과 P와 한번 크게 싸움을 한 일이 있었다. 이날 저녁은 P가 화해를 하자고 부러 전당국을 찾아와서 주인을 데리고 같이 나간 것이었다. 때는 밤 아홉시쯤이었다.

같이 나간 뿐 그 밤에 돌아오지 않은 전당국 주인은 이튿날 새벽 교외에서 참살되어 있는 것이 지나가는 사람에게 발견되었다.

날카로운 칼로써 얼굴과 가슴을 수없이 찔려서 죽은 그 시체는 몸을 뒤져본 결과 곧 K 전당국 주인이라는 것을 알았다. 그리고 가해자가 P라는 것도 곧 알았다.

그러나 경관이 모의 집에 달려갔을 때에는 P는 벌써 종적을 감춘 때였다.

이것이 신문에 나타난 한 가지의 살인 사건이었다.

그리고 또 한 가지의 살인 사건은 이러하였다.

○○파출소를 지키고 있던 경관 모(일인)가 새벽 세시쯤 행동이 수상한 사람을 하나 붙들었다. 그리고 주소 성명을 물을 때에 그 흉한은 갑자기 가슴에 품었던 칼을 꺼내 순사를 찔렀다. 그러나 먼저 한 칼을 맞은 순사는 기운 센 흉한을 대적할 수가 없었다. 순사는 몇 군데 칼을 맞고 그 자리에 넘어졌다. 그리고 흉한은 종적을 감추었다. 순사는 지나가는 사람에게 발견되어 곧 병원으

로 가서 응급치료를 하였으나, 새벽 여섯시에 마침내 절명되었다. 그 순사의 말한바 인상으로써 흉한은 P인 것이 짐작되었다.

그리고 경찰서에서 조사한 바의 그 결론은 이러히었다.

고물 행상인 P는 이전부터 원한이 있던 전당국 주인을 화해를 핑계 삼아서 데려내다가, 어떤 곳에서 술을 먹여 취하게 한 뒤에 교외까지 끌고 가서 거기서 참살을 한 뒤에 새벽 두시쯤 제집에 들러서 길신가리를 차려가지고 이 도회를 달아나다가 파출소 앞에서 순사에게 힐난을 받게 되매 그는 자기의 범행이 발각된 줄로 지레짐작하고 그 순사까지 죽여버리고 이 도회를 달아나서 어디로 종적을 감춘 것이라……고.

소문은 소문을 낳았다. 그리고 한 사람의 입을 지날 때마다 거기는 얼마의 거짓말이 더 보태졌다.

그 사건은 과연 이 작은 도회의 시민을 놀라게 할만한 참극이었다. 물건을 사고팔고, 아이가 나고 늙은이가 죽고 때때로 비가 오고, 꽃이 피고 지고, 이러한 사건밖에 특수한 사건이라는 것은 쉽지 않던 이 도회에 이번에 생겨난 이 사건은 어떤 의미로 보아서는 너무 단조한 이 도회의 사람에게 대한 한 자극제라 할 수도 있었다. 곳곳에서 사람들은 그 이야기를 하였다. 그리고 이제 장차 일어날 흉한과 경관의 추격전을 예상하고 거기에 비상한 흥미를 느꼈다.

효남이가 일을 하는 ○장의사에서도 일꾼들 사이에 그 이야기의 꽃이 피었다. 그러나 효남이가 그 흉한 P의 아들이라는 것을 아는 사람은 없었다.

효남이는 그들의 이야기를 들었다. 그리고 어젯밤에 잠에 취하였던 눈으로 잠깐 본 아버지의 얼굴을 문득 생각하였다.

사람을 죽인다는 것은 얼마만치 큰 죄악인지는 효남이는 똑똑히 몰랐다. 더구나 장의사에서 일을 보는 아이로서 장사를 매일과 같이 보는 그로서는 죽음에 대한 공포는 다른 아이들과 같이 심히 느끼지 않았다. 그러나 (통상시에는 그렇게 험상스럽고 횡포스럽던) 아버지의 얼굴에 어젯밤에 나타났던 오히려 비겁이라고 하고 싶은 얼굴을 생각할 때에 그의 어린 마음에도 알지 못할 괴상한 공포와 쓸쓸함이 복받쳐 올랐다. 더구나 아침에 나올 때에 어머니의 하던 그 말과 여기서 지껄여대는 일꾼들의 이야기를 대조해보고, 그는 무슨 알지 못할 커다란 비극이 또한 일어나려는 것을 예감하였다.

"잡히면 사형이지?"

"암, 순사까지 죽였는데, 사형이고말고."

"잡힐까?"

"글쎄, 경찰이 하도 밝으니깐……."

일꾼들은 이런 이야기를 하였다.

그런 이야기를 그들의 뒤에 앉아서 듣고 있는 효남이는 어린 마음을 괴상한 공포로 말미암아 뛰어놀면서도 자기가 그 '흉한'의 자식이라는 것을 아무도 모르는 것을 오히려 다행히 여겼다.

그날 저녁, 효남이가 집에 돌아왔을 때에 어머니는 이불을 쓰고 누워 있었다. 그러나 뚱뚱 부은 얼굴은 그가 몹시 운 것을 증명하였다.

어머니는 밤에도 몇 차례를 울었다.

효남이도 그 울음의 뜻을 막연하나마 짐작하였다. 어떤 까닭인지 똑똑히는 몰랐지만 어머니의 울음은 아버지의 이번 사건 때문인 것은 짐작되었다. 그리고 그는 어머니에게 아무 말두 안 하였다. 어머니가 울 때마다 자기도 까닭 없이 눈물이 내리는 것을 참고 돌아눕고 할 뿐이었다. 하려야 할 말이 없었다. 위로하려야 위로할 말조차 효남이는 알지 못하였다.

통상시에는 못된 녀석이라고 그렇게 아버지를 꺼리던 어머니의 지금의 태도는 어떻게 보면 효남에게는 이상하게까지 보였다. 그 이상한 점이 어린 효남이로 하여금, 사건을 좀 더 중대시하게 하였다. 효남의 마음에는 막연하나마 아버지가 잡혔을까 안 잡혔을까에 대한 근심 비슷한 의문이 움 돋았다.

그 사건에 대한 이튿날 신문 기사는 시민의 호기심과 긴장을 더 돋우었다. 이 도회에서 삼십 리쯤 되는 ○산이라는 산에서 어떤 나무꾼이 강도를 만났다. 강도는 칼로써 초부를 위협하고, 옷을 바꾸어 입고, 종적을 감추었다. 그 강도가 남기고 간 피 묻은 옷으로 그것이 P인 것이 확실하였다…… 신문은 이렇게 보도하였다.

이튿날 아침, 신문은 호외로써 그 사건의 그 뒤의 경과를 보도하였다.

○산 주재소에서 당직 순사가 변소에 간 틈에 어떤 도적이 들어와서 장총 한 자루와 화약과 탄환 다수를 도적하여 간 것과, 그로부터 한 시간 뒤에 웬 험상궂은 자가 그 주재소에서 삼 릿길쯤 되는 산골짜기에서 나무 베는 아이를 습격하여 그 아이의 먹던

옥수수를 빼앗아 갔다는 것과, 경찰부에서는 이십 명의 경관을 ○산으로 급송시켰다는 보도가 한꺼번에 발표되었다.

시민들은 차차 흥분되었다. 그들은 그 흉한이 범한 죄악에 대하여는 아무 관심도 안 가졌으나 경관 대 흉한의 추격 내지는 경쟁에 비상한 긴장을 느낀 것이었다.

"이러다가는 잽힐걸."

어떤 사람은 근심 비슷이 이렇게 말하였다.

"잡히고야 말아."

어떤 사람은 이런 말을 하였다.

"제기, 아무래도 잡힐 이상에는 한 이십일 끌다가 잽혔으면 좋겠네."

어떤 사람은 노골적으로 이렇게 말하였다.

이러한 가운데에서 어린 마음을 죄고 있던 효남이는 자기로도 뜻밖에, 제 아버지에게 대하여 차차 이상한 애착의 감정이 일어나는 것을 깨달았다.

그 밤, 곤한 잠에서 깨어난 효남이는 제 곁에 당연히 누워 있어야 할 어머니가 없는 것을 보고 퍼뜩 놀랐다. 그리고 어머니가 들어오기를 잠깐 기다려본 효남이는 (설혹 변소에 갔더라도 넉넉히 들어올 시간까지) 안 들어오는 것을 보고 옷을 주워 입고 문밖에 나가보았다. 그리고 앞길에서 어머니를 찾지 못한 효남이는 집 뒤로 돌아가 보았다.

어머니는 뒤에 있었다. 어머니는 집 뒤 담벼락에 조그마한 단을 묻고 거기에 촛불을 켜고 그 앞에 꿇어앉아 있었다. 처음에는 영문을 몰랐지만 그것이 아버지에 대한 어머니의 정성인 것이 짐작되자 효남이의 어린 눈에도 눈물이 솟았다. 효남이는 발소리 안 나게 방으로 돌아와서 이불을 머리까지 뒤집어썼다. 그의 눈에서는 눈물이 하염없이 솟았다.

이윽고 어머니가 들어왔다. 그리고 제 아들이 자지 않는 기척을 보고, 아들을 찾았다.

"효남아, 너 자지 않니?"

효남이는 울음을 그치려 하였다. 그러나 할 수 없었다. 아직껏 속으로 울던 울음은 어머니의 그 소리와 함께 폭발되었다.

어머니는 아들을 끌어당겼다.

"아무리 고약해도 네 아버지로구나."

이것이 한참 뒤에 어머니가 한, 다만 한마디의 말이었다.

이튿날 신문의 보도는 시민의 긴장과 호기심을 여지없이 돋우어 놓았다.

경찰부에서 간 이십 명의 경관은 그곳 경관 삼십 명과 동리 사람 육십 명과 합력을 하여 그 ○산을 둘러쌌다. 그리고 그 산 가운데 숨어 있는 범인을 수색하였다. 범인의 손에는 총이 있기 때문에 막 덤벼들기가 힘들었다.

제1대를 지휘하는 어떤 경부警部가, 대원들과 떨어져서 풀을 헤치며 산을 기어 올라갈 때였다. 어떤 바위틈에서 흉한이 갑자기 경부의 눈앞에 나타났다. 그리고 놀라는 경부를 거꾸러뜨리고 경부에게서 브라우닝과 탄약을 빼앗은 뒤에 그 브라우닝으로 경부를 쏘아 죽이고 아래에서 덤비는 경관들을 향하여 두 방을 놓은 뒤에 유유히 풀 수풀 가운데로 종적을 감추었다 하는 것이었다.

이때부터 신문은 범인의 이름을 쓰지 않고 살인마라는 대명사를 썼다.

잡히기만 하면 어차피 사형이 될 흉한의 손에 한 자루의 장총과 한 자루의 권총과 다수의 탄약이 들어갔다 하는 것은 그 흉한을 잡으려는 경관들에게는 끔찍하고 진저리나는 사실에 다름없었다. 그날 밤으로 경찰부에서는 사십 명의 경관을 응원으로 또 보냈다.

"인제야 잽혔지."

"그럼, 될 데가 있나."

시민들은 그의 운명을 이렇게 선고하였다.

이러한 소문을 듣고 이러한 선고를 들을 때에 효남이의 마음은 무슨 커다란 공포 앞에 선 것과 같은 명료하지 못한 무서움을 느꼈다. 그리고 그 가운데에는 그의 아버지는 이젠 죽은 목숨이라는 막연한 생각도 섞여 있었다.

이튿날 아침 당국은 시민에게 이와 같은 성명을 하였다.

○산은 지금 이곳에서 간 경관 오십 명과 그곳 경관 전부와 촌민 백여 명으로 포위를 하고 각각으로 그 포위 그물을 죄어가서 오늘 아침의 전화를 의지하건대, 그 그물의 범위가 일 평방 리가 못 되니 이제 범인은 자루에 든 쥐다. 다만 시간문제만 남아 있다. 적어도 오늘 오후 네시 전으로 '범인 포박'이라는 기꺼운 소식에 이를 줄을 의심하지 않고 믿는다…….

그날은 비가 부슬부슬 왔다. 이러한 가운데에서 그 사건에 극도로 긴장된 시민들은 연하여 경찰서에 전화를 걸었다.

오후 다섯시쯤, 비보는 경찰서에 이르렀다. 범인은 마침내 잡힌 것이었다.

포위대가 그 범위를 차차 좁혀서 상대의 거리가 삼십 간쯤 되었을 적에 복판 가운데쯤 되는 수풀 사이에서 웬 장한壯漢[3]이 하나 일어섰다. 그리고 손에 들었던 총과 브라우닝을 앞으로 던지고,

"자, 잡아가라."

하며 두 팔을 썩 벌렸다. 그런 뒤에는 하하하 하고 웃었다. 포위대는 모두 뜻하지 않게 엎드렸다. 그러니까 그 장한은 제가 경관들 있는 편으로 걸어왔다. 이리하여 손쉽게 잡은 것이었다.

이 말이 효남의 귀에 들어올 때에 효남이는 가슴이 덜컥 내려앉았다. 그리고 자기도 무엇을 하여야 할지 모르면서 허덕허덕 집으로 달려왔다.

어머니는 바느질을 하고 있었다. 그 앞에 털썩 주저앉으며 효남이는 간단히,

"잽혔대."

하고는 머리를 돌리고 말았다.

어머니는 바늘과 일감을 내려뜨렸다. 그리고 효남의 얼굴을 바라보았다. 그런 뒤에 얼굴이 차차 하얗게 되다가 베개를 발로 끌어당겨서 거기 드러눕고 말았다.

모자는 한마디의 말도 사귀지 않았다.

이튿날 장의사에 갔던 효남이는 의외의 장례를 따라가게 되

---

3 몸집이 건장하고 힘이 센 남자.

었다. 그것은 그의 아버지 모가 이 도회를 달아나던 날 밤에 죽인 그 순사의 장례였다.

처음에 효남이는 그 장례가 누구의 장례인지를 몰랐다. 조상객이 대개가 경관인 것을 보고 어렴풋이 어떤 경관의 장사인 줄 알 뿐이었다. 그러다가 누구가 추도문을 읽을 때에야 그는 그 주검의 주인을 알았다.

추도문은 물론 일본말로서 일어의 지식이 그다지 풍부하지 못한 효남이로서는 다 알아듣지는 못하였으나 그 뜻만은 넉넉히 짐작하였다. 그는 그 흉한을 장례의 전날 잡은 것은 고인의 신령의 도움이라 하였다. 그리고 그 흉한의 포학스러움과 고인의 용감스러움을 되풀이하였다.

어린 마음에 일어난 극도의 분노와 불유쾌함과 부끄러움으로써 그 행렬을 따라갔던 효남이는 장의사에 돌아와서 기진맥진하여 토방에 넘어지고 말았다.

좀 뒤에 주인에게서 특별수당으로 이십 전이 나왔다. 효남이는 그것을 받아서 주머니에 넣었다. 그러나 그는 그것을 받아야 옳을지, 안 받아야 옳을지 몰랐다. 정당한 노동의 보수로서 그것을 받는 것이 결코 부끄러운 일은 아닐 것이었다. 그러나 그의 양심과 자존심의 한편 구석에서는 그 돈을 거절해버리라는 명령이 숨어 있었다.

효남이는 주머니 속에서 그 돈을 쥐었다 놓았다 몇 번을 하였다.

그날, 효남이의 아버지는 이곳 경찰서로 호송되어왔다.

"너 돈 있니?"

효남이가 저녁때 집으로 돌아온 때에 기다리고 있던 그의 어머니가 첫 번 물은 말이 이것이었다.

"얼마나 있니?"

효남이는 말없이 주머니에서 아까 받은 그 이십 전을 꺼내 어머니 앞에 놓았다.

어머니는 그 돈을 집어가지고, 치마를 갈아입으면서 변명 비슷이,

"너희 아버지가 이리로 왔다누나. 장국 한 그릇이라두 사 들여 보내야지."

하면서 밖으로 나갔다.

효남이는 황망히 나가는 어머니의 뒷모양을 바라보았다. 그리고 아까 그 돈을 모아 넣은 것이 잘되었다 생각하였다. 그 생각 속에는 복수를 하였다는 것 같은 통쾌한 생각조차 약하나마 섞여 있었다.

— 〈신소설〉, 1930. 5.

죽음

1-1

여는 어떤 벗의 딸의 주검을 따라서 진남포 공동묘지에 가본 일이 있다. 그것은 겨우 해토가 시작된 이른 봄이었다.

아직껏 다른 곳의 공동묘지를 본 일이 없는 여인지라 비교는 할 수 없으나 진남포의 공동묘지는 '참담' 그 물건이었다. 그것은 사람의 주검을 묻으려고 작정해놓은 지역이라기보다 죽음을 모욕하기 위하여 만들어놓은 제도라고 말하고 싶을 만큼 참담하였다. 겨우 해토 때로서 겨울 동안에 갖다가 묻은 무덤들은 아직 그 위에 덮은 거죽의 빛도 변하지 않고 그 거죽이 바람에 날아남을 막으려고 두어 줌씩 올려놓은 흙에는 아직 손자국이 남아 있었다. 그리고 겨울 동안에 그 작은 진남포에서 웬 사람이 그리 많이 죽었는지 눈앞에 저편 아래까지 보이는 무덤은 모두 아직 송장 내가 나는 듯한 새 무덤뿐이었다.

진남포의 공동묘지는 산비탈이었다. 그리고 땅은 발간 흙이었다. 글자 그대로 새빨간 무덤이 산마루에서 저편 아래까지 규칙 없이 (더구나 땅 한 평에 주검 하나씩을 묻었는지라 그 주먹만큼씩한 무덤과 무덤의 사이에는 사람 하나가 통행할 자리조차 없이) 수천 개가 놓여 있으며, 아직 나무 빛이 변하지 않은 묘패에는 그 죽은 사람의 이름과 죽은 날짜(그것도 모두가 소화 오 년)가 씌어 있었다. 미상불 이 관과 저 관은 서로 머리와 발이 맞닿았을 것으로서, 말하자면 부세浮世[1]에서는 서로 알지 못하던 사람이 여기에서는 공동묘지라는 제도 때문에 뜻에 없는 친밀을 서로 주고받는 셈이었다.

그날은 바람이 몹시 부는 날로서 모두 무덤 위에 덮은 (아직 빛은 변하지 않은) 거죽들은 벗어질 듯이 펄럭였다. 산비탈의 괴상스러운 바람 소리와 새빨간 흙더미 위에서 펄럭이는 거죽은 어떤 의미로 보아서는 처참하달 수 있었다.

벗의 딸의 무덤 자리는 산마루에 가까운 곳이었다.

그날은 또 한 패의 장례가 있었다. 그리고 주검의 무덤 자리는 벗의 딸의 무덤 자리와 잇달아서 바로 윗자리였다. 두 개의 주검이 나란하게 놓여 있고 일꾼들은 구멍 두 개를 파고 있었다. 아랫구멍의 윗끝과 윗구멍의 아래 끝의 거리는 두 자에 지나지를 못하였다.

---

1 덧없는 세상.

그것을 구경하고 있던 여는 문득 생각난 일이 있어서 아래로 발을 옮겼다. 그것은 작년 봄에 심장마비로 열일곱 살이라는 아까운 나이로 저세상에 간 B의 무덤을 찾아보려 함이었다. 여는 그의 죽음을 신문에서 보았다. 그리고 언제 진남포를 갈 기회가 있으면 한번 그의 무덤을 찾아보리라고 늘 생각하고 있던 것이었다.

여는 처음에는 주검을 존경하는 뜻으로 무덤을 발로 밟지 않고 내려가 보려 하였다. 그러나 무덤과 무덤 사이에 발 하나를 들여놓을 자리가 없는 진남포의 공동묘지에서는 도저히 그러한 재간은 할 수가 없었다. 여는 어떤 무덤 위에 올라섰다.

겨우 해토 때로서 얼었던 흙이 녹아서 여가 올라서는 순간 여의 무게 때문에 발 짚은 곳은 서너 치 쑥 들어갔다. 여는 발을 궁글면서 그다음 무덤의 꼭대기로 건너뛰었다. 무덤은 역시 쑥 들어갔다. 이 무덤 꼭대기에서 저 무덤 꼭대기로 또한 그다음 무덤 꼭대기로…… 여는 마치 캥거루와 같이 경중경중 뛰면서 아래로 아래로 내려갔다. 한 무덤에서 한 무덤으로 건너뛸 때마다 (마음상이 그런지) 여는 발로써 이상한 저항력을 감각하였다. 그것은 결코 흙의 저항력은 아니었다. 목판木板, 공허…… 그것은 마치 기선의 갑판에 내려뛰는 것과 같이 일종의 형용하지 못할 공허를 발로써 감각하였다.

지금에 생각하면 그것은 지극히 부도덕한 일이었다. 소재가 분명하지 못한 무덤 하나를 찾느라고 여가 발로써 밟은 수효는 오백으로써 혜지 못할 것이었다. 그리고 여가 밟은 곳은 모두 무덤의 마루인지라 말하자면 죽은 이의 배, 혹은 가슴의 직상直上일 것이었다.

1-2

이리하여 한 시간이나 한 덩이의 흙더미를 찾느라고 헤매다가 못 찾고 산마루에 돌아왔을 때에는 벗의 딸의 주검은 벌써 몇 줌의 흙 아래 감추어졌고 미지의 사람을 넓은 구멍에 넣으려고 방금 들어 넣는 때였다.

본시 이런 것에 대하여 공포증이 있는 여는 돌아서 버리려 하였으나 이상한 호기심은 여로 하여금 여의 마음과는 반대로 오히려 두어 걸음 가까이 나아가서 구경하게 하였다.

널은 굵은 바에 걸쳐서 네 사람의 손으로 구멍 아래까지 옮겨다 놓았다. 그때에 여의 눈에 몹쓸 호기심과 함께 불유쾌하게 비친 것은 널에서 흐르는 사수死水였다. 널의 머리쪽이 높아질 때는 밑으로, 밑이 높아질 때는 머리 쪽으로, 사수가 뚝뚝뚝 땅에 떨어졌다. 널 속에는 얼마나 사수가 괴어 있는지 관이 지나간 자리는 마치 물지게 지나간 자리와 같이 역연히 알아볼 수가 있었다. 차차 호기심이 더해진 여는 두어 걸음 더 났다. 여와 무덤 구멍과의 거리는 세 걸음이 되지 않도록 가까웠다.

관은 묘혈 속에 들어가기 시작하였다. 그러나 겨냥을 잘못하였던지 들어가던 관은 중도에 걸렸다.

"삽!"

"호미!"

관은 다시 빼내어 묘혈에 가로 걸쳐놓았다. 그리고 구멍을 더 깎았다.

좀 깎아낸 뒤에 관을 다시 넣었다. 그러나 아직 깎아낸 것이 부족하였던지 또 중도에서 걸렸다.

"더 파야 돼."

"그럼 도로 들어낼까?"

"아니, 넉넉할 텐데 어디 눌러봐요. 누르면 들어갈걸."

서로 이런 소리를 주고받던 그 일꾼의 한 사람은 발로써 관 머리를 내리찧었다. 덜컥하니 머리가 땅에 닿는 소리가 났다. 아래쪽도 쿵 하니 구멍 속에 들어가 놓였다.

거기까지 보고 있던 여는 벗들의 재촉에 못 이겨서 그 자리를 떠났다. 대단한 불유쾌와 기괴한 호기심을 남겨둔 채로…….

그날 밤 여는 여관에서 매우 곤하여 저녁상을 물린 뒤에 곧 자리를 펴고 불을 끄고 누웠다. 피곤 때문에 생겨나는 상쾌한 졸음은 여의 온몸을 지배하였다. 차차 잠에 빠져들어 가려 할 때에 여의 머리에는 광막한 벌판이 떠올랐다.

끝없는 벌판과 끝없는 하늘, 어두컴컴한 빛, 상쾌한 음악, 그때였다. 그 광막한 벌판에 문득 난데없는 무덤이 하나 불끈 솟아올랐다. 그것을 군호로써 그 넓은 벌판은 수천만 개의 주먹만큼씩한 새빨간 무덤으로 변해버렸다. 그 위에는 거대한 관이 하나 흐늘흐늘 흔들리고 있었다. 묘혈은 관보다 작았다. 커다란 발이 하나 나타나서 관의 머리를 찼다. 사수의 흐른 자리가 있었다…….

여는 스스로 책망을 하고 혀를 차면서 돌아누웠다. 즉 발에서는 아까 무덤 꼭대기에서 꼭대기로 뛰어다닐 때에 받은 그 기괴한 공허를 다시 감각하였다.

아직껏 온몸을 지배하던 졸음은 어디론가 사라져 없어졌다.

그리고 여의 머리를 지배하는 것은 기괴한 광막한 벌판과 문득 생기고 문득 없어지는 수없는 무덤과 흐늘거리는 넋이었다.

여는 이편으로 돌아누웠다. 저편으로 돌아누웠다. 이리로 저리로 돌아누우면서 여는 온갖 망상을 잊어버리려고 애를 썼다.

여는 여의 생애 가운데에서 가장 유쾌했던 일을 생각해보려 하였다.

1-3

어느 것이 가장 유쾌하였나? 낚시질? 소년 시기의 산보? 결혼? 동경 시내? 방탕? 지금 유쾌하게 생각나는 것은 하나도 없었다. 그리고 그 추억의 끝은 모두 한결같이 기괴한 망상으로 몰려들었다. 낚시질하는 푸르른 강은 광막한 벌판으로 변하였다. 소년 시기의 산보는 여의 머리를 모란봉 뒤에 있는 묘지로 끌고 갔다. 온갖 생각은 모두가 의논한 것같이 한결같이 여를 또다시 기괴한 망상으로 끌어들였다.

동시에 여의 베개가 차차 불편해지기 비롯하였다. 베개는 왜 얼굴 전면을 괴도록 만들지 않았나. 베개에는 귀가 놓일 자리를 왜 좀 들어가게 하지 않았나. 베개는 모름지기 사람의 머리에 꼭 들어맞게 머리는 좀 낮고 목은 좀 높게 만들어야 할 터인데 사람에게는 그만 눈치도 없다.

또 왜 두 팔은 양옆에 달려서 모로 누워 자기에 이렇게 불편하게 되었나. 팔이 앞뒤에 달렸으면 모로 누워 자기에 오직 편찮겠나.

아홉시가 지났다. 열시도 지났다.

여는 역시 잠을 못 들고 세상의 온갖 것을 저주하면서 이리 돌아누웠다 저리 누웠다 하고 있었다.

열두시도 지났다. 사면은 고요해졌다. 여의 방은 이 여관의 사랑채로서, 넓은 사랑채에 묵고 있는 손은 여 한 사람밖에는 없었다. 이 사실은 여의 마음을 산란하게 하였다. 더구나 (잃어버리지 않기 위하여, 그리고 한편으로는 도적이 온다 할지라도 이 방은 빈방으로 알리기 위하여) 방 안에 들여놓은 여의 구두는 여를 괴롭게 하였다.

그 구두는 여의 머리에서 두 자가 되지 못하는 거리에 놓여 있었다. 그리고 구두는 아까 묘지에서 송장의 가슴 위를 밟고 뛰어다니던 그것이었다. 뿐이랴, 혹은 그때에 흐른 그 시수를 밟았는지도 모를 것이었다. 이것이 생각나면서 여는 얼른 그 구두를 등지고 돌아누웠다. 그때부터 여는 다시는 그 구두 쪽으로 돌아눕지를 못하였다. 그리고 옴짝을 못할 공포 가운데에서 조금씩 조금씩 바지를 향하여 움츠려 들어갔다. 할 수 있는 대로 그 구두와의 거리를 멀리하려 함이었다. 이리하여 새로 한시가 칠 때에는 여는 다리를 기역자로 꺾고야만 누워 있을 만큼 움츠려 들어갔다.

두시도 지났다. 그러나 여는 그냥 잠이 못 들고 인젠 더 움츠려 들어갈 곳은 없으므로 옴짝도 못 하고 누워 있었다. 숨도 크게 못 쉬었다.

마침내 여는 커다란 용기를 냈다. 도저히 더 참을 수가 없었던 것이었다. 여는 벌떡 일어나면서 전등줄을 잡아가지고 불을 켰다. 그리고 목침으로 구두를 윗목으로 밀어놓은 뒤에 가방 속에서 최면제 아달린을 꺼내 극량 이상을 먹은 뒤에 얼른 불을 끄고 다시 누웠다.

이리하여 여는 겨우 잠이 들었다.

여는 그 뒤 때때로 생각하였다. 그때에 무엇이 여의 신경을 그렇듯 자격刺激하였던가.[2]

죽음? 그것은 그렇듯 무서운 것인가. 그것은 한낱 '정지'로써 간단히 설명해버리면 안 될 것인가?

죽음은 우리의 생활에 얼마나한 가치를 가지고 있는 것인가.

여는 여의 들은 바의 몇 가지를 가지고 기록하여 죽음이 사람의 생활에 무엇과 비교할만한 가치를 가지고 있는지 생각해보고자 한다.

1-4

D가 이 일본 사람이 경영하는 여관에 사환 애로 처음 들어왔을 때에는, 그가 열두 살 나는 아직 철없는 시절이었다.

평양에서 오십 리쯤 되는 어떤 촌의 농가의 아홉째 아들로 태어난 그는, 생활을 위하여 어려서부터 제 입은 제가 쳐야만 되는 운명에 붙들렸다. 동리 집 아이 보기에서 면소의 사환 애로……여덟 살 적에 벌써 집을 떠나서 제 입 치기 시작한 그는, 열두 살

---

2 자극을 받아 급하고 세차게 움직이다.

이라 하는 나이는 아직 다른 아이들 같으면 동서를 분간 못 할 나이였건만 D에게는 그런 방면의 지혜는 벌써 넉넉히 있었다.

그는 온갖 것을 탄하지 않고 일하였다.

D가 열아홉 살이 되었다. 그는 사환에서 가쿠히키[郭ん]³로 승격하였다.

많은 공상과 꿈으로 보낼 이 좋은 시절도 D에게는 그다지 별한 느낌을 주지 못하였다.

"조선 명물 노에, 조선 인삼 노에……."

늘 이러한 콧소리를 하면서 정거장에 드나드는 것으로 그는 일과를 삼았으며, 그는 그것으로 또한 만족하였다. 공상이라 하는 것은 이 젊은이에게는 아무런 뜻도 가지지 못한 것이었다.

그가 스물한 살이 되었다. 그해 봄, 그 여관에는 아이 보기를 겸한 '어머니'로서 탄실이라는 열여덟 살 된 조선 계집아이가 들어와 있게 되었다.

이 사실은 아직 공상이라는 것을 모르고 스물한 살까지 자란 이 젊은이에게도 심상찮은 마음의 떨림을 일으키게 하였다. 그는 때때로 일하는 탄실이의 무르익은 뒷모양을 바라보고는 몸을 떨고 하였다. 그러나 그뿐이었다. 그 이상 어떻게 할 줄을 몰랐다.

한 달이 지나고 두 달이 지났다.

---

3 '호객 행위를 하는 사람'을 가리키는 일본어.

일본 사람 여관에서 일하는 두 조선 사람, 가쿠히키와 어머니, 두 청춘…….

여기는 자연의 결합이 있지 않을 수 없었다. 만야 생기지 않았다 하면 천도가 무심하다.

한 달, 두 달이 지나는 동안에 둘은 어느덧 사랑하는 사이가 되었다. 그들의 천국은 공상이라는 도정을 뽑아 먹고 그들 앞에 나타났다. 그리고 공상이라는 도정을 뽑아 먹느니만치 더욱 맹렬하였다.

주인과 손님들이 잠든 뒤에 두 청춘은 뒤뜰에서 사랑을 속삭였다. 사람들이 보는 데서는 지나가는 길에 슬쩍 몸을 건드려보는 것으로 자기네의 사랑을 나타냈다.

사랑이라 하는 것은 괴상한 물건이었다. 아직껏 달밤의 아름다움을 느껴보지 못한 그들은 서로 사랑을 속삭이기 비롯한 뒤부터는 달밤의 비상한 아름다움에 오히려 몸을 소스라쳤다. 잠든 거리의 아름다움도 뜻하지 않았던 바였다. 만월, 그믐달, 달 없는 하늘, 혹은 폭풍우며 무서운 우렛소리까지라도 사랑하는 두 청춘을 즐겁게 하였으며, 그들의 미감美感의 대상이었으며, 그들의 꿈과 공상의 대상이었다.

아직껏 평범하고 쓸쓸하고 외롭다고 보던 이 세상이란 것의 뜻밖의 아름답고 즐거움에 그들은 경이의 눈을 던졌다.

2-1

그러나 하느님은 너무나 공평하셨다. 즐거운 일은 반드시 비극으로 막을 닫히게 지휘하는 하느님이셨다. 탄실이의 배가 차차 부르기 비롯하였다. 두 사람의 눈으로 보면 사랑의 씨, 다른 사람의 눈으로 보면 불의의 씨…… 탄실이의 뱃속에 생겨난 한 개의 생명은 차차 자랐다.

'가법家法을 범한 불의.'

탄실이의 배가 남의 눈에 감추지 못하리만치 커졌을 때 주인에게서 이러한 선고가 내렸다. 이리하여 그들은 그 여관에서 쫓겨나왔다.

그들은 성안에 있는 어떤 조선 사람의 여관에 몸을 던졌다. 객보客報에 적은 '부처'라는 명색이며, 한방에서 거처하고 한 이부자리에서 마음 놓고 자는 것은 그들의 마음에 형용하기 어려운 공포에 가까운 희열을 주었다.

신혼한 부처…… 이러한 명색 아래 그들은 팔다리를 뻗치고 여관에 묵어 있었다.

그러나 그들의 마음은 때때로 예고 없이 엄습하는 괴상한 기분 때문에 전전긍긍하였다.

것은 무엇? 그들은 그것의 정체를 몰랐다. 때때로 '야단'이라고밖에는 형용할 수가 없는 괴상한 기분이 폭풍우와 같이 그들의 마음을 엄습하고 하였다. 서로 웃음을 주고받으며 서로 사랑을 속삭이며 마치 어린애의 각시놀이와 같이 재미있게 지내는 그들도 마음속은 늘 극도로 긴장되어 있었다.

뜻하지 않게 한숨을 쉰 뒤에 그 한숨 쉰 까닭을 말하지 못하여 다투고 반복하였던 일까지 있었다.

그러나 이러한 기분으로 언제까지든지 지낼 수는 없었다. 정체가 분명하지 못하던 괴상한 기분은 차차 구체화하여 그들의 마음에 똑똑하고도 거대한 그림자를 주었다.

공상을 모르고 따라서 '장래'라 하는 것을 모르고 지내던 그들의 앞에 갑자기 '장래'라 하는 괴물이 나타났다. 긴 생애와 (당연히 있어야 할) 가정과 장차 생겨날 여러 개의 자식에게 대한 어버이의 책임이라 하는 것은 결코 그들을 언제까지든지 각시놀음과 같은 공포 속에 묻어두지 않을 것이었다.

그들의 앞에는 어둠이 있었다. 참담히 있었다. 주림과 괴로움이 있었다. 눈물과 부르짖음과 아픔이 있었다. 한 가지의 '권리'를 못 가진 그들의 앞에 천백 가지의 의무와 책임과 어려움이 있었다. 그것과 싸우기에는 그들은 너무 약하였다.

공포와 환락의 현재에 앉아서 암담한 장래를 엿볼 때에 그들은 거기 대하여 일절 이야기하기를 꺼렸다. 할 수만 있으면 생각도 안 하려 하였다. 때때로 몸을 고민하듯이 떨 뿐이었다.

어떤 날 밤 자리 속에서 젊은 아내는 이런 말을 하였다.

"죽으면 속상한 걸 모르갔디?"

남편은 혀를 차고 돌아누웠다.

열두시가 지났다. 한시도 지났다.

남편은 아내가 아직 자지 않는 것을 보고 아내 편으로 돌아누웠다.

"오마니 보구프디 않우?"

아내는 대답 없이 한숨을 쉴 뿐이었다. 그리고 몸을 약간 떨었다.

2-2

이튿날 밤 깊어서 여관에서는 두 개의 위독한 생명이 자혜의 원으로 실려갔다. 넘치는 정열과 장래에 대한 공포에 위협받은 젊은 남편이 (아내에게 의논조차 없이) 사온 쥐 잡는 약을 아내는 말없이 승인한 것이었다. 그리하여 밤이 들기를 기다려서 그 약을 한 통씩 떡에 발라서 먹은 것이었다.

3

D와 탄실이가 묵고 있던 곁방에는 여의 우인入 일본 사람 I 씨가 묵고 있었다. 그날 저녁 I 씨에게는 손님이 찾아왔다.

곁방에서는 젊은 남녀가 혹은 느끼며 혹은 속살거리는 소리가 끊겨졌다 이어졌다 들려왔다.

"곁방에서 저런 소리가 나면 혼자서 주무시기 거북하지 않아요?"

손님은 이런 이야기를 하면서 웃었다. 밤 깊어서 손님이 돌아간 뒤에 I 씨는 자리를 펴고 누웠다. 그리고 곁방에 대한 불쾌와 호기심을 마음에 품은 대로 꿈의 나라로 들어갔다.

새벽 두시쯤 I 씨는 곁방에서 나는 심상찮은 소리에 깼다. 그러나 깨어서 보니 역시 신음하는 소리지 별다른 소리는 아니었다.

I 씨는 그 신음하는 소리에 별한 연상을 해보고 몹시 불유쾌해져 돌아눕고 말았다. 그러나 이 때문에 그의 졸음은 산산이 헤어져 버렸다. 그리고 I 씨의 신경은 차차 날카로워갔다.

신음 소리의 뒤끝에 여인의 토하는 소리가 들렸다. 그러고는 등을 쓸어주는 소리가 들렸다.

뒤를 연하여 사내가 또 토하였다. 사내와 여편네 두 사람의 신음 소리는 차차 커갔다. 그러면서도 사내는 일어나서 걸레로 그 토한 것을 모두 훔쳐서 문을 열고 내다 버리려 뜰로 나갔다.

오분이 지나서야 사내는 돌아왔다. 그리고 맥이 빠졌는지 덜컥하니 마루에 걸터앉아 숨을 태우는 소리가 들렸다. 그러고는 마루에서 또 토한 사내는 그것을 모두 훔친 뒤에 방 안으로 기어들어가서 털썩 몸을 내던졌다.

'무엇에 체한 모양이군.'

I 씨는 이렇게 판단하고 단잠을 깬 것을 분하게 여기면서 담배를 피웠다.

곁방에서는 남녀의 소곤거리는 소리가 연하여 들렸다. 조선말을 잘 모르는 I 씨는 무슨 이야기를 하는지는 몰랐지만 그 진실한 어조로써 결코 그것은 경박한 이야기가 아닌 것은 짐작할 수가 있었다.

이윽고 사내는 또 토하였다. 이번에는 내장까지 쏟아내는 듯한 소리였다. 쿵쿵 고민하며 올라 뛰는 소리도 들렸다. 여편네도 또 고민하기 시작하였다. 쿵쿵 쾅쾅 두 남녀는 몸을 올라 뛰면서 고민하였다. 단말마의 부르짖음이 연하여 나왔다.

I 씨는 마침내 혀를 차고 허리띠를 다시 매며 일어났다. 그리고 책망을 하든 의사를 불러주든 하려고 마루로 나가서 곁방 문을 열었다.

아픔 때문에 다른 정신이 없는 두 남녀는 자기네 방에 사람이 들어온 것조차 모르고 고민하다가 몇 번을 어깨를 흔들린 뒤에야 겨우 알았다. 그리고 공중걸이를 하던 몸을 억지로 진정하였다. 그들의 얼굴은 무서운 아픔을 참느라고 밉게까지 되어 있었다. 몸은 와들와들 떨었다. 그리고 사내는 몸을 일으켜서 쓰러질 듯 쓰러질 듯하면서 걸레를 집어다가 방 안을 또 훔치기 시작하였다.

이때에 I 씨의 눈에 뜨인 것은 몇 개의 쥐 잡는 약의 빈 곽이었다.

'빠가(바보)…….'

I 씨는 허망지망 뛰어나왔다. 그리고 주인을 깨우며 일변 자동차를 부르며 경찰서에 전화를 하며 응급치료를 명하며 하였다.

자동차가 왔다. 두 위독한 생명은 자동차로 자혜의원으로 보냈다.

그러나 자혜의원에 채 도착하기 전에 젊은 아내는 이 세상을 떠났다. 자혜의원에 내리면서 남편도 또한 제 사랑하는 아내 뒤를 따라갔다.

4

생활이라 하는 커다란 괴물 앞에는 죽음이란 진실로 가벼운 것이었다. '생활의 공포'와 '정열'에 직면하여 D와 탄실이가 죽음의 길을 취한 것은 우리가 매일 신문지상에서 보는 바로 별로 신기할 것이 없다. 여기서 저기서 비슷비슷한 일이 매일 몇 개씩 일어나는 것을 신문지는 우리에게 보도한다.

D와 탄실이의 죽음에서 오히려 우리가 더 기이하게 느끼는 바는 죽기 순간 전까지 자기의 토한 것을 감추기 위하여 걸레를 들고 방 안을 훔치던 그의 태도였다. 그러면 '체면' 혹은 '체재'라 하는 것은 사람으로 하여금 순간 뒤에 이를 '죽음'까지 잊어버리게 하리만치, '죽음'이라 하는 것은 '체재'나 '체면' 때문에 잊어먹을 만치 그림자가 약하고 가벼운 것인가?

'죽음보다도 강하다.'

이 말은 아직껏 가장 강한 힘을 형용하려고 사람이 만들어낸 형용사였다. 그러나 우리는 여기서 '죽음'보다도 강한 '체재'를 보았다. 그러면 인생에 관한 죽음의 가치란 그렇듯 가벼운 것인가?

여는 어떤 날 이 이야기를 어떤 회석에서 꺼낸 일이 있었다. 그때에 그 회석에 있던 모 씨가 이런 실례를 들어 여의 말에 찬성하였다.

지금은 몇 개의 학교와 기상대가 들어앉았고 저녁때의 평양 시민의 산보 터로 되어 있는 만수대는 삼십 년 전만 해도 소나무 몇 개만 서 있는 무시무시한 언덕이었다. 그리고 그 가운데에는 죄수를 목맸다는 소나무가 있었다.

그 소나무는 여의 어렸을 때에도 그냥 서 있었다. 인과라 할까, 숙명이라 할까. 다른 소나무들은 아직 그냥 청청할 때에 그 소나무만은 벌써 고목이 되어 있었다.

그 소나무가 아직 청청하고 때때로 사형수를 매달던 때의 이야기니까 벌써 삼십 년 이전의 일인 것이었다. 그때에 한창 장난꾸러기의 모 씨는 사형이라도 있는 날은 온갖 일을 제쳐놓고 그 구경을 다녔다.

어떤 날, 강도 셋이 사형을 받게 되었다. 세 명을 끌어다 내다 놓고 이날이 마지막 날이라고 친척들이 가져온 술이며 음식을 먹인 뒤에 사형을 집행하게 되었다.

그 소나무에 늘인 바를 향하여 지척지척 가던 죄수의 한 명은 우연히 거기 놓인 돌부리를 찼다. 동시에 신이 벗겨졌다. 죄수는 털썩 주저앉았다. 그리고 몸을 틀어서 그 신을 도로 집어다가 신은 뒤에 다시 일어서서 세 걸음 앞에 있는 바 아래까지 가서 목을 디밀었다. 이리하여 명 아닌 목숨을 거기서 끊었다.

그러면 그 죄수는 신짝이 그렇게 아깝던가? 혹은 관습의 힘이 죽음의 순간 전에도 그로 하여금 주저앉아서 신을 도로 신게 하였는가.

그 어느 방면으로 보든 죽음이라 하는 것이 사람의 생활에 가지고 있는 가치의 그다지 크지 못함이 증명되지 않나.

동리 집에 불이 붙어도 신짝을 미처 못 신고 뛰어나가는 '사람'이, 자기의 신 벗어진 것을 의식하리만치 죽음이란 것은 사람의 생활에 관련이 적은 것인가.

여는 또 한 가지의 죽음의 가치를 생각해보고자 한다.

5

전라남도 어떤 고을에 이李라 하는 젊은이가 있었다. 가세도 보잘것없고 문벌도 보잘것없는, 말하자면 생리학이 말하는바 '몸집'밖에는 아무것도 없는 젊은이였다. 똑똑치는 않으나 그의 할아버지는 백정이란 말까지 있었다.

그는 홀어머니를 모시고 행화杏花[4] 장사로 그날그날 지내고 있었다.

어떤 날, 그것은 늙은이의 마음까지도 다시 젊게 하는 어떤 봄날이었다. 그리고 젊은이의 마음은 더욱 정열과 희망과 공상으로 떨리게 하는 어떤 봄날이었다. 그러한 봄날 저녁 이 젊은 행화 장수는 역시 봄의 향기에 유혹된바 되어 그 동리 뒤에 있는 동산을 일없이 거닐고 있었다. 그리고 눈 아래 벌여 있는 동리를 내려다보면서 그 가운데 같이 '생生'을 즐긴 미지의 많은 처녀들을 머리에 그려보면서 혼자 기뻐하고 있었다.

그때에 문득 그의 시야 한 편 끝에 알지 못할 분홍빛의 점 하

4 살구꽃.

나가 걸핏 지나갔다. 그의 눈은 뜻하지 않게 그리로 향하였다. 그것은 그 동리뿐 아니라 그 근방 일대의 재산가요 세력가인 J○○ 씨의 집 한 채의 건넌방이었다. 그리고 분홍빛의 점은 쪽 발가벗은 처녀였다. 그의 눈이 그리로 향했을 때에 그 처녀는 벌써 속옷을 입었다. 그리고 앉아서는 버선을 신는 즈음이었다.

그러나 아아, 그 풍만한 육체! 흐드러진 몸집! 무르익은 젖가슴! 기다란 머리!

젊은 행화 장수는 눈알이 앞으로 쏟아져 나올 듯이 뜨고 정신없이 거기를 바라보고 있었다. 처녀는 옷을 다 입고 그 방에서 나와 다른 방으로 사라져 없어졌다.

그날 밤이 깊어서야 젊은 행화 장수는 제집에 돌아왔다. 그는 그때껏 그 동산에서 처녀가 다시 뜰에 나타나는 것을 기다리고 있었던 것이었다.

이튿날도 그는 하루 종일을 그는 그 동산에서 J 씨 집 뜰만 내려다보고 있는 것이었다.

그 뒤부터 그는 날만 밝으면 동산에 올라갔다. 그리고 밤이 들어서야 집에 돌아왔다. 얼굴도 똑똑히 못 본 그 처녀는 젊은 행화 장수의 온 마음을 거머쥐었다. 심방에서 자라는 처녀, 뜰 출입조차 꺼리는 아름다운 임을 다시 한 번 볼 기회를 얻어보려고 날마다 날마다 동산에 올라가서 그 집 뜰만 내려다보고 있는 이 젊은 행화 장수는 마침내 애타는 가슴을 억제하지 못하여 병상에 넘어졌다.

그의 병에는 백약이 쓸데가 없었다. 가세가 넉넉지 못한 그로써 고명한 의원은 볼 수가 없었지만 그를 진맥한 의사마다 그의 병에 대하여 제각기 다른 병명을 대고 제각기 다른 약을 주었다.

젊은 행화 장수는 의사가 주는 약마다 다 말없이 받아먹었다. 그러나 제 병에 대하여 가장 확실한 판단을 가지고 있는 이 젊은 이는 그러한 모든 약이 아무 쓸데가 없음을 가장 똑똑히 알고 있었다.

마침내 그의 병의 원인은 그의 어머니도 알게 되었다. 정신없이 한 헛소리에 첫 기수幾數[5]를 채고 캐물어서 그 원인을 자백시킨 것이었다.

자식을 사랑하는 부모의 마음은 세상의 그 무엇에 비기지 못할 만큼 큰 것이었다. 어머니는 자기네 집안과 J 씨 집안의 문벌을 비교할만한 이성도 잃었다. 자기 집안의 가세도 잊었다. J 씨 집안의 세력도 잊었다. 자식을 사랑하는 오직 일편단심은 어머니로 하여금 아직껏 오십여 년간을 경험해온 세상의 온갖 관습이며 염치를 잊게 한 것이었다.

어머니는 J 씨 집 하인을 찾아갔다. 그리고 그 집 하인에게 온갖 것을 다 말하고 뒷일을 부탁하였다.

뜻밖에 회답이 며칠 뒤에 이르렀다. 그것은 그 동리에 사는 J 씨 집 하인의 먼 일가 되는 집에서 어느 날 젊은 행화 장수와 처녀를 만나게 하자는 것이었다.

그날 흥분으로 말미암아 들뜬 행화 장수는 새 옷을 갈아입고

5 낌새.

그 집을 찾아갔다. 일어날 기운조차 없도록 쇠약한 그였지만 세상에 다시없는 기꺼운 소식은 그로 하여금 없던 힘을 내게 한 것이었다.

그러나 그가 커다란 희망을 품고 이르렀을 때에 뜻밖에 장정 서너 사람이 달려들어서 그를 결박을 해놓았다.

어머니는 집에서 사랑하는 아들의 행복을 위하여 잠이 못 들고 이리 뒤채고 저리 뒤챌 동안 아들은 영문도 모르고 결박을 당하여 어두컴컴한 움에 꾸겨 박혀 있었다.

그날 밤부터 사흘 그는 물 한 모금 못 먹고 결박을 당한 채로 그곳에 박혀 있었다. 그를 결박한 사람들은 그 뒤에는 잊어버렸는지 그의 앞에 얼씬도 안 하였다. 그리고 사흘째 되는 저녁 경찰의 힘으로 그가 구원을 당했을 때 그는 혼수상태에 빠져 있었다.

한 달이 지나서야 그의 몸은 회복되었다. 동시에 이상하게도 몇 달을 두고 애타하며 안타까워하던 그의 마음도 회복되었다.

인위적 죽음이 커다랗게 그의 위에 그림자를 비출 때에 그의 마음에 불붙던 온갖 정열과 사랑은 퇴각을 한 것이었다.

'죽음'은 '사랑'보다도 강하였다.

6

사랑은 가장 크다고 옛날의 철인이 우리에게 가르쳤다.

그러나 여기서 죽음으로써 위협을 받고 퇴각한 사랑을 발견할 때에 우리의 생활 가운데 사랑보다도 더 큰 가치를 갖고 있는 '죽음'의 한쪽 면을 볼 수 있다.

우리가 역사를 펼 때에 거기는 죽음으로써 위협을 받고 자기의 온갖 영예나 지위를 내던지고 일생을 굴욕적 생활에 담근 많은 제왕을 발견할 수 있다.

그러면 '죽음'이라 하는 것은 사랑보다도 더 무거운 것인가. 제왕의 기세와 영예와 지위보다도 더 무거운 것인가. 한낱 '체재'보다도 가볍던 '죽음'(조그마한 한 '관습'보다도 가볍던 '죽음'), 그 '죽음'은 또 여기서 사랑보다도 무겁고 '제왕의 권세와 영예'보다도 무거운 한편 면을 우리에게 보여주었다.

그러면 어느 것이 죽음의 참말 '면面'인가.

여는 몇 가지의 '죽음'을 또 나열해보고자 한다.

7

여배우 메리는 어떤 날 성냥을 긋다가 불티가 날아드는 바람에 얼굴에 조그마한 상처를 받았다. 유명한 외과의사 몇 사람이 그 상처를 치료하였다. 달포를 문밖에도 안 나가고 메리는 성심을 다하여 상처를 치료받았다. 상처는 조금 빛이 검을 뿐 다 나았다. 메리는 다시금 무대에 나섰다. 그 밤의 연극은 진행되었다. 러브신이었다. 애인 되는 사람은 마리(메리가 분장한)를 부둥켜안고 뺨에 키스를 하였다.

그때에 문득 메리는 제 뺨에 있던 상처가 생각났다. 화장으로써 그 검은 자리를 감추기는 하였지만 이제 그 키스에 화장이 벗겨지지나 않았나 초조해지기 시작한 그는 연극은 되는 대로 해버리고 들어왔다.

그 뒤부터는 무대에 나설 때마다 그 상처가 마음에 켕겼다. 손님들이 자기를 바라보는 것은 그에게는 뺨의 상처를 보는 것 같아 연극이 되지를 않았다. 거기에 대한 번민이 차차 과하여져 신경쇠약에 걸린 그는 마침내 자살을 하였다.

여기서 우리는 '미모'보다도 가벼운 '죽음'을 보았다.

안은 어떤 조그마한 산촌의 처녀였다. 그는 늘 자기의 미모를 자랑하였다. 그 자만심이 과하여진 그는 자기의 미모로써 도회 사람을 놀라게 할 양으로 도회에 나왔다. 그러나 도회 정거장에 내리는 순간부터 안의 코는 낮아졌다. 정거장에서 그는 자기보다 훨씬 아름다운 얼굴의 소유자를 수없이 본 때문이었다. 거기 대한 번민의 끝에 그는 마침내 자살을 하였다.

여기서 '자존심'보다도 가벼운 '죽음'도 보았다.

병고病苦의 자살, 빈고貧苦의 자살, 공포의 자살, 이런 것은 너무 평범한 일이매 예를 들 것은 없거니와 당연히 사형을 받을만한 죄를 지은 범인이 고문의 품에 참지 못하여 범행을 자백하는 것은 '일시적 고통'보다도 가벼운 '죽음'의 한 면을 보여준다.

제 죽음을 피하기 위하여 사랑하는 자식이나 사랑하는 아내를 죽이는 것은 '본능애'보다도 무거운 '죽음'의 일면도 보여준다.

8

　그러면 그 어느 것이 죽음의 진실한 '면'인가? 혹은 사랑보다도 무겁고 혹은 체재보다도 가벼운 면을 가지고 있는 '죽음'의, 생활에 대한 진정한 가치는 어느 것인가.

　죽음은 신성하다 한다. 그러면 죽음이란 그런 잡된 비교를 허락하지 않고 그런 문제 위에 엄연히 초월해 있는 '범하지 못할 신성체'인가?

　죽음이란 풀지 못할 커다란 수수께끼다.

— 〈매일신보〉, 1930. 6. 9~19.

무능자의 아내

1

기차는 떠났다.

어두컴컴한 가운데로 사라지는 평양 정거장이며 한 떼씩 몰려서 있는 전송인들의 물결을 내다보고 있던 영숙이는 몸을 덜컥하니 교자 위에 내던졌다. 그리고 왼편 손을 들어서 곁에 앉아 있는 어린 딸 옥순이의 머리를 쓸었다.

"옥순아, 집에 도로 가고 싶지 않니?"

옥순이는 무엇이라 입을 움찔거렸다. 그러나 기차의 덜걱거리는 소리에 옥순이의 소리는 들리지 않았다.

잠깐 옥순이의 얼굴을 들여다보고 있던 영숙이는 어린 딸을 위하여 공기침空氣枕[1]에 바람을 넣어서 잘 준비를 하였다. 그리고 옥순이를 눕혀놓은 뒤에 자기는 교자 한편 끝에 바짝 붙어 앉아서 머리를 창에 의지하고 눈을 감았다.

비창하다고밖에는 형용할 수 없는 느낌이 7의 가슴을 무겁게 하였다. 그것은 괴롭고 무거운 기분이었다. 그러나 또한 어딘지 모르지만 통쾌하다는 느낌이 섞여 있는 기분이었다.

출분[2]······.

어떻게 보면 오랫동안 계획했던 일이라고 할 수도 있고, 어떻게 보면 돌발적 심리라고 할 수 있는 괴상한 심리의 결과인 이번 행동에 대하여 영숙이는 자기 행동에 여러 가지의 변명을 하고자 아니 하였다.

그가 이번의 이 일을 머리에 첫 번 그려본 것은 벌써 이 년 전이었다. 방탕한 남편 방종한 남편, 무능자, 그러면서도 아내에게 대하여는 그 지아비로서의 온갖 권리와 심지어는 정도 이상의 호의와 희생을 요구하는 남편, 아내의 무지를 저주하면서도 자기의 무지를 자각하지 못하는 남편. 이러한 남편 아래서 육칠 년 동안을 그는 참고 살았다.

어떤 때에 그는 남편의 대리인이라는 명색으로 법정에 선 일도 있었다. 온갖 일에 대하여 참견하기 싫어하는 남편을 위하여 어떤 때에는 대금업자에게 돈 주선을 하지 않을 수 없는 경우도 있었다. 남편이 만나기 싫어하는 손님은 그가 대신하여 회견하였다. 차차 줄어들어 가는 재산을 남편을 대신하여 관리하지 않으면 안 될 그였다. 이곳저곳에 널려 있는 토지의 소작인들과 일을

---

1 속에 공기를 불어넣어서 쓰는 베개.
2 도망하여 달아남.

치르러 나가는 것도 영숙이의 직책이었다. 때때로 있는 관청 교섭조차 영숙이가 대신 보지 않으면 안 되었다. 말하자면 영숙이는 그 집안의 주부인 동시에 또한 가장이요 대표자였다.

집안의 온갖 일을 아내에게 맡겨두고 남편은 번번 놀고 있었다.

때때로 변변찮은 소설을 써서 발표하는 것과 방탕의 길을 밟는 것, 이것이 남편의 하는 일이었다. 그밖의 일은 아무런 것이든 남편은 내버려두었다.

"오늘 지주회에 안 가보세요?"

"흥!"

"오늘 강 건너 밭을 좀 돌아보러 가세요."

"흥!"

"대서소에서 사람이 왔는데요."

"흥!"

이리하여 남편이 내던진 일은 아내가 맡아보지 않으면 안 될 경우에 있었다.

영숙이의 성격은 활달하였다. 그는 여자로서의 온순함을 가지지 못한 대신 사내로서의 활발함과 능함을 가졌었다. 처음에는 남편이 하기 싫어하는 일을 마지못해 대신 보기 시작하였지만 그러는 동안에 그는 어느덧 그런 일에 대하여 흥미를 느꼈다. 그리고 거기에 따르는 긍지를 느꼈다.

'무능자인 남편을 대신하여.'

그의 마음에는 어느덧 이와 같은 자랑에 가까운 마음이 움 돋기 시작하였다. 이리하여 그들의 기괴한 부부 생활은 시작된 것이었다. 남편은 방탕의 길을 밟으며 때때로 생각나면 소설이나 쓰고,

그밖의 사회에 대한 일이며 가정에 대한 일은 전혀 영숙이의 권리에 속하는 바가 되고 영숙이의 의무에 속하는 바가 되었다. 영숙이는 사회에 대하 ᄀ 집의 대표자였으며 또한 가정의 주군에 다름없었다. 그리고 남편은 그림자 엷은 한 식객에 지나지 못하였다.

2

그러던 남편이 갑자기 이 년 전에 무슨 사업을 시작한다고 덤벼댔다. 그리고 아직껏 남아 있는 토지 전부를 저당을 하여서 이만여 원이라는 돈을 만들어가지고 토지 관개 사업을 시작하였다.

그러나 아무런 일에든지 숫자적 관념이 부족한 남편의 하는 일이 성공될 리가 없었다. 그해 가을로 그 사업은 총독부의 불허가라는 조건하에 폐쇄해버리지 않을 수가 없었다.

다른 사업 같으면 재물을 헐가로 팔아서 하다못해 반 본전이라도 거두지만, 집어넣은 돈은 허가만 안 되면 한푼도 거두지 못할뿐더러 원상회복이라는 데 오히려 밑천을 넣지 않으면 안 되는 것이었다. 이리하여 그 집의 거대하던 재산은 남편의 몇 해의 방탕과 관개 사업 실패에 한푼도 없이 파산하지 않을 수가 없게 되었다.

이때에 남편은 후덕덕 경성으로 달아났다. 그리고 재산의 정리를 아내에게 일임하였다.

'출분……'

그때부터 막연히 영숙이의 머리에는 이런 생각이 맴돌았다. 더구나 그때 마침 남편의 책장에서 얻어내어 읽은 〈인형의 집〉은 그의 생각에 어떤 실행성까지 띠어주었다.

그는 노라가 왜 달아났는지 똑똑히 이해하지 못하였다. 헬머는 노라를 사랑하였다. 헬머는 현명한 남편이었다. 영숙의 남편과 같이 무능하고 무책임한 남편이 아니었다. 노라는 헬머를 존경하였다. 그러한 분위기 가운데에서 행복을 느끼고 있던 노라가 무슨 까닭으로 달아났는지 이것은 이지의 덩어리인 영숙에게는 이해하지 못할 일이었다. 그러나 그는 거기 나타나 있는 그 '통쾌'에 공명점을 발견하였다. 그때부터 그는 그것을 도저히 하지 못할 일이라 부인하면서도 마음의 한편 구석에서는 늘 출분이라는 생각을 하였다.

반년 뒤에 남편은 서울에서 돌아왔다. 그때는 그 집안의 재산은 영숙이의 손으로 전부 정리되고 정리한 나머지 수삼천 원의 돈이 있을 뿐이었다. 그러나 영숙이는 남편에게 그런 이야기는 하지도 않았다. 정리하니깐 한푼도 남지 않았다 하였다.

남편은 거기 대하여 깊이 묻지도 않았다.

'출분……'

이 생각은 나날이 영숙이의 마음에 일어났다. 그러나 그는 한번도 거기 대하여 구체적으로 생각해본 적이 없었다. 전과 같이 역시 살림을 주관하였다. 전과 같이 옷감이며 기명[3]도 끊임없이 사들였다. '출분'이라 하는 것은 그의 머리에 깊이 박혀 있는 희망이며 신념인 동시에 또한 한편으로는 아무 진실성도 띠지 않

---

3 살림살이에 쓰는 그릇을 통틀어 이르는 말.

은 공상과 같았다. 여전한 살림은 그냥 계속되었다.

영숙이는 때때로 마음으로 발을 굴렀다. 호화롭고 금전에 아무 부자유가 없던 과거의 생활로써 미래를 미루어 볼 때에 발을 구르는 것 뿐으로는 그 안타까움이 사라질 리가 없었다. 그러나 이렇게 속으로 발을 구를 때마다 그의 마음속에는 '출분'이라 하는 생각이 더욱 굳게 못 박혀졌다.

삼천 원(그가 지금 감추고 있는)으로는 넉넉히 오 년간의 공부는 할 것이었다. 오 년간의 공부는 여자로서 능히 한집안의 생활을 유지할 직업을 구할만한 지식은 얻을 것이었다. 무능한 남편을 제쳐놓고 이제 이 집안을 먹여나갈 용감스럽고 위엄성 있는 자기…… 이러한 그림자조차 언제부터인지 차차 그의 머릿속에 그려지기 시작하였다.

남편은 아무 말도 안 하였다. 남편의 마음은 단순한 것 같고도 남에게 알지 못할 깊은 곳이 있었다. 남편은 이 파산조차 모르는 듯이 거기 대하여는 일절 입을 여는 일이 없었다. 다만 뒷그림자가 어딘지 모르지만 외로워가고 얼굴이 초췌해갈 뿐 불평도 불만도 가책도 없는 모양이었다. 그리고 아침에 깨면 강에 나가서 낚시를 강에 던지고 고기가 와서 물기를 기다리며, 밤이 깊어서야 집에 돌아오고 하였다. 한숨조차 남이 듣는 데서는 그의 입에서 나온 일이 없었다.

3

그의 집에 집달리가 왔다. 그리고 몇 가지의 동산을 집행하였다.

여기서 영숙이는 마침내 결심하였다. 그리고 그 준비로서 팔아서 돈이 될 물건을 차례로 전부 돈으로 바꾸어두었다가 남편이 물아래(한 십여 리 되는 대동강 하류)로 낚시질을 내려간 기회를 타가지고 마침내 집을 떠나기로 한 것이었다. 남편이 산보할 때에 쓰는 모자에 '공부하러 떠나노라'는 간단한 글을 넣어놓고 사내아이는 할머니에게 맡겨놓은 뒤에 딸자식 하나만 데리고 남행 기차에 몸을 실은 것이었다.

그러나 급기야 떠날 때까지도 그의 마음에는 자기의 장래에 대하여 구체적으로 아무러한 복안腹案⁴도 가지지를 못하였다. 다만 막연히 서울까지의 차표를 사가지고 떠난 것이었다. 뿐만 아니라 그의 마음속에는 이제 한 주일 이내로 다시 평양에 돌아와 그 집안의 주부 노릇을 할 자기를 어렴풋이 예상하고 있었다. 천하에 다른 모든 일은 불간섭주의이지만 두 자식에게 대하여만은 끔찍이도 헤아림을 가지고 있는 남편을 버리고 떠나는 그가, 더구나 공부를 하겠다는 결심으로 떠나는 그가 어린 딸 옥순이를 데리고 떠난 것도 여기에 대한 복선이라 할 수도 있었다.

물론 영숙이에게는 영락된 가정에 대하여는 아무런 집착도 없었다. 무능자인 남편에 대하여도 역시 그러하였다. 그러나 그의 조상이 수천 년간을 지켜온 바의 습관과 인습은 아무 애착도 없

---

4 겉으로 드러내지 아니하고 마음속으로만 생각함. 또는 그런 생각.

는 집안일망정 다시 돌아와서 주권을 잡을 날과 때를 그에게 예상하게 한 것이었다.

쉽게 말하자면 그는 노라가 아니었다, 따라서 노라와 같이 공상과 막연한 추상적 관념 때문에 집을 떠난 것이 아니었다. 이즈음의 음울한 심사를 좀 삭이기 위하여 잠깐의 여행으로 떠나는 길에 전에부터 늘 그의 머리의 한편 구석에 잠겨 있던 '출분'이라 하는 공상을 극적으로 가미한 데 지나지 못하였다. 따라서 이번의 이 출분은 어떻게 보면 오래전부터의 계획적 사건으로도 볼 수가 있는 동시에 어떻게 보면 공상이 낳은 한 연극에 지나지 못하는 것이었다.

그의 마음은 비창한 심사로 찼다. 기차는 비상한 속력으로 밤의 중화평원을 닫는다. 그 가운데 앉아서 눈을 감고서 이런 생각 저런 생각을 하고 있는 그는 그 비창한 생각 때문에 눈껍질 속에 눈물까지 고이려 하였다.

그는 고즈넉이 눈을 떴다. 어린애는 아직 자지 않는지 몸을 벅적 벅적 긁고 있었다. 영숙이는 머리를 어린애에게 가까이 가져갔다.

"옥순아, 너 아직 안 자니?"

옥순에게서는 대답이 없었다. 그러나 눈을 슴벅슴벅하는 것이 어린애의 자지 않는 것을 증명하였다. 똑똑히 까닭은 모르지만 무슨 커다란 사건에 당면한 듯한 느낌으로 어린애는 잠을 못 드는 모양이었다. 영숙이는 옥순이의 겨드랑이로 손을 넣어서 가만히 어린애를 쳐들었다.

"옥순아, 왜 안 자니?"

옥순이는 손으로 눈을 부비면서 떴다.

"왜 상기 안 자니?"

옥순이는 졸음에 취한 듯한 눈을 차차 크게 뜨면서 어머니의 얼굴을 쳐다보았다. 몹시 영리하게 생긴 그 눈은 왜 그런지 영숙에게는 무엇을 인책하는 듯이 보였다. 영숙이는 옥순이를 끌어다가 뺨을 마주 부볐다. 그리고,

"너 어디 가는지 아니?"

하고 물었다. 옥순이는 머리를 설레설레 저었다. 그리고 마치 속삭이듯,

"몰라."

하였다.

"우리는 먼 데 간단다. 인제는 집에 도루 가지 않구…… 아버지와 오라비와 다시 못 만난다."

그는 입을 더듬어서 옥순이의 어린 입을 찾았다. 그리고 거기다가 자기의 온갖 정열을 다 부어서 입을 맞추었다.

그의 눈에서는 하염없이 눈물이 나왔다. 그 눈물을 감추기 위하여 그는 눈을 옥순이의 머리에 묻었다.

4

이튿날 아침 서울에서 기차를 내린 영숙이는 어린 딸을 데리고 자기의 친구 은실이의 집을 찾아 들어갔다. 은실이는 영숙이의 친구인 동시에 은실이의 남편은 또한 영숙 자기의 남편과 가

까운 벗에 다름없었다. 정확히 말하자면 은실이의 남편과 자기의 남편이 친구이므로 은실이와 자기도 자연히 사귀게 되었고, 사귀어 나가는 동안에 서로 마음을 풀어헤친 벗이 된 것이었다.

"너무 속상해서 좀 놀러 왔소."

이런 간단한 변명으로 그는 자기의 이번 일을 설명할 뿐, 은실이에게 대하여서도 기어이 말하지 않았다. 남의 속사정을 알 길이 없는 은실이는 더 깊이 묻지도 않았다.

그러나 이러한 가운데서도 영숙이의 마음은 어떤 기대로 늘 터질 듯이 긴장되었다. 서울로 온 지 이틀이 지나고 사흘이 지난 때부터는 그의 마음은 차차 긴장되기 시작하였다. 하루에 두 번씩 있는 북에서 오는 기차 시간 뒤 한 시간쯤은 그의 마음은 거의 터질 듯이 긴장되고 하였다.

자기가 만약 달아났다는 것을 알기만 할 것 같으면 남편은 한 기차를 유예하지 않고 서울로 올라올 것은 틀림없는 사실이었다. 남편이 자기에게 대하여는 아무 애착도 없는 것은 영숙이로서는 뻔히 아는 바였으나 딸자식 옥순이에게 대한 끝없는 사랑은 남편으로 하여금 그의 뒤를 따르지 않을 수가 없게 할 것이었다. 그리고 서울로 오기만 하면 그의 행방을 알아보기 위하여 첫발로 은실이를 찾아올 것도 또한 의심할 여지가 없는 사실이었다.

여기서 출발한 영숙이의 마음은 기차 시간이 지난 뒤 한두 시간씩은 안절부절 자기의 행동을 자기로도 제지할 수가 없이 긴장되고 하였다. 대문 소리가 날 때마다 그는 몸을 소스라치며 얼굴빛을 변하고 하였다.

"영숙이, 왜 그런지 늘 심사가 불편한 것 같아. 왜 그러우?"

은실이는 때때로 이렇게 물었다. 그럴 때마다 영숙이는 뜻 없이 씩 웃고 하였다. 그러나 그 웃음 아래 숨은 긴장으로 영숙이의 마음은 찢어지는 듯하였다.

한 주일이 지났다. 남편은 마침내 오지 않았다. 마지막에는 우편이 배달되는 시간까지도 몹시도 기다려보았으나 남편에게서는 한 마디의 편지조차 없었다.

'내가 출분하는 줄을 모르고 혹은 서울에서 며칠 놀다 내려오려는 줄만 알고 돌아오기를 기다리고 있지나 않나?'

이러한 생각조차 차차 그의 마음에 일어나기 시작하였다. 그리고 그는 그 마지막 편지를 눈에 띄기 쉬운 곳에 두지 않은 자기의 눈치 없는 일에 대하여서까지 후회하였다.

기대와 절망, 공포와 긴장이 교착된 열흘도 지났다.

아무리 가까운 친구의 집이라 하나 까닭 없이 서울로 올라와서 한없이 집에 묵어 있을 수도 없는 영숙이는 어떻게든지 자기의 몸을 처치하지 않을 수가 없었다. 그렇다고 자존심이 몹시 센 그로서는 은실이에게 자기가 출분하였다는 눈치를 노골적으로 보여서 다시 집으로 돌아갈 기회를 얻는다든가 하는 일은 생각해본 적조차 없었다.

천 년 세월 하고 은실이의 집에 남편에게서 무슨 통지가 있도록 기다릴 수도 없고 이제 다시 머리를 숙이고 평양으로 돌아갈 수도 없는 그는 여기서 최후의 결심을 하지 않을 수가 없었다. 어떤 날 밤 하룻밤을 울어서 새운 그는 이튿날 저녁에 남행 열차에 몸을 실었다. 차표는 부산까지 샀다.

"부산은 뭘 하러 가오?"

이렇게 묻는 은실이의 물음에 영숙이는 먼 친척이 부산에 있다는 막연한 대답으로써 자기의 행방을 암시할 뿐 기차에 몸을 맡겼다

그러나 급기야 기차가 경성역을 떠날 때에는 그는 자기의 앞에 커다랗게 막혀 있는 '생활'과 거기에 따르는 공포 때문에 어린 옥순이를 쓸어안고 울었다. 체면도 예의도 모두 잊어버리고 몸을 고민하듯이 떨면서 흐느껴 울었다.

5

사흘 뒤에 그는 동경 땅을 밟았다. 그때에는 벌써 그의 결심은 되어 있었다.

'아무 애착도 없는 가정을 버리자. 그리고 자기는 여자로서의 직업을 구할만한 지식을 하나 배우자. 그것이 비록 무능자가 아니요 훌륭한 남편일지라도 남편을 힘입으려는 마음을 버리자.'

겨우 한두 마디밖에 통하지 못하는 영숙이의 일어에 대한 지식으로 어떻게 뉘 집 다락 하나를 얻은 뒤에 그는 어린 딸을 데리고 자취 생활을 하면서 일본말을 배우기에 온 힘을 썼다.

동시에 옥순이가 차차 귀찮아지기 시작하였다. 순전히 남편으로 하여금 자기를 다시 모셔가게 할 동기로 삼기 위하여 데리고 떠난 옥순이는 장래의 목적을 '공부'라는 것으로 변경한 지금의 그에게는 쓸데없는 것일뿐더러 오히려 온갖 일에 방해까지 되었다.

현대 여성의 온갖 조건을 다 타고난 그는 비교적 모성애라는

것에도 결핍한 사람이었다. 인습과 관념에서 나온 어떤 애정이었기는 하였지만 끊으려야 끊을 수 없는 강렬한 본능에는 가지지 못한 사람이었다.

아직 말을 통하지 못하는 어린애가 외로이 문간에 서서 낯선 통행인들을 쓸쓸히 바라보고 있는 모양은 평양 자기의 집에서 희희히 날뛰던 이전의 모양과 비교되어 그의 마음을 우려내는 듯이 아프게 하였지만 그것뿐이었다. 동정의 사랑, 그 이상의 위대하고 귀여운 모성애는 그다지 심하지 않았다.

그는 때때로 어린 옥순이를 끌어당겼다.

"옥순아, 갑갑하니?"

이해할 수 없는 환경의 돌변에 어린 옥순이의 마음은 바로 설 수가 없는 모양이었다. 그는 자기의 어머니에게 대하여조차 남에게 대하는 것과 같은 태도를 취하였다. 조심 조심히 거의 들리지 않을만한 작은 소리로 응 하고 간단히 대답할 뿐이었다. 그런 뒤에는 눈을 폭 내려뜨는 것이었다.

"도루 집에 갈까?"

그러면 어린 옥순이는 영리하게 생긴 눈을 다시 치뜨고 어머니의 얼굴을 말뚱말뚱 쳐다보다가 눈을 굴리며 입을 비쭉 비쭉 울고 마는 것이었다.

어떤 날 저녁, 영숙이는 딸을 데리고 야시 구경을 나갔다. 이리저리 구경을 다니다가 어떤 잡지전 앞에까지 이르렀을 때에 옥순이는 그 자리에 딱 섰다.

"자, 가자."

두어 번 채근을 해보았지만 옥순이는 못 들은 체하고 그냥 서서 무엇을 들여다보고 있으므로 그도 호기심으로 옥순이의 바라보는 곳을 보니깐 그것은 어린애의 그림책이었다. 그래서 그것이 욕심나나 보다 하여 그 책을 집으려드기 영숙이도 또한 그 책에 호기심을 일으켰다. 그 책뚜껑에 있는 채색 판의 어린애의 그림에는 영숙이가 평양에다 내버리고 온 아들, 옥순이의 오라비와 흡사히도 같이 생긴 아이가 그려져 있었다.

영숙이는 그 책을 칠 전을 주고 사서 옥순이를 주었다. 옥순이는 기쁜 듯이 그 책을 받아가지고 불빛에 비추어서 그 그림을 들여다보고 있었다.

"이게 누구 같으니?"

영숙이는 허리를 굽혀서 옥순이의 귀에 가까이 입을 갖다 대고 물었다. 옥순이는 기쁜 듯이 방싯 웃었다. 그 웃음은 평양을 떠난 이래 근 일삭一朔[5]을 옥순이에게서 보지 못했던 '참마음의 웃음'이었다.

그날 밤 영숙이는 한잠을 못 이루었다. 그리고 몇 차례를 운 뒤에 마침내 옥순이를 제 아버지의 집으로 돌려보내기로 결심하였다. 비록 강렬한 모성애는 못 가졌을망정 재래의 온갖 인연과 애정을 끊어버리기로 결심할 때에는 그에게도 아직 마음에 거리끼는 미련이 없지 않은 바가 아니있다.

이튿날 옥순이에게,

"아버지한테 갈까?"

할 때에 옥순이는 반가운 듯이 머리를 끄덕이며 그림책을 끌

5 한 달.

어당겼다.

6

어떤 날 (그것은 영숙이가 동경으로 건너온 지 이십일쯤 지난 뒤였다) 영숙이가 옥순이를 데리고 목욕을 갔다가 오니깐 주인 노파가 손님이 와서 기다린다는 것을 알게 하였다.

자기에게 손님이 있을 리가 만무한 영숙이는 가슴이 선뜩하였다. 자기 방으로 올라가 보니깐 거기에는 그의 남편이 기다리고 앉아 있었다.

희열! 공포! 무엇이라 형용하기 어려운 이상한 감정에 그의 눈은 아득해졌다. 그는 허둥지둥 문설주를 잡으며 옥순이에게,

"아버지 오셨다."

하였다. 옥순이도 벌써 아버지를 보았다. 어머니가 제 손목을 놓는 것을 기다려서 비척비척 아버지에게로 가서 아버지의 무릎에 걸터앉았다. 그리고 으아 하고 소리를 내어 울었다. 이것은 옥순이가 집을 떠난 뒤에 처음으로 소리를 내어서 우는 것이었다. 남편은 한순간 아내를 힐끗 볼 뿐 손을 들어서 옥순이의 머리를 쓸었다. 그리고 마치 무엇을 검사하듯 옥순이의 얼굴과 몸을 훑어보았다

영숙이는 정신을 가다듬고 방 안에 들어와 앉았다. 그리고 손님을 대접하듯 방석을 남편의 앞으로 밀어놓았다. 그러나 남편은 그런 것은 보지도 않고 사랑하는 딸만 이리저리 훑어보았다. 그

때에 남편의 얼굴에는 그다지 기쁘고 반가운 듯한 표정도 없었다. 그렇다고 성난 얼굴도 아니었다. 십 년에 가까운 날짜를 부부생활을 할 동안 가장 영숙이를 괴롭게 하던 것이 남편의 이런 때의 표정이었다.

무엇을 생각하나? 마땅히 마음에 어떠한 감정의 호흡이 있을 일에 당면하여서도 천하가 태평하다는 듯이 온갖 표정을 죽여버리고 가장 무심한 얼굴을 하고 있는 이런 때가 남편의 가장 무서울 때였다. 무슨 커다란 결심을 한 때가 아니면 그는 결코 이런 표정은 한 일이 없었다. 그리고 일단 결심을 한 뒤에는 결코 번복하지 않으며, 그것을 남에게 절대로 알게 하지도 아니하는 사람이었다.

기괴한 희망…… 남편이 여기까지 찾아온 데 대하여 일루의 타협점을 걸핏 바라본 영숙이는 그 생각이 구체적으로 마음속에 조성되기 전에 취소해버리지 않을 수가 없었다. 영숙이의 표정도 문득 날카로워졌다.

"이번에 옥순이 데리고 나가세요."

당연한 일이라는 듯이 남편은 코를 한번 울릴 뿐이었다.

그날 남편은 어린 딸을 데리고 구경을 나갔다. 그래도 그렇지 않아서 영숙이는 스키야키를 준비해놓고 남편이 돌아오기를 기다렸으나 남편은 저녁때가 지나서야 돌아와서 옥순이를 들여보내고 자기는 여관으로 가버렸다. 가는 남편을 영숙이는 붙들지도 않았다.

이튿날 아침, 부처는 오래간만에 식탁에 마주 앉았다. 그러나 여관에서 벌써 조반을 먹고 온 남편은 의외로 두어 번 젓가락을 움직일 뿐이었다. 그리고 또한 옥순이를 데리고 거리로 나갔다. 그리고 본국에 남겨둔 아들을 위하여 몇 가지의 장을 보아가지고 돌아서 그날 밤으로 귀국하겠단 말을 아내에게 하였다.

"하시구려."

영숙이는 간단히 대답할 뿐이었다.

남편은 아내를 데리고 가려고 아니하였다. 아내도 남편을 쫓아가려지 아니하였다. 비참한 기분 아래서 어린 딸 옥순이를 가운데 앉혀놓고 서로 말없이 앉아 있는 동안에 시간은 흘렀다.

나오려는 눈물, 나오려는 원망, 나오려는 한숨…… 이것들을 참느라고 악물고 있는 영숙이의 입술은 부들부들 떨렸다.

무슨 생각을 하는지 혹은 아무 생각도 안 하는지 남편은 무심히 (영숙이가 일어를 연습하느라고 사다 둔) 어떤 여학생 잡지를 가장 흥미 있는 듯이 읽고 있었다.

7

기차 시간이 가까웠다.

"차비 좀 주세요. 나도 귀국하고 말게……."

영숙이는 마침내 한마디의 말을 시험으로 던져보았다.

남편은 읽고 있던 잡지를 책상에 놓았다. 그리고 시계를 꺼내 보았다.

"에쿠, 시간이 거의 됐군."

남편은 아내의 말에는 대꾸도 안 하고 일어서서 아래층으로 내려갔다. 그 뒤에는 주인 노파에게 택시를 한 대 부탁하는 소리가 들렸다.

이때껏 비상한 조심성으로 말없이 앉아 있던 옥순이가 미치집 잃은 아이같이 입을 비쭉비쭉하면서 일어서더니 큰일이나 난듯이 아버지를 찾으며 울기 시작하였다. 아래층에서 아버지의 목소리가 위층으로 날아왔다.

"야, 울기는 왜 울어? 나 혼자 갈 것 같아서 그러니? 내려오너라."

옥순이는 비칠비칠 아래층으로 내려왔다.

모반함을 받은 분노와 자존심을 꺾인 불유쾌로써 영숙이는 내려가는 어린 딸의 뒷모양을 흘겨보았다. 옥순이는 아래층으로 내려가서 아버지의 품에 안긴 뒤에야 처음으로 안심한 듯이 울음을 그쳤다. 그 울음소리가 그치면서 남편이 주인 노파에게 이야기하는 소리가 들렸다.

"이봐요, 아직 여섯 살 난 어린애가 어미를 버려두고 애비를 따라가겠다는구려. 애 어미라는 사람은 아이 어미 노릇을 할 자격이 없는 사람이야요. 마(뭐, 하여튼)─사내구려. 여인이 아니야."

노파는 이 층으로 올라왔다. 그리고 애원하듯이 영숙이의 손목을 잡았다.

"오쿠상(안주인. 아직도 노파는 영숙이를 오쿠상이라 부른 적이 없었다), 왜 단나사마(남편)를 따라서 귀국하지 않으세요?"

영숙이는 비웃음을 띤 점잖은 얼굴로 노파의 말대답을 대신할 뿐 입은 열지 않았다. 그러나 이러한 가운데서도 영숙이는 희망과 절망과 공포로써 마음은 끝없이 긴장되어 있었다. 노파의 주선, 자기와 남편의 사이를 영구히 숙명적으로 연결시킬 어린 자식, 여기 대하여 얼마의 촉망을 하지 않을 수가 없는 그는 절망의 가운데서도 알지 못하는 희망으로 노파의 주선을 그대로 버려두었다.

노파는 몇 번을 위층으로 올라오고 아래층으로 내려갔다. 마지막에는 어린 옥순이까지 얼러보았다. 그러나 모든 일이 헛되이 돌아갔다. 남편은 노파의 간청을 웃음으로 대답할 뿐이었다. 어린 옥순이는 아버지의 몸에 꼭 안겨서 떨어지지를 않았다.

영숙이도 마침내 온갖 미련을 끊어버리지 않을 수가 없었다. 마지막에 노파가 올라와서 영숙이에게 '내려가서 영감의 팔을 잡고 늘어지라'는 부탁을 할 때에 영숙이는 마침내 거절하는 태도를 노골적으로 나타내지 않을 수가 없었다.

"인젠 그만두어요. 그런 무능자를 따라서 귀국했다가 밥 바가지 들고 다니게…… 생각만 해도 진저리가 나요."

그는 이렇게 거절해버렸다.

택시가 왔다.

남편과 옥순이가 택시에 오르는 소리, 서로 작별하는 소리, 그 뒤에는 택시의 떠나는 소리가 들렸다. 아직껏 무서운 참을성으로 참고 있었지만 영숙이는 더 참지 못하여 그 자리에 쓰러졌다. 그리고 마치 어린애와 같이 발버둥을 치며 울었다.

"오쿠상, 진정하세요. 그러게 내 그러지 않더냐구. 단나사마를 왜 따라가시지 않았어요?"

영숙이는 벌떡 일어났다. 그리고 갑자기 일본말이 나오지 않는 그는 조선말로 노파를 욕을 하였다. 그런 뒤에 눈물을 씻고 남편이 잊어버리고 간 궐련을 끌어다가 한 개 붙여 물었다.

8

남편이 귀국한 지 한 주일 뒤에 엿숙이두 귀국했다.

아직도 자기는 똑똑히 그렇다고 생각해본 일은 없었으나 동경에서 공부를 준비하고 있던 그의 마음 한편 구석에는 온전히 그 공부를 문제 밖으로 삼고 이제 다시 귀국하여 그 집안의 주부로서 일을 할 생각이 늘 움직이고 있던 것이었다. 더구나 비교적 영리한 그는 자기의 나이(그는 벌써 스물여덟이었다)가 이젠 공부할 시기가 지났다는 것도 깨달은 것이었다.

막연히 남편이 자기를 맞으러 올 때를 꿈과 같이 기다리고 있던 그에게 그의 예상대로 남편이 오기는 왔으나 자기는 돌아보지도 않고 어린 옥순이만 휙 채어가지고 귀국해버렸는지라 이제 더 동경에 혼자서 묵고 있는 것은 온전히 무의미한 일이었다.

더구나 옥순이까지 잃은 뒤에 시시각각으로 늘어가는 그의 적적함은 그로 하여금 낯선 동경에 그냥 묵고 있지를 못하게 하였다.

그는 귀국해서 곧 자기의 오라비를 남편의 집에 보내어 이혼 수속을 요구하였다. 그러나 남편은 꿈질꿈질 얼른 처결을 내리지 않았다.

영숙이의 평판이 평양에서는 매우 나빴다. 점잖은 집 딸, 명가의 아내, 두 아이의 어머니, 조강지처, 이러한 사람이 가정과 남편과 자식을 버리고 달아났다 하는 것에 평양 시민의 노여움이 발한 것이었다. 더구나 남편의 재산이 다 없어지는 것을 기회로 달아났다 하는 것은 더욱 그들의 노여움을 돋우었다.

영숙이가 어떻게 길에라도 나가면 뭇 사람들이 그를 손가락질하였다. 이전에는 가깝게 사귀던 사람이 그를 만나면 힐끔 돌아서 버리는 사람조차 흔히 있었다.

거기에 대한 반항적 태도로써 부러 머리를 들고 평양 시내를 일없이 한동안 돌아다녀 보았으나 그는 마침내 평양을 떠나서 서울로 올라가기로 결심하였다.

더구나 그 결심 가운데에는 용감스럽게도 자기의 장래를 개척해보겠다는 장한 희망까지 섞여 있었다.

그의 그때의 결심에 의지하건대, 그는 서울로 올라가서 여성 해방 운동의 한 거두가 되지 않으면 안 될 것이었다. 자기의 남편이 사회에서 얻은 소설가로서의 명망보다 훨씬 더 크고 빛나는 명망을 짊어지지 않으면 안 될 것이었다. 헬머의 집에서 벗어난 노라가 이 뒤에 다시 헬머 앞에 나타날 때에는 헬머로 하여금 머리를 숙일만한 인격과 명성을 얻지 않으면 안 될 것이었다. 이만한 결심 아래 그는 평양을 뒷발로 차 던지고 서울로 올라갔다.

서울의 그의 동무들은 영숙이를 어쨌든 맞아주었다. 조선의 노라, 인습을 때려 부순 용사, 가정과 남편을 뒷발로 차버린 투사…… 이러한 여러 가지의 명예 있는 이름으로써 그들은 영숙이를 맞아주었다.

그러나 기실 영숙이는 노라가 아니었다. 노라는 헬머의 집안의 한 인형이었던 데 반하여 영숙이는 남편의 집 주권자요 주재자였으며 겸하여 대표자였다. 다만 그와 노라가 공통되는 점은 가정과 남편과 두 아이를 내버리고 달아난 것뿐이었다. 그러나 노라가 가정과 남편과 자식을 버리고 달아난 데 대하여 자세하고 완전하게 이해를 못 가진 영숙이는 자기를 그 유명한 문호 입

센이 세상에 보여준 한 대표적 이상적 여성 노라와 같은 사람으로 믿은 것뿐이었다. 그의 동무들이 아무 비난 없이 대함으로써 그는 이 신념을 더욱 굳게 하였다. 그리고 그는 거기서 자기에게 있는 영웅적 일면을 발견하고 스스로 오히려 기뻐하고 자랑스럽게 생각하였다.

'노라, 조선의 노라.'

그는 때때로 혼자서 뇌어보고는 만족한 듯이 빙그레 웃고 하였다. 그리고 아무런 후회나 자식에 대한 미련을 느끼지 않았다.

9

일 년이 지났다.

그의 주위에도 한 그룹이 생겼다. 그것은 모두 영숙이와 같이 가정과 남편을 뒷발로 차 던지고 뛰쳐나온 사람들로 조직된 그룹이었다.

그들은 모이면 남성의 포학함을 욕하였다. 남성, 더구나 남편이라는 남성의 우월감과 거기에서 나온 압제를 저주하였다. 그리고 여자의 해방을 부르짖었다. 우리도 사람이다 하였다.

그리고 아무 불평과 불만이 없이 가정생활을 하는 친구들을 찾아다니면서 가정에서 뛰쳐나오기를 권하였다. 남편을 반역하기를 권하였다. 그리고 그들의 유일의 표어는 인습을 벗어버리라는 것이었다.

그러는 가운데서도 그를 가장 괴롭게 한 것은 때때로 폭풍우와 같이 그를 엄습하는 성욕의 물결이었다. 서른 과부, 가장 성적 충동을 느낄 시기에 있는 그는 때때로 무섭게 몸과 마음을 엄습하는 성욕 때문에 눈이 어두워지고 정신이 아득해지는 때까지 있었다.

어떤 가을날 저녁, 이날도 성적 충동 때문에 몸과 마음을 걷잡을 수가 없던 그는 후다닥 산보를 나갔다. 그리고 이 골목에서 저 골목으로 돌아다니던 그는 어떤 좁은 골목에서 술에 취한 사람 하나를 만났다. 영숙이는 길을 비켜주느라고 어떤 집 담장을 꼭 끼고 섰다.

취한 사람은 영숙이의 앞에까지 왔다. 그러나 지나가지는 않고 딱 멈추고 서서 영숙이를 들여다보았다. 처음에 영숙이는 침이라도 탁 뱉어주고 가버리려다가 이상한 호기심으로 태연히 마주 바라보아주었다. 취한 사람은 눈의 초점을 맞추는 듯이 얼굴을 이리 찡그리고 저리 찡그리며 한참 영숙이의 얼굴을 바라보다가 그만 혼자서 하하하하 하고 웃더니,

"난다 파파이지야 나이카(뭐야, 노파 아니야?)"
하고는 비틀비틀 걸어가 버렸다.

"오라질!"

영숙이도 마주 저주를 하였다. 그리고 노여움으로 흥분이 되어 씩씩거리며 집으로 돌아와 버렸다.

그러나 그 뒤부터 영숙이는 차차 화장에 몹시 힘을 쓰기 시작하였다.

무능자인 그의 남편은 무얼 하나? 가정에서는 아무것도 모르

는 한 바보였지만 사회적으로는 예술과 소설가의 한 거두로서 이름 있던 그의 남편은 이즈음은 아무것도 쓰는 것이 없었다. 그의 반대파에서는 그를 청산하였다고 기뻐들 하였다.

본시 자기에 대한 비평이나 반박에 대하여는 일절 응답을 안 하던 그는 역시 침묵을 지키고 있을 뿐이었다.

영숙이는 그것을 자기의 힘으로 믿었다. 자기가 아직껏 그의 집안의 현부로서 온갖 일을 다 살펴주어서 그로 하여금 집안에 대하여는 마음 놓고 창작의 붓을 들게 하였기에 그의 문명이 올랐지, 자기를 잃어버린 그는 지금은 다만 한날 바보에 지나지 못할 것이었다. 집안의 가장과 주부를 겸하여야 할 지금의 그, 어린애들의 아버지와 어머니 노릇을 겸해야 할 그, 더구나 가난에 싸인 그가 아무것도 하지 못할 것은 정해둔 일이었다.

'인제야 저도 다됐지.'

때때로 영숙이는 자랑에 가까운 마음으로 이렇게 자기에게 이야기하고 하였다. 그리고 그러한 태도를 남에게 나타내기도 결코 주저하지 않았다.

"글쎄, 봐요. 바보라우 바보야. 제가 무얼 하나. 내가 있었기에 이러구 저러구 했지 할 게 뭐란 말이오? 아마 그 사람을 직접으로 모르는 사람들은 훌륭하게 알겠지? 그렇지만 급기야 만나보면 우스워요."

그는 친구들에게 이렇게 자랑하였다. 그리고 여성의 위대한 힘을 더욱 과장하였다.

10

또 일 년이 지났다.

그때에 아직껏 침묵을 지키던 영숙이의 전남편의 소설이 오래 간만에 어느 잡지에 발표되었다. 그다음 달에는 소설 세 편이 발표되었다. 그 뒤부터는 다달이 몇 편씩 발표되었다.

영숙이는 의외의 마음으로 이 광경을 바라보았다. 그때 영숙이는 새 남편을 맞아가지고 새로운 살림을 시작한 때였다.

그의 동지들도 대개 한 사람 혹은 몇 사람씩의 소위 '제비'를 달고 있었다. 영숙이의 지금 남편은 영숙이의 어떤 친구의 '제비'이던 사람이었다.

그러나 이때 영숙이는 차차 자기의 생활과 미래에 대하여 불안을 느끼기 시작한 때였다. 더구나 그 불안 속에는 커다란 불유쾌조차 있었다. 자기라는 한 여성은 '시대의 한 희생물'에 지나지 못하나 않나 하는 것을 어렴풋이 자각한 데에서 나온 커다란 불유쾌였다. 그것은 명료하지 못한 불유쾌였다. 그러나 가슴을 우려내는 듯한 아픔에 다름없었다.

영리한 그는 지금 남편과 언제든 백년해로를 속삭이면서도 이 살림이 며칠을 계속하지 못할 것을 막연히 느꼈다. 그런 뒤에는 또 한 남편을 구하지 않을 수 없을 것이었다. 셋째에서 넷째로, 넷째에서 다섯째로…… 이렇게 지낼 동안 자기의 얼굴에 주름살만 잡히면 그때는 온갖 파멸이 이를 것이었다.

지금 매일 신문지는 새로운 여성이 가정을 버리고 뛰어나오는 것을 보도한다. 그리고 그것은 모두들 영숙이와 마찬가지로 아무러한 완전한 자각도 없이 혹은 일시적 반항심을 혹은 일시적 들뜸으로 혹은 남의 권고에 넘어가서 자기의 장래라는 것은 고찰해볼 여유도 없이 뛰처나오는 것이었다. 그리고 그러한 현상은 이후에도 끊임없이 계속될 것이었다. 그리하여 이십 년, 삼십 년, 혹은 오십 년이 지나서 영숙이 같은 선구자들이 어떠한 말로를 지었는지 '역사'라 하는 것이 예증을 들게 될 때에야 비로소 그칠 것이었다.

그러면 자기라 하는 한 여성은 후인을 경계하는 한 표본에 지나지 못하나, 할 때에 그는 온몸을 떨었다. 그리고 제 장래를 위하여 마음은 늘 전전긍긍하였다.

그리고 그러한 심리의 결과로서 그는 지금의 이 남편만은 어떻게 해서든 잃지 않으려고 온 수단을 다 썼다. 자기보다 나이 어린 남편의 사랑, 좀 하면 튀어나가려는 그 사랑을 구하기 위해 그는 별 아양을 다 부려보았다.

전남편의 가정에서 주권자요 주재자이던 그는 이번의 이 가정에서는 뚝 떨어지면서 인형의 지위는커녕 피정복자의 지위조차 잃어버리지 않으려고 온 수단과 노력을 다 쓰지 않으면 안 될 지위에 있었다. 그리고 지금 남편의 환심을 사기 위하여는 그는 전남편에게서 달아날 때에 가지고 나온 삼천 원의 돈(아직껏 꼭꼭 싸서 감추어두었던 것)조차 내놓기를 주저하지 않았다.

이리하여 커다란 불안과 노력 아래 영숙이의 두 번째 가정생활은 차차 진행되었다.

또 반년이 지났다.

그때에 신문은 영숙이의 전남편의 혼약을 보도하였다.

고독한 가운데에서 비상한 정력으로 창작을 하던 씨는 전 부인이 출분한 지 삼 년 되는 이 여름에 ○○○양과 가연을 맺어 운운…… 신문의 '문단 소식란'에 이러한 기사가 났다.

그때의 영숙이는 두 번째의 가정생활조차 깨어져 버리고 자기의 입을 치기 위하여 거리에서 웃음을 파는 한 직업여자가 된 때였다.

영숙이의 두 번째 가정이 깨어진 데 대하여는 영리한 영숙이로도 그 이유를 똑똑히 알 수가 없었다. 영숙이가 전남편의 집에서 뛰쳐나온 것과 같이 그 이유는 지극히 막연한 것이었다.

"이다음에 돈 많이 벌어가지고 다시 만납시다."

이 한마디를 마지막 말로 남겨놓고 남편은 나가서 다시 집에 돌아오지 않은 것이었다.

— 〈조선일보〉, 1930. 7. 30~8. 8.

약혼자에게

— 김경애 양에게 보내는 글

일생에 한 번도 결혼식이라는 것을 들어보지 못한 사람은 확실히 불행한 사람이겠지요. 그러나 두 번이나 세 번을 드는 사람도 또한 그만치 불행한 사람이겠습니다. 그리고 그 번수番數가 많으면 많을수록 그 사람은 불행이라는 것은 더욱 증명되는 것이겠습니다.

한 결혼에 실패를 한다 하는 것은 과연 쓰리고 아픈 일이외다. 따라서 한 결혼에 실패한 사람이 두 번째의 결혼을 감행한다 하는 것은 여간한 결심이 아닌 뒤에는 못할 것이겠습니다.

결혼이라는 것을 다만 한낱 성의 결합으로 여기는 근대인들은 모르겠지만, 결혼의 목적을 가정에 두고 가정의 목적을 단란에 두는 나 같은 사람에게는 한 결혼에 실패하였다 하는 것은 결혼

생활에 대하여 커다란 공포심을 일으켜서 웬만해서는 두 번째의 결혼을 감행할만한 용기를 못 내게 합니다.

아직 사람의 성격이라는 것을 연구할 줄을 모르는 열아홉 살에, 다만 한낱 호기심으로서 첫 결혼을 한 뒤에 그 결혼의 결산을 맺는 날짜까지의 십 년에 가까운 날짜를 많은 불만과 불평 가운데서 자기의 외롭고 편찮은 마음을 한낱 술로써 모호히 하던 나 같은 사람은 과연 두 번째의 결혼이라는 무서운 문제 앞에 설 때는 생각하기 전에 먼저 몸을 떨지 않을 수가 없습니다. 전의 아내가 달아나버린 뒤에 삼 년에 가까운 날짜를 결혼이라는 것을 생각도 안 하고 나의 두 어린 자식의 양육에만 힘을 쓰고 있던 그 사이의 나의 태도는 여기서 출발한 것이었습니다.

이러하던 내가 문득 이번에 그대와 혼약하게 되었을 때에 그 문제를 친구들 앞에 피력하였더니 그들은 모두 놀라는 태도를 하였습니다. 나는 친구들이 그 문제로써 나에게 취한 태도를 몇 가지 들어보겠습니다.

"또? 그래, 할 용기가 있나?"

이것은 잠시 내 얼굴을 경이의 눈으로 바라보다가 말한 주요한朱耀翰의 말이었습니다.

"그건 경사구려. 그렇지만…… 이번 사람은 어때요?"

이것은 춘원春園의 말이었습니다.

"이번에는 잃지 말우."

이것은 상섭想涉의 상섭다운 충고였습니다.

"또 뛰면 또 얻고, 또 뛰면 또 얻고 그게 제일이지. 하하하."

이것은 K의 평이었습니다.

"좋은 부인 맞아서 가정의 위안을 얻으세요."

이것은 시헤曙海의 축복이었습니다.

"나는 축복할 따름일세."

이것은 그 사이의 나의 마음을 잘 알던 안서岸曙의 축복이었습니다.

그 여러 가지의 비평 앞에 내가 대답한 말은 꼭 한 가지였습니다. 그는 가정에서는 착한 지어미가 되고, 어린애에게는 좋은 어머니가 될 자격과 품성을 가진 사람이외다. 나는 사회의 투사를 나의 가정에 들이고 싶지 않습니다. 현대식의 경박한 여자에게 귀중한 '가정의 주권'을 맡기고 싶지 않습니다. 무지한 사람에게 중대한 아이 교육의 사명을 맡기고 싶지 않습니다. 요컨대 세상이라는 것을 '사회'와 가장의 두 가지로 나누어서 그 절반을 점령한 가정, 이것을 넉넉히 지배하고 지도할만한 능력을 가진 사람, 이러한 사람이라야 가정에 들이겠습니다. 나의 약혼자는 그러한 귀여운 자각을 가졌으며, 자각이 있는 것은 가능성이 있는 것으로 볼 수가 있사외다.

이것이 나의 대답이었습니다.

그러면 그대는 과연 그러한 사람일까. 나는 그 사이의 나의 연구한 바의 결론을 솔직하게 여기 피로해보겠습니다.

첫째로 그대의 성격 가운데 가장 귀여운 보배로 생각한 것은 경박한 그림자가 없다는 것이었습니다.

현대의 여자, 더구나 학교 출신의 여자치고는 무게가 있는 사람은 사실로 발견하기가 힘듭니다. 경박, 부박…… 소위 모던이란 말과 경박이란 말은 지금에 있어서는 같은 말로 통용되느니만치 현대 여자의 대부분은 '경박' 그것이외다. 그러한 가운데에서 그대를 발견했다 하는 것은 과연 의외였습니다. 그대는 우둔하다고 비평하고 싶을 만치 무거운 사람이었습니다. 거처, 행동, 의복은커녕 말 한마디를 함에도 속으로 몇 번을 생각한 뒤가 아니면 입 밖에 내지 않으리만치 가벼운 그림자는 없는 사람이었습니다.

더구나 소위 유행이라는 것을 따르지 않고 오히려 유행에 반감까지 가지고 있는 것은 역시 문학에 대하여 일시적 유행이며 뇌동雷動적 문학을 경멸하는 나의 성격과 공명되는 점이 많습니다. 내가 그대에게 대한 첫 선물로서 어떤 유행품을 보냈을 때에 노골적으로 그것을 거절하고 이담 유행이 다 식은 뒤에 쓰겠다고 그냥 싸둔 그대로였습니다.

내가 그대와 혼약을 하겠다는 의사를 나의 어머님께 여쭈었을 때에, 어머님은 여러 방면으로 그대를 알아보기 위하여 손을 폈습니다. 그리하여 어머님이 안 바는 모두가 가난은 하나마 점잖은 집안의 딸이라는 것과 성질이 매우 얌전하다는 것이었습니다. 그리고 어머님은 그 두 가지의 점에 만족하였습니다.

사실 점잖은 집안의 생장이라는 것은 어떤 의미로 보아서는 그 사람의 인격을 구성하는 큰 요소가 됩니다. 야비한 집안에서 길러 난 사람의 품성은 통계를 보지 않더라도 넉넉히 단언할 수 있으리만치 그 사람의 인격은 야비하게 됩니다.

그리고 얌전하다 하는 것은 나와 같이 전처의 소생이 둘이나 있는 사람이 결혼 문제에는 나의 어머님으로는 당연히 생각지 않을 수가 없는 큰 문제에 다름없습니다.

그러나 얌전하다는 것은 어떻게 보면 과단성이 없다고도 볼 수가 있으니 그럼 그대는 어떤 사람이었습니까.

그대와 내가 구혼자와 피구혼자의 지위에 서게 될 때에, 나는 내 전 인격을 그대의 앞에 솔직히 들춰냈습니다. ① 나는 재산이 없고, ② 전처의 소생이 둘이나 있고, ③ 성질이 교만하며, ④ 쉽지 않은 방탕아였으며, ⑤ 고정한 수입은 없다는 것. 이것이 내가 그대 앞에 들춰낸 나의 정체였습니다.

다만 한낱 소설가로만 알고 있던 나의 정체가 이렇게 고약한 것을 알 때에 그대가 어린 마음에 놀란 것은 당연한 일이겠습니다.

나도 물론 이러한 모든 고약한 인격을 그대에게 알리고 싶지는 않았습니다. 그러나 구혼자의 지위에 설 때에는 나는 자기의 위에 조금이라도 거짓의 도금을 하기가 싫었습니다.

그 경악에서 깨어난 뒤에 그대가 한 대답은 이것이었습니다.

"제가 다만 현모가 되고 양처가 될 수 있을지 이것이 의문이야요."

그런 뒤에는 내조의 힘이란 것을 단단히 믿고 남자의 방탕의 그 절반 책임은 가정의 결함에 있음을 암시로 나타내고 우리 둘의 사이에는 대략한 약속이 성립된 뒤에 양친의 승낙을 얻으러 용감히 고향으로 향하여 출발한 그대를 한낱 얌전한 처녀로만 볼 수가 있겠습니까. 거기에는 커다란 과단성이 있지 않을 수가 없겠습니다.

　더구나 그대의 고향에서는 몇몇 사람이 일변 그대의 친권자며, 일변 그대의 귀에 나에 대한 정도 이상의 악평을 불어넣어 혼인을 방해하던 사실이 있었습니다. 그러한 가운데서도 오늘날 우리의 혼약이 성립되었다는 것은 그대의 과단의 힘이 커다란 도움이 되었다고 하지 않을 수가 없습니다.

　엮어 내리자면 어찌 이것뿐이겠소이까만, 무게와 얌전함과 과단성…… 이만하면 넉넉하겠습니다. 아내로서의 한 개의 완전한 인격을 구성하기에는 위의 세 가지로써 넉넉하외다. 그 밖의 것은 모두 사소한 문제겠습니다. 한 개의 완전한 인격인 이상에는 다른 것은 그다지 큰 문제가 아니겠습니다.

　가사에 능하다 하는 것도 아내로서의 커다란 조건의 하나에는 다름없으나, 그 사람이 완전한 인격자인 이상에는 설혹 능하지 못하다 할지라도 조그마한 노력으로 배울 수 있을 것이며, 곧 배워질 것이겠습니다.

　그대는 미인이 아니외다. 더구나 청춘 시기를 기숙사에서 보낸 젊은 여성의 대개가 거울과 마주 앉을 기회가 적으므로 따라서 표정의 움직임이 적은 그 예에 벗어나지 못하여 그대에게는 표정의 움직임이 적습니다. 그러나 이런 것도 완전한 인격 앞에는 소멸되어버리는 문제일 것이외다.

　나의 사업인 문학에 대하여 아직 이해가 그다지 없는 것도 사실이외다. 그러나 이것도 몇 날 가지 안 하여 이해하게 될 줄 믿습니다.

다만 애정이 풍부한 온화한 성격과 그것을 장식하는 인격적 무게와 과단성, 이것만 있으면 그 밖의 온갖 다른 문제는 모두 태양 앞의 눈과 같이 사라져버릴 사소한 문제로 압니다. 그리고 그대는 그러한 인격으로 나는 보았습니다.

아내를 잃은 뒤에, 사흘이 지나지 못하여 새 아내를 구하려고 눈이 벌겋게 되어 돌아가는 이 세태에서 삼 년 동안을 결혼할 생각도 않고 잠자코 있었던 것은 이러한 이상적 인격은 현대 여성에게서는 구하기 힘든 일이라 보고 하릴없이 단념하였던 것이었습니다. 그리고 그 뜻 아닌 독신주의를 내버리고 이번에 그대에게 구혼을 한 것은 나의 이상에 가까운 인격을 그대에게서 발견한 때문이었습니다.

그러면 나의 그대에 대한 이 판단은 옳은 것이겠습니까. 그렇지 않으면 내가 잘못 본 것이겠습니까.

사람을 바로 본다 하는 것은 사실 어려운 일이겠습니다. 옛날의 성인들도 사람을 알기 힘든 것을 늘 한탄하였거늘 하물며 범인인 나이리오? 본 바가 어찌 정확하다 할 수가 있겠습니까.

그러나 의심을 하자면 또한 끝이 없는 일이니 나는 그대에게 이만한 판단을 내리고 혼자서 만족할밖에는 도리가 없겠습니다.

결혼이란 것은 인생의 가장 커다란 도박이외다. 바로 맞으면 모르거니와 틀렸다가는 일생을 망치는 커다란 도박이외다.

나는 첫 도박에 실패를 하고 지금 둘째 도박에 손을 걸어놓은

뒤에 그것이 바로 들어맞기만 나의 정성을 다하여 바라고 있습
니다.

— 〈여성시대〉, 1930. 9.

증거

피고는 사실을 부인하였다.

그것은 복심법원覆審法院[1]이었다. 사건은 살인이었다.

어떤 사람이 교외 외딴곳에서 참살을 당하였다. 흉기는 날카로운 칼로서, 그 칼은 범행의 현장 부근에서 발견되었다. 그 피해자는 교외에 사는 사람으로서, 짐작건대 밤늦게 돌아가다가 그런 변을 당한 듯하였다. 피해자에게서는 시계와 돈지갑이 없어졌다. 반지도 끼었던 자리는 있는데, 현품은 없었다.

그 피의자로 잡힌 것이 S였다. S의 집에서 피해자의 돈지갑과 시계와 반지가 발견되었다. 더구나 강도 전과, 협박 전과 등등 몇 가지의 전과는 그의 범행을 이면으로 증명하는 증거까지 되었다.

---

1 일제 강점기에 지방 법원의 재판에 대한 공소 및 항고에 대하여 재판을 행하던 곳.

그리하여 피고는 제1심에서 사형 선고를 받고 공소하여 여기까지 온 것이었다.

1심에서부터 피고는 꾸준히 범행을 부인하였다. 자기는 그날 밤 우연히 그곳을 지나다가 웬 참살당한 사람이 있는 것을 보고, 달빛에 그 가슴에 금 시곗줄이 번쩍이는 데 욕심이 나서 그것을 떼었으며, 그러는 가운데 욕심이 더욱 나서 몸을 뒤진 결과 돈지갑과 반지를 얻었다. 이것이 피고의 변명이었다.

그러나 이 변명은 아무도 믿지를 않았다. 더욱, 그의 이전의 거친 생활은 듣는 이로 하여금 그의 말을 더 불신하게 하였다.

검사의 요구로써 몇 사람의 증인도 불렀다.

한 사람은 어떤 카페의 여급이었다. 그 여급은 범행이 있는 날 저녁에 그 피해자도 자기네 카페에서 술을 먹었으며, S도 같은 시간쯤 하여 술을 먹은 것을 증명하였다. 그리고 피해자가 셈을 할 때에 돈이 수북이 든 지갑을 S가 보고,

"어떤 놈은 돈이 저리도 많은가."

고 탄식하였다는 말까지 하였다.

둘째 증인이 나섰다. 그것은 현장 근처에 살던 어떤 노인이었다. 그 노인은 그날 밤, 잠이 오지 않아서, 밤이 깊도록 문밖에 나와 앉아서 밝은 달을 우러러보며 자기의 젊었을 때의 추억에 정신을 잠그고 있었다. 새벽 세시쯤 하여 그 노인은 제 앞으로 사람이 지나가는 소리에 펄떡 정신을 차렸다. 그때에 지나가던 사람은 무엇에 정신을 잃은 듯이 허든허든 앞만 바라보면서 저편으로 가버렸다. 그 사람이 분명 S라 하였다.

의사의 검증에 의지하건대, 범행은 세시 전후하여 생긴 것이었다.

이리하여 S에 대한 불리한 증거는 두세 가지가 나타났다. 그러나 유리한 증거는 없었다.

S를 위하여 일어섰다는 변호사조차 시원한 변론은 안 하였다. 변호사는 자기부터가 S의 범죄를 시인하였다. 그러나 그것은 S의 불행한 환경이 낳은 결과이지 S가 나쁜 것이 아니라 하였다. 그리고 S의 환경을 한참 설명한 뒤에, 이러한 환경 아래서 자라난 S가 비록 살인이라는 무서운 죄악까지 범했다 할지라도 거기에는 용서할 점이 없지 않으니 현명한 각하는 그런 점을 잘 이해하고 관대한 처분이 있기를 바란다, 결론하였다.

검사의 논박은 물론 극단의 것이었다. 검사는 S가 아직껏 범한 모든 죄악을 차례로 엮어내리고, 이러한 상습적 범죄자, 더구나 마지막에는 살인까지 한 범죄자를 그냥 살려둔다는 것은 양의 무리 가운데 이리를 섞어둠과 마찬가지이니, 법의 목적이 선량한 인민을 보호하는 데 있는 이상에는 이러한 무서운 사람을 사회에 그냥 살려둘 수는 없다. 따라서 원 판결의 사형이 지극히 적당하니, 공소를 기각해달라 하였다.

재판장 I 씨는 묵묵히 그것을 들은 뒤에, 다시 피고에게 향하여 변명할 말이 없느냐 물었다.

피고는 다시 자기의 무죄함을 역설할 뿐이었다. 죄가 있다면 횡령이나 절도이지, 살인강도는 아니라 하였다.

공판은 이리하여 끝이 났다.

그것은 재작년, 어떤 몹시도 달 밝은 가을 저녁이었다. 삼십 년을 동고동락하던 사랑하는 부인을 얼마 전에 잃고, 쓸쓸하고 애끓음에 참지 못하여 I 씨는 밤에는 늘 교외에 산보를 다니는 것이 어느덧 버릇이 되어 있었다. 더구나 이런 달 밝은 밤은, 그로 하여금 더욱 집에 들어박혀 있지를 못하게 하였다. I 씨는 교외에 산보를 나갔다.

피곤하고 쓸쓸한 다리를 이리저리 끌고 다니던 I 씨는 어떤 솔밭까지 이르러서, 거기서 잠시 몸을 쉬려 하였다.

잠시 쉬려던 I 씨는 좀체 일어서지 않았다. 그 자리에 주저앉으면서 묵상에 잠긴 I 씨는 다시 일어서기를 잊어버린 것이다. 이곳저곳으로, 윗관청의 명령 한마디에 떠나 다니지 않을 수 없는 불안정한 하급 관리 생활의 몇 해…… 그때의 많고 많은 고생이며 어려움을 한마디의 쓴단 말 없이 참고 지낸 부인, 현숙하고도 온순하던 부인, I 씨의 일생을 통하여 수없이 만난 많은 곤란 앞에, 잘못하면 I 씨가 거꾸러지려 할 때마다 뒤에 숨어서 그를 격려하던 부인, I 씨가 오늘날 겨우 얻은 복심법원 수석판사란 지위의 뒤에는 부인의 쓰리고 아픈 참을성이 얼마나 많이 섞여 있는지 알 수 없었다. 그 부인을 겨우 지위가 좀 안정된 오늘에 잃었다는 것은 I 씨에게는 무엇보다도 큰 원통한 일이다.

그 잃은 부인의 추억에 잠긴 I 씨는 세상만사를 잊었다. 그리고 묵묵히 앉아서 눈물겨운 생각에 한숨을 짓고 있었다.

몇 시간이나 지났는지 I 씨는 무슨 소리에 정신을 차렸다. 그리고 눈을 들어보니까, 저편 앞길에서 어떤 두 사람이 다투고 있었다. 때때로 들려오는 말귀로, 계집에 대한 원한으로 서로 다투는 모양이었다.

그러더니 한 사람이 괴상한 부르짖음을 발하며 넘어졌다. 넘어지지 않은 사람의 손에는 달빛에 칼이 번쩍였다.

I 씨는 옴짝을 못하였다.

'꿈일까.'

몽마夢魔의 습격을 받은 듯이 가슴이 서늘하게 되면서, I 씨는 옴쭉을 안 하고 망연히 그곳만 바라보고 있었다. 그 사이에 많은 범죄 사건을 취급해온 그였지만, 눈앞에서 실행된 이 사건에 대하여는 I 씨는 꿈과 같이 바라보고 있을 따름이었다.

가해자는 달아났다. 그러나 I 씨는 그냥 망연히 앉아 있었다.

좀 뒤에, 또 한 사람이, 그 길에 나타났다. 비틀비틀 술 취한 사람으로서, 갈지자걸음으로 지나가다가 방금 그 현장 앞에까지 이르렀다. 그리고 눈앞에 누워 있는 사람에 몸을 흠칫한 그는, 발로써 툭 한번 차본 뒤에 이해하지 못하겠다는 듯이, 연하여 쓰러지려는 몸을 그곳에 버티고 섰다. 그런 뒤에는 눈의 초점을 맞추는지 머리를 이리 기웃 저리 기웃, 한참 그 송장을 내려다보고 있다가 문득 송장 위에 몸을 굽히더니 주머니를 뒤졌다. 그리고 몇 가지의 물건을 얻어내서 제 주머니에 집어넣은 뒤에, 그제야 겁이 났던지 뒤도 돌아보지 않고 시가 쪽을 향하여 달아나버렸다.

이리하여 법률의 대행인인 I 씨의 눈앞에서, 한 가지의 살인 사건과 한 가지의 절도 사건이 생겨난 것이었다.

그때의 그 살인의 범인은 체격이 장대한 사람이었다. 그런데 범인으로 잡힌 S는 단단하게는 생겼지만 키가 작았다.

I 씨는 자기가 맡은 이 사건이 이 년 전에 제 눈앞에서 실행된 그 범죄 사건임을 깨닫는 순간에, S가 진범인이 아니고 한낱 절도

에 지나지 못함을 알았다. S의 공술이 사실임을 인정하였다.

그러나 그 사실을 남에게 인정시킬만한 증거가 하나도 없었다. 있다면 그것은 피고의 공술뿐이었다. 피고의 공술뿐을 증거로 인정하기에는 현대의 법률은 너무 영리하였다.

한 가지, 그 범행에 쓴 칼에 다른 사람의 지문이라도 있으면 피고의 유리한 증거가 될 것이지만, 그것조차 피에 뭉그러져서 똑똑하지를 않았다.

이리하여 피고에게 불리한 증거는 여러 가지가 있는 대신에, 유리한 증거는 하나도 없었다.

"아닌 밤중에, 무얼 하러 교외에 나갔더냐?"

하는 질문에도 피고는 우물쭈물 잘 대답하지 않았다. 그리고 몇 번을 질문을 받은 후에 겨우, 그 피해자에게 돈이 많이 있는 것을 보고 강도를 할 목적으로 피해자의 집으로 가려던 것을 자백하여 자기의 입장을 더욱 불리하게 하였다.

I 씨는 이번의 이 사건이 이 년 전에 자기가 목도한 그 사건임을 알고, 몇 번을 그때에 자기가 본 바를 모두 피력해버릴까 하였다. 그러나 생애의 거의를 사법계에서 보낸 그는, 자기의 말뿐이 얼마나 피고에게 이익을 줄지, 그 정도를 잘 알았다.

'물적 증거.'

이것이 아니면, 사법계에서는 통용이 안 되는 것이었다. 그러면 자기의 그 증언을 인정시킬만한 물적 증거는?

뿐만 아니라 그날의 자기의 본 바를 다 말하려면, 그는 자기의 눈앞에서 무서운 범죄가 실행되는 데에도 그것을 막거나 방지할 아무런 행동도 취하지 않고 방관자의 태도를 취한 그때의 자기에 대하여 변명할만한 재료가 없는 것이었다. 차디찬 사법관으로서의 I 씨의 머리에는 이런 생각조차 일어났다.

설혹 백 보를 양보하여, 사건이 무사히 해결이 되어 S 씨가 무죄로 석방이 된다 할지라도, 그 뒤에는, 법률의 위신상, 그 진범인을 어떻게든지 찾아내지 않으면 안 될 것이었다. 그리고 설혹 다행히 그 진범인을 붙든다 할지라도, 그 사람을 형에 처할만한 증거가 나설는지, 이것은 미리 판단함을 허락하지 않는 문제였다. 그럴진대, (자기 혼자만은 사실을 부인하지만) 온갖 방면으로 자격이 있고 증거가 충분한 S를 그냥 진범인이라 하여 내버려두는 것이 오히려 온당하지 않을까.

재판의 평의가 열렸다.

법률이 작정한 바에 의지하여, 그중 지위가 낮은 판사 ○씨부터 먼저 의견을 말하였다. ○씨는 비록 나이는 적다하나 그 수완에 있어서 명민한 판사라는 일컬음을 받는 사람이었다.

그는 일어서서 이 사건에 대한 자기의 의견을 말하였다. 그러나 거기에는 법의 해석도 없었다. 법 이론도 없었다. 이만치 증거가 갖추어진 사건에, 무슨 다른 이론이 필요가 있을까. ○씨는 간단히, 온갖 부인할 수 없는 증거가 갖추어진 점을 설명하고, 결론으로 공소를 기각함이 좋겠다 하였다.

다른 판사들의 의견도 대동소이하였다. 그리고 결론은 모두 다 ○씨와 마찬가지였다. 마지막에, I 씨가 일어섰다. 점잖게 수염을 한 번 쓰다듬은 뒤에, 한참 먹먹히 섰다가,

"여러분은 피고의 공술을 어떻게 해석하시오?"

하고 천천히 물었다.

　이 의외의 재판장의 말에, 다른 판사들은 모두 멍멍해졌다. 그리고 I 씨의 입만 바라보았다.

　"내 생각 같아서는, 피고의 공술도 좀 연구할 필요가 있다고 생각합니다."

　I 씨는 한마디 더 보탰다. 그러나 다른 판사들은 역시 멍멍히 재판장의 입만 바라보았다.

　잠깐의 시간이 흘렀다. I 씨가 일어섰다.

　"네. 혹은 피고의 공술이 사실일는지도 모르겠습니다. 어떻게 보면 사실로 보이는 점도 없지는 않아요. 그렇지만 그 말을 세울 만한 증거가 어디 있습니까? 우리는 설혹 그 말을 신용한다 하나, '법률'은 증거가 없는 공술은 신용을 안 하니까요."

　○씨는 이렇게 재판장의 의견에 반대하였다.

　I 씨는 또다시 손을 들어서 수염을 쓸었다. 그러나 구태여 ○씨의 말을 반대하려고도 안 하였다.

　"아니, 그렇겠다는 것이 아니라…… 그럴지도 모르겠다는 의견뿐이외다."

　I 씨도 제 말을 흐려버렸다.

　그리고 평의한 결과로는, 한 사람의 반대도 없이 '피고의 공소는 기각함'에 일치되었다.

　일주일 후에 판결이 내렸다.

　판결은 물론 '피고의 공소는 이를 기각함'이었다.

　그날 오후, I 씨는 어떤 신문기자를 재판소의 복도에서 만나서,

그 기자에게서,

　"S 사건이 낙착이 됐습니다그려."

하는 축하를 받았다.

　"하늘의 섭리지. 제가 죄를 지은 뒤에야 벗어날 수가 있나."

　I 씨는 법률의 대리인이라는 엄격한 얼굴로, 손을 들어 허연 수염을 쓸면서 이렇게 대답하였다. 그러나 그의 얼굴 뒤에는 어딘지 모를, '부끄러움'에 근사한 표정이 숨어 있었다.

— 〈대조〉, 1930. 9.

죄와 벌

— 어떤 사형수의 이야기

"내가 판사를 사직한 이유 말씀이야요? 나이도 늙고 인젠 좀 편안히 쉬고 싶기도 하고, 그래서 사직했지요. 네? 무슨 다른 이유가 있다는 소문이 있어요? 글쎄, 있을까. 있으면 있기도 하고, 없다면 없고, 그렇지요. 이야기해보라고요? 자, 할만한 이야기도 없는데요."

어떤 날 저녁, 어떤 연희의 끝에 친한 사람 몇 사람끼리 제2차 회로 모였을 때에, 말말끝에 이런 이야기가 나왔다. 그리고 그 전 판사는 몇 번을 더 사양해본 뒤에, 이런 이야기를 하였다.

"나는 사법관이지 입법관이 아니었으니깐 거기에 대한 자세한 내용은 모르지만, 법률이 어떤 범죄에 대하여 형을 과하는 것은 현명한 여러 입법관의 머리에서 얼마 동안 연구되고 닦달된 뒤에야 처음으로 명문으로 될 것이 아닙니까? 그리고 우리 사법관은 법률의 명문의 모호한 점을 해석하며, 법률의 명문에 의지해서 범죄를 다스리는 것이 직책이지, 그 법률의 근본을 캐어가시고 이렇다저렇다 하는 것은 근리에 지나치는 일이겠지요. 그러니깐, 나는 형의 비판이라든가는 하지 않겠습니다. 그리고 다만 내가 재직 때에 당한 한 가지의 예를 들어서, 내가 판사라는 지위를 사직한 이유를 간단히 말해보겠습니다.

내가 복심법원 판사 때의 일이외다. 어떤 날 어떤 사형수의 공소 재판이 있어서 그것을 내가 맡게 되었는데, 예비지식으로 피고의 공소 이유와 제1심의 기록 등을 대강 눈에 걸쳐보니깐, 사람 셋을 죽인 살인강도범이었습니다. 더구나 피살자 세 사람 가운데 하나는 아직 철모르는 어린애로서, 그런 철모르는 어린애까지 죽인 살인강도는 성질로 보아 흉포무쌍한 자가 아니겠습니까. 그래서 그저 그만치 알아두었습니다. 대체 사형수라 하는 것은, 하여간 공소는 해보는 것이니깐……

별로 신기하게 여길 사건도 아니므로, 그저 그만치 해가지고 공소 재판을 열었지요. 그리고 순서대로 주소, 성명, 연령, 직업, 전과의 유무 등을 물었는데, 스물세 살 났다는 젊은 사람이 전과 육 범이었습니다.

열두 살 때에 소매치기를 비롯하여, 절도, 공갈, 강도, 등등 온갖 죄악을 다 범한 사람이었습니다. 많은 경험이 아닐지라도 이만하면 벌써 피고의 성질이 짐작될 것이 아닙니까. 그래서 마음으로는 벌써 공소해야 역시 사형이라고 생각하고 있었습니다. 그리고 다만 규칙에 의지해서, 공소한 이유를 물었지요. 그러면서도 피고가 무슨 핑계를 대거나 범행을 부인하는 말을 하려니 하고 있었습니다. 그랬더니 피고는 뜻밖의 대답을 하지 않겠습니까?

피고의 말은, 자기는 사형이 싫어서 공소한 것이 아니다. 다만 자기는 제1심에서 자기의 과거를 한번 다 이야기해볼 기회를 얻지 못해서 그 기회를 얻으려고 공소한 것이지, 사형이 억울해 그런 것이 아니라고 합니다그려. 자기의 범행은 죽어도 싸다고, 검사가 할 말까지 하겠지요. 그래서 나는 온화한 말로, 공판정은 범행을 조사해서 거기다 형을 과하는 곳이지 피고의 경력 연구소가 아니니깐 그것은 허락할 수 없다고 거절해버리고 범행에 대해서 조사를 하려니까, 피고는 한참 머리를 수그리고 있더니 그러면 공소를 취하하겠다고 그러겠지요.

그래서 공소는 그만 취하해버렸는데, 한 이삼일 뒤에 문득 그 생각이 나서, 원 대체 자기의 경력을 이야기 못 하면 사형을 달갑게 받겠다던 그 피고의 경력은 어떠한 것인가……고, 호기심이 무럭무럭 나서, 어디 한번 알아보자 하고, 한가한 틈을 이용해가지고 형무소로 찾아갔지요. 그리고 판사 대 피고의 지위가 아니요, 개인과 개인의 관계로서 그 사람을 면회를 했습니다. 그리고 그가 초췌한 얼굴로 기뻐서 내게 이야기한 바로서, 그 사람의 경력이 이런 것이었음을 알았습니다."

그의 이름은 홍찬도라 하였다.

비교적 미남자였고, 얼굴로 보아서는 아무 흉포한 점이 없었다.

그는 사람을 셋을 죽였다. 무슨 큰 원함이 있어서 죽인 바도 아니요, 돈을 뺏으러 들어갔다가 들켜서 그만 세 사람을 죽인 것이었다. 처음에는 어른 두 사람을 죽이고, 달아나려다가 그는 곁에서 날뛰면서 울고 있는 서너 살 난 어린아이까지 마침내 죽인 것이었다. 이것이 혹은 잔혹한 일이라 할지 모르나, 이것은 그가 그 어린아이에 대한 자비심에서 나온 것이다. 이것이 그의 범죄 사실이었다.

그는 열한 살부터 벌써 죄를 짓기 시작하였다. 소매치기, 절도, 협박, 공갈, 강도, 이러한 모든 죄를 차례로 지으면서 오늘날까지 이르렀다. 범죄에서 감옥으로, 감옥에서 범죄로, 안정되지 못한 생애를 밟아오다가 마침내 스물세 살이라는 지금에 세 사람을 죽였다는 무서운 죄악으로써 사형의 선고를 받은 것이었다.

그러면 그는 천성이 그렇게 못된 사람이었던가. 부모의 유전으로 그런 못된 성질을 물려받았던가. 혹은 사귀던 친구가 나빴던가.

만약 친구가 나빴다 하면, 그런 못된 친구와 사귀는 것을 감독할 만한 부모는 무얼 하였나. 자식을 감독할 줄을 몰랐나. 감독하려 하지를 않았나 또는 못하였나. 가령 못하였다 하면, 그 이유는?

그의 아버지는 어떤 운송조에서 마차를 끌어주고 그날그날을 보내는 온량한 시민이었다. 그의 어머니도 역시 참한 여인으로서 남편을 공대하고 자식을 사랑할 줄 아는 온량한 아내였다. 이러한 부모 아래서 가난하나마 아무 부족한 불만을 모르고 그는 열한 살까지 자랐다. 그때 그는 보통학교 오학년생이었다.

그러나 사람의 생활에 병집은 언제 어디서 일어날지 전혀 모를 바였다. 이것은 하느님이 사람으로 하여금 잠시도 마음을 놓지 않도록 주의시키려는 자비심에서 나온 것인지, 혹은 악마가 사람의 세상을 위협하는 수단에서 하는 것인지는 모르나, 사람의 세상은 언제 어떤 곳에서 뜻하지 않은 괴변이 생길지 온전히 모를 바였다.

그의 아버지가 법률의 그물에 걸렸다. 일은 사소한 것이었다. 말하자면 그에게는 아무런 책임도 없는 일이었다. 어떤 날, 그의 부리는 말이 지나가는 자동차에 놀라서 구루마를 단 채로 거리로 달아났다. 놀란 말이 달아나서 돌아다니는데, 체면과 인사가 있을 리가 없었다. 마차에 치여서, 몇 사람은 중상을 당하고, 몇 사람은 죽었다. 그것뿐이었다. 그러나 그 즉사한 사람 가운데에는 불행히 그 지방의 장관이 있었다.

여기서 문제는 커졌다. 놀란 말이 장관을 알아볼 리가 없고, 장관이라 한들 마차에 치이면 죽는 것이 당연하지만, 장관이 죽었다 하는 것은 그 사건의 결과를 좀 더 중대화하였다. 법률은 그를 꼭 벌해야 할 책임을 느꼈다. 그리고 육법전서를 편 결과, 형법 제211조에서, '업무상 필요한 주의를 게을리하여 사람을 사상死傷에 이르게 한 자는, 삼 년 이하의 금고, 혹은 천 원 이하의 벌금에 처함'이라는 조문을 얻어내고, 그에게 삼 년 동안을 형무소 안에서 지내기를 명하였다.

이리하여 비극은 마침내 이 집안에도 이르렀다.

인형으로서의 온공함과 얌전함은 배웠지만 아직 주부로서의 권리와 의무와 그것의 행사 방법에 대한 교육과 교양이 없는 찬도의 젊은 어머니는, 이런 일을 당하면 낭패할밖에는 다른 도리는 없었다. 어머니는 낭패하였다. 그리고 그 낭패에 대하여 아무런 방책도 생겨나지 않는 동안에 시간은 거듭하여 날이 되고, 날은 거듭하여 달이 되었다.

법률은 정당한 선고를 찬도의 아버지에게 내린 것이었다. 법률은 사회에 대하여서나 찬도의 아버지나 모자에 대하여서나 아무런 가련한 일이 없었다. 세상의 질서를 유지하기 위하여 찬도의 아버지에게 내린 선고는, 세상의 정신 못 차리려는 사람들을 정신 차리도록 하려는 한 경종으로서, 이것은 법률의 정당한 사명이었다. 그러나 그 법률이 잊어버린 사람의 축에 한패의 가련한 모자가 있었던 것이었다. 처세학이라는 것을 배우지 못한 때문에 밥을 굶고 옷을 헐벗지 않으면 안 될 가련한 모자가 있었던 것이었다.

그러나 하느님이 사람을 내실 때에, 사람으로 하여금 먹을 것이 없어서 죽게까지는 내지 않았다.

찬도는 어느덧 학교에 안 다니게 되었다. 아니, 오히려 못 다녔겠지. 그리고 단칸방에서 이런 아들과 젊은 어머니가 주린 배를 움켜쥐고 며칠을 참은 뒤에 어떤 날, 어머니는 나가서 쌀과 나무를 사왔다.

아직껏은 쌀과 나무와 옷감이라는 것은 하늘이 비를 주듯 때때로 (어린 찬도는 모르는 틈에) 내려주는 것쯤으로 알고 별로 신기하게 생각하지 않던 찬도는, 이번 사건의 뒤에 처음으로 쌀과 나무는 돈을 주고 사는 것이며, 그것이 돈을 주는 아버지가 없어졌으므로 떨어졌다는 것을 알았던 것이었다. 그랬던 것을, 어머니(며칠을 돈이 없어서 굶고 지내던)가 사왔다 하는 것은, 찬도에게는 뜻밖이었다. 웬 돈? 누가 돈을 벌었나? 무엇을 하여 벌었나?

어떤 날 아침, 좀 일찍 깬 찬도는 머리맡에 흩어져 있는 음식

그릇들을 보았다. 찬도는 벌떡 일어났다. 그리고 거기 남은 부스러기라도 고르려고 하다가 갑자기 속이 불유쾌해져서 그만두고 어머니를 보았다. 어머니는 아직껏 깨지 않았다. 그 어머니의 얼굴에는 분이 발려 있었다. 찬도는 속이 몹시 언짢아졌다. 자기도 맛있는 음식을 먹고 싶을 것은 어머니도 잘 알 터인데, 밤에 혼자 사다 먹었다는 것은 찬도의 자존심에 거슬린 것이었다. 모반함을 받은 것 같은 분한 마음과 얄미운 어머니의 태도에 노염이 난 찬도는, 분김에 옷을 주워 입고 몰래 집을 나섰다. 그리고 노염과 분함이 차차 더해가는 하루를, 굶으며 그 근처를 돌아다니면서 어머니가 자기를 찾아 나와서 변명하기를 기다리다가 밤 열시쯤 하여 할 수 없이 집으로 돌아왔다.

집에는 웬 잔치가 있었다. 어머니는 웬 사나이와 마주 앉아서 음식을 먹고 있었다. 그러다가 슬그머니 들어오는 아들을 보고,

"온종일 어디 갔었니. 얼른 자라!"

하고 한마디 꽥 소리를 지른 뿐이었다. 음식을 먹으란 말도 없었다. 배고프지 않느냐는 말조차 없었다.

찬도는 자리를 윗목에 내려 펴놓고 누웠다.

"좀 가만가만 펴지, 몬지 나누나."

어머니는 또 나무람을 하였다. 분함과 노염과 주림으로 자리 속에 들어는 갔지만 찬도에게 졸음이 올 리가 만무하였다. 음식 냄새가 코로 몰려 들어왔다. 그것은 몹시 좋은 냄새였다. 그러나 또한 몹시 역한 냄새에 다름없었다.

울고 싶은 마음, 아니 오히려 죽고 싶은 마음을 이를 악물고 참느라고 찬도는 목덜미를 와들와들 떨었다. 신경, 더욱 귀의 신

경은 날카로워졌다. 행여나 '찬도야, 너도……' 하기를 기다렸으나 그것은 헛바람이었다.

마침내 찬도는 일어났다. 그리고 몰래 이분 밖으로 기어 나와서, 문을 연 뒤에 문밖에 나섰다. 그리고 신을 신고 밖으로 막 뛰려 할 때에, 어머니가 따라 나와서 그를 붙들었다. 그리고 손에다 무엇을 쥐여주었다.

"오십 전이다. 뭘 나가서 사 먹어라."

찬도는 욱하니 울었다. 아직껏 하루 종일을 참고 또 참았던 울음이었다.

"애도 울기는 왜……."

어머니의 태도는 다시 쌀쌀해졌다. 이 한마디뿐, 어머니는 도로 들어가서 문을 절컥 닫았다.

아무리 어린 찬도일지라도 제 어머니의 하는 일의 의의를 알았다. 그것은 사람의 길에 벗어난 일이었다. 부끄러운 일이었다. 찬도에게는 그런 일을 하는 어머니가 천스러웠다.

그는 생활난과 정조라는 것의 가치를 비교할만한 진보된 지식은 아직 못 가졌다. 하물며 제 어머니라는 사람과 생활난과 정조 관념의 삼각관계를 이해할 리가 없었다. 그러나 수천 년간 그의 조상들이 신봉해오는 관념의 여파로서, 제 어머니의 하는 일이 지극히 천스럽고 부끄러운 일인 줄은 알았다. 그는 어머니를 경멸하지 않을 수가 없었다.

이리하여 사회의 질서를 유지하고자 행한 바 법률의 처분은, 여기서 그 부산물로서 모자간의 이반이라는 사회질서에 위반되는 일을 해놓았다. 그 뒤부터는 모자의 사이는 차차 벌어졌다. 아들은 제 어머니에게서 어머니의 행동에 대한 변명이 듣고 싶었다. 그러나 어머니는 변명하지 않았다. 그 대신 아들의 양해……묵인을 바랐다.

그러나 아들은 양해하지 않았다. 아들은 차차 어머니와 이야기하기를 피하였다. 그것을 갚으려는 듯이, 어머니도 차차 아들과 이야기를 피하였다. 그리고 처음에는 서로 '피하려'던 것이, 차차 어느덧 서로 '악의로써 대하게' 되었다. 어미는 변변찮은 작은 일로도 차차 제 아들을 몹시 꾸짖는 일이 많아갔다. 할 수 있는 대로 이야기를 안 했지만, 하게 되면 그것은 꾸중이나 욕설뿐이었다.

그러나 제 어머니를 경멸하는 아들에게는, 그 꾸중이 귀에 들어올 리가 만무하였다. 아들은 꾸중에 머리도 안 숙였다. 변명도 안 하였다. 대답조차 안 하였다. 못 들은 체하고 저 할 장난만 하였다. 이렇게 되면, 어머니는 더욱 성을 냈다. 그리고 발을 굴렀다. 그러나 아들은 제 태도를 고치지 않았다. 그는 어머니를 무시하는 것으로 유일의 대항책을 삼는 것이었다.

어머니는 아들이 그렇게 미워서 그러하였나. 혹은 부끄러움을 감추기 위하여 그런 태도로서 아들을 대하지 않을 수가 없었나. 이것은 알 수 없다. 알 필요도 없다. 다만 이리하여 모자간의 정애가 차차 없어졌다는 것을 알면 그뿐이다.

아들은 차차 '집안'이라는 것을 버리기 시작하였다. 아침에 밖으로 나가서는 어두운 뒤에야 집으로 돌아오는 일이 차차 많아갔다. 그러나 찬도에게는 밤에나마 집에 들어오는 것은 할 수 없어서 하는 일이었다. 할 수만 있으면 안 돌아오고 싶었다. 이 사내 저 사내(대개가 노동자)가 이전의 찬도의 아버지가 행한 노릇을 하는 광경은 찬도에게는 보지 못할 노릇이었다. 영업(가령 찬도의 어머니가 하는 노릇을 영업이라 부를 수가 있다면)은 나날이 번성해갔다. 저녁때 사내의 그림자가 그 오막살이에서 뵈지 않는 날이 쉽지 않았다. 낮에는 웬 노파들이 많이 다녔다. 젊은 어머니의 이쁘장스러운 얼굴과 애교와 박리다매주의는, 오늘날 이렇듯 영업의 번성함을 보게 한 것이었다.

찬도는 대개 낮에는 어디 나가 있었다. 그는 처음에는 갈 곳이 없어서 거리거리를 헤맸다. 그리고 공원에서 쉬었다. 점심은 대개 굶었다. 정 견딜 수가 없을 때에는, 제집 부엌에 와서 도적질하여 먹었다. 그러나 그러는 동안에, 그도 어느덧 섞여서 같이 놀 만한 소년의 한 무리를 발견하였다. 활동사진관 앞과 정거장 대합실들에서 일없이 빙빙 도는 소년의 무리였다.

그들은 대개 집이 없었다. 간혹 있는 애가 있었으나 집에 들어가지는 않았다. 그러면서도 필요에 응해서는 돈을 썼다. 지폐 몇 장씩 가지고 있는 애까지 있었다. 찬도는 그들과 사귀어서, 거기서 점심으로 호떡, 간간은 청요리도 얻어먹으며 사람들 틈에 끼여서 활동사진 구경도 더러 다녔다.

이러는 동안에 찬도는 그들에게서 소매치기 방법을 배운 것이다.

'죄'는 벌하여야 할 것이다. 마땅히 벌을 받을만한 죄를 지은 찬도의 아버지가 벌을 받은 것은 당연한 일이다. 그러나 그가 '마땅히 받을 벌'을 받기 때문에, 그의 젊은 아내는 밀매음이라는 부도덕한 범죄를 하였다. 천진스럽던 그의 사랑하는 아들은 소매치기에 손을 댄 것이었다. 예전의 멸족의 형(멸족지형)과는 근본부터 다르다 하나, 결과에 있어서, 자활할 능력이 없는 어린 가족에게 아무런 보호의 시설도 없이 가장을 '벌'한다 하는 것은 멸족의 형과 아무런 차이가 없었다.

소매치기에 손을 댄 뒤부터는, 찬도는 집에 돌아가지 않았다. 파한 뒤의 활동사진관, 공원의 벤치, 장국집들을 숙소로 삼았다. 그리고 이러한 방랑자만이 느낄 수 있는 커다란 자유와 긴장과 유쾌를, 그는, 거기서 어느덧 느끼기 시작한 것이었다.

그러는 동안에 절도에도 손을 댔다. 그리고 절도 여행으로 다른 지방에 출장을 다녀와서 일 년 만에 어떻게 제집에 가보니, 거기에는 다른 사람이 살고 있었다. 그의 젊은 어머니는 간 곳도 알 수가 없었다. 그의 가련한 아버지는 마침내 옥중에서 죽었다. 그러나 찬도는 그것조차 알지 못하였다. 그는 어느덧 소매치기의 첫 시험을 '축'으로 하여, 그전의 생활과 거기 관련되는 온갖 군잡스러운 문제는 잊어버린 것이었다. 소매치기와 절도, 이러한 위태한 사다리를 그는 한 걸음 한 걸음 걸어 올라갔다.

그러다가 열일곱 살 나는 해에 첫 번 형무소의 맛을 보았다. 형무소 안에는 많은 동지가 있다는 것은 이 소년의 마음을 더욱 든든히는 하였을망정, 손톱눈만치의 후회도 일으키게 못 하였다. 뿐만 아니라 형무소는 이 소년에게 범죄 방법을 가르치는 한 학교였다.

형무소에서 나온 그는 역시 그것으로 제 밥벌이(?)를 삼았다. 그것밖에는 다른 것은 취할 길도 몰랐거니와, 다른 길은 사회에서 그를 받아주지도 않았다. 이리하여 범죄와 형무소, 이러한 행정을 밟으면서 소년기에서 청년기에 들어선 그는 마침내 살인강도라는 듣기조차 무서운 죄목 아래서 사형의 선고를 받게 된 오늘의 범행까지 지은 것이었다.

그것은 어떤 첫여름이었다. 일없이 공원에 앉아서 낮잠을 자고 있던 그는, 누가 깨우는 바람에 상쾌한 졸음에서 깨었다. 깨어보니, 그것은 며칠 전에 찬도와 같이 출옥한 감옥 친구였다. 두 사람의 사이에는 한 가지의 계획이 성립되었다. 즉 어떤 집에 강도로 들어가자는 것이었다. 찬도도 아무 뜻 없이 쾌히 승낙하였다. 아직껏 해보지 못한 범죄라 하는 것은, 찬도에게는 매우 흥미 있는 것이었다.

이리하여 그들은 이튿날 밤이 깊어서, 어떤 집에 들어갔다. 그러나 여기서 찬도의 뜻밖의 일이 생겼다. 공범자는 돈을 다 뺏은 뒤에 준비했던 칼로 주인 부처를 죽였다. 그리고 유쾌한 듯이 칼을 획 던져서, 담벽에 꽂아놓은 뒤에 휘파람을 불면서 나갔다.

여기서 물론 찬도도 그 공범자와 함께 달아나는 것이 옳을 것이었다. 그러나 찬도는 움쭉하지 못하였다. 눈앞에 보이는 피는 그의 온몸을 마비시켰다. 그는 마치 그 자리에 발이 붙은 듯이, 눈이 멀찐멀찐 서 있었다. 공범자는 이런 일에 경험이 많았는지, 칼 맞은 사람은 찍소리도 못하고 한칼에 죽었다. 그러나 근육은 아직 흐물흐물하였다.

피! 그것은 과연 괴상한 물건이었다. 거기에 커다란 충동을 받은 찬도는 정신을 못 차리고 서 있었다. 그는 온 힘을 다하여 정신을 수습해보려 하였다. 그러나 애쓰면 애쓸수록 정신은 더욱 어지러워졌다.

십여 분이 지난 뒤에야 그는 펄떡 정신을 차렸다. 동시에, 아직껏 불같이 울어대는 어린아이가 있는 것을 처음으로 인식하였다. 그는, 발로써, 그 어린아이를 힘껏 찼다. 그리고 도망하려 뛰어나왔다.

그러나 그는, 그 집 문밖에서 순사에게 잡혔다. 순사는 어린아이가 너무도 우는 것이 수상하여, 그 집 문밖에서 동정을 엿듣고 있었던 것이었다.

이렇게 그 찬도의 경력을 이야기해오던 전 판사는, 잠깐 말을 멈추었다가 다시 이었다.

그런데, 그 사람에게는 제 말과 같이 (그 제 말을 나는 믿습니다) 공범이 있었는데, 예심 조서 이하 초심 기록 아무 데를 보든다 저 혼자 범행한 모양으로 됐지 공범의 이야기는 없거든요. 하기는 경찰서의 조사에는 잠깐 그런 이야기가 있었지만, 그 뒤부터는 늘 그것을 부인해왔어요. 그런데 그 이유로 그 사람이 제 입으로 내게 한 말을 듣자면, 자기는 아무 세상 철없는 순진한 어린애를 죽였으니깐 죽어도 싼데…… 자기는 어차피 사형될 터에, 공연히 남까지 끌어넣어서 그 사람까지 죽이면 무얼 하느냐고…… 그 사람, 공범의 죄를 보자면 역시 열 번 죽여도 싸기는 하지만 그 사람에게는 처자가 있는 것을 생각하니깐, 자기의 어렸을 때의 생각이 나서 차마 불어넣지 못하겠다고요. '피'를 본다 하는 것은 과연 무서운 것이외다. 아직껏 아무 반성 없이 온갖 죄악을 범해오던 그 사람도, 뜻하지 않은 피를 보고 그만 양심이 일어서면서 동시에 그런 고찰도 생긴 모양이지요.

그 사람은 제 경력을 다 이야기하더니 쓸쓸하게 웃으면서, 이것은 결코 자기가 감형을 받고 싶거나 그래서 한 것이 아니고, 왜 그런지 (허영심이랄지) 죽기 전에 한번 이야기나 해보고 싶어서 한 것이라고. 그러면서 마지막 말로 자기는 죽어도 뒤에 남는 가족이라는 것이 없으니 안심이라고 하면서 도로 감방으로 끌려갔습니다.

나는 그날 밤잠을 못 잤습니다. 더구나 그 찬도의 아버지에게 삼 년의 형을 선고한 것은 나였습니다그려. 내가 지방법원에 재직할 때에 그 사건을 맡아 했는데, 내 생애 가운데 많은 과실상해죄를 처결했으니깐 기억에 없을 듯하나, 그 사건만은 그때에 이 지방의 장관이 마차에 치여 죽었다는 별다른 사건이었으므로 아직 기억에 남아 있어요. 그리고 나는 거기 대하여 손톱눈만치도 후회하거나 부끄럽게 생각지 않습니다. 당시에도 그렇게 생각했지만 지금도 그 일을 부끄럽게 생각지 않습니다. 그것이 내가 나라에서 맡은 책임이요, 온 국민에게 맡은 의무인 이상에 무엇이 부끄럽겠습니까. 찬도의 아버지도 그것을 억울하게 생각지 않았겠지요. 그는 공소도 안 했으니깐……. 그러나 우리가 생각도 안 했던 '이면'에는 이러한 참극이 생겨났다는 것을 어떻게 뜻이나 했겠습니까.

나는 그 이튿날부터 찬도의 감형 운동을 했습니다. 물론 내 경험에 의지해서, 그 운동이 효과가 없을 줄은 짐작은 했어요. 공범자를 드러내면 혹은 전 판결을 번복시킬지도 모르나 이것은 찬도의 의사가 아니니깐, 다만 찬도는 환경 때문에 못된 죄는 범했으나 잘 지도하면 좋은 사람이 될 가능성이 있는 것을 유일의 이유로 감형 운동을 했습니다그려. 그리고 그 운동이 실패하게 된 것을 핑계 삼아가지고 판사를 사직하고 말았지요.

분명한 숫자는 모르지만 내가 형을 선고한 죄수만 하여도 이십여 년간에 수천 명이 될 터인데, 그 가운데서 우리가 온전히 모르고 뜻도 안 한 비극과 참극이 얼마나 많이 생겼는지 생각하면 속이 떨립디다그려.

내가 사직한 후 사흘 뒤에, 찬도는 사형을 받았지요. 그때 입회하였던 검사의 말을 들으니깐 그 사람, 이름도 부르기가 별합니다, 찬도의 마지막 말은 '마음에 걸리는 것이 없습니다'는 한마디뿐이었다고요. 그리고 그 검사는 그 말을 회개한 죄수의 말로 해석하는 듯합니다. 그러나 나는 그 말을 그렇게 해석하지 않습니다. '나는 처자가 없으니깐, 죽어도 뒤가 근심되지 않는다.' 나는 이렇게 해석합니다. 이미 죽은 사람의 말이니, 어디 가서 뜻을 판단해달랄 수는 없지만, 어떻습니까, 내 해석이 오히려 그럴듯하지 않습니까?

전 판사는 의견을 묻는 듯이 좌중을 둘러보았다. 그러나 거기에는 대답하는 사람이 없었다.

— 〈해방〉, 1930. 12.

여인담[1]

제1화

수일 전의 신문은 우리에게 '여인'의 가장 기묘한 심리의 일면을 보여주는 사실을 보도하였다.

장소는 어떤 농촌…….

거기 젊은 부처가 있었다. 아내의 이름은 순이라 가정해둘까.

물론 시부모도 있었다. 시동생도 있었다. 그것은 남 보기에도 부러운 가정이었다. 늙은이와 젊은이는 모두 화목하게 지냈다. 제 땅은 없으나마 그들은 자기네의 지은 농사로써 아무 부족 없

---

1 〈큰 수수께끼〉란 제목으로 발표한 작품. 잡지 〈야담〉(1939. 2)에 〈여인담〉으로 제목을 고쳐 게재함.

이 지냈다. 동생끼리도 화목하였다. 간단히 말하자면 농촌의 한 화목한 가정이라면 그뿐일 것이다. 아무 불평도 불안도 없이 지내는 집안이었다.

순이의 나이는 스무 살이었다. 그의 남편은 스물다섯 살이었다. 부처 사이의 의도 좋았다.

아니, 부처의 의가 좋아도 너무 좋았다.

순이는 자기의 남편이라는 사람에 대하여 자기가 품고 있는 기괴한 애착을 오히려 이상한 마음으로 보았다. 시집온 지 이 년. 시집오기 전에는 듣도 보도 못하던 사내에게 아직 부모들께까지 감추어오던 자기의 젖가슴까지 내맡기고 거기서 불유쾌를 느끼기는커녕 일종의 쾌감까지 느끼는 자기를 기이한 마음으로 보았다. 밤마다 자기를 힘 있게 품어주는 사내, 자기의 온몸을 소유할 권리를 가진 사내, 이러한 꿈과 같은 사내에 대한 첫 공포가 사라진 다음부터는 차차 자기의 마음에 일어나는 그 사내에 대한 애착심 때문에 순이는 때때로 스스로 얼굴까지 붉혔다.

"여보."

첫 번에는 몹시도 수줍던 이런 칭호가 차차 익어오고 그의 발소리를 듣기만 해도 분간하리만치 남편에게 익은 뒤에는 그의 눈에는 이 세상에는 남편 한 사람밖에는 사람이 없었다. 그의 슬하를 떠나서 알지도 못하는 사내에게 안겨서는 도저히 살 수가 없을 것 같던 부모조차 남편의 손톱만치도 귀하지 않았다. 남편은 그에게는 이 세상의 유일의 존재였다.

밭에서 곤하게 일하는 남편의 점심 광주리를 이고 나갈 때의 즐거움이며 늦게 돌아오는 남편을 기다리고 고대하는 쾌미는 나날이 맛보는 것이지만 나날이 또한 그만치 즐거웠다.

때때로 그는 생각해보았다.

'저게 웬 사람이람, 이 년 전까지는 듣도 보도 못하던 사람. 꿈에도 못 본 사람. 이 세상에 저런 사람이 있었는지도 모르던 사람. 나를 부모의 슬하에서 떼어낸 사람. 세 끼 조밥을 먹이는 뿐으로 마음대로 나를 부려 먹는 사람. 때때로 성나면 내 따귀도 때리는 사람. 발길질까지도 사양하지 않는 사람. 그 사람이 곁에 있기만 해도 마음이 편안히 놓이고 밭에라도 나가면 적적하고 장에라도 가면 기다려지고…… 이렇듯 말하자면 원수이면서도 또한 끝없이 알뜰한 저 사람. 대체 누구람?'

그리고 빙긋 웃으면서 다시 잡고 있던 바느질을 계속하는 것이었다.

어떤 봄날, 그 순이네 동리에 베 장수가 왔다. 베 장수는 젊은 사내였다.

베 장수는 순이의 집에도 왔다. 그러나 베실만 사면 손수 짜는 순이의 집에서는 베를 사지를 않았다. 안 사겠다는 말을 들은 베 장수는 억지로 권하지는 않고,

"그만두시오."

할 뿐 돌아서 나갔다. 우물에 물을 길러 나갔던 순이는 집 앞에서 베 장수를 만났다. 베 장수는 순이를 보았다. 순이도 베 장수를 곁눈으로 보았다. 그리고 베 장수의 눈과 마주친 순이는 곧 눈을 도로 바로 하였다. 그러나 순이는 직각적으로 베 장수의 눈이 자기를 따라 오는 것을 느꼈다.

순이는 얼른 물을 독에 부은 뒤에 방 안으로 뛰어들어와 거울을 보았다. 그러나 얼굴에는 흙도 먼지도 묻지 않았다. 순이는 수건으로 얼굴을 한번 씻은 뒤에 다시 동이를 이고 우물로 갔다.

순이가 동이에 물을 길어가지고 머리에 이려 할 때에 뒤에서 딱 하니 혀를 치는 소리가 들렸다. 돌아다보니 뒤에는 베 장수가 얼굴에 웃음을 담아가지고 서 있었다.

'귀찮은 녀석이다.'

이렇게 생각하며 순이도 조금 웃어 보였다. 그런 뒤에 못할 짓을 한 듯이 황망히 동이를 이고 집으로 돌아왔다.

그의 집 뒤뜰에는 세 그루의 복사나무에 꽃이 만개되어 있었다. 집으로 돌아온 순이는 동이의 물을 처분한 뒤에 정신 나간 사람같이 뒤뜰로 나가서 우두커니 서 있었다.

'봄날도 좋기도 하다.'

이런 생각이 때때로 그의 마음을 스치고 지나갔다. 그러나 그 생각이 그로 하여금 이렇듯 뜰에 서 있게 한 바가 아니었다.

그러면 그의 마음을 지배한 것은 무엇? 그것은 순이도 몰랐다, 그것은 봄날의 탓일까? 그것은 젊음의 탓일까? 그것은 베 장수의 탓일까? 그것은 나무에서 죄죄거리는 새들의 탓일까? 순이는 알 수 없었지만 몹시도 근심스럽고도 상쾌한 듯한 생각은 그의 마음을 이리 주물고 저리 주물렀다.

"저녁 안 짓나?"

남편이 그의 등 뒤에 와서 어깨를 툭 친 때에도 그는 한순간 깜짝 놀랄 뿐 더 움직이지를 않았다. 이전과 같으면 에이구 놀랐다, 하면서 정도 이상의 놀람과 애교와 원망을 남편의 위에 던질 그였지만 이번에는 억지로 조금 웃음을 얼굴에 나타냈을 뿐이었다.

남편이 그의 얼굴을 들여다보았다.

"저녁 어서 지어야지."

"봄날도 좋기도 하다."

순이는 치마를 손으로 한번 탁탁 턴 뒤에 휙 돌아서서 부엌으로 들어왔다. 남편은 열적은 듯이 저편으로 가버렸다.

'봄날도 좋기도 하다.'

몹시 근심스럽고도 상쾌한 듯이 이 한마디의 말은 저녁을 짓는 동안 순이의 머리에 딱 붙어서 떨어지지를 않았다. 때때로 저녁 짓던 손을 뜻 없이 멈추고 정신 나간 듯이 먼 산을 바라보고 하였다. 그날 저녁같이 맛없는 저녁을 순이는 아직껏 먹어보지 못하였다. 억지로 두어 숟갈 먹은 뿐, 그는 숟갈을 던지고 먼저 부엌으로 나갔다.

밤이 왔다.

아랫간에서는 시부모와 시동생이 잤다. 윗간에서는 젊은 부처가 잤다. 아랫간과 윗간의 사이에는 문턱이 있을 뿐 문은 없었다.

곤돈困頓[2]의 아이들과 늙은이는 곧 잠이 들었다. 코로 들이쉬어서 입으로 내부는 시아버지의 코 고는 소리와 벼락같이 요란한 시어머니의 코 고는 소리를 들으면서 젊은 부처는 잠시 속삭였다. 그러나 마음이 이상히도 들뜬 순이는 이날의 속살거림만은 왜 그런지 이전과 같이 달지를 않았다.

2 아무것도 할 기력이 없을 만큼 지쳐 몹시 고단하다.

'봄날도 좋기도 하다.'

이 한마디의 괴상한 말은 끝끝내 그의 마음에서 떠나지를 않았다.

남편도 어느덧 팔을 아내의 가슴 위에 얹은 뒤에 잠이 들었다. 그러나 젊은 아내는 잠이 못 들었다.

'봄날도 괴상하기도 하다.'

밝을 때가 거의 되었다. 문득 밖에 사람의 기척이 들렸다. 그들의 집은 길을 향하여 있는 집. 문밖을 나서서 토방만 내려서면 길이었다. 그 길에 사람의 기척이 들렸다.

"딱!"

혀를 치는 소리가 들렸다.

순이는 몸을 와들와들 떨었다. 무서운 것을 본 듯이 순이는 몸을 움츠렸다. 그리고 보호를 청하는 듯이 양팔을 남편의 목에 걸며 꽉 남편의 가슴에 안겼다. 가슴에서는 무서운 방망이질을 하였다.

"딱! 딱!"

길에서는 채근하는 듯이 또다시 혀를 치는 소리가 들렸다.

순이는 그 소리를 듣지 않기 위하여 이불을 폭 뒤집어썼다. 그리고 얼굴을 깊이 남편의 가슴에 묻었다.

'별 녀석 다 보겠네.'

그는 마음으로 이렇게 부르짖고 있었다. 남편의 팔이 길게 순이의 허리로 돌아왔다. 순이는 그 팔을 벗어나면 지옥에라도 떨어질 듯이 꼭 남편의 굳센 품에 안겼다.

'여보, 밖에 누가 왔소. 나를 나오라오.'

그는 속으로 몇 번을 남편에게 호소하였다.

깊이 잠든 남편은 천하가 대평하다는 듯이 깊은숨을 쉬고 있었다.

얼마가 지났는지 순이는 한참 뒤에 머리를 이불 밖으로 내놓았다. 한참을 기다렸으나 인제는 밖에 있던 사람의 기척이 없어졌다.

'후……'

순이는 안심의 숨을 기다랗게 내쉬었다. 그러나 그 가운데에는 실망과 기대가 꽤 많이 섞여 있었음을 스스로 속일 수가 없었다.

'인젠 갔다.'

하는 안심 가운데에는,

'망할 녀석 왜 갔나?'

하는 원한이 꽤 많이 섞여 있었다.

한참 뒤에 순이는 뒷간에 갔다. 특별히 뒤가 마려운 바는 아니었지만 뜰에라도 한번 나가보고 싶어서 뒷간에 갔다.

뒷간에서 돌아오던 순이는 복사나무 아래에 섰다. 꽃 틈으로 부연 달이 보였다. 별빛조차 그윽하였다. 봄은 하늘에도 무르익었다.

"봄날도 좋기도 하다."

순이는 복사나무 아래서 하늘을 쳐다보면서 이렇게 탄식하였다.

누가 꽉 순이를 껴안았다. 순간적 환희와 경악으로써 순이가 돌아보려 할 때에 사내의 불붙은 뺨을 쏠었다. 사내의 입술이 순이의 입술을 찾느라고 뺨에서 헤맸다.

"웬 녀석이야."

순이는 작은 소리로 부르짖었다.

"사람 하나 살리오."

사내의 뜨거운 입김이 순이의 입 근처에서 헤맸다.

"가요."

순이는 다시 작은 소리로 부르짖었다. 그러나 이번은 사내의 응답조차 없었다. 사내의 두 손은 어느덧 순이의 양 뺨을 움켜쥐었다.

사내의 입술은 마침내 찾을 곳을 찾았다.

순이는 죽여라 하고 가만있었다.

좀 뒤에 먼지를 활활 털고 방 안으로 들어온 순이는 옷을 벗어 던진 뒤에 남편의 자리로 들어가서 자기의 입을 함부로 남편의 뺨에 문질렀다. 깊이 잠들었던 남편이 조금 기지개를 할 때에 순이는 자기의 온몸을 남편의 몸에 실었다. 그리고 힘을 다하여 남편을 포옹하였다.

이튿날은 장날이었다.

시부모는 밭에 갔다. 남편은 장을 보러 장에 가려 하였다. 장으로 가려는 남편을 순이는 한사코 말렸다.

"몸이 편찮으니 좀 곁에 있어줘요."

이렇게도 애걸해보았다.

"장 볼 건 건넛집 아주버니한테 부탁하고 하루만 쉐요. 그맛 장을 보러 이십 리를 갈까?"

이렇게 이론도 캐어보았다.

"내 부탁을 한 번만 들어주구요. 신통히도 듣기가 싫소?"

이렇게 나무랍두 해보았다

이상한 공포감에 위협받은 순이는 오늘은 집에 혼자 있기가 싫었다. 시동생들이 있다 하나 아직 어린애들, 누구든 어른이 한 사람 있어주지 않으면 그는 무엇이 무서운지 무서웠다. 그 집을 찾아오는 사람이 있을 때마다 순이는 몸을 흠칫하며 놀랐다.

아내가 한사코 말리는데도 불구하고 남편은 장에 갔다. 자기가 가지 않으면 안 될 일이 있다고 뿌리치고……

남편이 장에 간 뒤에 순이는 문을 꼭 닫고 시동생들을 밖에 못 나가도록 단단히 타이른 뒤에 아랫목 궤 모퉁이에 박혀 앉아서 가슴을 떨고 있었다. 어린 동생 둘이서 큰소리로 농을 할 때에도 순이는 깜짝 놀라 손으로 아서라고 하였다. 조그마한 소리라도 밖에까지 셀세라 하였다.

"너 어제 베 장수 봤지?"

이런 말을 순이는 큰 시동생에게 물어보았다.

"응, 봤어."

"사내라도 이쁘게 생겼지?"

"이쁘긴, 쥐코 같은 게……."

시동생은 이렇게 결론해버렸다. 순이는 그 시동생에게 눈을 깔아 보았다. 그러나 곧 자기 스스로 자기 말을 취소하였다.

"그렇지. 이쁘긴 뭘 이뻐, 멍텅구리지. 너, 너희 형님이나 어머니한테 내가 베 장수가 이쁘다더란 말을 아예 하지 말아, 했다는 쳐 내쫓으리라."

그리고 눈이 둥그렇게 되는 시동생을 못 본 체하고 돌아앉아
버렸다.

또 밤이 이르렀다.

시부모와 시동생은 또 먼저 잠이 들었다. 그것을 기다려서 아
내는 이불을 끌어당겨 남편과 자기의 머리까지 싹 쓴 뒤에 입을
남편의 귀에 갖다 대고 소곤거렸다.

"오늘은 하룻밤 자지 말고 이야기로 새웁시다."

왜 그러느냐는 남편의 질문에 유난히 무서워서 누가 깨어 있
어주지 않으면 못 견디겠노라 대답하였다. 남편은 아내의 등을
쓸었다.

"어린애! 무섭긴 뭐이 무섭담."

그러면서도 남편은 아내를 힘 있게 안아주었다. 아내는 싱겁
게 씩 웃으며 머리를 남편의 가슴에 묻었다.

한참 뒤에 아내의 허리에 걸려 있던 남편의 팔은 힘없이 미끄
러졌다. 곤한 그는 어느덧 잠이 들었다. 아내는 남편의 옆구리를
주먹으로 질렀다. 남편은 펄떡 깨었다.

"응? 응?"

"오늘 하루만 새워줘요."

순이는 울다시피 이렇게 애원하였다.

"그래."

그러나 노역에 피곤한 남편은 한마디의 말을 겨우 낼 뿐 또다
시 잠이 들었다.

밤이 깊었다.

"딱!"

문밖에서는 또 혀를 치는 소리가 들렸다. 어젯밤에 순이를 놓아줄 때의 약속에 의지해 베 장수가 또 온 것이었다. 순이는 뒤집어썼던 이불을 한층 더 엄중히 썼다. 그러나 비록 엄중히 썼다 하기는 하나 순이는 밖에서 또 무슨 소리가 날까 하여 온 신경을 귀에 모으고 기다렸다.

"딱! 딱!"

밖에서는 또 채근하는 소리가 들렸다. 순이는 흐늘흐늘 일어났다. 그리고 옷을 입고 밖으로 나갔다. 밖에는 베 장수가 순이를 기다리느라고 이리저리 거닐고 있었다. 순이는 문밖에 나서면서 벌써 베 장수를 보았지만 '나는 너를 보러 나온 것이 아니라'는 듯이 베 장수 앞을 지나서 저편으로 갔다.

"여보."

베 장수는 순이가 자기 앞을 지날 때에 주의를 끌기 위하여 이렇게 찾아보았지만 순이는 한번 힐끗 돌아보고는 그냥 지나가 버렸다.

그러나 순이의 심리를 이미 알고 벌써 순이의 마음을 잡았다는 굳은 자신을 가진 베 장수는 순이를 따라오지도 않고 그냥 그 자리에 버티고 서 있었다.

아니나 다를까, 순이는 베 장수의 앞을 그냥 지났지만 더 갈 곳은 없었다. 조금 더 가서 샛길로 들어서서 잠시 일없이 서 있던 순이는 다시 돌아서서 제집으로 향하였다.

순이는 제집 앞에서 베 장수를 만났다. 베 장수는 양팔을 벌려서 순이를 쓸어안았다. 그 품 안에서 순이는 몸을 사시나무와 같이 떨고 있었다.

　잠시 말없이 순이를 붙안고 있던 베 장수는 역시 말없이 발을 옮겼다. 순이는 마치 인형과 같이 순순히 그에게 끌려갔다.

　"아까 보고도 왜 모른 체했소?"

　베 장수가 이렇게 물을 때에도 순이는 죽여라 하고 입을 봉하고 있었다. 베 장수는 순이를 힘 있게 포옹하였다. 그때에 베 장수는 아직껏 죽은 듯이 내버려두던 순이의 팔에도 약간 보이는 듯 마는 듯이 힘이 가해진 것을 감각하지 않을 수가 없었다. 순이도 인형을 벗어나서 약간 사람의 모습을 가지게 되었다.

　이튿날 농터에 나갔던 시부모와 남편은 늦게 집에 돌아와서 순이가 없어진 것을 발견하였다. 옻이라도 갔나 하고 기다렸으나 밤 깊어서도 순이는 돌아오지 않았다. 좀 먼 곳에 옻 갔나 하고 기다렸지만 이튿날도 순이는 돌아오지 않았다. 순이는 완전히 없어졌다.

　집안은 이에 불끈 뒤집혔다. 그리고 감직한 곳을 죄 알아보았다. 그러나 순이의 종적은 발견할 수가 없었다.

　그들은 마침내 주재소에 보고하지 않을 수가 없었다. 닷새 뒤에 읍내 경찰서에 베 장수와 함께 순이가 붙들렸다는 통지가 이르렀다.

　남편은 부랴부랴 읍내로 들어갔다. 경찰서에서 남편과 아내는 대면하였다. 그때 아내는 왁 하니 울면서 남편의 팔에 매달렸다. 성과 결이 독같이 난 남편이 경관의 제지도 듣지 않고 아내를 발길로 차고 함부로 때릴 때에도 순이는 사소한 반항도 없이, 한

마디의 원망도 없이 남편의 팔에 매달려서 '같이 살아만 달라'고 애걸하였다.

"이 사람하고 살기가 싫으냐?"

고 취조하던 경관이 가리키며 물을 때에 순이는 당찮은 소리라는 듯이 경관을 흘겼다.

"이 사람하고 못 산다 하면 차라리 죽는 편이 낫겠소."

이것이 순이의 대답이었다.

"이 사람이 너하고 안 살겠다면 어찌하겠느냐?"

이렇게 물을 때에 순이는 경관을 내버리고 남편에게로 향하였다.

"여보, 무슨 짓이라도 하라는 대로 할게 함께 살아만 주어요."

"그렇게 살뜰한 남편을 두고 왜 달아났느냐?"

경관이 이렇게 물을 때에 순이는 몸을 한번 떨 뿐 대답하지 못했다.

부처의 사이에 타협은 성립되었다. 경관의 중재와 호상[3]의 정애로써 다시 살기로 된 것이었다. 그리고 부처는 나란히 하여 경찰서를 나섰다.

경찰서를 나갈 때에 어떤 순사가 농담으로 순이에게 이런 말을 물었다.

"베 장수 놈은 고약한 놈이지? 밉지?"

그때 순이는 남편을 한순간 힐끗 쳐다보고 남편에게 보이지 않게 순사에게 고개를 설레설레 저어서 베 장수 역시 밉지 않다는 뜻을 나타냈다.

---

3 '상호'의 북한어.

경찰서 문밖에서 남편에게서 왜 달아났느냐는 질문을 받을 때에 순이는 애원하는 듯이 그 말은 다시는 하지 말아달라고 부탁할 뿐 질문의 대답은 하지 않았다. 그러나 집에 돌아와서는 이런 말을 하였다.

"매일 밤 꿈에 당신을 봤어요."

부처는 다시 본촌으로 돌아왔다. 그리고 전과 같이 안온하고 화탁한 생활은 다시 계속되었다.

순이는 왜 베 장수와 어울려서 달아났나? 먹을 것이 없었나? 입을 것이 없었나? 남편에 대한 애정이 없었나? 시부모가 학대를 하였나? 시동생이 귀찮았나? 생활에 대한 불평이 있었나? 혹은 뒤뜰의 복사나무가 보기가 싫었나?

위에 기록한 가운데 아무것도 순이가 베 장수와 어울리게 될 근거와 달아날 이유가 될 것이 없다. 그러면 그는 왜 베 장수와 어울려 달아났나?

여인은 수수께끼다. '사랑'이라는 것을 마치 배나 능금과 같이 절반으로 갈라서 좌우편으로 붙일 수가 있는 '여인'은 우리의 도저히 풀 수 없는 커다란 수수께끼며 또한 도저히 알 수 없는 무서운 괴물이다. 순이는 왜 달아났을까.

제2화

또 한 가지, 이것 역시 신문지가 보도한 '여인'의 기괴한 심리의 발동.

역시 무대는 농촌. 주인공은 역시 젊은 부처였다.

이번 아내의 이름은 서분이라 해둘까.

서분이는 열아홉이었다. 그의 남편은 열일곱이었다. 결혼한
지 삼 년.

부처 사이의 의를 남들은 좋다 보았다, 시부모며 서분이의 친
정 부모들도 좋다 보았다. 서분이도 의가 나쁘다고는 보지를 않
았다.

'남편은 이상한 존재.'

이것이 서분이의 남편에게 대한 관념이었다. 그에게는 남편이
어디라 특별히 고운 데는 없었지만 밉게 보이지도 않았다. 때때
로 발버둥이를 치며 밸을 부릴 때에는 역하기도 하고 칵 쥐어박
고 싶기도 하지만 그러나 어디라 밉게까지 볼 곳은 없었다.

사람의 일례로 시집은 가는 것, 시집을 가면 남편이라는 사람
이 있는 것. 그의 시집에 대한 관념과 남편에 대한 관념은 대략
이 한마디로 끝이 날 것이었다. 남편과 아내의 사이에 필연적으
로 생기는 의무며 권리며 의리며 애정…… 이런 것은 알지도 못
하였다. 남편이란 것은 시집의 아들이며 자기를 마음대로 부려
먹는 사람이며, 밤에는 한자리에서 자야만 되는 사람. 이 밖에는
부부에 대한 아무런 관념이며 이해가 없었다.

건넛동리에서 어떤 색시가 새서방의 밥에 양잿물을 넣어서 독
살을 계획한 일이 이 동리까지 소문났다. 뒷동리에서는 어떤 색

시가 잠든 새서방의 목을 무명으로 댔다가 들켰다. 서분네 동리에서도 어떤 젊은 색시가 누구와 공모하여 남편을 방망이로 때려죽인 일이 있었다.

이 몇 가지의 사건은 서분이의 머리에 이상히 영향되었다. 비록 농촌에서 나고 농촌에서 자라난 서분이라 하나, 과도기인 현대에 태어난 그는 역시 '시대'의 공기에 떡 감지 않을 수가 없었다. 도회의 여인들이 필요 없이 독약 같은 것을 가장 비밀인 듯이 비장하며, 사랑도 않는 사내의 사진만을 들여다보면서 한숨지으며, 숭배하고 싶지도 않은 발렌티노를 (숭배해야만 될 것같이 생각되어) 숭배하는 동안, 농촌의 서분이에게는 또한 농촌 여인다운 마음의 시대적 동요가 있었다.

'남편은 죽여도 좋은 사람.'

근방의 몇 가지의 남편 독살 혹은 독살 미수 사건이 서분이의 마음에 던진 첫 번 그림자는 이것이었다. 이것뿐이면 문제는 더 없겠는데, 그의 마음에 들어앉은 이 그림자는 들어앉으면서 곧 한 걸음 더 나아가기조차 주저하지 않았다.

'남편은 죽여야 할 사람.'

첫 그림자는 어느덧 이와 같이 변해버렸다. 남편의 애정이라 하는 것은 성적 쾌미를 이해한 뒤에야 처음으로 생기는 것이다. 부부의 애정이라 하는 것은 '남녀의 애정'에 '의리'라는 것이 좀 더 가미된 데 지나지 못한다. 부부의 교합이라는 것을 다만 그 아비와 그 지어미가 (까닭은 모르지만) 하여야만 되는 것쯤으로 알고 있는 서분이에게는 남편에 대하여 아내로서의 애정이 있을 리가 없었다. 아내라는 것은 어떤 것인지 그 의의조차 몰랐다. 밤에 한자리에서 자는 것, 이것이 부부이거니, 이 이상은 몰랐다.

　이직 성과 애정괴 부부 문제에 대하어 아무 칠이 없는 서분이의 귀에 몇 가지의 살부 사건이 들어올 때에 서분이는 자기도 남편을 죽여보고 싶은 생각이 났다. 그 생각의 근원에는 '남편이란 죽여야 될 것'이라는 막연한 생각까지 섞여 있었다.

　그는 자기의 시부모가 수십 년 전에는 자기와 같은 젊은 부부였다는 것을 생각지 않았다. 자기의 친정 부모가 수십 년 전에는 역시 지금의 자기와 같은 젊은 부부였다는 것도 잊었다. 이성二性이 합하여 (수십 년 뒤에는) 한 몸과 같이 된다는 것을 생각지도 않았다. 그다지 밉게 보이지는 않지만 남편이란 사람은 왜 그런지 '남' 같이 생각되었다. 비록 죽여버린다 할지라도 아무렇지도 않을 '남'이었다.

　'어디 죽여보자.'

　이리하여 그는 어떤 날, 남편의 밥에 바늘을 두세 개 묻었다.

　어른과 아이는 한방에 모여서 저녁을 먹었다. 남편도 숟갈을 들었다.

　이때부터 웬 까닭인지 서분이의 마음은 괴상한 공포로써 도저히 스스로 걷잡을 수가 없었다. 한 술, 두 술…… 남편이 입에 밥을 넣을 때마다 서분이는 입을 벙싯벙싯하였다.

　'그 밥을 잡숫지 말아요. 그 밥에는 바늘이 들었어요.'

　남편의 입으로 밥이 들어갈 때마다 목에까지 나와서 걸리는 이 말을 도로 삼키느라고 서분이는 몇 번은 '어' 소리를 냈다. 남편을 주의하느라고 자기의 밥조차 잊었다.

"너 밥 안 먹느냐?"

서분이는 시어머니에게 두 번이나 이런 채근을 받았다. 그럴 때마다,

"네, 먹지요."

하고 머리를 밥으로 향하고 했지만, 한입만 먹은 뒤에는 그의 주의는 또다시 남편의 숟갈로 향하고 하였다.

'오늘은 별로 밥을 많이도 먹네.'

서분이는 울상이 되어 이런 생각까지 하였다.

남편의 밥그릇이 거의 밑이 드러나게 된 때였다. 남편은 갑자기,

"에크."

소리를 치며 숟갈을 멈추었다.

아! 서분이는 바야흐로 입으로 가져가려던 숟갈을 힘없이 떨어뜨렸다. 그리고 죽자, 하고 눈을 지르감았다.

남편은 두 손가락을 입에 넣고 좀 찾다가 바늘을 하나 얻어냈다.

"이게 바늘이로군. 이다음엔 밥 지을 땐 머리에 바늘 꽂은 채로 하지 말게. 큰일 날라."

아무것도 모르는 남편은 대수롭지 않게 여길 뿐으로 바늘을 담벽에 꽂았다.

'후! 안 먹었다.'

서분이가 지르감았던 눈을 뜰 때에 그의 눈에서는 눈물이 솟았다.

그날 밤같이 남편이 사랑스러운 맘이 서분이의 과거에 없었다. 죽은 줄 알았던 남편이 살아온 듯이 서분이는 힘 있게 남편을 안고 안고 하였다. 성을 아는 여인이 오래 떠나 있던 정랑을 만난

것같이, 서분이는 잠들려는 남편을 깨워서는 쓸어안고 깨워서는 쓸어안고 하였다.

눈물이 때때로 까닭 없이 흘렀다.

"혀가 바늘에 찔려 아프지나 않소?"

자려는 남편을 깨워가지고 이런 말도 몇 번을 물어보았다.

무사한 몇 달은 지났다.

부처의 의는 남 보기에도 전보다 좋아졌다.

서분이는 저보다 나이 어린 서방을 밤마다 힘 있게 붙안고 등을 쓸어주고 하였다. 그러나 악마는 어떤 날 또다시 그의 마음을 사로잡았다.

어떤 날, 남편의 저녁밥에 그는 양잿물을 곱게 풀어서 넣었다.

왜? 여기 대하여는 서분이도 몰랐다. 시렁에 쓰다 남은 양잿물이 있는 것을 볼 때에 문득 얼마 전에 건넛동리에서 어느 색시가 제 서방을 양잿물을 먹인 것이 생각나면서 기계적으로 행한 일에 지나지 못하였다.

그날 그는 저녁밥이 먹기 싫다고 동리집에 놀러 갔다. 그의 계산으로는 서너 시간 그 집에서 놀고 남편이 죽은 뒤에 돌아올 작정이었다.

동리집에서 그는 친구들과 윷을 놀았다. 그러나 윷을 노는 동안 그의 마음은 잠시도 내려앉지 않았다. 자기가 몇 동이던가를 한 번도 기억한 적이 없었다.

"서분이 너 다섯 동 가는구나."

서분이가 정신없이 윷을 놀 때에 동무들이 깨우쳐주는 일이 있을지라도 서분이는 웃지도 못하였다.

"가면 가지 여섯 동인들."

하고는 또 윷을 던지는 그였다.

몇 번을 귀를 기울였다. 혹은 멀리서 무슨 부르짖음이라도 없나 하여…… 몇 번을 혼자서 흠칫흠칫 놀랐다. 그러다가 윷을 중도에 내버리고 그 집을 나섰다.

그의 집에서는 방금 비극이 시작되는 즈음이었다. 그가 거의 집에 이르렀을 때 남편의 토하는 소리가 들렸다. 왜 그러느냐고 부르짖는 시어머니의 소리가 들렸다.

서분이는 더 참지를 못하였다. 그는 단걸음에 뛰어가서 토방 위에 올라섰다. 그리고 문 걸쇠를 잡으려다가 손을 도로 내리고 귀를 기울였다. 안에서는 벅적하였다. 남편의 토하는 소리와 신음하는 소리, 부모의 덤비는 소리, 쿵쿵 몸이 뛰노는 소리…….

서분이는 문을 열어젖히며 뛰어들어갔다.

"어머니, 왜 그래요?"

"글쎄, 알겠니. 속이 모두 찢어지는 것 같다누나. 이걸 어쩜담."

서분이는 남편을 보았다. 남편의 얼굴은 고통 때문에 밉게 찡그려져 있었다. 몸은 잠시도 쉬지 않고 뛰놀았다.

순간, 서분이는 마음에 폭발하는 공포를 깨달았다. 그는 눈으로 죽음을 보았다. 죽음이란 얼마나 두렵고 큰 것인지를 보았다. 그 죽음이 제 남편의 위에 임한 것을 보았다. 죽음을 임하게 한 것이 자기라는 것도 자각하였다.

동시에 남편에 대하여 아직까지 가져보지 못한 관념이 폭발하듯이 그의 마음에 튀어 올랐다.

'저 사람은 내 사람.'

지금 자기의 독수 때문에 고통하며 혹은 죽을는지도 모르는 그 사람은 시부모의 아들이라기보다도, 친정 부모의 사위라기보다도 서분이 자기의 사람이라는 생각이 강렬히 불붙어 올랐다. 저 사람은 내 사람. 죽기까지 동고동락을 하여야 할 사람…… 구원하여야겠다. 어떤 일이 있든 구하여야겠다. 결코 죽게 해서는 안 되겠다.

"여보, 정신 좀 차려요."

그는 한번 남편의 어깨를 흔들어본 뒤에 맹렬히 그 집을 뛰쳐나왔다.

서분이는 곁집으로 달려갔다. 그리고 문을 절걱 열고 머리만 디밀었다.

"아주머니, 양…… 양…….."

"누구냐?"

"서분이야요. 양…… 양잿물 먹은 데 뭘 먹으면 나아요?"

"글쎄, 잘 모르겠군. 왜 그러냐?"

"어서! 큰일 났어. 양…….."

"글쎄, 왜 그래? 누가…….."

그냥 어떻다는 것을 서분이는 문을 탁 닫아버리고 그 집을 나와서 다음 집으로 갔다.

세 집 만에야 서분이는 양잿물을 삭이는 방문을 겨우 알았다.

"뜨물을 먹여봐라."

이 말을 듣고 누구가 양잿물을 먹었느냐는 질문에는 대답도 않고 집으로 달려온 서분이는 곧 부엌으로 들어가서 뜨물을 한 바가지 떠가지고 방 안으로 들어왔다.

"에케, 에케, 얘 미쳤다?"

철레철레 뜨물을 흘리며 들어오는 며느리를 시부모는 경이의
눈으로 쳐다보며 피하였다.

"뜨물이 약이래요."

이 말뿐, 서분이는 남편에게로 가서 날뛰는 남편을 쓸어안고
머리를 억지로 자기의 무릎 위에 눕힌 뒤에 뜨물을 부어 넣었다.

푸— 퉤—. 남편은 뜨물을 뱉었다. 서분이는 다시 먹였다. 먹
이고 뱉고 이러는 동안에 몇 모금의 뜨물을 남편은 마셨다. 뜨물
을 남편의 입에 붓는 동안 서분이는 정성을 다하여 신령께 축수
하고 있었다. 제 목숨을 죽일지언정 이 사람은 살려주세요. 죽지
않게 해주세요.

그것은 뜨물의 덕인지 서분이의 성의의 덕인지 남편의 생명만
은 붙었다. 그러나 입속과 창자가 모두 해져서 목숨은 붙었다 하
나 매우 위독하였다.

서분이는 잠시를 곁을 떠나지 않고 위독한 남편의 병간호를
하였다. 세상의 어떤 어머니가 제 자식에 대하여 이렇듯 지극한
사랑을 가졌을까. 한 주일을 간호할 동안 서분이는 자리에 누워
보지도 않았다. 정 졸음이 오면 잠시 남편의 자릿귀에 기대어서
깜빡 잘 뿐 자지도 않았다. 이 지성의 간호에 남편의 병은 나날이
나아갔다. 한 주일 뒤에는 조금 밥도 먹게 되었다.

그러나 세상의 입은 무서웠다.

알지 못할 급병으로 날뛰는 남편을 서분이는 어떤 근거로써
양잿물 먹은 줄을 알고 그 방문을 물으러 다녔을까. 여기서 말썽

은 말썽을 낳았다. 그리고 그 말썽은 차차 전파되어 귀 밝은 경찰에까지 들어갔다.

서분이는 남편의 병상 앞에서 경관에게 끌려갔다.

아직은 마음을 놓지를 못하겠으니 이틀만 더 병간호를 한 뒤에 마음대로 잡아가 달라는 서분이의 탄원도 아무 효력이 없이 그는 앓는 남편을 남겨두고 돌아보며 돌아보며 주재소로 끌려갔다.

"나는 아무렇게 되든 당신이나 얼른 쾌차해요."

이 말 한마디를 남기고서.

시부모도 따라 나오면서 눈물로 며느리를 보냈다.

지금 서분이는 옥창에서 남편의 병든 몸을 생각하며 눈물짓고 있겠지. 여인의 향하는 의표意表 외의 일은 도저히 우리로서는 해석할 수가 없는 일이다. 서분이는 왜 남편을 죽이려 하였을까.

여인은 수수께끼다. 여인은 하느님의 특작特作 제품이다.

— 〈매일신보〉, 1931. 4. 25~5. 5.

거지

무서운 세상이다.

목적과 겉과 의사와 사후事後가 이렇듯 어그러지는 지금 세상은 말세라는 간단한 설명으로 넘겨버리기에는 너무도 무서운 세상이다.

여는 살인을 하였다. 한 표랑객을…….

'그대의 장래에는 암담이 놓여 있을 뿐이외다. 삶이라 하는 것은 그대에게 있어서는 고苦라는 것과 조금도 다름이 없사외다. 낙樂? 희喜? 안安? 그대는 그대의 장래에서 이런 것을 몽상이라도 할 수 있을까? 여는 단언하노니, 그대의 장래에는 암暗과 고苦와 신辛이 있을 뿐이외다. 이 문간에서 저 문간으로 또 그다음 문간으로, 한 덩이의 밥을 구하기 위하여…… 혹은 한푼의 동전을 얻기 위하여, 그대의 그 해진 신을 종신토록 끄는 것이 그대의 운명이겠

사외다. 그리고 그것은 그대의 죽음조차 모욕하는 행동이외다.'

여는 이러한 동정심으로 그 표랑객을 죽였던가.

'그대의 존재는 세상의 암종이외다. 그대가 뉘 집 문간에 선 때에 그 집 주부는 가계부에 일전 한 닢을 더 적어넣지 않을 수가 없사외다. 그대가 어느 집을 다녀간 뒤에 그 집에서는 그대가 먹은 그릇을 부시기 위하여 소독약의 얼마를 소비하지 않을 수 없사외다. 그대가 잠을 잔 근처에는 무수한 이가 배회합니다. 많은 며느리들은 그대를 위하여 두 벌 설거지를 합니다. 그대의 곁은 사람들이 피하는지라 그대 한 사람의 존재는 가뜩이나 좁은 이 지구를 더욱 좁게 합니다. 존재하여서 세상에 아무 이익도 주지 못하는 그대는 존재하기 때문에 세상에 많은 불편을 줍니다. 따라서 그대의 '존재'는 '소멸'만 같지 못하외다.'

여는 이러한 활세적活世的 의미로 그 표랑객을 죽였던가.

집 안은 통 비었다. 행랑아범은 벌이를 나갔다. 어멈은 주부(여의 아내)와 함께 예배당에 갔다. 아이들은 놀러 나갔다. 집 안에는 여 혼자밖에는 아무도 없었다. 본시 아내는 여와 동반을 하여 이 일요일을 이용하여 산보를 갈 예산이었지만, 여의 감기 기미로 중지된 것이었다.

집을 혼자서 지키기는 무시무시하였다. 더구나 이것을 처음 겪어보는 여는 극도로 신경이 날카로워졌다. 문간에서 조그마한 소리가 나도 귀가 바싹 하였다. 뜰을 고양이가 달아나도 여는 문을 열고 내다보았다. 아무 소리도 없었지만 무슨 소리가 난 듯하여 나가서 구석구석을 검분檢分해본 일까지 있었다. 이런 가운데서 여는 여의 아내의 장부적 일면을 발견하고 스스로 고소하기를 마지않았다. 그리고 얼른 예배가 끝나고 그가 돌아오기를 기다리고 있었다.

삐꺽! 문득 대문 소리가 조금 났다. 누워 있던 여는 반사적으로 머리를 베개에서 들었다. 그리고 온 신경을 귀로 모았다. 또 삐꺽! 대문은 조금 또 열렸다.

여는 그것이 아내의 돌아옴이 아님을 알았다. 활발한 발걸음의 주인인 아내는 이렇듯 기운 없이 대문을 열지 않을 것이므로.

그 뒤에는 대문간으로 들어서는 발소리도 작으나마 들을 수가 있었다. 그다음에는 무슨 흥얼흥얼하는 사람의 소리가 대문 안에서 났다.

여는 벌컥 일어나서 나가보았다. 그리고 대문 안에 한 사람, 표랑객이 서 있는 것을 보았다. 아니, 적절히 말하자면 사람의 모양을 한 어떤 물건이 벽에 기대어 서 있는 것을 발견하였다.

이 기이한 동물에 대하여 여가 경이와 불안의 눈을 던질 때에 그의 입에서는 또 무슨 알아듣기 힘든 흥얼거리는 소리가 들렸다.

여는 다시 방 안으로 들어와서 지갑에서 일전 한 닢을 꺼내 가지고 나왔다. 그리고 그의 앞으로 그 선물을 던지려다가 극도로 쇠약하여 몸의 동작조차 마음대로 못하는 듯한 그의 모양을 보고 좀 그에게 가까이 가서 팔을 길게 해가지고 그의 앞으로 적선품을 내밀었다.

그는 그 돈을 힐끗 보았다. 그러나 받으려도 아니하였다. 또 무엇이라 흥얼흥얼 하였다.

---

1 참관하여 검사함.

"무얼?"

여는 반문하였다.

그는 또 무엇이라 흥얼거렸다.

"무얼?"

여는 재차 반문하였다. 그리고 귀를 기울여서 겨우 알아들은 바는 돈보다도 한 덩이의 찬밥을 달라는 것이었다.

여는 그를 다시 보았다. 아직 익숙지 않은 표랑객이었다. 혹은 오늘의 이 길이 그에게 있어서 처녀 구걸인지도 알 수 없었다. 사십이 조금 넘었음직한 아직 건장한 사나이지만, 주림과 영양 불량으로 혈색이 몹시 나쁘고 허리가 굽었다. 그는 걸인에게 특유한 애원적 비명을 내지 않았다. 비열한 눈자위를 보이지 않았다.

"나흘을…… 굶었습니다."

"일자리를…… 떼었습니다."

주림으로 인하여 그 발음은 비록 분명하지 못하나마 한마디씩 한마디씩 끊어서 말하는 그의 호소는 현대에 처한 사람의 공통적 애소로서 그것은 여의 마음을 움직였다.

여는 내밀었던 일전을 도로 움치고 부엌으로 들어갔다. 그러나 부엌에 익숙지 못한 여는 무엇이 어디 있는지 알 수가 없었다. 시렁, 찬장 등을 모두 뒤졌다. 그리고 시렁에서 무슨 찌개를 얻어내고 찬장에서 여의 먹다 남은 밥을 발견하였다. 여는 그것을 그대로 내다 줄까 하였으나 다시 생각을 돌이켜서 밥그릇에다가 찌개를 절반쯤 부어서 비비기 좋게 해가지고 숟갈을 꽂다가 그 표랑객에게 내다 주었다.

그는 그것을 받아 쥐고 덜컥 주저앉았다. 그다음 순간 그는 무서운 속력으로 밥을 입으로 옮겨갔다. 그것을 보면서 여는 얼른 방 안으로 들어와서 오십 전짜리 은전을 한 닢 내다가 그의 곁에 던져주었다.

여는 얼른 방 안에 들어갔다 나왔다. 사실에 있어서 여는 전속력으로 방 안에 들어갔다 나온 것이었다. 현대인의 근성을 그대로 가지고 있는 여는 그 표랑객에게 호의를 표하면서도 경계하는 마음은 풀지를 못하였다. 여는 몇 푼짜리 되지 않는 숟갈과 그릇을 감시하기 위하여 도로 나와서도 아닌 듯이 그의 위에 경계의 눈을 붓기를 그치지 않았다. 그리고 만약 그로서 (십 전짜리밖에 되지 않는) 그 숟갈을 몰래 허리춤에라도 넣었으면 여는 달려가서 그의 따귀에 여의 손을 붙이기를 결코 주저하지 않았을 것이었다.

표랑객은 정직한 사나이였다. 한참을 먹을 것에만 열중하던 그는 먹기를 끝낸 뒤에 처음으로 아까 여가 던져준 돈에 눈을 부었다. 그리고 그는 거기서 뜻밖에 오십 전짜리 은전을 발견하였다. 그는 머밋 머밋 그것을 집어가지고 두어 번 여와 돈을 번갈아 본 뒤에,

"나리."
하고 여를 찾았다.

여는 그의 마음을 알았다. 여는 순간 전의 기괴한 경계심 때문에 얼굴을 붉혔다. 그리고 그를 향하여 염려 말고 오십 전짜리를 가지고 가라고 하였다.

그는 몇 번을 사례를 하였다. 그리고 들어올 때와는 판이하게 힘 있는 걸음으로 돌아갔다.

여는 그를 보내고 도로 방 안으로 들어와서 이불을 쓰고 누웠다. 자선, 구조, 동정, 이런 것에서 느끼는 열락을 맛보면서…….

아내가 돌아왔다. 그는 돌아오는 대로 옷을 갈아입은 뒤에 무엇이 바쁜지 곧 부엌으로 뛰어나갔다.

"먹었는지……."

여에게는 뜻을 알지 못할 기괴한 소리를 중얼거리면서. 그리고 나갔던 그는 곧 도로 들어왔다.

"절반이나 먹었군."

역시 여에게는 이해하지 못할 혼잣말을 하면서…….

"먹기는 무얼?"

여는 누워서 그를 쳐다보면서 물었다.

"네? 아니 쥐가 너무 성했기에 찌개에 아비산亞破酸을 섞어두었더니 절반이나 먹었구려. 언제나 먹었는지 지금쯤은 몰살을 했을 게지……."

무얼? 여는 힘 있게 눈을 감았다. 여의 근육이 부들부들 떨렸다.

"어느 찌개에?"

"시렁의 쇠고기 찌개에……."

아아, 여는 표랑객에게 아비산을 먹였다. 여는 다리를 들었다가 놓았다. 머리를 들었다가 놓았다. 여의 입에서는 기이한 신음이 나왔다.

"왜 그러세요?"

"음……."

"열기가 나세요?"

"아―니."

"그럼?"

"냉수를 좀 주우."

찌개에는 아비산을 두 그램을 두었다 한다. 그러면 표랑객은 적어도 한 그램은 먹었을 것이다. 탱탱 비었던 위 속에서 아비산은 그의 위력을 다할 테지. 지금쯤은 그는 벌써 송장이 되었을지도 알 수 없다.

사람의 몸이란 이상한 것이다. 비록 감기 기미는 있다 하나 열기도 보이지 않던 몸이 갑자기 열기가 나기 시작하였다. 순간순간 열기는 더하였다. 조금 뒤에 여는 중병 환자가 되어버렸다. 그런 가운데서 여는 끊임없이 아까의 그 표랑객의 여위고 혈색 나쁘던 그림자를 보았다. 그리고 죽으려면 여의 모르는 곳에 가서 여의 모르는 동안에 죽어다오. 죽은 뒤에도 그 소문이 여의 귀에 오지 않게 해다오. 연하여 이런 생각을 하고 있었다.

문득 여는 무엇이 재재하니 지껄이는 소리를 들었다. 열기에 들뜬 여는 어느덧 잠이 들었던 모양이었다. 펄떡 정신이 들면서 들으니 그것은 놀러 나갔던 아이들이 온 모양이었다.

"어머니! 어머니!"

열세 살 난 큰아이가 지껄이며 들어왔다.

"쉬, 조용해라. 아버님께서 몸이 고달파하신다."

아내는 지껄이는 아이를 막았다.

그러나 아이들은 자기네가 가지고 온 진귀한 보고를 그냥 둘 수가 없는 모양이었다. 이번은 일곱 살 난 계집아이가 속살거림(이라 하나 숨찬 그들의 목소리는 속살거림이 아니었다)으로 또 찾았다.

"어머니! 어머니!"

"왜 그래?"

"저기서 사람이 죽었어."

"어떤 사람이?"

"거지가."

무얼? 여는 벌떡 일어났다.

"어디? 어디?"

"아버지, 사람이…… 거지가…….""

"어디야, 어디?"

"조―기. 요 앞에…….""

여는 일어서면서 문을 박차고 뛰어나갔다. 놀라서 어디를 가느냐고 따라오는 아내를 돌아보지도 않고.

여는 발견하였다. 한 무리의 사람의 떼가 멀리 둘러선 것을. 그리고 그 가운데에는 순사의 모자가 걸핏걸핏 보이는 것을. 몇 사람의 위생부가 소독약을 펌프로 뿌리며 돌아가는 것을.

달려가서 보니 사람의 담장의 복판 가운데에는 아까의 표랑객이 거적 아래 고요히 누워 있었다. 그의 주위에는 소독약에 젖은 구토물이 널려 있었다.

"주소 성명 미상."

"소지품은 오십 전 은화 한 닢. 일전 동화 네 닢."

"의사호열자."

"추정 연령 사십이 세."

여의 귀에는 단편적으로 이런 소리가 들렸다. 좀 뒤에 시체는 가매장에 부치러 가져갔다. 그 뒤에는 구경꾼들도 헤어졌다. 그러나 여는 그냥 멍멍히 그 자리에 서 있었다.

누가 여의 어깨를 툭 쳤다. 돌아다보니 순사였다.

"왜 이렇게 서 계시우?"

"아니, 너무도 참담한 운명이기에."

"당신은 그 사람을 아시오?"

"네."

"누구요? 어디 사는 사람이오?"

"그건 모릅니다. 아까 우리 집에 동냥을 왔기에 오십 전짜리 은
전을 한 닢 줘 보냈소. 소지품 가운데 오십 전 은전이 그것이오."

여는 이 자리에서도 그에게 밥을 주었다는 말을 못하였다. 순
사는 여를 쳐다보았다. 그런 뒤에 두어 번 머리를 저었다.

"적선하신 오십 전도 국고로 들어가는 수밖에는 도리가 없을
까보우다. 웬 친척이 있겠소? 있기로서니 장비葬費를 부담할 각오
로 나설 사람이 웬걸 있겠소? 항용 있는 일이지요."
하고는 저 갈 길로 가버렸다.

여가 그의 주림을 동정하여 준 밥은 그의 생명을 빼앗았다. 여
가 그의 곤궁을 동정하여 준 돈은 국고로 들어가게 되었다. 그날
여는 일기에 이렇게 썼다.

'동정조차 엄밀한 음미吟味하에 하지 않으면 안 되는 현대인은
진실로 비참하다.'

— 〈삼천리〉, 1931. 7.

결혼식

어떤 날, 어떤 좌석에서 몇 사람이 모여서 잡담들을 하던 끝에 K라는 친구가 내게 이런 말을 물었다.

"자네, 김철수라는 사람 아나?"

"몰라."

나는 머리를 기울이며 대답하였다. 물론 '김'이라는 성이며 '철수'라는 이름은 흔하고 흔한 것인지라 어디서 들은 법도 하되, 이 좌석에서 새삼스레 이야깃거리가 될만한 '김철수'가 얼른 머리에 떠오르지 않으므로…….

"아마 모르리. 지금 조도전早稻田 대학 재학생이니까……."

"모르겠네."

"송선비라는 여자는 아나?"

"몰라. 아, 가만있게. 뭘 하는 여잔가?"

"○유치원 보모."

"응, 생각나네. 아주 멋쟁이."

나는 언젠가 유치원 연합 운동회에서 본 기억을 일으키며, 그 많은 관중 앞에서 필요 이상의 멋을 부리며 돌아가던 어떤 보모를 머리에 그려보면서 머리를 끄덕였다.

"그렇지. 멋쟁이지…… 참, 조선엔. 그럼 자네는 김철수하고 송선비하고의 결혼 희극도 모르겠네그려."

"알 수 있나."

"참, 조선엔 웬 과년한 계집애가 그렇게도 많은지. 우글우글한 놈에 다섯 여섯씩……."

"그거야 당연한 일이 아닌가? 보통 열 한두 살이면 장가를 가던 사내들이 인제는 스물이 썩 넘어야 가게 됐으니깐 열 한두 살 난 어린애들이 스물 몇 살까지 자랄 동안은 계집애가 남아날 게지. 일 년에 몇십만 명씩은 과년한 처녀가 남아나리. 지금 같아서는 사내 한 명에 여학생 첩 셋씩을 배당한대두 부족은 없을 걸……."

"딱한 일이야. 그러니깐 그런 희극도 생기지."

"대체 자네가 하려는 이야기는 어떤 겐가? 매일 신문에 한두 개씩 나는 것같이 송선비도 역시 모르고 그 김 먼가 하는 사람에게 첩으로라도 갔단 말인가?"

"그러면 좋게? 하마터면 김철수가 송선비의 첩이 될 뻔했네그려, 하하하하……."

"그럼 송 모에게 본남편이 있었단 말인가?"

"하하하하, 이야길 듣게."

K는 앞에 놓인 차를 한잔 들이마셨다. 그리고 이야기를 꺼냈다.

김철수라는 사람은 근본은 보잘것없으나 돈냥이나 있는 집 자식일세그려. 그 돈냥의 덕으로 지금 조도전 대학에…… 무슨? 그…… 법과라나 문과라나 좌우간 장래에 목적은 둘째 두고 시재 감당하기는 쉬운 과목을 닦는 중이야. 나이는 스물두 살. 기처棄妻[1]한 독신자. 예수교회에 다니는 무신론자.

성질로 말하자면 좀 조급하고 과단성이 없으면서도 결기 있고 부끄럼을 잘 타고도 그만하면 비위가…… 더구나 남녀 관계의 일에는 비위가 척척하고 신경질이고…….

그자가 여름방학에 귀국했다가 혼약을 하지 않았겠나. 그 상대자가 송선비네그려.

본시 송선비라는 여자는 집은 자기 어머니가 월자[2] 거간을 해서 먹어가는 집안이니깐 재산 형편으로는 보잘것없는데, 여기서 여고보女高普를 고이 마치고 서울 ○○여학교에까지 다녔는데 더구나 여기서 공부할 때나 서울서 공부할 때나 그 옷차림이며 무엇에든 가장 그…… 소위 첨단을 걸은 여자란 말이지.

여기서 치마에 아래쪽까지 대림쳐 입기를 (즉 서울 유행을 제일 먼저 수입한 겔세그려) 그것도 송선비지. 치마가 길었다 짧았다 저고리가 커졌다 작아졌다 하는 유행을 제일 먼저 수입해서 실행한 것도 송선비지. 물론 상학할 때에는 그렇게 못하지만, 늘 이름 모를 일본 비단을 몸에 감고 허욕에 뜬 계집애들의 유행의 선봉을 선 것도 송선비지.

---

1 조선 시대에, 남편이 자유로이 칠거지악을 저지른 아내를 버리던 일.
2 예전에 여자들의 머리숱이 많아 보이라고 덧넣었던 딴 머리.

내가 직접 보지는 못했지만 서울 ○○여학교에 다닐 때에도 제일 멋쟁이고 제일 하이칼라댔대나. 팔에는 백금 팔뚝시계, 손가락에는 (단 한 개지만) 커다란 금강석을 박은 반지, 언제든 살이 꿰보이는 엷은 비단 양말…… 대체 그 돈은 어디서 났느냐 말야. 하기는 ○○여학교에 다닐 때에는 그 비용이 모두 그 학교 교장 Q 씨에게서 나왔단 말이 있어. 뿐더러 Q 씨와 함께 낙태를 시키려 어떤 시골까지 다녀왔단 말까지 있기는 해.

Q 씨라는 사람은 자네도 알다시피 유명한 색마가 아닌가. 건강한 육체와 여자와 많이 사귈 수 있는 제 지위를 이용해가지고 유혹, 간통, 강간…… 온갖 인류에 어그러지는 일을 해나가는 것으로 유명한 사람이 아닌가. 그러니깐, 그만하면 얼굴도 반반하고 역시 비위도 추근추근하고 성욕도 센 선비하고 어느덧 이렇게 저렇게 됐다는 것도 차라리 당연한 일이겠지.

전문傳聞에 듣자면 Q 씨하고 선비하고의 사이는 꽤 열렬하게까지 됐던 모양이야. 여자에서 여자로 잠시도 끊임없이 옮겨 다니던 Q 씨가 선비하고 어울린 다음부터는 다른 여자에게는 손을 한동안 대지 않았다나. 이것은 둘의 사랑이 너무 열렬해서 그랬는지 선비가 샘이 너무도 세서 그랬는지 혹은 두 사람의 성욕의 강도가 꼭 맞아서 그랬는지 그건 판단을 내릴 수가 없지만, 사실 선비가 ○○여학교 재학 중에는 다른 여자에게는 손을 안 댄 모양이야.

이러구러 선비는 그 학교를 졸업하고 이곳 ○유치원 보모로 내려오게 됐네. 물론 울며불며 작별의 일장의 비극이 있었겠지. 응? 그…… 에라 놓아라, 난 못 놓겠다, 양산돌세그려.

서울하고 예하고가 오백여 리 상거가 된다 하나 매일 가는 천

명 오는 천 명, Q 씨하고 선비 사이의 로맨스도 이곳에서 모르는 이가 없으리만치 쭉 퍼졌지. 그리고 사흘 거리로 Q 씨가 평양을 내려와서는 선비를 불러다가는 여관에서 묵고 두루 올라가고 했네그려.

김철수하고의 혼약이 꼭 그때야.

지금도 나는 선비의 속을 알 수가 없어. Q 씨하고 그만치 정분이 났으면 왜 철수하고 혼약을 했는지. 물론 Q 씨에게야 아내가 있기야 하지. 하지만 소위 연애에는 국경도 없고 계급도 없고…… 연애는 온갖 것을 초월한다는 모던 걸 송선비 양에게야 Q 씨에게 아내가 있고 없는 게야 문제가 안 될 게 아닌가. 죽자사자 판에 본처가 다 뭐야. 뭘? 흥? 그래, 그렇게밖에는 해석할 수가 없겠지. '운명에 맡기자', 이게 조선 사람의 공통성이니깐. 애정은 애정, 운명은 운명, 이렇게 두 군데로 갈라붙이고 놈팡이한테로 시집을 가기로 결심을 한 거겠지.

한데, 그 혼약을 하던 이야기도 장관이야. 수재 김철수 군이 매파와 함께 선을 보러 색싯집을 가지를 않았겠나. 가니깐 좌정을 한 뒤에 이러구 저러구 색시의 어머니가 두어 마디 말을 물어보더니,

"신식은 단둘이서 이야길 해야지."

하더니 매파에게 눈씨를 해서 함께 밖으로 나가더라나. 그런 뒤에 좀 있다가 참외를 깎아서 한 대접 들여보내더라나. 그러니깐 공주 낭랑한 음성으로 말씀하시기를,

"좀 가까이 와서 잡수세요."

놈팡이 정신이 절반이나 나갔지. 카페의 웨이트리스나 기생이

나 데리고 놀아본 녀석이 신식 하이칼라 색시한테 이런 말을 듣고 보니깐 어리둥절했단 말이지.

"천만에 천만에."

밑구멍으로 담만 뚫네. 머리를 푹 수그리고……. 그런 뒤에는 한참 묵언극이 연속됐네. 신랑 간간 용안을 굴려서 신부를 보면 신부는 입에 미소를 띠고 뚫어지게 신랑만 바라보겠지. 그 눈을 만나면 신랑은 또 한 번 밑구멍으로 담을 뚫고……. 이러다가 갑자기 버썩 하는 소리가 들려서 보니깐 신부가 신랑의 가까이 왔더라나.

"좀 내려가세요."

하면서 손까지 덥썩 잡으면서. 놈팡이 혼비백산해서 네, 네, 하면서 몸을 조금 움직이려니깐 신부는 잡았던 손을 털썩 놓고 와락하니 신랑에게 달려들더니 키스를 퍼붓기 시작했다. '엉야', '엉야', 소리를 연방 내면서 뺨, 코, 입, 할 것 없이 키스의 소낙비를 내리붓는다. 그리고 한참 매달려 그러다가 슬며시 손을 신랑의 허리춤으로 넣어서 쓸어보더라나.

이렇게 혼약이 성립됐네그려. 놈의 눈에는 년과 같은 색시는 이 세상에 다시없게 비쳤지. 우리 같아서는 그런 천박한 계집애는 다시 상종하기도 싫겠지만, 우리보다는 한층 개화한 놈팡이의 눈에는 그게 모두 천진스럽고 활발하게만 뵐뿐더러 초면에 이만치 구는 것을 보니깐 벌써 자기한테 잔뜩 반했느니라, 이렇게까지 생각됐단 말이야.

그 뒤에는 놈, 맨날 년의 집에 묻혀 있네. 놈은 아직 부끄럼을 타는 놈이라 색시네 집에서 밤잠까지 자겠다고 졸라보지는 못했지만 낮에라도 부모는 피해주고 단둘이 있으니깐 그 재미가 괜찮았던 모양이야. 눈만 뜨면 처가에 갔다가 밤이 들어야 하릴없이 어슬렁어슬렁 제집으로 돌아오네그려.

그동안에도 물론 Q 씨야 몇 번을 년을 만나러 내려왔지. 그러면 년은 약수에 갑네 냉천에 갑네 하고 약혼자를 속이고 하루 이틀씩 나가 자고 들어오고. 그러나 색시한테 잔뜩 반한 놈은 그저 와짝 색시를 신용만 하고 있었지.

그러는 동안에 언젠가 색시는 자기와 Q 씨의 관계를 새서방에게 다 이야기했다나.

'이만하면 인젠 내 이전의 비밀을 이야기해도 괜찮으리라.'

이만큼 생각이 들어갔기에 이야기했겠지. 그리고 결론으로는 나는 당신 때문에 Q 씨를 버렸으며, 인제부터는 당신 하나만 사랑하고 귀히 여기겠노라고 하면서 예에 의지하여 키스의 벼락을 내렸다.

철수는 응, 응, 할 뿐 아무 말도 못 했지. 뭐라겠나. 더구나 인젠 잔뜩 선비한테 반한 놈이 몽치로 쫓아도 따라올 판인데 당신 때문에 그 사람을 버렸노라는데 뭐라고 할 말이 있나, 오히려 Q 씨와 같이 이름난 명사를 자기 때문에 버렸다는 게 고마우면 고마웠지 나무랄 데야 어디 있겠나. 자기도 총각이 못 되는 이상 선비에게서 처녀성을 요구하기도 어떻고……

참, 이런 곳에선 여인이란 장해. 사내는 두 여편네를 감쪽같이 조종할 능력을 가진 사람이 절무絶無3라 해도 좋은데, 여편네는 감

---

3 아주 없음.

쪽같이 속여가면서 두 사내를 조종하거든……. 철수에게 향해서는 인젠 Q 씨와는 인연을 끊었으며 당신밖에는 이 세상에 사랑하는 사람이 없다고 맹세를 하고, 또 Q 씨에게는 자기는 부모의 명이라 하릴없이 다른 사람과 혼약을 했지만 결단코 시집은 안 가노라고 좌우편에 발라 맞춰놓았네그려.

약한 자여, 네 이름은 계집이라…… 셰익스피언가 한 바보가 이런 소릴 했지? 도오시테, 도오시테(천만의 말씀)! 강한 자여, 네 이름은 계집이라. 어리석은 자여, 네 이름은 사내라. 한 놈은 약혼자가 자기 때문에 조선에 이름 있는 사람을 버렸다고 기뻐하고 있고, 한 놈은 전도가 양양한 학생이고 독신자인 신랑도 계집을 후리는 능력에는 자기를 당할 수가 없다고 속으로 기뻐하고 있는 동안에, 계집은 두 사내 녀석을 마음대로 이럭저럭 놀리고 있었네그려.

"나는 당신의 애인."

"나는 당신의 아내."

두 사내에게 구별하여 던지는 이 두 가지의 말은 두 사내를 다 흡족하게 했지.

그러는 동안에 여름방학도 끝나고 철수는 다시 동경으로 가게 됐네. 겨울방학에 귀국해서 혼례식을 하기로 작정을 하고, 철수야말로 진정 석별의 눈물을 뿌리면서 떠났지.

선비는 떠나는 님을 바래다주느라고 유치원을 쉬고 서울까지 따라왔네. 철수는 가슴이 무거워서 기차에서 말을 한마디도 못했다나. 때때로 먼 산만 바라보다가 한숨을 쉬고, 그러고는 곁눈으로 장래의 아내를 보고…….

선비도 또 간간 손으로 철수의 넓적다리를 꼬집을 뿐 아무 말도 못 하고 서울까지 갔겠지. 그리고 서울에서 기차가 이십분 동안 머무는 사이에 승객들의 눈을 피해가면서 몇 번 키스를 하고 그런 뒤에는 사요나라(안녕).

철수는 따라 나오면서 반벙어리같이,

"석 달…… 석 달……."

말을 맺지를 못하며 이렇게 중얼거렸다나. 그것을 가장 극적, 가장 비창한 얼굴로 한번 돌아본 뒤에 총총히 정거장 문으로 뛰어나온 선비는 철수하고 키스한 자리가 마르기도 전에 이십분 뒤에는 벌써 입을 Q 씨에게 내맡겼네그려.

"갑자기 당신이 보고 싶어서 예까지 왔소."

Q 씨, 다시 녹아나지.

나폴레옹이 제 애인한테 '너무 분망해서 하루에 두 장 이상은 편지를 못' 했다나. 철수는 나폴레옹보다도 분망했는지 하루에 한 장씩밖에는 편지를 못 했다. 그리고 놈, 돌아가면서 자랑을 하네.

"긴상(혹은 리상, 혹은 박상, 혹은 최상), Q 씨라고 아시오?"

그들은 대개 Q 씨를 알았다. 그 사행私行이야 어떻든 소위 명사라는 Q 씨는 흔히 그 이름이 신문 잡지에 오르내렸으니깐 그들도 대개 귀에 익은 이름이야. 그래서 들은 법은 하다고 대답하면 철수는 코를 버룩거리네그려.

"그자의 애인을 내가 뺏었구려. 이번 귀국해서 약혼을 했는데, 그 규수가 본시 Q 씨의 애인이던 사람이에요."

하고는 내 수완이 어떠느냐는 듯이 다시 한 번 코를 버룩거리네. 그러고는 정신없는 사람같이 묻지도 않는 말에 서두도 없이,

"피아놀 잘해요."

혹은,

"겨울방학에 혼례식을 합니다."

혹은,

"미인 애인을 둔 사람이 멀리서 근심스러워 어떻게 견디는지."

이런 소리를 중언부언하네그려.

세월은 여류수라 학수고대하던 겨울방학이 이르렀네. 철수는 여비를 와짝 많이 청구했지. 그리고 미쓰코시, 마쓰자카를 돌아 다니면서 신부에게 보낼 장을 잔뜩 보아가지고 결혼식을 하려고 귀국의 길을 떠났다.

"이번 귀국해서는 송선비 양, 그 유명한 Q 씨의 애인이던 미인 과 결혼식을 합니다."

"일자는 송 양과 편지로 대략 작정했는데 양력 정월 초닷샛날, 신년 연회날로 하기로 했습니다."

"긴상(혹은 리상, 혹은 박상, 혹은 최상), 겨울방학에 귀국 안 하시오? 갑시다그려. 가는 결에 평양까지 가서 내 결혼식에 참례 해주구려."

"세메테(하다못해) 축전이라도 안 해주면 원망하겠소."

부러 하루의 틈을 내어가지고 친구들을 찾아다니며 이런 인사 로써 자기의 결혼을 잔뜩 선전을 해놓은 뒤에 몇몇 친구의 축하 만세 소리를 뒤로 남기고 용감스럽게 동경을 떠났겠지.

한데 작자 귀국할 때 별별 지혜를 다 짜내가지고 신부한테는 부러 귀국 일자를 통지하지 않았네그려. 혹은 결혼식 이삼일 전 에나 귀국하게 될는지, 이만치 알려두었네그려. 놈의 빈약한 두뇌로 연구하고 연구해서 애인을 기껏 놀래고 반갑게 할 예산이지.

그런데 뜻밖에 경성 역에서 선비를 만났네그려. 사내도 깜짝 놀랐지. 계집도 깜짝 놀랐다.

"에그머니!"

계집은 그런 비명을 내고 눈이 멀진멀진 서 있었지만, 그런데 당하면 역시 계집이 나아. 뒤이어 생긋 웃으면서,

"글쎄, 오늘쯤은 오실 것 같아서 예까지 마중 왔어요."

하면서 철수의 곁에 빈자리에 털썩 걸터앉았다.

감격…… 감격밖에야, 철수에게 무슨 다른 느낌이 있겠나. 철수는 감격에 넘치는 눈으로 정신없이 이 여신을 우러러보고 있었네그려.

"난…… 난……."

바보지. 반벙어리같이 중얼중얼.

"오시면 그렇게 소식도 없어요?"

"난…… 난……."

"몰라요. 사내란 다 그래요. 무정도 하지."

"난…… 난……."

"내가 눈치채고 나오지 않았더면 애인 (작은 소리로) 오시는데 마중도 못 나올 뻔했지."

"난…… 난……."

신파 희극에 나오는 만남일세그려.

좌우간 서울서 후덕덕 평양까지 내려왔다 하자.

철수는 돈냥이나 있는 녀석, 게다가 신식 마누라를 얻으려고 기처한 녀석, 이번 결혼식에는 제 빈약한 두뇌를 통짜내서 한번

잘해보려고 별 궁리를 다 했지. 뭘? 후행은 일곱 사람을 세우기로 했다나? 그러니깐 남녀 합해서 열네 사람이지. ○○예배당에서 식은 거행하기로 하고 거기 대해서 별별 플랜을 다 세웠다나. 행진곡에는 풍금은 너절하다고 오케스트라로 하기로 하고 신랑 신부가 탄 자동차가 길모퉁이에 나타만 나면, 보이스카우트들이 나발을 불어 환영하고 유치원 원아들이 축하 창가를 하고 활동사진 기계를 갖다 대고 그 광경을 촬영하고…… 우인의 두뇌로써 짜낼 만한 별별 지혜를 다 짜냈지. 그리고 알건 모르건 지명 명사에게는 모두 초대장까지 보내고…….

정월로 들어서면서부터는 친구들이며 그 밖 사면에서 프리젠트며 축시문이며가 뻔히 들어오네. 놈팡이 코가 더욱더 버룩거리지.

한데 소위 결혼식 전날은 보조연습인가를 하지 않나? 음악에 맞추어서 식장까지 들어갈 발걸음의 연습일세그려. 정월 초나흗날 신랑 각하 옥보를 신부댁까지 옮겼네그려. 오후 다섯시에 보조연습으로 ○○예배당으로 동부인하기로 약속을 해두었으니깐 네시 사십분쯤 신부 댁까지 갔네그려. 그랬더니 굳게 약속해두었던 신부가 집에 없단 말이지. 신랑 눈이 퀭해가지고 한참 신부 댁에서 기다리다가 무료해서 그만 나오지 않았겠나. 그리고 막 대문 밖으로 나서려는데, 신부의 고모 되는 노파가 따라 나왔다나. 그리고 입을 꼭 신랑의 귀에 갖다가 댄 뒤에,

“○○여관으로 가보게. 아마 거기 있으리.”

하더라고. 그리고 그 뒤는 혼잣말같이,

“Q인가 한 녀석이 또 왔다나.”

하면서 집으로 도로 들어가 버리더라고. 짐작건대 고모는 조카딸

의 품행 나쁜 것을 속으로 믿게 보았던 모양이지.

우인에게도 강짜는 있는 모양이야. 아무리 저편은 명사라고 아직껏 그 명사를 버리고 자기에게로 온 것을 자랑스럽게 생각하던 철수도 이 소리는 귀에 거슬렸다.

'떨어졌노라더니 아직도 붙어 있었구나.'

결이 잔뜩 나서 씩씩거리며 ○○여관 문 안에 쑥 들어서니 맞은편에는 낯익은 여자 구두가 놓여 있다. 하늘이 사람을 내실 때에 한 가지 꾀는 주셨으니, 작자 첨에 들어서는 결기로 봐서는 불문곡절하고 그 방으로 들어가서 한바탕 부숴댈 것 같았지만 그 결을 죽이고 문밖에 가만히 가서 들여다봤네그려. 그러니깐 안에서는 별별 소리가 다 나는데 혹은,

"인젠 영결이로구려."

혹은,

"친정으로 편지라도 자조 해줘요."

혹은,

"며칠 있다가 그 사람은 다시 동경으로 갈 테니깐 그때 또 만나러 와주세요."

아이구, 기가 막히지. 그 뒤에는 별별 몸부림 지랄 다 하네그려.

"마오도코미츠케타. 소노도코로오우고쿠나(서방질하는 것을 발견하였다. 그 자리에서 움직이지 말라)."

가부키로 말하자면 이러고 미에를 기루할[4] 장면일세그려. 그렇지만 놈팡이 가부키를 아나. 눈앞에 보이는 게 구두짝일세그려.

---

4 '배우가 유다른 제스처를 취하다'라는 뜻.

구두가 한 짝 문을 깨뜨리고 그 방으로 날아 들어갔지. 그다음에 또 한 짝, 또 한 짝, 또 한 짝…… 네 짝 다 방 안으로 던진 뒤에는 구두가 없으니깐 이번엔 제 몸집을 방 안으로 던졌네그려. 그리고 거기는 일장의 활극이 일어났지.

"명사도 별게 없데. 때리니깐 코피가 나던걸."

이게 놈광이의 회고담. 좌우간 ○○학교 교장 명사 신사 Q 씨는 조선 십삼도 사람이 다 모여든 여관에서 실컷 두들겨 맞고, 멋쟁이 하이칼라 송 양은 치마를 찢기고 잠방이 바람으로 제집으로 달아나고…….

물론 파혼이지. 한데 신부 집도 꽤 깍쟁이데. 그사이 받았던 폐백이랑 예물을 그 밤으로 돌려보냈는데, 옷과 이부자리는 내일이 잔치니깐 물론 모두 지어두었을 것이 아닌가. 그걸 모두 도로 뜯어서 감으로 돌려보냈다나.

신랑 집에서는 파혼은 해놓았지만 큰 걱정일세그려. 음식 차렸던 것은 둘째 치고 내일 잔치하노라고 모든 친지들한테 알게 하고 부조 들어온 것도 착실히 받아먹고 했는데 잔치를 못 하면 그게 무슨 망신인가. 그 가운데도 신랑 녀석은 동경에서 친구들한테 모두 알게 해놓고 내일은 축전이 적어도 사오십 장이 들어올 텐데 마누라를 못 얻고 그냥 홀아비로 동경에 들어가면 꼴이 되겠나. 다른 것보다도 그 체면상 큰 걱정이지. 자, 이 일을 어쩌나.

그런데 버리는 신이 있으면 구해주는 신이 있다고 한창 그날밤 야단이라고 욱적들 하는 판에 신랑의 아버지의 친구 되는 사람이 놀러 왔다가 그 걱정을 듣고 한 가지의 묘안을 꾸며내는데 왈,

"내게 딸이 하나 ○○군 보통학교의 훈도로 가 있는데 인물도

그만하면 얌전하고, 학교 선생님이니깐 지식도 상당해. 어떤가.”
하는 겔세그려.

궁즉통야라. 이런 복이 하늘에서 떨어질 줄이야 어떻게 알았
겠나. 큰 망신을 할 판에 누구든 와주기만 하겠다면 해주겠는데
게다가 인물은 얌전하다 학식도 있다 뭘 나무라겠나.

타협은 성립되고 그 밤으로 색시 아버지는 딸에게 전보를 쳤
것다. 무슨 영문인지를 모르고 이튿날 딸이 올 게 아닌가. 새벽에
온 딸을 아버지는 일장 훈화를 한 뒤에 다짜고짜로 오늘로 예식
을 들란다.

“신랑은 재산도 있다.”

“조도전 대학 재학생이다.”

“인물도 잘났다.”

이런 조건을 들어가지고 아버지는 딸에게 권고를 하네. 딸은
우두커니 앉아 있더니 마지막에 하는 말이,

“다른 데에는 부족한 데가 없습니다. 그러나 일자가 너무 급박
하니 체면상 오늘 말을 내어가지고 오늘이야 어떻게 예를 이루
겠습니까. 하니깐 한 주일만…….”

말하자면 예식일을 한 주일만 연기하면 다른 의의는 없단 말
일세그려. 그렇지만 신랑 집 사정을 아는 아버지는 오늘 당장으
로 시집을 가라네. 오늘 가라, 한 주일 뒤에 가겠다 한참 가사 싸
움이 있은 뒤에 아버지 하릴없이 딸에게 지고 그만 신랑 집에 가
서 그 일을 보고했네그려.

그러니깐 신랑 집에서도 완고히 오늘을 주장하네그려. 연기를
못 할 바는 아니다. 그러나 하루 이틀은 연기를 한대도 한 주일

씩은 못 하겠다. 이게 신랑 측의 주장. 그럴 듯도 해. 아무리 겨울 음식이라 하지만 오늘을 목표로 삼고 만들었던 음식이니깐 한 주일을 어떻게 견디겠나. 게다가 혼인 예식을 하루 이틀은 무슨 핑계로든 연기하지만 한 주일을 연기할 핑계야 쉽겠나.

색시 아버지는 몇 번을 딸과 신랑 사이에 타협을 시키려다 못해 타협이 안 됐네그려. 딸은 할 수 없이 학교로 돌아갔지. 한데 갈 때도 미련은 꽤 남아 있었던 모양이야.

"못해도 나흘이야 연기……."

아버지에게 들리리만치 이런 혼잣말을 하면서 떠났다나.

그다음에는 신랑 집에서는 다른 방책을 쓸밖에는 수가 없구면. 그래서 성안에 있는 매파라는 매파는 죄 모아가지고 집안이 통 떨쳐나서서 색시를 구하러 다니네. 한데 웬 처녀가 그리도 많아. 식구 사오 명이 죄 나서서 시집갈 학생이라는 학생은 죄다 보았는데 역시 일자가 문제라. 색시와 일자 관계를 숫자로 나타내자면,

석 달 이상 기한 : 여덟 명

한 달 내외 기한 : 서른한 명

보름 내외 기한 : 서른여섯 명

한 주일 기한 : 열여섯 명

닷새 기한 : 열여섯 명

합계 : 백칠 명

이렇네그려. 이틀 안으로 오겠다는 사람은 하나도 없다. 그중 기한이 짧은 한 주일과 닷새의 서른두 명에게 몇 번 매파를 다시 보내서 오늘 밤이나 내일로 하도록 하자 해도 그것만은 차마 듣지를 못하겠는지 시원한 회답이 없어. 그것도 그럴 게야. 기생도

만난 첫날로는 좀체 몸을 허락하질 않는데 시집이야 그렇지 않겠나.

예배당에서는 '축 결혼식', '김철수 솟서비 만세', '너 좋겠구나', 이런 축전들이 몰아 들어오는데 신랑 집에서는 색시 선택에 야단이지. 더구나 결혼식이 오후 여섯시라고 ○○예배당으로 결혼식 구경을 갔던 남녀노소들이 껌껌한 집만 보고는 그 연유를 캐자고 신랑 집으로 오네. 창피도 창피려니와 이 일을 어쩌겠나. 경사 집안이 경사 집안 같지 않고 이 구석 저 구석에서 수군수군 하는 게 무슨 흉변이 있는 집안 같을세그려. 그러나 속수무책이라. 할 수 있나.

그때 (역시 하느님은 고마워) 일도의 광명이 하늘에서 비쳤네그려. 웬 낯선 매파 하나가 통통 뛰어오더니 오늘 밤으로라도 시집을 오려는 색시가 있다 한다. 이게 웬 떡이냐. 이렇다저렇다 잔말을 할 처지가 못 되지. 그래서 그게 정말이냐고 물으니깐 매파도 맹세 맹세하면서 인제라도 곧 데려올 수가 있다네.

후…… 그 뒤에야 무슨 다른 여부가 있겠나. 청혼 허혼 벼락같이 끝나고 부랴부랴 예배당에 꽃을 장식한다 광목을 편다 보이스카우트를 부른다 후행들을 도로 청해서 예복을 입힌다 목사를 부탁한다 야단이지.

갑자기 하는 일이라 여자 후행을 구하기가 힘드니 네 명만 신랑댁에서 구해주시오. 구할 수 없으면 있는 대로 합시다. 우리도 밤중에 갑자기 구할 수 없소. 이렇게 일곱 명을 세우려던 후행은 세 명이 되고 다른 것도 모두 예산대로 되지 않고 ○○예배당에는 아직 전등을 안 달았는데 본시 계획으로는 이날만은 임시 가설을 하려던 것인데 그것조차 그만두고 어두컴컴한 석유등 아래서 대스피드의 화촉의 전이 거행되게 됐네그려. 스피드 스피드 한달사 이런 스피드도 쉽잖을걸.

"남편은 아내를 버리지 말고."

"네

"아내는 남편을 버리지 말고."

"네."

"쌈도 말고."

"네."

"때리지도 말고."

"네."

하하하하. 놈팡이, 신부의 얼굴도 아직 보지를 못했는데 소위 예물 교환이라나 있지 않나. 결혼반지 교환. 그때 손에 반지를 끼워주면서 힐끗 보니깐 머리를 푹 숙이고 있으니깐 면사포 틈으로 다 보이지는 않지만 하얀 이마와 하얀 콧등이 꽤 이뻐 보이더라나. 자식 코가 더 버룩거리지.

좌우간 이렇게 결혼식도 무사히…… 아니, 외려 성대히 끝났는데…… 그러니깐 놈팡이는 환희의 절정에 올라가 있지 않겠나. 그런데 이 환희가 한 시간도 지나지 못해서 실망의 구렁텅이에 떨어지네그려. 간단히 결론을 하자면 결혼식을 끝내고 신부를 껴안고 집으로 돌아와서 면사포를 벗기고 보니깐 몇 해 전에 쫓아버렸던 놈팡이의 고처古妻라. 말하자면 놈팡이 은혼식을 한 셈일세그려. 몇 해 전에 구식이라고 쫓아버렸던 고처하고 다시 신식 결혼을 했네그려.

놈팡이 열쩍었던지 이튿날로 동경으로 달아나고 말았다. 신혼의 재미도 보지 않고…….

한데 동경에서 나오는 기별을 들으니까, 자식, 고처하고 다시 결혼식을 했단 말은 일절 내지도 않고 송선비와 결혼한 이야기며 송선비의 미덕을 선전하면서 돌아다닌다나. 그리고 더구나 그 결혼식 때 자기의 고처가 와서 방해를 해서 혼이 났노라며 방해하던 이야기도 여러 가지로 하더라나. 그만치 꾸며대기를 잘하면 소설가가 됐으면 성공하겠데. 하지만 놈팡이의 처지로 보면 또 그런 거짓말이라도 해서 자기라도 속여둬야지 그렇지 않고야 망신스러워서 살겠나.

좌우간 재미있는 이야기야.

— 〈동광〉, 1931. 8.

김동인 연보

1900년   평양 진석동에서 기독교 장로이며 부호인 김대윤과 후실 옥 씨 사이에
        서 3남 1녀 중 차남으로 출생.

1907년   기독교 계통의 학교인 평양숭덕소학교에 입학.

1912년   숭덕소학교 졸업과 동시에 역시 기독교 계통인 평양숭실중학교 입학.

1914년   숭실중학교를 자퇴하고 도일, 도쿄 학원에 입학.

1915년   도쿄 학원이 폐쇄되는 바람에 메이지 학원 중학부 2년에 편입. 이 무
        렵부터 동교 1년 상급생이었던 주요한의 영향을 받아 문학에 대한 관
        심이 높아짐.

1916년   명치학원 2학년 재학 중 일본어로 단편을 써서 학년 회람지에 발표.
        톨스토이의 작품에 심취.

1917년   메이지 학원 중학부 졸업. 아버지가 병환으로 사망하여 귀국. 재산이
        분배되어 막대한 유산을 물려받음.

1918년   평양에서 수산물 도매상을 하는 부유한 집안의 딸 김혜인과 결혼. 예
        술과 문학에 대한 동경을 버리지 못하고 홀몸으로 제2차 도일, 동경
        가와바타 미술학교 입학.

1919년   주요한·전영택·김환 등과 함께 한국 최초 순문예 동인지 〈창조〉 발
        행. 동지에 처녀작 〈약한 자의 슬픔〉 발표. 가와바다 미술학교 중퇴.

1920년   장남 일환日煥 출생.

1921년   〈창조〉에 〈배따라기〉 발표. 이 무렵 〈창조〉를 주식회사로 등록시키려

고 상경했다가 염상섭·남궁벽·오상순·황석우 등 〈창조〉 동인들과 교유하며 명월관 김옥엽을 비롯해 기생들과 어울리며 방탕한 생활을 함. 〈창조〉 8~9호가 발행되고 폐간됨.

1923년 장녀 옥환玉煥 출생. 평양 대동강에서 낚시를 즐기며 소일.

1924년 〈창조〉의 후신으로 〈영대〉를 발행하면서 경비를 일체 전담. 자비 출판으로 《목숨》 간행.

1925년 〈영대〉 폐간. 〈감자〉〈정희〉〈명문〉〈시골 황 서방〉 등 발표.

1926년 방탕한 생활로 재정적 파탄에 직면하여 관개 수리 사업에 착수했으나 이마저 실패하여 자포자기한 심정으로 가산 정리를 부인에게 맡기고 상경, 서울에서 하숙하며 마작으로 괴로운 심사를 달램.

1927년 파산의 충격으로 부인 김혜인이 남아 있던 토지를 저당 잡히고 딸 옥환을 데리고 동경으로 건너감. 김동인은 일본으로 건너가 수소문 끝에 부인을 찾았으나 결국 딸만 데리고 돌아옴. 〈딸의 업을 이으려〉〈명화 리디아〉 발표.

1928년 동생 김동평과 영화 사업을 벌였으나 실패함.

1929년 생활난으로 인해 훼절이라 하여 기피하던 신문연재를 시작. 〈태평행〉〈여인〉 발표.

1930년 평양 숭의여고를 갓 졸업하고 시골 소학교에서 교사 생활을 하던 20세의 김경애와 약혼함. 자전적 단편소설 〈무능자의 아내〉 발표. 불면증이 악화되어 최면제를 상용하기 시작함. 〈동아일보〉에 〈젊은 그들〉 연재 시작.

1931년 김경애와 재혼. 차녀 유환柔煥 출생. 집필과 불면증 치료를 위해 홀몸으로 상경해 청진동에서 지냄.

1932년 〈발가락이 닮았다〉가 염상섭을 모델로 쓰여졌다는 소문이 떠돌면서 오랜 기간 불화가 지속됨. 〈잡초〉〈붉은 산〉 발표.

1933년 조선일보 사회부장에 취임했으나 40여 일 만에 그만둠. 〈조선일보〉에 《운현궁의 봄》 연재.

1934년 어머니 옥 씨 노환으로 사망. 이광수 문학의 계몽성과 작가로서의 위선을 통박한 〈춘원 연구〉 발표.

1935년 3녀 연환妍煥 출생. 월간 〈야담〉을 주재하고 창간함. 〈야담〉에 〈광화사〉와 〈왕자의 최후〉를 쓰고 야담 작가로 나섬. 소설집 《왕부의 낙조》 간행.

1936년 《이광수·김동인 소설집》 간행. 단편을 점점 멀리하고 생활의 방편으로 사담·수필·잡문 등을 집필하면서 소일함.

1937년 월간 〈야담〉을 타인에게 양도한 후 형 동원의 금광이 있는 평안남도 영원으로 휴양을 감. 이때 광산업을 하던 형 동원은 주요한 등과 수양 동우회 사건으로 체포되어 서대문형무소에 수감됨.

1938년 4녀 은환銀煥 출생. 장편《운현궁의 봄》출간.

1939년 《김동인 단편집》간행.

1941년 수양동우회 사건으로 수감되었다가 보석으로 풀려난 형 동원의 청탁으로 이광수를 만나 해결책을 강구함.

1942년 천황 불경죄로 4개월간 구치된 끝에 3개월의 형을 받고 옥고를 치름. 차녀 유환 사망.

1943년 친일어용 문학단체인 조선문인보국회가 결성되었으나 병을 핑계로 참가하지 않고 낙향함. 차남 광명光明 출생. 징용을 피하기 위해 어쩔 수 없이 조선문인보국회 간사로 취임함.

1945년 서울에서 해방을 맞음. 해방 후 결성된 문학단체인 문화협의회에서 이광수의 제명을 결의하자 그 부당성을 지적하고 탈퇴, 이광수의 친일 행적을 비난하는 여론이 높은 가운데 그를 적극적으로 변호함.

1946년 우익단체인 전 조선문필가협회 결성을 주도함. 장편《을지문덕》을 〈태양신문〉에 연재했으나 뇌막염이 발병하는 바람에 중단. 단편집《태형》간행.

1947년 김동인을 미 제국주의의 허수아비로 몰아 그의 초상을 모욕하는 사건이 평양에서 일어남. 좌우익의 극한 대립 속에서 좌익을 규탄하는 데 앞장섬. 미 군정에서 문교 책임자 김동인을 천거하려는 교섭이 있었으나 거절함. 단편집《광화사》간행.

1948년 3남 천명天明 출생. 동맥경화증으로 병석에 누움. 중편《김연실전》, 사담집《동자삼》《토끼의 간》, 단편집《발가락이 닮았다》, 장편《수양대군》《수평선 너머로》간행.

1949년 장편《젊은 그들》《화랑도》, 사담집《동인 사담집》간행.

1950년 6·25 전쟁이 일어나 한강 나루터까지 나왔으나 기동하기 어려운 몸으로 배를 탈 수 없어 피란을 포기하고 귀가함. 이후 병석에 누운 채 인민군의 심문을 받음. 형 동원은 이광수와 함께 납북됨.

1951년 1월 5일 새벽 하왕십리동 집에서 사망.

03

김동인 단편전집 1

감자

초판 1쇄 인쇄 2014년 6월 5일
초판 1쇄 발행 2014년 6월 16일

지은이 김동인
펴낸이 이범상
펴낸곳 (주)비전비엔피 · 애플북스

기획 편집 이경원 박월 윤자영 강찬양
디자인 김혜림 김경년 손은이
마케팅 한상철 이재필 김희정
전자책 김성화 김소연
관리 박석형 이다정

주소 121-894 서울특별시 마포구 잔다리로7길 12 (서교동)
전화 02) 338-2411 | **팩스** 02) 338-2413
홈페이지 www.visionbp.co.kr
이메일 visioncorea@naver.com
원고투고 editor@visionbp.co.kr

등록번호 제313-2007-000012호

ISBN 978-89-94353-40-1 04810

「이 도서의 국립중앙도서관 출판시도서목록(CIP)은 서지정보유통지원시스템 홈페이지(http://seoji.nl.go.kr)와 국가자료공동목록시스템(http://www.nl.go.kr/kolisnet)에서 이용하실 수 있습니다.(CIP제어번호: CIP2014010427)」